Das Buch

»Die Kanonen von Navarone«: Im Zweiten Weltkrieg beherrschen die scheinbar unzerstörbaren Kanonen von Navarone die Meerenge, die den einzigen Zugang zu den griechischen Inseln darstellt. Alle Versuche von Navy und Air Force, in tollkühnen Einsätzen die deutschen Langrohrgeschütze zu zerstören, scheitern. Bis die britische Armee eine Sonderexpedition ausrüstet: Es beginnt der mörderische Kampf von vier Männern gegen Eis, Hunger und Verrat. Dieser Roman, der zu den mitreißendsten und dabei unpathetischsten über diesen Krieg gehört, wurde mit Gregory Peck, David Niven und Anthony Quinn verfilmt.

»Geheimkommando Zenica«: Ein neuer Geheimauftrag für die todesmutigen Männer der Sonderexpedition. Das Angriffsziel: die Zenica-Schlucht in den rauen, zerklüfteten Bergen Bosniens. Eine Handvoll todesmutiger Männer soll die heißumkämpfte Brücke sprengen. Ein mörderischer, lebensgefährlicher Job - Ein Meisterwerk der Spannungsliteratur.

Der Autor

Alistair MacLean gehört heute zu den erfolgreichsten und beständigsten Thrillerautoren der Welt. 1922 wurde er im schottischen Hochland geboren und diente im Zweiten Weltkrieg bei der britischen Marine. Sein erster Roman wurde sofort ein internationaler Bestseller, ebenso seine späteren Bücher, deren Gesamtauflage über 50 Millionen Exemplare beträgt, und von denen einige mit großem Erfolg verfilmt wurden. Alistair MacLean starb 1987 in München.

Von Alistair MacLean liegen im Wilhelm Heyne Verlag vor: Die schwarze Hornisse (01/944) und Agenten sterben einsam (01/8828)

Alistair MacLean

Die Kanonen von Navarone

Geheimkommando Zenica

Zwei packende Thriller

WILHELM HEYNE VERLAG
MÜNCHEN

HEYNE TIPP DES MONATS
Nr. 23/177

Umwelthinweis:
Dieses Buch wurde auf
chlor- und säurefreiem Papier gedruckt.

Taschenbuchausgabe 9/2001
Copyright © dieser Ausgabe 2001 by
Wilhelm Heyne Verlag GmbH & Co. KG, München
Alle Rechte an der Übertragung ins Deutsche bei Kindler Verlag
GmbH, Berlin
Printed in Germany 2001
Quellennachweis: s. Anhang
http://www.heyne.de
Umschlagillustration: ZEFA Visual Media/APL/J. Marks
Umschlaggestaltung: Nele Schütz Design, München
Druck und Bindung: Elsnerdruck, Berlin

ISBN: 3-453-18676-1

Die Kanonen von Navarone

1. KAPITEL

Vorspiel

Sonntag 1.00 bis 9.00 Uhr

Laut kratzte der Streichholzkopf über das rostige Metall des Wellblechschuppens, zischte kurz und zerplatzte zu einem flackernden Lichtfleck. Das harte Geräusch und das jähe Aufleuchten muteten in der nächtlichen Stille der Wüste seltsam fremd an. Mechanisch verfolgten Mallorys Augen, wie das flammende Hölzchen in der hohlen Hand an die Zigarette gebracht wurde, die unter dem scharf gestutzten Schnurrbart des Kommodore herausragte. Er sah es ein paar Zentimeter vor dem Gesicht stillstehen, sah dieses Gesicht plötzlich reglos werden und den Blick des Mannes leer in gespanntem Lauschen. Dann war das Streichholz fort, im Sande des Flugplatzes ausgetreten.

»Ich kann sie hören«, sagte der Kommodore leise. »Höre sie reinkommen. Noch fünf Minuten, höchstens. Kein Wind heute nacht... sie werden auf Rollfeld 2 landen. Kommen Sie: wollen sie im Auswertraum empfangen.« Er machte eine Pause, schaute Mallory spöttisch an und schien zu lächeln. Doch bei der Dunkelheit täuschte das, denn in seiner Stimme lag kein Humor. »Zähmen Sie nur Ihre Ungeduld, junger Mann... noch ein Weilchen. Die Geschichte hat heute nacht nicht sonderlich geklappt. Sie werden bald Antwort auf alle Ihre Fragen haben. Ich fürchte, schneller als Ihnen lieb ist.« Er drehte sich jäh um und schritt auf die niederen Gebäude zu, die sich undeutlich von der bleichen Dunkelheit über dem flachen Horizont abhoben.

Mallory zuckte die Achseln, dann folgte er ihm, langsamer, Schritt für Schritt neben dem Dritten in ihrer Gruppe, einem breiten, stämmigen Menschen mit ausgeprägtem Seemannsgang. Mallory fragte sich verdrießlich, wie lange Jensen wohl geübt haben mochte, bis die charakteristischen Bewegungen des Seemanns sich so ausprägten. Dreißig Jahre Seefahrt – die hatte Jensen hinter sich – reichten natürlich

5

aus, sich diesen wiegenden Gang anzugewöhnen, doch war der nicht typisch für ihn. Bei den glänzenden Erfolgen, die Kapitän James Jensen von der Königl. Kriegsmarine, Inhaber des D. S. O., als Stabschef der Untergrundbewegung Südost in Kairo aufzuweisen hatte, waren Intrigen und Tricks, Imitation und Tarnung sein selbstverständlicher Lebensinhalt. Als Hetzredner unter levantinischen Hafenarbeitern hatte er sich auf den Kais von Alexandrette bis Alexandria den höchsten Respekt zu verschaffen gewußt; als Kameltreiber hatte er durch gotteslästerliches Fluchen alle als Konkurrenten in Frage kommenden Beduinen aus dem Felde geschlagen, und es gab wohl auf den Basaren und Märkten keinen echten Bettler, der mit so realistischen Wundmalen wie er so jämmerlich um Mitleid zu flehen verstand. Heute abend allerdings war er nur der derbe, schlichte Seemann, vom Mützenüberzug bis zu den Leinenschuhen ganz in Weiß gekleidet. Reflexe vom Sternenschimmer blinkten sanft auf der Goldborte seiner Schulterstücke und dem Mützenschirm.

In kameradschaftlichem Gleichmaß knirschten ihre Schritte über den festen Sandboden und klangen hart, als sie den Beton der Rollbahn betraten. Die hastende Gestalt des Kommodore der Luftwaffe war ihnen schon fast aus der Sicht gekommen. Mallory atmete tief und wandte sich plötzlich Jensen zu.

»Darf ich fragen, Sir, was das alles eigentlich bedeutet? Das viele Gerede und die ganze Geheimnistuerei? Und weshalb ich hier mitzuwirken habe? Großer Gott, Sir, gestern erst hat man mich von Kreta runtergeholt und mir knapp acht Stunden vorher mitgeteilt, daß ich abgelöst würde. Einen Monat Urlaub, wurde mir gesagt. Und was geschah tatsächlich?«

»Na«, murmelte Jensen, »was geschah denn?«

»Kein Urlaub«, sagte Mallory bitter. »Nicht mal eine Nacht Schlaf. Bloß stundenlang im Hauptquartier des S. O. B. gehockt und eine Masse dämlicher Fragen über das Klettern in den Südalpen beantwortet. Dann zu Mitternacht aus dem Bett geholt mit dem Befehl, mich zu Ihnen zu begeben, und nachher stundenlang durch die verfluchte Wüste gekarrt von einem irrsinnigen Schotten, der Saufliederer grölte und mir Hunderte noch blöderer Fragen stellte!«

»Eine meiner Verkleidungen, die ich immer für besonders wirkungsvoll gehalten habe«, sagte Jensen gemütlich. »Für meinen Teil fand ich die Reise sehr unterhaltsam.«

»Eine Ihrer –?« Mallory hielt inne, entsetzt bei der Erinnerung an das, was er dem ältlichen, backenbärtigen schottischen Hauptmann gesagt hatte, der ihn im Truppenauto gefahren hatte. »Ich – es tut mir schrecklich leid, Sir. Ich bin gar nicht auf den Gedanken gekommen, daß –«

»Selbstverständlich nicht«, unterbrach ihn Jensen energisch. »Wollte bloß feststellen, ob Sie der richtige Mann für den Job sind. Davon bin ich nun überzeugt – war ich schon ziemlich, bevor ich Sie von Kreta loseiste. Aber woher Sie die Idee mit dem Urlaub haben, weiß ich nicht. Es ist oft bezweifelt worden, ob wir beim S. O. B. ganz bei Trost sind, aber selbst wir pflegen keine Wasserflugzeuge loszujagen, bloß um jüngeren Offizieren zu erlauben, vier Wochen lang ihre Manneskraft an den Fleischtöpfen Kairos zu vergeuden«, schloß er trocken.

»Ich weiß aber immer noch nicht –«

»Geduld, Söhnchen, Geduld – wie unser würdiger Kommodore soeben erst empfohlen hat. Die Zeit ist ohne Ende. Zum Osten gehören heißt: warten.«

»Insgesamt vier Stunden in drei Tagen schlafen aber ist nicht östlich«, sagte Mallory hitzig. »Und mehr habe ich nicht gehabt... Da kommen sie!«

Beide Männer blinzelten unwillkürlich, als das grelle Licht des Landescheinwerfers ihnen entgegenschlug, dessen leuchtende Bahn pfeilförmig in die Finsternis hineinstach. In kaum einer Minute war der erste Bomber am Boden, rollte massig und schwerfällig aus und kam ganz in ihrer Nähe zum Stehen. Der durch grauen Anstrich getarnte hintere Rumpf und die Höhenflossen waren von Kugeln und kleinen Granaten durchsiebt, ein Querruder war zerfetzt und der Außenmotor an Backbord in Öl erstickt. Das Plexiglas der Kabine war zerschmettert, an vielen Stellen sternförmig aufgeschlagen.

Lange stierte Jensen auf die Löcher und Narben an dem beschädigten Flugzeug, dann wandte er kopfschüttelnd den Blick ab.

»Vier Stunden Schlaf, Hauptmann Mallory«, sagte er ruhig. »Vier Stunden. Ich glaube, daß Sie sich bald verdammt glücklich schätzen können, soviel überhaupt gehabt zu haben.«

Der Auswertraum, grell erleuchtet durch zwei starke unbeschirmte Lampen, war ungemütlich, die Luft schal. Die Einrichtung bestand aus ein paar schon bös zugerichteten Wandkarten und Lagekarten, ungefähr zwanzig ebenso ramponierten Stühlen und einem schlichten Brettertisch. Der Kommodore saß, flankiert von Jensen und Mallory, hinter diesem Tisch, als die Tür jäh aufgerissen wurde und die erste der Flugzeugbesatzungen eintrat. Der Führer dieser Männer, die in dem ungewohnt grellen Licht heftig blinzelten, war ein untersetzter Pilot, der Sturzhelm und Fliegeranzug in der linken Hand nachschleifte. Er hatte sich einen australischen Tropenhelm auf den Hinterkopf gedrückt, sein khakibraunes Jackett trug quer über beiden Schultern und auf den Klappen beider Brusttaschen das Wort ›Australia‹ in Weiß. Mit düsterem Gesicht, stumm und ohne um Erlaubnis zu fragen, setzte er sich vor die drei Herren, holte ein Päckchen Zigaretten hervor und riß scharf ein Streichholz auf der Tischplatte an. Mallory blickte verstohlen nach dem Kommodore. Der zeigte eine resignierte Miene, und so klang auch seine Stimme.

»Meine Herren, das ist Staffelführer Torrance«, sagte er. »Staffelführer Torrance ist Australier«, ergänzte er unnötig. Mallory hatte den Eindruck, als hoffe er, damit gewisse Dinge, einschließlich Staffelführer Torrance, schon erklärt zu haben. »Er hat heute nacht den Angriff auf Navarone geführt. Bill, diese Herren hier – Kapitän Jensen von der Kriegsmarine und Hauptmann Mallory von der Fernaufklärungsgruppe Wüste haben ein ganz spezielles Interesse an Navarone. Wie ging die Sache heute nacht?«

›Navarone! Deshalb also bin ich diese Nacht hier‹, dachte Mallory. Navarone. Er kannte es gut, das heißt: von Schilderungen. Wie alle, die überhaupt im östlichen Mittelmeer eingesetzt waren. Eine uneinnehmbare eherne Festung dicht vor der türkischen Küste, schwer bewaffnet, mit (wie man annahm) einer Besatzung von Deutschen und Italienern.

Eine der wenigen ägäischen Inseln, die zu erobern den Alliierten im bisherigen Kriegsverlauf nie gelungen war... Als Torrance jetzt sprach, spürte er in dessen langsamen, gedehnten Worten den unterdrückten Zorn.

»Ganz furchtbar, Sir. Eine Pleite war das, 'n richtiges Selbstmordunternehmen.« Torrance unterbrach sich plötzlich und starrte mürrisch, mit zusammengepreßten Lippen, durch den schwebenden Rauch seiner Zigarette. »Aber wir möchten doch noch mal hin«, fuhr er fort. »Ich und all meine Jungs. Bloß noch einmal. Haben darüber auf dem Rückflug schon gesprochen.« Mallory vernahm das tiefsinnige Gemurmel im Hintergrund... grollende Zustimmung. »Wir möchten dann den Witzbold mitnehmen, der sich dies ausgedacht hat, und ihn dreitausend Meter über Navarone auskippen, aber ohne Fallschirm.«

»So schlimm war's, Bill?«

»So schlimm, jawohl, Sir. Hatten gar keine Chance. Ganz offen gesagt: absolut keine. Zunächst mal war das Wetter gegen uns – die Herrschaften in der Wetterbude waren wieder so im Recht wie meistens.«

»Hatten klare Sicht angesagt?«

»Ja-a. Klare Sicht. Dabei hatten wir überm Ziel 10/10 Bewölkung«, antwortete Torrance erbittert. »Mußten auf fünfhundert Meter runter. Aber das blieb sich egal. Um da ranzukommen, hätten wir nämlich viel tiefer gehen müssen: bis auf tausend Meter unter den Meeresspiegel, und dann von unten rauffliegen – die überhängende Klippe deckt ja das Ziel vollkommen ab. Hätten ebensogut 'ne Wucht Flugblätter abwerfen können und sie auffordern, ihre verdammten Geschütze selbst kaputtzuschlagen... Außerdem haben sie jedes zweite Flakgeschütz von Südeuropa auf diesen schmalen Sektor von 50 Grad konzentriert – also den einzigen Weg, auf dem das Ziel angeflogen werden kann, wenigstens ungefähr. Ruß und Conroy kriegten beim Anflug ein Feuer, da war alles dran! Sind nicht mal bis zum Hafen gekommen... hatten überhaupt keine Chance.«

»Ich weiß, ich weiß.« Der Kommodore nickte ernst. »Wir haben's gehört, Funkempfang war gut... Und McIlveen ist schon gleich hinter Alexandria abgestürzt?«

»Ja-a, aber der wird durchkommen. Seine alte Kiste schwamm noch gerade, als wir drüber wegflogen, sie hatten das große Dinghi zu Wasser, und die See war glatt wie 'n Teich. Der wird durchkommen«, wiederholte Torrance.

Wieder nickte der Kommodore. Jensen berührte ihn am Ärmel. »Darf ich mal mit dem Staffelführer sprechen?«

»Selbstverständlich, Kapitän, da brauchen Sie mich nicht zu fragen.«

»Danke.« Jensen richtete den Blick auf den kraftvollen Australier und lächelte ein wenig. »Eine kleine Frage nur, Staffelführer. Es wird Sie nicht reizen, noch mal dahin zu fliegen?«

»Nee, da haben Sie verdammt recht«, knurrte Torrance.

»Weil?«

»Weil ich keinen Wert auf Selbstmord lege. Weil ich nicht dafür bin, tüchtige Kerle umsonst zu opfern. Weil ich nicht Gott bin und Unmögliches nicht ausführen kann.« Die klare Entschiedenheit in seinem Ton mußte überzeugen und jedes weitere Argument ausschließen.

»Sie halten es also für unmöglich?« fragte Jensen beharrlich. »Ihre Antwort ist äußerst wichtig.«

»Ist mein Leben mir auch. Und das Leben all dieser Burschen.« Torrance wies mit einem dicken Daumen über seine Schulter. »Es ist unmöglich, Sir. Für uns jedenfalls.« Er strich sich müde mit der Hand übers Gesicht. »Ein Dornier-Flugboot mit so einer neuen elektrisch gesteuerten Gleitbombe würde es vielleicht fertigbringen, ohne abgeknallt zu werden. Ich weiß es nicht, aber ich weiß, daß wir mit unseren Mitteln nicht besser dran sind als 'n Schneeball im Fegefeuer. Sonst müßte man schon«, fügte er bitter hinzu, »eine Mosquito bis zum Rand mit Dynamit vollstopfen und einem von uns den Befehl geben, die Maschine im Sturzflug mit sechshundert Kilometer direkt in die Höhlung auf die Geschütze zu jagen. Wenn's so gemacht wird, kann's glücken.«

»Ich danke Ihnen, Staffelführer – und Ihnen allen.« Jensen war aufgestanden. »Ich weiß, daß Sie Ihr Allerbestes geleistet haben. Niemand hätte mehr tun können. Und ich bedaure... Kommodore?«

»Gehe gleich mit Ihnen, meine Herren«, sagte der Kommodore, nickte dem bebrillten Abwehroffizier zu, der hinter ihnen gesessen hatte, um nun seinen Platz einzunehmen, und ging durch eine Seitentür voraus zu seinem Quartier.

»Nun, jetzt haben wir wohl ein klares Bild«, sagte er, während er eine Flasche Whisky öffnete und ein paar Gläser bereitstellte. »Sie müssen das als endgültig akzeptieren, Jensen. Bill Torrance ist der älteste und erfahrenste Staffelführer, den wir heute in Afrika noch haben. Der hat schon die Ölfelder von Ploesti bombardiert und das als Heidenspaß betrachtet. Wenn's diese Nacht einer hätte schaffen können, dann Bill Torrance. Und wenn der erklärt, es sei unmöglich, dann glauben Sie mir, Kapitän Jensen, dann geht's einfach nicht.«

»Ja.« Jensen betrachtete düster die bernsteingelbe Flüssigkeit in dem Glas, das er in der Hand hielt. »Ja, jetzt weiß ich's. Beinahe wußte ich's vorher schon, aber ich hatte keine absolute Gewißheit und durfte mir keine falsche Beurteilung der Lage leisten... Sehr betrüblich, daß ein Dutzend Männer ihr Leben lassen mußten, um mir die Bestätigung zu bringen... Es bleibt also jetzt nur noch der eine Weg offen.«

»... nur noch der eine Weg«, wiederholte der Kommodore, hob sein Glas und sagte kopfschüttelnd: »Auf Erfolg für Kheros!«

»Auf Erfolg für Kheros«, erwiderte Jensen wie ein Echo. Sein Gesicht war hart geworden.

»Meine Herren«, bat Mallory, »ich habe ja keine Ahnung, was gespielt wird. Würde nicht einer von Ihnen mir bitte erklären –«

»Kheros«, unterbrach ihn Jensen, »das war Ihr Stichwort, junger Mann. Die ganze Welt ist eine Bühne – nach bekannter Redensart, Söhnchen – und hier betreten Sie jetzt die Bretter in dieser speziellen kleinen Komödie.« Jensens Lächeln war ganz freudlos. »Tut mir leid, daß Sie die beiden ersten Akte verpaßt haben, aber das soll Sie nicht um Ihren Schlaf bringen. Es ist keine Nebenrolle, sondern Sie werden der Star sein, ob Ihnen das behagt oder nicht. Es geht ums Ganze. Kheros, dritter Akt, erste Szene. Auftritt des Hauptmanns Keith Mallory.«

In den letzten zehn Minuten hatten beide kein Wort gesprochen. Jensen fuhr den großen Humber mit derselben lässigen Sicherheit, die für alles, was er tat, typisch war. Mallory saß noch über die Karte auf seinen Knien gebeugt: eine in großem Maßstab gehaltene Seekarte der südlichen Ägäis. Im Schein der abgeblendeten Lampe am Armaturenbrett studierte er ein Gebiet bei den Sporaden und dem nördlichen Dodekanes, das mit dicken Rotstiftstrichen umrahmt war. Endlich richtete er sich fröstelnd auf. Sogar in Ägypten konnten Ende November die Nächte ganz ungemütlich kalt sein. Er blickte zu Jensen hinüber. »Ich glaube, ich hab's jetzt erfaßt.«

»Gut!« Jensen schaute weiter geradeaus, auf das graue Band der kurvenreichen staubigen Straße, in Richtung der weißlichen Scheinwerferstrahlen, die die Dunkelheit der Wüste durchschnitten. Die Strahlen hoben und senkten sich unter der weichen Federung des Wagens auf dem rissigen Boden, immerfort, in einschläferndem Rhythmus.

»Gut!« wiederholte er. »Nun sehen Sie sich's noch einmal an und stellen Sie sich vor, Sie ständen in der Stadt Navarone – die liegt doch an der fast kreisrunden Bucht im Norden der Insel. Sagen Sie mir, was Sie von dort aus sehen würden.«

Mallory lächelte. »Ich brauche gar nicht noch einmal nachzusehen, Sir. Sechs bis sieben Kilometer östlich würde ich die türkische Küste sehen, die hier nach Nordwesten biegt bis zu einem fast genau nördlich Navarone gelegenen Punkt – ein sehr spitzes Vorgebirge. Dahinter geht die Küstenlinie wieder fast genau ostwärts. Und dann, ungefähr zwanzig Kilometer weiter, genau nördlich von diesem Vorgebirge – Kap Demirci heißt es ja wohl? – und fast genau in Linie mit ihm würde ich die Insel Kheros sehen. Und schließlich, fünf Kilometer westlich vom Kap, die Insel Maidos, die erste der Leradengruppe. Die erstrecken sich weiter in Nordwestrichtung, auf eine Länge von etwa achtzig Kilometer.«

»Hundert.« Jensen nickte. »Sie haben ein gutes Auge, mein Junge. Sie besitzen die Courage und die Erfahrung – ohne beides hält man es nicht achtzehn Monate auf Kreta aus. Außerdem haben Sie einige spezielle Fähigkeiten, auf die ich nach und nach zu sprechen komme.« Er schwieg einen Moment und schüttelte langsam den Kopf. »Ich hoffe nur, daß Sie Glück haben, in jeder Beziehung Glück. Gott allein weiß, wie sehr Sie das brauchen.«

Mallory wartete gespannt, doch Jensen schien in Träume versunken. Drei Minuten vergingen, vielleicht fünf, in denen nur das Witschen der Gummireifen und das gedämpfte Summen des starken Motors zu hören waren. Auf einmal rührte Jensen sich wieder und sprach, ruhig und ohne den Blick von der Straße zu nehmen.

»Heute haben wir Samstag – vielmehr Sonntag morgen. Auf der Insel Kheros befinden sich eintausendzweihundert Mann – zwölfhundert britische Soldaten –, die bis nächsten Samstag tot, verwundet oder gefangen sein werden. In der Mehrzahl werden sie tot sein.« Zum erstenmal blickte er nun Mallory an und lächelte. Ein kurzes, ein gequältes Lächeln, das gleich wieder verging. »Wie fühlt man sich, wenn man tausend Menschenleben in den Händen hat, Hauptmann Mallory?«

Ein paar lange Sekunden betrachtete Mallory das kühle Gesicht neben sich, dann wandte er den Blick ab und starrte auf die Karte. Zwölfhundert Mann auf Kheros, zwölfhundert, die den Tod erwarteten. Kheros und Navarone, Kheros und Navarone... Wie ging das Gedicht noch, der kleine klingelnde Reim, den er vor so vielen Jahren in dem Dörfchen oben über den weiten Schafweiden hinter Queenstown gelernt hatte? Chimborazo – richtig. ›Chimborazo und Cotopaxi, ihr habt mir mein Herz gestohlen.‹ Kheros und Navarone – das klang so ähnlich, hatte denselben unerklärlichen Schimmer wundersamer Abenteuer, der sich im Gedächtnis festsetzte und haften blieb. Kheros und –. Beinah ärgerlich schüttelte er den Kopf und suchte sich zu konzentrieren. Die Teile des Puzzlespiels fielen allmählich, wenn auch langsam, in ihre richtigen Plätze.

Jensen brach das Schweigen. »Vor anderthalb Jahren hatten, nach dem Fall Griechenlands, wie Sie noch wissen werden, die Deutschen fast sämtliche Inseln der Sporaden besetzt, während die Italiener, natürlich, die meisten im Dodekanes bereits hielten. Und dann fingen allmählich wir an, Stützpunkte auf diesen Inseln zu errichten, wobei meistens Ihre Leute den Vortrupp bildeten, die Fernaufklärungsgruppe Wüste oder der Bootssonderdienst. Bis zum vorigen September hatten wir fast alle größeren Inseln okkupiert, mit Ausnahme von Navarone – die Nuß war so verdammt hart, daß wir sie einfach übergingen – und brachten manche Besatzungen auf Bataillonsstärke und noch mehr.« Er lächelte Mallory an. »Zu dieser Zeit hockten Sie in Ihrer Höhle irgendwo in den Weißen Bergen, aber Sie wissen wohl noch, wie die Deutschen reagierten?«

»Heftig.«

Jensen nickte. »Sehr richtig. Äußerst heftig sogar. Die politische Bedeutung der Türkei in diesem Teil der Welt kann gar nicht hoch genug eingeschätzt werden – und sie ist ja stets ein potentieller Bundesgenosse für die Achse oder die Alliierten gewesen. Die meisten dieser Inseln liegen nur ein paar Meilen von der türkischen Küste. Es ging um wichtige Prestigefragen und neue Stärkung der Zuversicht in Deutschland.«

»Also?«

»Also warfen sie alles ins Treffen – Fallschirmjäger-Luftlandetruppen, erstklassige Gebirgsjägerbrigaden, Horden von Stukas –, ich hatte Nachricht, daß sie für diese Operationen die Italienfront ganz von Sturzbombern entblößten. Jedenfalls warfen sie soviel wie nur möglich hinein. In wenigen Wochen hatten wir über zehntausend Mann verloren und alle Inseln, die wir wieder erobert hatten – außer Kheros.«

»Und jetzt ist Kheros an der Reihe?« fragte Mallory mit einer gewissen Spannung.

»Ja.« Jensen schüttelte zwei Zigaretten aus dem Päckchen und wartete, bis Mallory sie angezündet und das Streichholz durchs Fenster geschleudert hatte, in die Richtung, wo unterhalb der Küstenstraße im Norden das Mittelmeer schwach schimmerte. »Ja, Kheros soll unter den Hammer. Wir haben kein Mittel, es zu retten. Die Deutschen haben in der Ägäis die absolute Luftherrschaft...«

»Aber – aber woher wissen Sie so genau, daß es diese Woche sein soll?«

»Söhnchen, Griechenland quillt förmlich über von Agenten der Alliierten. Mehr als zweihundert haben wir allein im Gebiet von Athen mit dem Piräus, und –«

14

»Zweihundert!« unterbrach ihn Mallory ungläubig. »Sagten Sie –?«

»Sagte ich.« Jensen grinste. »Nur eine Bagatelle, versichere ich Ihnen, im Vergleich zu den gewaltigen Spionenscharen, die sich frei zwischen unseren noblen Gastgebern in Kairo und Alexandria bewegen.« Plötzlich war er wieder ernst. »Auf jeden Fall stimmt unsere Information. Eine ganze Armada von Kajiken wird am Donnerstag bei Tagesanbruch den Piräus verlassen, im ›Sprung‹ von Insel zu Insel durch die Zykladen laufen und sich dort die Nacht über verbergen.« Er lächelte. »Eine reizvolle Situation, meinen Sie nicht? Bei Tage wagen wir uns in der Ägäis nicht zu bewegen, sonst würden wir aus dem Wasser gebombt. Und die Deutschen wagen sich nachts nicht zu rühren. Unsere Zerstörer, Schnellboote und Kanonenboote kreuzen bei Einbruch der Dunkelheit schwarmweise in die Ägäis. Die Zerstörer ziehen sich vor der Morgendämmerung nach Süden zurück, die kleinen Einheiten bleiben meistens in Buchten abgelegener Inseln. Aber wir können den Gegner an der Überfahrt nicht hindern. Am Samstag oder Sonntag wird er da sein – und wird seine Landungen mit dem Absprung der ersten Luftlandetruppen synchronisieren. Er hat dafür schon seine Junkers 52 massenhaft in der Nähe von Athen bereitgestellt. Kheros kann sich keine zwei Tage halten.«

Wer Jensens absichtlich gleichgültigen Ton bei diesem sachlich gegebenen Bericht hörte, mußte ihm glauben.

Mallory glaubte ihm. Fast eine Minute starrte er auf das schimmernde Meer und das feenhaft silberne Lichtgewebe, das die Sterne über die stille, noch halb dunkle Seefläche legten. Plötzlich drehte er sich zu Jensen um. »Aber die Marine, Sir! Evakuieren! Bestimmt kann doch unsere Marine –.«

»Die Marine«, unterbrach ihn Jensen fast grob, »ist nicht scharf darauf. Die Marine hat das östliche Mittelmeer und die Ägäis satt und hat keine Lust, ihren schon arg strapazierten Hals auszustrecken, um ihn sich glatt abhacken zu lassen, obendrein für verdammt nichts.

Zwei Schlachtschiffe sind uns zusammengeschossen, acht Kreuzer ausgefallen – vier davon versenkt – und über ein Dutzend Zerstörer sind hin... Was wir an kleinen Fahrzeugen verloren haben, kann ich nicht einmal zählen. Und wofür? Ich sagte es Ihnen schon: für verdammt nichts! Bloß damit unser Oberkommando mit seinen Opponenten in Berlin Verwechselt-die-Bäume spielen kann. Was allen Beteiligten großen Spaß macht, ausgenommen natürlich den tausend oder noch mehr Seeleuten, die im Verlauf dieses Spiels ertrunken sind, und den vielleicht zehntausend Tommys, Australiern und Indern, die auf eben diesen Inseln gelitten haben und gestorben sind – gestorben, ohne zu wissen, wofür.«

An Jensens Händen auf dem Lenkrad traten weiß die Knöchel hervor, sein Mund war in Bitternis verkniffen. Mallory war erstaunt, fast erschrocken über die Vehemenz, mit der Jensen seine Gefühle zeigte, denn das schien gar nicht zu ihm zu passen... Oder vielleicht doch? Vielleicht wußte Jensen sehr viel über das, was hinter den Kulissen geschah...

»Zwölfhundert Mann, sagten Sie, Sir?« fragte Mallory ruhig. »Sie sagten, auf Kheros seien zwölfhundert?«

Jensen warf ihm einen raschen Seitenblick zu, sah wieder geradeaus und sagte: »Ja. Zwölfhundert Mann.« Er seufzte. »Sie haben recht, Söhnchen, natürlich haben Sie recht. Ich rede allerlei unnötiges Zeug. – Selbstverständlich können wir die dort nicht lassen. Die Marine wird ihr Äußerstes tun. Was kommt es schon auf zwei oder drei Zerstörer mehr an! Verzeihung, Junge, Verzeihung, ich bin schon wieder so im Gange... Jetzt hören Sie zu, und recht genau.

Die Männer von der Insel holen ist nur bei Nacht möglich. Bei Tage gibt es da auch nicht die kleinste Chance – wenn zwei-, dreihundert Stukas wie die Schießhunde den Zerstörern der britischen Marine auflauern. Und Zerstörer müssen es sein – Frachter und Leichter sind für den Zweck viel zu langsam. Und sie können nicht um die nördliche Spitze der Leraden laufen – von da können sie bis zum Tagesanbruch nicht in sicheres Gebiet zurück, weil die Fahrt um Stunden zu weit ist. Wir müssen diese Chance ausnutzen.«

»Aber die Leraden sind doch eine ganz hübsch lange Inselkette«, warf Mallory ein. »Könnten nicht die Zerstörer durch –?«

»Zwischen zweien durchlaufen? Unmöglich.« Jensen

schüttelte den Kopf. »Alles höllisch dicht vermint. Jeder einzelne Kanal. Da käme nicht mal ein Ruderboot durch.«

»Und der Kanal zwischen Maidos und Navarone? Ist gewiß auch dick voll Minen?«

»Nein, der ist frei. Große Wassertiefe, da lassen sich Minen nicht verankern.«

»Dann wäre das der, den sie nehmen müßten, nicht wahr? Ich meine, Sir, an der anderen Seite liegen türkische Hoheitsgewässer, und wir –«

»Wir würden morgen durch türkische Gewässer laufen, sogar in vollem Tageslicht, wenn es uns was nützte«, sagte Jensen trocken. »Die Türken wissen das, und die Deutschen auch. Aber, vorausgesetzt, daß alle sonstigen Bedingungen gleich sind, würden wir die westliche Durchfahrt nehmen. Das Fahrwasser ist übersichtlicher, der Weg kürzer – und es ergeben sich daraus keine unnötigen internationalen Verwicklungen.«

»Wenn alle sonstigen Bedingungen gleich sind?«

»Die Kanonen von Navarone.« Jensen schwieg lange, dann wiederholte er die Worte, langsam, tonlos, wie man den Namen eines gefürchteten uralten Feindes wiederholen würde. »Die Kanonen von Navarone. Die machen alles ›gleich‹. Die decken die nördlichen Zufahrten zu beiden Kanälen ab. Wir könnten die zwölfhundert Mann heute nacht schon von Kheros abholen – wenn es gelänge, die Kanonen von Navarone zum Schweigen zu bringen.«

Mallory saß stumm da. ›Jetzt kommt er zur Sache‹, dachte er.

»Es handelt sich da nicht um gewöhnliche Kanonen«, fuhr Jensen gelassen fort. »Unsere Experten von der Flotte meinen, sie müßten etwa 23-cm-Kaliber und gezogene Rohre haben. Ich persönlich halte sie für einen Typ der gefährlichen 21er, wie sie die Deutschen in Italien einsetzen – unsere Soldaten hier oben hassen und fürchten diese Geschütze über alles. Eine furchtbare Waffe – verdammt treffsicher bei sehr geringer Fluggeschwindigkeit des Geschosses. Wie dem auch sei«, fuhr er grimmig fort, »sie reichten hin, die *Sybaris* in fünf Minuten glatt zu erledigen.«

Mallory nickte. »Die *Sybaris*? Ich glaube, davon gehört –«

17

»Ein Zerstörer mit 20-cm-Batterie, den wir vor ungefähr vier Monaten hinschickten, um die Deutschen anzugreifen. Reine Formsache, ein besseres Manöverschießen, dachten wir. *Sybaris* wurde einfach aus dem Wasser gepustet. Nur siebzehn Überlebende kamen zurück.«

»Großer Gott!« Mallory war tief betroffen. »Ich wußte nicht, daß –«

»Vor zwei Monaten haben wir einen großangelegten amphibischen Angriff auf Navarone unternommen«, fuhr Jensen fort, ohne auf die Zwischenbemerkung einzugehen. »Kommandotrupps, Marinestoßtrupps und Jellicoes Bootssonderdienst. Wir wußten, daß unsere Chance sehr knapp war – Navarone besteht praktisch rundum aus einem einzigen Felsmassiv. Immerhin setzten wir hier Leute von besonderem Können ein, vielleicht die besten Sturmkommandos, die es zur Zeit gibt.« Fast eine Minute schwieg er wieder, dann sprach er sehr ruhig weiter. »Sie wurden in Stücke zerfetzt, beinah bis zum letzten Mann massakriert...

Und schließlich, zweimal in den letzten zehn Tagen – wir wissen ja von dem geplanten Angriff auf Kheros schon lange – haben wir Saboteure mit Fallschirmen eingesetzt, Leute vom Bootssonderdienst.« Er zuckte ratlos die Achseln. »Die verschwanden glatt.«

»Einfach weg? Spurlos?«

»Spurlos. Weg. Und dann heute nacht – der letzte verzweifelte Einsatz des Spielers, oder wie Sie's nennen wollen. Bei der Auswertung heute abend da in der Baracke habe ich mich schön ruhig verhalten, und wußte warum. Ich war nämlich der ›Witzbold‹, den Torrance und seine Jungens gern über Navarone auskippen wollten. Und ich kann's ihnen nachfühlen. Aber ich habe das machen müssen! Ich wußte, daß es hoffnungslos war – aber gemacht werden mußte es.«

Der große Humber fuhr jetzt allmählich langsamer. Ruhig glitt er zwischen den elenden Hütten und armseligen Wohnhöhlen hindurch, die an der westlichen Zufahrt von Alexandria liegen. Am Himmel vor ihnen zeichneten sich dünn die ersten grauen Streifen der falschen Dämmerung ab.

»Ich glaube nicht, daß ich mit einem Fallschirm besondere Leistungen vollbringen kann«, sagte Mallory zweifelnd.

»Um es ganz ehrlich zu gestehen: bisher habe ich Fallschirme überhaupt noch nicht aus der Nähe gesehen.«

»Keine Sorge«, sagte Jensen knapp, »Sie werden auch keinen benutzen, denn Sie sollen auf dem schwereren Wege nach Navarone vordringen.«

Mallory erwartete weitere Erklärungen, doch Jensen war still geworden, er konzentrierte sich ganz aufs Fahren, um die tiefen Schlaglöcher zu vermeiden, die die Straße jetzt in immer größerer Zahl aufwies. Nach einer Weile fragte Mallory: »Warum ich, Kapitän Jensen?«

In der noch grauen Finsternis war Jensens Lächeln kaum sichtbar. Er riß den Wagen jäh zur Seite, um ein klaffendes Loch zu umfahren. Als er ihn wieder in Richtung hatte, sagte er: »Angst?«

»Gewiß habe ich Angst. Nehmen Sie's mir nicht übel, Sir, aber bei Ihren Reden kann es jeder mit der Angst kriegen... Doch das hatte ich nicht gemeint.«

»Weiß ich. Liegt wohl an meiner ironischen Art... Warum Sie? Besonders qualifiziert, Söhnchen, wie ich Ihnen schon sagte. Sie sprechen Griechisch wie ein Grieche, sprechen Deutsch wie ein Deutscher, sind ein geschickter Saboteur, erstklassiger Organisator und haben anderthalb Jahre in den Weißen Bergen von Kreta unversehrt überlebt – ein deutlicher Beweis für Ihre Fähigkeit, sich in feindlichem Gebiet am Leben zu erhalten.« Jensen kicherte. »Sie wären gewiß erstaunt, wenn Sie wüßten, wie vollständig meine Personalakte von Ihnen ist.« Sein Blick wich nicht von der Straße ab.

»Nein, wäre ich nicht«, sagte Mallory etwas ärgerlich. »Und«, fügte er hinzu, »ich kenne mindestens drei andere Offiziere mit den gleichen Befähigungen.«

»Es gibt noch andere, ja«, stimmte Jensen bei, »aber es gibt keinen zweiten Keith Mallory. – Keith Mallory«, wiederholte Jensen rhetorisch. »Wer hätte nicht von Keith Mallory gehört in den glorreichen Zeiten vor dem Kriege? Der beste Bergsteiger, der größte Felsenkletterer, der je aus Neuseeland hervorgegangen ist – und damit meinen die Neuseeländer selbstverständlich ›aus der ganzen Welt‹. Die menschliche Fliege, der Ersteiger des Unersteigbaren, der Erklimmer senkrechter Klippen und unmöglicher Abhänge. Die ganze

Südküste von Navarone«, erklärte Jensen weiter, »besteht aus einem einzigen, unmöglich steilen Abhang, an dem es keinen Halt für Hand oder Fuß gibt.«

»Ich verstehe«, murmelte Mallory, »jetzt verstehe ich richtig. Nach Navarone auf dem schwereren Wege. So sagten Sie doch?«

»Sagte ich«, bestätigte Jensen. »Sie und Ihre Männer – nur vier andere noch. *Mallory's Merry Mountaineers* – Ihre fröhlichen Bergsteiger! Einzeln ausgewählt. Jeder ein Spezialist. Sie werden sie alle morgen nachmittag kennenlernen – vielmehr heute nachmittag.«

Die nächsten zehn Minuten fuhren sie schweigend, bogen nach rechts ab ins Hafengebiet, hoppelten ungemütlich über die klobigen Kopfsteine der Rue Souers, schwankten in den Mohammed-Ali-Platz, fuhren an der Börse entlang und bogen in die Sherif-Pasha-Straße.

Mallory blickte den Mann am Lenkrad an. Er konnte jetzt, in der zunehmenden Helligkeit, sein Gesicht klar erkennen. »Wohin geht's, Sir?« fragte er.

»Zu dem einzigen Menschen im Mittelosten, der Ihnen jetzt behilflich sein kann. Monsieur Eugene Vlachos aus Navarone.«

»Sie sind ein sehr tapferer Mann, Hauptmann Mallory.« Nervös drehte Eugene Vlachos die langen spitzen Enden seines schwarzen Schnurrbarts. »Ein tapferer und ein törichter, würde ich sagen – doch kann man wohl einen Menschen nicht töricht nennen, wenn er Befehlen gehorcht.« Seine Augen wandten sich von der großen Zeichnung vor ihm auf dem Tisch dem unbewegten Gesicht Jensens zu.

»Gibt es denn kein anderes Mittel, Kapitän?« fragte er bittend.

Jensen schüttelte langsam den Kopf. »Wir haben alle Methoden ausprobiert, Sir. Alle waren ungeeignet. Die ist die letzte.«

»Also muß er den Weg gehen?«

»Es sind über tausend Mann auf Kheros, Sir.«

Vlachos neigte in stiller Zustimmung das Haupt, dann lächelte er Mallory matt an. »Er nennt mich ›Sir‹«, sagte er.

»Mich, einen armen griechischen Hotelier, und Kapitän Jensen von der Royal Navy nennt mich Sir! Ein schönes Gefühl für einen alten Mann.« Er schwieg, blickte leer in die Ferne, seine verblaßten Augen und das müde, faltige Gesicht wurden weich unter den Erinnerungen. »Ein alter Mann, Hauptmann Mallory, jetzt alt, und arm und traurig. Aber das war ich nicht immer. Einst war ich auch in den besten Jahren, war reich und zufrieden. Einst besaß ich ein herrliches Land, hundert Quadratmeilen des schönsten Landes, das Gott je seinen Geschöpfen gab, um ihre Augen hier unten zu entzücken. Und wie sehr liebte ich dieses Land!« Er lachte verlegen und fuhr sich mit der Hand durch sein dichtes, ergrauendes Haar. »Ah ja, ich glaube, es kommt – wie man bei Ihnen sagt – nur darauf an, wie einer es anschaut. ›Ein herrliches Land‹ sage ich. ›Der verfluchte Felsen!‹, so soll Kapitän Jensen es genannt haben, als ich's nicht hören konnte.« Er lächelte über Jensens plötzliches Unbehagen. »Aber wir geben ihm beide den gleichen Namen – Navarone.«

Mallory blickte Jensen ganz verblüfft an. Jensen nickte. »Die Familie Vlachos hat Navarone seit Generationen besessen. Wir haben Monsieur Vlachos vor anderthalb Jahren in großer Eile evakuieren müssen. Die Deutschen legten auf seine Art der Kollaboration keinen besonderen Wert.«

»Es ging – wie sagten Sie noch? – ja: um Haaresbreite«, nickte Vlachos. »Man hatte bereits für mich und meine zwei Söhne ganz spezielle Plätze in den Kerkern von Navarone reserviert. Doch genug von der Familie Vlachos. Ich wollte nur gern, daß Sie wissen, daß ich vierzig Jahre auf Navarone zugebracht habe und beinah vier Tage« – er machte eine Bewegung nach dem Tisch – »vor der Karte hier. Meinen Auskünften und dieser Ortskarte können Sie unbedingt vertrauen. Viele Dinge am Ort haben sich natürlich verändert, aber manche ändern sich nie. Die Berge und Buchten, die Pässe, die Höhlen, die Straßen und die Häuser und, vor allem, die Festung selbst – die sind seit Jahrhunderten unverändert geblieben, Hauptmann Mallory. Ich gebe Ihnen mein Wort darauf.«

»Ich verstehe, Sir.« Mallory faltete sorgfältig die Karte

und verstaute sie in seiner Feldbluse. »Wenn's so ist, gibt's immerhin eine Chance. Ich danke Ihnen sehr.«

»Wenig genug ist es, weiß Gott.« Vlachos trommelte ein Weilchen mit den Fingern auf den Tisch, dann blickte er zu Mallory auf. »Kapitän Jensen informierte mich, daß die meisten von Ihnen fließend Griechisch sprechen, daß Sie sich als griechische Bauern verkleiden und gefälschte Papiere bei sich führen werden. Das ist gut so. Dann werden Sie ohne Hilfe und – wie sagt man noch? – nun, auf eigene Faust handeln können.« Er machte eine Pause, dann sprach er sehr ernst weiter. »Bitte versuchen Sie nicht, sich durch Einwohner von Navarone helfen zu lassen. Das müssen Sie um jeden Preis vermeiden. Die Deutschen sind rücksichtslos. Ich weiß das. Wenn Ihnen einer hilft und das festgestellt wird, werden sie nicht nur den Betreffenden, sondern sein ganzes Dorf – Männer, Frauen und Kinder – vernichten. Das ist schon vorgekommen und wird wieder vorkommen.«

»Es ist auf Kreta geschehen«, bestätigte Mallory ruhig. »Ich habe es selbst gesehen.«

»Sehr richtig.« Vlachos nickte. »Und die Leute auf Navarone besitzen weder Geschick noch Erfahrung genug, um einen erfolgreichen Guerillakrieg zu führen. Sie haben dazu gar keine Gelegenheit gehabt... die deutsche Überwachung ist auf unserer Insel besonders streng gewesen.«

»Ich verspreche Ihnen, Sir –«, begann Mallory.

Vlachos hob die Hand. »Einen Moment noch. Wenn Sie in eine verzweifelte Lage kommen, eine wirklich verzweifelte, dann gibt es da zwei Männer, an die Sie sich wenden können. Unter dem ersten Platanenbaum auf dem Dorfplatz von Margaritha, Nordseite – am Ausläufer des Tales, etwa fünf Kilometer südlich der Festung – werden Sie das Haus eines Mannes namens Louki finden. Er ist viele Jahre lang Haushofmeister unserer Familie gewesen. Louki hat den Briten schon früher geholfen – Kapitän Jensen wird das bestätigen –, und Sie können ihm Ihr Leben anvertrauen. Er hat einen Freund, Panayis, der sich auch früher schon nützlich gemacht hat.«

»Schönen Dank, Sir. Ich werde daran denken. Louki und Panayis und Margaritha – die Platane auf dem Dorfplatz.«

»Und Sie werden jede Hilfe von anderer Seite ablehnen,

Hauptmann?« fragte Vlachos besorgt. »Louki und Panayis – nur diese beiden«, fügte er bittend hinzu.

»Sie haben mein Wort, Sir. Außerdem: je weniger, um so sicherer für uns und Ihre Leute.« Mallory war überrascht, wie eindringlich der alte Mann die Sache behandelte.

»Ich hoffe das, ich hoffe das.« Vlachos seufzte schwer.

Mallory stand auf und streckte ihm zum Abschied die Hand hin. »Sie machen sich unnötige Sorgen, Sir. Uns werden sie nie zu sehen bekommen«, versprach er zuversichtlich. »Niemand wird uns sehen – und wir niemanden. Wir haben nur ein einziges Ziel: die Kanonen.«

»Ay, die Kanonen – diese fürchterlichen Kanonen.« Vlachos schüttelte den Kopf. »Aber wenn wir nur einmal annehmen –«

»Bitte, es wird alles klargehen«, betonte Mallory in Ruhe. »Wir werden keinem Böses tun – am allerwenigsten Ihren Inselbewohnern.«

»Gott stehe Ihnen heute nacht bei«, flüsterte der alte Mann. »Gott stehe Ihnen heute nacht bei. Ich wünschte nur, ich könnte auch mitgehen.«

2. KAPITEL

Sonntag nacht 19.00 bis 2.00 Uhr

»Kaffee, Sir?«

Mallory kämpfte sich stöhnend aus den Tiefen des Erschöpfungsschlafes. Unter Schmerzen lehnte er sich langsam in den metallgerahmten Kübelsitz zurück und überlegte verdrießlich, wann die Luftwaffe sich endlich entschließen würde, diese teuflischen Apparaturen zu polstern. Als er ganz wach war, richtete er den Blick unter den schweren, noch müden Lidern mechanisch auf das Leuchtzifferblatt seiner Armbanduhr. Sieben. Erst sieben Uhr – knapp zwei Stunden hatte er also geschlafen. Warum ließen sie ihn denn nicht weiterschlafen?

»Kaffee, Sir?« Der junge Bordschütze stand noch geduldig neben ihm, den umgedrehten Deckel eines Munitionskastens, der als Tablett für die Tassen diente, in der Hand.

»Entschuldige, Junge, entschuldige.« Mallory reckte sich mühsam auf seinem Platz hoch und langte nach einer Tasse mit der dampfenden Flüssigkeit, die er anerkennend beroch. »Danke schön. Riecht ja wie echter Bohnenkaffee.«

»Ist's auch, Sir.« Der junge Schütze lächelte stolz. »Wir haben einen Filtertopf in der Kombüse.«

»Einen Filtertopf hat er in der Kombüse!« Ungläubig schüttelte Mallory den Kopf. »Ihr Götter, sind das die Strapazen des Krieges bei der Royal Air Force?« Er lehnte sich zurück, schlürfte genießerisch den Kaffee und seufzte zufrieden. Im nächsten Augenblick war er auf den Füßen, der heiße Kaffee platschte ihm über die nackten Knie, ohne daß er es merkte, als er jetzt durch das Fenster neben seinem Platz starrte. Er sah den Bordschützen an und deutete auf die Gebirgslandschaft, die sich dunkel unter ihnen entrollte.

»Was geht denn hier eigentlich vor? Wir sollen doch erst zwei Stunden nach Dunkelheit da sein, und dabei ist knapp die Sonne untergegangen! Hat der Pilot –?«

»Das ist Zypern, Sir.« Der Bordschütze grinste. »Am Horizont können Sie ganz schwach den Troodos erkennen. Wir fliegen fast immer, wenn's nach Castelrosso geht, in einem großen Zickzack über Zypern. Um der Beobachtung zu entgehen, Sir. Und so kommen wir auch glatt an Rhodos vorbei.«

»Um der Beobachtung zu entgehen, sagt er!« In gewichtig gedehnten Silben kamen diese Worte aus dem Kübelsitz schräg hinter Mallory, an der anderen Seite des Durchgangs. Der Sprecher lag zusammengebrochen – anders konnte man es nicht nennen – auf seinem Platz, seine knochigen Knie ragten ein Stück übers Kinn hinaus. »Mein Gott! Um der Beobachtung zu entgehen!« wiederholte er entsetzt und ungläubig. »Zickzack über Zypern. Von Alexandria erst mal zwanzig Meilen mit der Barkasse in See, damit uns vom Strand aus keiner im Flugzeug abhauen sieht. Und was dann?« Er rückte die schmerzenden Glieder höher, spähte knapp über den unteren Rand des Fensters hinaus, dann fiel er, sichtlich erschöpft von dieser Anstrengung, wieder zurück. »Und was dann? Dann packen sie uns in eine alte Kiste, die so blendend weiß angemalt ist wie nur möglich, garantiert von einem Blinden auf hundert Meilen erkennbar – besonders jetzt, wo's dunkel wird.«

»Das Weiß hält die Hitze ab«, sagte der Schütze entschuldigend.

»Die Hitze macht mir keine Kopfschmerzen, junger Mann.« Die Sprache klang jetzt noch breiter, noch melancholischer. »Hitze behagt mir. Was mir aber Kopfschmerzen macht, sind die ekelhaften Granaten und MG-Kugeln, die einem an allen möglichen Stellen Luftlöcher schlagen können.« Er glitt noch ein paar Zentimeter tiefer in den Sitz, schloß matt die Augen und schien sofort eingeschlafen zu sein.

Der junge Bordschütze schüttelte bewundernd den Kopf und sagte lächelnd zu Mallory: »Der und sich Kopfschmerzen machen, was, Sir?«

Mallory lachte und sah dem Jungen nach, wie er vorn in der Führerkabine verschwand. Langsam trank er seinen Kaffee, während er wieder die schlafende Gestalt schräg gegenüber betrachtete. Diese selige Sorglosigkeit war doch großartig. Einen Mann wie Unteroffizier ›Dusty‹ Miller aus den Vereinigten Staaten, neuerdings zur Fernaufklärung Wüste detachiert, bei sich zu haben, war gewiß gut.

Er schaute sich nach den anderen um und nickte zufrieden. Die würden alle gut sein als Kameraden. Achtzehn Monate auf Kreta hatten in ihm ein untrügliches Gefühl dafür entwickelt, wie weit einer sich unter den besonderen Verhältnissen des regellosen Kleinkriegs zu behaupten wußte, an dem er selbst so lange teilgenommen hatte. Auf den ersten Blick hätte er denen nicht zugetraut, daß sie so ein Unternehmen durchstehen konnten. Gewiß hatte ihn Kapitän Jensen in der Auswahl besonders geeigneter Leute großartig bedient. Kannte er sie auch persönlich noch nicht näher, so hatte er sich doch nach den sehr ausführlichen Personalakten, die Jensen von jedem besaß, genau über sie orientiert. Und die Angaben auf dem Papier waren immerhin vertrauenerweckend.

›Oder muß ich vielleicht hinter Stevens ein kleines Fragezeichen setzen?‹ überlegte Mallory, während er über den Gang einen Blick auf den blonden Menschen mit der knabenhaften Figur warf, der gespannt unter dem gleißend weißen Tragdeck der Sunderland hindurch auf die Landschaft blickte. Andy Stevens, Leutnant der Reserve der Kriegsmarine, war für die Aufgabe aus dreierlei Gründen gewählt worden. Er war bestimmt, das Schiff zu führen, das sie nach Navarone bringen sollte; war ein vorzüglicher Bergsteiger mit berühmt gewordenen Leistungen, und drittens ein begeisterter Griechenfreund, der das alte wie das moderne Griechisch fließend sprach und seine zwei letzten langen Ferien vor dem Kriege als Touristenführer in Athen verbracht hatte. ›Aber er ist jung, lächerlich jung‹, dachte Mallory, als er ihn prüfend betrachtete. Und Jugend konnte gefährlich werden. Allzuoft schon war sie im Bandenkrieg auf den Inseln verhängnisvoll geworden. Mit ihrer Begeisterung, dem Temperament und dem Eifer allein waren die jungen Menschen den Schwierigkeiten nicht gewachsen, vielmehr waren diese Eigenschaften oft geradezu hinderlich. Hier wurde kein Krieg mit Fanfarenstößen, donnernden Motoren und hochtrabendem Stolz im Lärm der Waffen geführt, sondern Krieg der Geduld, der Ausdauer und Zähigkeit, der Kenntnis von Mensch und Umgebung, der listigen Schliche und Hinterhalte – und dafür eigneten zu junge Leute sich nur selten… Doch Stevens sah aus, als könnte er rasch lernen.

Mallory musterte abermals unauffällig Miller. Dieser Dusty Miller hatte offenbar schon vor sehr langer Zeit begriffen, worauf es ankam. Ein Mann seiner Art auf weißem Kriegsroß, die Trompete an den Lippen, war selbst bei lebhafter Fantasie einfach unvorstellbar. Miller sah aus wie ein Mensch, der sich lange genug in der Welt umhergetrieben hat, um alle Illusionen zu verlieren.

Tatsächlich war Unteroffizier Miller genau vierzig Jahre in der Welt herumgekommen. Geboren in Kalifornien, drei Viertel Irländer und ein Viertel Mitteleuropäer, hatte er in den letzten zweieinhalb Jahrzehnten mehr Kämpfe und Abenteuer mitgemacht, als dem Durchschnittsmenschen in zehn Lebenszeiten begegnen würden. Arbeiter in den Silberbergwerken von Nevada, beim Tunnelbau in Kanada und Spezialist im Löschen brennender Ölquellen in mehreren Erdteilen, war er, als Hitler Polen angriff, in Saudi-Arabien gewesen. Daß eine seiner weiblichen Vorfahren etwa um die Jahrhundertwende in Warschau gewohnt hatte, reichte hin, um Millers irisches Blut vor Zorn über den deutschen Affront in Wallung zu bringen. Er hatte das erste erreichbare Flugzeug nach England bestiegen und sich in die Luftwaffe hineingeschwindelt, die ihn, zu seiner höchsten Empörung, seines Alters wegen in den achteren Geschützturm einer Wellington ›verbannte‹.

Sein erster Kampfeinsatz in der Luft war auch sein letzter geworden. Kaum zehn Minuten nachdem sie, in einer Januarnacht 1941, vom Flugplatz Menidi bei Athen aufgestiegen waren, hatte Motorschaden sie gezwungen, schmählich, wenn auch weich federnd, ihren Flug auf einem Reisfeld einige Kilometer nordwestlich der Stadt zu beenden. Den Rest des Winters verbrachte er, vor Wut siedend, in einer Feldküche in Menidi. Anfang April verließ er, ohne jemand davon zu unterrichten, die Luftwaffe, und stieß, als er sich nach Norden in die Kampfzone bis zur albanischen Grenze durchschlug, auf die nach Süden vordringenden Deutschen. Wie er später berichtete, erreichte er Nauplion ganz kurz vor Eintreffen der ersten Panzerdivision und wurde auf dem Transporter *Slamat* evakuiert. Das Schiff wurde versenkt, Miller von dem Zerstörer *Wryneck* aufgefischt, der ebenfalls sank. Er traf schließlich auf einer steinalten griechischen Kajike in Alexandria ein. Nichts nannte er mehr sein eigen, außer dem festen Entschluß, sich nie wieder in die Luft oder aufs Meer zu wagen. Wenige Monate später befand er sich mit einem Sonderspähtrupp hinter den feindlichen Linien in Libyen.

Er war, sann Mallory, ganz das Gegenstück zu Leutnant Stevens. Der war jung, frisch, begeisterungsfähig, korrekt und tadellos gekleidet, Miller war vertrocknet, hager, sehnig, unerhört zähe und hatte eine fast pathologische Abneigung gegen Politur und Schliff jeglicher Art. Wie gut der Spitzname Dusty – der Staubige – auf ihn paßte! Jedenfalls konnte es stärkere Gegensätze kaum geben. Auch, daß Miller noch nie im Leben einen Berg erstiegen hatte und von der griechischen Sprache nur Worte kannte, die man in keinem Lexikon fand. Dabei waren diese zwei Tatsachen hier ganz ohne Bedeutung, denn auf Miller war die Wahl nur aus einem einzigen Grunde gefallen: im Umgang mit Sprengstoffen galt er, erfinderisch, unerschütterlich ruhig und stets erfolgreich durch tödliche Präzision, bei der Abwehrstelle Mittelost in Kairo als der beste Saboteur von Südeuropa.

Hinter Miller saß Casey Brown, klein, dunkel, gedrungen. Funkmeister Brown stammte vom Clyde und war im Frieden Erprobungsingenieur auf einer berühmten Bootswerft am Garesee gewesen. Wie sehr er zum perfekten Schiffsmaschinisten prädestiniert war, ließ sich daran erkennen, daß die Marine bei der Musterung prompt vorbeitippte und ihn in die Nachrichtenabteilung steckte. Browns Pech wurde ein Glück für Mallory, denn Brown sollte, als Maschinist des für ihre Fahrt nach Navarone vorgesehenen Bootes, Funkverbindung mit dem Stützpunkt halten. Er galt auch als erstklassiger Guerillakrieger, lange erprobt im Bootssonderdienst und für seine Leistungen in der Ägäis und vor der libyschen Küste mit mehreren Orden ausgezeichnet.

Der fünfte und letzte Mann ihrer Gruppe saß direkt hinter

Mallory. Nach dem brauchte er sich nicht umzudrehen, denn den kannte er am besten von allen Menschen auf der Welt, besser sogar als seine eigene Mutter. Andrea war die ganzen, endlos lang erscheinenden achtzehn Monate auf Kreta sein Adjutant gewesen. Andrea, dieses Muskelpaket mit dem tiefbäuchigen Gelächter und der tragischen Vergangenheit. Der Mann, mit dem er in Höhlen, unter Felsenhängen und in verlassenen Hirtenhütten gelagert, gegessen und geschlafen hatte, immerfort gehetzt und bedrängt von deutschen Spähtrupps und Flugzeugen – dieser Andrea, der zu seinem zweiten Ich, sein Doppelgänger geworden war. Wenn Mallory ihn ansah, glaubte er gleichsam sich selbst wie in einem Spiegel zu erblicken... Es lag auf der Hand, weshalb Andrea mitkam. Nicht in erster Linie, weil er Grieche war und Sprache, Denkweise und Sitten der Inselbevölkerung genau kannte; auch nicht, weil er sich mit Mallory so vollkommen verstand. So nützlich und schön das sein mochte – er sollte ihnen einzig und allein als Schutz und Rückhalt dienen. Von unendlicher Geduld, ruhig und enorm stark, ungeheuer wendig und beweglich trotz seines schweren Körpers, listig und leise wie eine Katze, konnte er plötzlich wie ein Berserker zum Angriff übergehen, eine wahre Kampfmaschine. Andrea sollte ihre Versicherung gegen Mißerfolg sein.

Mallory sah wieder aus dem Fenster und nickte noch einmal still. Er war zufrieden. Eine bessere Gruppe hätte Jensen wahrscheinlich nicht zusammenstellen können, selbst wenn er alle Kriegsschauplätze am Mittelmeer abkämmte. Und diese ganze Mühe hatte Jensen sich offenbar wirklich gemacht. Miller und Brown waren schon vor beinah vier Wochen nach Alexandria beordert worden, und ebenso früh war die Ablösung für Stevens an Bord seines in Malta stationierten Kreuzers erschienen. Und er selbst hätte mit Andrea gewiß auch schon vierzehn Tage früher Alexandria erreicht, wäre ihnen nicht noch zuletzt in den Weißen Bergen ihr Batterieladegerät in eine Schlucht gefallen, und hätte nicht der schwer geplagte Meldegänger vom ›nächsten‹ Horchposten eine Woche gebraucht, um die achtzig Kilometer durch verschneites, vom Feind überwachtes Gebirgsgelände zurückzulegen, und weitere fünf Tage, um sie aufzufinden. Mallo-

rys Hochachtung vor Jensen stieg immer mehr. Ein weitblik-
kender Mensch, der seine Pläne konsequent durchführte.
Seine gesamten Vorbereitungen für dieses Unternehmen
mußte er wohl schon vor den zwei erfolglosen Fallschirmein-
sätzen gegen Navarone getroffen haben. Einen dritten Mißerfolg durfte es einfach nicht mehr geben.

Acht Uhr. Im Flugzeug war es fast völlig dunkel, als Mallory
aufstand und sich nach vorn in die Pilotenkabine begab. Der
Captain trank gerade Kaffee, in einer Wolke von Tabaks-
qualm, der zweite Flugzeugführer winkte Mallory beim Eintritt lässig zu und betrachtete dann weiter gelangweilt die vor
ihnen liegende Szenerie.

»Guten Abend«, sagte Mallory lächelnd. »Haben Sie etwas
dagegen, daß ich eintrete?«

»Sie sind mir in meinem Laden stets willkommen«, versicherte ihm der Captain, »brauchen gar nicht zu fragen.«

»Ich dachte nur, Sie wären beschäftigt...« Mallory hielt
inne, die geradezu souveräne Untätigkeit in der Kabine ver-
blüffte ihn. »Wer fliegt eigentlich diese Maschine?« fragte er.

»George. Der automatische Pilot.« Der Captain wies mit
der Kaffeetasse auf einen schwarzen, niedrigen Kasten, dessen Umrisse in der fast finsteren Kabine nur verschwommen
sichtbar waren. »Ein fleißiger Kerl, der verdammt viel weniger Fehler macht als der faule Hund, der hier eigentlich
Dienst machen soll... Hatten Sie was auf dem Herzen,
Hauptmann?«

»Ja. Welche Instruktionen haben Sie für heute nacht?«

»Nur, daß ich euch Knaben in Castelrosso absetzen soll,
und zwar im Schutz der Dunkelheit.« Der Flieger schwieg einen Moment, ehe er offen erklärte: »Ich kapiere das nicht: ein
Flugzeug von dieser Größe für nur fünf Mann und ein paar
hundert Pfund Ausrüstung. Ausgerechnet nach Castelrosso.
Und ausgerechnet bei Nacht. Die letzte Maschine, die im
Dunkeln da runterging, landete unter Wasser, bis sie gegen
ein Hindernis stieß – weiß nicht, was für eins. Zwei Überlebende.«

»Ja, habe davon gehört. Tut mir leid, aber ich bin ja selbst
kommandiert. Alles Sonstige vergessen Sie bitte – im Ernst.

Schärfen Sie Ihrer Besatzung ein, daß keiner ein Wort erzählen darf. Sie haben uns nie gesehen, klar?«

Der Captain nickte düster. »Man hat uns allen schon das Kriegsgericht angedroht. Kommt einem bald vor, als sei tatsächlich ein Krieg im Gange.«

»Ist es auch ... Wir lassen zwei Kisten mit Zeug zurück. An Land gehen wir in anderer Kleidung. Die Kisten wird jemand abholen, wenn Sie wieder drüben sind.«

»Verstanden. Und viel Glück, Hauptmann. Geheimbefehl hin, Geheimbefehl her – ich habe das Gefühl, Sie werden Glück brauchen.«

»Wenn Sie das meinen, können Sie uns den besten Start geben«, sagte Mallory lächelnd. »Brauchen uns nur heil zu Wasser zu bringen, ja?«

»Seien Sie ganz beruhigt, Bruder«, erwiderte der Flieger energisch. »Keine Sorge. Bedenken Sie: in dieser Maschine sitze ich ja auch.«

Noch dröhnte ihnen wie ein Echo der Lärm von den starken Motoren der Sunderland in den Ohren, als das plumpe kleine Motorboot puffend aus der Dunkelheit kam und sich neben den glänzenden Rumpf des Wasserflugzeugs schob. Es wurde keine Zeit verloren und kein Wort gesprochen. In einer Minute waren die fünf Mann mit ihrer ganzen Ausrüstung an Bord, und zwei Minuten später schon legte sich das Boot, gegen die rauhe Steinwand scheuernd, an die Marinemole von Castelrosso. Zwei Wurfleinen flogen im Bogen durchs Dunkel, wurden von geübten Händen gefangen und rasch festgemacht. Neben der Bordwand des Schiffes, etwa in der Mitte, führte eine rostige, tief in die Steinmauer eingelassene Leiter empor in die von Sternen gesprenkelte Finsternis. Als Mallory oben ankam, trat aus dem Dunkelgrau eine schwarze Gestalt.

»Hauptmann Mallory?«

»Ja.«

»Hauptmann Briggs, Heeresgruppe. Lassen Sie bitte Ihre Leute hier warten, der Oberst möchte Sie noch sprechen.« Die näselnde Stimme mit dem affektiert knappen Befehlston klang alles andere als herzlich. Mallory machte in aufkommendem Zorn eine Bewegung, sagte aber nichts. Briggs sprach wie einer, der Verlangen nach seinem Bett oder nach der Ginflasche hat, und vielleicht brachte ihn dieser späte Besuch um beide Genüsse. Ja, der elende Krieg –.

Sie waren in zehn Minuten wieder zurück, jetzt zu dreien. Mallory spähte nach seinen drei am Molenrand wartenden Männern, bis er sie unterscheiden konnte. »Wo ist Miller hingekommen?« fragte er in halblautem Ton.

»Hier, Boß, hier«, stöhnte Miller, der sich mit dem Rücken gegen einen dicken hölzernen Poller gesetzt hatte und sich mühsam hochrappelte. »Bloß 'n bißchen ausgeruht, Boß. Zur Erholung, müßte man sagen, nach den nervenzerrüttenden Strapazen der Fahrt.«

»Wenn Sie alle endlich bereit sind«, sagte Briggs bissig, »wird Matthews Sie in Ihr Quartier führen. Sie bleiben dem Hauptmann zur Verfügung, Matthews. Befehl vom Oberst.« Sein Ton ließ keinen Zweifel, daß er die Befehle seines Vorgesetzten für ausgemachten Blödsinn hielt. »Und vergessen Sie nicht, Hauptmann Mallory, zwei Stunden, wie der Oberst gesagt hat.«

»Ich weiß, ich weiß«, sagte Mallory müde. »War ja dabei, wie er's sagte. Sie werden sich erinnern, daß er mit *mir* gesprochen hat. – All right, Jungens, wenn ihr klar seid.«

»Unser Gerät, Sir?« wagte Stevens einzuwerfen.

»Das lassen Sie nur hier. Schön, Matthews, führen Sie uns bitte.«

Matthews ging voraus, über die Mole, dann eine nicht enden wollende Zahl von steilen abgetretenen Stufen hinauf. Sie folgten ihm im Gänsemarsch, ihre Gummisohlen machten auf dem Gestein kein Geräusch. Oben bog Matthews scharf nach rechts ab, schritt durch einen engen Gang, der in Windungen abwärts führte, in einen breiteren Korridor, stieg mehrere knarrende Holztreppen empor und öffnete oben am Vorplatz die erste Tür.

»Hier ist es, Sir. Ich werde vor der Tür warten.«

»Warten Sie lieber unten«, wies Mallory ihn an. »Will Sie nicht kränken, Matthews, aber: je weniger Sie wissen, um so besser.«

Er folgte den andern in den Raum und schloß die Tür. Ein

ödes kleines Zimmer, mit dicken Vorhängen vor den Fenstern, von einem Tisch und fünf, sechs Stühlen fast ausgefüllt. In der hinteren Ecke knarrte die Matratze des einzigen Bettes, als Unteroffizier Miller sich, die Hände hinter dem Kopf verschränkend, genüßlich darauf ausstreckte.

»Ei je«, murmelte er bewundernd, »ein Hotelzimmer. Genau wie zu Hause. Bißchen kahl allerdings.« Ein Gedanke kam ihm. »Wo wollt ihr andern denn alle schlafen?«

»Überhaupt nicht«, sagte Mallory kurz. »Und Sie auch nicht. Wir brechen in knapp zwei Stunden auf.« Miller stöhnte. »Los, Soldat, erhebe dich«, fuhr Mallory erbarmungslos fort.

Miller stöhnte noch einmal, schwang die Beine über die Bettkante und beobachtete neugierig Andrea. Der gewaltige Grieche durchsuchte methodisch den Raum, indem er Schubfächer aufzog, Bilder umdrehte, hinter die Vorhänge und unters Bett blickte.

»Was macht'n der? Sucht er Staub?« fragte Miller.

»Sieht nach, ob ein Horchgerät versteckt ist«, erwiderte Mallory barsch. »Eine der Maßnahmen, denen Andrea und ich zu verdanken haben, daß wir immer noch leben.« Er griff in die Brusttasche seines Waffenrocks, einer dunklen Marinebluse ohne Rangabzeichen, zog eine Landkarte und die Zeichnung hervor, die Vlachos ihm gegeben hatte, und breitete sie auf dem Tisch aus. »Alle Mann um mich herumstellen. Ich weiß, daß Sie in den letzten zwei Wochen vor Neugier beinah geplatzt sind und sich hundert Fragen vorgelegt haben. Nun, hier finden Sie alles beantwortet, und ich hoffe, zu Ihrer Zufriedenheit... Ich darf Sie bekannt machen mit der Insel Navarone...«

Mallorys Uhr zeigte genau 11 Uhr, als er sich zurücklehnte und die Blätter wieder zusammenfaltete. Er musterte mit leichtem Spott die vier nachdenklichen Gesichter am Tisch. »Tja, meine Herren, so sieht die Sache aus. Reizender Plan, wie?« Er lächelte schief. »Wenn dies ein Film wäre, hieße mein nächster Satz ›Noch jemand eine Frage, Leute?‹ Aber das wollen wir uns schenken, weil ich einfach keine Antwort zu geben wüßte, denn Sie wissen nun genausoviel wie ich.«

»Eine hundertzwanzig Meter hohe, vierhundert Meter breite senkrechte Klippe, und das nennt sich ›die einzige offene Stelle der Verteidigungsanlage‹!« Miller, den Kopf mißmutig über seine Tabakschachtel geneigt, drehte sich mit geübter Hand eine lange dünne Zigarette. »Das ist glatter Wahnsinn, Boß. Ich persönlich kann nicht mal 'ne elende Leiter hochklettern, ohne runterzufallen.« Er paffte den beizenden Qualm seines starken Tabaks in die Luft. »Selbstmörderisch, das ist der Ausdruck, nach dem ich gesucht habe. Selbstmörderisch. Wette 1 zu 1000, daß wir nicht mal bis auf fünf Meilen an die verfluchten Kanonen rankommen.«

»1 zu 1000, so?« Mallory musterte ihn lange, ehe er fragte: »Sagen Sie mal, Miller: wie würden Sie die Wette für unsere Leute auf Kheros legen?«

»Ach ja.« Miller nickte ernst. »Ja, die Jungens auf Kheros, die hatte ich ganz vergessen. Habe mir bloß dauernd vorgestellt, wie ich mit der verflixten Klippe fertig werden soll.« Er warf einen hoffnungsvollen Blick auf die massige Gestalt Andreas an der anderen Seite des Tisches. »Oder vielleicht wird Andrea mich hinauftragen? Stark genug dazu ist er bestimmt.«

Andrea gab keine Antwort. Er hatte die Augen halb geschlossen und schien mit seinen Gedanken unendlich fern.

»Wir werden Sie an Händen und Füßen fesseln und an einem Tau aufhieven«, sagte Stevens unfreundlich. »Wenn's geht, nehmen wir sogar ein haltbares«, ergänzte er in gleichgültigem Ton. Es sollte scherzhaft klingen, doch seine besorgte Miene strafte ihn Lügen. Abgesehen von Mallory konnte nur Stevens die fast unüberwindlichen Schwierigkeiten ihrer Aufgabe beurteilen, einen unbekannten steilen Felsen in der Dunkelheit zu erklimmen. Er blickte Mallory fragend an. »Sollen wir allein klettern, Sir, oder –?«

»Entschuldigen Sie bitte.« Andrea beugte sich plötzlich vor. Rasch schrieb er etwas auf ein Blatt Papier und sprach mit seinem rummelnden Baß sehr schnell in dem korrekten Englisch, das er während seiner langen Zusammenarbeit mit Mallory gelernt hatte: »Ich habe einen Plan zum Ersteigen der Klippe. Hier ist eine Zeichnung. Meint Herr Hauptmann, daß es so geht? Bitte sehen Sie sich das an.«

Er schob Mallory das Papier zu. Mallory blickte darauf, stutzte ein wenig, begriff aber sofort, was Andrea wollte. Auf dem Blatt war nichts gezeichnet, es trug nur zwei Worte in großen Druckbuchstaben: ›Alle weiterreden.‹

»Ach so«, sagte Mallory sinnend. »Wirklich sehr gut, Andrea, so wäre es durchaus möglich.« Er hielt das Papier hoch, daß alle es lesen konnten. Andrea war bereits aufgestanden, er tappte wie auf Katzenpfoten zur Tür.

»Genial, nicht wahr, Korporal Miller?« fuhr Mallory im bisherigen Ton fort. »Damit könnten wir manche Schwierigkeit ausschalten.«

»Ja-a.« Millers Gesichtsausdruck hatte sich kein bißchen geändert, seine Augen blieben halb geschlossen zum Schutz vor dem scharfen Rauch der Zigarette, die er lose zwischen den Lippen hielt. »So wäre vielleicht das Problem zu lösen – und sogar ich könnte heil nach oben kommen.« Er lachte ganz ungezwungen, während er konzentriert einen sonderbar geformten Zylinder auf den Lauf eines Revolvers schraubte, der wie durch Zauberei in seiner linken Hand erschienen war. »Nur diese komische Linie hier verstehe ich nicht ganz, und den Punkt da –«

In zwei Sekunden, buchstäblich, war alles vorbei. Mit täuschender Leichtigkeit und Gelassenheit hatte Andrea die Tür geöffnet, die freie Hand hinausgestreckt, eine sich wild sträubende Gestalt durch die Lücke hereingerissen, sie ins Zimmer gestellt und die Tür geschlossen, alles wie in einer einzigen, genau abgemessenen Bewegung. Es war ebenso geräuschlos wie schnell gegangen. Für eine Sekunde stand der Horcher, ein dunkler Levantiner mit spitzem Gesicht, der blaue Hosen und ein schlecht sitzendes weißes Hemd trug, vor Schrecken wie versteinert da, nur die Augen zuckten ganz schnell in der ungewohnten Helligkeit. Dann fuhr seine Rechte unter das Hemd.

»Achtung!« rief Miller scharf, den Revolver erhebend, während Mallory nach seiner Hand griff.

»Aufpassen!« sagte Mallory leise.

Die Männer am Tisch sahen nur flüchtig das Blitzen von bläulichem Stahl, als der Arm mit dem Messer zuckend zurückfuhr und sofort wieder nach vorn stieß, bösartig schnell.

Und dann – kaum zu glauben – blieben Hand und Messer mit einem Ruck in der Luft stehen, die glänzende Spitze nur ein paar Finger breit vor Andreas Brust. Ein kreischender Schmerzensschrei, ein eigenartiges Knacken von Handgelenkknochen, als der gigantische Grieche fester zupackte, und dann hatte Andrea die Klinge zwischen Daumen und Zeigefinger und nahm dem Levantiner das Messer ab, so behutsam und gleichsam mit zärtlichem Vorwurf, wie ein Vater sein geliebtes, aber unvernünftiges Kind davor beschützt, sich selbst weh zu tun. Und schon war das Messer herumgedreht, die Spitze stand vor der Kehle des Levantiners, und Andrea blickte aus seiner Höhe freundlich in die dunklen entsetzten Augen.

Miller ließ in einem langen, halb pfeifenden Seufzer die Luft aus den Lungen. »Nanu«, murmelte er, »ich glaube, das hat Andrea wohl schon öfters gemacht?«

»Ich glaube, das hat er wohl«, imitierte ihn Mallory. »Wollen uns die Type mal genauer ansehen, Andrea.«

Andrea brachte seinen Gefangenen näher an den Tisch, bis in den Lichtkreis. Mit finsterer Miene stand er da, ein magerer Mensch, Gesicht wie ein Frettchen, die schwarzen Augen trüb von Schmerzen und Angst, das zerdrückte Handgelenk mit der Linken stützend.

»Wie lange mag dieser Kerl schon draußen gestanden haben, Andrea?« fragte Mallory.

Andrea fuhr sich mit seinen starken Fingern durch die dichten, dunklen, über den Schläfen stark angegrauten Haarlocken. »Genau weiß ich das nicht, Hauptmann. Ich bildete mir ein, ein Geräusch zu hören, wie ein Schnurren von Füßen, vor ungefähr zehn Minuten, aber ich dachte, meine Ohren täuschten mich. Dann hörte ich dasselbe vor einer Minute. Also wird wohl leider –«

»Zehn Minuten, wie?« Mallory nickte überlegend, dann fixierte er den Gefangenen. »Wie heißt du?« fragte er ihn scharf. »Was hast du hier zu suchen?«

Es kam keine Antwort, nur der finstere Blick, das mürrische Schweigen – das durch einen schrillen Schmerzensschrei jäh unterbrochen wurde, als Andrea den Mann gegen den Schädel knuffte.

»Der Hauptmann hat dir eine Frage gestellt«, sagte er vorwurfsvoll und knuffte ihn zum zweitenmal, noch kräftiger. »Antworte dem Hauptmann.«

Der Fremde begann aufgeregt zu reden, in rapidem Tempo, wild mit den Händen gestikulierend. Seine Worte waren vollkommen unverständlich. Andrea schnitt den Redestrom ab, indem er einfach den Mann an der Kehle packte, mit seiner Linken, die den dürren Hals fast ganz umschloß.

Mallory blickte Andrea fragend an. Der Riese schüttelte den Kopf.

»Kurdistanisch oder Armenisch, glaube ich, Hauptmann, aber die Sprachen verstehe ich nicht.«

»Und ich schon gar nicht«, gab Mallory zu. »Sprichst du englisch?« fuhr er den Fremden an.

Als Antwort bekam er nur einen haßerfüllten Blick der schwarzen Augen. Andrea knuffte wieder.

»Sprichst du englisch?« wiederholte Mallory unnachgiebig.

»Ängliesch? Ängliesch?« Schultern und offene Handflächen hoben sich, das uralte Zeichen des Nichtverstehens. »Ka Ängliesch.«

»Er behauptet kein Englisch zu können«, sagte Miller gedehnt.

»Kann sein, kann auch nicht sein«, gab Mallory gelassen zurück. »Wir wissen nur, daß er gehorcht hat und können kein Risiko eingehen. Es stehen zu viele Menschenleben auf dem Spiel.« Seine Stimme wurde plötzlich hart, die Augen blickten mitleidlos. »Andrea!«

»Herr Hauptmann?«

»Du hast das Messer. Erledige es glatt und schnell. Zwischen die Schulterblätter.«

Stevens stieß einen Schreckensruf aus und sprang so rasch vom Stuhl, daß er krachend umfiel. »Lieber Gott, Sir, Sie können doch nicht –«

Er hielt inne und starrte verblüfft auf den Gefangenen, der wie ein Geschoß mit einem Satz durch den Raum sprang, bis in die äußerste Ecke, wo er zusammengeduckt liegenblieb, einen Arm zur Abwehr über den Kopf gebogen, sein ganzes Gesicht ein Bild sinnloser nackter Angst. Langsam wandte

Stevens den Blick ab, sah das triumphierende Lächeln Andreas, sah, wie in Browns und Millers Gesicht die Erkenntnis dämmerte, und kam sich auf einmal erzdumm vor.

Bezeichnend war, daß Miller zuerst wieder sprach. »Wääl, wääl, da hat man's. Vielleicht kann er doch ein bißchen Änglisch, wie?«

»Ja, vielleicht«, gab Mallory zu. »Niemand wird sein Ohr zehn Minuten an ein Schlüsselloch drücken, wenn er von dem, was gesprochen wird, kein Wort verstehen kann... Brown, rufen Sie doch bitte mal Matthews herein.«

Wenige Sekunden später erschien der Posten in der Tür.

»Würden Sie Hauptmann Briggs holen, Matthews?« sagte Mallory. »Bitte sofort.«

Der Soldat zögerte. »Hauptmann Briggs hat sich schlafen gelegt, Sir. Hat strengen Befehl gegeben, ihn nicht zu stören.«

»Mein Herz blutet für Hauptmann Briggs und seinen unterbrochenen Schlummer«, sagte Mallory grob. »Er hat an einem Tage mehr Schlaf gehabt als ich in der ganzen letzten Woche.« Er schaute auf die Uhr, seine dicken Brauen verbanden sich zu einer geraden Linie über den ermüdeten braunen Augen. »Wir haben keine Zeit zu verschwenden. Holen Sie ihn sofort her, verstanden? Sofort!«

Matthews salutierte und eilte davon. Miller räusperte sich laut und schnalzte betrübt mit der Zunge. »Diese Hotels sind doch alle gleich. Was hier so gespielt wird, einfach nicht zu glauben! Fällt mir ein, wie ich mal auf einem Kongreß in Cincinnati war –«

Mallory schüttelte müde den Kopf. »Hotels sind wohl Ihre fixe Idee, Korporal. Wir befinden uns hier in militärischen Bezirken, und zwar im Quartier von Armeeoffizieren.«

Miller schien noch etwas sagen zu wollen, zog es aber vor, zu schweigen. Er besaß gute Menschenkenntnis und wußte sehr genau, mit wem man Ulk treiben konnte und mit wem nicht. Ein beinah hoffnungsloses Unternehmen, das sie vorhatten, überlegte er ruhig. So wichtig es sein mochte – er hielt es für Selbstmord, doch allmählich verstand er, weshalb dieser zähe, sonnverbrannte Neuseeländer als Führer ihrer Gruppe auserkoren war.

Die nächsten fünf Minuten blieben sie stumm sitzen, doch als die Tür aufging, schauten sie alle hoch. Hauptmann Briggs erschien ohne Mütze und trug anstelle von Kragen und Krawatte einen weißen, seidenen Schal um den Hals, der sein aufgedunsenes rotes Gesicht und den geröteten Hals sonderbar scharf abhob. Der rote Kopf war Mallory schon aufgefallen, als er ihn das erstemal im Büro beim Obersten betrachtet hatte. Kam gewiß von zu hohem Blutdruck und noch mehr vom üppigen Leben. Aber das tiefere, ins Violette spielende Rot, das ihm jetzt auffiel, sprach vermutlich von seiner hier wenig angebrachten ›gerechten Entrüstung‹. Ein Blick in die cholerischen Augen, die wie glänzende hellblaue Krabben in einem zinnoberroten See zu schwimmen schienen, genügten durchaus als Bestätigung.

»Ich finde, das geht denn doch zu weit, Hauptmann Mallory!« Die Stimme klang beinahe schrill vor Zorn, der näselnde Ton noch markanter als sonst. »Ich bin schließlich nicht die Ordonnanz. Habe einen verdammt schweren Tag hinter mir, und schlafen muß ich ja schließlich –«

»Sparen Sie das für Ihre Biographie auf«, sagte Mallory brüsk, »und schauen Sie sich mal die Type da in der Ecke an.«

Briggs wurde noch röter im Gesicht. Er trat, ergrimmt die Fäuste ballend, in den Raum, blieb aber gleich wie angewurzelt stehen, als sein Blick auf die zerzauste, noch ganz in die Ecke geduckte Gestalt fiel.

»Mein Gott!« stieß er hervor. »Nicolai!«

»Sie kennen ihn.« Es war keine Frage, nur eine Feststellung.

»Selbstverständlich kenne ich ihn!« schnaubte Briggs. »Den kennt jeder hier. Nicolai, unser Wäscheboy.«

»So, Ihr Wäscheboy? Gehört es zu seinen Pflichten, nachts in den Korridoren herumzuschnüffeln und an Schlüssellöchern zu horchen?«

»Was soll das heißen?«

»Was ich sage.« Mallory war sehr geduldig. »Wir haben ihn beim Horchen hier vor der Tür gefaßt.«

»Nicolai?! Das glaube ich nicht.«

»Achtung, Mister«, sagte Miller knurrend. »Mal langsam,

eh' Sie einen als Lügner bezeichnen. Wir haben es alle gesehen.«

»Vorsicht«, ermahnte Mallory ihn leise.

Briggs starrte wie gebannt auf die schwarze Mündung des Revolvers, der nachlässig vor ihm hin und her wedelte. Er schluckte und blickte schnell zur Seite. »Na, und?« Er zwang sich zum Lächeln. »Nicolai kann kein Wort Englisch sprechen.«

»Mag sein«, stimmte Mallory trocken hinzu, »aber er versteht's jedenfalls recht gut.« Er hob die Hand. »Ich habe keine Lust, mich die ganze Nacht zu streiten, und schon gar nicht die Zeit. Wollen Sie bitte diesen Mann in Arrest nehmen lassen, und zwar in eine Einzelzelle, so daß mindestens für die nächste Woche niemand mit ihm in Verbindung treten kann. Das ist äußerst wichtig. Einerlei, ob er Spion ist oder bloß zu neugierig – er weiß viel zuviel. Später können Sie es machen, wie's Ihnen beliebt. Mein Rat wäre, ihn mit einem Fußtritt aus Castelrosso hinauszuwerfen.«

»Ihr Rat, soso!« Briggs hatte seine normale Farbe und damit auch seine Courage wieder. »Was bilden Sie sich ein, zum Teufel, mir einen Rat oder Befehle zu geben, Hauptmann Mallory?« Er betonte scharf das Wort Hauptmann.

»Dann erbitte ich es mir als Gefälligkeit«, plädierte Mallory, des Streits überdrüssig. »Ich kann's nicht erklären, aber es ist furchtbar wichtig. Hunderte von Menschenleben –«

»Hunderte von Menschenleben!« gab Briggs höhnisch zurück. »Melodramatisches, dummes Zeug!« Er lächelte unangenehm. »Ich schlage vor, daß Sie das für Ihre Revolverheldenbiographie reservieren, Hauptmann Mallory.«

Mallory stand auf, ging um den Tisch und stellte sich dicht vor Briggs. Seine braunen Augen waren still und eiskalt. »Ich könnte mich ja, wenn ich wollte, gleich an Ihren Oberst wenden, aber ich habe das Gerede satt. Entweder tun Sie genau, was ich sage, oder ich gehe sofort zum Marinekommando und spreche über Radiotelefon mit Kairo. Und wenn ich das tue«, führte er aus, »dann schwöre ich Ihnen, daß Sie auf dem nächsten Schiff mit nach England befördert werden – und zwar zwischen den Truppen im Mannschaftsdeck.«

Seine letzten Worte schienen unendlich lange durch den

Raum zu hallen, so still war es geworden. Und dann verflog die Spannung ebenso plötzlich wie sie entstanden war, und Briggs' Gesicht, jetzt merkwürdig weiß und rot gefleckt, hatte die schlaffen und grämlichen Züge des Besiegten.

»All right, all right«, sagte er. »Zu Ihren verdammten albernen Drohungen ist gar kein Anlaß – wenn die Sache für Sie so große Bedeutung hat.« Sein Versuch, sich noch in die Brust zu werfen und die Reste seiner zerstörten Würde wieder zusammenzuflicken, wirkte armselig, weil er zu leicht zu durchschauen war. »Matthews – holen Sie die Wache her.«

Die starken Flugzeugmotoren auf halbe Fahrt gedrosselt, stampfte das Torpedoboot, den Bug in eintönigem Gleichmaß hebend und senkend, in die lange, weiche Dünung aus Westnordwest. Zum hundertstenmal in dieser Nacht blickte Mallory auf seine Uhr.

»Sind verspätet, wie, Sir?« fragte Stevens.

Mallory nickte. »Wir hätten eigentlich direkt aus der Sunderland hier an Bord gehen sollen, aber es hat Aufenthalt gegeben.«

Brown knurrte. »Maschinenschaden, könnte ich wetten.« Der Akzent seines heimatlichen Clyde war sehr ausgeprägt.

»Ja, ganz recht.« Mallory blickte erstaunt hoch. »Woher wissen Sie das?«

»Ist ja immer dasselbe bei den verflixten Maschinen auf Motorschiffen«, erwiderte Brown brummig. »Empfindlich wie die Filmstars, die Dinger.«

Eine Weile herrschte Stille in der kleinen abgedunkelten Kammer, nur ein paarmal durch das Klirren von Gläsern unterbrochen, denn die Marine bewies auch hier ihre traditionelle Gastlichkeit.

»Wenn wir Zeit verloren haben«, bemerkte schließlich Miller, »weshalb gibt dann der Käpt'n nicht mehr Gas? Mir wurde gesagt, daß diese Kisten 40 bis 50 Knoten laufen können.«

»Sie sehen schon jetzt grün genug aus«, sagte Stevens taktlos. »Sicher haben Sie noch nie bei schwerem Seegang auf einem MTB mit Höchstfahrt gestanden.«

Miller verstummte für Sekunden. Er hatte tatsächlich nur

seine Gedanken von dem inneren Unbehagen ablenken wollen. »Herr Hauptmann?« fragte er dann.

»Ja, was gibt's denn?« antwortete Mallory schläfrig. Er hatte sich auf einer schmalen Sitzbank lang ausgestreckt, ein fast geleertes Glas zwischen den Fingern.

»Geht mich nichts an, Boß, aber – hätten Sie das ausgeführt, was Sie Hauptmann Briggs angedroht haben?«

Mallory lachte. »Geht Sie wirklich nichts an, aber – nein, Korporal, das hätte ich nicht getan. Weil ich's gar nicht gekonnt hätte. Mit so großen Vollmachten bin ich nicht ausgestattet – und ich weiß nicht mal, ob's in Castelrosso überhaupt ein Funktelefon gibt.«

»Ja-a. Ja-a, das hatte ich mir beinah schon gedacht.« Unteroffizier Miller rieb sein stoppliges Kinn. »Aber wenn er auf Ihren Bluff nicht reingefallen wäre, was hätten Sie dann getan, Boß?«

»Dann hätte ich Nicolai erschossen«, sagte Mallory gelassen. »Wenn der Oberst mich im Stich gelassen hätte, wäre mir keine andere Wahl geblieben.«

»Das verstehe ich und glaube Ihnen auch, daß Sie's getan hätten. Und jetzt fange ich auch langsam an zu glauben, daß wir eine Chance haben... Aber eigentlich wünschte ich, Sie hätten ihn erschossen... und den kleinen hochtrabenden Herrn gleich mit. Mir hat nämlich das Gesicht von diesem Briggs gar nicht gefallen, als Sie da aus der Tür gingen. Niedertracht ist gar nichts dagegen. Der hätte Sie am liebsten umgebracht. Den haben Sie zu sehr in seinem Stolz getroffen, und für so eine Flasche gibt's auf der ganzen Welt nichts Wichtigeres als die eigene Person.«

Mallory antwortete nicht, er schlief schon fest, das leere Glas war ihm aus der Hand gefallen. Nicht einmal das Gedröhn der schweren Maschinen, die auf vollen Touren liefen, als sie in das geschützte Fahrwasser der Straße von Rhodos bogen, vermochte bis in seinen abgrundtiefen Schlaf zu dringen.

3. KAPITEL

Montag 7.00 bis 17.00 Uhr

»Mein lieber Freund, Sie bringen mich in ganz schreckliche Verlegenheit.« Verdrießlich klopfte der Offizier mit der Fliegenklatsche, die einen Elfenbeingriff hatte, gegen sein tadellos bekleidetes Bein, deutete verächtlich mit der glänzenden Spitze seines Schuhs auf die uralte, breite, zweimastige Kajike, die mit dem Heck an der noch älteren und noch baufälligeren hölzernen Pier festgemacht war, auf der sie standen. »Ich schäme mich tatsächlich. Die Kundschaft von Rutledge & Company ist, das versichere ich Ihnen, nur an beste Ware gewöhnt.«

Mallory unterdrückte ein Lächeln. Major Rutledge vom Regiment der ›Buffs‹, erzogen in Eton und Sandhurst, wie seine Sprache verriet, der Zahnbürstenschnurrbart millimetergenau geschnitten, die Khakiuniform von der wunderbaren Maßarbeit wie nur erste Londoner Schneider sie liefern, paßte so verblüffend schlecht in die wilde Schönheit der felsigen, von Bäumen umsäumten Klippen an diesem gewundenen Gebirgsbach und schien doch unbedingt hierherzugehören. Denn seine lässige Sicherheit und seine majestätische Sorglosigkeit dominierten so über die Umgebung, daß man den Eindruck haben mußte, nicht er, sondern die ganze Landschaft müsse ›falsch plaziert‹ sein.

»Gewiß, man sieht dem Boot an, daß es bessere Tage gesehen hat«, gab Mallory zu, »aber trotzdem ist gerade dieses das richtige für uns.«

»Das will mir nicht in den Kopf, will mir absolut nicht in den Kopf.« Mit einem etwas ärgerlichen, aber wohlgezielten Hieb brachte der Major eine harmlos vorbeisummende Fliege zur Strecke. »Ich habe in den letzten acht, neun Monaten diverse Herrschaften mit allem möglichen ausgerüstet – mit Kajiken, Barkassen, Fischerbooten und so weiter, aber bisher hat noch keiner den Wunsch geäußert, ihm das älteste und verkommenste Wrack zu besorgen, das sich finden ließ. Und das war nicht einmal leicht, kann ich Ihnen sagen!« Er verzog das Gesicht, als bereite ihm Schmerz, was er noch hinzufügen mußte: »Die Kerle wissen doch, daß ich sonst nicht mit solchem Gerümpel handle.«

»Welche Kerle?« fragte Mallory neugierig.

»Oh, die auf den Inseln da oben.« Rutledge deutete vage nach Norden und Westen.

»Aber – aber die sind doch vom Feind besetzt –«

»Das ist unsere auch. Irgendwo muß man ja sein Hauptquartier haben«, erklärte Rutledge geduldig. Plötzlich hellte seine Miene sich auf. »Also, alter Freund, ich wüßte da genau das Geeignete für Sie. Ein Boot, das weder auffällt noch zur Untersuchung reizt – eins, das den dringenden Wünschen aus Kairo entsprechen würde. Wie wäre es mit einem deutschen Schnellboot, in tadellosem Zustand, aus der Hand eines vorsichtigen Besitzers? Könnte man in England für zehntausend Pfund verkaufen. Würde in sechsunddreißig Stunden hier sein: Kamerad von mir in Bodrum –«

»Bodrum?« fiel Mallory ein. »Bodrum? Das ist doch – liegt doch in der Türkei, nicht wahr?«

»Türkei? Ach ja, wirklich, da haben Sie wohl recht. Irgendwoher muß man ja schließlich seinen Nachschub beziehen, finde ich.«

»Na, jedenfalls vielen Dank« – Mallory lächelte –, »aber dies ist genau, was wir brauchen. Warten könnten wir sowieso nicht.«

»Ich wasche meine Hände in Unschuld.« Rutledge warf die Hände empor, zum Zeichen, daß er sich geschlagen gab. »Werde Ihnen ein paar Mann schicken, die Ihren Kram an Bord bringen.«

»Das möchten wir lieber selbst machen, Sir. Es ist – na, sagen wir: Frachtgut besonderer Art.«

»Ihr gutes Recht«, bestätigte der Major. »Bin bekannt, daß ich keine Fragen stelle. Wollen Sie bald los?«

Mallory blickte auf seine Uhr. »In einer halben Stunde, Sir.«

»Speck, Eier und Kaffee in zehn Minuten?«

»Vielen herzlichen Dank.« Mallory strahlte. »Dieses Angebot akzeptieren wir sehr gern.«

Er ging langsam zum Ende der Mole. Tief und mit Genuß atmete er die nach Kräutern duftende Morgenluft über dem Ägäischen Meer ein. Der Salzgeruch der See, der einschläfernd süße Duft des Geißblatts und der feinere und schärfere der Pfefferminz, vermengten sich zu einem berauschenden, unbestimmbaren und unvergeßlichen Eindruck. Jenseits des Meeresarms erstreckten sich hinter dem Steilhang des Ufers leuchtend grüne Fichten, Nußbäume und Stechpalmen, anschließend die marschigen Weiden, und über sie hinweg trug aus der Ferne die duftbringende Brise das melodische Klimpern der Ziegenglocken, eine Heimweh erweckende Musik, echtes Symbol eines friedlichen Behagens, das der Ägäis bald nicht mehr beschieden war.

Beinah unbewußt schüttelte Mallory den Kopf und schritt schneller nach dem Molenkopf. Die andern saßen noch da, wo das Torpedoboot sie kurz vor Tagesanbruch an Land gebracht hatte. Miller lag selbstverständlich lang ausgestreckt, die Mütze in die Stirn gezogen zum Schutz gegen die goldenen, fast noch waagerechten Strahlen der aufgehenden Sonne.

»Bedauere, euch stören zu müssen und so weiter«, sagte Mallory, »aber wir starten in einer halben Stunde. In zehn Minuten gibt's Frühstück.« Er wandte sich an Brown. »Sie möchten sich gewiß gern mal die Maschine ansehen?«

Brown erhob sich, ging zu der Kajike und blickte ohne Begeisterung auf das verwitterte Fahrzeug, das kaum noch Farbe am Rumpf hatte.

»Ja, das möchte ich, Sir. Aber wenn die Maschine ebenso ist wie dieses jämmerliche Wrack...« In düsteren Vorahnungen schüttelte er den Kopf und schwang sich gewandt ins Boot hinab.

Mallory und Andrea kletterten ebenfalls hinein und nahmen die Sachen in Empfang, die die beiden andern ihnen zureichten. Zuerst verstauten sie einen Sack voll alter Kleidungsstücke, dann die Lebensmittel, einen Primuskocher und Petroleum, die schweren Bergstiefel, Mauerhaken, Hämmer, Picken und Rollen von Kletterseilen mit Drahtkern. Dann kamen, behutsamer behandelt, ein kombinierter Sender und Empfänger und der Generator dazu, mit einem altmodischen Kolbengriff. Danach die Schußwaffen: zwei deutsche Maschinenpistolen, zwei englische Brens, ein Mausergewehr und eine Pistole, sowie ein Kasten mit ungeordneten, aber sorgfältig ausgewählten kleinen Gegenständen: Taschenlampen, Spiegel, zwei verschiedene Ausweispapiere für jeden und – rätselhafterweise – eine Anzahl Flaschen Rheinwein, Moselwein und Likör.

Zum Schluß verstauten sie mit übertriebener Vorsicht ganz vorn im Bug zwei hölzerne Kisten, eine grüne mittelgroße, mit Messingbändern verschlossene, und eine kleine schwarze. Die grüne enthielt Explosivstoffe: Trinitrotoluol, Amatol und einige Stangen Dynamit, ferner Handgranaten, Sprengkapseln mit Schießbaumwolle und Leinenschläuche. In einer Ecke der Kiste befanden sich ein Säckchen mit Schmirgelstaub, eins mit gemahlenem Glas und eine versiegelte Kruke mit Kalium. Diese drei Artikel sollten zur Verfügung sein für Fälle, in denen vielleicht Dusty Miller sein einzigartiges Talent als Saboteur beweisen konnte. Der schwarze Kasten enthielt nur Zünder, Aufschlagzünder und elektrische, auch hochempfindliche mit Fulminaten, die auf leiseste Berührung reagierten.

Als der letzte Kasten untergebracht war, tauchte Casey Browns Kopf aus dem Luk über der Maschine empor. Langsam ließ er den Blick am Großmast hochwandern, der dicht neben ihm aufragte, studierte ebenso langsam den Fockmast, dann sah er, eine möglichst ausdruckslose Miene aufsetzend, Mallory an und fragte: »Haben wir Segel für diese Dinger, Sir?«

»Ich denke doch. Warum?«

»Weil nur Gott weiß, wie nötig wir sie haben werden«, erwiderte Brown bitter. »Ich sollte mir mal den Maschinenraum ansehen, meinten Sie. Das ist aber kein Maschinenraum, sondern ein elender Schrottladen. Und das größte und am meisten verrostete Stück Schrott da unten hängt an der Schraubenwelle. Und was glauben Sie, was das ist? Ein alter Kelvin Zweizylindermotor, der dicht bei mir zu Hause gebaut worden ist – aber schon vor ungefähr dreißig Jahren.«

Brown schüttelte verzweifelt den Kopf, sein Gesicht sah so kummervoll aus wie nur ein Werftingenieur vom Clyde aussehen kann, wenn er eine geliebte Maschine mißhandelt sieht. »Und das Ding geht schon seit Jahren zu Bruch, Sir, der ganze Raum liegt voll von abmontierten Stücken und kaputten Ersatzteilen. Ich habe bei den Werften zu Hause Schrotthaufen gesehen, die im Vergleich hierzu Paläste waren.«

»Major Rutledge sagte, der Motor sei gestern noch gelaufen«, erklärte Mallory sanft. »Aber egal jetzt, kommen Sie an Land, frühstücken. Erinnern Sie mich daran, daß wir uns auf dem Rückweg ein paar schwere Steine mitbringen, ja?«

»Steine?« Miller sah ihn entsetzt an. »Auf diesem Kasten auch noch Steine mitnehmen?«

Mallory nickte lächelnd.

»Aber dies vermaledeite Schiff sinkt ja so schon!« protestierte Miller weiter. »Zu was brauchen Sie denn Steine?«

»Abwarten, dann sehen Sie's.«

Drei Stunden später wußte Miller, wozu. Die Kajike tuckerte knapp eine Meile vor der türkischen Küste, als er mit bekümmerter Miene die letzten Knoten um seine zu einem Ball zusammengepreßte blaue Felduniform festzog und diesen mit einem Seufzer des Bedauerns über Bord warf. Beschwert mit dem dicken Stein, den er vom Strand mitgebracht hatte, sank das Bündel in einer Sekunde in die Tiefe.

Verdrießlich musterte er sich selbst in dem gegen das vordere Schott des Ruderhauses gestellten Spiegel. Bis auf die dunkellila Schärpe, die er um seine dünne Taille geschlungen hatte, und eine mit Fantasiemustern bestickte Weste, deren Pracht freilich, zum Glück, verblaßt war, bestand sein Anzug nur aus schwarzen Stücken: schwarze hohe Schnürstiefel, schwarze bauschige Hosen, schwarzes Hemd und schwarzes Jackett. Sogar sein sandgelbes Haar war schwarz gefärbt.

Schaudernd wandte er sich vom Spiegel ab. »Gott sei Dank, daß mich keiner von zu Hause so sieht!« sagte er mit Nachdruck. Dann betrachtete er kritisch die Kameraden, die, bis auf kleine Unterschiede, ebenso gekleidet waren, und meinte: »Wääll, eigentlich sieht's ja so übel gar nicht aus, was? Zu was soll diese Schnellverkleidung dienen, Boß?«

»Man hat mir erzählt, Sie wären zweimal hinter den deutschen Linien gewesen, einmal als Bauer und einmal als Handwerker«, antwortete Mallory, während er seine eigene Uniform, mit einem Stein als Ballast, über Bord warf. »Na, und jetzt sollen Sie eben tragen, was der gutgekleidete Herr auf Navarone trägt.«

»Ich meinte, die doppelte Verkleidung: einmal im Flugzeug und jetzt noch mal.«

»Ach so. Erst Khaki und Marineweiß in Alexandria, dann blaue Feldmontur in Castelrosso, und jetzt der griechische Anzug? Es hätten ja in beiden Häfen, oder auch auf Major Rutledges Insel, Spitzel sein können, und sind's auch bestimmt gewesen. Und wir sind von der Barkasse ins Flugzeug, dann aufs Torpedoboot und nachher auf dieses Schiff umgestiegen. Um unsere Spuren zu verdecken, Korporal. Wir können uns keinerlei Risiko erlauben.« Seine Stimme klang bei den letzten Worten befehlsgewohnt.

Miller nickte, schaute in den Kleidersack zu seinen Füßen, furchte erstaunt die Stirn, bückte sich, zog die weißen Stoffbündel heraus, die ihm aufgefallen waren, und hielt die langen weiten Gewänder zu näherer Betrachtung hoch. »Anzulegen beim Passieren von Friedhöfen in unserem Bezirk, vermute ich.« Seine Stimme triefte von Ironie. »Als Gespenster verkleidet.«

»Tarnung«, erklärte Mallory kurz, »Schneehemden.«

»Was?!«

»Schnee. Dieses weiße Zeug. Es gibt nämlich auf Navarone ein paar ganz hübsche hohe Berge, die wir vielleicht besteigen müssen. Deshalb also – Schneehemden.«

Miller sah aus wie vor den Kopf geschlagen. Wortlos streckte er sich lang an Deck aus, schob die Hände unter den Kopf und schloß die Augen. Mallory lächelte Andrea an.

»Bild von einem Manne, der noch sein volles Quantum Sonnenschein konsumieren will, ehe er den Kampf mit der arktischen Einöde aufnimmt...! Keine schlechte Idee übrigens. Du solltest dir eigentlich auch ein bißchen Schlaf gönnen. Ich werde erst mal für zwei Stunden die Wache übernehmen.«

Fünf Stunden hielt das Boot seinen Kurs parallel der türkischen Küste, in ungefähr nordnordwestlicher Richtung und selten weiter als zwei Meilen von Land. Entspannt und von der noch freundlichen Novembersonne durchwärmt, saß Mallory ganz vorn, in den stumpfen Bug geklemmt und ließ den Blick pausenlos über Himmel und Horizont ringsum wandern. In der Mitte des Decks lagen Andrea und Miller schlafend auf den Planken. Casey Brown widersetzte sich noch jedem Versuch, ihn im Maschinenraum abzulösen. Gelegentlich, aber nur selten, kam er herauf, um etwas frische Luft zu schöpfen, doch die Pausen zwischen seinem Erscheinen wurden immer länger, da er sich mehr und mehr auf den alten Kelvinmotor konzentrierte, indem er die ungleichmäßig arbeitende Tropfölung und die Luftzufuhr fortwährend neu einstellte. Ingenieur bis in die Fingerspitzen, war er ganz unglücklich über diese Maschine. Müde war er auch und hatte Kopfschmerzen, denn durch das enge Luk kam kaum frische Luft in den Raum.

Allein im Ruderhaus (einer ungewöhnlichen Einrichtung auf einem so kleinen Boot) studierte Leutnant Andy Stevens die langsam vorbeigleitende türkische Küstenlandschaft. Seine Augen wanderten ebenso pausenlos auf die Karte, von der Karte nach den Inseln voraus an Backbord, Inseln, deren Position sich im Verhältnis zu den nächsten Inseln immer wieder in täuschender Weise änderte, während sie allmählich aus der See emporwuchsen und in der Strahlenbrechung des bläulichen Dunstes schärfere Konturen annahmen. Von den Inseln ging sein Blick zu dem alten Alkoholkompaß, der sich in seinen verrosteten Bügeln kaum wahrnehmbar bewegte, und vom Kompaß wieder zur Küste. Manchmal spähte er auch in den Himmel hinauf oder ließ rasch den Blick um den halben Horizont schweifen. Nur eins mied er die ganze Zeit: den halb zersplitterten, von Fliegenschmutz befleckten Spiegel, den sie wieder ins Ruderhaus gehängt hatten. Es war, als seien seine Augen und der Spiegel entgegengesetzte magnetische Pole – er brachte es einfach nicht fertig, hineinzublicken.

Seine Unterarme schmerzten. Obwohl er am Ruder schon zweimal abgelöst worden war, schmerzten sie abscheulich.

An seinen hageren gebräunten Händen, die das rissige Rad hielten, traten die Knöchel weiß hervor. Ein paarmal hatte er schon versucht, die sich verkrampfenden Armmuskeln zu entspannen, aber jedesmal griffen seine Hände, als hätten sie einen eigenen Willen, wieder fester zu. Er spürte auch einen so merkwürdigen säuerlichen und salzigen Geschmack in seinem trockenen, ausgedörrten Mund, einen Geschmack, eine Trockenheit, die nicht weichen wollte, sooft er auch schluckte oder Wasser aus dem von der Sonne gewärmten Krug trank. Es gelang ihm ebensowenig, wie er den krampfigen Klumpen zu lösen vermochte, der ihn im Leib, dicht über dem Magen, hart drückte, oder das Zittern überwinden konnte, das immer wieder durch sein rechtes Bein fuhr.

Leutnant Andy Stevens hatte Angst. Er hatte bisher noch keinen Kampf erlebt, aber das war es nicht, und Angst hatte er jetzt nicht zum erstenmal. Sein ganzes Leben hatte er sich gefürchtet, so weit er zurückdenken konnte, und das war ein langer Weg: bis zu seiner Kinderzeit, als er eben auf die Vorschule gekommen war. Da hatte sein berühmter Vater, Sir Cedric Stevens, damals einer der meistgepriesenen Forscher und Bergsteiger, ihn zu Hause einfach ins Schwimmbassin geworfen und behauptet, nur so lerne ein Junge richtig schwimmen. Er wußte noch, wie er sich glucksend und schluckend bis an die Seitenwand des Bassins zurückgekämpft hatte, in hilflosem Entsetzen, Nase und Mund vom Wasser verstopft, während sich tief in seinem Leib der quälende Knoten zusammenzog, der vom Schrecken erregte namenlose Schmerz, der ihn später so oft überfallen sollte. Und der Vater und seine zwei älteren Brüder, starke Burschen, die genau wie Sir Cedric keine Nerven kannten, hatten sich die Lachtränen aus den Augen gewischt und ihn noch einmal ins Wasser gestoßen...

Der Vater und die Brüder... So wie damals war es seine ganze Schulzeit gegangen. Gründlich gequält hatten ihn die drei! Diese zähen, derben Naturmenschen, die nur Achtung vor Athletentum und Körperkraft hatten, begriffen nicht, daß er nicht ganz wild darauf erpicht war, einen Kopfsprung vom Fünfmeterbrett zu machen, auf einem Jagdpferd über hohe Holztore zu setzen, schroffe Felsen zu erklettern oder im Sturm zu segeln. Und zu all dem hatten sie ihn gezwungen, und oft hatte er dabei versagt. Nie hatten sein Vater und seine Brüder verstehen können, wie es kam, daß er die harten Sportarten, in denen sie glänzten, fürchtete. Sie waren weder grausam noch unfreundlich, sondern nur stupide. So war schließlich zu der einfachen und ganz natürlichen Furcht, die er bei körperlichen Wagnissen manchmal empfand, noch die Furcht vor dem Versagen gekommen, eine Furcht, die sich bei jedem neuen Versuch einstellte: Furcht vor dem unausbleiblichen Spott und der Lächerlichkeit. Und weil er die, als sensibles Kind, am meisten fürchtete, lernte er alles fürchten, was ihn lächerlich machen konnte. Und später kam es so weit, daß er schon diese Furcht fürchtete, bis er sich – in den letzten Jahren zu Hause, bevor er zwanzig wurde – die Aufgabe stellte, auf gefährlichen Bergtouren diese doppelte Furcht zu besiegen. Da war er eines Tages in diesem Sport so tüchtig geworden, daß er in den Kreisen der Bergsteiger einen guten Namen bekam, so daß Vater und Brüder ihn allmählich respektierten und als ihresgleichen anerkannten. Mit dem Auslachen war es vorbei gewesen, aber nicht aufgehört hatte die Furcht. Die war sogar stärker geworden, denn sie fand, wenn er sie besiegen wollte, aus der Angst vor dem Mißlingen neue Nahrung, und oft war er bei besonders gefährlichen Bergpartien um ein Haar zu Tode gestürzt, wie ohnmächtig in jähem Entsetzen, wenn gar kein Anlaß dazu bestand. Aber immer hatte er – und bisher mit Erfolg – dieses furchtbare Angstgefühl wenigstens zu verbergen gesucht. Wie er sich auch jetzt mühte, es zu überwinden und sich nicht zu verraten. Er hatte Furcht, zu versagen – in was, wußte er nicht einmal recht – jedenfalls die in ihn gesetzten Erwartungen nicht zu erfüllen. Er fürchtete sich, von der Furcht gepackt zu werden, und hatte verzweifelte Angst davor, daß andere sehen oder erfahren könnten, wie sehr er sich fürchtete...

Das verblüffende, unwahrscheinliche Blau der Ägäis, die in weichen Dunst gehüllte Silhouette der Anatolischen Berge vor dem matteren Blau des Himmels, das zauberhafte Sichvermählen der Farben, der feinen Tönungen Blau, Lila, Rosa und Rot, über den in Sonne getauchten Inseln, die, jetzt fast genau querab von ihnen, gemächlich am Boot vorbeizogen; das schillernd sich riffelnde Wasser, gestreichelt von der milden, duftgeladenen Brise, die eben in Südost aufgekommen war; das friedliche Bild an Deck, das beruhigende, unaufhörliche Stampfen des alten Kelvinmotors... Alles das sprach von Frieden und Stille, von Zufriedenheit, Wärme und lässigem Nichtstun, und es schien ganz unmöglich, daß hier ein Mensch Angst haben konnte. Die Welt und der Krieg waren sehr weit fort an diesem Nachmittag.

Oder vielleicht war der Krieg doch nicht so fern? Es gab vereinzelte Nadelstiche, die ständig an ihn erinnerten. Zweimal hatte ein deutsches Wasserflugzeug, eine Arado, neugierig über ihnen Kreise gezogen, zwei andere Maschinen, eine Savoia und eine Fiat, die zusammen erschienen, hatten den Kurs geändert, waren tiefer gegangen, um ihr Schiff zu betrachten, ehe sie, offenbar befriedigt, weiterflogen. Diese italienischen, vermutlich auf Rhodos stationierten Maschinen, wurden höchstwahrscheinlich von deutschen Piloten geflogen, die nach der Kapitulation der italienischen Regierung ihre bisherigen Verbündeten auf Rhodos eingekreist und in Gefangenenlager gesteckt hatten. Morgens schon hatten sie in achthundert Meter Abstand eine große Kajike mit deutscher Kriegsflagge passiert, die von eingebauten Maschinengewehren förmlich strotzte und im Bug ein Zweizentimetergeschütz trug. Und bald nach Mittag war ein deutsches Schnellboot in so harter Fahrt an ihnen vorbeigedonnert, daß ihre Kajike in seinem Kielwasser ganz bedenklich ins Schaukeln kam. Mallory und Andrea hatten die Fäuste geballt und die grinsenden Matrosen drüben mit einem Hagel von Flüchen überschüttet. Aber bisher hatte noch niemand versucht, sie zu belästigen oder festzuhalten. Weder Briten noch Deutsche hätten die geringsten Skrupel gehabt, die Neutralität der türkischen Hoheitsgewässer zu verletzen, doch in diesem Gebiet galt eine seltsamerweise von selbst entstandene, ungeschriebene Vereinbarung, einander nicht unnötig zu behelligen, so daß feindselige Akte zwischen den sich begegnenden Schiffen und Flugzeugen fast unbekannt waren. Wie bei den Gesandten feindlicher Länder in einer neutralen Hauptstadt variierte hier das Benehmen der Gegner zwischen tadelloser, wenn auch kühler Beachtung der üblichen Formalitäten und einer deutlich betonten Nichtbeachtung der Existenz des andern.

Das also waren die Nadelstiche, diese flüchtigen Inspektionen – mochten sie auch harmlos sein – durch Schiffe und Flugzeuge des Feindes. Die übrigen Mahnungen, daß für sie keineswegs Frieden war, sondern sie in Illusionen lebten, deren dünner Schleier leicht und schnell reißen konnte, waren nicht so flüchtiger Natur. Langsam kreisten die Minutenzeiger ihrer Uhren, und jedes Ticken brachte sie der kaum noch acht Stunden entfernten mächtigen Felswand näher, die sie, so oder so, erklettern sollten. Und weniger als fünfzig Meilen vor dem Bug ihres Bootes konnten sie schon über dem flimmernden Horizont die grimmigen, zerrissenen Bergkuppen von Navarone erkennen, die dunkel in den saphirblauen Himmel wiesen, einsam, noch fern und doch schon sonderbar bedrohlich.

Um halb drei nachmittags setzte der Motor aus, ohne vorher durch Husten oder Stottern sein Versagen angekündigt zu haben. Noch eben das gleichmäßige Stampfen der Kolben, im nächsten Moment schon, eine in ihrer Vollkommenheit bedrückende und unheilverkündende Stille.

Mallory war als erster am Luk zum Maschinenraum. »Was ist los, Brown?« Seine Stimme klang hart vor Nervosität. »Versagt der Motor?«

»Nicht ganz, Sir.« Die Worte drangen, da Brown noch über den Motor gebückt stand, nur gedämpft nach oben. »Ich habe ihn eben bloß abgestellt.« Er richtete sich auf, zog sich ermattet durch das Luk hoch und setzte sich an Deck, die Füße in der Öffnung. In tiefen Zügen sog er frische Luft ein, sein Gesicht war unter der tiefgebräunten Haut blutleer. Mallory musterte ihn aufmerksam. »Sie sehen ja aus wie zu Tode erschrocken.«

»Das nicht.« Brown schüttelte den Kopf. »In den letzten zwei, drei Stunden habe ich mich in dem elenden Loch da unten langsam vergiftet, das merke ich erst jetzt richtig.« Er strich sich stöhnend mit der Hand über die Stirn. »Kohlendioxyd ist nicht gerade bekömmlich.«

»Vergaser undicht?«

»Ja, von undicht kann man da schon nicht mehr reden.« Er wies auf den Motor. »Sehen Sie das senkrechte Rohr über der Maschine, auf dem die dicke Eisenkugel liegt? Der Wasserkühler. Das Rohr ist dünn wie Papier, es muß am unteren Flansch schon seit Stunden undicht sein. Und vor einer Minute platzte ein großes Stück glatt ab, Funken, Rauch und fußlange Flammen schossen unten raus. Deshalb mußte ich das verdammte Ding sofort abstellen, Sir.«

Mallory nickte, langsam verstehend. »Und was nun? Können Sie das reparieren, Brown?«

»Ausgeschlossen, Sir.« Sein Kopfschütteln betonte die Unmöglichkeit. »Müßte hartgelötet oder geschweißt werden. Aber zwischen dem Schrott da unten ist noch ein Ersatzstück. Verrostet wer weiß wie und beinahe ebenso klapprig wie das andere... damit will ich's probieren, Sir.«

»Und ich werde ihm helfen«, bot Miller sich an.

»Danke schön, Korporal. Und wie lange wird's dauern, Brown?«

»Das weiß der Himmel, Sir. Zwei Stunden, können aber auch vier werden. Die meisten Schrauben und Muttern sind vollkommen eingerostet, die müssen wir abscheren oder absägen und dann andere aufstöbern.«

Mallory sagte nichts mehr. Er wandte sich schwerfällig ab und ging zu Stevens, der aus dem Ruderhaus getreten war und über den Segelkasten gebeugt stand. Er blickte fragend zu Mallory auf.

Mallory nickte. »Nehmen Sie die nur gleich raus, und dann hoch damit. Vier Stunden vielleicht, hat Brown gesagt. Andrea und ich werden Ihnen helfen, so gut Landratten das können.«

Zwei Stunden später, als der Motor noch nicht repariert war, befanden sie sich ein gutes Stück außerhalb der Hoheitsgewässer und hielten auf eine große, ungefähr acht Meilen westnordwestlich von ihnen liegende Insel zu. Der jetzt drückend warme Wind hatte gekrimpt: er kam nun von Osten, aus dunklen Gewitterwolken, und nur mit Lugger und Klüver am Fockmast – andere Segel hatten sie nicht gefunden – kamen sie kaum vorwärts. Mallory hatte sich entschlossen, die Insel anzusteuern, weil sie dort viel weniger der Beobachtung ausgesetzt waren als auf offener See. Besorgt blickte er auf seine Uhr, dann starrte er mißmutig nach dem immer weiter zurückweichenden türkischen Ufer, das Sicherheit bot. Auf einmal reckte er sich und spähte scharf nach dem dunklen Strich, den der Horizont im Osten bildete.

»Andrea!« rief er. »Siehst du da –?«

»Ich sehe es, Hauptmann.« Andrea stand schon dicht neben ihm. »Kajike. Entfernung drei Meilen. Kommt genau auf uns zu«, ergänzte er leise. In seinem Ton war keinerlei Furcht.

»Kommt genau auf uns zu«, wiederholte Mallory schicksalergeben. »Sag's Miller und Brown und laß sie herkommen.«

Er vergeudete keine Zeit, als sie alle beisammenstanden. »Die werden uns stoppen und durchsuchen«, sagte er schnell. »Wenn ich nicht sehr irre, ist das die große Kajike, die heute früh schon an uns vorbeipreschte. Weiß der Himmel, wie, aber sie müssen einen Hinweis bekommen haben und werden äußerst mißtrauisch sein. Es wird keine gemütliche Inspektion, mit Händen in der Tasche, denn die kommen bis an die Zähne bewaffnet und nehmen ihre Sache todernst. Halbe Maßnahmen gibt's hier nicht, darüber müssen wir uns klar sein. Entweder die gehen zugrunde oder wir, denn eine Untersuchung würden wir nicht überleben – mit dem Zeugs, das wir an Bord haben. Und«, fügte er leise hinzu, »die Sachen werfen wir nicht über Bord.«

Schnell erklärte er seine Pläne. Stevens, der sich aus dem Fenster des Ruderhauses beugte, fühlte wieder den alten elenden Schmerz im Magen und spürte, wie sein Gesicht bleich wurde. Er war froh, daß der untere Teil seines Körpers vom Ruderhaus verdeckt war, denn das nur zu bekannte Zittern im Bein hatte wieder begonnen. Sogar seine Stimme war unsicher.

»Aber, Sir – Sir –«

»Jaja, was ist denn, Stevens?« Trotz seiner Hast nahm sich Mallory die Zeit, das blasse, verkniffene Gesicht und die bleichen Nägel an den um das Fenstersims gekrallten Fingern zu betrachten.

»Sir – nein, das können Sie nicht tun, Sir.« Stevens' Stimme klang ganz heiser, die Spannung seiner Nerven zitterte durch. Einen Moment bewegte sein Mund sich stumm, dann ergänzte er in krankhafter Hast: »Das wäre ein Massaker, Sir – das ist – ist glatter Mord!«

»Klappe gehalten, Jungchen!« knurrte Miller.

»Lassen Sie das, Korporal!«, sagte Mallory scharf. Er blickte den Amerikaner lange an, dann wandte er sich mit kaltem Blick an Stevens. »Leutnant, der ganze Begriff erfolgreicher Kriegsführung besteht darin, den Feind in ungünstiger Lage zu überraschen und schneller handeln zu können als er. Wir töten die Gegner, oder sie töten uns. Entweder gehen die unter, oder wir – und tausend Soldaten auf Kheros. So einfach liegt die Sache, Leutnant, sie berührt nicht einmal unser Gewissen.«

Mehrere Sekunden starrte Stevens ihn schweigend an. Er hatte das Gefühl, daß aller Augen auf ihm ruhten. In diesem Moment haßte er Mallory und hätte ihn töten können. Haßte ihn, weil – plötzlich ward ihm bewußt, daß er ihn nur haßte, weil er so erbarmungslos logisch gesprochen hatte. Er blickte seine geballten Fäuste an. Mallory, in England vor dem Kriege das Idol aller jungen Bergsteiger, von dessen fantastischen Kletterleistungen die Weltpresse 1938 und 1939 in sensationeller Aufmachung berichtete – Mallory, der zweimal nur durch ganz abscheuliches Pech gehindert worden war, Rommel in seinem Hauptquartier in der Wüste zu überraschen – Mallory, der dreimal seine Beförderung abgelehnt hatte, um zwischen seinen geliebten Kretern bleiben zu können, die ihn fast wie einen Gott verehrten... Verworren ging ihm alles das durch den Kopf, und langsam hob er wieder den Blick, betrachtete das hagere, gebräunte Gesicht, den feingeschnittenen sensiblen Mund, die dicken dunklen Brauen, die in einer Linie über den braunen Augen lagen, den Augen, die so kalt und auch so mitfühlend sein konnten. Und auf einmal schämte er sich, denn er wußte, daß er Hauptmann Mallory weder ganz verstehen noch beurteilen konnte.

»Bitte sehr um Entschuldigung, Sir«, sagte er, matt lächelnd. »Habe außer der Reihe geschwatzt, wie Unteroffizier

Miller das nennen würde.« Er richtete den Blick nach der schnell aus Südosten aufkommenden Kajike. Und wieder spürte er die krankhafte Furcht, doch seine Stimme war ganz fest, als er hinzufügte: »Ich werde Sie nicht im Stich lassen, Sir.«

»Schon gut. Hätte ich von Ihnen auch nicht erwartet.« Jetzt lächelte Mallory, während er Miller und Brown ansah. »Machen Sie die Sachen klar und legen Sie alles bereit, ja? Ganz unauffällig, daß nichts davon zu merken ist. Die beobachten uns durchs Glas.«

Er drehte sich um und ging nach vorn, gefolgt von Andrea.

»Du warst sehr hart mit dem jungen Mann«, sagte Andrea. Es war weder Kritik noch Vorwurf, nur eine sachliche Feststellung.

»Ich weiß.« Mallory zuckte die Achseln. »Angenehm war mir das nicht... aber ich mußte so sein.«

»Ja, das mußtest du wohl«, sagte Andrea langsam. »Ja, ich glaube, es war nötig. Aber hart war's... Meinst du, daß die uns mit ihrer Kanone einen Warnschuß vor den Bug setzen?«

»Kann sein... sie wären nicht zurückgekommen, um uns zu stellen, wenn sie nicht ziemlich genau wüßten, daß wir Verdächtiges vorhaben. Aber ein Warnschuß à la Captain Teach? Das tun sie eigentlich nicht.«

Andrea runzelte die Stirn. »Captain Teach?«

»Laß nur jetzt.« Mallory lächelte. »Zeit, daß wir uns in Position bringen. Nicht vergessen: auf mein Signal warten, das werdet ihr bestimmt nicht überhören«, schloß er trocken.

Die schäumende Bugwelle wurde zu einem sanften Gekräusel, das Klopfen des schweren Dieselmotors zum matten Gemurmel, als das deutsche Boot, knapp anderthalb Meter entfernt, längsseits herankam. Von seinem Sitzplatz auf einem Fischkasten an der Backbordseite des Vorschiffs, wo er emsig beschäftigt war, einen Knopf an den alten Mantel zu nähen, den er zwischen den Beinen liegen hatte, konnte Mallory sechs Mann zählen, alle in der Uniform der deutschen Kriegsmarine. Einer hockte vorn an einem schweren MG mit eingezogenem Patronengurt, das auf einem Dreifuß dicht bei der Zweizentimeter stand, drei standen auf dem Mitteldeck, jeder mit einer Maschinenpistole – der Kommandant, ein junger Leutnant mit hartem kalten Gesicht, der das Eiserne Kreuz am Waffenrock trug, blickte aus der offenen Ruderhaustür, und vom sechsten sah er nur den Kopf, der neugierig über den Rand des Maschinenraumluks spähte. Nicht sehen konnte Mallory von seinem Platz aus das Achterdeck, denn ihr Luggersegel, das sich im unsteten Wind bauschte, versperrte ihm die Aussicht, doch die begrenzte seitliche Reichweite des vorderen MGs, das ihr eigenes Boot nur zur Hälfte bestreichen konnte, ließ ihn nicht im Zweifel, daß auch auf dem Achterdeck des deutschen Schiffes ein MG-Schütze postiert war.

Der junge Leutnant mit dem harten Gesicht – ›Ein echtes Produkt der Hitlerjugend‹, dachte Mallory – beugte sich aus dem Ruderhaus, hielt eine Hand an den Mund und brüllte: »Segel fieren!«

Mallory wurde starr wie eine Statue. Die Nadel war ihm scharf in den Handballen gefahren, doch das merkte er gar nicht. Der Leutnant hatte den Befehl auf englisch gegeben! Und Stevens war noch so jung, so unerfahren. ›Er wird darauf reinfallen‹, dachte Mallory besorgt, ›gerade der fällt darauf rein.‹

Doch Stevens ging nicht in diese Falle. Er öffnete die Tür, beugte sich heraus, legte eine Hand ans Ohr und blickte ohne Ausdruck, den Mund weit offen, zum Himmel empor. So vollkommen imitierte er einen Halbblöden, der diesen lauten Befehl nicht verstand, daß Mallory ihn am liebsten umarmt hätte. Nicht allein in seinem Benehmen, auch durch das dunkle schäbige Zeug und sein schwarzes Haar, das ebenso gefärbt war wie Millers, bot Stevens jetzt das echte Bild eines mißtrauischen Inselfischers. »He?« blökte er.

»Segel fieren! Wir kommen an Bord!« Wieder auf englisch, vermerkte Mallory. Ein hartnäckiger Bursche –

Stevens glotzte den Deutschen wieder stumpfsinnig an und schaute sich ratlos nach Andrea und Mallory um. Auch ihre Gesichter drückten ebenso überzeugend Verständnislosigkeit aus. Wie verzweifelt zuckte Stevens die Achseln und rief: »Leider verstehe ich kein Deutsch. Können Sie nicht in meiner Sprache reden?« Sein Gesicht war einwandfrei und flüssig. Allerdings war es der Dialekt von Attika, die Inselbewohner sprachen anders, doch Mallory war überzeugt, daß der Deutsche die Unterschiede nicht kannte.

Und er hatte recht. Der Leutnant schüttelte ärgerlich den Kopf und rief langsam in unsicherem Griechisch: »Stoppen Sie sofort Ihr Boot, wir kommen an Bord.«

»Mein Boot stoppen!« Der entrüstete Ton, in dem Stevens das herausbrachte, und die Verwünschungen, die er folgen ließ, klangen so echt, daß sogar der Leutnant einen Moment stutzte. »Und warum soll ich mein Boot stoppen für euch – euch – euch...«

»Gebe Ihnen zehn Sekunden«, unterbrach ihn der Offizier, der sich wieder gefaßt hatte, in kaltem, knappem Ton, »dann schießen wir.«

Stevens drehte sich mit einer resignierten Handbewegung nach Andrea und Mallory um und sagte bitter: »Unsere Besieger haben gesprochen. Fiert die Segel.«

Rasch lösten sie die Schoots von den Klampen am Fuß des Mastes. Mallory zog den Klüver ein, nahm das Segel in die Arme und hockte sich damit mürrisch an Deck, dicht beim Fischkasten, wohl wissend, daß zwölf feindliche Augen ihn beobachteten. Das Segel bedeckte seine Knie, den alten Mantel und seine an die Hüften gelegten Arme, während er mit gebeugtem Kopf dasaß und die Hände zwischen den Knien hängen ließ – ein Bild tiefer Niedergeschlagenheit. Das Luggersegel wurde mit der Spiere auf einen Ruck gefiert, Andrea trat darüber hinweg, tat zwei unsichere Schritte nach achtern und blieb, die riesigen Hände lose an den Seiten, gleich wieder stehen.

Plötzlich ein lautes Klopfen des Dieselmotors, eine kleine Ruderbewegung, und schon scheuerte sich das große deutsche Boot an ihrer Bordwand. Schnell, aber doch sorgsam achtgebend, sich aus der Feuerlinie der beiden MGs zu halten (denn ein zweites war jetzt auf dem Achterdeck deutlich zu sehen), sprangen die drei mit Maschinenpistolen bewaffneten Deutschen an Bord. Einer lief sofort nach vorn, hielt, indem er seine MP im Halbkreis schwenkte, die ganze Besatzung in ihrem Feuerbereich. Alle außer Mallory, und den wußte er ja in Reichweite ihres schweren MGs im Bug. Wie ein unbeteiligter Zuschauer bestaunte Mallory den präzis wie ein Uhrwerk und unerbittlich sicher erfolgenden Ablauf eines an sich durchaus nicht neuen Manövers.

Er hob den Kopf und blickte langsam und gleichgültig wie ein echter Bauer ringsum. Casey Brown hockte neben dem Maschinenraum an Deck und arbeitete an dem großen runden Schalldämpfer, über dem Luk. Dusty Miller, zwei Schritte weiter vorn, mühte sich, die Stirn angestrengt gefurcht, von einer kleinen Blechschachtel ein Stück abzuschneiden, das offenbar beim Reparieren des Motors gebraucht werden sollte. Er hielt die Drahtschere in der Linken, und Mallory wußte, daß er Rechtshänder war. Stevens und Andrea hatten sich nicht bewegt. Der Matrose am Fockmast stand wie bisher, ohne mit einer Wimper zu zucken. Die beiden andern schritten langsam zum Achterdeck und gingen eben an Andrea vorbei, ganz gelassen, wie Leute, die sicher sind, alles so unbedingt unter Kontrolle zu haben, daß schon der Gedanke an Widerstand ihnen lächerlich erscheint.

Genau zielend, in eiskalter Ruhe, schoß Mallory durch die Falten von Mantel und Segel den Matrosen am vorderen schweren MG durchs Herz. Er riß die noch knatternde Maschinenpistole herum und sah sogleich den am Mast stehenden Deutschen sterbend umsinken, die Brust von der Wucht der Salve aus kurzer Entfernung halb aufgerissen. Noch lag der Tote nicht ganz am Boden, als viererlei gleichzeitig geschah.

Casey Brown, der schon über eine Minute die Hand auf Millers unter dem kugelförmigen Auspufftopf versteckten Revolver hatte, drückte jetzt viermal auf den Abzug, denn er wollte ganze Arbeit machen. Der MG-Schütze auf dem Achterdeck kippte wie im Schlaf über seiner Waffe nach vorn, die leblosen Finger noch am Abzugsbügel. Miller knickte mit der Schere die chemische Dreisekunden-Zündschnur, schleuderte die Blechschachtel in den Maschinenraum des feindlichen Bootes, und Stevens warf eine entsicherte Stielhandgranate ins Ruderhaus, während Andrea, indem er seine mächtigen Arme blitzschnell ausbreitete und zusammenriß, die Köpfe der beiden anderen Matrosen, die ihn hinter sich gelassen hatten, mit furchtbarer Gewalt gegeneinander knallte. Und schon hatten sie alle fünf sich an Deck geworfen, aus dem deutschen Boot brachen in einer schmetternden Explosion lodernde Flammen und rauchende Trümmer. Allmählich verklang der Widerhall auf See, und zu hören war nur noch das Stakkato des achteren MGs, das seine singenden Kugeln ziellos in die Luft jagte, bis der Gurt sich verklemmte und die See wieder so still war wie vorher. Noch stiller sogar –

Langsam und mit Mühe, noch benommen von der rein körperlichen Erschütterung durch den ohrenbetäubenden Doppelschlag der Explosionen in unmittelbarer Nähe, rappelte Mallory sich von den Planken auf und blieb zitternd stehen. Seine erste bewußte Regung war Erstaunen. Kaum zu glauben: die Sprengkraft und der Explosionsdruck der einen Handgranate und der zwei zusammengebundenen Stangen Dynamit waren, selbst auf diese kurze Entfernung, viel gewaltiger gewesen als er gedacht hatte. ›Dusty‹ Miller hatte die erste Probe auf seinem ureigensten Gebiet abgelegt.

Das deutsche Boot war schon im Sinken, und es sank schnell. Millers selbstgemachte Bombe mußte den Boden unter der Maschine aufgerissen haben. Mittschiffs loderte ein heftiger Brand, und einen Moment dachte Mallory mit Schrecken an aufsteigende dunkle Rauchwolken, die feindliche Aufklärungsflugzeuge anlockten. Aber nur für einen Moment, denn die Spanten und Planken des Bootes, aus harzigem Holz und jetzt trocken wie Zunder, brannten rasend schnell und fast ohne Rauchentwicklung, das brennende, zusammenbrechende Deck hing schon weit nach Backbord über – in Sekunden mußte alles vorbei sein. Als sein Blick auf das zerschmetterte Gerippe des Ruderhauses fiel, hielt er unwillkürlich den Atem an, denn er sah den Offizier aufgespießt über dem zersplitterten Ruder hängen, gräßliches Zerrbild eines Menschen, der eben noch gelebt hatte – ohne Kopf, ein grauenhafter Anblick. Als er, nur nebenbei vom eigenen Ruderhaus das harte Geräusch jähen, krampfigen Erbrechens vernahm, wußte er, daß auch Stevens dieses Bild gesehen hatte. Im Leib der sinkenden Kajike explodierten jetzt, mit dumpferen Geräuschen, die Brennstoffbehälter. Wie eine Fontäne stieß, von Flammen durchzuckt, schwarzer Qualm aus dem Maschinenraum empor. Wie durch ein Wunder taumelte das Boot noch einmal auf ebenen Kiel, bis an die Duchten schon eingetaucht, aber schnell strömte jetzt zischend das Wasser über Deck in die züngelnden Flammen, der Rumpf versank, die schlanken Maste glitten senkrecht hinab zwischen Schaumwirbeln und ölglänzenden Blasen. Und das Ägäische Meer war wieder friedlich, so still, als habe dieses Boot nie existiert. Nur ein paar verkohlte Planken und ein umgekehrter Stahlhelm trieben langsam über die schimmernde Meeresfläche.

Alle Willenskraft zusammennehmend, drehte Mallory sich langsam nach dem eigenen Schiff und seinen Männern um. Brown und Miller, die sich schon erhoben hatten, starrten wie gebannt auf den Fleck, wo eben noch das feindliche Schiff gelegen hatte, und Stevens stand an der Ruderhaustür. Auch er war unverletzt, doch sein Gesicht aschgrau. In dem kurzen Kampf war er über sich selbst hinausgewachsen, aber die Ernte des Todes, der flüchtige Blick auf den toten Leutnant am Ruder, hatten ihn tief erschüttert. Andrea, mit einer blutenden Wunde im Gesicht, blickte auf die zwei zu seinen Füßen liegenden MP-Schützen nieder. Sein Gesicht war ausdruckslos. Mallory betrachtete ihn lange. Er erriet Andreas Gedanken.

»Tot?« fragte er ruhig.

Andrea neigte den Kopf. »Ja«, sagte er ernst, »mein Schlag war zu stark.«

Mallory wandte sich ab. Er mußte daran denken, daß von allen Männern, die er kannte, keiner so viel Grund hatte, seine Feinde zu hassen und zu töten, wie Andrea. Und er tötete sie auch, so rücksichtslos gründlich, daß man vor dieser Konzentration von Gewalttätigkeit erschrecken konnte. Aber selten tötete er einen Menschen ohne Bedauern, ohne die bittersten Selbstvorwürfe, denn er gestand sich nicht das Recht zu, Mitmenschen zu töten. Auch wenn er vernichten mußte, war und blieb er doch ein Menschenfreund. Ein schlichter Mann, ein Töter mit gütigem Herzen, der ewig von seinem Gewissen gequält, innerlich keine Ruhe fand. Aber ungeachtet aller Gewissensbisse und der seelischen Unruhe ließ er sich nur leiten von ehrlicher Überzeugung und bewies in seiner simplen Weltanschauung kluge Weitsicht. Andrea tötete seit jenen furchtbaren Erlebnissen mit den Bulgaren weder aus Rache noch aus Haß, nicht aus Nationalismus oder für einen anderen ›ismus‹, den die Selbstsüchtigen, die Narren und Schurken benutzen, um junge Menschen, die noch zu jung und zu unwissend sind, die Nutzlosigkeit ihrer Taten zu begreifen, aufs Schlachtfeld zu locken und vor ihnen die Tötung von Millionen zu rechtfertigen. Andrea tötete nur, damit bessere Männer nicht zu sterben brauchten.

»Noch jemand verletzt?« fragte Mallory absichtlich laut, wie in bester Stimmung. »Keiner? Gut. Dann wollen wir so schnell wie möglich vorwärts. Je schneller und je weiter wir von hier wegkommen, um so besser für uns.« Er schaute auf die Uhr. »Gleich 4 – Zeit für unsere Kontrollabstimmung mit Kairo. Lassen Sie doch Ihren Schrotthaufen mal ein paar Minuten allein, Brown, und versuchen Sie, Kairo zu kriegen.« Er betrachtete den Himmel im Osten, der jetzt, bleigrau und rot gefärbt, bedrohlich aussah, und ergänzte kopfschüttelnd: »Kann sein, daß der Wetterbericht für uns von Wert ist.«

Er war es. Der Empfang war schlecht – Brown erklärte die heftigen atmosphärischen Störungen mit den dunklen, dichtgeballten Gewitterwolken, die achteraus aufkamen und schon den halben Himmel bedeckten – aber er genügte, um zu hören, was sie nie zu hören erwartet hätten. Eine Kunde, unter der sie verstummten und die Unruhe der Ungewißheit aus ihren Augen sprach. Worte aus dem kleinen Lautsprecher dröhnten und schwanden abwechselnd, gebrochen und zerrissen durch die starken Geräusche im Äther.

»Rhabarber ruft Bibernelle, Rhabarber ruft Bibernelle!« kamen die Decknamen für ›Kairo‹ und ›Mallory‹. »Hören Sie mich?«

Brown tippte die Bestätigung, und wieder dröhnte der Lautsprecher: »Rhabarber ruft Bibernelle. Jetzt X minus eins. Wiederhole: X minus eins.«

Mallory zog hörbar die Luft ein. ›X‹ = Tagesanbruch Samstag, das war der als sicher angenommene Termin für den deutschen Angriff auf Kheros, der demnach um einen Tag vorverlegt war. Kein Zweifel, daß das stimmte, denn Jensen war nicht der Mann, der Informationen ohne genaue Kenntnis weitergab. Freitag früh – also nur noch drei Tage.

»Senden Sie ›X minus eins verstanden‹«, sagte Mallory ruhig.

»Wettervoraussage East Anglia«, fuhr die sachliche Stimme fort – Mallory wußte, daß es ›Nördliche Sporaden‹ bedeutete – »Schwere Gewitter wahrscheinlich heute abend, mit starkem Regen. Schlechte Sicht. Temperatur in den nächsten vierundzwanzig Stunden ständig fallend. Wind Süd bis Südost Stärke 6, örtlich bis 8, morgen nachlassend.«

Mallory ging unter dem gebauschten Luggersegel hindurch nach achtern. ›Was für eine Bescherung‹, dachte er. ›So eine verfluchte Schweinerei!‹ Nur noch drei Tage Zeit, Maschine ausgefallen und ein erstklassiger Sturm im Anzug. Kurz und mit einer schwachen Hoffnung dachte er an die schlechte Meinung, die Staffelführer Torrance von den Meteorologen hinter der Front hatte, doch diese Hoffnung erstarb sofort. Hier konnten nur Blinde sich irren: die hoch aufragenden Gewitterköpfe zogen sich, schon beinah über ihnen jetzt, zu einer düster drohenden Wand zusammen.

»Sieht ziemlich schlimm aus, wie?« Die breiten, nasalen Töne erklangen dicht hinter ihm. Sonderbar, fand Mallory, daß diese gemächliche Stimme und der feste Blick der blaßblauen Augen zwischen den Netzen feiner Fältchen so beruhigend wirken konnten.

»Nicht besonders gut«, gab er zu.

»Was bedeutet dieser Kram mit Stärke 8, Boß?«

»Ein Windmaß«, erklärte Mallory. »Wer in einem Boot von dieser Größe sitzt und schon beinah lebensmüde ist, für den ist Windstärke 8 das höchste der Gefühle.«

Miller nickte bekümmert. »Ich wußte es ja. Hätte mir das denken können. Und ich hatte Stein und Bein geschworen, daß mich keiner wieder auf ein Schiff kriegen würde!« Er grübelte eine Weile, seufzte, schwang die Beine ins Luk zum Maschinenraum, wies mit dem Daumen nach der nächstgelegenen Insel, die nur noch knapp drei Meilen vor ihnen lag, und sagte: »Sieht auch nicht gerade reizvoll aus.«

»Von hier aus nicht«, stimmte Mallory ihm bei, »aber nach der Karte gibt's dort eine Flußmündung mit einer scharfen Rechtskrümmung landeinwärts. Die kann Schutz vor Seegang und Wind bieten.«

»Bewohnt?«

»Wahrscheinlich.«

»Deutsche?«

»Wahrscheinlich.«

Miller schüttelte bekümmert den Kopf und kletterte hinunter, um Brown zu helfen. Vierzig Minuten später rasselte im Halbdunkel des verhängten Abendhimmels, bei wolkenbruchartigem Regen, der kerzengerade und ungewöhnlich kalt herabrauschte, der Anker der Kajike zwischen grünen Waldwänden in die Tiefe. Ein von Wasser triefender Wald war es, feindselig in seiner stummen Gleichgültigkeit.

4. KAPITEL

Montag abend 17.00 bis 23.30 Uhr

»Brillant!« sagte Mallory bitter. »Wahrhaftig brillant! ›Kommen Sie in meinen Salon‹, bat die Spinne die Fliege.« Er fluchte, deprimiert und auf sich selbst wütend, hob die Kante der Persenning, die über das vordere Luk gedeckt war, ein wenig an und lugte hinaus durch den dünner werdenden Regenvorhang, um zum zweitenmal, und genauer, die Felsenklippe zu betrachten, die wie ein Ellbogen so in die Flußbiegung ragte, daß sie hinter ihr von der See abgeschnitten waren. Jetzt war es nicht mehr schwierig, Einzelheiten zu erkennen, durchaus nicht schwierig: dem alles durchnässenden Wolkenbruch war ein sanfter Nieselregen gefolgt, der zunehmende Wind jagte graue und weiße Wolkenfahnen vor sich her, die schwarzen hohen Gewitterwolken waren schon hinter dem Horizont verschwunden. Vor einem klaren Himmelsstreifen weit im Westen stand flammend rot die sinkende Sonne, gerade mit dem Rand auf der Kimm. Sie war von dem im Schatten liegenden Fluß aus nicht zu sehen, doch daß sie draußen noch leuchtete, erkannten sie an dem wie mit goldenen Schleiern durchwirkten Regen hoch über ihren Köpfen.

Dieselben goldenen Strahlen beschienen den halb verfallenen alten Wachtturm ganz vorn auf der Klippe, dreißig Meter über dem Fluß. Sie warfen einen Glanz auf den feinkörnigen weißen parischen Marmor, den sie zartrosa färbten, und ließen blanken Stahl aufblitzen: die gefährlichen Mündungen der schweren MGs, die aus den Schießscharten in den dicken Turmwänden starrten. Sie beleuchteten auch das Hakenkreuz auf der am Mast über der Brustwehr steif auswehenden Flagge. Auch im Zerfall noch stark, in uneinnehmbarer Stellung, beherrschte der Turm aus seiner Höhe die beiden Zufahrten auf dem Wasser, von der See und auf dem Fluß, und bis zur Ausfahrt auch den schmalen, gewundenen Kanal zwischen der am Ufer festgemachten Kajike und dem Fuß der Klippe.

Langsam, beinah zögernd wandte Mallory sich, die Persenning zuziehend, wieder in den Raum. Sein Gesicht war finster, als er Andrea und Stevens anblickte, die im schwachen Licht der Kabine nur als unklare Schatten zu sehen waren.

»Brillant!« wiederholte er. »Ein wahrer Geniestreich! Mallory, der große Denker! Wahrscheinlich die einzige verdammte Flußmündung im Umkreis von hundert Meilen – und auf hundert Inseln –, die von einem deutschen Posten bewacht wird. Und in die ausgerechnet mußte ich uns natürlich führen! Lassen Sie mich doch bitte noch mal die Karte sehen, Stevens.«

Stevens schob ihm die Karte zu und beobachtete, wie er sie in dem blauen Lichtstreifen studierte, der unter der Persenning einfiel. Er lehnte sich gegen das Schott und sog heftig an seiner Zigarette. Sie schmeckte widerlich, schal und scharf, und dabei war der Tabak ganz frisch. Die alte krankhafte Furcht hatte ihn wieder gepackt, so stark wie immer. Er betrachtete die mächtige Gestalt Andreas, auf den er, ganz gegen die Logik, zornig war, weil Andrea vor wenigen Minuten die feindliche Stellung entdeckt hatte. ›Die haben gewiß Kanonen da oben‹, dachte er, ›bestimmt haben sie die, sonst könnten sie die Flußmündung nicht beherrschen.‹ Er griff hart ins Fleisch seines Oberschenkels, dicht über dem Knie, doch das Zittern saß zu tief, er konnte es nicht bändigen. So empfand er dankbar die Dunkelheit in dem kleinen Raum. Seiner Stimme war jedoch nichts anzumerken, als er sagte: »Sie verschwenden nur Ihre Zeit, Sir, wenn Sie die Karte betrachten und sich Vorwürfe machen. Dies ist der einzig mögliche Ankergrund in stundenweiter Umgebung, und bei dem Wind hätten wir an keiner anderen Stelle anlaufen können. Es war die einzige Lösung für uns, dem Unwetter auf See zu entgehen.«

»Sehr richtig. Das ist es ja gerade.« Mallory faltete die Karte zusammen und gab sie ihm wieder. »An keiner anderen Stelle hätten wir anlaufen können. Kein vernünftiger Mensch hätte es überhaupt anders machen können. Muß hier bei Sturm ein sehr beliebter Hafen sein – was den Deutschen gewiß schon vor langer Zeit aufgestoßen ist. Eben deshalb hätte ich wissen müssen, daß sie so gut wie sicher hier einen Vorposten haben würden. Aber ›Wenn man vom Rathaus kommt...‹, wie Sie sagen.« Er rief laut: »Chief!«

»Hallo?« kam schwach Browns gedämpfte Stimme aus den Tiefen des Maschinenraums.

»Wie geht's voran?«

»Einigermaßen, Sir. Montieren jetzt die Geschichte.«

»Wann fertig?« rief Mallory. »In einer Stunde?«

»Ja, leicht.«

»Eine Stunde –.« Wieder spähte Mallory unter der Segeltuchdecke hinaus, dann sagte er, sich zu Andrea und Stevens zurückwendend: »Wird gerade so passen. Wir werden in einer Stunde auslaufen. Dann ist's schon so dunkel, daß wir vor unseren Freunden da oben halbwegs geschützt sind, und noch hell genug, um uns aus diesem verdammten Korkzieherkanal zu manövrieren.«

»Meinen Sie, daß die versuchen werden, uns zu stoppen, Sir?« Stevens brachte seine Frage betont gleichgültig heraus und hatte doch das Gefühl, daß Mallory seine Unruhe spürte.

»Es ist unwahrscheinlich, daß sie sich ans Ufer stellen und uns mit herzlichem Hurra verabschieden werden«, antwortete Mallory trocken. »Wieviel Mann können sie nach deiner Schätzung da oben haben, Andrea?«

»Zwei habe ich bisher gesehen. Vielleicht drei bis vier im ganzen, Hauptmann«, sagte Andrea nachdenklich. »Ist nur ein kleiner Posten, da sind die Deutschen sparsam mit Leuten.«

»Ich glaube, du hast recht, ungefähr«, stimmte Mallory zu. »Die meisten werden im Ort einquartiert sein, der nach der Karte sieben Meilen von hier liegen muß, genau westlich. Es ist unwahrscheinlich –«

Er unterbrach sich jäh und erstarrte, gespannt lauschend. Wieder hörte er den Ruf, diesmal lauter, im Befehlston. Sich innerlich verfluchend, daß er versäumt hatte, einen Posten auszustellen – auf Kreta hätte ihn dieses Versäumnis das Leben gekostet –, zog er die Persenning beiseite und kletterte langsam an Deck. Er trug keine Waffe, aber in der linken Hand schlenkerte er eine halbleere Flasche Moselwein hin und her, die er, nach ihrem schon vor dem Aufbruch von Alexandria besprochenen Plan, eben schnell aus einem Kasten am Fuß der kleinen Kabinentreppe genommen hatte.

Er torkelte, gut schauspielernd, übers Deck und griff gleich nach einer Stütze, als ob er sonst über Bord gestürzt wäre. Herausfordernd stierte er den knapp zehn Meter von ihm am Ufer stehenden Soldaten an. ›Der hat ja eine Maschinenpistole‹, dachte er, ›also hätte uns ein Posten hier auch nichts genützt.‹ Frech hob er die Flasche an den Mund und nahm ein paar tüchtige Schlucke, bevor er sich herabließ, mit dem Mann zu sprechen.

Er konnte sehen, wie dem jungen Deutschen die Zornesröte in das schmale gebräunte Gesicht stieg. Ohne sich darum zu kümmern, zog er langsam, mit verächtlicher Geste, den zerschlissenen Ärmel seiner schwarzen Jacke über die Lippen und musterte, noch langsamer, den Soldaten von oben bis unten, so geringschätzig wie möglich.

»Na?« fragte er schließlich im breiten Dialekt der Inseln. »Was willst du eigentlich?«

Sogar im schwachen Licht der Abenddämmerung konnte er erkennen, wie die Fingerknöchel des Soldaten am Kolben der Pistole weiß wurden und glaubte einen Moment, es zu weit getrieben zu haben. Er wußte, daß er nicht in Gefahr war – denn im Maschinenraum hatte der Lärm aufgehört, und Dusty Miller ließ die Hand niemals weit von seinem leise feuernden Revolver – aber er wollte kein besonderes Aufsehen erregen. Jetzt noch nicht. Nicht, solange die zwei schweren MGs im Wachtturm bemannt waren.

Mit fast sichtbarer Anstrengung zwang der junge Soldat sich zur Ruhe. Mallory brauchte nicht viel Fantasie, um zu erkennen, daß sein Zorn verrauchte und jetzt Unsicherheit und Zweifel in ihm arbeiteten. Und gerade das hatte er gewollt. Griechen pflegten, auch in der Trunkenheit, nicht so mit ihren Beherrschern zu reden, es sei denn, sie hätten ganz besondere Gründe, die ihnen erlaubten, sich so zu benehmen.

»Wie heißt das Schiff? Wohin wollen Sie?« Der Soldat

sprach das Griechische langsam und stockend, aber verständlich genug.

Mallory setzte wieder die Flasche an den Mund, dann schmatzte er ganz laut vor Befriedigung, hielt sie am ausgestreckten Arm und betrachtete sie mit dem Respekt des begeisterten Kenners.

»Eines kann man von euch Deutschen behaupten«, sagte er laut in vertraulichem Ton, »ihr versteht anständigen Wein zu bereiten. Ich wette, daß ihr hier an solche feinen Sorten nicht rankommt, was? Und das üble Zeugs, das sie da oben zusammenbrauen (›oben‹ nannte man auf den Inseln das Festland), ist so harzig, daß es nur zum Feueranmachen taugt.« Er überlegte einen Moment. »Wenn ihr natürlich die richtigen Leute auf den Inseln kennt, geben sie euch schließlich auch mal ein bißchen Ouzo. Aber von uns kann manch einer außerdem noch die schönsten Rheinweine und Moselweine kriegen.«

Der Soldat sah ihn verächtlich an. Wie fast allen Frontkämpfern waren ihm die ›Quislinge‹ zuwider, auch wenn sie auf seiner Seite standen. Und in Griechenland gab es wirklich nur sehr wenige. »Ich habe eine Frage gestellt«, sagte er kalt. »Name des Schiffes und wohin.«

»Kajike Aigion«, erwiderte Mallory leichthin. »In Ballast nach Samos. Laut Order«, ergänzte er bedeutsam.

»Wessen Order?« forschte der Soldat, gegen seinen Willen beeindruckt.

»Des Kommandeurs in Vathy, General Graebel«, sagte Mallory leise. »Von dem Herrn General haben Sie doch gewiß schon gehört?« Er wußte, daß er sich damit auf sicherem Boden befand. Graebel war als Kommandeur von Fallschirmtruppen und eisern strenger Offizier weit über diese Inseln hinaus bekannt.

Mallory meinte sogar in dem Halbdunkel deutlich zu merken, daß der Posten bleicher im Gesicht wurde, wenn er auch hartnäckig weiterforschte.

»Haben Sie Papiere? Ein Ermächtigungsschreiben?« Mallory seufzte träge, blickte über die Schulter und blökte: »Andrea!«

»Was willst du denn?« Andreas massiger Körper tauchte

aus dem Niedergang auf. Er hatte jedes Wort des Gesprächs mitgehört und das geheime Stichwort von Mallory aufgefaßt. Eine frisch geöffnete Weinflasche in seiner riesigen Hand, in der sie fast klein wirkte, sagte er mit finsterer Miene: »Siehst du denn nicht, daß ich beschäftigt bin?« Dann stutzte er bei dem anscheinend unerwarteten Anblick des deutschen Soldaten, verzog das Gesicht noch böser und fragte gereizt: »Und was will der Kleine da?«

»Unsere Pässe und die Fahrgenehmigung vom Herrn General. Liegen unten.«

Andrea verschwand mit tiefkehligem Gebrumm. Eine Leine wurde an Land geworfen und das Heck gegen die träge Strömung ans Ufer gezogen. Mallory reichte dem Soldaten die Papiere hinüber. Diese Papiere – eine zweite Garnitur neben denen, die sie notfalls auf Navarone benutzen sollten – erwiesen sich als genügend, und weit mehr als das. Andernfalls wäre Mallory auch sehr verwundert gewesen. Die Herstellung solcher Ausweise, einschließlich der nach Fotokopien gefälschten Unterschrift des Generals, war für Jensens Büro in Kairo reine Routinearbeit.

Der Soldat faltete die Scheine zusammen und gab sie mit ein paar gemurmelten Dankesworten zurück. Er war noch fast ein Kind, wie Mallory jetzt sah: älter als neunzehn konnte er kaum sein. Ein nettes, ehrliches Gesicht – ganz anders als die Gesichter der jungen Fanatiker von der SS-Panzerdivision –, und viel zu mager. Mallory war froh, denn es wäre ihm schrecklich gewesen, so einen Jungen töten zu müssen. Aber herausholen mußte er aus ihm soviel wie möglich. Er gab Stevens ein Zeichen, ihm die schon fast leere Kiste mit den Moselweinflaschen an Deck zu reichen. ›Jensen ist wirklich sehr gründlich gewesen‹, sann er, ›der Mann hat aber auch an alles gedacht...‹ Er wies mit einer lässigen Geste die Richtung zum Wachtturm. »Wie viele seid ihr da oben?« fragte er.

Der junge Soldat wurde sofort mißtrauisch, sein Gesicht bekam Spannung, als wittere er feindliche Absichten. »Wozu wollt ihr das wissen?« fragte er.

Mallory stöhnte, hob wie verzweifelt die Hände und wandte sich bekümmert an Andrea. »Siehst du nun, wie die sind?« fragte er in klagendem Ton. »Trauen keinem Menschen und denken, jeder wäre so hinterlistig wie ...« Er brach schnell ab und wandte sich wieder an den Deutschen. »Ich hab' bloß gefragt, damit wir nicht jedesmal, wenn wir wiederkommen, unnütze Mühe haben«, erklärte er. »Wir sind in ein paar Tagen wieder in Samos und haben hier unten noch eine ganze Kiste Mosel zum Verputzen. General Graebel versorgt seine – eh – seine speziellen Abgesandten sehr gut ... Da oben in der Sonne muß man doch beim Dienst ganz schön Durst kriegen, was? Also los, für jeden eine Flasche. Wie viele Flaschen?«

Die beruhigende Bemerkung, daß sie wiederkommen würden, und die ebenso beruhigende Erwähnung des Namens Graebel, wahrscheinlich auch das erfreuliche Angebot und der Gedanke, wie die Kameraden reagieren würden, wenn er es abwies, überwanden Skrupel und Skepsis.

»Wir sind bloß drei«, sagte er brummig.

»Also drei Flaschen. Hier«, sagte Mallory heiter.

»Nächstesmal, wenn wir kommen, bringen wir euch Rheinwein. Prosit!« rief er stolz, lächelnd, daß er auch Deutsch konnte, und noch stolzer, als er deutsch »Auf Wiedersehen!« rief.

Der Soldat murmelte eine Antwort. Er blieb noch einen Augenblick stehen, mit etwas beschämter Miene, dann machte er jäh kehrt und ging, die Weinflaschen vorsichtig festhaltend, am Ufer entlang.

»So«, sagte Mallory nachdenklich, »sie sind nur drei Mann. Dann dürfte es für uns leichter sein –.«

»Fein gemacht, Sir!« Es war Stevens, der das in herzlichem Ton einwarf und ihn bewundernd ansah. »Vorzügliches Theater.«

»Vorzügliches Theater!« äffte Miller ihm nach, während er seine schlaksigen Glieder über den Lukenrand vom Maschinenraum hievte. »Was heißt ›fein‹, Mensch? Ich hab', weiß Gott, kein Wort verstanden, aber für die Vorstellung würde ich glatt einen ›Oskar‹ geben. War einfach gewaltig, Boß!«

»Seid alle bedankt«, murmelte Mallory, »aber leider gratuliert ihr mir wohl zu früh.« Die plötzliche Kälte in seinem Ton fiel ihnen so auf, daß sie unwillkürlich mit den Blicken seinem Zeigefinger folgten. »Seht euch das an«, ergänzte er ruhig.

Der Posten war ungefähr zweihundert Meter von ihnen am Ufer stehengeblieben und, nachdem er sichtlich erstaunt in den Wald zu seiner Linken gespäht hatte, zwischen die Bäume getreten. Ganz flüchtig hatten sie einen zweiten Soldaten sehen können, der mit dem jungen aufgeregt redete und heftig gestikulierend nach ihrem Boot wies, ehe beide im Dunkel des Waldes verschwanden.

»Vorstellung verpfuscht«, sagte Mallory leise. Er wandte sich um. »Also genug davon. Jeder wieder an seinen Platz. Würde verdächtig aussehen, wenn wir tun, als hätten wir überhaupt nichts bemerkt, aber noch viel verdächtiger, wenn wir uns zu aufmerksam zeigen. Nur nicht den Eindruck erwecken, als hielten wir Kriegsrat.«

Miller rutschte mit Brown in den Maschinenraum, Stevens begab sich in die kleine Vorschiffskabine. Mallory und Andrea blieben, ihre Flaschen in der Hand, an Deck. Der Regen hatte jetzt ganz aufgehört, doch der Wind nahm noch zu, fast unwahrnehmbar wurde er stärker und begann schon die Kronen der höchsten Fichten zu biegen. Vorläufig bot die Felsnase den Männern im Boot noch vollkommenen Schutz. Mallory zwang sich, nicht daran zu denken, wie es jetzt draußen auf See sein mußte. Und sie mußten hinaus – wenn die MGs sie nicht aufhielten –, daran war nichts zu ändern.

»Was meinen Sie denn, was da vorging, Sir?« fragte Stevens aus dem Dunkel der Kabine.

»Liegt doch wohl auf der Hand«, gab Mallory zurück, so laut, daß ihn alle verstehen konnten. »Die sind gewarnt worden. Fragt mich nicht, wie. Es ist das zweitemal schon – und sie werden jetzt noch mehr Verdacht haben, weil von der Kajike, die ausgeschickt war, um uns zu durchsuchen, kein Bericht gekommen ist. Die hatte doch eine Antenne, das wißt ihr ja?«

»Aber weshalb sollten sie denn plötzlich so verdammt mißtrauisch sein?« fragte Miller. »Das will sich bei mir nicht zusammenreimen, Boß.«

»Müssen wohl Funkverbindung mit ihrer Dienststelle haben. Oder Telefon – wahrscheinlich telefonische Verbindung. Da haben sie vermutlich gerade Bescheid gekriegt und sind nun überall kopflos.«

»Also werden sie wohl jetzt eine kleine Armee von ihrem Stützpunkt schicken, um uns zu erledigen, was?« fragte Miller kummervoll.

Mallory schüttelte energisch den Kopf. Sein Verstand arbeitete schnell und genau, und er meinte jetzt merkwürdigerweise, seiner Sache ganz sicher zu sein. »Nein, können sie nicht. Sieben Meilen in Luftlinie, über die rauhen Bergpfade und durch die Wälder zehn, vielleicht zwölf sogar – und das im Stockdunkeln. Fällt denen gar nicht ein.« Er wies mit der Flasche zum Wachtturm auf der Höhe. »Die haben heute ihren großen Abend.«

»Also müssen wir jeden Augenblick gefaßt sein, daß die MGs auf uns das Feuer eröffnen?« Stevens sprach wieder so gekünstelt ruhig.

Mallory schüttelte zum zweitenmal den Kopf. »Werden sie nicht tun, davon bin ich überzeugt. Ganz egal, wie mißtrauisch sie sind und für wie gefährlich sie uns im Grunde halten mögen – es wird ihnen tief in die Knochen fahren, wenn der Jüngling meldet, daß wir Ausweise und Genehmigungen haben, die General Graebel persönlich unterschrieben hat. In diesem Fall könnte es ihnen passieren, daß sie an die Wand gestellt werden, wenn sie uns umlegen. So leicht freilich nicht, aber Sie verstehen, wie ich's meine. Also: sie werden jetzt ihrer Dienststelle berichten, und der Kommandeur auf so einer kleinen Insel wird es nicht wagen, unseren Verein zu liquidieren, denn wir können ja ein Sonderkommando des Herrn Generals sein. Was folgt? Nun, er wird durch verschlüsselten Funkspruch in Vathy auf Samos anfragen und sich die Nägel bis zum Ellbogen abkauen vor Ungeduld, ehe die Antwort kommt, daß Graebel von uns keine Ahnung hat und warum sie uns nicht längst niedergeknallt hätten, klar?« Mallory studierte das Leuchtzifferblatt seiner Uhr. »Meiner Ansicht nach haben wir noch gut eine halbe Stunde Zeit.«

»Und solange sitzen wir hier herum mit unserem bißchen Papier und Bleistiften und schreiben unsere Testamente«, sagte Miller stirnrunzelnd. »Na, das ist nichts, Boß. Wir müssen was unternehmen.«

Mallory lächelte. »Keine Sorge, Korporal, wir werden. Wollen gleich ein kleines Saufgelage mit unseren Flaschen veranstalten, hier oben auf dem Achterdeck.«

Die letzten Worte ihres Liedes – einer schrecklich verballhornten griechischen Version von ›Lilli Marlen‹, ihrem dritten Lied in wenigen Minuten – verhallten in der Abendluft. Mallory bezweifelte, daß die oben im Turm, gegen den Wind, von ihrem Gesang mehr als ein schwaches Säuseln hörten, aber ihr rhythmisches Fußgetrampel und das wilde Schwenken der Flaschen genügten gewiß, um jedem, der nicht blind und taub war, ihre tolle Trunkenheit zu demonstrieren. Mallory griente, ohne zu sprechen, als er sich vorstellte, wie außerordentlich verwirrt und unsicher die deutschen Wachtposten im Turm jetzt sein mußten. So benahmen sich doch keine feindlichen Spione – überlegten sie gewiß – und schon gar nicht Spione, die wissen, daß sie Verdacht erregt haben und ihre Zeit gemessen ist.

Er hob wieder die Flasche an den Mund, hielt sie eine Weile hochgekippt und setzte sie wieder ab, ohne von dem Wein getrunken zu haben. Langsam drehte er sich nach den drei Männern um, die mit ihm auf dem Achterdeck hockten: Miller, Stevens und Brown. Andrea war nicht dabei, doch Mallory wußte genau, wo der war: er hockte im Schutz des Ruderhauses, hatte einen wasserdichten Beutel mit Handgranaten bei sich und an einem Schulterriemen einen Revolver.

»Nun los, Miller«, sagte Mallory kurz, »jetzt haben Sie Ihre große Chance, einen ›Oscar‹ zu verdienen. Wollen's so echt wie möglich machen.« Er beugte sich vor, stieß Miller mit dem Zeigefinger vor die Brust und brüllte ihn wütend an.

Miller brüllte ebenfalls, und minutenlang hockten sie so da, ihre wilden Gesten mußten den Eindruck erwecken, daß sie heftig miteinander stritten. Dann sprang Miller auf die Füße und ballte, indem er drohend über dem sitzenden Mallory schwankte, die Fäuste zum Schlagen. Während Mallory sich aufraffte, trat er ein wenig zurück, und sogleich waren sie in einen wilden Boxkampf verwickelt. Es sah aus, als wechselten sie pausenlos schwere Schläge, bis Mallory unter einem gewaltigen Schwinger des Amerikaners zurücktaumelte und mit einem sehr vernehmlichen Krach gegen das Ruderhaus fiel.

»Jetzt du, Andrea«, sagte er ruhig, ohne sich umzuwenden. »Fünf Sekunden. Alles Gute.« Er raffte sich wieder auf, ergriff eine Flasche beim Hals, sprang mit erhobenem Arm auf Miller los und schlug mit dieser Keule gewaltig zu. Miller wich zur Seite, holte tückisch mit dem Fuß aus und Mallory brüllte vor Schmerz, als er mit den Schienbeinen gegen die Kante der Verschanzung fiel. Vom bleichen Schimmer des Wassers deutlich abgehoben, stand er taumelnd eine Sekunde, fuchtelte hilflos mit den Armen und stürzte plump, schwer aufklatschend, in den Fluß.

Für die nächste halbe Minute (so lange brauchte Andrea, um unter Wasser flußauf bis zur nächsten Biegung zu schwimmen) markierten sie an Bord die größte Konfusion und machten einen Höllenlärm. Mallory versuchte, Wasser tretend, sich wieder an Deck zu ziehen, Miller hatte einen Bootshaken ergriffen und tat, als wollte er ihm den auf den Schädel schlagen, während die anderen, die sich inzwischen erhoben hatten, ihn von hinten packten, um das zu verhindern. ›Endlich‹ gelang es ihnen, Miller zu Boden zu werfen, wo sie ihn festhielten, um den triefenden Mallory an Deck ziehen zu können. Eine Minute später schüttelten die zwei Kampfhähne, wie es bei Betrunkenen seit Urzeiten geht, sich die Hände, setzten sich, einander umhalsend, aufs Luk vom Maschinenraum, wo sie in schönster Eintracht aus derselben frisch geöffneten Weinflasche tranken.

»Sehr gut gemacht«, sagte Mallory anerkennend, »wirklich sehr gut. Ergibt unbedingt einen ›Oscar‹ für Korporal Miller.«

Dusty Miller antwortete nicht. Schweigsam und deprimiert stierte er auf die Flasche in seiner Hand. Endlich tat er den Mund auf. »Mir gefällt das nicht, Boß«, murmelte er bedrückt. »Kein bißchen gefällt mir diese Inszenierung. Sie hätten mich mit Andrea gehen lassen sollen. So sind sie da oben drei gegen einen, und die drei sind vorbereitet.« Er blickte Mallory vorwurfsvoll an. »Verdammt und zugenäht, Boß, Sie erzählen uns doch dauernd, wie furchtbar wichtig dies Unternehmen ist!«

»Ich weiß«, sagte Mallory gelassen, »gerade deshalb habe ich Sie ja nicht mitgeschickt, habe Andrea extra allein gehen lassen, denn Sie wären für ihn nur eine Belastung und kämen ihm unnötig in die Quere.« Er schüttelte den Kopf. »Sie kennen Andrea nicht, Dusty.« Es war das erstemal, daß er ihn mit seinem Spitznamen anredete, und diese unerwartete Vertraulichkeit ging Miller zu Herzen. »Keiner von euch kennt ihn, aber ich.« Er machte eine Bewegung nach dem Wachtturm, dessen Umrisse jetzt scharf vor dem schon halbdunklen Himmel standen. »Ihr kennt ihn nur als großen, dikken, immer lachenden Witzemacher.« Mallory schüttelte wieder den Kopf, ehe er langsam weitersprach. »Jetzt ist er da oben und tappt still wie eine Katze durch den Wald, die größte und gefährlichste Katze, die ihr euch vorstellen könnt. Er tötet keinen Menschen unnötig. Wenn die drei armen Kerle da oben keinen Widerstand leisten, ist's gut. Tun sie das aber, dann erledigt er sie in meinem Auftrag genauso sicher als wenn sie auf dem elektrischen Stuhl säßen und ich von hier aus den Strom einschaltete.«

Miller war gegen seinen Willen tief beeindruckt.

»Kennen ihn wohl schon lange, Boß?«

»Ja. Andrea hat den Krieg in Albanien mitgemacht – als aktiver Soldat. Ich habe erfahren, daß die Italiener ihn sehr fürchteten. Seine weiten Patrouillenvorstöße gegen die Division Julia, die Wölfe von Toskanien, haben zur Zerstörung der italienischen Kampfmoral in Albanien mehr beigetragen als alles andere. Ich habe viele Berichte darüber gehört – nicht von Andrea selbst – die alle ans Unwahrscheinliche grenzen und doch alle wahr sind. Aber kennengelernt habe ich ihn später, als wir versuchten, den Paß von Servia zu halten. Ich war damals, trotz meiner kurzen Leutnantszeit, Verbindungsoffizier zur australischen Brigade. Und Andrea« – er machte absichtlich eine Pause, damit es mehr wirke –, »Andrea war Oberstleutnant bei der 19. Motorisierten Division der Griechen.«

»Was war er?« fragte Miller verblüfft. Auch Stevens und Brown machten ganz ungläubige Gesichter.

»Was ich sagte: Oberstleutnant. Ganz schönes Stück höher im Rang als ich, kann man einwenden.« Er lächelte sie verschmitzt an. »Jetzt erscheint er euch in anderem Licht, wie?«

Sie nickten schweigend. Der freundliche, zu jedermann kameradschaftliche Andrea, ein gutmütiger, fast simpler Possenreißer – Stabsoffizier bei der Armee! Diese Eröffnung war zu unvermittelt gekommen und der Gedanke hatte zu ferngelegen, um die Tatsache voll und ganz zu begreifen. Allmählich jedoch reimten sie sich mancherlei zusammen und konnten sich vieles in Andreas Benehmen erklären: seine Gelassenheit, seine Zuversicht, seine unfehlbar sicheren, blitzschnellen Entschlüsse, und vor allem: das unbegrenzte Vertrauen, das Mallory zu ihm hatte, und den Respekt vor Andreas Urteil, wenn er ihn, was häufig geschah, um Rat fragte. Und Miller erinnerte sich jetzt, ohne erstaunt zu sein, daß Mallory nie Andrea einen direkten Befehl gegeben hatte. Dabei bestand er doch sonst immer entschieden auf seinem Rang, ganz bestimmt dann, wenn es geboten war.

»Nach den Kämpfen am Servia«, fuhr Mallory fort, »war die Lage sehr verworren. Andrea hatte erfahren, daß Trikalla – eine kleine Landstadt, wo seine Frau und seine drei Töchter wohnten – durch Stukas und Heinkelbomber dem Erdboden gleichgemacht war. Es gelang ihm hinzukommen, doch er konnte nichts mehr tun. Eine Luftmine war in deren Vorgarten gefallen und kein Stein auf dem andern geblieben.«

Mallory zündete sich eine Zigarette an und blickte durch den wehenden Rauch zum Wachtturm, dessen Konturen schon undeutlicher wurden.

»Der einzige Bekannte, den er dort vorfand, war sein Schwager George. Der ist dann mit uns auf Kreta gewesen – ist jetzt noch da. Von George erfuhr er zuerst Näheres über die bulgarischen Greueltaten in Thrazien und Mazedonien – und dort wohnten seine Eltern. Die beiden zogen sich deutsche Uniformen an – wie Andrea ihnen die verschaffte, könnt ihr euch vorstellen –, beschlagnahmten einen deutschen Lkw und fuhren nach Protosami.« Die Zigarette in Mallorys Hand brach plötzlich durch und flog im Bogen über Bord. Miller war ein wenig überrascht, denn so spontane Gefühlsäußerungen hatte er bei diesem stahlharten Neuseeländer bisher nicht bemerkt. Doch Mallorys Stimme blieb ruhig, als er fortfuhr:

»Sie trafen ein am Abend des berüchtigten Blutbads von Protosami. George hat mir erzählt, wie Andrea dort in einer deutschen Uniform stand und lachte, als er zusah, wie neun oder zehn bulgarische Soldaten die Männer und Frauen paarweise zusammenbanden und in den Fluß stießen. Das erste Paar, das sie hineinwarfen, waren sein Vater und seine Stiefmutter, beide tot.«

»Allmächtiger Himmel!« Sogar Miller verlor vor Entsetzen seine gleichgültige Ruhe. »Das ist doch nicht zu glauben. Wie konnte er so etwas tun!«

»Sie haben keine Ahnung«, unterbrach ihn Mallory ungeduldig. »In Mazedonien sind Hunderte von Griechen auf diese Weise gestorben – nur daß sie meistens noch lebend in den Fluß geworfen wurden. Ehe Sie nicht wissen, wie sehr die Griechen und Bulgaren sich hassen, haben Sie keine Ahnung, was Haß ist...! Andrea trank mehrere Flaschen Wein mit den Soldaten, wobei er erfuhr, daß sie seine Eltern schon nachmittags umgebracht hatten, weil sie ihnen Widerstand leisten wollten. Als es dunkel war, folgte er ihnen nach dem alten Wellblechschuppen, in dem sie für diese Nacht kampierten. Er hatte nichts weiter bei sich als ein Messer. Vor den Eingang hatten sie einen Posten gestellt. Andrea brach ihm das Genick, ging hinein, verschloß die Tür von innen und zerschlug die Petroleumlampe. George weiß nicht genau, was drinnen geschah, er weiß nur, daß Andrea wie wahnsinnig wütete. In zwei Minuten kam er schon wieder heraus, vollständig verschmutzt, seine Uniform von oben bis unten mit Blut durchtränkt. Aus der Hütte drang kein Laut mehr, nicht einmal ein Stöhnen, als sie abfuhren. So hat George es berichtet.«

Er machte wieder eine Pause, doch diesmal unterbrach ihn keiner. Stevens zog sich schaudernd die schäbige Jacke fester um die Schultern, es war auf einmal kalt. Mallory zündete sich, ihm matt zulächelnd, eine neue Zigarette an und nickte nach dem Wachtturm. »Verstehen Sie jetzt, weshalb wir Andrea da oben nur hinderlich wären, wie ich vorhin sagte?«

»Ja-a. Ja-a, das verstehe ich nun«, gab Miller zu. »Ich hatte ja keine Ahnung, keine Ahnung... Doch nicht alle Mann, Boß? Er kann sie doch unmöglich alle um –«

»Doch, das hat er getan«, fiel ihm Mallory trocken ins Wort. »Und nachher hat er mit einer eigenen Bande den bulgarischen Vorposten in Thrazien das Leben zur Hölle gemacht. Eine Zeitlang hat fast eine ganze Division im Rhodopegebirge nach ihm gefahndet. Schließlich wurde er gefangen, durch Verrat, und mit George und noch vier Mann nach Stavros transportiert – sie sollten zur Verurteilung nach Saloniki gebracht werden. Sie überwältigten auf dem Schiff die Wachen – Andrea hatte sich nachts von seinen Fesseln befreit – und segelten das Schiff nach der Türkei. Die Türken versuchten, Andrea zu internieren, aber ebensogut hätten sie ein Erdbeben ›internieren‹ können. Nach einiger Zeit erschien er in Palästina und wollte dort dem griechischen Sonderbataillon beitreten, das im Mittelosten zusammengestellt wurde, hauptsächlich aus bewährten Albanienkämpfern, also Leuten von seinem Schlage.« Mallory lachte freudlos. »Da haben sie ihn als Deserteur festgenommen! Allerdings wurde er nachher wieder freigelassen, aber in der neuen griechischen Armee war für ihn kein Platz. Doch Jensens Abteilung erfuhr von ihm, und die erkannten, daß er der richtige Mann für Geheimkommandos war... Und so gingen wir zusammen nach Kreta... und jetzt nach Navarone.« Mallory verstummte.

Fünf Minuten und noch länger sprach keiner ein Wort. Hin und wieder machten sie für ihre ›Zuschauer‹ trinkende Bewegungen, aber jetzt war auch das Zwielicht vorbei, und Mallory wußte, daß man sie von der Höhe aus höchstens noch als unklare Schattenflecke sehen konnte. Die Kajike begann in dem von See stärker hereindrückenden Wasser zu schaukeln. Die ragenden Fichten, die jetzt schwarz aussahen wie Zypressen in der Nacht und unwahrscheinlich hoch wirkten gegen die Wolken, die zerrissen und bleich unter den Sternen dahintrieben, schlossen sich gleichsam von beiden Seiten über ihnen, düster, wie drohende Wächter, während der Wind in ihren schwankenden Kronen ein trauriges Requiem sang, wie das Stöhnen verlorener Seelen. Eine böse, Unheil verkündende Nacht, voll unerklärbarer Vorahnungen, die tief im Menschen an die Quellen namenloser Ängste rühren, an die schon fast vergessenen unheimlichen Erlebnisse vor Millionen Jahren und an uralten Aberglauben des Menschengeschlechts. Eine Nacht, die den hauchdünnen Firnis der Zivilisation abreißt, so daß der zitternde Mensch das klägliche Gefühl hat, im Grabe zu liegen, über das Ungeheuer hinwegziehen.

Und plötzlich, ganz unvermutet, brach dieser Bann: Andreas heitere Zurufe vom Ufer hatten sie alle mit einem Ruck auf die Beine gebracht. Sie vernahmen sein dröhnendes Lachen, vor dem sich sogar der dunkle Wald wie besiegt zurückzuziehen schien. Ohne abzuwarten, bis sie das Heck näher ans Ufer brachten, sprang er in den Fluß, erreichte mit wenigen kraftvollen Schwimmstößen das Boot und schwang sich gewandt an Deck. Lächelnd schüttelte er sich wie ein zottiger Bullenbeißer und streckte eine Hand nach der nächsten Weinflasche aus.

»Brauche wohl nicht zu fragen, wie es geklappt hat, he?« sagte Mallory lächelnd.

»Nein, nicht nötig. War furchtbar einfach. Halbe Kinder noch und haben mich gar nicht bemerkt.« Andrea nahm noch einen langen Zug aus der Flasche, dann grinste er in heller Begeisterung. »Habe denen kein Haar gekrümmt«, fuhr er triumphierend fort, »nur ein paar leichte Klapse ausgeteilt. Sie blickten alle drei über die Brüstung nach hier, als ich ankam. Hielt sie in Schach, nahm ihnen die MGs weg und schloß die drei im Keller ein. Und dann habe ich ihre MGs verbogen, bloß ein bißchen.«

›Jetzt haben wir's‹, dachte Mallory dumpf, ›nun ist es aus. Alles zu Ende für uns, alle Mühsal und Hoffnung, alle Ängste, alles Schöne und alles Lachen. So muß es nun auslaufen –. Das Ende, für uns hier, aber auch für die tausend Mann auf Kheros!‹

Unbewußt hob er die Hand, wischte sich resigniert die salzigen Gischtspritzer von den Lippen, die der Wind peitschend von den Wellenkämmen abfegte, und nahm die Hand höher, um seine blutunterlaufenen Augen zu beschatten, die hoffnungslos in die sturmdurchtoste Dunkelheit vor dem Schiff spähten. Einen Moment klärten sich seine verwirrten Gedanken, eine fast unerträgliche Bitterkeit erfüllte ihn. Alles dahin, alles – nur nicht die Kanonen von Navarone. Die Kanonen von Navarone, die blieben an ihrem Platz, sie waren unzerstörbar. Verflucht seien sie, dreimal verflucht! Du lieber Gott, welche sinnlosen Opfer, wie furchtbar und nutzlos war das alles –.

Die Kajike lag im Sterben, die Nähte zwischen ihren Planken brachen auf. Sie wurde buchstäblich totgeschlagen, auseinandergeschüttelt durch die ständigen schweren Hiebe von Wind und See. Immer wieder tauchte das Achterdeck tief in die schaumigen, wie siedenden Wasser, dann machte das Vorschiff einen tollen Stoß in die Luft, daß der tropfende Steven ganz herauskam, und wieder folgte der jähe Sturz nach vorn, fast senkrecht hinab in das Tal zwischen steilen Seen. Heftig knallend prallte der breite Bug aufs Wasser, daß das Schiff bis ins Innerste erbebte, jeder neue Absturz wie eine Explosion, unerträglich für die uralten Planken und Spanten, die mehr und mehr auseinanderrissen.

Schlimm genug war es schon gewesen, als sie kurz nach Einbruch der Dunkelheit aus der Flußmündung gelaufen waren und das Boot hart schlingernd in der Backstagssee auf nördlichen Kurs nach Navarone gebracht werden mußte. Das Steuern des ungefügen alten Fahrzeugs war eine schwierige Aufgabe: im Seegang von Steuerbord achtern hatte es wild und unberechenbar in einem Bogen von fünfzig Grad gegiert, doch da waren wenigstens die Nähte noch dicht gewesen, die rollenden Seen liefen regelmäßig an, und der Wind wehte beständig aus Südosten. Aber das war jetzt alles vorbei. Nachdem am Bug ein halbes Dutzend Planken gesprungen waren und sich mehr und mehr vom Vorsteven lösten, während durch die Stopfbuchse an der Schraubenwelle sowieso schon viel Wasser eindrang, nahm das Schiff weit mehr ein, als mit der alten Handpumpe gelenzt werden konnte. Die vom Wind geköpften Seen waren schwerer geworden, sie liefen kreuz und quer an, und der Wind, der mit doppelter Gewalt übers Meer pfiff, schralte und krimpte wie verrückt zwischen Südwest und Südost. Im Augenblick blies er hartnäckig aus dem Süden und trieb das nicht mehr steuernde Boot blindlings den eisernen Klippen von Navarone entgegen, die, noch unsichtbar, vor ihnen aus der See ragten, irgendwo in dieser allumfassenden Finsternis.

Mallory reckte sich für einen Augenblick, um den Schmerz zu lindern, der wie mit Kneifzangen in seine Rückenmuskeln griff. Über zwei Stunden hatte er sich gebeugt und gestreckt, als er wohl tausend Eimer hochhob, die Dusty Miller unten im Schiffsraum pausenlos füllte. Wie mochte der sich erst fühlen! Er hatte doch die härteste Arbeit und war schon seit Stunden fast ununterbrochen schwer seekrank. Gespenstisch sah er aus und kam sich gewiß wie halb tot vor. Die eiserne Willenskraft, mit der er, bei seinem Zustand, die pausenlose Anstrengung ertrug, war kaum noch zu begreifen. Mallory schüttelte verwundert den Kopf. ›Mein Gott, was ist er zähe, dieser Yankee!‹ Ganz von selbst hatte sein Verstand die Worte geformt, und er schüttelte ärgerlich den Kopf, in dem unklaren Gefühl, wie wenig sie von der Wahrheit trafen.

Nach Luft ringend, blickte er zum Achterschiff, um zu sehen, wie es den andern ging. Brown, der unten war, konnte er natürlich nicht sehen. Ganz zusammengekrümmt in der Enge des Maschinenraums, fühlte der sich auch andauernd übel und litt unter furchtbaren Kopfschmerzen von den Öldünsten und den noch immer aus dem ersetzten Rohr dringenden Auspuffgasen. Und beides mußte er erdulden, da richtige Entlüftung nicht möglich war. Trotzdem hatte er, immer über den Motor gebeugt, seinen Posten seit dem Auslaufen aus der Flußmündung noch nicht einmal verlassen, hatte die mühsam arbeitende alte Kelvinmaschine gehegt und gepflegt mit der Liebe und wunderbaren Geschicklichkeit, deren nur ein Ingenieur mit alter und stolzer Tradition fähig ist. Der Motor brauchte nur einmal, nur einmal für die Dauer eines langen Atemzugs auszufallen, dann nahm das Boot ein ebenso schnelles wie gewaltsames Ende. Seine Steuerfähigkeit und damit ihrer aller Leben hingen allein davon ab, daß die Schraube pausenlos lief und die alte rostige Zweizylindermaschine keinen Augenblick mit ihren harten Stößen aussetzte. Sie war das Herz des Bootes, und wenn das Herz stillstand, mußte das Boot sterben, mußte sich breitseits legen und in den lauernden Abgründen zwischen den Seen kentern.

Vor dem Maschinenraum, breitbeinig stehend, die Schultern gegen den Eckpfosten des zersplitterten Ruderhauses gestemmt, schuftete Andrea unaufhörlich an der Pumpe, ohne ein einziges Mal den Kopf zu erheben, und offenbar, ohne das wahnsinnige Schlingern des Decks, den beißend scharfen Wind und das Stechen des eiskalten Gischtes zu spüren, der seine nackten Arme lähmen wollte und das durchnäßte Hemd an die gekrümmten mächtigen Schultern preßte. Unermüdlich ging sein Arm auf und nieder, auf und nieder, in regelmäßigem Takt wie der Kolben einer Maschine. Fast drei Stunden pumpte er schon so, und es sah aus, als könnte er das ewig fortsetzen. Mallory, der nach weniger als zwanzig Minuten grausamer Anstrengung abgetreten war, um ihm die Pumpe zu überlassen, fragte sich, ob es für die Ausdauer dieses Mannes überhaupt eine Grenze gab.

Auch über Stevens wunderte er sich, denn vier endlose Stunden hatte der erfolgreich mit dem Ruder gerungen, das sich in seinen Händen wehrte und hin und her schlug, als hätte es seinen eigenen Willen, sich aus ermüdeten Händen loszureißen und das Schiff in ein Wellental zu schleudern. ›Stevens hat seine Sache vorzüglich gemacht‹, dachte Mallory, ›er hat das plumpe Fahrzeug großartig gesteuert.‹ Er wollte ihn noch beobachten, aber der Gischt hieb ihm so tückisch in die Augen, daß sie zu tränen begannen. Er sah nur noch einen zusammengekniffenen Mund, schlaflose, tief eingesunkene Augen und kleine Flecke unnatürlich bleicher Haut in der Maske von Blut, die fast das ganze Gesicht vom Haarrand bis zur Kehle bedeckte. Der sich eigenartig drehende, hoch auflaufende Brecher, der die Bretterwände des Ruderhauses und die Fenster mit furchtbarer Wucht zerschlagen hatte, war so unvermutet gekommen, daß Stevens nicht mehr ausweichen konnte. Die Schnittwunde über seiner rechten Schläfe war gefährlich lang und tief: das Blut pulsierte noch jetzt über ihre gezackten Ränder und tropfte monoton in das Wasser, das auf dem Boden des Ruderhauses gurgelnd hin und her klatschte.

Elend bis ins Mark, wandte Mallory sich ab und langte nach dem nächsten Eimer von unten. ›Was für eine Besatzung!‹ dachte er, ›was für eine wirklich unglaublich tüchtige Kameradschaft von – von...‹ Er suchte nach Worten, um sie richtig zu beschreiben, sei es auch nur für sich selbst, spürte aber, daß sein Kopf viel zu müde zum Nachdenken war. Es spielte ja auch keine Rolle, denn für solche Männer gab es gar keine Worte, nichts, was ihnen gerecht wurde.

Er konnte die Bitterkeit fast schmecken, die in Wellen durch seine erschöpften Gedanken spülte. O Gott, wie falsch, wie schrecklich unfair war das! Weshalb mußten solche Männer sterben, fragte er sich ergrimmt, warum mußten sie so nutzlos sterben! Vielleicht aber war es gar nicht nötig, das Sterben zu rechtfertigen, auch wenn einer ruhmlos und ohne den erstrebten Erfolg starb? Konnte der Mensch nicht für unfaßbare Dinge sterben, für das Abstrakte und das Ideale? Was hatten denn die Märtyrer auf den Scheiterhaufen erreicht? Oder wie hieß noch der alte Spruch? *Dulce et decorum est pro patria mori.* Wenn einer ein tüchtiges Leben geführt hatte, war es doch einerlei, wie er starb.

Unwillkürlich preßte er in flüchtigem Widerwillen die Lippen zusammen, als er jetzt an Jensens Bemerkung dachte: daß die Oberkommandos der feindlichen Mächte miteinander ›Verwechselt-die-Bäume‹ spielten. Na schön, dann wären sie jetzt mitten auf ihrem Spielplatz, wobei wieder ein paar einzelne Pfänder zur Hölle fuhren... Kam es darauf an? Nein, sie hatten ja noch Tausende zum Einsatz.

Und zum erstenmal dachte Mallory jetzt an sich selbst. Weder mit Bitterkeit noch Selbstmitleid oder mit Bedauern, daß nun alles aus war. Er dachte an sich nur als an den Führer des Unternehmens und seiner Verantwortung für diese Situation. ›Meine Schuld‹, wiederholte er sich immer wieder, ›meine Schuld. Ich habe sie hierhergebracht, ich habe sie gezwungen, mitzumachen.‹ Und obwohl ein Teil seines Verstandes ihm sagte, daß er keine Wahl gehabt habe und so handeln mußte; daß man sie, wenn sie in dem Fluß liegengeblieben wären, schon lange vor Tagesanbruch vernichtet hätte – machte er sich, gegen alle Vernunft, um so mehr Vorwürfe. Shackleton – ja, von allen Menschen, die je gelebt hatten, hätte vielleicht Ernest Shackleton ihnen helfen können. Aber nicht Keith Mallory. Nichts konnte er tun, nicht mehr als die andern schon taten, und die warteten doch nur auf ihr Ende. ›Aber ich bin ihr Führer‹, dachte er stumpf, ›ich müßte etwas ausdenken, etwas unternehmen...‹ Aber was denn? Es gab ja keine Möglichkeit. Nichts auf Gottes Erde konnte ihnen helfen. Das Gefühl der Schuld, der völligen Unfähigkeit für seine Aufgabe, setzte sich mit jeder Erschütterung des alten Schiffsrumpfes tiefer in ihm fest.

Er ließ den Eimer fallen und griff nach dem sicheren Halt am Mast, als eine schwere See über Deck fegte, deren Schaum wie funkelndes Quecksilber siedete. Das Wasser wirbelte ihm gierig um die Füße, doch er beachtete das nicht, er starrte in die Finsternis. Diese Finsternis – das war das Teuflische. Die alte Kajike schlingerte und stampfte, sie schwankte und tauchte, wie entkörpert, in ein Vakuum. Sehen konnten sie nichts – nicht wohin die letzte See verschwand, und nicht, woher die nächste kam, eine noch unsichtbare, seltsam fern scheinende, doppelt erschreckend, weil sie schon fühlbar nahe war und sogleich auf sie stürzen mußte.

Mallory blickte in den Laderaum hinab, wo er undeutlich als weißen Fleck das Gesicht Millers sah, der Seewasser geschluckt hatte und sich unter Schmerzen erbrach, Salzwasser mit Blut gemischt. Aber Mallory ignorierte das, gegen seinen Willen, denn sein Verstand konzentrierte sich auf etwas anderes: er versuchte, einen unklaren und flüchtigen Eindruck festzuhalten und logisch zu denken. Es schien ihm verzweifelt eilig, daß das gelinge. Da brach die nächste, noch schwerere See über Deck, und auf einmal wußte er.

Der Wind! Der Wind war abgeflaut, er wurde mit jeder Sekunde schwächer. Während er so dastand, die Arme um den Mast geschlungen, und die zweite See ihn fortzureißen suchte, erinnerte er sich, daß er zu Hause in den Bergen oft am Fuß eines Abgrunds gestanden und beobachtet hatte, wie der heranbrausende Wind, den Weg des geringsten Widerstands suchend, im Bogen an der Steilwand emporschoß, so daß er in einem toten Winkel fast unberührt von ihm blieb. Eine Erscheinung, die Bergsteiger häufig erlebt haben. Und hier die beiden schweren Seen – mit ihrem brandenden Rücksog! Wie ein Schlag traf ihn die Erkenntnis. Die Klippen! Sie waren dicht vor den Klippen von Navarone! Ja, das mußten die Klippen sein!

Mit einem heiseren Warnungsschrei warf er sich, ohne an die eigene Sicherheit zu denken, lang in das auf dem Achterdeck wirbelnde Wasser, um ans Luk zum Maschinenraum zu kommen.

»Volle Kraft zurück!« schrie er. Ein weißer Fleck, Casey Browns erschrockenes Gesicht, drehte sich nach oben. »Um Gottes willen, Mann, volle Kraft zurück!« wiederholte er. »Wir rennen auf die Klippen!«

Sich aufraffend, sprang er mit zwei langen Schritten zum Ruderhaus und tastete hastig nach der Tasche mit den Raketen. »Die Klippen, Stevens! Wir sitzen schon beinah drauf! Andrea – Miller ist noch unten!«

Ein schneller Blick auf Stevens. Er sah das bedächtige Nikken des verkniffenen, blutverkrusteten Gesichts, und sah, Stevens' Blickrichtung folgend, die weißlich leuchtende Linie vor dem Schiff, einen unregelmäßigen, aber fast ununterbrochenen Streifen, der aufquoll und verschwand, wieder erschien und verschwand, wenn eine See knallend gegen die in der Finsternis unsichtbaren Klippen schlug und zurückfiel. Verzweifelt befühlte er die Rakete.

Und plötzlich fuhr sie los, zischend und spuckend, in fast waagerechter Flugbahn. Einen Moment glaubte er, sie sei erloschen und ballte in ohnmächtigem Zorn die Fäuste. Sie schlug gegen die Felswand und fiel auf eine etwa drei Meter über dem Wasser vorstehende Kante, wo sie qualmend liegenblieb, hin und wieder grell aufleuchtend im Regen und zwischen den dicken Gischtspritzern, die von den donnernden Brechern emporbrandeten.

Das Licht war schwach, doch es reichte aus. Die Klippen waren kaum fünfzig Meter vom Schiff entfernt. Schwarz und naß schimmernd ragten sie empor im zuckenden Schein der Rakete, die nach oben einen Kreis von weniger als fünf Meter Radius erhellte, während der Felsen unterhalb der ›Bank‹ im trügerischen Dunkel blieb. Und genau vor dem Schiff, etwa fünfzehn Meter vom Gestade, erstreckte sich, wie ein breites

Gebiß mit spitzen Zähnen und Lücken, ein bösartiges Riff, dessen Enden zu beiden Seiten ins Dunkel verliefen.

»Können Sie da durchsteuern?« schrie er gellend Stevens zu.

»Weiß der Himmel! Will's versuchen!« Er rief noch mehr, doch Mallory war schon halb im vorderen Luk. Wie immer in bedenklichen Lagen, rasten seine Gedanken schon den Ereignissen voraus, so zielsicher und klar, daß er es nachher gar nicht zu begreifen vermochte.

Er raffte Mauerhaken, Hammer und ein starkes Seil zusammen und war nach Sekunden schon wieder an Deck. Jäh blieb er stehen, in fast unerträglicher Spannung, als er sah, wie das gezackte Riff, ganz nahe an der Steuerbordseite, gleichsam auf sie zusprang, ein Felsenzahn von halber Höhe des Ruderhauses. Das Boot schlug so hart dagegen, daß er auf die Knie fiel, es schabte knirschend und knakkend mit zersplitternden Planken an dem Felsen entlang, dann legte es sich nach Backbord über und – war durch. Wie ein Irrer kurbelte Stevens das Rad und schrie: »Voll achteraus!«

Mallory stieß einen langen, tiefen Seufzer der Erleichterung aus – er hatte gar nicht bemerkt, daß er lange den Atem anhielt –, schob eilig den Kopf und den linken Arm durch die Seilrolle und steckte die Haken und den Hammer in seinen Gürtel. Die Kajike rutschte jetzt schwerfällig nach Backbord weg und drehte sich in wilden Spiralen durch die Täler der Seen, die hier, unter dem Winddruck und dem Gegendruck des Rückschlags von der Klippenwand, kürzer und steiler aufliefen. In der Gewalt der Brandung und vom eigenen Gewicht vorgeworfen, näherte die Kajike sich unheimlich schnell der gewaltigen Steinwand...

›Ich muß es riskieren, ich muß es riskieren‹, sprach er sich immer wieder vor. Doch der kleine bankartige Vorsprung, unersteigbar steil und noch zu fern, schien ihm die höchste Grausamkeit eines teuflischen Geschicks, wie fressendes Salz in einer tödlichen Wunde, und er war fest überzeugt, daß das, was er tun wollte, sinnlos sein mußte, eine selbstmörderische Geste. Aber als jetzt Andrea die letzten Fender über die Seite gehängt hatte – alte Autoreifen – und mit strahlendem Lächeln groß neben ihm stand, glaubte er nicht mehr so fest, daß es mißlingen müßte.

»Die Kante da?« Andreas mächtige Pranke legte sich, Zuversicht gebend, auf seine Schulter

Mallory nickte und wippte, die Füße auf das schlingernde, glitschige Deck gestemmt, in den Knien.

»Spring rauf«, rief Andrea dröhnend, »dann die Beine steifhalten!«

Zu mehr Worten war keine Zeit. Das Boot schwang gerade breitseits zur Felswand, hielt sich zitternd auf dem Wellenkamm – höher als jetzt konnte es nie kommen – und Mallory spürte es, ›jetzt oder nie!‹ Seine Hände schwangen rückwärts, die Knie beugten sich tiefer, und dann war er in einem federnden Absprung emporgeschnellt, seine Finger kratzten an dem nassen Gestein und hakten sich über dem Rand fest. Einen Moment hing er so an lang ausgestreckten Armen, bewegungsunfähig. Neben sich hörte er den Fockmast gegen die vorspringende Kante schlagen und zerbrechen. Seine Finger lösten sich wie von selbst, und schon war er, durch einen gewaltigen Schub von unten gehoben, mit dem Oberkörper beinah auf dem Vorsprung. Aber noch nicht ganz. Nur die Schnalle seines Gürtels, die sich über den Rand gehakt hatte, hielt ihn, sie zog sich durch das Gewicht seines Körpers bis zur Brust hoch. Doch er blieb ruhig. Begann nicht wild nach einem Halt für seine Hände zu tasten, versuchte nicht, den Körper im Knebel des Gürtels zu lockern, und schlug auch nicht mit den Beinen – denn jede dieser Bewegungen hätte ihn zum Absturz gebracht. Endlich war er wieder einmal ganz in seinem Element! ›Der beste Felsenkletterer unserer Zeit‹ nannte man ihn, und dafür war er geboren...

Langsam, methodisch, tastete er die Oberfläche der Felskante ab, und bald fühlte er einen nach hinten verlaufenden Riß. Besser wäre ein Spalt gewesen, der parallel zur Kante lief und ein bißchen breiter war als dieser, in den kaum ein Streichholz paßte. Aber für Mallory genügte er. Ganz behutsam zog er den Hammer und zwei Mauerhaken aus dem Gürtel, drückte einen so fest wie möglich in den Spalt, um zunächst etwas Halt zu haben, legte den anderen ein paar Zentimeter davor, umfaßte den ersten mit seiner Linken so, daß er mit den Fingern den zweiten festhalten konnte und trieb sie mit dem Hammer in der Rechten kräftig ein. Fünfzehn Sekunden später stand er auf dem Vorsprung.

Schnell und sicher arbeitend, geschmeidig wie eine Katze sein Gleichgewicht haltend, schlug er einen Mauerhaken über sich in die Felswand, befestigte eine Schlinge daran und warf das Seilbündel hinab. Erst jetzt drehte er sich um und blickte nach unten.

Noch keine Minute war vergangen, seitdem die Kajike angeprallt war, und schon war sie fast ein Wrack, das sich, mit eingedrückten Bordwänden, vor seinen Augen aufzulösen begann. Alle sieben bis acht Sekunden nahm eine riesige Brandungswelle es hoch und schleuderte es gegen die Klippenwand, so hart, daß die dicken Autoreifen die Wucht nur wenig dämpfen konnten. Dann krachte und knackte es jedesmal entsetzlich, wenn die Bordwand immer mehr aufsplitterte, die eichenen Spanten knallend brachen und die Löcher und Spalten breiter wurden. Und wenn das Boot zurücktaumelte, sah er an Backbord die See gierig durch die klaffenden Löcher zwischen den Planken einströmen.

Drei Mann standen neben dem Rest ihres Ruderhauses. Drei – Mallory fiel auf, daß Casey Brown fehlte und der Motor noch lief, unregelmäßig klopfend, laut, leise und wieder laut. Brown steuerte das Boot mit der Maschine parallel zur Klippe vor und zurück und hielt es, so gut wie menschenmöglich, in dieser Lage, denn er wußte, daß ihrer aller Leben von Mallory und – von ihm abhing. »Der Narr«, schimpfte Mallory, »der ist ja wahnsinnig!«

Die Kajike rutschte ins Tal einer zurückweichenden See, kam zum Stillstand und glitt wieder auf die Klippenwand zu, wobei sie so schwunghaft überholte, daß das Dach des Ruderhauses an den Felsen zerschellte. Der Anprall war so wuchtig, die Erschütterung so jäh, daß Stevens von den Füßen gerissen und, während er die Arme hochriß, um sich zu schützen, gegen eine Klippe geschleudert wurde. Einen Moment hing er da wie festgenagelt, dann fiel er in die See, mit seinen erschlafften Gliedern einem Toten gleich. Er hätte jetzt sterben müssen, ertränkt unter den Hammerschlägen der See oder zerquetscht, wenn Schiff und Fels wieder mit der Kraft einer Ramme zusammenprallten. Ja, er hätte sterben müssen und wäre auch gestorben, hätte nicht ein mächtiger Arm, der sich weit über Bord bog, ihn wie eine schlaffe, nasse Stoffpuppe aus dem Wasser und an Deck gehoben, knapp eine Sekunde vor dem nächsten harten Anprall des Bootes, der ihn zerschmettert hätte.

»Los, um Gottes willen!« rief Mallory verzweifelt. »In einer Minute ist das Boot weg! Das Seil – benutzt doch das Seil!« Er sah, daß Andrea und Miller schnell miteinander sprachen, sah, wie sie Stevens schüttelten und ihn auf die Füße stellten, und er, noch halb betäubt anscheinend, Seewasser ausbrach. Andrea sprach in sein Ohr, offenbar energisch, legte ihm das Seil in die Hände. Dann schwang das Boot wieder einwärts, und Stevens packte ganz von selbst das Seil kürzer. Ein ungeheurer Schubs von Andrea – Mallory streckte seinen Arm weit aus, und schon war Stevens auf dem Vorsprung gelandet, saß mit dem Rücken an der Felswand und hielt sich an dem Mauerhaken fest, seinen dumpfen Kopf schüttelnd, aber in Sicherheit.

»Nun Sie, Miller!« rief Mallory. »Aber schnell, Mann – springen!«

Miller blickte zu ihm hoch, und Mallory hätte schwören können, daß er grinste. Anstatt das Seil von Andrea zu nehmen, lief er nach vorn zur Kabine. »Eine Minute noch, Boß!« blökte er. »Ich habe meine Zahnbürste vergessen.«

In wenigen Sekunden erschien er wieder, doch ohne Zahnbürste. Er trug den großen grünen Kasten mit Explosivstoffen, und ehe Mallory recht begriff, was geschah, schwang schon die fünfzig Pfund schwere Kiste, von den unermüdlichen Armen des Griechen emporgedrückt, am Seil durch die Luft. Mechanisch griff Mallory zu und packte sie. Er verlor das Gleichgewicht, stolperte, die Kiste noch haltend, nach vorn. Mit einem Ruck wurde er zurückgerissen. Stevens war, eine Hand noch an der Eisenklammer, aufgestanden und hatte die andere in Mallorys Gürtel gehakt. Er zitterte heftig vor Kälte und Schwäche, in einer seltsam mit Furcht gemischten Erregung, aber – er war jetzt, wie Mallory, wieder der Bergsteiger in seinem Element.

Eben hatte Mallory sich aufgerichtet, als schon das wasserdicht verpackte Funkgerät in die Höhe schwebte. Er ergriff es, legte es nieder und blickte wieder nach unten. »Laßt den verflixten Krempel liegen!« schrie er wütend. »Macht, daß ihr selber raufkommt – los!«

Zwei Seilrollen landeten neben ihm auf dem Vorsprung, dann der erste Rucksack mit Lebensmitteln und Kleidungsstücken. Er merkte, daß Stevens die Sachen zu ordnen suchte.

»Hört ihr nicht?« brüllte er. »Sofort rauf alle! Das ist ein Befehl! Das Boot sackt weg, ihr Idioten!«

Die Kajike sank wirklich. Sie lief schnell voll. Brown hatte den schon umspülten Motor verlassen. Aber das Deck lag jetzt ruhiger als vorher, da die Schlingerbewegungen viel kürzer waren und bei dem vielen Wasser im Schiffsraum die Stöße gegen die Klippenwand weniger heftig. Für einen Augenblick schien es Mallory, als sei der Meeresspiegel gesunken, doch sogleich wurde ihm klar, daß der Schwerpunkt des Bootes, mit mehreren Tonnen Wasser im Raum, viel tiefer lag als vorher, doch unter dem Gewicht etwas ruhiger.

Miller hatte eine Hand ans Ohr gelegt. »Kann hier kein Wort verstehen, Boß«, rief er. »Übrigens sinkt das Schiff noch nicht.« Und wieder verschwand er in die vordere Kabine.

Innerhalb von dreißig Sekunden, in denen alle fünf Männer angestrengt arbeiteten, kam auch der Rest ihrer Ausrüstung auf den Klippenvorsprung. Das Boot lag mit dem Achterdeck unter Wasser, das schon ins Luk vom Maschinenraum strömte, als Brown sich am Seil emporkämpfte. Und als gleich hinter ihm Miller das Seil ergriff, sank auch das Vorschiff, so daß Andrea, der als letzter anpackte, um sich gegen die Klippe zu schwingen, schon mit den Füßen im Leeren hing. Die Kajike war gekentert, nichts mehr von ihr zu sehen: kein Stück Treibgut, nicht einmal eine Luftblase verriet, wo sie eben noch gewesen war...

Der Felsenvorsprung war an der breitesten Stelle nur achtzig, neunzig Zentimeter breit und nach den im Dunkel verlaufenden Seiten schmaler. Schlimmer noch, daß – bis auf den kleinen Platz, in dem Stevens das Material dicht zusammengepackt hatte – der scharf vorstehende Rand dünn und glitschig war. Den Rücken an die Felswand gepreßt, mußten Andrea und Miller sich auf die Hacken stellen, die Arme ausgestreckt, die Handflächen am Gestein, so dicht wie möglich sich anlehnend, um ihr Gleichgewicht zu halten. Doch in weniger als einer Minute hatte Mallory in drei Meter Abstand noch zwei Haken eingeschlagen und sie durch ein Seil verbunden.

Ermattet ließ Miller sich nieder und lehnte, tief dankbar, seine Brust gegen die verläßliche Schranke, die das Seil bildete. Er kramte in seiner Brusttasche, brachte ein Päckchen Zigaretten zum Vorschein und bot sie allen an, ohne daran zu denken, daß der Regen sie sofort völlig durchweichte. Er war unterhalb des Gürtels klatschnaß, hatte sich beide Knie an der Klippenwand bös zerschunden und fror bitterlich in dem strömenden Regen und den Gischtsalven, die fortwährend über die Felskante schlugen. Der scharfe Rand des Gesteins schnitt schmerzhaft in seine Waden, das eng vor dem Leib liegende Seil nahm ihm die Luft, und er war noch aschgrau vor Erschöpfung von der langen schweren Arbeit mit den Eimern und der Seekrankheit – doch als er jetzt sprach, spürten alle, daß er es aufrichtig meinte. »Mein G-oott«, sagte er ehrfurchtsvoll, »ist das nicht wunderbar?«

5. KAPITEL

Montag nacht 1.00 bis 2.00 Uhr

Anderthalb Stunden später stemmte sich Mallory in einem natürlichen Felskamin an der Klippenwand fest, schlug unter sich einen Mauerhaken ein und versuchte, seinen schmerzenden, müden Körper zu entspannen. ›Zwei Minuten ausruhen‹, dachte er, ›nur die zwei Minuten, bis Andrea heraufkommt.‹ Das Seil zitterte, und durch das Kreischen des Windes, der Andrea von der Klippe reißen wollte, konnte er das metallische Kratzen seiner Stiefel hören, die an dem tückischen Überhang einen Halt suchten, an dem Felsbuckel knapp unterhalb des Kamins, den er selbst kaum hatte meistern können, diesem unmöglich erscheinenden Hindernis, an dem er sich die Hände zerschunden und sich so maßlos angestrengt hatte, daß seine Schultermuskeln heftig schmerzten und sein Atem laut rasselte, als er Luft in die ausgepumpten Lungen sog. Indem er sich zwang, nicht zu beachten, wie sehr sein Körper um Schonung und Ruhe bat, lauschte er auf das Klingen des Stahls an der Felsenwand, das jetzt lauter wurde, deutlich hörbar auch im Brausen des Windes... Er mußte Andrea zurufen, bei den letzten sechs, sieben Metern besonders vorsichtig zu sein.

›Mir selbst braucht freilich niemand zu sagen, daß ich leise sein muß‹, dachte er gequält, denn er hätte, auch wenn er's gewollt hätte, mit den Füßen keinen Lärm machen können: er trug über seinen blutig gescheuerten Füßen nur zerrissene Socken. Als er kaum die ersten paar Meter geklettert war, hatte er gemerkt, daß die Bergstiefel ihm nichts nützten, weil er hier mehr Tastgefühl in den Füßen brauchte, um die winzigen Stellen zu entdecken, die ihm beim Steigen etwas Halt geben konnten. So hatte er mit großer Mühe die Stiefel ausgezogen, sie mit den Schnürsenkeln an den Gürtel gebunden und – sie verloren. Sie waren abgerissen, als er um den Felsbuckel aufwärts kletterte.

Der Aufstieg war ein grausamer Weg voller Schrecken gewesen. Keuchend in Sturm, Regen und Finsternis, von Schmerzen gepeinigt, hatte er sich so anstrengen müssen, daß er schließlich an die Gefahren bei diesem selbstmörderischen Wagnis an der steilen, unbekannten Wand kaum noch dachte, auf dem nicht endenwollenden Leidensweg, wenn er, nur an Fingerspitzen und Zehen hängend, viele Haken einschlagen und jedesmal die Seile festmachen mußte, bevor er sich zentimeterweise höher quälte. Ein Aufstieg, wie er ihn noch niemals gemacht hatte und nie wieder machen würde, denn das war heller Wahnsinn! Ein Aufstieg, der ihm das Letzte abgefordert hatte, seine ganze erstaunliche Geschicklichkeit, allen Mut und alle Muskelkraft, in einem Maße, wie er es nie für möglich gehalten hätte, denn daß er – daß überhaupt ein Mensch – soviel aushalten konnte, hätte er vorher nicht geglaubt. Auch jetzt noch war ihm unerklärlich, woher diese Kräfte gekommen waren, die ihn bis hierher getrieben hatten, wo er jetzt stand: nur noch ein kurzes, leicht ersteigbares Stück von der Oberfläche der Klippe entfernt.

Er wußte, daß nicht einmal sein Ehrgeiz als Bergsteiger, der Reiz der Gefahr und der Stolz darauf, daß er vielleicht der einzige Mensch in Südeuropa war, dem man diese Leistung zutrauen konnte – er wußte, daß nicht diese Gefühle und auch nicht die Gewißheit, daß den Männern auf Kheros zwischen Leben und Sterben nur noch wenig Zeit blieb, ihn zu diesem Weg befähigt hatten. In den letzten zwanzig Minuten, die er gebraucht hatte, um den überhängenden Fels zu umrunden, der jetzt unter ihm lag, hatte er weder zu denken noch zu fühlen vermocht, sondern war geklettert wie eine Maschine.

Hand über Hand zog Andrea sich jetzt am Seil, mühelos mit seinen mächtigen Muskeln, um diesen Überhang, ohne nach Stützen für die Beine zu suchen. Er trug dicke Seilrollen um den Hals, an seinem Gürtel hingen rundum Mauerhaken, so daß er aussah wie ein korsischer Bandit aus der komischen Oper. Rasch zog er sich das letzte Stück hinauf, klemmte sich neben Mallory in den Kamin und wischte seine schweißnasse Stirn ab. Und, wie immer, lachte er übers ganze Gesicht.

Mallory sah ihn an und mußte auch lächeln. Andrea, überlegte er, hätte eigentlich nicht jetzt schon hier sein dürfen, denn vor ihm hätte Stevens klettern sollen. Doch Stevens litt noch unter dem ausgestandenen Schrecken und hatte viel Blut verloren. Aber nur ein erfahrener Bergsteiger mit kräftigen Muskeln konnte den Schluß bilden, wenn es galt, im Klettern die Seile aufzurollen und die Haken einzeln loszubrechen, denn es durfte von ihrem Aufstieg keine Spur zurückbleiben. Jedenfalls hatte er es Stevens so erklärt, und er hatte ihm zögernd zugestimmt, wobei nicht zu verkennen war, daß er sich gekränkt fühlte. Trotzdem war Mallory jetzt heilfroh, daß er der stummen Bitte, die er in Stevens' Gesicht las, nicht nachgegeben hatte. Unbestreitbar war Stevens ein guter Bergsteiger, doch nicht darum ging es Mallory in dieser Nacht: er brauchte eine menschliche ›Leiter‹. Immer wieder hatte er beim Aufstieg auf Andreas Rücken, auf seinen Schultern, seiner Handfläche, und einmal sogar, für mindestens zehn Sekunden, mit seinen stahlbeschlagenen Stiefeln (ehe er sie verlor) auf seinem Kopf stehen müssen. Und Andrea hatte nie protestiert, nicht gewackelt und um keinen Zoll seine Haltung verändert. Dieser Mensch war unzerstörbar, ebenso hart und dauerhaft wie der Fels, auf dem er stand. Seit Beginn der Dunkelheit hatte er pausenlos so geschuftet, daß zwei normale Menschen dabei umgefallen wären, und sogar jetzt – stellte Mallory beinah deprimiert fest – sah er noch aus, als sei er kaum müde!

Mallory wies in dem Kamin nach oben, wo die ungefähr rechteckige Mündung sich verschwommen vom graubleichen Himmel abzeichnete. Er beugte sich vor und sagte leise, den Mund dicht anb Andreas Ohr: »Sechs Meter noch, Andrea.« Sein Atem kam in schmerzhaften Stößen. »Wird nicht schwer sein, hier bei mir sind Spalten, die gehen vielleicht bis oben durch.«

Andrea blickte prüfend an der steilen Wand hoch und nickte still.

»Besser, wenn du auch ohne Stiefel kletterst«, fuhr Mallory fort, »und jeden Haken müssen wir mit den Händen festdrücken.«

»Sogar jetzt leise sein, bei solchem Sturm und Regen, bei

dieser Kälte und Rabenschwärze – und auf so einer Klippe?«
In Andreas Ton lag kein Zweifel, keine Frage, es sollte nur
nebenbei die Bestätigung unausgesprochener Gedanken
sein. Sie hatten so lange miteinander gelebt und verstanden
sich so genau, daß sie selten viele Worte zur Verständigung
brauchten.

Mallory nickte nur, während Andrea schon einen Mauerhaken eindrückte, die Seile festmachte und mit dem Rest des
dicken Bindfadens verband, der über hundert Meter hinab
bis zu dem Vorsprung reichte, auf dem die andern warteten.
Dann zog er die Stiefel aus, band sie, zusammen mit den
Mauerhaken, an die Seile, lockerte das schmale, doppel-
schneidige Wurfmesser, das er in einer ledernen Scheide am
Gürtel trug, blickte Mallory an und nickte wortlos.

Die ersten drei Meter ging es leicht: Handflächen und Rükken an eine Kaminwand gedrückt, die Füße in Strümpfen gegen die andere, arbeitete sich Mallory gekrümmt nach oben,
bis es in der breiter werdenden Öffnung so nicht mehr möglich war. Die Beine an die Wand gegenüber gestemmt,
drückte er so hoch über sich, wie er greifen konnte, einen Haken in den senkrechten Riß, faßte mit beiden Händen an, ließ
die Beine fallen und fand einen Halt für seine Fußspitzen.
Zwei Minuten später hakte er die Hände über den bröckeli-
gen Rand des Abgrunds. So hielt er sich fest.

Geräuschlos und unendlich vorsichtig schob er Erde, Gras
und kleine Steine beiseite, bis er festen Fels unter den Händen fühlte, dann hob er ganz langsam den Kopf bis zur
Kante, millimeterweise, so daß niemand es hätte bemerken
können. Sobald er die Augen an der Oberfläche hatte und in
die unbekannte finstere Landschaft spähen konnte, war er
nur noch Auge und Ohr. Es war paradox: aber jetzt zum erstenmal bei dem ganzen, grauenhaften Aufstieg, ward ihm
deutlich die Gefahr und die hilflose Lage bewußt, in der er
sich befand, und er verfluchte seine Dummheit, sich nicht
Millers geräuschlosen Revolver geliehen zu haben.

Die Dunkelheit am Fuße der Berge, die vor ihm lagen, war
fast vollkommen, alle Formen und Winkel, Höhen und Ver-
tiefungen lösten sich in undeutliche Silhouetten auf, deren
schattenhafte Profile nur zögernd aus der Dunkelheit traten,

einer Dunkelheit, die ihm jetzt nicht mehr ungewiß und unbekannt erschien, sondern ihm etwas enthüllte, das er kennen mußte. Und dann, beinah mit Schrecken, fiel ihm ein, was es war! Die Oberfläche der Klippe vor seinen Augen sah genau aus, wie Monsieur Vlachos sie gezeichnet und beschrieben hatte: der schmale Streifen kahlen Bodens parallel mit der Klippe, die Menge riesiger Felsblöcke dahinter, und hinter diesen die steilen, mit Geröll bestreuten Berghänge. ›Der erste Lichtblick, den wir haben‹, dachte er frohlockend, ›– und was für ein Dusel!‹ Oberflächlichste Navigation, aber mit ganz unglaublichem Glück, schnurstracks mitten ins Ziel – den höchsten Punkt der höchsten und steilsten Felsenwand von Navarone, die einzige Stelle, an der die Deutschen gewiß nie einen Posten aufstellten, weil der Aufstieg hier ›unmöglich‹ war! Wie eine befreiende Flut durchrann ihn die Freude über diesen Erfolg. Innerlich jubelnd streckte er sein Bein, hievte sich halb auf die Kante, die Arme lang, Handflächen nach unten, auf den Boden gelegt. Und dann hielt er inne, so steinern still wie der Felsen unter seinen Händen. Schmerzhaft klopfte sein Herz bis in die Kehle.

Einer der Felsblöcke hatte sich bewegt. Sieben, vielleicht acht Meter vor ihm hatte ein Schatten, allmählich wachsend, sich vorsichtig aus der Umgebung von Steinen gelöst und kam jetzt langsam auf den Klippenrand zu. Und dann war es kein unbestimmter Schatten mehr, und eine Täuschung unmöglich: der lange Wachmantel unter dem wasserdichten Umhang, der eng anliegende Stahlhelm waren ein nur zu vertrautes Bild. Verdammt sei Vlachos! Und Jensen auch! Verdammt alle die Klugschießer hinter der Front, die großen Weisen von der Abwehr, die Menschen mit falschen Informationen in den Tod schickten! Aber zugleich verfluchte Mallory auch sich selbst: daß er so leichtsinnig gewesen war, denn erwartet hatte er dies die ganze Zeit schon...

Zwei, drei Sekunden hatte er wie erstarrt dagelegen, an Körper und Geist gelähmt, und der Posten war inzwischen schon vier oder fünf Schritte näher gekommen, den Karabiner schußbereit in den Händen, den Kopf zur Seite geneigt, als lauschte er in das laute dünne Gewinsel des Windes und das tiefe dunkle Donnern der Brandung unter den Felsen, um das Geräusch herauszuhören, das seinen Argwohn erweckt hatte. Aber jetzt, nach Überwindung des ersten Schreckens, arbeitete Mallorys Gehirn wieder. Auf die Oberfläche klettern wäre Selbstmord gewesen. Zehn zu eins, daß der Posten ihn krabbeln hörte und sofort erschoß! Er hatte ja keine Waffe bei sich und besaß auch nach den Strapazen der Kletterpartie nicht mehr die Kraft, es mit einem ausgeruhten bewaffneten Gegner aufzunehmen. Also mußte er wieder hinunter, aber sich ganz langsam gleiten lassen, zentimeterweise, denn nachts kann, wie er wußte, der Mensch aus dem Augenwinkel schärfer sehen als geradeaus, und so mochte dem Posten eine rasche Bewegung auffallen. Der brauchte dann bloß den Kopf zu drehen, und aus war's mit ihm. Auch bei dieser Dunkelheit hob sich bestimmt sein Oberkörper scharf vom Klippenrand ab. Er tastete sich behutsam weiter.

Bei der kleinsten Bewegung sanft und vorsichtig, mit jedem leisen Atemzug betend, daß es gelingen möge, ließ Mallory sich allmählich zurückgleiten. Der Posten schritt weiter, nach einem Punkt ungefähr fünf Meter links von ihm, und blickte, das Ohr gegen den Wind haltend, in eine andere Richtung. Und nun war Mallory unten – nur seine Fingerspitzen noch auf der Kuppe – und hing neben dem mächtigen Andrea, der ihm ins Ohr raunte: »Was ist? Jemand da oben?«

»Ein Posten«, flüsterte Mallory. Seine Arme schmerzten von der Anstrengung. »Er hat was gehört und sucht nach uns.«

Jäh rückte er von Andrea ab, preßte sich so dicht wie es ging an die Felsenwand, und merkte, daß Andrea dasselbe tat. Ein Lichtstrahl, der ihre an Finsternis gewöhnten Augen empfindlich blendete, fiel im Winkel über den Klippenrand und bewegte sich langsam auf sie zu. Der Deutsche untersuchte mit seiner Taschenlampe methodisch an der Kante die Oberfläche. Nach Mallorys Schätzung bewegte er sich knapp einen Meter vom Rand entfernt. Sicher wollte er in einer so wilden Sturmnacht auf der bröckligen, tückischen Erdschicht nicht sein Leben riskieren oder, was noch wahrscheinlicher war: es nicht darauf ankommen lassen, daß ihn plötzlich einer an den Füßen packte und ihn hinabriß in die Schlucht, wo er, über hundert Meter tief, zerschmettert liegengeblieben wäre.

Langsam, unerbittlich, näherte sich der Lichtstrahl. Sogar in diesem schrägen Winkel mußte er sie erfassen. In jähem Schrecken wurde Mallory klar, daß der Deutsche nicht nur Verdacht geschöpft hatte – nein: der Mann wußte, daß hier jemand war und hörte bestimmt nicht auf, ehe er sie gefunden hatte. Und er war machtlos dagegen, vollkommen machtlos... Jetzt war Andreas Kopf wieder dicht bei ihm.

»Einen Stein«, flüsterte Andrea. »Nach da rüber, hinter ihn.«

Zuerst vorsichtig, dann ganz aufgeregt, tastete Mallory die Oberfläche mit der Rechten ab. Erde, bloß Erde, Graswurzeln und kleine Kiesel – keiner nur halb so groß wie eine Marmel. Da schob ihm Andrea etwas gegen die Seite, seine Hand schloß sich um das glatte Metall eines Mauerhakens, und sogar jetzt, da es verzweifelt auf Eile ankam, weil der dünne Lichtstrahl schon so in ihrer Nähe tastete, war Mallory für einen Moment noch wütend auf sich, weil er selbst mehrere Mauerhaken im Gürtel trug, an die er nicht gedacht hatte.

Sein Arm schwang zurück und fuhr ruckend nach vorn, die eiserne Klammer sauste ins Dunkel. Eine Sekunde verging und noch eine – also hatte er nicht getroffen? Der Lichtstrahl war ja schon ganz dicht an Andreas Schulter – da schlug das metallische Klingen, als das Eisen einen Felsblock traf, wie Jubelgeläut an sein Ohr. Einen Augenblick schwankte der Lichtstrahl, stach ziellos ins Dunkel, fuhr plötzlich herum und forschte zwischen den Felsblöcken links von ihnen. Und dann rannte der Posten dorthin, er stolperte und rutschte in seiner Hast, der Lauf seines Karabiners schimmerte, als er die Taschenlampe auf ihm festhielt. Noch keine zehn Meter war er gelaufen, als Andrea sich wie eine große schwarze Katze auf die Oberfläche der Klippe schwang und lautlos bis zum nächsten Felsblock tappte, hinter den er sich blitzschnell duckte, ein Schatten unter Schatten.

Der Posten war jetzt etwa zwanzig Meter vom Kamin entfernt, der Strahl seiner Lampe sprang wie in Angst von einem Felsblock zum andern, da klopfte Andrea mit dem Griff seines Messers zweimal auf einen Stein. Jäh machte der Posten kehrt, ließ das Licht über die Felsblöcke in seiner Nähe gleiten und begann schwerfällig wieder zurückzulaufen, wobei der Saum seines Mantels grotesk im Wind flatterte. Die Taschenlampe schwankte jetzt wild hin und her, und Mallory sah flüchtig ein weißes, nervös gespanntes Gesicht mit großen, angstvollen Augen, das sehr schlecht zu dem martialischen Stahlhelm paßte, unter dem es hervorlugte.

›Nur Gott mag wissen, was der in seiner Verwirrung jetzt für furchtbare Visionen hat!‹ dachte Mallory. Geräusche auf der Klippe, metallisches Klingen zwischen den Felsen vor und hinter sich, die lange unheimliche Nachtwache, allein und in ungewissen Ängsten, auf dem Rand einer einsamen Klippe in der Finsternis einer Sturmnacht, in feindlichem Land –. Mallory empfand auf einmal tiefes Mitleid mit dem Mann – es war doch ein Mensch wie er selbst, ein geliebter Gatte, Bruder, Sohn, der nur eine böse und gefährliche Aufgabe erfüllte, so ordentlich er vermochte und weil es ihm befohlen war –, er hatte Mitleid mit ihm, weil der Mann so allein und so in Angst war, und weil er genau wußte, daß er nur noch ein paarmal atmen konnte, denn dann war er tot... Langsam, Zeit und Entfernung abschätzend, hob Mallory den Kopf. »Hilfe!« schrie er. »Hilfe, ich stürze ab!«

Der Soldat hielt mitten im Schritt an und warf sich herum, weniger als zwei Meter von dem Felsblock, hinter dem Andrea lauerte. Einen Augenblick wedelte der Strahl seiner Lampe noch unsicher hin und her, dann richtete er sie auf Mallorys Kopf. Und noch einen Augenblick stand der Mann stockstill, dann hob er den Karabiner in der rechten Hand, während die Linke am Lauf entlangglitt. Er gab, krampfhaft und hart die Luft ausstoßend, einen Laut von sich, der wie ein Grunzen klang, und schon vernahm Mallory, sogar gegen den Wind, wie der Griff von Andreas Messer ihm dumpf gegen die Rippen prallte...

Mallory starrte auf den Toten, blickte in Andreas unbewegtes Gesicht, als der sein Messer am Mantel des Soldaten abwischte, langsam aufstand und es in die Scheide steckte.

»So, Keith«, sagte er, denn die dienstliche Anrede ›Hauptmann‹ brauchte er nur in Gegenwart anderer, »wegen solcher Sachen verzehrt sich nun unser junger Leutnant da unten vor Kummer.«

»Ja, du hast recht«, bestätigte Mallory. »Ich wußte es, jedenfalls ziemlich sicher. Und du auch. Zu vielerlei traf zusammen – die Kajike mit den Deutschen, die uns durchsuchen wollten, die Sache oben im Wachtturm, und jetzt dies.« Mallory schimpfte leise und ingrimmig vor sich hin. »Das ist das Ende für unseren guten Hauptmann Briggs in Castelrosso. Der wird noch in diesem Monat kassiert, dafür wird Jensen sorgen!«

Andrea nickte. »Hat Nicolai freigelassen, was?«

»Wer außer ihm könnte wohl gewußt haben, daß wir hier landen sollten, so daß sie auf der ganzen Linie ihre Befehle bekamen?« Mallory faßte Andrea am Arm. »Die Deutschen sind gründliche Leute. Auch wenn sie sich sagen mußten, daß es an sich unmöglich ist, hier in so einer Nacht heraufzukommen, werden sie an verschiedenen Punkten der Klippe wohl ein Dutzend Posten aufgestellt haben.« Unwillkürlich hatte er leiser gesprochen. »Allerdings werden sie sich nicht darauf verlassen, daß ein Mann mit fünfen fertig werden könnte. Also –.«

»– haben sie sich Signale gegeben«, vollendete Andrea für ihn den Satz. »Sie müssen ein Verständigungsmittel gehabt haben. Vielleicht Raketen –?«

»Nein, das nicht«, widersprach Mallory. »Würde ja ihre Position verraten. Aber Telefon. Ja, das wird's sein. Weißt doch, wie sie's auf Kreta gemacht hatten: Kilometer Telefondrähte durch das ganze Gebiet.«

Andrea nickte, nahm die Taschenlampe des Toten vom Boden, bedeckte die Blende gut mit seiner Riesenhand und begann zu suchen. In kaum einer Minute war er wieder da. Er wandte sich Mallory zu.

»Telefon, es stimmt«, meldete er leise. »Da drüben unter den Felsen.«

»Wir können daran nichts ändern«, sagte Mallory. »Wenn es klingelt, muß ich mich melden, sonst kommen sie sofort angewetzt. Ich hoffe nur, daß sie keine Tagesparole haben. Sähe ihnen ähnlich.« Er wandte sich zum Gehen, hielt jedoch gleich inne. »Aber einer muß ja früher oder später herkommen, die Ablösung oder der Unteroffizier der Wache oder sonstwer. Vielleicht soll der Posten sich jede Stunde melden. Auf jeden Fall wird bald einer kommen. Mein Gott, Andrea, wir müssen uns beeilen!«

»Und dieser arme Teufel?« Andrea wies auf den gekrümmten Schatten zu ihren Füßen.

»Über Seite mit ihm.« Mallory machte ein angewidertes Gesicht. »Macht ja dem armen Kerl jetzt nichts mehr aus, und wir dürfen keine Spur hinterlassen. Wahrscheinlich werden sie glauben, daß er von der Klippe gestürzt ist – die Erdschicht ist ja locker und höllisch gefährlich ... Du könntest mal nachsehen, ob er Papiere bei sich hat – man weiß nie, wie man die mal gebrauchen kann.«

»Nicht halb so gut wie die Stiefel, die er anhat.« Andrea deutete nach den mit Geröll bedeckten Abhängen. »Da wirst du in Socken nicht sehr weit kommen.«

Fünf Minuten später ruckte Mallory dreimal an dem Bindfaden, der nach unten ins Dunkel ging. Von dem Vorsprung wurden drei Rucke als Antwort gegeben, dann verschwand der Bindfaden rapide über den runden Felsbuckel unter ihnen und zog das lange, mit Draht durchflochtene Seil nach, das Mallory oben ausrollen ließ.

Als erstes von ihrem Material kam die Kiste mit dem Sprengstoff herauf. Bei dem Gewicht hing das Seil am Felsbuckel straff herunter und jedesmal, wenn ein Windstoß die Kiste traf, die ringsum durch angebundene Rucksäcke und Schlafsäcke gepolstert war, schlug sie mit beängstigendem Stoß gegen die Klippe. Aber jetzt war keine Zeit für Finessen, keine Zeit, bei jedem Hiev erst abzuwarten, bis diese Pendelbewegung nachließ. Fest an einem Seil verankert, das sie um einen dicken Felsblock gelegt hatten, beugte sich Andrea weit über den Klippenrand und zog am Seil hoch, wie der Angler eine Forelle aus dem Wasser einholt. In weniger als drei Minuten lag der Munitionskasten oben, nach weiteren fünf lagen der Generator, die Gewehre und Pistolen, in Schlafsäcke gepackt, und ihr leichtes, umdrehbares Zelt – innen weiß, außen grün getarnt – neben den Sprengstoffen.

Ein drittes Mal fiel das Seil in Regen und Finsternis hinab, und wieder holte der unermüdliche Andrea es ein, Hand über Hand. Hinter ihm stand Mallory, der das freiwerdende Seil schon aufrollte. Plötzlich hörte er, daß Andrea etwas rief. Mit zwei schnellen Schritten war er am Klippenrand und faßte den Griechen am Arm.

»Was ist denn, Andrea? Weshalb ziehst du nicht mehr –?«

Er sprach nicht zu Ende, als er im Dunkeln sah, daß Andrea das Seil nur zwischen Daumen und Zeigefinger hielt. Zweimal zog er es noch mit kurzem Ruck ein wenig höher, dann ließ er es wieder auslaufen: es schwankte heftig im Winde, denn es trug kein Gewicht.

»Weg?« fragte Mallory ruhig.

Andrea nickte nur stumm.

»Gerissen?« Mallory konnte es nicht glauben. »Ein Seil mit Drahtkern?«

»Ich glaube das auch nicht.« Rasch holte Andrea das etwa zwölf Meter lange Stück ein. Der Bindfaden hing noch daran, wo sie ihn befestigt hatte, ein ungefähr zwei Meter langes Stück. Das Seil selbst war unversehrt.

»Einer hat einen Knoten gemacht, aber nicht gerade gut.« Nur für einen Moment klang die Stimme des Riesen müde.

Mallory wollte sprechen, warf aber plötzlich instinktiv einen Arm hoch, da ein zackiger Flammenstrahl zwischen der Klippe und dem unsichtbaren Himmel durch die Luft fuhr. Sie hatten die empfindlich getroffenen Augen fest geschlossen und spürten in der Nase noch den scharfen schwefligen Brandgeruch, als der erste Donnerschlag mit titanischer Wut fast unmittelbar über ihren Köpfen erdröhnte, ein betäubender Kanonendonner, der ihre kläglichen Bemühungen zu verhöhnen schien, doppelt erschreckend, weil dem sengenden Blitzstrahl tiefste Dunkelheit gefolgt war. Allmählich verklang der Donnerschlag, durch die Täler rollend, in vielfachem Echo zwischen den Bergen.

»Mein Gott!« murmelte Mallory. »Das war aber nahe! Wir müssen uns beeilen, Andrea – hier oben kann's jeden Augenblick so hell werden wie auf dem Jahrmarkt. Was hattest du zuletzt am Seil gehabt?« Er hätte danach nicht zu fragen brauchen, da er selbst ihre Ausrüstung, bevor er hochkletterte, in drei Lasten eingeteilt hatte. Auch hatte er nicht gefragt, weil er etwa an eine Täuschung seines erschöpften Gehirns glaubte. Nein, er war jetzt zu übermüdet, um nachzudenken, was ihn zwang, in einer Hoffnung nach dem nicht vorhandenen Strohhalm zu greifen.

»Die Lebensmittel«, sagte Andrea sanft, »alle Lebensmittel, den Kocher und – die Kompasse.«

Eine ganze Weile stand Mallory wie versteinert da. Obwohl sein Verstand ihm erbarmungslos vorhielt, wie sehr jetzt Eile geboten war, schien sein Denken gelähmt, alle Entschlußkraft erstorben. Kalt und stumpf fühlte er sich, nicht durch den peitschenden Wind und den mit Hagel gemischten Regen, sondern weil vor seinem inneren Auge ein Bild aufzog: wie sie in trostloser Öde ohne Nahrung und ein wärmendes Feuer auf dieser rauhen, feindseligen Insel umherirrten... Aber sogleich legte Andrea ihm, leise und lachend, seine große Hand auf die Schulter und sagte: »Desto weniger zu schleppen, Keith. Was meinst du, wie dankbar unser schlapper Freund Korporal Miller dafür sein wird... Das ist doch nur ein kleines Malheur.«

»Ja«, erwiderte Mallory, »ja, natürlich, nur ein kleines Malheur.« Er wandte sich jäh ab, gab kurz das Zeichen durch Ziehen an dem Bindfaden und ließ das Seil wieder über die Kante ablaufen.

Eine Viertelstunde später kam, bei wolkenbruchartigem Regen, der, beinah pausenlos durchleuchtet von den vielgegabelten, zackigen Blitzen, wie eine Wand niederrauschte, über der Klippenkante Casey Browns triefender Kopf in Sicht. Und der Donner, sonderbar hohlklingend in dem gleichsam beengten Detonationsraum mitten im Gewittermassiv, dröhnte fast ununterbrochen, doch in den kurzen Zwischenpausen war Caseys Stimme, im Dialekt seiner schottischen Heimat, deutlich zu vernehmen. Er drückte sich ganz unzweideutig aus und hatte Grund dazu. Beim Hinaufklettern hatte er zwei Seile zur Verfügung gehabt: das bis oben an den Mauerhaken befestigte und das vorher zum Aufhieven des Materials benutzte, an dem ihn Andrea hinaufzog. Das Ende dieses Seils hatte Brown sich mit einem sogenannten Pahlstek um die Hüften gebunden, der ihm aber in der Eile mißlungen und zu einem ›Weiberknoten‹ geworden war, sich also fest zuzog, so daß Andrea, der mit Kraft und Eifer pullte, ihn mit der Schlinge fast den Körper durchgesäbelt hatte. Jetzt saß er oben, trug den Funkapparat noch auf den Rücken geschnallt und ließ ermattet den Kopf zwischen die Knie hängen, als zwei Rucke am Seil Andrea meldeten, daß jetzt Dusty Miller an der Reihe war.

Wieder verging eine endlos erscheinende Viertelstunde, als sie, in der Stille zwischen den Donnerschlägen, im kleinsten Geräusch das Nahen einer feindlichen Patrouille zu hören glaubten – da begann sich, etwa in der Mitte des Felskamins, langsam Millers Gestalt aus der Dunkelheit abzuheben. Er kletterte gleichmütig ruhig, aber dicht vor dem Rand des Kamins stutzte er plötzlich und tastete unsicher mit den Händen über die Erde an der Oberfläche. Verwundert bückte sich Mallory und blickte in das hagere Gesicht: Miller hatte beide Augen fest zugekniffen.

»Ausruhen, Korporal«, sprach Mallory ihm freundlich zu, als sie ihn an die Oberfläche zogen, »Sie sind ja angelangt.«

Langsam öffnete Miller die Augen, drehte sich um, warf einen Blick nach dem Rand des Abgrunds, dann kroch er schnell auf Händen und Knien in den Schutz der nächsten Felsblöcke. Mallory ging ihm nach und fragte ihn neugierig: »Weshalb haben Sie denn, als Sie oben waren, die Augen geschlossen? Können Sie mir das sagen?«

»Habe ich ja gar nicht«, widersprach Miller.

Als Mallory schwieg, erklärte er müde: »Geschlossen hatte ich sie unten schon und hab' sie eben erst aufgemacht.«

»Was, den ganzen Weg, ohne hinzusehen?« Mallory wollte es nicht glauben.

»Wie ich Ihnen schon erklärt habe, Boß«, sagte Miller vorwurfsvoll. »In Castelrosso. Wenn ich bloß über eine Straße gehe und auf den anderen Bürgersteig hochtrete, muß ich mich schon an den nächsten Laternenpfahl klammern. So ungefähr.« Er hielt inne, blickte nach Andrea, der sich gerade weit über den Klippenrand vorbeugte und sagte, wieder erschaudernd: »Mein Gott, was hab' ich für Angst ausgestanden!«

Furcht. Schrecken. Panik. ›Tue das, was du fürchtest, dann verlierst du bestimmt die Furcht. Tue, was du fürchtest, dann verlierst du bestimmt die Furcht.‹ Einmal, zweimal, hundertmal hatte Andy Stevens das vor sich hingesprochen wie eine Litanei. Ein Psychiater hatte ihm früher diesen Satz zitiert, den er später wiederholt auch gelesen hatte. ›Tue das, was du fürchtest, dann verlierst du bestimmt die Furcht.‹ Der Verstand, hatte man ihm erklärt, ist begrenzt, er kann immer nur einen Gedanken haben, nicht mehrere zugleich, und nur einen Impuls zur Tat. ›Sagen Sie sich: Ich bin tapfer, ich überwinde diese Furcht, diese dumme unvernünftige Panik, die nur in meinem eigenen Gehirn entstanden ist, und dann werden Sie – weil eben der Verstand nur einen Gedanken halten kann und weil Denken und Empfinden eins sind – tapfer sein, werden sie überwinden, und die Furcht wird entfliehen wie ein Schatten in der Nacht.‹ Und so sprach Andy Stevens sich das alles vor, und die Schatten wurden länger und stärker, und die eisigen Krallen der Angst gruben sich immer wilder in sein abgestumpftes, erschöpftes Gehirn, in seinen qualvoll verkrampften Leib.

Sein Leib, dieser knotige Ballen zuckender Nervenstränge unter dem Magennerv. Niemand konnte wissen, was das für ein Gefühl war, nur Menschen wußten es, deren zerfaserter Verstand dicht vor dem endgültigen Zusammenbruch war. Die Wellen der Angst, der Schwäche und der Übelkeit, die durch die würgende Kehle in sein Gehirn drangen, wo der umnebelte, ausgelaugte Verstand mit kraftlosen, gleichsam wolligen Fingern sich am Rande eines Abgrunds festzuklammern suchte, dieser zerfleischte Verstand, der, nur für Momente denkfähig, sich dennoch gegen die Forderung des längst überspannten Nervensystems, loszulassen und die so verzweifelt ums Seil gekrallten zerschundenen Finger zu öffnen, heftig wehrte. Es wäre so einfach gewesen. ›Ruhe nach Mühsal, Hafen endlich nach stürmischer See.‹ Hieß nicht so der berühmte Vers von Spencer? Laut schluchzend lockerte Stevens wieder einen Mauerhaken, schleuderte ihn in die See, die hundert Meter unter ihm lauerte, preßte sich ganz dicht an die Klippenwand und zog sich verzweifelt ein klein wenig höher.

Furcht. Furcht hatte sein ganzes Leben lang neben ihm gestanden, war sein ständiger Begleiter, sein zweites Ich gewesen. Und wenn sie nicht neben ihm stand, lauerte sie ganz in der Nähe, immer bereit, zu kommen oder wiederzukommen. Er hatte sich an sie gewöhnt, manchmal fast mit ihr ausgesöhnt, aber die Tortur dieser Nacht war mehr, als er bei aller Leidensfähigkeit und der Vertrautheit mit Bergtouren aushalten konnte. So wie heute hatte er es noch niemals empfunden, doch sogar in seiner angstvollen Verwirrung wurde ihm, wenn auch unklar, bewußt, daß die Furcht nicht allein von diesem gefährlichen Aufstieg kam. Gewiß war die Klippe steil, beinah senkrecht, und der Blitz, der eiskalte Regen, die Finsternis und der brüllende Donner waren Schrecken genug. Das Erklimmen war jetzt, an dem bis oben festgemachten Seil, an sich leicht: er brauchte nur schrittweise zu steigen und dabei die Haken unter seinem Standplatz herauszuziehen und fortzuwerfen. Elend, zerschunden und furchtbar erschöpft, hatte er viel Blut verloren und litt an gräßlichen Kopfschmerzen, doch oft setzen sich gerade in Schmerzen und Erschöpfung Geist und Wille des Menschen triumphierend durch.

Andy Stevens fürchtete sich, weil er seine Selbstachtung verloren hatte. Die war bisher stets sein Notanker gewesen, hatte sich gegen seinen alten Feind behauptet – die Achtung, die er bei seinen Mitmenschen genoß und der Stolz auf sich selbst. Nun aber waren beide dahin, denn seine beiden größten Ängste waren Wirklichkeit geworden: die andern wußten, daß er Furcht hatte, und er war eine Enttäuschung für sie geworden. Bei dem Kampf gegen die Deutschen auf der Kajike, und als sie im Fluß unter dem Wachtturm ankerten, beide Male hatte er gewußt, daß Mallory und Andrea ihm die Furcht anmerkten. Er war noch nie mit Männern ihres Schlages zusammengewesen und hatte von Anfang an gewußt, daß er vor denen kein Geheimnis verbergen konnte. Eigentlich hätte er gleich hinter Mallory auf die Klippe klettern sollen, doch Mallory hatte Ausflüchte gemacht und statt seiner Andrea mitgenommen. Also wußte Mallory, daß er Angst gehabt hatte. Und zweimal vorher schon, in Castelrosso und als das deutsche Boot auf sie zukam, hatte er beinah vor seinen Kameraden versagt – und heute nacht sie sogar im Stich gelassen. Nein, er war nicht geeignet gewesen, mit Mallory vorweg zu gehen – und ausgerechnet er, der Seemann unter ihnen, hatte den letzten Knoten, der zu machen war, verkorkst, daß ihr ganzer Vorrat an Nahrungsmitteln und Brennöl ins Meer gestürzt war, kaum drei Meter von seinem Platz auf dem Vorsprung. Und tausend Männer auf Kheros hingen von ihm ab, einem so jämmerlich untauglichen Kerl... laut stöhnend in dem ständigen qualvollen Wechsel von Furcht und Selbstverachtung kletterte Andy Stevens blindlings weiter.

In schrillem, hohem Ton stach das Klingeln an der Telefonleitung durch die Dunkelheit auf der Klippe. Mallory erschrak und drehte sich, unwillkürlich die Fäuste ballend, halb um. Noch einmal schrillte das Telefon, mißtönig und nervenreizend drang es klar durch das tiefe Grummeln des Donners. Es verstummte, fing aber gleich wieder an und klingelte nun andauernd hart, und Antwort fordernd.

Mallory war schon halb hingelaufen, als er jäh innehielt, langsam kehrtmachte und zu Andrea zurückging, der ihn gespannt fragte: »Doch lieber anders, ja?«

Mallory nickte ohne Worte.

»Die werden weiterklingeln, bis sie Antwort kriegen«, murmelte Andrea, »und wenn sie keine kriegen, werden sie kommen, und zwar bald und schnell.«

»Ich weiß, ich weiß«, gab Mallory achselzuckend zurück. »Mit dieser Möglichkeit – vielmehr Gewißheit – müssen wir rechnen. Die Frage ist, wie lange es dauern kann, bis einer kommt.« Instinktiv blickte er an der vom Sturm umbrausten Klippe nach beiden Seiten entlang. Er hatte Miller und Brown rechts und links, etwa fünfzig Meter von dem Kamin, als Horchposten ausgestellt. Zu sehen waren sie in der Finsternis nicht. »Nein, das Risiko will ich nicht übernehmen. Je mehr ich darüber nachdenke, um so weniger Chancen sehe ich, damit durchzukommen. In solchen Dienstangelegenheiten sind die Deutschen meistens von unbeirrbarer Gründlichkeit. Wahrscheinlich muß der Telefonanruf in ganz bestimmter Weise beantwortet werden, oder der Posten muß seinen Namen nennen, oder eine Tagesparole – und vielleicht würde mich auch meine Stimme verraten. Andrerseits ist der Posten spurlos verschwunden, unsere ganze Ausrüstung haben wir oben und alle sind hier, außer Stevens. Mit anderen Worten: wir haben es beinah geschafft. Sind gelandet – und keiner weiß, daß wir hier sind.«

»Ja.« Andrea nickte langsam. »Ja, du hast recht – und Stevens müßte in zwei bis drei Minuten oben sein. Es wäre eine Dummheit, unseren ganzen Vorteil aufs Spiel zu setzen.« Er machte eine Pause, dann fuhr er fort: »Aber kommen werden sie, im Trab.« Das Telefongeklingel verstummte so jäh, wie es angefangen hatte. »Jetzt gleich werden sie kommen«, ergänzte er.

»Ich weiß. Hoffentlich kann Stevens...« Ohne auszusprechen, machte er kehrt und sagte über die Schulter: »Paß du auf ihn auf, ja? Ich will den andern Bescheid sagen, daß wir Gesellschaft erwarten.«

Rasch schritt er, ein gutes Stück vom Rand, auf der Klippe dahin, vielmehr hinkte er, denn die Stiefel von dem Deutschen waren ihm zu eng und zerscheuerten grausam seine Zehen. Aber er wollte jetzt nicht daran denken, wie seine Füße aussehen mochten, wenn er in diesen Stiefeln erst mehrere Stunden durch das große Gelände gegangen war. ›Zeit genug, wenn's soweit ist, wozu sich jetzt damit belasten‹, dachte er ingrimmig. Mit einem Ruck blieb er stehen, als ihm etwas Hartes, Metallisches in den Rücken stieß.

»Ergib dich oder stirb!« Die näselnde, breite Stimme klang geradezu heiter, denn Dusty Miller fühlte sich nach dem, was er auf dem Boot und an der Klippenwand durchgemacht hatte, schon wie im Himmel, daß er die Füße wieder auf festen Boden setzen konnte.

»Sehr witzig«, knurrte Mallory, »wirklich sehr witzig.« Er betrachtete den Amerikaner interessiert. Miller hatte seinen wasserdichten Umhang abgelegt – der Regen hatte mit einem Schlag aufgehört – und seine Jacke und die bestickte Weste waren noch mehr durchnäßt als seine Hosen. Da stimmte doch etwas nicht? Aber für Fragen war keine Zeit.

»Haben Sie eben das Klingeln des Telefons gehört?«

»Ach so, das war das Telefon? Ja, habe ich gehört.«

»Apparat des Wachtpostens. Die müssen seine stündliche Meldung, oder was sonst befohlen war, längst vermißt haben. Wir haben nicht geantwortet. Jeden Augenblick müssen sie angaloppiert kommen, verteufelt mißtrauisch und aufs Schlimmste vorbereitet. Vielleicht hier an Ihrer Seite, vielleicht bei Brown, andere Wege können sie nicht nehmen, sonst brechen sie sich beim Klettern über die vielen Felsblöcke den Hals.« Er deutete hinter sich nach dem nicht erkennbaren Chaos von Steinen aller Größen. »Also ganz scharf aufpassen.«

»Mache ich, Boß. Aber nicht schießen, oder?«

»Nein, nicht schießen. Nur so fix und leise wie möglich zu uns kommen und melden. Und in fünf Minuten kommen Sie sowieso zurück.«

Mallory eilte auf demselben Weg wieder zu Andrea, der lang ausgestreckt vor dem Kaminrand lag und in die Tiefe spähte. Er drehte den Kopf, als Mallory sich näherte. »Ich kann ihn hören. Es ist gerade am Überhang.«

»Gut.« Mallory eilte weiter, ohne erst stehenzubleiben. »Sag, er soll sich bitte beeilen.«

Zehn Meter weiter verlangsamte er den Schritt und versuchte, im Dunkel vor sich etwas zu erkennen. Stolpernd und rutschend auf dem lockeren Geröll, hastete jemand ihm entgegen.

»Brown?« rief er gedämpft.

»Ja, Sir, ich bin's.« Brown stand schon vor ihm, er wies, schwer atmend, in die Richtung, aus der er gekommen war. »Da nähern sich welche, ganz schnell. Taschenlampen werden herumgeschwenkt – anscheinend laufen sie Trab.«

»Wie viele?« fragte Mallory rasch.

»Vier oder fünf mindestens.« Brown rang noch keuchend nach Luft. »Vielleicht noch mehr – allein vier oder fünf Taschenlampen sind's jedenfalls. Die können Sie ja selbst sehen.« Er deutete nach hinten und blinzelte erstaunt. »Das ist doch verdammt komisch! Sind alle weg!« Rasch blickte er Mallory ins Gesicht. »Ich kann aber schwören –«

»Keine Sorge«, sagte Mallory grimmig, »Sie haben schon richtig gesehen. Ich hatte Besuch erwartet. Jetzt, wo sie näher kommen, sind sie vorsichtig... Wie weit von Ihnen waren sie noch?«

»Hundert Meter – aber nicht mehr als hundertfünfzig.«

»Gehen Sie Miller holen, er soll rasch herkommen.« Mallory lief auch am Rand der Klippe zurück und kniete sich neben Andrea, der noch in seiner ganzen imposanten Länge am Boden lag. »Sie kommen, Andrea«, raunte er ihm schnell zu. »Von links. Mindestens fünf, vielleicht mehr. Zwei Minuten höchstens. Wo ist Stevens? Kannst du ihn nicht sehen?«

»Doch, ich sehe ihn.« Andrea war von grandioser Ruhe. »Er ist gerade am Überhang vorbei...« Der Rest seines Satzes ging in einem plötzlichen heftigen Donnerschlag unter, doch es gab auch nichts mehr zu sagen. Mallory konnte selbst jetzt Stevens sehen, wie er am Seil emporklomm, mit den Bewegungen eines gebrechlichen Greises, Hand über Hand in lähmender Langsamkeit, auf halbem Wege zwischen dem Überhang und dem Fuß des Felskamins.

»Du lieber Gott, was ist mit dem denn los?« schimpfte Mallory. »Der braucht ja einen ganzen Tag...« Er sprach nicht aus, legte die hohlen Hände vor den Mund und rief nach unten: »Stevens! Stevens!« Aber nichts deutete ihm an, daß Stevens gehört hatte. Er kletterte weiter mit derselben unnatürlichen, übertriebenen Vorsicht, wie ein Roboter im Zeitlupenfilm.

»Der ist gleich am Ende seiner Kraft«, sagte Andrea ohne Aufregung. »Du siehst ja, daß er den Kopf gar nicht hochhebt. Wenn ein Bergsteiger den Kopf nicht hebt, ist er erledigt.« Er rührte sich. »Ich werde zu ihm runtergehen.«

»Nein.« Mallory legte ihm die Hand auf die Schulter. »Bleib hier. Ich kann euch nicht beide aufs Spiel setzen... Ja, was gibt's jetzt?« Er merkte, daß Brown wieder ankam, der sich gleich schwer keuchend über ihn beugte.

»Rasch, Sir, um Gottes willen!« Um diese paar Worte herauszubringen, mußte er zweimal heftig schluckend Luft holen. »Sie sind schon dicht bei uns!«

»Gehen Sie mit Miller zurück an die Felsen«, sagte Mallory hastig. »Uns Deckung geben... Stevens! Stevens!« Aber wieder brauste der Wind an der Klippe empor und trug seine Worte davon.

»Stevens! Um Himmels willen, Mensch! Stevens!« Er hatte die Stimme gedämpft und diesmal mußte wohl etwas, vielleicht der verzweifelte Ton, durch den Nebel der Erschöpfung in Stevens' Hirn gedrungen sein, denn er hielt im Klettern inne und hob, eine Hand ans Ohr legend, den Kopf.

»Es kommen Deutsche!« rief Mallory durch die hohlen Hände, so laut er es wagte. »Klettern Sie bis zum Fuß das Kamins und bleiben Sie da. Kein Geräusch machen, klar?«

Stevens hob schlaff eine Hand zum Zeichen, daß er verstanden hatte, und begann wieder zu klettern, jetzt sogar noch langsamer, ungeschickt und mit unsicher tastenden Bewegungen.

»Meinst du, daß er dich verstanden hat?« Andrea war besorgt.

»Ich glaube, aber ich weiß es nicht.« Mallory horchte auf und faßte Andrea am Arm. Es fing wieder an zu regnen, aber nur dünn, und er hatte eben den abgeblendeten Strahl einer Taschenlampe gesehen, der dreißig Meter links von ihm zwischen die Felsblöcke tastete. »Das Seil hinunter«, flüsterte er, »es bleibt ja am untersten Mauerhaken hängen. Nun komm – wir wollen hier verschwinden!«

So vorsichtig, daß sich nicht der kleinste Stein lockerte, robbten Mallory und Andrea auf Ellbogen und Knien allmählich vom Rande des Abgrunds bis zur nächsten Felsengruppe. Die wenigen Meter schienen kein Ende zu nehmen, und ohne Schußwaffe in der Hand fühlte sich Mallory hilflos dem Feind ausgeliefert, und wußte doch, daß diese Befürchtung grundlos war, denn sobald der erste Lichtstrahl auf sie fiel, bedeutete das Tod, jedoch nicht ihren, sondern den des Mannes, der sie anleuchtete. Mallory setzte absolutes Vertrauen in Brown und Miller... So war diese Sorge nebensächlich. Überhaupt nicht entdeckt zu werden, darauf kam es an. Zweimal auf dem letzten Stück ihres Weges näherte sich ihnen der wandernde Lichtstrahl, das zweitemal bis auf Armeslänge. Jedesmal preßten sie ihr Gesicht in den nassen Erdboden, damit nicht dieser hellere Fleck ihres Körpers sie verriet, und lagen ganz still. Und auf einmal befanden sie sich, fast unerwartet schnell, zwischen den Felsen in Sicherheit.

Nach wenigen Sekunden war Miller neben ihnen, als kaum sichtbare Schattengestalt unter den dunkleren Formen der Felsblöcke ringsum. »Viel Zeit, viel Zeit«, raunte er sarkastisch. »Warum haben Sie nicht noch 'ne halbe Stunde gewartet?« Er wies mit dem Arm nach links, wo kaum noch zwanzig Meter von ihnen entfernt die Taschenlampen blitzten und das Gemurmel kehliger Stimmen jetzt schon deutlich zu hören war. »Besser, wir ziehen uns noch weiter zurück. Die suchen ihren Mann zwischen den Felsen.«

»Ihn oder sein Telefon«, stimmte Mallory ihm leise zu. »Jedenfalls haben Sie recht. Paßt auf, daß keine Waffe an einen Stein stößt. Nehmt die Sachen gleich mit... Und wenn sie Stevens unten entdecken, müssen wir sie alle erledigen. Keine Umstände dann, und keine Rücksicht auf Lärm. Maschinenpistolen.«

Andy Stevens hatte gehört, die Worte aber nicht verstanden. Nicht, weil er zu sehr in Angst gewesen wäre, denn er fürchtete sich nicht mehr. Furcht ist eine geistige Funktion, und sein Gehirn hatte zu arbeiten aufgehört, es war betäubt im Stadium äußerster Erschöpfung, wie zerdrückt von seinem restlos ausgepumpten Körper, der ihm bleischwer vorkam. Er wußte nicht, daß er fünfzehn Meter tiefer schon mit dem Kopf gegen einen niederträchtig scharfen Felsvorsprung gestoßen war, der ihm die Schläfe bis auf den Knochen durchgeschnitten hatte. Und mit dem pulsierenden Blut war die Kraft aus seinem Körper geströmt.

Er hatte gehört, daß Mallory etwas vom Fuß des Kamins sagte, doch sein Hirn war nicht mehr fähig, in Worten einen Sinn zu finden. Nur noch eins war ihm bewußt: daß er kletterte, und daß man zu klettern erst aufhört, wenn man oben ist. Das hatte ihm sein Vater oft genug eingeprägt, und seine Brüder nicht minder. Den Gipfel mußte man erreichen...

Halb hatte er den Kamin schon erstiegen, und rastete einen Augenblick auf dem Mauerhaken, den Mallory dort eingeschlagen hatte. Er hakte die Finger in den Spalt, legte den Kopf in den Nacken und blickte empor zur Öffnung des Kamins. Drei Meter nur noch. Er empfand weder Überraschung noch Freude. Da war das Ziel, und das mußte er erreichen. Von oben hörte er deutlich Stimmen. Ein wenig wunderte es ihn, daß die Kameraden ihm gar nicht zu helfen versuchten, daß sie das Seil, mit dem er das letzte Stück soviel leichter geschafft hätte, hinabgeworfen hatten, doch das erbitterte ihn nicht, erweckte überhaupt kein Gefühl in ihm. Vielleicht wollten sie ihn nur auf die Probe stellen. Es war doch alles so egal – nur hinauf mußte er.

Und er gelangte hinauf. So sorgfältig wie vor ihm Mallory schob er die lose Erde und das kleine Geröll beiseite, fand mit den tastenden Fingern denselben Halt und begann, sich emporzuziehen. Er sah die zuckenden Lichtstrahlen, hörte aufgeregtes Sprechen, und jetzt hob sich für einen Moment der Nebel in seinem Gehirn, und eine letzte Welle von Furcht durchflutete ihn, und die Furcht raunte ihm zu, daß die Stimmen die seiner Feinde sein mußten, von denen seine Kameraden getötet worden waren. Nun wußte er, daß er allein war. Er hatte versagt, und dies war das Ende, so oder so, und alles war vergeblich gewesen. Und schon hatte sich der Nebel wieder über sein Bewußtsein gelegt, er spürte nur noch die Leere, die Nutzlosigkeit, die überwältigende Ermattung und Verzweiflung. Langsam sank sein Körper wieder an der Kaminwand tiefer. Und dann lösten sich auch die eingehakten Finger, glitten ab und öffneten sich, allmählich, zögernd, wie die Finger eines Ertrinkenden den letzten Halt am treibenden Holz loslassen. Keine Furcht war mehr in ihm, nur ungeheure Gleichgültigkeit, als die Hände ganz abrutschten und er wie ein Stein abstürzte, sechs Meter senkrecht hinab in den engen Hals des Trichters, den der Kamin bildete.

Er gab nicht den kleinsten Laut von sich, keinen Schmerzensschrei, denn mit dem Schmerz kam auch schon die Finsternis. Aber die oben zwischen den Felsen angespannt lauschenden Männer hörten deutlich das dumpfe, schreckliche Knacken, als sein rechtes Bein glatt in zwei Teile brach, wie ein halbverfaulter Ast...

6. KAPITEL

Montag nacht 2.00 bis 6.00 Uhr

Die deutsche Patrouille war in jeder Beziehung wie Mallory befürchtet hatte: erfahren, gründlich und sehr genau. Sie hatte sogar Fantasie – das heißt: ihr junger tüchtiger Sergeant besaß sie – und das war noch gefährlicher.

Es waren nur vier Mann, in hohen Stiefeln, mit Stahlhelm und grün, gelb und grau getarnten Umhängen. Zuerst machten sie das Telefon ausfindig und meldeten sich bei ihrer Dienststelle. Dann teilte der Sergeant zwei Mann ab, die eine Strecke von etwa hundert Metern am Klippenrand entlang absuchen sollten, während er selbst mit dem vierten zwischen den parallel zur Klippe liegenden Felsen forschte. Sie suchten langsam und sorgfältig, aber weit zwischen die Felsen drangen sie nicht vor. Mallory verstand die Gedanken des Sergeanten recht gut: war der Posten eingeschlafen oder krank geworden, so hatte er sich vermutlich ganz vorn in dieses Chaos von Felsblöcken zurückgezogen. So blieb er mit seinen Männern möglichst weit im Hintergrund.

Dann aber begann, was Mallory befürchtet hatte: die methodische Untersuchung des Geländes auf der Klippe und – noch schlimmer – ganz vorn am Klippenrand. Festgehalten von seinen drei Mann, die sich unterhakten – der ihm nächste packte ihn mit der freien Hand am Gürtel –, ging der Sergeant langsam auf der Kante entlang und tastete mit dem Strahl einer starken Lampe den Boden zentimeterweise ab. Plötzlich blieb er stehen, bückte sich mit einem Ausruf und suchte, Gesicht und Lampe ganz dicht am Boden, noch genauer. Keine Frage, was er da entdeckt hatte, die tiefe Einkerbung von ihrem Kletterseil, das sie, an einem Felsblock verankert, über den Rand hinabgehängt hatten...

Lautlos erhoben sich Mallory und seine drei Begleiter auf die Knie, jeder brachte über den nächsten Felsblock hinweg oder in einer Spalte zwischen zweien seine Schußwaffe in

Anschlag. Keiner von ihnen bezweifelte, daß Stevens hilflos unten in der Enge des Kamins lag, schwerverletzt oder tot. Wenn jetzt einer der Deutschen nur den Karabiner über den Rand nach unten anlegte – selbst wenn er noch nichts entdeckt hatte –, dann mußten diese vier Mann sterben. Es gab keine Wahl.

Der Sergeant hatte sich lang ausgestreckt, von zwei Mann an den Beinen gehalten. Kopf und Schultern über den Klippenrand vorgeschoben, ließ er den Strahl seiner Taschenlampe in den Kamin hinableuchten. Zehn bis fünfzehn Sekunden lang war auf der Klippe kein anderes Geräusch zu vernehmen als das laute Wehklagen des Windes und das Wischen des Regens in dem kurzen Gras. Und dann war der Sergeant wieder zurückgerutscht, hatte sich erhoben und schüttelte langsam den Kopf. Mallory gab den andern einen Wink, sich wieder hinter ihre Felsen zu kauern, doch sie hörten auch da ganz deutlich die in weichem Bayrisch gesprochenen Worte des Sergeanten, die der Wind ihnen zutrug.

»Es ist tatsächlich Erich, der arme Kerl.« Zorn und Mitleid gaben seiner Stimme einen merkwürdigen Klang. »Ich habe ihn oft genug gewarnt, er solle nicht so leichtsinnig sein und hier nicht so dicht an den Rand gehen. Die Klippe ist sehr tückisch.« Instinktiv trat der Sergeant ein Stück zurück und betrachtete wieder die Kerbe in dem weichen Boden. »Da seht ihr ja, wo er mit dem Absatz ausgerutscht ist, oder mit dem Karabinerkolben. Ist ja jetzt egal, wie.«

»Meinen Sie, daß er tot ist, Herr Sergeant?« Der Fragende mußte sehr jung sein, er sprach nervös und gequält.

»Ist schwer zu sagen ... Sehen Sie mal selbst nach.« Behutsam legte sich der junge Soldat hin und lugte vorsichtig über die Kante. Während die anderen drei sich in kurzen abgehackten Sätzen unterhielten, flüsterte Mallory, der das Rätsel aufklären mußte, das ihn beschäftigte, zwischen den vorgehaltenen Händen Miller ins Ohr: »Trug Stevens seinen schwarzen Anzug, als Sie ihn unten verließen?«

»Ja«, gab Miller zurück. »Ja, ich glaube wohl.« Und nach kurzem Schweigen: »Nein, verdammt, ich hab' mich geirrt, wir hatten ja beide fast zu gleicher Zeit unsere Tarnmäntel umgelegt.«

Mallory nickte. Die wasserdichten Umhänge der Deutschen sahen fast genauso aus wie ihre eigenen, und der Posten hatte, erinnerte er sich, rabenschwarzes Haar gehabt, ebenso dunkel wie Stevens gefärbtes. Wahrscheinlich war von oben nichts weiter zu erkennen als eine verkrümmte Gestalt unter dem Umhang und ein dunkler Kopf, und daher der Irrtum des Sergeanten vollkommen erklärt.

Der junge Soldat hatte sich inzwischen zurückgeschoben und vorsichtig wieder aufgerichtet. »Sie haben recht, Herr Sergeant, es ist tatsächlich Erich.« Er sprach unsicher. »Aber ich glaube, er lebt noch. Ich hab' eben gesehen, wie sein Umhang sich bewegte, ganz wenig nur, und das war bestimmt nicht vom Wind.«

Mallory fühlte Andreas große Hand, die seinen Arm drückte, und wie eine Welle der Erleichterung und der Freude rann es durch seinen Körper. Also lebte Stevens! Gott sei Dank. Dann würden sie ihn ja noch retten... Er hörte, wie Andrea das den anderen zuraunte, und nun lächelte er ironisch über sich selbst. Wie konnte er jetzt Freude empfinden! Das hätte Jensen bestimmt mißbilligt. Stevens hatte seine Rolle schon gespielt: er hatte das Boot nach Navarone geführt und die Klippe erstiegen, aber jetzt, als Krüppel, war er nur noch eine Last, ein Hemmnis für sie alle, das die lächerlich schwache Chance, die ihnen blieb, noch verringerte. Für ein Oberkommando, das im Schach des Krieges die Figuren setzt, störten verkrüppelte Pfänder die schöne Ordnung auf dem Brett und verzögerten das Spiel. Recht rücksichtslos eigentlich von Stevens, daß er nicht zu Tode gestürzt war, denn dann hätten sie sich seiner ganz entledigen können und keine Spur wäre zurückgeblieben, wenn er in der Tiefe des Meeres verschwand, das gierig um den Fuß der Klippe brandete... Mallory ballte in der Finsternis die Fäuste und schwor sich, Stevens zu retten und ihn wieder heimzubringen, und dieser verfluchte Krieg mit seinen unmenschlichen Forderungen konnte ihm gestohlen bleiben... Ein halbes Kind war dieser Stevens noch, innerlich zerbrochen vor Furcht, und doch der Tapferste von ihnen allen.

Der Sergeant gab knapp, energisch und selbstsicher seinen Leuten jetzt eine Reihe von Befehlen. Arzt holen, Knochenschienen, eine Bahre, einen Mastenkran mit Verankerungen, Seile, Mauerhaken... sein trainiertes militärisches Gehirn vergaß nichts, was dazugehörte. Mallory wartete gespannt, wieviel Mann – vielleicht gar keiner? – hier zurückbleiben würden, denn mehrere mußten ja gehen, und das konnte ihnen nicht verborgen bleiben. Sie schnell und ohne Lärm zu erledigen, wäre für ihn kein Problem: ein geflüstertes Wort in Andreas Ohr, dann hatten diese Soldaten so wenig Aussicht, davonzukommen, wie Schafe im Stall vor einem räubernden Wolf. Noch weniger sogar, denn die Schafe hätten noch blökend hin und her rennen können, ehe sich das Dunkel um sie schloß...

Der Sergeant löste für sie das Problem. Die selbstsichere Entschlußfähigkeit und die von jedem Sentiment freie, rücksichtslose Härte, die den deutschen Unteroffizier zum besten auf der Welt machten, gaben Mallory die Chance, auf die er nie gerechnet hätte. Kaum hatte der Sergeant seine Befehle erteilt, da legte ihm der junge Soldat, der schon vorher gesprochen hatte, eine Hand auf den Arm, deutete über den Klippenrand und fragte zögernd: »Was wird mit dem armen Erich, Herr Sergeant? Müssen wir nicht – wäre es nicht richtiger, daß einer von uns bei ihm bleibt?«

»Und was könnten Sie machen, wenn Sie hierbleiben? Ihm die Hand halten?« gab der Sergeant sarkastisch zurück. »Wenn er sich bewegt und abstürzt, dann fällt er eben, und das läßt sich auch nicht ändern, wenn wir mit hundert Mann hier oben stehen und dabei zusehen. Los, Sie gehen mit, und vergeßt nicht die Hämmer und die Pflöcke zum Verankern der Kranstützen. Packt alles gut zusammen.«

Die drei machten kehrt und entfernten sich rasch, ohne ein Wort, nach Osten. Der Sergeant begab sich zum Telefon, machte eine kurze Meldung am Apparat, dann ging er in die entgegengesetzte Richtung – vermutlich, um den nächsten Posten zu kontrollieren. Während der Deutsche noch als verschwommener Fleck in Sicht war, gab Mallory flüsternd Brown und Miller den Befehl, wieder rechts und links auf ihre Plätze zu gehen. Sie konnten noch das gleichmäßige Knirschen hören, als der Sergeant gemessen über ein Stück kiesigen Bodens schritt, und schon ließen sie ihr an dem Felsen gesichertes Seil wie eine Schlange über den Kaminrand wirbeln. In wenigen Sekunden waren Andrea und Mallory in die Tiefe geglitten.

Stevens lag, ganz verrenkt und gekrümmt, mit dem blutenden Schnitt im Gesicht, grausam hart auf einem messerscharfen Felsgrat. Er war noch bewußtlos, atmete laut röchelnd durch den offenen Mund. Sein rechtes Bein war unter dem Knie abgeknickt und stand in einem unmöglichen Winkel an der Felswand nach oben. So sanft wie möglich hob Mallory, sich zu beiden Seiten gegen die Kaminwände stemmend und von Andrea gestützt, das verdrehte Bein an und legte es gerade. Zweimal stöhnte Stevens unter dem Schmerz, unbewußt in der Starre seiner tiefen Ohnmacht, aber Mallory konnte ihm das nicht ersparen, er biß die Zähne zusammen, daß ihm die Kinnbacken weh taten. Langsam und mit größter Vorsicht krempelte er das Hosenbein auf. Mit einem zischenden Laut kniff er, in jähem Schrecken fast übel werdend, die Augen zu, als er aus dem zerrissenen, violett angeschwollenen Fleisch in mattem Weiß das zerschmetterte Schienbein herausragen sah.

»Komplizierter Bruch, Andrea«, sagte er. Sanft tastete er mit den Fingern an dem verstümmelten Bein entlang und fühlte mit den Spitzen unter die Lasche des Stiefels, jäh innehaltend, als bei seiner ganz leichten Berührung das Fleisch nachgab. »Oh, mein Gott«, murmelte er, »noch ein Bruch, dicht über dem Knöchel! Der Junge ist übel dran, Andrea.«

»Ganz gewiß«, sagte Andrea ernst. »Können wir hier für ihn nichts tun?«

»Nichts. Nicht das mindeste. Erst müssen wir ihn nach oben schaffen.« Mallory richtete sich auf und spähte trostlos an der senkrechten Kaminwand empor. »Wenn ich auch, weiß der Himmel, nicht sehen kann, wie –«

»Ich werde ihn raufbringen.« Andrea verriet in diesen Worten nicht, daß das ein Entschluß der Verzweiflung war und er sich damit eine fast unglaubliche Kraftleistung zumuten mußte. Er gab nur nüchtern seine Absicht bekannt, im Ton eines Mannes, der in seine Fähigkeit, einem Versprechen die Tat folgen zu lassen, noch nie Zweifel gesetzt hat. »Wenn du mir helfen willst, ihn hochzuheben und ihn mir auf den Rücken zu binden...«

»Mit diesem Bein, das bloß noch an einem Hautfetzen und zerrissenen Muskeln hängt?« widersprach Mallory. »Stevens hält nicht mehr viel aus. Er wird sterben, wenn wir das machen.«

»Wenn wir's nicht machen, stirbt er«, murmelte Andrea.

Mallory blickte sekundenlang stumm auf Stevens hinab, dann nickte er schwer in der Dunkelheit. »Wenn wir's nicht machen, stirbt er«, gab er wie ein Echo zurück. »Ja, wir werden es tun müssen.« Er stieß sich von der Wand ab, rutschte weiter am Seil hinab und stellte einen Fuß fest an die Spalte unten am Kamintrichter, dicht unter Stevens' Körper, schlang sich das Seil mehrmals um den Leib, blickte nach oben und fragte gedämpft: »Fertig, Andrea?«

»Fertig.« Andrea bückte sich, schob seine großen Hände unter Stevens' Achseln und hob ihn kraftvoll, aber langsam an, während Mallory von unten nachhalf. Ein paarmal, bevor sie ihn oben hatten, kam ein tiefes, qualvolles Stöhnen aus seiner Kehle, langgezogene Schmerzenslaute, daß es Mallory schauderte. Aber schon war das lose baumelnde, verdrehte Bein aus seiner Reichweite, und Andrea hielt Stevens wie ein Kind im Arm, wobei der Kopf mit dem blutenden, maskenhaften starren Gesicht, vom Regen besprüht, grotesk nach hinten fiel, trist und ohne Leben, wie der Kopf einer zerbrochenen Puppe. Nach wenigen Sekunden war Mallory neben ihnen und band Stevens sachverständig mit dem Seil die Handgelenke zusammen. Er fluchte leise, während seine abgestorbenen Hände die Schlinge formten und zuzogen. Er merkte kaum, daß er fortwährend erbittert fluchte, denn er achtete nur auf den zerschundenen Kopf, der wackelnd wie der eines Irren gegen seine Schulter schlug, sah nur das quellende, vom Regen verdünnte Blut über das emporgewandte Gesicht rinnen und das Haar, das am Rand der Schläfenwunde dunkelblond hervorkam, da die Farbe in der Nässe auslief. ›So eine schundige Schuhcreme dafür zu nehmen‹, dachte er wütend. ›Das kriegt Jensen noch zu hören – hätte einem Mann das Leben kosten können!‹ Und dann, als ihm bewußt wurde, an was für nebensächliche Dinge er jetzt denken konnte, beschimpfte er noch heftiger sich selbst.

Andrea, der beide Hände frei hatte – Stevens' zusammengebundene Arme waren ihm um den Hals gelegt, sein Körper ihm auf den Rücken gebunden –, brauchte kaum eine halbe Minute, den Kamin zu ersteigen. Mallory schien es bei der Schnelligkeit und Kraft, mit der Andrea kletterte, als ob die anderthalb Zentner totes Gewicht, die er trug, ihn überhaupt nicht behinderten. Die Ausdauer dieses Mannes war einfach unglaublich. Einmal nur gab Stevens, als Andrea mit ihm über den Klippenrand kroch und das gebrochene Bein hinter einen Stein hakte, so daß der entsetzliche Schmerz sogar die wohltätige Hülle der Ohnmacht zerriß, einen kurzen, gepreßten Laut von sich und ein heiseres, blasiges Röcheln, das, weil er es unterdrücken wollte, gräßlicher klang als ein wilder Aufschrei. Und schon stand Andrea auf den Beinen, Mallory trat hinter ihn und schnitt rasch die Seile entzwei, die Stevens an ihn gefesselt hatten.

»Bring ihn bitte gleich zwischen die Felsen da«, flüsterte er Andrea zu. »Warte auf uns am nächsten freien Platz, von hier aus.«

Andrea nickte langsam, ohne den Kopf zu erheben, denn er betrachtete, scheinbar in Gedanken versunken, den in seinen Armen ruhenden Stevens. Und ganz unbeabsichtigt horchte auch Mallory auf das dünne, einsame Ächzen des Windes, und vermochte nichts anderes zu sehen und zu spüren als dieses anschwellende und abklingende Klagelied und die Kälte des Regens, der sich zu eisigem Schneehagel verhärtete. Er erschauerte, ohne zu wissen, warum, und horchte weiter. Dann schüttelte er sich ärgerlich, ging kurz entschlossen zum Klippenrand und begann, das Seil heraufzuholen. Als er es ganz oben hatte und das Knäuel, vom Regen durchnäßt, schlaff zu seinen Füßen lag, fiel ihm ein, daß unten im Kamin noch der Mauerhaken saß, an dem das andere lange Seil bis zur Meeresfläche herabhing.

Er war jetzt so ermattet, so durchfroren und deprimiert, daß er nicht einmal Ärger auf sich selbst empfinden konnte. Der Anblick von Stevens und dessen Zustand hatten ihn mehr erschüttert als er sich eingestehen mochte. Beinah mürrisch stieß er das Seil mit dem Fuß wieder über die Kante, ließ sich in den Kamin hinabgleiten, band das untere Seil los und warf den Mauerhaken, an dem es befestigt gewesen war, in die Dunkelheit hinaus. Kaum zehn Minuten später führte er, die gerollten nassen Seile über der Schulter, Miller und Brown in den dunklen Dschungel der Felsblöcke.

Sie fanden Stevens ungefähr hundert Meter landeinwärts, wo er im Windschutz vor einem Felsen auf einem kleinen, von Geröll freien Platz lag. Unter seinem Körper war ein Öl-mantel auf den durchweichten Kiesboden gebreitet, zuge-deckt war er bis zum Kopf mit einem Tarnumhang. Es war jetzt bitterkalt, doch der Felsen brach die Gewalt des Windes und schützte Stevens vor dem Schnee. Andrea blickte auf, als die drei in die flache Grube traten und ihr Gepäck ablegten. Er hatte, wie Mallory sah, schon Stevens die Hose bis übers Knie aufgerollt und den schweren Bergstiefel von dem ver-stümmelten Bein geschnitten.

»Heiliger Himmel!« Fluch und Gebet zugleich, entfuhren Miller unwillkürlich diese Worte, denn sogar im nächtlichen Dunkel bot das zersplitterte Bein einen gräßlichen Anblick. Er ließ sich auf ein Knie nieder und bückte sich tief über den Bruch. »So eine Schweinerei!« murmelte er. »Wir müssen das Bein behandeln, Boß, und dafür ist verdammt wenig Zeit«, wandte er sich an Mallory. »Der Junge hat alle Anwartschaft aufs Leichenhaus.«

»Ich weiß. Wir müssen ihn retten, Dusty, wir müssen!« Auf einmal war das für Mallory schrecklich wichtig gewor-den. Er kniete auch neben Stevens.

»Ich muß es mir ansehen.«

Ungeduldig winkte Miller ab. »Überlassen Sie das mir, Boß«, sagte er in so energischem Ton, daß Mallory schwieg. »Das Verbandszeug, schnell – und schnüren Sie das Zeltbün-del auf.«

»Können Sie das auch bestimmt allein?« Mallory zweifelte daran wahrhaftig nicht – er empfand nur Dankbarkeit und tiefe Erleichterung –, meinte aber, etwas sagen zu müssen. »Wie wollen Sie denn –?«

»Also, Boß«, erklärte Miller gelassen, »ich habe mich mein

ganzes Leben mit dreierlei beschäftigt, nämlich mit Minen, Tunnels und Sprengstoffen, und das sind ja ziemlich heikle Sachen, Boß. Da habe ich Hunderte von gebrochenen Armen und Beinen gesehen – und die meisten habe ich selbst behandelt.« Er lächelte schief, was Mallory im Dunkeln nicht sah. »Damals war ich selber Boß. Besonderes Privileg wohl, das dazugehörte.«

»Na schön!« Mallory klopfte ihm auf die Schulter. »Sie sollen ihn allein haben, Dusty. Aber das Zelt?« Unwillkürlich blickte er über die Schulter in Richtung zur Klippe. »Ich meine... sehen Sie sich das an.«

»Sie verstehen mich falsch, Boß.« Millers Hände, in jeder Bewegung ruhig und exakt, so einfühlig und doch sicher nach vieljährigem Umgang mit hochempfindlichen Sprengstoffen, desinfizierten schon mit einem Tupfer die Wunde. »Ich hab' nicht die Absicht, hier ein Feldlazarett einzurichten, aber ich brauche die Zeltstangen, um das Bein einzuschienen.«

»Ach, natürlich, ja, die Stangen! Daß ich darauf gar nicht gekommen bin – dabei habe ich dauernd nur an Holz zum Schienen gedacht...«

»So wichtig sind die nun auch wieder nicht, Boß.« Miller hatte die Verbandspackung geöffnet, und suchte mit Hilfe einer abgeblendeten Taschenlampe heraus, was er brauchte. »Morphium muß er gleich kriegen, sonst stirbt er uns noch durch Nervenschock. Und dann einen geschützten Platz. Wärme und trockene Kleidung –«

»Wärme! Trockene Kleidung!« unterbrach ihn Mallory ungläubig. Er blickte auf den bewußtlosen Stevens nieder und mußte daran denken, daß sie diesem jungen Mann den Verlust ihres Ofens samt Brennstoff zu verdanken hatten. Er verzog bitter den Mund. Sein eigener Henker... »Woher sollen wir das nehmen, um Gottes willen?«

»Das weiß ich nicht, Boß«, gab Miller schlicht zurück, »aber wir müssen's für ihn schaffen, sonst kriegt er Lungenentzündung, mit diesem Bein und bis auf die Haut durchnäßt. Und dann soviel Jodoform, wie in dieses verdammt große Loch im Bein reinpaßt – die geringste Sepsis bei diesem Zustand könnte...« Seine Stimme verlor sich.

Mallory stand auf. »Na, dann sind Sie hier Boß«, sagte er, Millers breites Amerikanisch so gut nachahmend, daß er vor Erstaunen ein mattes Lächeln zustande brachte. Mallory konnte hören, wie seine Zähne klapperten, als er sich über Stevens beugte, und fühlte mehr als er sah, daß er fortwährend heftig zitterte, aber, ganz auf seine Tätigkeit konzentriert, davon gar keine Notiz nahm. Ihm fiel wieder ein, daß Millers Zeug vollkommen durchnäßt war, und er fragte sich abermals, wodurch es so naß geworden sein mochte, denn er hatte doch einen wasserdichten Umhang gehabt.

»Versorgen Sie ihn, ich suche inzwischen einen trockenen Platz.« Mallory war seiner Sache durchaus nicht so sicher, aber vielleicht ließ sich an den mit Geröll übersäten Hängen der vulkanischen Berge etwas weiter im Hintergrund ein geschützter Felswinkel oder sogar eine Höhle finden. Bei Tageslicht, heißt das. Jetzt in der Finsternis konnte er sich nur auf das Glück des Zufalls verlassen... Er sah, daß Casey Brown, grau im Gesicht vor Erschöpfung und ganz elend – die Nachwirkungen einer Kohlengasvergiftung stellen sich erst allmählich ein –, taumelnd aufgestanden war und auf eine Lücke zwischen den Felsblöcken zusteuerte. »Wohin wollen Sie denn, Chief?« rief er ihm zu.

»Die restlichen Sachen herholen, Sir.«

»Können Sie das auch bestimmt schaffen?« Mallory suchte sein Gesicht zu erkennen. »Scheinen mir nicht gerade in bester Form zu sein?«

»Fühle mich auch nicht«, sagte Brown ehrlich. Er musterte Mallory. »Aber bei allem Respekt, Sir, Sie wissen wohl kaum, wie schlecht Sie selber aussehen.«

»Eins zu eins«, gab Mallory zu. »All right, kommen Sie. Ich gehe mit.«

Zehn Minuten herrschte Schweigen auf dem kleinen freien Platz, unterbrochen nur durch das Gemurmel von Miller und Andrea, die an dem gebrochenen Bein arbeiteten, und das Stöhnen des Verletzten, der sich im dunklen Abgrund seiner Qualen wand und schwach wehrte. Allmählich begann das Morphium zu wirken, der Körper wurde ganz still, so daß Miller ohne Störung sehr schnell arbeiten konnte. Andrea hatte über ihnen einen Ölmantel ausgespannt, der für zweierlei nützlich war: er schützte vor dem Schneeregen, der von Zeit zu Zeit um den Felsen herumschlug, und schirmte den dünnen Lichtstrahl der Taschenlampe ab, die Andrea über das Bein hielt. Das Bein wurde eingerenkt und bandagiert, mit möglichst vielen Holzschienen versteift. Dann stand Miller auf und streckte seinen schmerzenden Rücken. »Gott sei Dank, das wäre erledigt«, sagte er müde, mit einer Handbewegung nach Stevens. »Ich fühle mich so schlecht wie dieser Knabe aussieht.« Plötzlich stutzte er und streckte warnend einen Arm aus. »Ich höre was, Andrea«, flüsterte er.

Andrea lachte. »Das ist bloß Brown, der zurückkommt, Freund. Er kommt schon seit einer Minute auf uns zu.«

»Woher wissen Sie, daß es Brown ist?« fragte Miller, der, ein wenig ärgerlich auf sich selbst, seinen schon im Anschlag gehaltenen Revolver unauffällig wieder in die Tasche schob.

»Brown versteht sich gut im Felsgelände zu bewegen«, sagte Andrea sanft, »aber er ist müde. Doch Hauptmann Mallory...« Er zuckte die Achseln. »Mich nennen die Leute ›die große Katze‹, das weiß ich, aber zwischen Bergen und Felsen ist der Hauptmann noch besser als eine Katze. Er ist ein Geist, und so haben sie ihn auf Kreta auch genannt. Wenn er sich nähert, merken Sie das erst in dem Moment, da er Ihre Schulter berührt.«

Miller erschauderte in einem Windstoß unter dem eisigen Schneeregen. »Ich wünschte, ihr würdet nicht soviel herumschleichen«, beklagte er sich. Er blickte hoch, denn eben kam Brown um einen Felsen herum, schlurfend und stolpernd, zum Umfallen erschöpft. »He, Casey, wie klappt die Geschichte?« rief Miller.

»So einigermaßen.« Brown bedankte sich murmelnd, als Andrea ihm den Kasten mit Sprengstoff von der Schulter nahm, den er wie ein leichtes Päckchen auf die Erde stellte. »Dies ist das letzte Stück von unseren Sachen. Der Hauptmann hat mich damit hergeschickt. Wir hörten Stimmen auf der Klippe, ein Stück weiter. Er ist dageblieben, um zu horchen, was sie sagen, wenn sie entdecken, daß Stevens fort ist.« Schlapp setzte er sich auf die Kiste. »Vielleicht kann er ungefähr feststellen, was sie vorhaben, was sie tun werden.«

»Ich finde, er hätte lieber Sie dalassen und den verdammten Kasten selber tragen sollen«, knurrte Miller. In seiner
Enttäuschung über Mallory wurde er deutlicher als er eigentlich wollte. »Der ist doch viel besser in Form als ausgerechnet
Sie, und es ist doch ein starkes Stück...« Er brach ab und
stöhnte leise vor Schmerz, da Andrea ihm die Finger wie
stählerne Zangen um den Arm gelegt hatte.

»So zu reden ist nicht fair, mein Freund«, sagte Andrea tadelnd. »Sie vergessen wohl, daß unser Brown kein Wort
Deutsch sprechen oder verstehen kann.«

Miller rieb zärtlich seinen mißhandelten Arm und schüttelte langsam den Kopf. »Ich und meine große Klappe«, sagte
er reumütig. »›Miller der Vorwitzige‹ nennen sie mich, weil
ich immer außer der Reihe rede. Bitte allerseits um Entschuldigung. Und was steht als nächstes auf dem Tapet, meine
Herren?«

»Wir sollen uns sofort zwischen die Felsen begeben und da
rechts den Hang hinaufsteigen, wünscht der Hauptmann.«
Brown wies mit dem Daumen auf die undeutliche dunkle
Masse, die hinter ihnen aufragte. »In ungefähr einer Viertelstunde will er nachkommen.« Er lächelte Miller schwach zu.
»Und wir sollen diesen Kasten hierlassen und einen Rucksack, in dem er ihn tragen kann.«

»Oh, verschont mich, ich komme mir sowieso schon ganz
klein vor«, sagte Miller bittend, betrachtete Stevens, der still
unter dem vor Nässe dunkel glänzenden Ölmantel lag, und
sah dann Andrea ins Gesicht. »Ich fürchte, Andrea, ich –«

»Aber klar, selbstverständlich!« Andrea bückte sich rasch,
wickelte das Ölzeug um den Bewußtlosen und richtete sich
auf, so mühelos, als hätte er nur einen leeren Mantel in den
Armen.

»Ich werde vorangehen«, erbot sich Miller, »vielleicht
kann ich für euch und Stevens einen bequemen Weg ausfindig machen.« Er nahm den Generator und die Rucksäcke auf
die Schulter und taumelte unter dem plötzlichen Gewicht.
Daß er so geschwächt war, hätte er nicht gedacht. »Zu Anfang, meine ich«, setzte er hinzu. »Später werden Sie wohl
uns beide tragen müssen.«

Mallory hatte sich in der Zeit, die er benötigte, um die andern wieder einzuholen, schwer verschätzt. Über eine Stunde war schon um, seitdem Brown ihn verlassen hatte, und noch entdeckte er keine Spur von seinen Kameraden. Und mit über dreißig Kilo auf dem Rücken kam er nicht schnell vorwärts.

Aber seine Schuld allein war das nicht. Die zurückgekehrte deutsche Patrouille hatte, nach dem ersten Schrecken über die leere Felsspalte, das Gelände auf der Klippe wieder systematisch und quälend langsam abgesucht. Mallory hatte gespannt gewartet, ob einer vorschlagen würde, in den Kamin hinabzuklettern und unten weiterzusuchen – dann hätten die Löcher von den Mauerhaken todsicher alles verraten –, doch keiner hatte das auch nur angedeutet. Da der Posten offensichtlich zu Tode gestürzt war, hielten sie das wohl für unnötige Mühe. Nach erfolgloser Suche hatten sie unglaublich lange über ihre nächsten Maßnahmen debattiert und schließlich nichts weiter unternommen. Ein Posten blieb als Ersatzmann zurück, während die übrigen sich nach dem auf der Klippe entlangführenden Weg entfernten und das ganze Rettungsgerät wieder mitnahmen.

Mallorys drei Mann waren erstaunlich schnell vorwärtsgekommen, selbst in Anbetracht der Tatsache, daß sie es jetzt wesentlich leichter hatten, denn etwa fünfzig Meter hinter der Masse dicker Felsblöcke am Fuß des Bergabhangs begann ein vom Regen ziemlich glattgespültes Gelände mit nur wenig Geröll. War er schon an ihnen vorbei? Das konnte eigentlich nicht sein, denn zwischen den böigen Schauern des Schlackerschnees – der jetzt auch Hagelkörner brachte – konnte er den kahlen Hang ganz gut überblicken, und da regte sich nichts. Auch wußte er, daß Andrea erst haltmachen würde, wenn er einen wenigstens halbwegs geschützten Winkel für Stevens fand, und bislang hatte Mallory auf diesem vom Wind überbrausten Abhang noch nichts entdeckt, was den geringsten Schutz bieten konnte.

Und schließlich stieß er buchstäblich auf beides: seine Leute und den geschützten Platz. Soeben hatte er den scharfen Rücken eines schmalen, quer zum Hang verlaufenden Grats überschritten, als er unter sich gedämpfte Stimmen hörte und hinter dem Segeltuch, das von der höher gelegenen Seite, dicht neben ihm, über eine winzige Schlucht gestreckt war, ein ganz kleines Licht schimmern sah.

Miller warf sich heftig erschrocken herum, als er eine Hand auf seiner Schulter fühlte, und hatte den Revolver schon halb aus der Tasche, ehe er erkannte, wer es war. Da lehnte er sich schwerfällig gegen die Felswand.

»Na nun aber, Sie schießfreudiger Herr!« sagte Mallory, ließ die Last von seiner schmerzenden Schulter gleiten und blickte den leise lachenden Andrea an. »Was ist denn an mir so komisch?«

»Unser Freund Miller.« Andrea lächelte wieder. »Ich hatte ihm gesagt, dich würde er erst bemerken, wenn du ihn an der Schulter berührst, und das hat er mir wohl nicht geglaubt.«

»Sie hätten wenigstens husten können oder so was«, sagte Miller in schwachem Protest. »Es sind meine Nerven«, fügte er klagend hinzu. »Vor achtundvierzig Stunden waren die noch besser.«

Mallory sah ihn prüfend an, ob er das ernst meinte. Er wollte etwas sagen, hielt aber inne, als er das bleiche Gesicht bemerkte: Stevens' Kopf, der an einen Rucksack gelehnt war. Unter dem dicken weißen Verband auf der Stirn waren die Augen geöffnet und blickten ihn fest an. Mallory ging näher zu ihm und ließ sich auf ein Knie nieder.

»Sind Sie endlich wieder zu sich gekommen!« Er blickte lächelnd in das eingesunkene pergamentgraue Gesicht, und Stevens erwiderte das Lächeln mit blutlosen, noch bleicheren Lippen, ein gräßliches Bild.

»Wie fühlen Sie sich, Andy?«

»Ganz gut, Sir. Wirklich ganz gut.« Die blutunterlaufenen Augen waren dunkel, von Schmerz erfüllt. Er senkte den Blick, stierte ausdruckslos auf sein verbundenes Bein, dann lächelte er wieder Mallory an. »Mir tut das alles so furchtbar leid, Sir. So etwas Blödes von mir, eine Schande!«

»Es war nicht blöde«, sagte Mallory langsam, mit schwerer Betonung, »es war eine verbrecherische Dummheit.« Er wußte, daß alle ihn beobachteten, aber Stevens nur Augen für ihn hatte. »Verbrecherische, unverzeihliche Dummheit«, fuhr er ruhig fort, »und der Schuldige bin *ich!* Ich hatte zwar den Eindruck, daß Sie auf dem Boot schon viel Blut verloren hatten, wußte aber nichts von den großen offenen Wunden an Ihrer Stirn. Und das hätte ich erst feststellen müssen.« Er lächelte verzerrt. »Sie hätten hören sollen, was diese beiden Sklavenseelen mir vorgeworfen haben, als sie oben ankamen! Und die hatten recht. Ich hätte nie Ihnen den Auftrag geben dürfen, die letzten Sachen heraufzubringen, in Ihrem Zustand. Das war Wahnsinn.« Er lächelte wieder. »Wir hätten Sie wie einen Sack Kohlen heraufziehen müssen, so wie die kühnen Bergsteiger Mr. Miller und Brown... Nur Gott weiß, wie Sie das überhaupt schaffen konnten, und Sie selber werden es nie wissen.« Er beugte sich vor und berührte Stevens' gesundes Knie. »Verzeihen Sie mir, Andy. Ehrlich gesagt: ich habe mir nicht klargemacht, wie erledigt Sie waren, ich konnte mir das einfach nicht vorstellen.«

Stevens bewegte sich verlegen, aber unter der tödlichen Blässe seiner Wangen mit den hohen Backenknochen erschien vor Freude ein wenig Rot.

»Bitte, Sir, sprechen Sie nicht so«, bat er, »es ist eben passiert und nicht zu ändern.« Er machte eine Pause, kniff die Augen fest zu und zog scharf zischend den Atem durch die Zähne, da ihm von seinem zerschmetterten Bein der Schmerz in Stößen durch den Körper fuhr. »Und für das Klettern verdiene ich nicht das kleinste Lob«, fuhr er, wieder ruhig, fort. »Ich kann mich kaum noch erinnern.«

Mallory blickte ihn an, ohne zu sprechen, die Brauen fragend emporgezogen.

»Bei jedem Schritt nach oben hatte ich Todesängste«, sagte Stevens schlicht. Er wunderte sich nicht im geringsten, daß er jetzt etwas aussprach, was er sonst um keinen Preis ausgesprochen hätte. »In meinem ganzen Leben habe ich mich nie so gefürchtet.«

Mallory wiegte langsam den Kopf, wobei die Stoppeln an seinem in die Hand gestützten Kinn einen kratzenden Laut gaben. Er schien vor einem Problem zu stehen. Dann blickte er wieder Stevens an und lächelte etwas spöttisch.

»Nun weiß ich, daß Sie in diesem Spiel wirklich ein Neuling sind, Andy. Meinen Sie denn, ich hätte beim Klettern an dieser Klippe dauernd gelacht und gesungen? Denken Sie vielleicht, ich hätte keine Angst gehabt?« Er zündete sich eine

Zigarette an und betrachtete Stevens durch den schwebenden Rauch. »Na, die hatte ich auch nicht. Angst ist nicht der rechte Ausdruck – ich fürchtete mich bis ins Mark! Und Andrea nicht minder. Wir wissen zuviel, um keine Angst zu haben.«

»Andrea?« Stevens lachte, dann schrie er kurz auf, da die Bewegungen einen knirschenden Schmerz in den zerschmetterten Knochen auslöste. Einen Moment meinte Mallory, er sei ohnmächtig geworden, doch Stevens sprach sogleich wieder, seine Stimme klang heiser vor Schmerzen. »Andrea!« flüsterte er. »Der und Angst! Das glaube ich nicht.«

»Andrea hatte Angst«, sagte der riesige Grieche ganz weich. »Andrea hat auch jetzt Angst, und hat sie immer. Deshalb bin ich so lange am Leben geblieben.« Er betrachtete seine großen Hände. »Und deshalb sind so viele gestorben, weil sie nicht soviel Angst hatten wie ich. Sie haben nicht alles gefürchtet, was ein Mensch fürchten kann, sondern immer hat einer etwas zu fürchten vergessen, und vergessen, sich dagegen zu sichern. Aber Andrea vergaß nichts, weil er sich immer gefürchtet hat. So einfach ist das.«

Er betrachtete Stevens lächelnd. »Es gibt in der Welt nicht tapfere Männer und feige Männer, mein Sohn. Nur tapfere gibt es. Geboren werden, leben und sterben – das allein erfordert schon Mut, mehr als genug. Wir sind alle tapfere Männer und haben Angst, und wen die Welt als tapferen Mann bezeichnet, der ist ebenso furchtsam wie wir andern alle. Nur ist er fünf Minuten länger tapfer. Manchmal auch für zehn oder zwanzig – oder so lange, wie ein kranker, blutender und angstvoller Mensch braucht, um eine Klippe zu erklettern.«

Stevens sagte nichts. Der Kopf war ihm auf die Brust gesunken, das Gesicht verborgen. Selten hatte er sich so glücklich gefühlt, so in Frieden mit sich selbst. Er hatte gewußt, daß er vor Männern wie Andrea und Mallory nichts verbergen konnte, aber nicht gewußt hatte er, daß das keine Rolle spielte. Er meinte, etwas sagen zu müssen, doch es wollte ihm nichts einfallen, er war unfähig, zu denken. Tief im Innern spürte er, daß Andrea die Wahrheit gesagt hatte, jedoch nicht die volle Wahrheit, aber in seiner grenzenlosen Mattigkeit kam er mit den Gedanken nicht von der Stelle.

Miller räusperte sich laut. »Nicht mehr sprechen jetzt, Leutnant«, sagte er energisch. »Sie müssen lange liegen und sehen, daß Sie Schlaf kriegen. Um so schneller werden Sie wieder kräftiger.«

Stevens blickte erst ihn, dann Mallory fragend an.

»Ja, tun Sie lieber, was er Ihnen sagt, Andy.« Mallory lächelte. »Er ist Ihr Chirurg und ärztlicher Ratgeber. Hat Ihr Bein in Ordnung gebracht.«

»Oh, das wußte ich nicht. Ich danke Ihnen, Dusty. War es – sehr schwierig?«

Miller machte eine geringschätzige Handbewegung. »Für einen Mann mit meiner Praxis nicht. Bloß ein einfacher Bruch«, log er ohne Skrupel. »Hätte es beinah einen von den andern machen lassen... Helfen Sie ihm doch bitte mal beim Hinlegen, Andrea.« Er gab Mallory einen Wink mit dem Kopf. »Boß?«

Die beiden gingen ins Freie und stellten sich mit dem Rükken gegen den eisigen Wind.

»Wir müssen für den Jungen ein Feuer haben und trockenes Zeug«, sagte Miller eindringlich. »Er hat fast vierzig Grad Fieber, und sein Zustand wird immer schlechter.«

»Ich weiß, ich weiß«, gab Mallory sorgenvoll zurück. »Und auf diesem verdammten Berg ist sicher nichts zu finden, was brennt. Wollen erst einmal nachsehen, wieviel trockenes Zeug wir noch zusammenkriegen.«

Er hob eine Ecke der Zeltplane und trat hinein. Stevens war noch wach, Brown und Andrea saßen rechts und links neben ihm. Miller setzte sich auf die Hacken.

»Wir \erden für die Nacht hierbleiben«, verkündete Mallory, »also wollen wir es uns so gemütlich wie möglich machen. Denkt daran, daß wir noch zu dicht an der Klippe sind, um uns sicher fühlen zu können, aber die Deutschen haben keinen Beweis, daß wir auf der Insel sind, und von der Küste sind wir nicht zu sehen. Also können wir's uns ebensogut bequemer machen.«

»Boß...« Miller wollte etwas sagen, unterließ es aber. Mallory sah ihn überrascht an und merkte, daß er mit Brown und Stevens Blicke wechselte. In ihren Augen las er Unsicherheit, Zweifel und aufdämmernde Furcht. Da traf ihn die bange Gewißheit, daß etwas Schlimmes passiert sein mußte, wie ein Schlag.

»Was ist los?« fragte er schroff. »Heraus mit der Sprache.«

»Wir haben schlechte Nachrichten für Sie, Boß«, sagte Miller vorsichtig. »Hätten Ihnen das gleich berichten sollen. Nehme an, daß jeder gedacht hat, der andere würde das tun... Sie wissen doch, daß Sie mit Andrea den Posten von der Klippe geworfen haben?«

Mallory nickte ernst. Er wußte, was jetzt kam.

»Der ist auf das Riff gefallen, das sechs bis acht oder neun Meter vor der Klippe liegt«, fuhr Miller fort. »Viel war von ihm, glaube ich, nicht mehr übrig, aber das jedenfalls sitzt fest zwischen zwei Felsen. Absolut fest, wie eingerammt.«

»Ach so«, murmelte Mallory, »habe mich schon den ganzen Abend gewundert, wovon Sie unter Ihrem Gummiumhang so naß werden konnten.«

»Ich hab's viermal versucht, Boß«, sagte Miller ruhig. »Die andern hatten mich am Seil.« Er zuckte die Achseln. »War einfach nicht zu machen: die verdammten Wellen haben mich jedesmal an die Klippenwand zurückgeschmissen.«

»In drei bis vier Stunden wird es hell«, murmelte Mallory. »In vier Stunden werden die Deutschen wissen, daß wir auf der Insel sind. Sobald es dämmert, werden sie ihn entdeckt haben und ein Boot zur Untersuchung hinschicken.«

»Ist das denn so wichtig, Sir?« wandte Stevens ein. »Er kann doch sowieso dahin gefallen sein.«

Mallory schob das Verdeck beiseite und spähte in die Nacht. Es war sehr kalt und schneite noch immer. Er ließ die Plane wieder los. »Fünf Minuten«, sagte er wie geistesabwesend. »Wir brechen in fünf Minuten auf.« Matt lächelnd blickte er Stevens an. »Auch wir sind vergeßlich gewesen, hätten es Ihnen sagen müssen: Andrea hatte den Posten durchs Herz gestochen.«

Die folgenden Stunden wurden zur finsteren Höllenqual, endlose Stunden, in denen sie abstumpften vom fortwährenden Stolpern, Fallen und Wiederaufstehen, einer Tortur für Körper und Muskeln. Stunden, in denen ihnen immer wieder ihre Last vom Rücken rutschte, und sie im höher werdenden Schnee wild danach tasten mußten, gepeinigt von Hunger und Durst, durch und durch ermattet. Sie hatten nun den Weg hinter sich, auf dem sie gekommen waren, und gingen in nordwestlicher Richtung über den Berghang – während die Deutschen sehr wahrscheinlich vermuteten, daß sie sich genau nach Norden gewandt hatten, zum Mittelpunkt der Insel. Ohne Kompaß, ohne Sterne oder Mond als Richtungsweiser konnte Mallory sich nach dem Gefühl, nach der Neigung und Form des Berghangs und, aus dem Gedächtnis, nach der Karte orientieren, die Vlachos ihnen in Alexandria gezeigt hatte. Allmählich aber war er einigermaßen sicher, daß sie den Berg umrundet hatten und in der engen Schlucht, in der sie jetzt gingen, dem Innern der Insel näher kamen.

Todfeind war jetzt der Schnee. In dicken, fedrigen, halb getauten Flocken umwirbelte er sie als alles verhüllender grauer Vorhang, rieselte in ihre Kragen und Stiefel, fand heimtückische Wege unter ihre Kleidung, in ihre Ärmel, füllte ihnen die Augen, Ohren und Mund, stach in ihre ungeschützten Gesichter, bis sie gefühllos wurden, und verwandelte ihre nackten Hände in bleischwere eisige Klumpen, die jede Kraft zu verlieren schienen. Alle hatten zu leiden, schwer zu leiden, doch am schlimmsten litt Stevens. Er war schon wenige Minuten nach dem Aufbruch von der Höhle wieder ohnmächtig geworden, so daß ihm nun, in dem nassen, am Körper klebenden Zeug auch die rettende Wärme der Blutzirkulation fehlte. Zweimal war Andrea stehengeblieben und hatte nachgefühlt, ob sein Herz noch schlug, denn er hielt ihn schon für tot. Er konnte jedoch nichts spüren, weil seine Hände gefühllos waren, und konnte nur weiterstolpern, ohne zu wissen, ob Stevens noch lebte.

Gegen fünf Uhr früh, als sie ein steiles Tal oberhalb der Schlucht emporstiegen, wo der Boden trügerisch glatt war und, wenn sie ausrutschten, nur vereinzelte kümmerliche Johannisbrotbäume etwas Halt bieten konnten, befahl Mallory ihnen, sich anzuseilen, um besser zusammenzubleiben. So kämpften sie sich, hintereinander gehend, in den nächsten zwanzig Minuten mühselig den immer steiler werdenden Abhang hinauf. Mallory, der vorausging, wagte gar nicht daran zu denken, wie schwer es Andrea mit seiner Last hinter ihm hatte. Plötzlich hörte die Steigung auf, sie kamen auf ganz ebenen Boden, und ehe sie es recht merkten, hatten sie die hohe Wasserscheide überschritten und stolperten rutschend, noch angeseilt, im dichten Schneegestöber, ohne jede Sicht, ins Tal auf der anderen Seite hinab.

In der Morgendämmerung erreichten sie die Höhle, gerade als das erste Grau eines trostlos öden Tages blaß durch den tiefhängenden, schneeschwangeren Himmel im Osten drang. Monsieur Vlachos hatte ihnen erklärt, daß das Gebiet südlich des Ortes Navarone so viele Höhlen habe wie eine Bienenwabe, doch diese war die erste, die sie sahen, und es war auch eigentlich keine Höhle, sondern ein dunkler, enger Tunnel in einer großen Anhäufung vulkanischen Gesteins, riesiger Schichten von verdrehten Felsen, die, gefährlich hängend, wie vor dem Absturz, in einer trockenen Gießbachrinne lagen, die in Windungen steil abwärts führte in ein breites, unbekanntes Tal dreihundert oder sechshundert Meter unter ihnen, ein noch von den Schatten der Nacht verhülltes Tal.

Es war keine Höhle, aber ihnen war es genug. Für die halb erfrorenen, ausgepumpten, todmüden Männer war es mehr als sie zu hoffen gewagt hatten. Platz war da für sie alle, die wenigen Lücken konnten sie schnell zustopfen, daß der treibende Schnee nicht eindrang, den Zugang verschlossen sie mit einer durch Steine beschwerten Zeltbahn. Obgleich es in der Enge und Dunkelheit ganz unmöglich schien, gelang es ihnen, Stevens das von Seewasser und Regen durchtränkte Zeug abzustreifen und ihn in einen zum Glück mit Reißverschluß versehenen Schlafsack zu schieben. Nachdem sie ihm etwas Kognak eingeflößt und seinen Kopf mit dem durchgebluteten Verband auf ein paar trockene Kleidungsstücke gebettet hatten, sanken die vier, auch der unverwüstliche Andrea, auf den nassen schneekalten Boden ihres Unterstands und schliefen wie Tote, ohne den harten Fels unter ihrem Körper, die Kälte, den Hunger, ihre klamme feuchte Kleidung zu spüren. Nicht einmal den Schmerz des in ihren erstarrten Händen und Gesichtern wieder beginnenden Blutumlaufs fühlten sie.

7. KAPITEL

Dienstag 15.00 bis 19.00 Uhr

Die von Rauhreifringen umrahmte, hinter den jagenden Wolkenfetzen nur schwach leuchtende Sonne war schon weit über ihren Zenit und sank schnell auf den Rand des beschneiten Berghangs, als Andrea leise die Zeltplane zur Seite schob und aufmerksam den sanften Bogen des Hanges hinabspähte. Sekundenlang blieb er ganz still hinter dem Vorhang stehen, und lockerte dabei mechanisch die schmerzhaft verkrampften Beinmuskeln, während er seine zusammengekniffenen Augen allmählich an das blendende Weiß des kristallen schimmernden Schnees gewöhnte. Und schon hatte er ohne Geräusch die Schutzhöhle verlassen und war mit wenigen großen Schritten weit an der schrägen Wand der Schlucht emporgelaufen. Lang im Schnee liegend schob er sich in weichen Bewegungen ganz hinauf und lugte vorsichtig über den Rand.

Tief unter sich sah er ein breites, nahezu vollkommen symmetrisches Tal, das sich, von zwei steilen Bergen umrahmt, nach Norden sanft senkte. Über den ragenden Riesen mit den pfeilergleichen Bastionen zu seiner Rechten, der düster brütend das Tal beherrschte, war Andrea nicht im Zweifel: es mußte der Kostos sein, der höchste Berg auf Navarone. In der Nacht waren sie an seiner westlichen Flanke entlanggegangen. Genau östlich von ihm, etwa fünf Meilen entfernt von dem kleinen Berg, auf dem sie lagen, sah er einen dritten, beinah ebenso hohen, dessen Nordabhang allerdings steiler war und in die Ebene des Orts Navarone verlief. Und ungefähr vier Meilen entfernt lag im Nordosten, weit unterhalb der Schneegrenze und der vereinzelten Schäferhütten, in einer Bodenfalte zwischen den Hügeln eine kleine Gruppe Häuser mit flachen Dächern, am Ufer des schmalen Flusses, der sich durch das Tal schlängelte. Das konnte nur das Dorf Margaritha sein.

Während er das Tal in allen Einzelheiten studierte, jede kleine Senke, jeden Spalt in dem bergigen Gelände, versuchte er sich zu erinnern, was für ein fremdartiges Geräusch es gewesen sein konnte, das vor zwei Minuten in seinen tiefen Schlaf gedrungen war und ihn sofort auf die Beine gebracht hatte, hellwach schon, ehe er sich die Bedeutung der Töne überlegen konnte. Und jetzt hörte er sie wieder, dreimal in wenigen Sekunden: das hochtonige Wimmern einer Pfeife, schrille befehlende Piffe, die an den unteren Hängen des Kostos in mehrfachem Echo schnell verklangen. Noch zitterte der letzte Nachhall schwach in der Luft, da hatte Andrea sich schon abgestoßen und war rückwärts den Abhang zur Schlucht hinuntergeglitten.

In einer halben Minute war er wieder oben am gleichen Platz, seine Wangenmuskeln zogen sich unwillkürlich zusammen, als er die eiskalten Okulare von Mallorys Zeissfernstecher fest an die Augen drückte. ›Jetzt gibt es keinen Irrtum mehr‹, dachte er grimmig. Sein erster flüchtiger Eindruck war nur zu richtig gewesen.

Fünfundzwanzig bis dreißig Soldaten drangen, in einer langen, unregelmäßigen Schützenkette, auf dem Abhang des Kostos vor, indem sie jede Rinne und alle Lücken zwischen den chaotisch verstreuten Felsblöcken auf ihrem Wege durchkämmten. Alle trugen Schneekleidung und waren doch auf die Entfernung von zwei Meilen leicht zu erkennen, denn die Spitzen der auf den Rücken geschnallten Skier ragten über ihre Schultern und die mit Kapuzen bedeckten Köpfe. Auffallend schwarz gegen das reine Weiß des Schnees hüpften und wedelten die Skibretter, wie Betrunkene sich bewegen, wenn ihre Träger in dem Geröll ausrutschten und stolperten. Von Zeit zu Zeit gab einer etwa in der Mitte der Reihe ein paar Zeichen mit einem Alpstock, offenbar, um die Aufmerksamkeit des Spähtrupps auf bestimmte Stellen zu lenken. ›Der Mann mit der Pfeife‹, dachte Andrea. Es war ihm seltsam zumute.

»Andrea!« kam ganz leise ein Ruf aus der Schutzhöhle. »Stimmt da was nicht?«

Einen Finger an den Mund legend, drehte Andrea sich im Schnee herum. Mallory, das Gesicht ganz dunkel von den

Bartstoppeln, sein Zeug zerknüllt, stand am Zeltvorhang. Eine Hand an der Stirn, um sich gegen das grelle Sonnenlicht zu schützen, rieb er sich mit der andern den Schlaf aus seinen geröteten Augen. Als Andrea einen Finger krümmte, hinkte er gehorsam zu ihm hin, bei jedem Schritt vor Schmerz aufzuckend. Seine Zehen waren geschwollen und abgeschunden, vom geronnenen Blut zusammengeklebt. Er hatte die Stiefel noch nicht von den Füßen gehabt, seitdem er sie dem toten deutschen Wachtposten abgenommen hatte, und jetzt graute ihm fast davor, weil er Schlimmes zu entdecken fürchtete. Langsam erklomm er den steinernen Hang und ließ sich neben Andrea in den Schnee gleiten.

»Gesellschaft?« fragte er.

»Die übelste, die wir haben können«, murmelte Andrea. »Sieh sie dir an, Keith.« Er gab ihm das Fernglas und wies nach dem unteren Abhang des Kostos. »Daß die hier sind, hat dein Freund Jensen mit keinem Wort erwähnt.«

Langsam suchte Mallory das Gelände mit dem Fernstecher ab. Plötzlich hatte er den Spähtrupp im Gesichtsfeld. Er hob den Kopf, regulierte ungeduldig die Scharfeinstellung, blickte noch einmal kurz hin, dann ließ er das Glas mit einer betont ruhigen Geste sinken, die aber seine Erbitterung nicht verbergen konnte.

»Das W. G. B.«, sagte er leise.

»Ein Jägerbataillon«, mußte Andrea bestätigen. »Vom Alpenkorps, ihren besten Gebirgstruppen. Das paßt uns sehr schlecht, mein lieber Keith.«

Mallory rieb sein Stoppelkinn und nickte. »Wenn jemand uns finden kann, dann die. Und sie werden uns finden.« Er hob das Fernglas, um die vorrückende Truppe noch einmal zu betrachten. Die peinliche Genauigkeit, mit der sie suchten, war schon aufregend genug, doch noch bedrohlicher und erschreckender war, auch bei dem Schneckentempo, das unerbittlich zielbewußte, unvermeidliche Näherkommen der noch winzigen Gestalten. »Gott weiß, was das Alpenkorps auf der Insel vorhat«, fuhr Mallory fort. »Uns reicht's, daß sie hier sind. Sicher wissen die, daß wir gelandet sind und haben vormittags schon den Ostabhang des Kostos abgesucht – weil vermutet werden mußte, wir würden von da aus ins Innere vordringen. Nachdem sie dort nichts gefunden haben, kämmen sie hier den Bergrücken ab. Sie scheinen ziemlich genau zu wissen, daß wir einen Verwundeten mitschleppen und noch nicht weit gekommen sein können. Es ist nur noch eine Frage der Zeit, Andrea.«

»Eine Frage der Zeit«, gab Andrea wie ein Echo zurück. Er blickte zur Sonne auf, die am dunkler werdenden Himmel kaum noch zu sehen war. »Eine Stunde, anderthalb höchstens. Noch vor Sonnenuntergang werden sie hier erscheinen. Und wir werden noch hier sein.« Er blickte Mallory fragend an. »Wir können den Jungen nicht liegenlassen, und können nicht entkommen, wenn wir ihn mitnehmen – und er würde dann sowieso sterben.«

»Wir werden nicht hier sein«, sagte Mallory entschieden. »Wenn wir hierbleiben, sterben wir alle. Oder beenden unser Leben in einem der hübschen kleinen Kerker, von denen Monsieur Vlachos erzählt hat.«

»Es kommt darauf an, was der größeren Anzahl nützt.« Andrea nickte bedächtig. »So muß es doch sein, oder nicht, Keith? Die größere Anzahl. Jedenfalls würde Kapitän Jensen das sagen.«

Mallory bewegte sich nervös, doch seine Stimme klang ganz fest, wenn auch müde. »Ich sehe es ebenso, Andrea. Eine einfache Verhältniszahl: 1200 zu 1. Du weißt, daß so gerechnet werden muß.«

»Ja, ich weiß. Aber du zerbrichst dir umsonst den Kopf. Komm, Freund, wir wollen den andern die gute Nachricht bringen.«

Miller blickte hoch, als die beiden eintraten und den Vorhang hinter sich zufallen ließen. Er hatte den Reißverschluß an der Seite von Stevens' Schlafsack geöffnet und hantierte an dem gebrochenen Bein. Auf einen Rucksack neben sich hatte er eine ganz dünn abgeblendete Taschenlampe gelegt.

»Wann wollen wir denn mit dem Jüngling hier etwas unternehmen, Boß?« Sein Ton war schroff und so ärgerlich wie die Geste, mit der er auf den in totenähnlichem Schlaf liegenden Stevens deutete. »Dieser verflixte Schlafsack, der wasserdicht sein soll, ist völlig durchnäßt, und der Junge auch.

Der ist beinah steifgefroren, sein Bein fühlt sich an wie eine eisgekühlte Rinderkeule. Er braucht Wärme, Boß, einen warmen Raum und heiße Getränke – sonst ist er erledigt. Vierundzwanzig Stunden.« Miller betrachtete fröstelnd die rissigen Wände der Felsenhöhle. »Ich glaube, sogar in einem erstklassigen Krankenhaus würde der nur knapp durchkommen... hier verbraucht er schon seine letzte Reserve, wenn er in diesem verfluchten Eisschrank Luft holt.«

Miller übertrieb nur wenig. Wasser vom schmelzenden Schnee rann ständig von den klammen, mit grünen Flechten überzogenen Wänden der Höhle und tropfte zwischen die Kiesel auf dem halbgefrorenen nassen Boden. Da sie keinen Durchzug machen konnten und das sich von den Seitenwänden ansammelnde Wasser nicht ablief, war es in der Höhle feucht, dumpf und schauderhaft kalt.

»Vielleicht kommt er schneller in ein Krankenhaus als Sie denken«, sagte Mallory trocken. »Wie sieht sein Bein denn aus?«

»Schlimmer.« Miller sprach grob. »Ganz bedeutend schlechter. Habe eben gerade noch eine Handvoll Jodoform reingepulvert und die Sache wieder zugebunden. Das ist alles, was ich tun kann, Boß, und auch das ist Zeitverschwendung... Was sollte Ihre Angeberei mit dem Krankenhaus?« fragte er argwöhnisch. »Meinen Sie etwa, daß die Deutschen ihn in ein Lazarett bringen?«

»Das war keine Angeberei«, erwiderte Mallory sachlich, »sondern eine der weniger angenehmen nackten Tatsachen. Ein deutscher Spähtrupp ist nach hier unterwegs, und die gehen aufs Ganze, sie werden uns finden.«

Miller fluchte. »Das ist ja reizend, einfach wunderbar. Wie weit weg sind sie noch, Boß?«

»Eine Stunde, vielleicht etwas mehr.«

»Und was machen wir mit dem Junior hier? Ihn liegenlassen? Meiner Ansicht nach seine einzige Chance.«

»Stevens kommt mit uns.« Mallorys Ton schaltete jeden Widerspruch aus. Miller blickte ihn lange mit eiskalter Miene an.

»Stevens kommt mit uns«, wiederholte er. »Wir schleppen ihn mit, bis er tot ist – das wird nicht lange dauern – und lassen ihn im Schnee liegen. Ganz einfach so mitschleppen, was?«

»Ganz einfach so, jawohl Dusty.« Nachdenklich wischte Mallory etwas Schnee von seinem Anzug und blickte Miller wieder an. »Stevens weiß zu viel. Die Deutschen werden schon erraten haben, wozu wir auf der Insel sind, aber sie wissen nicht, auf welche Weise wir in die Festung eindringen wollen – und wissen auch nicht, wann unsere Kriegsschiffe eingreifen. Aber Stevens weiß das. Man wird ihn zum Reden bringen. Scopolamin bringt jeden zum Reden.«

»Scopolamin? Bei einem Sterbenden?« Miller hielt das für unmöglich.

»Warum nicht? Ich würde dasselbe tun. Und wenn Sie der deutsche Kommandeur wären und wüßten, daß Ihre schweren Geschütze und die Hälfte Ihrer Leute in der Festung jeden Augenblick in die Luft gejagt werden können, täten Sie es auch.«

Miller schnitt kopfschüttelnd eine Grimasse und sagte: »Ich und mein –«

»Weiß schon, Sie und Ihr großer Mund.« Mallory klopfte ihm lächelnd auf die Schulter. »Mir gefällt das genausowenig wie Ihnen, Dusty.« Er drehte sich um und ging zur anderen Höhlenwand. »Und wie geht's Ihnen, Chief?«

»So einigermaßen, Sir.« Casey Brown, eben wachgeworden, war noch ganz benommen und zitterte in seinem nassen Zeug. »Gibt's was Unangenehmes?«

»Massenhaft«, versicherte ihm Mallory. »Spähtrupp kommt auf uns zu. Wir müssen in einer halben Stunde von hier verschwinden.« Er schaute auf seine Uhr. »Kurz vor 4. Meinen Sie, daß Sie Kairo durchkriegen?«

»Das weiß nur der liebe Gott«, sagte Brown ehrlich, indem er sich mühsam erhob. »Unser Radio ist gestern nicht gerade gut behandelt worden, aber versuchen will ich's.«

»Danke schön, Chief. Passen Sie auf, daß Ihre Antenne nicht über die Felsenbank ragt.« Mallory wollte hinausgehen, blieb aber mit einem Ruck stehen, als er Andrea neben dem Ausgang auf einem Stein sitzen sah. Der griechische Riese hatte, ganz vertieft in seine Arbeit, das Zielfernrohr auf seine 7,92 mm Mauser geschraubt und wickelte gerade das

Futter von seinem Schlafsack geschickt um den Lauf und Kolben, bis das ganze Gewehr dick mit dem weißen Stoff umhüllt war.

Mallory beobachtete ihn still. Andrea schaute lächelnd zu ihm auf, erhob sich langsam und griff nach seinem Rucksack. In einer halben Minute hatte er sich von Kopf bis Fuß in seinen Anzug mit Gebirgstarnung gekleidet, zog die Bänder seiner Schneehaube zu und schob die Füße durch die zerknitterten Gummizüge seiner Leinenstiefel. Dann nahm er seine Mauser in die Hand, lächelte Mallory wie zur Entschuldigung an und sagte: »Ich möchte jetzt gern einen kleinen Spaziergang machen, Hauptmann. Nur mit deiner Erlaubnis natürlich.«

Mallory nickte mehrmals, weil ihm wieder etwas zum Bewußtsein kam. »Du sagtest vorhin, ich zerbräche mir unnötig den Kopf. Ich hätte es wissen müssen, und du hättest es mir sagen können, Andrea.« Er beanstandete das nur pro forma, es hatte keine Bedeutung, denn er war über diese stillschweigende Anmaßung der Befehlsgewalt weder zornig noch verstimmt. Andrea gewöhnte sich schwer daran, daß er nicht mehr Kommandeur war. Wenn er bei solchen Gelegenheiten betont um Zustimmung zu einem Vorhaben bat oder Mallory um Rat fragte, tat er das im allgemeinen nur aus Höflichkeit und um ihn in Kenntnis zu setzen. Anstatt Ärger fühlte Mallory eine ungeheure Erleichterung und war dem lächelnden Riesen, der ihn so überragte, ihm Grunde dankbar. Er hatte gleichgültig zu Miller gesagt, sie sollten Stevens mitschleppen, bis er starb, doch hinter dieser Gleichgültigkeit verbarg er die quälende Erbitterung über das, was zu tun er für seine Pflicht hielt. Aber wie elend ihm dabei ums Herz gewesen war, merkte er erst jetzt, als ihm bewußt wurde, daß diese Entscheidung nicht mehr notwendig war.

»Entschuldige«, sagte Andrea, ein wenig zerknirscht, aber lächelnd, »ich hätte es dir sagen sollen. Dachte, du hättest von selbst verstanden... Es ist doch das Beste, was wir tun können, ja?«

»Das einzige«, sagte Mallory ehrlich. »Du willst sie höher am Berg hinauflocken?«

»Eine andere Möglichkeit gibt es nicht. Wenn ich mich talwärts bewege, hätten sie mich auf ihren Skiern in zehn Minuten eingeholt. Zurückkommen kann ich natürlich erst, wenn es dunkel ist. Du bist dann hier, ja?«

»Wir werden zu mehreren sein.« Mallory warf einen Blick durch den Raum, denn Stevens war aufgewacht, rieb die übermüdeten Augen und versuchte, sich hinzusetzen. »Wir brauchen Lebensmittel und Feuerung, Andrea«, sagte er leise. »Ich gehe heute nacht ins Tal.«

»Selbstverständlich, richtig. Wir müssen alles versuchen.« Andreas Gesicht war ernst, er sprach kaum hörbar. »Und solange noch Zeit ist. Er ist ja beinah noch ein Kind . . . Vielleicht dauert es nicht lange.« Er zog den Vorhang zurück und betrachtete den Abendhimmel. »Ich werde bis 7 Uhr zurück sein.«

»7 Uhr«, wiederholte Mallory. Er sah, daß es bereits dunkel wurde, eine graue Düsternis, die noch mehr Schnee ankündigte. Der zunehmende Wind wirbelte Wölkchen von flockigem Weiß auf und warf sie in den kleinen Unterstand. Mallory ergriff fröstelnd Andreas Arm. »Um Gottes willen, gib acht, daß dir nichts passiert, Andrea«, bat er ihn ruhig.

»Mir?« Andrea lächelte milde, aber ohne Freude, und entzog ihm sanft seinen Arm. »Über mich mach dir keine Gedanken.« Er sprach ganz gelassen, ohne die leiseste Arroganz. »Wenn du aber Gott anrufen mußt, dann sprich mit ihm über die armen Kerle, die uns suchen sollen.« Der Vorhang fiel hinter ihm zu, er war gegangen.

Mallory stand noch ein Weilchen unschlüssig am Eingang und blickte, ohne etwas zu sehen, durch die Lücke im Vorhang. Dann machte er jäh kehrt, ging zu Stevens und kniete neben ihm nieder. Der junge Mensch lehnte, sorgsam gestützt, in Millers Arm, seine Augen waren ohne Glanz und Ausdruck, die blutleeren Wangen tief in das pergamentgraue Gesicht gesunken. Mallory lächelte ihm zu und hoffte, daß Stevens ihm sein Entsetzen nicht anmerkte.

»Fein, fein, fein, endlich ist unser Schläfer erwacht. Besser spät als gar nicht.« Er klappte sein wasserdichtes Zigarettenetui auf und bot es Stevens an. »Wie fühlen Sie sich denn jetzt, Andy? Geht es jetzt wieder?«

»Wie erfroren, Sir.« Stevens lehnte kopfschüttelnd die Zigarette ab und versuchte ein Lächeln. Es wurde eine so jämmerliche Karikatur, daß Mallory innerlich zusammenzuckte.

»Und das Bein?«

»Das ist wohl auch erfroren.« Stevens blickte ohne Neugier auf den weißen Verband. »Ich fühle es jedenfalls gar nicht.«

»Erfroren?« Mallorys spöttischer Ton täuschte meisterhaft gekränkten Stolz vor. »Erfroren, sagt er! So eine verfluchte Undankbarkeit! Sie werden medizinisch hervorragend betreut, das darf ich sogar selbst sagen!«

Ein kurzes flüchtiges Lächeln erhellte Stevens' Gesicht, dann starrte er lange auf sein Bein, hob plötzlich den Kopf und sah Mallory frei ins Gesicht.

»Sir, es hat doch keinen Zweck, daß wir uns selbst etwas vormachen«, sagte er weich, fast tonlos. »Ich möchte nicht undankbar erscheinen, und billiger Heroismus ist mir von Grund auf verhaßt, aber – na ja, ich bin doch bloß ein verdammt schwerer Mühlstein an Ihren Hälsen und –«

»Wir sollen Sie liegenlassen, was?« unterbrach ihn Mallory. »Damit Sie hier vor Kälte sterben oder von den Deutschen gefangen werden! Nichts zu machen, Jungchen. Wir können uns auch um Sie noch kümmern, wenn wir es schon mit den verflixten Kanonen aufnehmen.«

»Aber, Sir –«

»Sie beleidigen uns, Leutnant.« Jetzt schlug Miller wieder den hochfahrenden, ironischen Ton an. »Wir fühlen uns gekränkt. Im übrigen muß ich als Fachmann meinen Patienten bis zur Genesung betreuen, und wenn Sie glauben, ich werde das in einem elenden, feuchten Kerker bei den Deutschen tun, dann können Sie –«

»Genug!« Mallory hielt die Hand hoch. »Schluß mit dem Thema.« Er sah in den abgemagerten Wangen den rötlichen Schimmer, sah, wie es in den stumpf gewordenen Augen freudig leuchtete, und litt unter Scham und Selbstverachtung, Scham über die Dankbarkeit eines Mannes, der nicht wußte, daß ihre Sorge nicht seiner Gesundheit galt, sondern sie Furcht hatten, er könne sie verraten... Er bückte sich, schnürte seine hohen Stiefel auf und sagte, ohne hochzublikken: »Dusty.«

»Ja?«

»Wenn Sie genug mit Ihrer ärztlichen Tüchtigkeit geprotzt haben, wenden Sie die vielleicht mal auf meine Füße an, wie? Die Stiefel des Postens sind ihnen leider nicht sehr gut bekommen.«

Nach einer für Mallory schmerzhaften Viertelstunde schnitt Miller die Ränder des geklebten Verbandes am rechten Fuß glatt, reckte sich mühsam und betrachtete stolz seiner Hände Werk. »Schön, Miller, schön«, murmelte er selbstgefällig. »Nicht mal an der Universität der Stadt Baltimore...« Er hielt inne, fixierte mit gefurchter Stirn den dick bandagierten Fuß und hustete entschuldigend. »Eine Kleinigkeit ist mir eben noch eingefallen, Boß.«

»Das habe ich auch erwartet«, sagte Mallory ärgerlich. »Wie soll ich nach Ihrer Ansicht meine Füße wieder in diese verdammten Stiefel reinkriegen?« Er erschauderte unwillkürlich, als er dicke, vom geschmolzenen Schnee durchnäßte und verfilzte Wollsocken anzog, die Schuhe des deutschen Wachtpostens hochhob, sie am gestreckten Arm vor sich hinhielt und angewidert betrachtete. »Nummer sieben, höchstens«, sagte er, »und noch verdammt klein ausgefallen!«

»Nummer neun«, sagte Stevens lakonisch, indem er ihm seine eigenen Bergstiefel zureichte. Der eine war an der Seite offen, wo Andrea ihn vom Fuß geschnitten hatte. »Das läßt sich leicht wieder dichtmachen, und mir nützen sie keinen Pfifferling mehr. Bitte keinen Protest, Sir.« Er begann leise zu lachen, zog aber sofort zischend die Luft durch die Zähne, da die Bewegung in seinen zersplitterten Knochen heftige Schmerzen auslöste. Nach ein paar tiefen, zitternden Atemzügen lächelte er, ganz weiß im Gesicht. »Mein erster – und wahrscheinlich letzter – Beitrag zu der Expedition. Welchen Orden werde ich dafür wohl kriegen, Sir, was meinen Sie?«

Mallory nahm die Stiefel und blickte Stevens schweigend an, dann drehte er sich um, denn die Zeltbahn wurde zur Seite geschoben. Brown taumelte herein, setzte den Sender mit der zusammenschiebbaren Antenne zu Boden und holte eine Schachtel Zigaretten aus der Tasche. Sie entglitten seinen steifgefrorenen Fingern und fielen in den Eisschlamm zu seinen Füßen, wo sie sofort naß wurden, wie von bräunlichem Saft durchtränkt. Er fluchte kurz und ohne Kraft, schlug sich die abgestorbenen Hände um die Schultern, gab es gleich wieder auf und setzte sich schwerfällig auf den nächsten Stein. Man sah ihm an, wie ermattet, kalt und jammervoll elend er sich fühlte.

Mallory zündete eine Zigarette an und gab sie ihm. »Wie ging es, Casey? Konnten Sie sie überhaupt kriegen?«

»Die haben mich gekriegt – wenn man's so nennen will. Der Empfang war lausig schlecht.« Brown zog dankbar den Tabakrauch tief in die Lungen. »Und ich konnte gar nicht durchkommen. Muß an dem verdammt hohen Berg da im Süden liegen. Warum – sind die Berge dort so hoch?«

»Wahrscheinlich«, sagte Mallory nickend. »Und was bringen Sie Neues von den Herrschaften in Kairo? Fordern die uns zu größerer Anstrengung auf? Daß wir uns gefälligst beeilen sollen? Oder wollen sie sonst was von uns?«

»Neues überhaupt nicht. Hatten schon Sorge genug, daß wir so lange geschwiegen haben. Sie sagten, von jetzt an wollten sie sich alle vier Stunden melden, ob wir bestätigen oder nicht. Das wiederholten sie ungefähr zehnmal, dann wurde abgeschaltet.«

»Das wird uns ja mächtig helfen«, sagte Miller bissig. »Nett, zu wissen, daß sie uns zur Seite stehen, es geht nichts über moralische Unterstützung.« Er wies mit dem Daumen zum Eingang.

»Die Bluthunde da draußen würden ja furchtbare Angst kriegen, wenn die wüßten... Haben Sie mal rübergelinst, ehe Sie reinkamen?«

»Brauchte ich nicht«, sagte Brown mürrisch. »Konnte sie hören – klang mir, als wenn der führende Offizier ihnen Anweisungen gab.« Fast unbewußt nahm er sein Schnellfeuergewehr zur Hand und probierte, wie das Magazin saß. »Müssen nur noch knapp eine Meile von hier sein.«

Der Spähtrupp, der sich jetzt dichter beisammenhielt, war nicht knapp anderthalb, sondern kaum noch einen halben Kilometer von ihrem Unterstand entfernt, als der kommandierende Oberleutnant sah, daß der rechte Flügel seiner Schützenlinie, am steileren Abhang im Süden, wieder zurückblieb. Ungeduldig hob er die Pfeife zum Mund, um mit den drei scharfen Befehlstönen seine müden Männer wieder in Richtung zu bringen. Zweimal schrillte die Pfeife, energisch Gehorsam heischend, ihr von den beschneiten Hängen hallendes Echo verklang im Tal, aber der dritte Pfiff erstarb schon im Entstehen, wurde noch einmal lauter und lief in ein klagendes, unheimliches Diminuendo aus, das in gräßlicher Harmonie mit einem langen gurgelnden Schmerzensschrei verschmolz. Zwei, drei Sekunden stand der Oberleutnant wie angewachsen, das entsetzte Gesicht ganz verzerrt, dann klappte er plötzlich wie ein Taschenmesser nach vorn zusammen und fiel in den verkrusteten Schnee. Der stämmige Sergeant neben ihm stierte verdutzt den Gefallenen an, dann hob er in jähem Begreifen den Blick, öffnete den Mund zu einem Befehl, seufzte und fiel müde über den Toten zu seinen Füßen, den bösen, peitschenartigen Knall der Mauser noch in den Ohren, als er den letzten Atemzug tat.

Hoch oben an der Westflanke des Kostos, zwischen zwei große Felsblöcke gekeilt, blickte Andrea über das beigeklappte Zielfernrohr seines Gewehrs den dunkler werdenden Hang hinab und jagte noch drei Schüsse zwischen die unsicher hin und her tappenden Soldaten. Sein Gesicht war ganz unbewegt, und unbewegt blieben die Augenlider, die beim regelmäßigen Knallen seiner Mauser nicht ein einziges Mal zuckten. Er hatte alles Gefühl ausgeschaltet. Weder hart noch grausam war sein Blick, nur leer und fast erschreckend weltentrückt, so abgeschirmt wie sein Verstand, der jetzt alles Denken und Fühlen von sich wies, denn Andrea wußte, daß er über das, was er hier tat, nicht nachdenken durfte. Seine Mitmenschen töten, ihnen das Leben nehmen, war die größte aller Sünden, denn das Leben war ein Geschenk, das er keinem entwenden durfte. Nicht einmal im offenen Kampf. Und dies war Mord –

Langsam senkte er das Gewehr und spähte durch den verwehenden Pulverdampf, der schwer in der frostigen Abendluft hing. Die Feinde waren verschwunden, vollständig. Einzeln hatten sie schnell hinter Felsblöcken Deckung genommen oder sich hastig in den Schnee gewühlt, der sie unkenntlich machte. Aber auch so bildeten sie keine kleinere Gefahr. Andrea wußte, daß sie sich von dem Schrecken über den Tod ihres Offiziers schnell erholten – es gab in Europa keine besseren, zäheren Kämpfer als die Skitruppen des Gebirgsjägerbataillons – und daß sie dann zur Jagd auf ihn ansetzen, ihn fangen und, wenn möglich, töten würden. Und gerade deshalb hatte er zuerst ihren Offizier erschossen, weil der vermutlich nicht sofort die Verfolgung fortgesetzt, sondern vielleicht Halt geboten hätte, um erst genauer festzustellen, wie es kam, daß sie ohne Anstoß aus der Flanke beschossen wurden.

Instinktiv duckte sich Andrea, als die Kugeln von einem plötzlichen Feuerstoß mörderisch jaulend an den Felsblökken vor ihm absprangen. Damit hatte er gerechnet. Es war die klassische Angriffsmethode der Infanterie: Vorspringen unter Deckungsfeuer, hinlegen, den Kameraden durch Feuer abschirmen, daß der den nächsten Sprung tun konnte. Rasch rammte Andrea wieder eine volle Ladung ins Magazin seiner Mauser, legte sich platt aufs Gesicht und arbeitete sich ganz langsam hinter den niedrigen Felsbrocken weiter, die in einer fünf bis sechs Meter langen Reihe zu seiner Rechten lagen. Diesen Hinterhalt hatte er sorgsam ausgewählt. Am Ende der Reihe angekommen, zog er seine Schneehaube bis auf die Augenbrauen und lugte vorsichtig um die Kante des letzten Steins.

Der zweite schwere Feuerstoß einer automatischen Waffe klatschte in die Felsblöcke, die er eben verlassen hatte, und sechs Mann – drei an jedem Ende der Schützenlinie, verließen ihre Deckung, hasteten halb kriechend, halb stolpernd, ein Stück am Hang entlang und warfen sich wieder in den Schnee. Am Hang ›entlang‹ – die beiden Trupps waren auch nach entgegengesetzten Richtungen gelaufen! Andrea zog den Kopf ein und rieb mit dem Handrücken über die grauen Stoppeln an seinem Kinn. Unangenehme Sache, sehr unangenehm –. Diese Füchse vom Württembergischen Gebirgsjägerbataillon ließen sich auf einen Frontangriff nicht ein, sie zogen ihre Linie nach beiden Seiten auseinander, um mit den Spitzen einen weiten Halbkreis zur Umfassung zu formen. So schlimm das für Andrea war – er hätte vielleicht auch damit fertig werden können, denn hinter ihm verlief eine Geröllrinne bergauf, die er schon als Fluchtweg genau ausgekundschaftet hatte. Aber eins hatte er nicht vorausgesehen: daß die im Westen einbiegende Spitze des Spähtrupps beim Vorrücken auf den Unterstand stoßen mußte, in dem seine Kameraden sich verbargen.

Er wälzte sich auf den Rücken und studierte den Abendhimmel. Die Dunkelheit brach, mit den schweren grauen Schneewolken, schnell an, es herrschte schon Zwielicht. Sich auf die Seite drehend, betrachtete er die mächtige vorgebogene Schulter des Kostos, die vereinzelten Felsblöcke und die glatte, kaum von einer Vertiefung unterbrochene Wölbung des Abhangs. Als die Jäger wieder das Feuer eröffneten, spähte er noch einmal kurz um den Felsen und sah, daß die Umfassungsbewegung fortgesetzt wurde. Da wartete er nicht mehr: blindlings den Abhang hinunterfeuernd, stand er halb auf und warf sich, Finger am Abzug, ins Freie vor. Verzweifelt schnell stieß er sich mit den Füßen im gefrorenen Schnee ab, um hinter dem nächsten, gut dreizehn Meter entfernten Felsblock in Deckung zu gehen. Noch elf Meter, zehn, sechs – noch kein Schuß war gefallen –, ein Ausrutschen und Stolpern auf dem glitschigen Geröll, hochgefedert wie eine Katze – drei Meter, und wie durch ein Wunder noch immun, und schon lag er, so heftig auf Brust und Bauch fallend, daß die Rippen einen furchtbaren Stoß bekamen und die Luft ihm fast knallend aus den Lungen fuhr, im Feuerschutz hinter dem Stein. Jetzt war er etwas geschützt.

Nach Atem ringend, klappte er den Magazindeckel auf, rammte einen neuen Streifen hinein, wagte einen schnellen Blick über den Felsen und schwang sich wieder auf die Füße, alles in wenigen Sekunden. Das Gewehr vor dem Leib, begann er wieder zu feuern. Er schoß ziellos bergab, denn jetzt hatte er nur Augen für den trügerisch glatten Boden unter den Füßen und die von Geröll umgebene Vertiefung, die ihm unerreichbar fern erschien. Dann war sein Gewehr leergeschossen, es nützte ihm nichts mehr, und weit unten begannen jetzt sämtliche Waffen zu feuern, die Kugeln pfiffen ihm über den Kopf oder blendeten ihn durch dicke Schneespritzer, wenn sie vom Gestein abprallten. Aber das Zwielicht legte sich jetzt um die Berge, er war von unten nur noch undeutlich zu sehen, ein schnell dahinhuschender Fleck vor einem gespenstischen Hintergrund. Und bergauf ein Ziel genau zu treffen, ist auch bei bester Sicht schon schwierig. Trotzdem – das massierte gleichmäßiger werdende Feuer von unten konzentrierte sich zur Mitte, deshalb mußte Andrea weiter. Während der Wind wie mit unsichtbaren Händen heimtückisch an den fliegenden Schößen seines Schneehemds zerrte, warf er sich fast waagerecht nach vorn und rutschte die letzten drei Meter in die willkommene Kuhle. In der Vertiefung legte er sich lang auf den Rücken, holte einen Stahlspiegel aus der Brusttasche und hielt ihn behutsam über den Kopf. Anfangs konnte er nichts erkennen, denn hier war es noch dunkler als auf ebenem Grund, und der Spiegel war von seiner Körperwärme beschlagen. In der kalten Bergluft wurde die Fläche schnell klar: er sah jetzt zwei, drei, dann sechs Mann aus der Deckung springen und in schwerfälligem Trab geradewegs auf den Abhang vorstoßen. Und – zwei von ihnen waren vom äußersten rechten Flügel der Kette gekommen! Andrea senkte den Spiegel und stieß einen langen befreienden Seufzer aus. Ein Lächeln spielte in den Falten um seine Augen. Er blickte in den Himmel, zwinkerte, als die ersten federigen Schneeflocken auf seinen Augenliedern schmolzen und lächelte wieder. Beinah gemächlich schob er einer neuen Satz Patronen ins Magazin seiner Mauser.

»Boß?« Millers Stimme hatte einen klagenden Ton.

»Ja, was ist denn?« Mallory wischte sich Schnee vom Gesicht und Kragen seines weißen Mantels und spähte in die weißgestrichelte Dunkelheit vor ihnen. »Boß, haben Sie, als Sie zur Schule gingen, mal die Geschichte von Leuten gelesen, die sich im Schneesturm verirrten und tagelang nur im Kreis wanderten?«

»Wir hatten in Queensland genau dasselbe Buch«, bestätigte Mallory.

»Immerfort im Kreise, bis sie starben?« fragte Miller hartnäckig weiter.

»Oh, um Himmels willen!« sagte Mallory gereizt, denn ihn schmerzten die Füße, auch in den geräumigen Stiefeln von Stevens, ganz abscheulich. »Wie können wir denn im Kreise wandern, wenn wir die ganze Zeit bergab gehen? Was bilden Sie sich denn ein, wo wir sind, Mann – auf einer Wendeltreppe?«

Miller war gekränkt und schritt stumm neben Mallory weiter, beide bis zu den Knöcheln in dem nassen, klebrigen Schnee, der in den letzten drei Stunden, seitdem Andrea den Spähtrupp der Jäger von ihnen abgelenkt hatte, ohne Pause geräuschlos niedergegangen war. Mallory konnte sich nicht erinnern, daß es in den Weißen Bergen auf Kreta selbst mitten im Winter so anhaltend und dicht geschneit hätte. ›Das sind nun die gepriesenen Inseln von Griechenland mit dem ewigen goldenen Sonnenschein!‹ dachte er zornig. Damit hatte er nicht gerechnet, als er beschloß, nach Margaritha hinunterzugehen, um etwas zum Essen und Feuerung zu holen. Aber bei seinem Entschluß wäre es trotzdem geblieben, denn Stevens wurde, obwohl er weniger Schmerzen hatte, zusehends schwächer und brauchte dringend Stärkung.

Da Mond und Sterne von den dichten Schneewolken verdeckt waren und die Sicht nach allen Seiten kaum mehr als drei Meter betrug, war der Verlust der Kompasse ein schwerer Nachteil für ihr Unternehmen. Mallory zweifelte nicht an seiner Fähigkeit, das Dorf auch so zu finden – sie brauchten nur bergab zu gehen, bis sie im Tal an den Fluß kamen, und dann dessen Lauf nach Norden bis Margaritha zu folgen –, doch wenn es nicht zu schneien aufhörte, stand es schlecht um ihre Chance, die winzige Schutzhöhle auf dem riesigen Gelände des Berghangs wiederzufinden.

Er erstickte einen Ausruf, als Millers Hand seinen Oberarm umspannte und ihn auf die Knie in den Schnee zog. Sogar in diesem Augenblick, vor einer noch unbekannten Gefahr, empfand er einen langsam emporquellenden Zorn auf sich selbst, weil er mit seinen Gedanken aus der Gegenwart abgeschweift war ... Er legte die Hand schützend an die Stirn und spähte mit verkniffenen Augen in den nassen, samtweichen Vorhang von Weiß, der sich durch Wirbel aus dem Dunkel noch verdichtete. Auf einmal hatte er es: eine dunkle, massige Form, so nahe vor ihnen, daß sie beinah dagegengerannt wären. Er konnte die Umrisse erkennen.

»Das ist die Hütte«, raunte er Miller ins Ohr. Sie hatten sie am frühen Nachmittag von oben gesehen, auf halbem Wege zu ihrem Unterstand und Margaritha, fast in gerader Linie zwischen beiden Punkten. Er fühlte sich erleichtert, seine Zuversicht wuchs wieder: in kaum einer halben Stunde konnten sie es bis zum Dorf schaffen. »Elementare Navigation, verehrter Korporal«, murmelte er. »Von wegen verirrt im Kreise laufen, so ein Blödsinn! Wenn Sie doch nur Ihr Vertrauen –« Er schwieg, als Millers Finger ihn heftig in den Arm kniffen und Millers Kopf sich dicht an sein Ohr legte. »Ich hab' Stimmen gehört, Boß«, vernahm er, leise wie ein Hauch.

»Sind Sie sicher?« Mallory fiel auf, daß Miller seinen ›unhörbaren‹ Revolver noch in der Tasche behielt.

Miller zögerte. »Verdammt und zugenäht, Boß, sicher bin ich in gar nichts«, flüsterte er ärgerlich. »In der letzten Stunde habe ich mir alles eingebildet, was es geben kann!« Er zerrte seine Schneehaube vom Kopf, um besser zu hören, beugte sich vor und sank nach wenigen Sekunden wieder zurück. »Jedenfalls glaubte ich, etwas gehört zu haben.«

»Los, kommen Sie – wollen mal nachsehen.« Mallory war wieder aufgestanden. »Ich denke, Sie haben sich geirrt. Die Jäger können's nicht sein, die waren weit hinter uns am Kostos, als wir sie zuletzt sahen. Und die Schäfer benutzen diese Hütten nur während des Sommers.« Er entsicherte seinen 11,5-mm-Colt und schlich langsam, halb kriechend, auf die Hüttenwand zu, Miller ganz dicht neben ihm. Sie erreichten die Hütte und legten die Ohren an die dünne, mit Teerpappe verkleidete Wand. Zehn Sekunden, zwanzig, eine halbe Minute, dann atmete Mallory auf.

»Keiner zu Hause. Wenn aber wer da ist, verhält er sich mächtig still. Nur nicht unvorsichtig sein, Dusty. Sie gehen da herum, ich hier. Treffen uns an der Tür, die wird drüben sein, nach dem Tal zu. Um die Ecken in weitem Bogen – das verblüfft unaufmerksame Leute immer.«

Nach einer Minute waren sie beide in der Hütte und hatten die Tür hinter sich geschlossen. Mallory untersuchte mit der abgeblendeten Taschenlampe den Raum bis in den kleinsten Winkel. Er war fast leer: nackter Erdboden, ein plumpes, hölzernes Bett, ein klapperiger Ofen, auf dem eine verrostete Laterne stand, das war alles. Kein Tisch, kein Stuhl, kein Ofenrohr, nicht einmal ein Fenster.

Mallory trat an den Ofen, nahm die Laterne und beroch sie. »Seit Wochen nicht benutzt, trotzdem noch voll Petroleum. Sehr nützlich in unserem elenden Verlies da oben – wenn wir das jemals wiederfinden.«

Jäh erstarrte er und lauschte unbeweglich, ins Leere blikkend, den Kopf ein wenig zur Seite geneigt. Ganz sanft stellte er die Laterne wieder hin und ging gemächlich zu Miller. »Erinnern Sie mich später mal, daß ich mich bei Ihnen entschuldigen muß«, murmelte er. »Wir haben Gesellschaft. Geben Sie mir Ihren Revolver und reden Sie immer weiter.«

»Wie in Castelrosso!« beklagte sich Miller laut. Er hatte mit keiner Wimper gezuckt. »Das wird entschieden eintönig. Ein Chinese – ich wette, diesmal ist's ein Chinese.« Aber er redete jetzt mit sich allein, denn Mallory wanderte schon, den Revolver in Hüfthöhe haltend, in etwa einem Meter Abstand draußen um die Hütte. Als er gerade um die dritte Ecke gehen wollte, sah er aus dem Augenwinkel, wie eine undeutliche Gestalt sich hinter ihm rasch vom Boden erhob und mit hochgerecktem Arm nach ihm ausholte. Schnell wich er unter dem Hieb nach vorn aus, warf sich herum und stieß die geballte Faust mit aller Wucht, Knöchel nach oben, dem Angreifer in den Magen. Ein lautes Keuchen, als der Mann zusammenknickte, ein Stöhnen, dann sank er still zu Boden, so schnell, daß Mallory den Schlag, den er ihm mit dem Kolben des Revolvers versetzen wollte, eben noch aufhalten konnte.

Sogleich hatte er die Waffe wieder umgedreht und blickte, sie fest umklammernd, auf die am Boden liegende Gestalt, auf den primitiven Knüppel, den der Mann noch in seiner behandschuhten Rechten hielt, und den unmilitärisch wirkenden Tornister, den er auf dem Rücken trug. Den Revolver noch auf den Liegenden gerichtet, wartete er, denn daß der Mann so leicht zusammengebrochen war, schien ihm zu verdächtig. Nach einer halben Minute hatte der sich noch nicht gerührt. Mallory trat einen kurzen Schritt vorwärts und stieß ihn, sorgfältig zielend und nicht gerade sanft, mit dem Fuß außen gegen das rechte Knie. Es war ein alter Trick, der, soviel er wußte, eigentlich nie versagte: der Schmerz war kurz, aber sehr heftig. Doch der Unbekannte bewegte sich nicht und gab keinen Laut.

Schnell bückte sich Mallory, hakte die Linke durch die Schulterriemen des Tornisters, reckte sich und ging, seinen Gefangenen halb tragend, halb ziehend, zur Tür. Und die Last war leicht. Mitleidig dachte er daran, daß auf dieser Insel, die im Verhältnis zu ihrer Größe eine viel stärkere Besatzung hatte als Kreta, die Bevölkerung gewiß viel weniger zu essen hatte. Es mußte tatsächlich sehr wenig sein. Er wünschte, den Mann nicht so hart geschlagen zu haben.

Miller kam ihm an der offenen Tür entgegen, bückte sich, ergriff den Bewußtlosen, ohne etwas zu sagen, bei den Fußknöcheln und half Mallory, ihn auf das Bett im hinteren Winkel der Hütte zu packen.

»Fein gemacht, Boß«, lobte er Mallory. »Hab' überhaupt nichts gehört. Wer ist dieser Schwergewichtsmeister?«

»Keine Ahnung.« Mallory schüttelte den Kopf. »Bloß Haut und Knochen, weiter nichts. Bloß Haut und Knochen. Schließen Sie die Tür, Dusty, dann wollen wir uns den Fang genauer ansehen.«

8. KAPITEL

Dienstag 19.00 bis 0.15 Uhr

Eine Minute verstrich, da rührte sich der kleine Mann und richtete sich stöhnend zum Sitzen auf. Mallory faßte ihn stützend am Arm. Seinen matt herabhängenden Kopf schüttelnd, kniff der Fremde die Augen zusammen, während er angestrengt versuchte, die Dumpfheit, die ihn umfing, abzuschütteln. Endlich blickte er langsam hoch und ließ im schwachen Licht der Laterne, die sie angezündet und abgeblendet hatten, die Augen von Mallory zu Miller und wieder zu Mallory wandern. Sie konnten erkennen, wie wieder Farbe in das Gesicht mit den dunklen Stoppeln kam, wie sich der dicke dunkle Schnurrbart empört sträubte und die Augen vor Zorn noch dunkler wurden.

»Wer sind Sie?« Er sprach Englisch, klar und exakt, fast ohne fremden Akzent. Er hatte seine Worte an Mallory gerichtet.

»Bedaure, aber je weniger Sie wissen, um so besser.« Mallory lächelte, um den Worten das Kränkende zu nehmen. »Ich meine: in Ihrem eigenen Interesse. Wie fühlen Sie sich jetzt?«

Vorsichtig massierte der Kleine sein Zwerchfell und beugte mit schmerzverzerrtem Gesicht sein Bein. »Sie haben mich sehr hart getroffen.«

»Mußte ich.« Mallory griff hinter sich und hob den Knüppel auf, den der Fremde in der Hand gehabt hatte. »Sie wollten mich mit diesem Ding schlagen, und was sollte ich da tun, hm? Meine Haube abnehmen, damit Sie mich kräftiger über'n Schädel hauen konnten?«

»Sie sind sehr spaßig.« Wieder beugte er versuchsweise sein Bein und blickte Mallory in feindlichem Mißtrauen an. »Mein Knie tut mir weh«, sagte er vorwurfsvoll.

»Alles nach der Reihe. Weshalb der Knüppel?«

»Ich wollte Sie niederschlagen, um Sie genauer zu betrachten«, erklärte der Kleine ungeduldig. »Das war der einzige sichere Weg. Sie hätten ja einer von dem *Jägerbataillon* sein können... Weshalb ist denn mein Knie –?«

»Sie haben einen bösen Sturz gemacht«, sagte Mallory ohne Scham. »Was hatten Sie hier zu suchen?«

»Wer sind Sie?« gab der kleine Mann zurück.

Miller hustete und schaute ostentativ auf die Uhr. »Das ist ja alles ganz unterhaltsam, Boß, aber –«

»Richtig, Dusty, wir haben nicht die ganze Nacht Zeit.« Rasch faßte Mallory wieder hinter sich, nahm den Tornister des Mannes vom Boden und warf ihn Miller zu. »Sehen Sie mal nach, was da alles drin ist, ja?«

Merkwürdigerweise protestierte der Kleine nicht.

»Eßwaren!« sagte Miller ehrfürchtig. »Wunderbare, herrliche Speisen! Gekochtes Fleisch, Brot, Käse und – Wein.« Zögernd schloß er den Rucksack wieder und blickte den Gefangenen an. »Verflucht komische Zeit für ein Picknick.«

»Ach so – ein Amerikaner, ein Yankee!« Der Kleine lächelte still vor sich hin. »Wird immer besser.«

»Was meinen Sie damit?« fragte Miller argwöhnisch.

»Sehen Sie selbst«, sagte der kleine Mann freundlich. Er nickte gleichgültig nach der anderen Seite des Raumes. »Dahin müssen Sie schauen.«

Mallory drehte sich um, merkte aber im selben Moment, daß er überlistet werden sollte, und wandte sich sofort zurück. Beugte sich vorsichtig nieder und berührte Miller am Arm.

»Nicht zu schnell umsehen, Dusty. Und fassen Sie Ihren Revolver nicht an. Es scheint, daß unser Freund hier nicht allein war.« Er kniff die Lippen zusammen und verfluchte innerlich seine Dummheit. ›Stimmen‹ hatte Dusty gesagt, also mehr als eine. ›Ich muß doch müder gewesen sein als ich dachte... Was war nur mit mir los...?‹

Ein großer, hagerer Mann blockierte den Eingang. Sein Gesicht war von einer Schneehaube ganz verdunkelt, aber über die Schußwaffe in seiner Hand gab es keinen Zweifel. Ein kurzes Lee-Enfield-Gewehr, stellte Mallory fest.

»Nicht schießen!« Der Kleine sprach jetzt ganz schnell Griechisch. »Ich bin fest überzeugt, daß es die Leute sind, die wir suchen, Panayis.«

Panayis! Mallory fühlte sich gewaltig erleichtert. Das war ja einer der Namen, die Eugene Vlachos ihm in Alexandria genannt hatte!

»Jetzt sind die Rollen vertauscht, wie?« Der kleine Mann lächelte Mallory an, um seine müden Augen zogen sich Fältchen, der dicke schwarze Schnurrbart hob sich liebenswürdig an einer Ecke. »Ich frage Sie noch einmal: Wer sind Sie?«

»Untergrundbewegung Südost«, antwortete Mallory ohne Zögern.

Befriedigt nickte der andere. »Kapitän Jensen hat Sie geschickt?«

Mit einem langen Seufzer der Erleichterung ließ Mallory sich auf dem Rand des Bettes nieder. »Wir sind unter Freunden, Dusty.« Den Kleinen ansehend, sagte er: »Sie müssen Louki sein – Haus bei der ersten Platane am Markplatz in Margaritha?«

Der Kleine strahlte, verbeugte sich und streckte die Hand aus. »Louki, ja. Zu Ihren Diensten, Sir.«

»Und das ist natürlich Panayis?«

Der große finstere Mann in der Tür, der nicht lächelte, neigte kurz den dunklen Kopf, ohne ein Wort.

»Sie haben uns erkannt!« Der Kleine strahlte vor Entzükken. »Louki und Panayis! Also wissen die sogar in Alexandria und Kairo über uns Bescheid?« fragte er stolz.

»Selbstverständlich!« Mallory unterdrückte ein Lächeln. »Man hat dort sehr bewundernd von Ihnen gesprochen. Sie haben ja beide schon früher den Alliierten große Hilfe geleistet.«

»Und das werden wir wieder tun«, sagte Louki energisch. »Los, wir verschwenden hier Zeit. Die Deutschen sind auf den Bergen. Womit können wir Ihnen behilflich sein?«

»Lebensmittel, Louki. Wir brauchen etwas zu essen – brauchen es dringend.«

»Das haben wir!« Stolz wies Louki auf die Rucksäcke. »Wir waren damit unterwegs zu Ihnen.«

»Sie waren unterwegs...?« fragte Mallory verblüfft. »Woher wußten Sie denn, wo wir waren – überhaupt, daß wir auf der Insel waren?«

Louki machte eine geringschätzige Geste. »Das war leicht.

Schon seit Sonnenaufgang sind deutsche Truppen durch Margaritha nach den Bergen marschiert. Den ganzen Vormittag haben sie den östlichen Paß am Kostos abgekämmt. Da war uns klar, daß jemand gelandet sein mußte, den die Deutschen suchten. Wir erfuhren auch, daß sie den Pfad auf der Klippe an der Südostküste nach beiden Seiten abgeriegelt hatten. Also mußten Sie über den westlichen Paß gekommen sein. Das haben die nicht erwartet – Sie haben sie in die Irre geführt. Und so kamen wir, um Sie zu suchen.«

»Aber Sie hätten uns doch niemals gefunden, wenn –«

»Wir hätten Sie gefunden!« Sein Ton verriet absolute Gewißheit. »Panayis und ich – wir kennen jeden Stein und jeden Grashalm auf Navarone.« Louki fröstelte plötzlich, er starrte trostlos in den wirbelnden Schnee vor der Tür. »Schlimmeres Wetter hätten Sie sich nicht aussuchen können.«

»Kein besseres hätten wir aussuchen können«, sagte Mallory grimmig.

»Letzte Nacht, gewiß«, stimmte Louki ihm bei. »Bei dem Sturm und Regen hätte keiner Sie erwartet. Keiner hätte das Flugzeug hören können oder auch nur im Traum daran gedacht, daß Sie den Absprung wagen würden –«

»Wir sind von See gekommen«, unterbrach ihn Miller mit einer nonchalanten Geste. »Sind an der Südklippe aufgestiegen.«

»Was! An der Südklippe?« Louki vermochte das nicht zu fassen. »Kein Mensch kann die Südklippe ersteigen, das ist unmöglich!«

»Das haben wir auch gedacht, als wir ungefähr halb oben waren«, sagte Mallory aufrichtig. »Aber Dusty sagt Ihnen die Wahrheit. So ist es geschehen.«

Louki war einen Schritt zurückgetreten, sein Gesicht war wie erstarrt. »Ich sage, das ist unmöglich«, wiederholte er grob.

»Er spricht die Wahrheit, Louki«, warf Miller ruhig ein. »Lesen Sie denn nie Zeitungen?«

»Natürlich lese ich Zeitungen!« Louki strotzte vor Entrüstung. »Meinen Sie vielleicht, ich wäre – wie nennen Sie das noch – wäre ein Analphabet?«

»Dann denken Sie zurück bis kurz vor dem Kriege«, wies Miller ihn an. »Denken Sie an Bergsteigen – und den Himalaja. Sie müssen sein Bild in den Zeitungen gesehen haben, nicht einmal, sondern hundertmal.« Er blickte Mallory nachdenklich an. »Nur war er damals ein bißchen hübscher. Strengen Sie Ihr Gedächtnis an. Es ist Mallory, Keith Mallory aus Neuseeland. Wissen Sie jetzt Bescheid?«

Mallory sagte nichts, er beobachtete Louki: wie er verwundert die Augen auf komische Art zusammenkniff und den Kopf auf die Seite legte. Wie auf einmal dem kleinen Mann ein Licht aufging, sein Gesicht mit allen Runzeln und Falten lächelte, ein deutliches Zeichen, daß auch sein letztes Mißtrauen hinweggefegt war. Er trat vor und streckte Mallory die Hand zur Begrüßung hin. »Beim Himmel, Sie haben recht! Mallory! Selbstverständlich kenne ich den.« Mit großer Begeisterung schüttelte er ihm die Hand. »Es ist wirklich, wie der Amerikaner sagt. Aber jetzt sind Sie unrasiert... und sehen älter aus. Viel älter, als ich Sie in Erinnerung habe.«

»Fühle mich auch älter«, sagte Mallory düster. Kopfnickend wies er auf Miller. »Das ist Unteroffizier Miller, Amerikaner.«

»Noch ein berühmter Bergsteiger?« fragte Louki eifrig. »Noch ein ›Tiger der Berge‹, ja?«

»Er hat die Südklippe erstiegen wie sie noch nie erstiegen wurde«, antwortete Mallory wahrheitsgemäß, blickte auf die Uhr und sagte: »Am Hang sind noch mehr von uns, Louki. Wir brauchen Hilfe, sehr nötig und schnellstens. Sie wissen, in welche Gefahr Sie kommen, wenn Sie uns helfen und in Gefangenschaft geraten?«

»Gefahr?« Louki winkte verächtlich ab. »Gefahr für Louki und Panayis, die Füchse von Navarone? Unmöglich! Wir sind die Geister der Nacht.« Er brachte hüpfend seinen Rucksack höher auf die Schultern. »Kommen Sie, wir wollen Ihren Freunden diese Eßwaren bringen.«

»Eine Minute noch.« Mallory legte ihm die Hand auf den Arm. »Noch zweierlei: wir brauchen Wärme – einen Ofen und Feuerung, und außerdem –«

»Wärme? Einen Ofen?« rief Louki ungläubig. »Ihre Freunde da oben, sind das alte Weiber?«

»Und außerdem Verbandszeug und Medikamente«, fuhr Mallory geduldig fort. »Einer unserer Kameraden hat schwerste Verletzungen. Wir wissen es noch nicht, aber er wird wohl kaum durchkommen.«

»Panayis!« schrie Louki. »Zurück ins Dorf.« Er sprach jetzt Griechisch, gab in rapidem Tempo seine Befehle, ließ sich von Mallory die Lage des Unterstands beschreiben und überzeugte sich, daß Panayis alles verstanden hatte. Dann blieb er einen Moment, an seinem Schnurrbart zupfend, unschlüssig stehen. Schließlich wandte er sich an Mallory. »Könnten Sie die Höhle allein wiederfinden?«

»Das weiß nur Gott«, erwiderte Mallory. »Ich glaube es, offen gestanden, nicht.«

»Dann muß ich mit Ihnen gehen. Ich hatte gehofft – es ist nämlich eine schwere Traglast für Panayis –, habe ihm gesagt, er soll auch Bettzeug mitbringen, und deshalb kann er wohl nicht –«

»Ich werde ihn begleiten«, erbot sich Miller. Er dachte an seine zermürbende Arbeit auf der Kajike, an die Ersteigung der Klippe und ihren Gewaltmarsch im Berggelände. »Die Bewegung wird mir guttun«, ergänzte er ironisch.

Louki übersetzte das für Panayis – der bisher geschwiegen hatte, offenbar weil er gar kein Englisch verstand, und jetzt in einen wahren Proteststurm ausbrach.

Miller blickte ihn verblüfft an. »Was ist denn mit unserem Sonnenschein los?« fragte er Mallory. »Kommt mir nicht gerade begeistert vor.«

»Er behauptet, das allein zu können, und will auch allein gehen«, dolmetschte Mallory. »Er meint, Sie wären in den Bergen zu langsam für ihn.« Den Erstaunten spielend, schüttelte er spöttisch den Kopf. »Als ob Dusty Miller sich jemals abhängen ließe!«

»Sehr richtig!« Louki war mächtig erbost, er redete wieder auf Panayis ein und unterstrich immerfort mit stechendem Zeigefinger seine Worte. Miller fragte besorgt: »Was erzählt er ihm denn jetzt, Boß?«

»Nur die Wahrheit«, antwortete Mallory feierlich. »Erklärt ihm, er müsse sich geehrt fühlen, mit Monsieur Miller, dem weltberühmten amerikanischen Bergsteiger, zu gehen.«

Mallory feixte. »Panayis wird heute nacht sein Bestes zeigen, um zu beweisen, daß ein Navaronier so gut und schnell klettern kann wie jeder Ausländer.«

»Oh, mein Go-o-ott«, stöhnte Miller.

»Und vergessen Sie nicht, Panayis auf dem Rückweg an den besonders steilen Stellen hübsch nachzuhelfen.«

Millers Antwort blieb zum Glück in einer plötzlich einfallenden Schneebö unverständlich.

Der Wind nahm jetzt ständig zu, ein scharfer Wind, der ihnen den dichten Schnee, auch wenn sie sich bückten, ins Gesicht warf. Ein schwerer Schnee, der gleich bei der Berührung schmolz und durch die feinsten Ritzen ihrer Kleidung drang, bis sie ganz durchnäßt waren und jämmerlich froren. Ein klammer, klebriger Schnee, der sich immer wieder fingerhoch und bleischwer unter ihren Stiefeln ballte, so daß sie mit dem Abstoßen viel Kraft verbrauchten und ihnen von diesem unsicheren Gehen bald die Beinmuskeln schmerzten. Von Sicht konnte keine Rede sein, kaum einen Meter weit. Wie eine unveränderliche Decke hing dicht das wirbelnde grauweiße Gespenst vor ihnen. Louki als Führer schritt so unbeirrbar sicher, wie der Mensch über seinen eigenen Gartenweg geht, schräg den Abhang hinauf.

Er schien so gewandt und so unermüdlich wie eine Bergziege zu sein, und seine Zunge war ebenso beweglich und ausdauernd wie seine Beine. Er sprach pausenlos, ganz außer sich vor Freude, wieder aktiv tätig sein zu können, einerlei was es zu tun gab, wenn es nur gegen den Feind ging. Er berichtete Mallory von den letzten drei Angriffen, die blutig abgewiesen waren. Die Deutschen mußten über den Angriff von See her rechtzeitig informiert gewesen sein, denn sie hatten den Bootssonderdienst und die Kommandotrupps mit allen verfügbaren Waffen empfangen und sie völlig zusammengeschlagen, während zwei Gruppen Fallschirmjäger ganz böses Pech gehabt hatten: sie wurden, da sich die Maschinen infolge einer Reihe nicht voraussehbarer Zufälle verflogen hatten, über feindlichem Gelände abgesetzt. Er selbst und Panayis waren bei beiden Gelegenheiten um ein Haar mit dem Leben davongekommen – Panayis hatten die Deutschen bei dem zweiten Unternehmen sogar gefangengenommen, doch er hatte seine Bewacher beide getötet und war unerkannt geflüchtet. Weiter erklärte Louki, wie die deutschen Truppen auf der Insel verteilt waren, wo die Kontrollpunkte lagen und die Sperren auf den beiden einzigen Straßen der Insel. Seine Darstellung ergänzte er noch durch das wenige, was er von der Anlage der eigentlichen Festung wußte. Panayis könne darüber noch mehr sagen, denn er sei schon zweimal in der Festung gewesen, einmal für eine ganze Nacht, und wisse auf den Zentimeter genau, wo die Kanonen standen, wo die Feuerleitstellen, die Kasernen, wo die Offiziersquartiere, das Magazin, die Turbinen und die Postenstände lagen. Ja, Panayis kannte sich aus.

Mallory pfiff leise vor sich hin. Das war mehr, als er sich jemals erhofft hätte. Aber erst mußten sie ja aus dem Netz des Spähtrupps entwischen, mußten bis zur Festung kommen, ehe sie eindringen konnten. Doch sobald sie im Innern waren – und Panayis wußte sicher, wie sie hineingelangen konnten... Unwillkürlich machte Mallory längere Schritte, um rascher den Hang hinaufzukommen.

»Ihr Freund Panayis muß ja ein bedeutender Mann sein«, sagte er. »Erzählen Sie mir mehr von ihm, Louki.«

»Was könnte ich Ihnen erzählen!« Louki schüttelte den Kopf, daß der Schnee um seine Schultern flog. »Was weiß ich von Panayis? Wer weiß überhaupt Genaues von ihm? Daß er geradezu verteufeltes Glück hat und Mut wie ein Wahnsinniger, und daß eher der Löwe sich neben das Lamm legen wird oder der hungrige Wolf die Lämmer verschont, als daß Panayis mit den Deutschen die gleiche Luft atmen würde. Das wissen wir alle, aber sonst nichts von Panayis. Und ich selbst weiß nur eins: daß ich froh bin, kein Deutscher zu sein, während Panayis auf der Insel ist! Er tötet aus dem Hinterhalt, bei Nacht, mit Messerstichen in den Rücken.« Louki bekreuzigte sich. »Seine Hände sind blutbesudelt.«

Mallory erschauerte unwillkürlich. Die düstere Gestalt des dunkelhaarigen Panayis mit dem steinernen Gesicht und den von der Kapuze bedeckten Augen begann ihn zu faszinieren.

»In ihm steckt aber sicher noch mehr«, wandte er ein. »Schließlich sind Sie beide aus Navarone –«

»Ja, ja, das stimmt wohl.«

»Die Insel ist nur klein, und Sie haben Ihr ganzes Leben miteinander verbracht –«

»Ah, da irrt sich Herr Major aber sehr!« Mallorys Rangererhöhung hatte sich Louki von selbst geleistet und schien trotz aller Proteste und Erklärungen unbedingt dabei bleiben zu wollen. »Ich, Louki, bin viele Jahre in anderen Ländern gewesen, als Assistent von Monsieur Vlachos. Monsieur Vlachos«, betonte er stolz, »ist ein sehr bedeutender Regierungsbeamter.«

»Ich weiß«, sagte Mallory nickend, »ein Konsul. Ich habe ihn kennengelernt. Ein sehr feiner Mensch.«

»Sie kennen ihn? Monsieur Vlachos?« Helles Entzücken war unverkennbar in Loukis Stimme. »Das ist gut! Wundervoll ist das! Später müssen Sie mir davon erzählen. Ja, er ist ein großer Mann. Habe ich Ihnen schon gesagt –?«

»Wir sprachen von Panayis«, erinnerte Mallory ihn sanft.

»Ach ja, Panayis. Wie gesagt, ich war lange im Ausland. Als ich herkam, war Panayis nicht auf der Insel. Sein Vater war gestorben, seine Mutter hatte wieder geheiratet, da war er zu seinem Stiefvater und seinen zwei kleinen Stiefschwestern nach Kreta gezogen, um dort zu bleiben. Sein Stiefvater, halb Fischer, halb Bauer, wurde von den Deutschen bei Kandia getötet – das war noch zu Anfang. Panayis übernahm sein Boot und verhalf vielen Alliierten zur Flucht von der Insel, bis die Deutschen ihn fingen. Sie hängten ihn an den Handgelenken auf dem Dorfplatz auf – wo seine Familie wohnte, in der Nähe von Casteli. Er wurde ausgepeitscht, bis man das Weiße von seinen Rippen und vom Rückgrat sah, und sie ließen ihn als Warnung hängen und hielten ihn für tot. Dann brannten sie das Dorf nieder, und die Angehörigen von Panayis verschwanden. Sie verstehen, Major?«

»Ja«, sagte Mallory erbittert. »Aber Panayis?«

»Er hätte tot sein müssen, aber der ist zäh, zäher als die Astknoten in alten Johannisbrotbäumen. In der Nacht haben Freunde seine Fesseln durchgeschnitten und ihn mit in die Berge genommen, bis er wieder gesund war. Und dann erschien er – keiner weiß, wie – wieder auf Navarone. Ich glaube, er hat es in einem kleinen Ruderboot gemacht, von Insel zu Insel. Weshalb er zurückgekommen ist, hat er nie gesagt. Ich glaube, es reizt ihn mehr, Feinde auf seiner Heimatinsel zu töten als sonstwo. Ich weiß es nicht, Major. Nur eins weiß ich: daß diesem dunklen Menschen Essen und Schlaf, schönes Wetter, Frauen und Wein vollkommen gleichgültig sind.« Louki bekreuzigte sich wieder. »Mir gehorcht er, weil ich Hausmeister der Familie Vlachos bin, aber sogar ich habe Angst vor ihm. Töten, töten und nochmals töten, das ist jetzt sein ganzer Lebenszweck.« Louki machte eine Pause, schnupperte wie ein Hund, der eine verlorene Spur sucht, dann trat er sich den Schnee von den Stiefelsohlen und ging plötzlich in einem anderen Winkel bergan. Sein untrüglicher Richtungssinn hatte fast etwas Unheimliches.

»Wie weit ist es noch, Louki?«

»Zweihundert Meter, Herr Major, nicht mehr.« Louki pustete Schnee von seinem dicken Schnurrbart und sagte: »Mir tut's nicht leid, daß wir gleich da sind.«

»Mir auch nicht.« Mallory dachte an die Zugluft in ihrem nassen Felsloch beinah mit Liebe. Je höher sie kamen, um so kälter war es geworden, und der Wind nahm noch zu, er wimmerte und stöhnte in immer höheren Tönen. Sie mußten sich jetzt fest gegen ihn stemmen, vornübergebeugt, um überhaupt noch weiterzukommen. Plötzlich blieben sie beide horchend stehen und lauschten, die Köpfe vor dem treibenden Schnee gesenkt, indem sie fragende Blicke wechselten. Wovon das Geräusch kam, das sie eben vernommen hatten, war nicht zu erkennen.

»Haben Sie auch was gehört?« murmelte Mallory.

»Ich bin's nur.« Mallory fuhr herum, als der tiefe Baß hinter ihm ertönte und die massige Gestalt im weißen Mantel sich deutlicher vom Schnee abhob. »Ein Milchwagen auf Kopfsteinpflaster ist gar nichts gegen dich und deinen Freund hier, aber eure Stimmen waren durch den Schnee gedämpft, deshalb war ich nicht ganz sicher.«

Mallory musterte ihn neugierig. »Wie kommt es, daß du hier bist, Andrea?«

»Holz«, erklärte der Grieche. »Ich suchte nach Brennholz. Bei Sonnenuntergang war ich hoch oben auf dem Kostos. Als es da einen Augenblick zu schneien aufhörte, hätte ich schwören können, daß ich hier in der Nähe in einer Schlucht eine alte Hütte sah, ein dunkles Viereck, das vom Schnee abstach. Deshalb verließ ich meinen Weg –«

»Und Sie haben recht«, unterbrach ihn Louki. »Es ist die Hütte vom alten Leri, dem Ziegenhirt, der nicht ganz richtig im Kopf war. Wir hatten ihn alle gewarnt, aber der richtete sich nach keinem Menschen, nur nach seinen Ziegen. Und so ist er in seiner Hütte umgekommen, bei einem Erdrutsch. Aber das ist schon lange her.«

»Und doch hat das jetzt sein Gutes...«, murmelte Andrea. »Beim alten Leri werden wir heute nacht warm sitzen.« Er bremste jäh den Schritt, da sich die Schlucht vor seinen Füßen auftat, dann sprang er schnell hinein, gewandt wie ein Bergschaf. Er pfiff zweimal, einen hohen Doppelton, lauschte gespannt ins Schneegestöber auf das antwortende Pfeifen und ging schnell in der Schlucht weiter. Am Eingang zum Unterstand empfing sie Casey Brown, Revolver im Anschlag. Er schlug die Zeltbahn zurück und ließ sie eintreten.

Die unruhig flackernde, qualmende Talgkerze, die in dem eisigen Durchzug dick nach einer Seite abtropfte, füllte die Höhle bis in den letzten Winkel mit hüpfenden Schatten. Sie war fast abgebrannt, der nasse Docht bog sich müde, bis er den Stein berührte, auf dem sie stand. Louki, der seine Schneekleidung beiseite geworfen hatte, zündete an der erlöschenden Flamme einen neuen Stummel an. In dem Moment, da beide Kerzen zusammen aufflackerten, sah Mallory zum erstenmal Louki deutlicher: eine kleine, kräftige Gestalt in einer dunkelblauen, an den Kanten schwarz bestickten und auf der Brust grellbunt verzierten Jacke, die mit der roten *tsanta* fest an den Leib gegürtet war. Darüber das dunkle Gesicht mit dem großartigen Schnurrbart, den er stolz wie ein Banner trug. Ein lachender Kavalier, auf den ersten Blick, wie ein d'Artagnan en miniature, prächtig behängt mit Waffen. Doch als Mallory in seine von Fältchen umgebenen, wässerigen Augen blickte, die so dunkel und traurig und wie ewig müde aussahen, erschrak er – es schien ihm unbegreiflich, doch er hatte keine Zeit, darüber nachzudenken, denn der Kerzenrest erlosch, und Louki sank in die Schatten zurück.

Stevens lag ausgestreckt in einem Schlafsack, er atmete rasselnd, hastig und flach. Er war wach gewesen, als sie ankamen, weigerte sich aber, zu essen oder zu trinken, hatte sich umgedreht und war in unruhigen Schlaf gefallen. Schmerzen schien er jetzt gar nicht zu spüren. ›Ein schlechtes Zeichen‹, dachte Mallory trostlos, ›das allerschlechteste. Wenn nur Miller erst wieder da wäre...‹

Brown spülte die letzten Brotkrumen mit einem Schluck Wein hinunter, erhob sich steif, trat an den Vorhang und blickte bekümmert in das Schneetreiben. Es fror ihn, er ließ den Vorhang wieder zufallen, hob seinen Sender auf, zog sich die Riemen über die Schultern und nahm eine Seilrolle, eine Taschenlampe und eine Zeltbahn zur Hand. Mallory sah nach der Uhr: noch fünfzehn Minuten bis Mitternacht. Der übliche Anruf von Kairo war bald fällig.

»Wollen Sie's noch mal probieren, Casey? Ich würde in so einer Nacht keinen Hund vor die Tür jagen.«

»Ich auch nicht«, erwiderte Brown mürrisch, »aber ich will's doch lieber versuchen. Nachts ist der Empfang viel besser, und ich werde ein Stück weiter nach oben gehen, daß ich von dem verdammten Berg freikomme. Bei Tageslicht würde man mich da sofort entdecken.«

»Ganz richtig, Casey. Das verstehen Sie am besten.« Mallory blickte ihn fragend an. »Wozu nehmen Sie all das andere Gerät noch mit?«

»Will den Apparat unter die Zeltbahn setzen und mit der Taschenlampe darunterkriechen«, erklärte Brown. »Und das Seil will ich hier draußen anpflocken und auf meinem Wege ausrollen, denn ich möchte gern wieder zurückfinden.«

»Sehr praktisch«, lobte Mallory, »aber passen Sie weiter oben gut auf. Die Rinne wird da enger und tiefer, eine richtige Schlucht.«

»Nur keine Sorge um mich, Sir«, sagte Brown energisch. »Casey Brown wird nichts passieren.« Schnee wirbelte in den Eingang, die Zeltbahn flappte zurück, Brown war schon vorausgegangen.

»Na, wenn Brown das kann...« Mallory war gleich aufgestanden und zog sein Schneehemd über. »Feuerung, meine Herren, aus der Hütte vom alten Leri. Wer macht mit mir einen Mitternachtsspaziergang?« Andrea und Louki waren gleich auf den Füßen, doch Mallory schüttelte den Kopf. »Einer ist genug. Es muß wohl jemand hierbleiben, der sich um Stevens kümmert.«

»Der schläft fest«, murmelte Andrea, »in der kurzen Zeit, die wir weggehen, kann ihm nichts passieren.«

»Das war auch nicht mein Gedanke. Es darf nicht dazu kommen, daß er den Deutschen in die Hände fällt, denn die würden ihn bestimmt zum Reden bringen. Ohne séine Schuld – aber sie würden ihn zwingen, zu sprechen. Das ist zu riskant. Das muß auf alle Fälle verhütet werden.«

»Puh!« Louki schnippte mit den Fingern. »Unnütze Bedenken, Herr Major. Hier ist meilenweit kein Deutscher in der Nähe. Mein Wort darauf.«

Mallory zögerte, dann lächelte er. »Sie haben recht, ich werde nervös.« Er beugte sich über Stevens und schüttelte ihn sanft. Der junge Mensch rührte sich stöhnend und öffnete langsam die Augen.

»Wir wollen Holz zum Heizen holen«, sagte Mallory. »In ein paar Minuten sind wir wieder hier. Geht's solange allein?«

»Selbstverständlich, Sir. Was kann schon passieren! Legen Sie einen Revolver neben mich und pusten Sie die Kerze aus.« Er lächelte. »Aber wenn Sie wieder hereinkommen, rufen Sie mich bitte erst an.«

Mallory blies die Kerze aus. Sie flackerte noch kurz auf, ehe sie erlosch, und dann lag der ganze Unterstand in der dichten Finsternis der Winternacht. Mallory machte kehrt, drückte den Vorhang gegen den vom Wind angetriebenen Schnee auf, der schon den Boden ihrer Höhle bedeckte, und ging hinaus, von Andrea und Louki gefolgt.

Sie brauchten zehn Minuten, um die verfallene Hütte des alten Ziegenhirten zu erreichen. In fünf Minuten hatte Andrea die Tür aus den verbogenen Angeln gerissen und sie in tragbare Stücke zerhauen, ebenso das hölzerne Bett und den Tisch. Und in weiteren zehn Minuten hatten sie soviel Holz, wie sie zusammenbinden und bequem tragen konnten, bis zu ihrem Unterstand geschafft. Der aus Norden vom Kostos herabbrausende Wind, fast zum vollen Sturm angewachsen, fegte ihnen jetzt in die Gesichter, die unter den nassen Peitschenhieben des treibenden Schnees halb erfroren. Sie waren froh, wieder in den Schutz der steinernen Wände ihrer Höhle zu kommen.

Mallory gab erst am Vorhang leise den Warnruf. Es kam keine Antwort, drinnen blieb es totenstill. Er rief noch einmal, horchte aufmerksam ein paar Sekunden, dann drehte er den Kopf und sah Andrea und Louki fragend an. Vorsichtig legte er sein Holzbündel in den Schnee, zog seinen Colt und die Taschenlampe hervor und schob leise den Vorhang auf. Der Schaltknopf seiner Lampe und der Sicherungshebel am Revolver knackten gleichzeitig. Der Lichtstrahl wanderte kreuz und quer über den Boden der Höhle, stach bis in die hinteren Winkel, wanderte zur Mitte zurück und erstarrte, als säße die Taschenlampe plötzlich in einem Schraubstock. Auf dem Boden lag nur ein leerer verknüllter Schlafsack. Andy Stevens war fort...

9. KAPITEL

Dienstag nacht 0.15 bis 2.00 Uhr

»Also hatte ich mich geirrt«, murmelte Andrea, »er schlief gar nicht.«

»Kann man wohl behaupten«, bestätigte Mallory ärgerlich. »Mich hat er auch getäuscht – und hat gehört, was ich sagte.« Sein Mund verzerrte sich. »Er weiß jetzt, weshalb wir ihn so fürsorglich bewachen. Und weiß, daß er recht hatte mit seiner Bemerkung, er sei uns nur ein Mühlstein am Halse. Was für ein scheußliches Gefühl! Ich möchte nicht in seiner Haut stecken. Er tut mir leid.«

Andrea nickte. »Es ist nicht schwer zu verstehen, warum er gegangen ist. Aber jetzt müssen wir uns unverzüglich auf die Suche machen.«

Mallory blickte rasch auf die Uhr und hastete aus dem Unterstand. »Zwanzig Minuten, länger kann er noch nicht fort sein. Wahrscheinlich noch nicht so lange, weil er gewiß erst gewartet hat, bis wir ein Stück entfernt waren. Er kann sich doch nur mühsam fortschleppen, höchstens fünfzig Meter weit. Wir werden ihn in vier Minuten finden. Hauben abnehmen und die Taschenlampen benutzen – uns kann in diesem verdammten Schneesturm doch keiner sehen. Geht ihr fächerförmig bergauf, ich nehme die Rille hier in der Mitte.«

»Bergauf?« Louki hatte ihm erstaunt die Hand auf den Arm gelegt. »Aber sein Bein –«

»Bergauf, habe ich gesagt«, fuhr Mallory ihn gereizt an. »Stevens hat Köpfchen, und viel mehr Courage, als wir ihm seiner Meinung nach zutrauen. Er hat sich überlegt, daß wir glauben werden, er hätte den leichteren Weg genommen.« Mallory schwieg einen Augenblick, dann ergänzte er düster: »Ein Sterbender, der sich hier aus der Steinschlucht geschleppt hat, wird auch sonst nicht den leichtesten Weg nehmen. Los!«

Sie fanden ihn genau nach drei Minuten. Er mußte den

Verdacht gehabt haben, daß Mallory sich nicht täuschen lassen würde, oder hatte gehört, wie sie den Hang hinaufstolperten, denn er hatte es noch fertiggebracht, sich hinter eine Schneewehe zu wühlen, die den Hohlraum unter einem Felsvorsprung zum oberen Ende ihrer Schlucht abriegelte. Ein fast unauffindbares Versteck, aber sein Bein verriet ihn: Andreas scharfe Augen entdeckten im Strahl der Taschenlampe die winzigen Blutstropfen, die dunkel in die Schneedecke sickerten. Stevens war schon bewußtlos, als sie ihn entdeckten. Kälte, Erschöpfung oder Schmerzen, wahrscheinlich alles zusammen, hatten ihn ohnmächtig gemacht.

Als sie wieder in der Höhle waren, versuchte Mallory, ihm etwas Ouzo – den atembeklemmend scharfen einheimischen Schnaps – einzuflößen. Er hatte den unklaren Verdacht, daß das gefährlich sein könnte – vielleicht war es nur gefährlich bei plötzlichem Schock, das wußte er jetzt nicht genau –, doch es schien ihm besser als gar nichts. Stevens würgte hustend den größten Teil wieder aus, aber etwas behielt er wenigstens bei sich. Mit Andreas Hilfe setzte Mallory die gelockerten Beinschienen wieder fest, brachte die Blutung zum Stehen und deckte über und unter den Verletzten alle trockenen Stücke Zeug, die er finden konnte. Dann setzte er sich müde hin und nahm aus seinem wasserdichten Etui eine Zigarette. Mehr konnte er für Stevens nicht tun, bis Miller mit Panayis aus dem Dorf zurückkam. Aber auch Dusty würde kaum noch etwas für Stevens tun können, überlegte er. Keiner konnte ihn retten –.

Louki hatte bereits nahe beim Eingang zum Unterstand ein Feuer gemacht. Das alte, zundertrockene Holz erzeugte hell lodernde, knisternde Flammen, die kaum Rauch entwickelten. Fast sofort verbreitete sich Wärme in der Höhle, und dankbar rückten die drei Männer näher ans Feuer. Von fünf, sechs Stellen des ›Daches‹ begann Wasser vom schmelzenden Schnee in immer stärkeren Güssen auf den kiesigen Boden zu platschen, der bald naß wie ein Sumpf wurde. Aber die Männer, besonders Mallory und Andrea, nahmen diese ungemütliche Zugabe gern in Kauf, da sie zum erstenmal seit über dreißig Stunden wieder Wärme genießen durften. Mallory empfand tief die Wohltat der Glut, die ihn durchrann, sein ganzer Körper entspannte sich, die Augenlider wurden ihm schwer vor Müdigkeit.

Den Rücken gegen die Wand gelehnt, war er, noch an derselben Zigarette ziehend, kurz vor dem Einschlafen, als er einen Windstoß spürte und in einem kleinen Schneewirbel Brown in die Höhle trat, der ermattet die Riemen seines Funkgeräts von den Schultern streifte. Beim Anblick des Feuers leuchtete es kurz in seinen immer melancholischen Augen. Bebend, mit vor Kälte blauem Gesicht – ›Kein Vergnügen, eine halbe Stunde bewegungslos da draußen auf dem öden eiskalten Hang zu hocken‹, dachte Mallory bitter –, kauerte sich Brown schweigend, dicht beim Feuer nieder, zog die unvermeidliche Zigarette hervor und stierte verdrießlich in die Flammen, ungeachtet der Wolken von Wasserdampf, die ihn sofort einhüllten, und des scharfen Geruchs von seinem ansengenden Zeug. Er sah völlig verzweifelt aus. Mallory griff nach einer Flasche, goß ein wenig von dem heißgemachten *retsina* – dem stark mit Harz versetzten griechischen Wein – in einen Becher und reichte ihn Brown.

»Gleich runter damit in die Futterluke«, forderte er ihn auf, »dann schmeckt man ihn nicht stark.« Er klopfte mit dem Fuß an das Sendegerät und blickte Brown wieder an. »Auch diesmal wieder eine Niete?«

»Habe sie ganz leicht gekriegt, Sir.« Brown zog eine Grimasse, als er den klebrig süßen Wein trank. »Empfang war erstklassig, hier und in Kairo auch.«

»Was! Sie sind durchgekommen?« Mallory hatte sich aufgerichtet und gespannt vorgebeugt. »Und die haben sich wohl gefreut, diese Nacht von ihren Wandergesellen zu hören, wie?«

»Haben sie nicht gesagt. Gleich zuerst haben sie mir befohlen, nichts durchzugeben, und damit basta.« Brown stocherte mißmutig mit einem seiner dampfenden Stiefel im Feuer. »Fragen Sie mich nicht, wieso, Sir, aber die haben Hinweise gekriegt, daß in den letzten vierzehn Tagen die Ausrüstung für zwei oder drei kleine Peilstationen hier auf die Insel gekommen ist.«

»Peilstationen! Das ist ja ganz reizend, muß ich sagen!« schimpfte Mallory. Er dachte einen Moment an das ewige

Flüchtlingsleben, zu dem solche Peilstationen ihn und Andrea in den Weißen Bergen von Kreta gezwungen hatten. »Verdammt noch mal, Casey, auf so einer Insel, die kaum größer ist als ein Suppenteller, können die uns mit geschlossenen Augen finden!«

»Jawohl, können sie, Sir.« Brown nickte ernst.

»Hatten Sie über diese Stationen etwas erfahren, Louki?« fragte Mallory.

»Nichts, Herr Major, gar nichts.« Louki zuckte die Achseln. »Leider weiß ich nicht mal, was Sie damit meinen.«

»Kann ich mir denken. Spielt ja auch keine Rolle – jetzt ist es zu spät. Was haben Sie sonst noch für gute Nachrichten, Brown?«

»Das ist so ziemlich alles, Sir. Und daß ich nichts senden darf. – Befehl. Höchstens chiffrierte Abkürzungen für Ja, Nein, Wiederholen, Verstanden und dergleichen. Zusammenhängende Texte nur in dringendem Notfall und wenn's sowieso nicht geheim bleiben kann.«

»Zum Beispiel aus der Todeszelle in den hübschen kleinen Kerkern von Navarone«, murmelte Mallory. »›Ich bin tapfer gestorben, Mama‹, oder so.«

»Mit allem Respekt, Sir, da gibt's nichts zum Scherzen«, sagte Brown deprimiert. »Die feindliche Invasionsflotte, hauptsächlich Kajiken und Schnellboote, ist heute morgen vom Piräus ausgelaufen. Gegen vier heute früh. Kairo rechnet damit, daß sie sich heute nacht irgendwo in den Zykladen versteckt.«

»Das ist sehr schlau von Kairo. Wo sollen sie sich denn sonst verstecken, zum Donnerwetter?« Mallory zündete eine neue Zigarette an und blickte trostlos in das Feuer. »Jedenfalls ist es nett, zu wissen, daß sie unterwegs sind. Ist doch allerhand, Casey?«

Brown nickte stumm.

»Also gut soweit. Vielen Dank, daß Sie draußen waren. Legen Sie sich jetzt lieber hin und schlafen Sie so lange wie's geht... Louki meint, wir sollen noch vor Hellwerden in Margaritha sein, uns da versteckt halten – er hat schon einen verlassenen Brunnenschacht oder so was für uns hergerichtet – und morgen abend nach dem Ort Navarone vorstoßen.«

»Mein Gott!« stöhnte Brown. »Heute nacht eine Tropf-
steinhöhle und morgen einen alten Brunnenschacht, wahrscheinlich halb voll Wasser! Und wo kampieren wir in Navarone, Sir? In der Gruft auf dem Friedhof?«

»Wäre ein besonders passendes Quartier, wie die Dinge
jetzt laufen«, sagte Mallory trocken. »Wollen das Beste hoffen. Wir brechen vor fünf auf.« Er sah zu, wie Brown sich neben Stevens legte, dann widmete er sich Louki. Der kleine
Mann saß auf einer Kiste an der anderen Seite des Feuers,
drehte ab und zu einen erhitzten Stein herum, den er Stevens
an die abgestorbenen Füße legte, und wärmte sich selig an
den Flammen. Allmählich merkte er, daß Mallory ihn scharf
beobachtete, und blickte hoch.

»Sie sehen so besorgt aus, Herr Major.« Louki schien bedrückt. »So – wie heißt das Wort? – so kummervoll. Mein
Plan gefällt Ihnen nicht, wie? Und ich dachte, wir hätten ver-
einbart –«

»Um Ihren Plan mache ich mir keine Sorgen«, erwiderte
Mallory ehrlich, »nicht einmal um Sie selbst. Wohl aber um
die Kiste, auf der Sie sitzen. Die enthält genug Sprengstoff,
um ein Schlachtschiff in die Luft zu jagen – und Sie sind
knapp einen Meter vom Feuer. Das ist nicht allzu gesund,
Louki.«

Louki rückte unbehaglich auf seinem Platz hin und her
und zerrte an einem Ende seines Schnurrbarts. »Ich hab' gehört, daß man Dynamit ins Feuer werfen kann, und es brennt
dann ganz ruhig ab, wie Kienholz.«

»Durchaus richtig«, beruhigte ihn Mallory. »Man kann es
auch biegen, brechen, feilen, sägen und mit dem Schmiede-
hammer draufschlagen, ohne daß etwas passiert, sozusagen
als Kraftübung. Aber wenn es in heißer feuchter Luft zu
schwitzen beginnt und die Ausscheidung sich kristallisiert –
oh, Brüderchen! Und in diesem Loch hier wird's schon längst
zu heiß und stickig.«

»Hinaus damit!« Louki war aufgesprungen und hatte sich
in den Hintergrund verzogen. »Hinaus mit dem Zeugs!« Er
zögerte. »Falls nicht der Schnee, die Feuchtigkeit –«

»Sie können es auch in Salzwasser, wenn es ganz bedeckt
ist, zehn Jahre unbeschadet liegenlassen«, unterbrach ihn

Mallory in lebhaftem Ton. »Aber da sind noch etliche Sprengkapseln, die zu Schaden kommen können, gar nicht zu reden von der Kiste mit Zündern neben Andrea. Wollen doch lieber den Kram raussetzen und einen Mantel darüberdecken.«

»Pah! Louki weiß was viel Besseres!« Der Kleine schlüpfte schon in seinen Mantel. »Die Hütte vom alten Leri, das ist der richtige Platz! Prima. Da können wir die Sachen abholen, wenn wir sie brauchen, und wenn Sie hier eilig abhauen müssen, brauchen Sie sich darum keine Kopfschmerzen zu machen.« Bevor Mallory protestieren konnte, hatte Louki sich über die Kiste gebeugt, hob sie mit Mühe auf und trug sie stolpernd zum Ausgang. Kaum hatte er drei Schritte getan, da war schon Andrea neben ihm, nahm ihm mit festem Griff die Kiste ab und schob sie sich unter den Arm. »Wenn Sie gestatten«, sagte er, »ich helfe Ihnen gerne.«

»Nein, nein!« Louki war ganz beleidigt. »Ich kann das leicht allein. Kleinigkeit.«

»Weiß ich, weiß ich«, sagte Andrea begütigend, »aber diese Sprengstoffe – müssen in bestimmter Art getragen werden. Ich bin darin ausgebildet.«

»So. Das war mir nicht bekannt. Dann muß es natürlich so gemacht werden, wie Sie sagen. Ich werde die Zünder tragen.« Nachdem seine Ehre gerettet war, verzichtete Louki dankbar auf weiteren Widerspruch, hob den kleinernen Kasten auf und eilte mit kurzen Schritten dicht hinter Andrea hinaus.

Mallory sah nach der Uhr. Genau eins. Miller und Panayis mußten bald zurückkommen. Der Wind war im Abflauen, und der Schnee hatte fast aufgehört. Um so besser konnten sie gehen, doch dafür wurden im Schnee die Spuren sichtbar. Unangenehm freilich, aber nicht entscheidend gefährlich, denn sie wollten ja alle vor Tagesanbruch von hier fort sein und geradewegs bis ins Tal hinuntermarschieren. Da lag kein Schnee, und selbst wenn es an einzelnen Stellen welchen gab, konnten sie, ohne Spuren zu hinterlassen, am Fluß entlanggehen, der sich durch das Tal schlängelte.

Das Feuer sank zusammen, die Kälte kroch wieder auf sie zu. Mallory, der in seinem noch nassen Zeug fror, warf ein

paar Stücke Holz ins Feuer und beobachtete, wie es neu auf-
loderte und die Höhle mit Licht erfüllte. Brown war, auf seiner Zeltbahn zusammengekauert, schon eingeschlafen. Stevens, mit dem Rücken zu ihm, lag regungslos, sein Atem
ging kurz und hastig. Nur Gott wußte, wie lange der Junge
noch am Leben blieb. Miller meinte ja, er läge schon im Sterben, doch das war ein sehr dehnbarer Begriff. Wenn ein
schwerverwundeter, sterbender Mensch sich mit aller Energie gegen das Sterben sträubt, wird er zur zähesten, ausdau-
erndsten aller Kreaturen, davon kannte Mallory mehr als ein
Beispiel. Aber vielleicht wollte Stevens gar nicht leben? Am
Leben bleiben, diese schlimmen Verletzungen überstehen,
das hieß: sich selbst und andern seine Energie beweisen, und
Stevens war so jung und empfindsam und hatte in letzter
Zeit so viel gelitten, daß vielleicht dieser Gedanke ihn ganz
beherrschte. Freilich wußte er auch – und hatte das aus seinem Munde gehört –, was für ein beängstigendes Hindernis
er den Kameraden geworden war, und wußte zudem, daß es
ihm nicht in erster Linie um sein Wohlergehen zu tun war,
sondern er nur fürchtete, daß die Deutschen ihn gefangen-
nehmen könnten und er unter Druck alles ausplaudern
würde. Auch das hatte er in Mallorys eigenen Worten gehört
und wußte daher, daß er für die Kameraden ein Versager
war. Ach, das war alles so diffizil, daß sich nicht voraussagen
ließ, welche der widerstreitenden Kräfte schließlich die Ober-
hand bekam. Seufzend schüttelte Mallory den Kopf, zündete
sich eine frische Zigarette an und rückte näher ans Feuer.

Fünf Minuten später kehrten Andrea und Louki zurück, und
fast unmittelbar hinter ihnen traten Miller und Panayis ein.
Miller hatten sie schon aus einiger Entfernung hören können, wie er fast ununterbrochen rutschte, hinfiel und fluchte,
als er sich unter einer schweren, ungefügen Bürde den Geröllgraben hinaufkämpfte. Er fiel förmlich in ihren Unterstand hinein und sackte ausgepumpt am Feuer nieder, das
Bild eines Mannes, der sehr viel gelitten hat. Mallory grinste
ihm verständnisvoll zu. Das war ein Bursche!

»Na, Dusty, wie ging's? Hoffe, daß Panayis Ihr Tempo
nicht zu sehr gebremst hat.«

Miller schien das gar nicht zu hören: er stierte ungläubig ins Feuer, sein kantiger Unterkiefer klappte herunter, als ihm dämmerte, warum er so sprachlos war.

»Hölle und Teufel, was soll man dazu sagen?« schimpfte er nun erbittert. »Da plagt sich unsereiner die halbe Nacht auf einem verdammten Berg herumzukraxeln mit einem Ofen am Buckel und soviel Petroleum, daß man einen Elefanten darin baden kann – und was findet er hier vor?« Er holte tief Luft, um zu schildern, was er vorfand, versank aber statt dessen, innerlich vor Wut kochend, in Schweigen.

»In Ihrem Alter würde ich auf meinen Blutdruck achten«, riet ihm Mallory. »Wie hat es sonst geklappt?«

»Okay, glaube ich.« Miller hatte einen Becher voll Ouzo in der Hand und wurde bereits wieder umgänglicher. »Wir haben das Bettzeug, Medikamente –«

»Bitte geben Sie mir das Bettzeug gleich, dann werde ich unseren jungen Freund sofort richtig einpacken«, unterbrach ihn Andrea.

»Und die Eßwaren?« forschte Mallory.

»Ja-a, Fraß haben wir auch mitgebracht, Boß. Stapelweise. Dieser Panayis ist ein Wunderknabe. Brot, Wein, Ziegenkäse, Knoblauchwürste, Reis und noch allerlei.«

»Reis?« Mallory schien das nicht glauben zu wollen.

»Aber den kann man doch jetzt auf den Inseln nirgends mehr kriegen, Dusty!«

»Panayis kann«, sagte Miller, der seine Offenbarungen gewaltig genoß. »Hat ihn aus der Küche des deutschen Kommandeurs geholt. Ein Bursche namens Skoda.«

»Vom deutschen Kommandeur? Sie machen Witze!«

»Bei Gott, Boß, das ist die heilige Wahrheit.« Miller trank den Becher mit einem Schluck halb leer und stieß in einem langen Seufzer der Befriedigung vehement die Luft aus. »Unser kleiner alter Onkel Miller drückt sich an der Hintertür rum, seine Knie klappern zusammen wie die Kastagnetten von Carmen, und er ist die ganze Zeit auf dem Sprunge, schleunigst abzuhauen, ganz egal, wohin, während der Junior hier den Laden aufknackt. Der könnte in den Staaten als Fassadenkletterer ein Vermögen machen! Nach ungefähr zehn Minuten kommt er mit dem verdammten Handkoffer da wieder raus!« Mit einer lässigen Handbewegung deutete Miller auf das Objekt. »Räumt nicht bloß die Speisekammer des Kommandeurs aus, sondern pumpt sich von ihm auch noch diesen Ranzen, um den Krempel besser zu tragen.«

»Aber – aber wie ging's denn mit den Wachen, den Posten?«

»Müssen sich wohl die Nacht dienstfrei genommen haben, Boß. Papa Panayis ist stumm wie 'ne Auster – spricht kein Wort, und ich kann ihn trotzdem nicht verstehen. Vermute aber, daß die ganze Insel jetzt hinter uns her ist.«

»Hin und zurück und keiner Menschenseele begegnet?« Mallory füllte ihm einen Becher Wein. »Fein gemacht, Dusty.«

»Hat Panayis geschaukelt, nicht ich. Bin bloß gezottelt. Übrigens haben wir noch ein paar Kumpels von Panayis getroffen – das heißt: er hat sie aufgetrieben. Müssen ihm irgendeinen guten Tip gegeben haben, nachher hüpfte er ordentlich rum vor Aufregung und gab sich alle Mühe, mir die Sache klarzumachen.« Bekümmert zuckte Miller die Achseln. »Aber unsere Sprache läuft auf verschiedenen Wellenlängen, Boß.«

Mallory wies mit dem Kopf in den Hintergrund der Höhle, wo Louki und Panayis dicht beieinanderhockten. Louki hörte nur zu, während Panayis gedämpft, aber rasend schnell auf ihn einredete und mit beiden Händen fuchtelte.

»Er ist immer noch ziemlich aufgebracht«, sagte Mallory nachdenklich, und etwas lauter: »Was ist denn los, Louki?«

»Genug los, Herr Major.« Louki zerrte sehr heftig an seinem Schnurrbart. »Wir müssen bald von hier weg – Panayis will sofort gehen. Er hat gehört, daß die deutsche Garnison heute nacht unser Dorf Haus für Haus durchsuchen will – gegen 4 Uhr, hat man ihm gesagt.«

»Also nicht bloß die übliche allgemeine Kontrolle, wie?« fragte Mallory.

»Dies hat's seit Monaten nicht gegeben. Sicher glauben die Deutschen, Sie wären an ihren Patrouillen vorbeigeschlüpft und versteckten sich im Dorf.« Louki kicherte. »Meiner Ansicht nach wissen die gar nicht, was sie denken sollen. Ist für Sie auch ohne Gefahr, natürlich, denn Sie werden um die

Zeit nicht im Dorf sein – und selbst wenn Sie da wären, würden die Sie nicht finden. Aber so ist's viel sicherer für Sie, wenn Sie später nach Margaritha kommen. Doch Panayis und ich – uns muß man zu Hause in den Betten finden, sonst geht's uns schlecht.«

»Selbstverständlich, sehe ich ein. Wir dürfen nichts aufs Spiel setzen. Aber es ist ja noch reichlich Zeit. In einer Stunde werden Sie zu Tal gehen. Erst noch: die Festung.« Er griff in seine Brusttasche, holte die Skizze hervor, die Eugene Vlachos für ihn gezeichnet hatte, wandte sich an Panayis und begann ohne Schwierigkeiten im Inselgriechisch mit ihm zu sprechen. »Also, Panayis, ich hörte, daß Sie die Festung so gut kennen wie Louki seinen Gemüsegarten. Vieles weiß ich selbst schon, aber ich möchte von Ihnen alles erfahren, was Sie wissen: allgemeine Anlage, Standort der Kanonen, Magazine, Kraftzentralen, Kasernen, Posten, Wachwechsel, Ausgänge, Alarmsysteme und sogar, wo die Schatten besonders tief und wo sie weniger tief sind – also einfach alles. Einerlei, wie winzig und unbedeutend Ihnen die Einzelheiten vorkommen mögen, berichten müssen Sie mir trotzdem jede Kleinigkeit. Auch, welche Türen nach außen oder innen zu öffnen sind. Davon können tausend Menschenleben abhängen.«

»Und wie wollen Herr Major überhaupt hineinkommen?« fragte Louki.

»Das weiß ich noch nicht. Kann es erst entscheiden, wenn ich die Festung gesehen habe.« Mallory spürte, daß Andrea ihn scharf ansah, aber gleich den Blick wieder abwandte. Sie hatten auf dem Torpedoboot gemeinsam einen Plan gemacht, wie sie in die Festung gelangen konnten. Da aber der ganze Erfolg ihres Unternehmens gerade davon abhing, fand Mallory es geraten, niemanden genauer aufzuklären, wenn es nicht unbedingt sein mußte.

Beinah eine halbe Stunde hockte er mit den drei Griechen beim Feuerschein über der Karte, tippte auf jeden Punkt, über den gesprochen wurde, und trug peinlich exakt mit Bleistift jede Einzelheit, die er von Panayis erfuhr, an der betreffenden Stelle ein. Und Panayis hatte sehr viel zu berichten. Es schien fast undenkbar, daß ein Mensch so viele Kenntnisse von der Festung bei zwei kurzen Aufenthalten, noch dazu in der Dunkelheit, gesammelt haben konnte, aber der Mann hatte ein unglaublich scharfes Auge und ein gutes Gedächtnis für Einzelheiten, und Mallory war überzeugt, daß sein brennender Haß auf die Deutschen ihm alles, was er beobachten konnte, mit fast fotografischer Genauigkeit ins Gedächtnis prägte. Mit jeder Sekunde ihres Gesprächs fühlte er seine Hoffnungen steigen. Brown war wieder aufgewacht. Trotz seiner tiefen Müdigkeit hatte das Stimmengemurmel seinen unruhigen Schlaf durchkreuzt. Er ging zu Andy Stevens hinüber, der, jetzt halb wach, gegen die Wand gelehnt lag und abwechselnd verständliche und wirre Reden führte. Brown sah, daß es hier für ihn nichts zu tun gab. Miller, der die Wunden gereinigt, gepudert und frisch verbunden hatte, war um Hilfe nicht verlegen gewesen, denn Andrea hatte geschickt assistiert. So hörte Brown ein Weilchen den vier griechisch Sprechenden zu, ohne ein Wort zu verstehen, und ging dann hinaus, um in der kühlen, reinen Nacht ein wenig frische Luft zu schöpfen. Mit sieben Leuten in dem kleinen Unterstand war es, bei dem ständig brennenden offenen Feuer und fast ohne Ventilation, ungemütlich warm geworden.

Nach einer halben Minute trat er wieder in den Raum und zog den Schutzvorhang hinter sich dicht zu. »Ruhe allesamt!« raunte er, indem er nach rückwärts wies. »Draußen bewegt sich etwas, ein kleines Stück bergab. Ich hab's zweimal gehört, Sir.«

Panayis fluchte leise, während er sich wie eine Wildkatze mit einer drehenden Bewegung auf die Füße stellte. Ein dreißig Zentimeter langes, zweischneidiges Wurfmesser blinkte böse in seiner Rechten, und bevor jemand ein Wort sagte, war er draußen. Andrea wollte ihm folgen, doch Mallory hielt den Arm vor ihn.

»Bleib, wo du bist, Andrea. Unser Freund Panayis handelt ein bißchen hastig«, sagte er leise. »Vielleicht ist es gar nichts – immerhin könnte es ein Ablenkungsmanöver sein... Oh, verflucht!« Stevens hatte soeben begonnen, laut vor sich hin zu stammeln. »Ausgerechnet jetzt muß er reden! Kannst du ihn nicht mal –?«

Aber Andrea hatte sich schon über den Verletzten geneigt, hatte seine Hand ergriffen, streichelte mit der andern die heiße Stirn und das Haar und redete immerfort in ganz sanfter Sprache auf ihn ein. Anfangs nahm Stevens davon keine Notiz und schwatzte weiter, ganz unlogisch über alles mögliche, doch allmählich hatten die streichelnde Hand und das zärtliche leise Murmeln eine hypnotische Wirkung: sein Gebabbel ging in kaum vernehmbares Stammeln, dann in Schweigen über. Und plötzlich öffnete er die Augen, wach und ganz vernünftig. »Was ist denn, Andrea? Weshalb sind Sie –«

»Sssst!« Mallory hielt eine Hand hoch. »Ich höre jemand –«

»Es ist Panayis, Sir.« Brown lugte durch den Spalt im Vorhang. »Kommt gerade die Schlucht herauf.«

Einige Sekunden später war Panayis im Unterstand und hockte sich vors Feuer. Er sah ganz verärgert aus. »Niemand da«, meldete er. »Ein paar Ziegen habe ich gesehen, weiter unten, aber sonst nichts.« Mallory übersetzte es für die andern.

»Mir kam es nicht vor wie Ziegen«, sagte Brown hartnäckig, »es klang ganz anders.«

»Ich werde mal nachsehen«, erbot sich Andrea, »nur damit wir Bescheid wissen. Allerdings glaube ich nicht, daß unser dunkler Freund sich irrt.« Ehe Mallory etwas einwenden konnte, war er hinausgegangen, ebenso schnell und geräuschlos wie vorher Panayis. Nach drei Minuten kam er kopfschüttelnd wieder. »Panayis hat recht, es ist keiner da. Ich habe nicht mal die Ziegen bemerkt.«

»Und die werden's wohl gewesen sein, Casey«, sagte Mallory. »Aber trotzdem: mir gefällt das nicht. Der Schnee hat beinah aufgehört, der Wind flaut ab, und im Tal wimmelt es wahrscheinlich von deutschen Patrouillen – da wird's, glaube ich, für euch beide Zeit zu verschwinden. Seid um Gottes willen vorsichtig. Wenn euch jemand anhalten will, knallt ihn nieder. Man wird das dann sowieso uns ankreiden.«

»Niederknallen!« Louki lachte trocken. »Unnötiger Rat, Herr Major, wenn der Dunkle dabei ist. Bei dem gibt jeder Schuß einen Toten.«

»Schön, nun ab. Scheußlich, daß ihr mit in diese ganze Geschichte verwickelt seid, aber da es nun mal so ist, seid tausendmal bedankt für alles! Auf Wiedersehen um 6 Uhr 30.«

»6 Uhr 30«, gab Louki zurück. »Im Olivenhain am Flußufer südlich vom Dorf. Da werden wir warten.«

Zwei Minuten später waren sie schon aus Sicht- und Hörweite, im Unterstand war es wieder still bis auf das schwache Knistern der letzten Glut im erlöschenden Feuer. Brown war hinausgegangen, um Wache zu stehen, und Stevens wieder in einen unruhigen, von Schmerzen erfüllten Schlaf verfallen. Miller neigte sich einen Augenblick lauschend über ihn, dann ging er leise zu Mallory hinüber, ein Knäuel blutigen Verbandsstoffs in der rechten Hand, den er ihm entgegenhielt.

»Schnuppern Sie mal daran, Boß«, bat er ihn leise, »aber nicht zu kräftig.«

Mallory bückte sich über den Stoff und wich jäh zurück, vor Ekel die Nase rümpfend.

»Lieber Gott, Dusty, das ist ja greulich!« Er schwieg, denn plötzlich kam ihm die furchtbare Erkenntnis. Er wußte schon die Antwort, bevor er gefragt hatte: »Was ist das, um Himmels willen?«

»Wundfäule.« Miller setzte sich schwerfällig neben ihn und warf die Verbände ins Feuer. Er sprach auf einmal matt, tief deprimiert. »Gasbrand. Verbreitet sich so schnell wie ein Waldbrand – und er wäre sowieso gestorben. Meine Mühe um ihn ist Zeitverschwendung...«

10. KAPITEL

Dienstag nacht 4.00 bis 6.00 Uhr

Die Deutschen fingen sie kurz nach 4 Uhr früh, als sie noch schliefen. In ihrem abgrundtiefen Schlaf, erschlafft bis ins Mark, hatten sie weder Gelegenheit noch die kleinste Hoffnung, Widerstand zu leisten. Plan, Zeitwahl und Ausführung des deutschen Anschlags waren vorzüglich, die Überraschung gelang. Andrea erwachte zuerst. Ein Geflüster in fremder Sprache war tief in sein Bewußtsein gedrungen, das niemals ganz aussetzte. Schnell und lautlos hatte er sich herumgedreht und, auf die Ellbogen gestützt, ebenso schnell nach seiner geladenen und entsicherten Mauser gegriffen. Doch der weiße Strahl der starken Stablampe, der in die Schwärze der Höhle stach, hatte ihn geblendet, so daß seine Hand am Gewehr schon stillhielt, ehe der Eindringling, der die Lampe hielt, sein scharfes Kommando ausgesprochen hatte.

»Stillgehalten, alle Mann!« Tadelloses Englisch, fast ohne jeden Akzent, in drohendem, eiskaltem Ton.

»Wer sich bewegt, stirbt!«

Eine zweite Stablampe wurde angeknipst, und noch eine, so daß der Unterstand taghell wurde. Mallory, jetzt auch ganz wach, schielte, ohne sich zu regen, in die blendenden Lichtstrahlen, die dem Auge wehtaten. In ihrem von den Wänden zurückfallenden Schein konnte er am Eingang, undeutlich umrissen, ein paar über die Läufe ihrer Maschinenpistolen gebeugte Gestalten sehen.

»Hände über den Kopf halten, Rücken gegen die Wand!« Diesen Ton der absoluten Sicherheit und vermeintlich unfehlbaren Tüchtigkeit mußte man gehorchen.

»Sehen Sie sich die genau an, Sergeant.« Das klang schon beinah gemütlich, aber weder eine Taschenlampe noch ein Gewehrlauf änderte im geringsten die Richtung. »Alle machen eiserne Gesichter, zucken mit keiner Wimper. Gefährliche Leute, Sergeant. Die Engländer haben es verstanden, sich richtige *Killer* auszusuchen!«

Mallory fühlte die graue Bitternis der Niederlage so stark, daß er glaubte, sie zu schmecken wie eine Säure. Aber nur einen Augenblick stellte er sich schweren Herzens vor, was nun unvermeidlich geschehen mußte, dann schüttelte er diese Vorstellung gewaltsam ab, denn jetzt hieß es, mit jedem Gedanken, jedem Atemzug und jeder Bewegung in der Gegenwart bleiben. Die Hoffnung war dahin, und doch nicht unwiderruflich dahin, solange Andrea lebte. Ob wohl Brown die Deutschen gesehen oder gehört hatte, als sie näher kamen? Was mochte ihm passiert sein? Schon wollte er fragen, besann sich aber noch rechtzeitig. Vielleicht war ja Brown noch in Freiheit, dann bestand immerhin eine wenn auch winzige Chance...

»Wie haben Sie es fertiggebracht, uns zu finden?« fragte er ruhig.

»Nur Dummköpfe machen Feuer mit Wacholderholz«, erwiderte der Offizier verächtlich. »Wir waren schon den ganzen Tag und die halbe Nacht auf dem Kostos. Ein Toter hätte den Rauch riechen können.«

»Auf dem Kostos?« fragte Miller verwundert. »Wie kommt es denn –?«

»Schluß!« Der Offizier wandte sich halb um und befahl nach hinten auf deutsch: »Den Vorhang abreißen und uns weiter an beiden Seiten abdecken.« Wieder in die Höhle blickend, machte er eine kaum wahrnehmbare Bewegung mit seiner Stablampe. »All right, ihr drei. Hinaus mit euch, aber nehmt euch in acht. Ihr dürft mir glauben: meine Männer wünschen sich innig einen Grund, euch niederzuknallen, ihr mörderischen Schweinehunde!« Der giftige Haß in seiner Stimme ließ keinen Zweifel am Ernst der Lage.

Langsam, die Hände über den Köpfen gefaltet, standen die drei Männer stolpernd auf. Als Mallory den ersten Schritt tat, brachte ihn die Stimme des Deutschen wie ein Peitschenschlag zum Stehen: »Stop!« Der Offizier hatte den Strahl seiner Lampe auf den bewußtlosen am Boden liegenden Stevens gelenkt und sagte schroff zu Andrea: »Beiseite treten, Sie! Wer ist das da?«

»Vor dem brauchen Sie keine Angst zu haben«, sagte Mallory, »er gehört zu uns, ist aber sehr schwer verwundet. Liegt im Sterben.«

»Werden wir sehen«, sagte der Offizier knapp. »Alle da in die hintere Ecke!« Er wartete, bis sie über Stevens hinweggetreten waren, ließ sich für seine Maschinenpistole eine einfache reichen, ging in die Knie und schob sich langsam, Pistole in der einen, Lampe in der anderen Hand, gut unterhalb der Schußlinie der beiden Soldaten, die ihm ohne Befehl auf den Fersen folgten, zu Stevens vor. Seine eiskalte militärische Methodik machte Mallory das Herz schwer. Alles schien so hoffnungslos –.

Ruckartig stieß der Offizier die Hand mit der Pistole nach vorn und riß Stevens die Decke vom Körper, den plötzlich ein Zittern durchlief, während der Kopf hin und her pendelte und er in den Tiefen seiner Ohnmacht qualvoll stöhnte. Der Deutsche neigte sich rasch über ihn, wobei die harten klaren Linien seines eigenen Gesichts und das blonde Haar unter der Schneehaube im Licht der Stablampe erkennbar wurden. Ein schneller Blick in das schmerzverzerrte, ausgehöhlte Gesicht und auf das zerschmetterte Bein, ein kurzes Naserümpfen, als er den fauligen Geruch des Wundbrands wahrnahm – und schon lehnte der Offizier sich auf die Hacken zurück und zog sanft die Decke wieder über den Verwundeten. Sein Kopf drehte sich zu Mallory.

»Sie haben die Wahrheit gesprochen«, sagte er leise. »Wir sind keine Barbaren, und ich führe keinen Kampf gegen Sterbende. Lassen Sie ihn hier.« Er erhob sich und ging langsam rückwärts. »Die übrigen hinaus jetzt.«

Mallory sah, daß es nicht mehr schneite und am klar werdenden Himmel vereinzelt die Sterne blinkten. Auch war der Wind abgeflaut und die Luft entschieden wärmer. ›Der Schnee wird bis Mittag geschmolzen sein‹, dachte er.

Gleichzeitig und ohne Neugier zu zeigen, blickte er rundum. Von Casey Brown war nichts zu entdecken. Sogleich faßte er wieder neue Hoffnung. Feldwebel Brown war für dieses Unternehmen von höchster Stelle empfohlen worden. Von seiner Tapferkeit zeugten zwei Reihen Ordensschnallen, die er allerdings nie trug. Im Partisanenkrieg war er gefürchtet gewesen und – jetzt hatte er eine Maschinenpistole. Falls er noch irgendwo da draußen war...

Fast als ahnte er Mallorys Hoffnungen, zerschlug der Deutsche sie mit wenigen Worten. »Sie wundern sich vielleicht, wo Ihr Wachtposten steckt?« fragte er höhnisch. »Keine Angst, Englishman, der ist nicht weit von hier und schläft auf Posten. Schläft sehr fest, befürchte ich.«

»Also haben Sie ihn umgebracht?« Mallory preßte seine Hände zusammen, bis sie schmerzten.

Grenzenlos gleichgültig zuckte der andere die Achseln. »Könnte ich Ihnen wirklich nicht sagen. Es war kinderleicht. Einer meiner Leute legte sich dort in die Vertiefung und stöhnte. Meisterhaft hat er's gemacht, man konnte Mitleid haben, so echt wirkte es. Und Ihr Mann in seiner Dummheit ging nachsehen. Ich hatte aber auch oben, hinter dem Rand, einen postiert, der den Karabiner umgekehrt in den Fäusten hielt. Eine sehr wirkungsvolle Keule, versichere ich Ihnen...«

Langsam lockerte Mallory seine Hände wieder. Bedrückt ließ er den Blick durch die Schlucht wandern. Klar, daß Brown auf den Leim gegangen war. Und ganz logisch, daß er nachforschte, schon weil er sich nicht lächerlich machen wollte, indem er zum zweitenmal blinden Alarm schlug. Und nun fiel Mallory auch ein, daß Brown beim erstenmal tatsächlich etwas gehört haben konnte, aber diesen Gedanken ließ er gleich wieder fallen. Panayis sah ihm nicht aus, als irrte er sich, wenn es aufs Horchen ankam, und Andreas irrte sich nie bei Geräuschen.

Er wandte sich wieder an den Offizier. »Wohin gehen wir von hier?«

»Nach Margaritha, und zwar schleunigst. Aber alles nach der Reihe.« Der Deutsche, genauso groß wie er, stand breit vor ihm aufgepflanzt, die Pistole in Hüfthöhe angelegt, die ausgeknipste Lampe lose in der rechten Hand. »Nur eine Kleinigkeit, Englishman: Wo sind die Sprengstoffe?«

»Sprengstoffe?« Mallory furchte verblüfft die Stirn. »Was für Sprengstoffe denn?« fragte er verständnislos, und schon stürzte er taumelnd zu Boden, da die schwere Stablampe, in einem Halbkreis jäh herumgeschwungen, ihn auf den Kinnbacken getroffen hatte. Benommen schüttelte er den Kopf und rappelte sich wieder hoch.

»Die Sprengstoffe.« Die Lampe pendelte wieder in der Hand des Deutschen, seine Stimme war jetzt seidenweich. »Ich fragte, wo die sind.«

»Weiß gar nicht, wovon Sie reden.« Mallory spie einen ausgeschlagenen Zahn aus und wischte sich Blut von den geplatzten Lippen. »Behandeln die Deutschen so ihre Gefangenen?« fragte er verächtlich.

»Maul gehalten!« Wieder schwang die Lampe herum. Mallory paßte auf, um die Wucht des Schlages abzufangen so gut er konnte, aber trotzdem traf ihn die Lampe so heftig auf den Backenknochen, dicht unter der Schläfe, daß er bewußtlos umfiel. Erst nach Sekunden stieß er sich langsam aus dem Schnee wieder hoch. Seine ganze Gesichtshälfte schmerzte brennend, er konnte kaum sehen, seine Augen wollten ihm nicht gehorchen.

»Wir führen einen sauberen Krieg!« Der Offizier atmete heftig in mühsam beherrschter Wut. »Wir kämpfen nach den Genfer Konventionen, doch die gelten für Soldaten, nicht für mordende Spione –«

»Wir sind keine Spione«, unterbrach ihn Mallory, der das Gefühl hatte, sein Kopf müsse zerspringen.

»Und wo haben Sie Ihre Uniformen?« fragte der Deutsche. »Spione, sage ich – mörderische Spione, die von hinten zustechen und den Leuten die Hälse durchschneiden!« Seine Stimme zitterte vor Zorn.

Mallory war ratlos, denn diese Empörung hatte keinen unechten Klang. »Die Hälse durchschneiden?« Er schüttelte verwundert den Kopf. »Wovon reden Sie eigentlich, zum Donnerwetter?«

»Von meinem eigenen Burschen. Ein harmloser Meldegänger, fast ein Kind noch – und nicht einmal bewaffnet. Vor einer Stunde erst haben wir ihn gefunden. Ach, wozu noch Zeit vergeuden!« Er wandte sich zur Seite und beobachtete die zwei Soldaten, die in der Schlucht näher kamen. Mallory blieb einen Moment unbewegt stehen und verfluchte das Pech, daß der Deutsche ausgerechnet Panayis den Weg kreuzen mußte – denn ein anderer konnte ihn nicht umgebracht haben –, dann folgte sein Blick dem des Offiziers. Es wurde ihm schwer, seine schmerzenden Augen zu konzentrieren, als er die gebückte Gestalt den Hang hinaufwanken sah, unsanft von einem Karabiner mit Bajonett vorwärtsgetrieben. Erleichtert seufzte er, denn Brown war nicht schwer verletzt, er hatte nur links über der Schläfe eine mit Blut verkrustete Wunde.

»Recht so. Alle in den Schnee setzen!« Der Offizier winkte einige von seinen Soldaten heran. »Bindet ihnen die Hände.«

»Werden Sie uns jetzt erschießen?« fragte Mallory ohne Erregung. Es war ihm auf einmal verzweifelt wichtig, das zu erfahren, denn wenn ihnen nur der Tod übrigblieb, konnten sie wenigstens aufrecht, als Kämpfer sterben. Falls sie aber jetzt noch nicht sterben mußten, war für sie jede spätere Gelegenheit zum Widerstand weniger gefährlich als der Zustand jetzt.

»Noch nicht, leider. Mein Abteilungskommandeur in Margaritha, Hauptmann Skoda, möchte erst noch mit Ihnen reden – vielleicht wäre es besser für Sie, wenn ich Sie sofort erschießen würde. Dann geht's zum Herrn Kommandanten in Navarone, dem die ganze Insel untersteht.« Der Deutsche lächelte dünn. »Doch das ist nur ein Aufschub, Englishman. Noch bevor die Sonne sinkt, werdet ihr mit den Hacken strampeln. Wir machen mit Spionen hier kurzen Prozeß.«

»Aber Sir! Herr Hauptmann!« Die Hände bittend hochgestreckt, trat Andrea einen Schritt vor, sofort zum Stehen gebracht durch zwei Karabinermündungen, die ihm gegen die Brust stießen.

»Nicht Hauptmann – Oberleutnant«, korrigierte ihn der Offizier. »Oberleutnant Turzig, zu Ihren Diensten. Was wollen Sie, Dicker?« fragte er verächtlich.

»Spione? Die da sind Spione, aber nicht ich!« Seine Worte überstürzten sich, als könne er sie nicht schnell genug herausbringen. »Bei Gott, ich bin kein Spion, ich gehöre nicht zu denen hier!« Er hatte die Augen weit aufgerissen, auch zwischen den keuchend ausgestoßenen Sätzen arbeitete sein Mund, als könne er kaum noch sprechen vor Aufregung. »Ich bin nur ein Grieche. Die haben mich gezwungen, als Dolmetscher mit ihnen zu gehen. Ich schwöre es, Oberleutnant Turzig, ich schwöre es Ihnen!«

»Du feiger Hund!« stieß Miller ergrimmt zwischen den Zähnen hervor, dann knurrte er vor Schmerz, da ihm ein Gewehrkolben dicht über der Niere in den Rücken fuhr. Er stolperte, fiel nach vorn auf die Hände und Knie, und schon während er fiel, kam ihm zum Bewußtsein, daß Andrea nur simulierte, sonst hätte Mallory mit wenigen Worten auf griechisch seine Lüge enthüllen können. Er drehte sich im Schnee auf die Seite, schüttelte schwächlich die Faust und hoffte, daß sie die Grimasse, die er vor Schmerzen zog, für den Ausdruck seiner Wut halten würden. »Du scheinheiliger, hinterlistiger Balkanese, du verfluchter Schweinekerl, dich werde ich noch...« Ein dumpfer gräßlicher Ton, und er brach im Schnee zusammen: ein schwerer Bergstiefel hatte ihn dicht hinter dem Ohr getroffen.

Mallory sagte nichts, er warf keinen Blick auf Miller. Die geballten Fäuste machtlos an der Seite, den Mund zusammengepreßt, fixierte er Andrea mit verkniffenen Augen. Er wußte, daß der Oberleutnant ihn beobachtete, und fühlte sich verpflichtet, Andrea in seiner Rolle zu unterstützen, so gut er's vermochte. Was Andrea beabsichtigte, konnte er sich nicht denken – aber beistehen würde er ihm bis ans Ende der Welt.

»So?« murmelte Turzig nachdenklich, »das Pack entzweit sich, wie?« Mallory meinte in seiner Stimme ein leises Zögern, eine Spur von Zweifel, zu entdecken, doch der Oberleutnant war nicht leicht aus der Richtung zu bringen. »Ganz egal, Dicker, Sie haben sich mit diesen Meuchelmördern eingelassen. Die Engländer haben einen passenden Spruch: ›Wie man sich bettet, so liegt man‹.« Ungerührt studierte er Andreas mächtige Gestalt. »Für Sie werden wir noch einen extra Galgen aufrichten müssen.«

»Nein – nein, nein!« Andrea rief das letzte Nein ganz schrill. »Was ich Ihnen sage, ist wahr! Ich gehöre nicht zu denen, Oberleutnant Turzig, ich erkläre Ihnen vor Gott, daß ich nicht zu ihnen gehöre!« Er rang verzweifelt die Hände, sein großes Mondgesicht war angstvoll verzerrt. »Warum muß ich sterbe, wenn ich schuldlos bin? Ich habe nicht mitgehen wollen. Ich bin kein Kämpfer, Herr Oberleutnant! Mit der Waffe in der Hand haben die mich gezwungen...«

»Das kann ich sehen«, entgegnete Turzig trocken. »Ein gewaltiges Bündel Haut nur, das einen zitternden, klobigen Schlappschwanz von solcher Größe umhüllt! Und jeder Zentimeter davon ist Ihnen so kostbar!« Er blickte nach Mallory und nach Miller, der noch mit dem Gesicht im Schnee lag. »Ihre Freunde verdienen für die Wahl so eines Begleiters kein Kompliment.«

»Ich kann Ihnen alles erzählen, Herr Oberleutnant, alles kann ich Ihnen erzählen!« drängte Andrea erregt weiter, nur darauf bedacht, den gewonnenen Vorteil festzuhalten – daß der Gegner schon zu zweifeln begann. »Ich bin kein Freund der Alliierten – das werde ich Ihnen beweisen, und dann können Sie vielleicht – ja, dann können Sie selbst ermessen...«

»Verdammter Judas!« Mallory tat, als wollte er sich auf ihn stürzen, doch zwei stämmige Soldaten packten sofort zu und hielten ihm von rückwärts die Arme fest. Er sträubte sich noch ein wenig, dann gab er nach und blickte Andrea böse an. »Wenn du wagst, deinen Mund aufzutun, dann lebst du nicht mehr lange, das verspreche ich dir!«

»Ruhe!« Turzig sprach jetzt sehr kalt. »Ich habe nun genug von diesen Beschuldigungen, diesem schäbigen Melodrama. Noch ein Wort, dann liegen Sie neben Ihrem Genossen im Schnee.« Er fixierte Mallory kurz, ehe er sich wieder Andrea zuwandte: »Ich verspreche gar nichts. Erst werde ich mir anhören, was Sie zu sagen haben.« Er gab sich keine Mühe, den Abscheu in seinem Ton zu verbergen.

»Sie werden es dann selbst beurteilen können.« Sichtlich erleichtert, mit neuer Hoffnung und Zuversicht, schwieg Andrea wieder einen Augenblick, dann wies er mit theatralischen Gebärden auf Mallory, Miller und Brown. »Das sind keine gewöhnlichen Soldaten, es sind Leute von Jellicoe, vom Bootssonderdienst.«

»Berichten Sie mir lieber, was ich mir nicht selbst denken kann«, knurrte Turzig. »Der englische Graf ist schon seit vielen Monaten ein Dorn in unserem Fleisch. Wenn das alles ist, was Sie mir sagen können, Dicker –«

»Warten Sie!« Andrea hielt eine Hand hoch. »Diese Männer gehören nicht zur allgemeinen Armee, sondern zu einer speziell ausgewählten Truppe – Kommandoeinheit nennen sie sich – und sind Sonntag nacht im Flugzeug von Alexandria nach Castelrosso gebracht worden. Und haben in derselben Nacht Castelrosso auf einem Motorboot verlassen.«

»Einem Torpedoboot«, berichtete Turzig nickend. »Soviel wissen wir schon. Weiter.«

»Das wissen Sie schon? Aber wie –?«

»Spielt jetzt keine Rolle. Ein bißchen fix.«

»Gewiß, Herr Oberleutnant, gewiß.« Nicht durch das leiseste Zucken im Gesicht verriet Andrea, wie erleichtert er sich fühlte. Dies war der einzige gefährliche Punkt in seiner Geschichte gewesen. Natürlich mußte es Nicolai gewesen sein, der sie an die Deutschen verraten hatte, doch dem war es offenbar unwichtig erschienen, zu erwähnen, daß auch ein großer Grieche mit bei dem Trupp war. Es lag auch kein Anlaß dazu vor, doch hätte er das getan, so wäre Andreas Ende besiegelt gewesen.

»Das Torpedoboot hat sie irgendwo auf einer Insel nördlich von Rhodos abgesetzt, ich weiß nicht, auf welcher. Dort haben sie eine Kajike gestohlen, sind damit durch türkische Gewässer gesegelt, wobei sie einem deutschen Patrouillenboot begegneten, das sie – versenkt haben.« Andrea machte eine Pause, um seine Worte wirken zu lassen. »Ich war zu der Zeit knapp eine Meile von ihnen entfernt, in meinem Fischerboot.«

Turzig beugte sich vor. »Wie haben sie denn das fertiggebracht, so ein starkes Boot zu versenken?« Merkwürdig: er bezweifelte gar nicht, daß es ihnen gelungen war!

»Sie taten so, als wären sie harmlose Fischer, wie ich. Mich hatten die vom Patrouillenboot kurz vorher angehalten und bei mir alles in Ordnung gefunden«, erklärte Andrea tugendsam. »Na, jedenfalls ging das Boot dann bei ihrem längsseits. Ganz dicht heran. Plötzlich wurde auf beiden Seiten geschossen, zwei Kästen flogen durch die Luft – auf Ihrem deutschen Boot in den Maschinenraum, glaube ich. Und puff!« Andrea warf mit dramatischer Geste die Hände hoch. »Und damit war es aus!«

»Wir überlegten uns schon...«, sagte Turzig leise. »Aber gut, weiter erst.«

»Was überlegten Sie denn, Herr Oberleutnant?«

Doch Turzig zog drohend die Brauen zusammen, deshalb sprach Andrea schnell weiter. »Denen ihr Dolmetscher wurde bei dem Kampf getötet. Durch einen Trick brachten sie mich dazu, Englisch zu sprechen – ich habe viele Jahre auf Zypern gewohnt –, schnappten mich einfach und sagten, mein Boot könnten ja meine Söhne –.«

»Wozu brauchten die denn einen Dolmetscher?« unterbrach ihn Turzig mißtrauisch. »Es gibt doch viele britische Offiziere, die Griechisch können.«

»Dazu komme ich noch«, sagte Andrea ungeduldig. »Wie soll ich denn zu Ende berichten, wenn Sie mich dauernd unterbrechen? Wo war ich stehengeblieben? Ach ja. Sie zwangen mich also mitzufahren, und nachher versagte ihr Motor. Was da passiert war, weiß ich nicht, denn mich hielten sie unten im Laderaum. Ich glaube, wir lagen dann irgendwo in einem Fluß, wo sie die Maschine reparierten, und ehe wir weitersegelten, veranstalteten sie eine mächtige Sauferei – man soll's nicht glauben, Herr Oberleutnant, daß Menschen, die so etwas Gefährliches vorhaben, vorher auch noch saufen!«

»Im Gegenteil, ich glaube Ihnen das«, sagte Turzig, langsam nickend, als verständen sie sich insgeheim sehr gut. »Ich glaube Ihnen tatsächlich.«

»Wirklich?« Andrea brachte es fertig, enttäuscht auszusehen. »Na, wir gerieten in einen furchtbaren Sturm, das Boot zerschellte an der Südklippe, und wir kletterten –«

»Halt!« Oberleutnant Turzig hatte sich schroff aufgerichtet, seine Augen blitzten mißtrauisch. »Beinah hätte ich Ihnen geglaubt! Und zwar, weil wir mehr wissen, als Sie denken. Und bisher haben Sie auch die Wahrheit gesagt. Aber jetzt nicht mehr. Sie sind schlau, Dicker, doch nicht so schlau, wie Sie glauben. Eins haben Sie nämlich vergessen oder wissen es vielleicht nicht: wir sind vom Württembergischen Gebirgsjägerbataillon – und wir verstehen uns auf Berge, wohl am besten von allen Truppen auf der Welt. Ich selbst bin zwar Preuße, aber ich habe in den Alpen und in Transsylvanien jeden Berg erstiegen, der etwas verlangt –, und ich erkläre Ihnen, daß die Südklippe keiner bezwingen kann. Das ist unmöglich!«

»Unmöglich vielleicht für Sie.« Andrea schüttelte betrübt den Kopf. »Diese verfluchten Alliierten werden euch schließlich noch besiegen. Die sind gerissen, Herr Oberleutnant, verdammt gerissen.«

»Erklären Sie das näher«, befahl Turzig brüsk.

»Also folgendermaßen. Sie wußten, daß man allgemein dachte, die Südklippe sei unersteigbar. Gerade deshalb nahmen sie sich vor, sie zu ersteigen. Nicht im Traum würde man denken, daß einer das schaffen könnte, daß sogar ein ganzer Trupp von da aus auf Navarone landen könnte. Aber die Alliierten wagten einen hohen Einsatz und fanden auch einen Mann als Führer dieser Expedition. Er konnte nicht Griechisch – Nebensache, Hauptsache, er konnte klettern – und da haben sie sich den kühnsten Bergsteiger der Welt ausgesucht.« Wieder machte Andrea eine Wirkungspause, indem er theatralisch den Arm ausstreckte. »Und das hier ist der Mann, den sie ausgesucht haben, Herr Oberleutnant! Sie sind selbst Bergsteiger, Sie müssen ihn kennen. Er heißt Mallory – Keith Mallory aus Neuseeland!«

Ein scharfer Ausruf, das Klicken eines Schalthebels, schon war Turzig zwei Schritte vorgetreten und hielt seine Lampe ganz dicht vor Mallorys Augen. Fast zehn Sekunden starrte er in das abgewandte, verzerrte Gesicht des Neuseeländers, dann ließ er langsam den Arm sinken, so daß der grelle Lichtstrahl einen leuchtenden Schneekreis vor seine Füße legte. Allmählich begreifend, nickte er ein paarmal.

»Natürlich«, murmelte er. »Mallory – Keith Mallory! Natürlich kenne ich den. In meiner ganzen Abteilung ist keiner, der nicht von ihm gehört hat.« Er schüttelte den Kopf. »Ich hätte ihn erkennen müssen, sofort eigentlich.« Eine Weile blieb er mit gesenktem Kopf stehen, kratzte scheinbar sinnlos mit der Spitze seines rechten Stiefels in dem weichen Schnee, dann blickte er plötzlich wieder auf. »Vor dem Kriege, und sogar im Kriege, wäre ich stolz gewesen, Sie persönlich kennenzulernen, aber nicht hier, jetzt nicht mehr. Ich wünschte nur, sie hätten einen andern geschickt!« Er zögerte, als wollte er noch etwas hinzufügen, sagte jedoch nur müde zu Andrea: »Entschuldigen Sie, Dicker, Sie sprechen tatsächlich die Wahrheit. Weiter.«

»Aber gewiß!« Andreas Mondgesicht strahlte über und über vor Genugtuung. »Wir erkletterten also die Klippe, wie ich schon sagte – obwohl der junge Leutnant da so schwer verletzt ist – und brachten den Posten zum Schweigen. Mallory hat ihn getötet«, setzte er hinzu, ohne rot zu werden, »aber im ehrlichen Kampf. Den größten Teil der Nacht sind wir über den Paß gestiegen und fanden diese Höhlung kurz vor Tagesanbruch. Seitdem sind wir hiergeblieben.«

»Und seitdem hat sich nichts ereignet?«

»Im Gegenteil.« Andrea schien sich als Mittelpunkt der Aufmerksamkeit richtig wohl zu fühlen. »Zwei Leute kamen her, um mit uns zu sprechen. Wer sie waren, weiß ich nicht – sie hatten die ganze Zeit ihre Gesichter verhüllt –, und woher sie gekommen sind, weiß ich auch nicht.«

»Nur gut, daß Sie das zugeben«, sagte Turzig grimmig. »Ich weiß nämlich, daß jemand hier war. Habe den Koffer erkannt – es ist der von Hauptmann Skoda!«

»So, wirklich?« Andrea hob in gut gespielter Überraschung höflich die Augenbrauen. »Das wußte ich nicht. Na, die haben eine Zeitlang miteinander gesprochen und –«

»Konnten Sie aus ihrem Gespräch etwas heraushören?« unterbrach ihn Turzig. Die Frage kam so natürlich und spontan, daß Mallory den Atem anhielt. Großartig gemacht war das. Ganz sicher ging Andrea jetzt in die Falle. Doch Andrea war in dieser Nacht inspiriert.

»Heraushören, von denen?« Andrea blickte zornig flehend zum Himmel, um zu zeigen, daß man seine Langmut übel mißbrauchte. »Herr Oberleutnant, wie oft soll ich Ihnen noch sagen, daß ich der Dolmetscher bin! Sie konnten sich doch nur mit meiner Hilfe unterhalten, und da weiß ich selbstverständlich, über was sie gesprochen haben. Sie wollen die großen Kanonen im Hafen sprengen!«

»Ich habe auch nicht geglaubt, daß sie zu ihrer Erholung hergekommen sind«, sagte Turzig scharf.

»Ah – aber Sie wissen nicht, daß sie die Pläne von der Festung haben. Sie wissen nicht, daß der Feind Samstag früh auf Kheros landen will. Sie wissen nicht, daß sie ständig in Funkverbindung mit Kairo stehen. Sie wissen nicht, daß Zerstörer der britischen Marine am Freitag abend, sobald die großen Kanonen zum Schweigen gebracht sind, durch die Straße von Maidos laufen werden. Sie wissen ferner nicht –«

»Das reicht!« Turzig klatschte in die Hände, sein Gesicht leuchtete vor Erregung. »Die Royal Navy, was? Wunderbar, wunderbar! So etwas wollen wir hören. Aber genug jetzt. Heben Sie das für Hauptmann Skoda und den Festungskommandanten auf. Wir müssen jetzt gehen. Nur eins vorher noch: die Sprengstoffe, wo sind die?«

Andrea ließ betrübt die Schultern hängen und streckte abwehrend die Arme aus, Handflächen nach oben. »Das, Herr Oberleutnant, weiß ich leider nicht. Die haben sie rausgebracht und versteckt, sie meinten, es wäre hier zu heiß.« Er wies nach dem westlichen Bergpaß, in die dem Weg nach Leris Hütte entgegengesetzte Richtung. »Da irgendwo, glaube ich, kann's aber nicht genau sagen, denn das wollten sie mir nicht verraten.« Er warf einen erbitterten Blick auf Mallory. »Diesen Briten sind alle egal, sie trauen keinem Menschen.«

»Das kann ich ihnen, weiß Gott, nicht verdenken!« sagte Turzig mit Nachdruck, während er Andrea angewidert fixierte. »Jetzt möchte ich Sie noch viel lieber als vorher am höchsten Galgen von Navarone baumeln sehen! Aber der Stadtkommandant ist ein freundlicher Herr, der die Spitzel belohnt. Vielleicht leben Sie noch länger, damit Sie weitere Kameraden verraten können.«

»Ich danke Ihnen, danke, vielen Dank! Ich wußte doch, daß Sie anständig und gerecht sind. Ich verspreche Ihnen, Herr Oberleutnant –«

»Schnauze halten!« sagte Turzig voll Verachtung. Dann sprach er deutsch. »Sergeant, lassen Sie diese Leute fesseln. Und vergessen Sie den Dicken nicht. Später können wir ihn losbinden, dann kann er den Verwundeten bis zur Wache tragen. Lassen Sie einen Posten hier. Die übrigen kommen mit mir – wir müssen die Sprengstoffe finden.«

»Könnten wir nicht einen von denen zum Reden bringen, Herr Oberleutnant?« wagte der Sergeant einzuwenden.

»Der einzige Mann, der's uns verraten würde, kann es nicht, er hat schon alles gesagt, was er weiß. Und die übrigen – nun, in denen habe ich mich getäuscht, Sergeant.« Er wandte sich an Mallory, neigte kurz den Kopf und sagte auf englisch: »Eine falsche Beurteilung, Herr Mallory. Wir sind alle sehr ermüdet. Es tut mir fast leid, daß ich Sie geschlagen habe.« Jäh machte er kehrt und begann schnell den Hang hinaufzusteigen. Zwei Minuten später war nur noch ein einzelner Soldat als Wache bei den Gefangenen.

Zum zehntenmal verdrehte Mallory den Körper und ruckte an den Fesseln, mit denen ihm die Hände auf dem Rücken zusammengebunden waren, und zum zehntenmal erkannte er, daß alle Mühe umsonst war. Wie er sich auch drehen und wenden mochte – der nasse Schnee drang ihm eiskalt durchs Zeug, so daß er bald bis ins Mark fror und immerfort vor Kälte bebte. Und der Mann, der die Fesseln geknotet hatte, verstand seine Sache nur zu gut. Nervös fragte er sich, ob Turzig mit seinen Leuten vielleicht die ganze Nacht nach den Sprengstoffen suchen würde. Über eine halbe Stunde waren sie schon fort.

Er legte sich, um auszuruhen, wieder auf die Seite, in den weichen, an der Felswand etwas höheren Schnee und blickte nachdenklich Andrea an, der vor ihm aufrecht saß. Er hatte beobachtet, wie Andrea, mit gebeugtem Kopf, die Schulter krumm hochziehend, eine einzige titanische Anstrengung machte, seine Fesseln zu sprengen, als der Posten ihnen durch eine Handbewegung befahl, sich hinzusetzen, und hatte bemerkt, wie die Stricke tief in Andreas Fleisch schnitten, so daß sie kaum noch zu sehen waren. Und wie der griechische Riese seine Schultern langsam sinken ließ, als er es aufgab. Seitdem saß er ganz still und musterte mürrisch den Posten, mit einer gekränkten Miene, als sei ihm schweres Unrecht geschehen. Er begnügte sich mit der einen Prüfung der Stärke seiner Fesseln, da Oberleutnant Turzig scharfe Augen hatte und geschwollene und zerschundene Handgelenke schlecht zu dem Bild gepaßt hätten, das Andrea von sich gemalt hatte.

Eine großartige Leistung, überlegte Mallory, besonders erstaunlich, weil Andrea alles aus dem Stegreif erfunden, alles improvisiert hatte. Von der Wahrheit hatte er so viel verraten und so viele Einzelheiten erwähnt, die sich nachweisen ließen, daß man ihm fast selbstverständlich auch das übrige glaubte. Und dabei hatte er Turzig im Grunde nichts entscheidend Wichtiges erzählt, nichts, was die Deutschen nicht auch selbst feststellen konnten – abgesehen von der geplanten Räumung der Insel Kheros durch die Marine. Mallory erinnerte sich mit Ironie, wie entsetzt er gewesen war und kaum seinen Ohren getraut hatte, als Andrea das vorbrachte – aber der hatte viel weiter gedacht als er. Es war immerhin möglich, daß die Deutschen von selbst darauf gekommen wären. Vielleicht folgerten sie logisch, daß die Gleichzeitigkeit eines britischen Überfalls auf die Kanonen von Navarone mit dem deutschen Angriff auf Kheros doch wohl nicht reiner Zufall sein konnte. Andererseits hing die Fluchtmöglichkeit für sie alle ausschließlich davon ab, wie gründlich Andrea die Deutschen hier zu überzeugen vermochte, daß er der war, für den er sich ausgab. Und dann kam es darauf an, wieviel Aktionsfreiheit er wieder gewann. Es war kaum zu bezweifeln, daß seine Angaben über die bevorstehende Evakuierung von Kheros bei Turzig guten Glauben fanden, wobei die Tatsache, daß er den Samstag als Invasionstag angab, besonders ins Gewicht fallen mußte, denn das war der von Jensens Leuten ursprünglich ›verratene‹ Termin, der offenbar zur Täuschung der deutschen Abwehr dienen sollte, die gemerkt hatte, daß sie ihre eigenen Invasionsvorbereitungen unmöglich ganz geheimhalten konnte. Und schließlich: wenn Andrea Turzig nichts von den Zerstörern gesagt hätte, wäre sein sonstiger Bericht nicht so überzeugend gewesen. Sie wären dann vielleicht alle an die Galgen gekommen, die in Navarone warteten, und die Kanonen wären intakt geblieben und hätten die Kriegsschiffe vernichtet. Aber so war alles ganz anders.

Das alles war sehr kompliziert, zu kompliziert für seinen jetzt so geplagten Kopf. Mallory wandte, leise seufzend, den Blick von Andrea zu den beiden andern. Brown und der aus der Betäubung erwachte Miller saßen, mit ihren auf den Rükken gebundenen Händen, kerzengerade, stierten in den

Schnee und machten ab und zu Kopfbewegungen, wohl um das Schwindelgefühl loszuwerden. Mallory konnte sich nur zu gut in ihren Zustand hineindenken, denn die ganze rechte Seite seines eigenen Gesichts schmerzte immer noch grausam. ›Überall schwer angeschlagene Schädel‹, dachte er ergrimmt. Wie mochte Andy Stevens sich fühlen? Als er jetzt, anscheinend gleichgültig, an dem Posten vorbei nach dem dunklen Höhleneingang blickte, wurde er plötzlich steif vor Schrecken, denn er begriff nicht gleich –.

Langsam, ganz langsam ließ er – denn unvorsichtig war hier jede Bewegung – die Augen, möglichst ausdruckslos, von der Höhle zu dem Posten wandern, der auf Browns Funkgerät saß, wachsam über die auf seinen Knien liegende Maschinenpistole gebeugt, den gekrümmten Zeigefinger am Abzug. ›Bitte, lieber Gott, laß ihn sich nicht umdrehen‹, betete Mallory im stillen immerfort. ›Er soll noch eine Weile so sitzenbleiben, nur noch ganz kurze Zeit...‹ Und, ob er wollte oder nicht – er mußte den Blick wieder zum Höhleneingang wenden.

Andy Stevens kam aus dem Unterstand! Sogar bei dem schwachen Schimmer der Sterne war jede seiner Bewegungen erkennbar, als er sich, unter Qualen das zerschmetterte Bein mühsam nachschleifend, in kleinen Rucken vorschob. Er legte die Hände unter die Schultern, drückte sich vom Boden ab und ein wenig vorwärts, wobei sein Kopf vor Schmerzen und Anstrengung nach vorn kippte, ließ sich langsam in den weichen nassen Schnee sinken und wiederholte die gleichen, seine letzten Kräfte verzehrenden Bewegungen. So geschwächt er auch war und so schwer er dabei litt, mußte er doch wohl klar denken können, denn er hatte sich einen weißen Umhang als Tarnung über Schultern und Rücken gezogen. Und er mußte wenigstens einen Teil von Turzigs Bemerkungen verstanden haben, denn im Unterstand waren zwei oder drei Schußwaffen liegen geblieben, so daß er, ohne hervorzukommen, den Posten hätte erschießen können. Aber zweifellos hatte er sich gesagt, daß beim Knall eines Schusses die Deutschen schleunigst zurückgekommen wären und sie wieder in die Höhlung getrieben hätten, lange bevor er in diesem Geröllgraben bis zu seinen

Kameraden kriechen, geschweige denn ihre Fesseln durchschneiden konnte.

Fünf Meter mußte er nach Mallorys Schätzung noch kriechen, höchstens fünf. In dieser schluchtartigen Rinne, wo sie
jetzt waren, strich der Südwind an ihnen vorüber, und außer
seinem schwachen nächtlichen Geflüster war kein anderes
Geräusch zu hören als ihr eigenes Atmen und manchmal eine
kleine Bewegung, wenn einer sein verkrampftes oder vor
Kälte absterbendes Bein ein wenig streckte.

›Der Posten muß ihn ja hören, wenn er noch näher
kommt‹, dachte Mallory verzweifelt, ›selbst in dem weichen
Schnee muß er ihn hören!‹ Er ließ den Kopf hängen und begann zu husten. Der Posten blickte ihn an, zuerst erstaunt
und dann ärgerlich, weil das Husten gar nicht aufhören
wollte.

»Ruhe!« befahl er auf deutsch. »Lassen Sie sofort das Husten!«

»Husten? Wie? Ach so. Ich kann nichts dafür«, protestierte
Mallory auf englisch und hustete wieder, jetzt noch lauter
und hartnäckiger. »Schuld hat euer Oberleutnant«, keuchte
er, »der hat mir ein paar Zähne ausgeschlagen.« Er ließ noch
einen ganz heftigen Hustenanfall folgen, den er offenbar nur
mit größter Mühe eindämmen konnte. »Ist es etwa meine
Schuld, wenn ich an meinem eigenen Blut beinah ersticke?«
fragte er.

Stevens war jetzt nur noch knapp drei Meter entfernt, doch
seine geringen Kraftreserven mußten gleich erschöpft sein.
Er konnte sich beim Strecken schon nicht mehr auf Armeslänge vorschieben – nur ein jämmerlich kleines Stück
rutschte er jedesmal vorwärts. Und auf einmal lag er ganz
still. Eine halbe Minute bewegte er sich gar nicht. Als Mallory
schon meinte, er müsse ohnmächtig geworden sein, richtete
er sich langsam wieder auf und schaffte eine ganze Arm-
länge. Aber im selben Moment, als er abstoßen wollte, kippte
er nach vorn über und blieb zusammengebrochen im Schnee
liegen. Mallory fing wieder zu husten an, aber es war zu spät!
Der Posten sprang von seinem Platz hoch, indem er sich
gleichzeitig herumwarf, und hatte schon die drohende Mündung seiner MP auf den nicht weit von seinen Füßen liegen-

den Körper gerichtet. Als er erkannte, wer das war, ließ er den Lauf der Waffe sinken und sagte weich: »So? Er ist flügge geworden und hat sein Nest verlassen. Armer junger Vogel!« Mallory zuckte zusammen, als er sah, wie die MP zurückgeschwungen wurde, als müsse sie sofort auf den Schädel des wehrlosen Stevens' niedersausen, aber der Soldat war ein freundlicher Mensch, er hatte die Bewegung nur instinktiv gemacht. Ein Stück über dem qualverzerrten Gesicht bremste er den vermeintlichen Kolbenhieb ab, entwand der ihn kraftlos bedrohenden Hand beinah sanft den Mauerhaken und schleuderte ihn aus der Schlucht. Dann hob er Stevens vorsichtig bei den Schultern an, schob die zusammengefaltete Zeltbahn dem Bewußtlosen als Kopfkissen unter, um ihn vor dem Schnee zu schützen, und ging, verwundert und traurig den Kopf schüttelnd, wieder an seinen Platz auf dem Funkgerätekasten.

Hauptmann Skoda, ein Mann der dreißiger Jahre, war klein, hager, adrett, gepflegt, liebenswürdig und – grundschlecht. Es lag etwas angeboren Bösartiges in dem langen sehnigen Hals, der sich dürr über seine wattierten Schultern erhob, und der unverhältnismäßig kleine Kugelkopf auf diesem Hals wirkte abstoßend. Wenn seine dünnen, blassen Lippen sich zu einem Lächeln teilten, was oft geschah, kam ein tadelloses Gebiß zum Vorschein, aber das Lächeln hellte sein Gesicht nicht auf, es untermalte nur deutlich die gelbliche Haut, die sich ungewöhnlich straff über die schmale kantige Nase und die hohen Backenknochen spannte und die von der linken Augenbraue bis zum Kinn laufende Säbelnarbe in Querfalten zog. Und ob er lächelte oder nicht – die Pupillen seiner tiefliegenden Augen blieben immer wie sie waren: unbewegt, schwarz und leer. Sogar jetzt am frühen Morgen, noch vor 6 Uhr, war er tadellos gekleidet, frisch rasiert, und das feucht schimmernde, spärlich dunkle Haar, das erst weit oberhalb der Schläfen ansetzte, war glatt nach hinten gebürstet. Er saß hinter einem einfachen glatten Tisch, dem einzigen Möbel im Wachraum außer den Bänken an den Wänden, und obgleich nur sein Oberkörper sichtbar war, wußte jeder, der ihn betrachtete, ohnehin, daß seine Bügelfalten und der Glanz seiner Stiefel tadellos waren.

Er lächelte oft, und so auch jetzt, als Oberleutnant Turzig seine Meldung beendete. Weit im Sessel zurückgelehnt, die Ellbogen auf den Armstützen, stellte er seine schlanken Finger in einer Pyramide unters Kinn und lächelte wohlwollend nach allen Seiten. Den trägen ausdruckslosen Augen entging nichts, sie erfaßten in einem kurzen Rundblick den Posten an der Tür, die zwei Wächter hinter den gefesselten Gefangenen und Andrea, der auf einer Bank saß, wo er eben Stevens niedergelegt hatte.

»Ausgezeichnet gemacht, Oberleutnant Turzig«, schnarrte er. »Sehr tüchtig, wirklich sehr tüchtig!« Er musterte grübelnd die drei vor ihm stehenden Männer, ihre verschrammten, mit Blut verkrusteten Gesichter, sein Blick streifte Stevens, der, kaum bei Bewußtsein, auf der Bank lag, dann lächelte er wieder und gestattete sich ein ganz leichtes Anheben der Augenbrauen. »Wohl ein bißchen Scherererei gehabt, Turzig? Die Gefangenen waren nicht sehr – hm – mitteilsam, wie? Waren wohl ziemlich renitent nach dieser etwas – hm – peinlichen Überraschung, was?«

»Sie haben keinen Widerstand geleistet, Herr Hauptmann, nicht den geringsten«, erwiderte Turzig steif. Sein Ton und sein ganzes Benehmen waren formell und korrekt, doch in seinen Augen spiegelten sich Abneigung und versteckte Feindschaft. »Meine Leute sind vielleicht ein bißchen übereifrig gewesen. Wir wollten jedenfalls keinen Irrtum aufkommen lassen.«

»Ganz recht, Oberleutnant, ganz recht so«, murmelte Skoda beifällig. »Diese Männer sind gefährlich, und bei gefährlichen Leuten ist größte Vorsicht geboten.« Er schob seinen Sessel zurück, stand gewandt auf, schritt um den Tisch und blieb vor Andrea stehen. »Dieser ist wohl eine Ausnahme, Oberleutnant?«

»Der wird nur seinen Freunden gefährlich«, sagte Turzig kurz. »Wie ich Ihnen schon sagte, Herr Hauptmann: der würde die eigene Mutter verraten, wenn er seine Haut dadurch retten kann.«

»Und gibt vor, uns freundlich gesonnen zu sein, wie?« fragte Skoda sinnend. »Einer unserer tapferen Verbündeten also.« Er holte anscheinend ganz gemütlich mit der Hand aus und versetzte Andrea einen harten, tückischen Schlag auf die Wange, wobei der schwere Siegelring an seinem Mittelfinger durch die Haut bis ins Fleisch schnitt. Andrea stieß einen Schmerzensschrei aus, hielt schnell die linke Hand vor sein blutendes Gesicht und duckte sich rückwärts, den rechten Arm in blinder Abwehr über den Kopf erhoben.

»Eine beachtliche Verstärkung der Wehrmacht des Dritten Reiches«, murmelte Skoda. »Sie haben sich nicht geirrt, Oberleutnant: ein feiger Bursche. Die instinktive Reaktion bei Schmerz ist ein untrüglicher Maßstab. Merkwürdig«, philosophierte er, »wie oft gerade sehr starke Männer so sind. Vermutlich ein Ausgleichsverfahren der Natur... Wie heißen Sie, mein tapferer Freund?«

»Papagos«, knurrte Andrea verdrießlich. »Peter Papagos.« Er zog seine Hand von der Wange, betrachtete sie mit vor Entsetzen geweiteten Augen und begann, sie mit schnellen nervösen Bewegungen an seinem Beinkleid abzuwischen, indem er seinen Ekel deutlich zur Schau trug. Skoda beobachtete ihn belustigt.

»Sie mögen nicht gern Blut sehen, was, Papagos?« sagte er. »Vor allem nicht Ihr eigenes?«

Einige Sekunden herrschte Schweigen, dann hob Andrea plötzlich den Kopf, mit jammervoll verzerrtem Gesicht, als müsse er gleich weinen.

»Ich bin doch nur ein armer Fischer, Euer Ehren«, fuhr es aus ihm heraus. »Sie lachen über mich und sagen, daß ich kein Blut sehen mag, und das ist wahr! Ich kann auch keine Menschen leiden sehen und hasse den Krieg. Mit all dem will ich nichts zu tun haben!« Er ballte in vergeblichem Flehen seine gewaltigen Fäuste, sein Gesicht zuckte vor Wehleidigkeit, seine Stimme klang viel höher als sonst. Es war eine meisterhafte Szene der Verzweiflung, so echt, daß sogar Mallory ihm beinah glaubte.

»Warum läßt man mich nicht in Frieden?« fuhr Andrea pathetisch fort. »Ich bin, weiß Gott, keine Kämpfernatur –.«

»Insgesamt eine sehr ungenaue Feststellung«, unterbrach ihn Skoda trocken. »Letzteres muß freilich inzwischen allen Anwesenden klargeworden sein.« Er klopfte,

ihn nachdenklich musternd, mit einer schwarzen Zigaretten-
spitze gegen seine Zähne. »Sie behaupten, Fischer zu sein –«

»Ein verfluchter Verräter ist er!« rief Mallory. Er fand, daß
der Kommandeur sich ein bißchen zuviel für Andrea interessierte. Skoda war sofort herumgefahren, er stand, die Hände
hinter dem Rücken verschränkt, auf Hacken und Fußspitzen
wippend, vor Mallory und musterte ihn spöttisch von oben
bis unten.

»So!« sagte er sinnend. »Der große Keith Mallory! Ein ganz
anderes Kaliber als unser dicker und bürgerlicher Freund da
auf der Bank, nicht wahr, Oberleutnant?« Er wartete keine
Antwort ab. »Welchen Dienstgrad haben Sie, Mallory?«

»Captain«, antwortete Mallory kurz.

»Hauptmann Mallory, soso. Hauptmann Keith Mallory,
der großartigste Bergsteiger unserer Zeit, das Idol der Euro-
päer vor dem Kriege, Meister in den unmöglichsten Bergpartien auf dieser Erde.« Skoda schüttelte bekümmert den Kopf.
»Und sich vorzustellen, daß das nun so enden soll... Ich bezweifle, daß die Nachwelt Ihre letzte Kletterleistung zu Ihren
besten zählen wird, denn es führen nur zehn Stufen zum
Galgen in der Festung Navarone.« Er lächelte. »Kein besonders erfreulicher Gedanke, nicht wahr, Captain Mallory?«

»Darüber habe ich noch gar nicht nachgedacht«, gab der
Neuseeländer freundlich zurück. »Ich zerbreche mir den
Kopf über Ihr Gesicht.« Er furchte nachdenklich die Stirn.
»Ich habe es, oder so ein ähnliches, bestimmt schon ir-
gendwo gesehen.« Er ließ die letzten Worte schwach abklin-
gen.

»Wirklich?« fragte Skoda interessiert. »In den Berner Alpen vielleicht? Da bin ich vor dem Kriege oft –«

»Jetzt hab' ich's!« Mallorys Stirn glättete sich. Er wußte,
was er riskierte, aber alles, was jetzt die Aufmerksamkeit von
Andrea ablenken und auf ihn konzentrieren konnte, schien
ihm richtig. Er strahlte Skoda an. »Vor drei Monaten war es,
im Zoo von Kairo. Ein im Sudan gefangener Wüstenbussard.
Leider ein ziemlich alter und räudiger«, ergänzte er wie zur
Entschuldigung, »aber er hatte genau denselben dürren
Hals, dasselbe Spitzgesicht und den kahlen Schädel –«

Er hielt plötzlich inne und bog sich zurück, als Skoda, das

Gesicht bleigrau vor Wut, die schimmernden Zähne fletschend, mit der Faust nach ihm ausholte. In dem Schlag lag die ganze Kraft seiner zähen Muskeln, doch im Zorn hatte er schlecht gezielt: seine Faust traf harmlos ins Leere, er stolperte, kam halb wieder hoch, dann fiel er mit einem Schmerzensschrei zu Boden, denn Mallorys schwerer Stiefel hatte ihn direkt über der Kniescheibe getroffen. Kaum gestürzt, war Skoda rasch wie eine Katze wieder auf den Beinen, machte einen Schritt vorwärts und – fiel abermals schwer zu Boden, da das verletzte Bein einknickte.

Einen Augenblick herrschte im Raum entsetztes Schweigen, dann war Skoda, indem er sich an der Kante des stabilen Tisches stützte, mühsam wieder auf die Füße gekommen. Er atmete hastig, sein schmaler Mund war eine harte, weiße Linie, die lange Säbelnarbe flammte rot in dem gelblichen Gesicht. Er blickte weder Mallory noch einen der andern an. Langsam und betont ruhig begann er in fast beängstigender Stille, sich um den Tisch herum nach seinem Platz zu bewegen, wobei das Gleiten seiner Hände auf dem Lederbezug der Platte den andern mit ihren überspannten Nerven wie ein lautes Scharren vorkam.

Mallory stand ganz still und verfluchte innerlich seine Dummheit, während er mit ausdrucksloser Miene zusah. Er hatte die Sache zu weit getrieben. Nun zweifelte er nicht mehr daran – und auch keiner der anderen konnte daran zweifeln –, daß Skoda beabsichtigte, ihn zu töten. Und er wollte nicht sterben! Nur Skoda und Andrea würden sterben: Skoda durch Andreas Wurfmesser – Andrea wischte sich eben mit der Innenseite seines Ärmels wieder Blut vom Gesicht, wobei seine Fingerspitzen bis auf wenige Zentimeter der Messerscheide nahe kamen –, und Andrea erschossen von den Wachen, denn außer seinem Messer hatte er keine Waffe, im Augenblick jedenfalls gab es nicht den leisesten Hoffnungsschimmer.

›Du Narr, du blöder, idiotischer Kerl!‹ beschimpfte sich Mallory immer wieder, unhörbar. Er drehte ein wenig den Kopf zur Seite und beobachtete aus dem Augenwinkel den ihm am nächsten stehenden Posten. Nahe bei ihm, und doch gut zwei Meter entfernt. Dieser Soldat würde ihn kriegen, das wußte er: der Feuerstoß aus seiner Maschinenpistole ihn glatt durchschneiden, bevor er sich gegen ihn werfen konnte. Aber er wollte es versuchen. Er mußte. Das zumindest war er Andrea schuldig…

Skoda hatte die Rückseite des Tisches erreicht, zog sein Schubfach auf und nahm einen Revolver heraus. Eine kleine kurze Waffe von bläulich glänzendem Metall, registrierte Mallory sachlich. Wie ein Spielzeug, aber ein mörderisches. Genau der Revolver, den er bei Skoda erwartet hätte, der zu diesem Manne haargenau paßte.

Ohne Eile drückte Skoda auf den Ausklinker, inspizierte das Magazin, schlug es mit der Handfläche wieder zu, entsicherte und blickte Mallory an. Seine Augen hatten sich nicht im geringsten geändert, sie waren so kalt, dunkel und leer wie bisher. Mallory beobachtete von der Seite und spannte seine Muskeln gegen einen jähen Fall nach rückwärts. ›Jetzt kommt es‹, dachte er wütend, ›so müssen solche Idioten wie Keith Mallory sterben!‹ Und dann, ganz plötzlich und unbewußt, entspannte er den Körper wieder, denn er hatte Andrea im Auge behalten und auch ihm die Erleichterung angemerkt, denn Andrea ließ seine Hand sorglos vom Hals hinabgleiten, und sie umschloß nicht sein Messer. Am Tisch war Bewegung entstanden, und Mallory hatte noch im letzten Moment wahrgenommen, daß Turzig Skodas Hand mit dem Revolver auf die Tischplatte drückte.

»Nicht das, Herr Hauptmann!« bat Turzig. »Um Gottes willen, so nicht!«

»Nehmen Sie Ihre Hände weg«, raunte Skoda. Sein leerer Blick blieb auf Mallorys Gesicht geheftet. »Nehmen Sie Ihre Hände weg, sage ich – wenn Sie nicht denselben Weg gehen wollen wie Hauptmann Mallory!«

»Sie dürfen ihn nicht töten, Herr Hauptmann«, sagte Turzig hartnäckig. »Das geht einfach nicht. Der Kommandeur hat sehr klare Befehle gegeben, Hauptmann Skoda. Der Anführer soll ihm lebend gebracht werden.«

»Er wurde eben auf der Flucht erschossen, klar?« sagte Skoda mit schwerer Zunge.

»Das trifft nicht zu.« Turzig schüttelte den Kopf. »Wir können sie nicht alle erschießen, und die anderen würden reden.« Er ließ Skodas Hände los. »Lebendig, hat der Kommandeur gesagt, allerdings nicht: wie lebendig.« Er senkte vertraulich die Stimme: »Vielleicht haben wir ja gewisse Schwierigkeiten, den Hauptmann Mallory zum Sprechen zu bringen?« legte er ihm nahe.

»Wie? Was haben Sie gesagt?« Auf einmal zog wieder ein Lächeln über das leichenhafte Gesicht, Skoda hatte sein Gleichgewicht wieder. »Sie sind übereifrig, Herr Oberleutnant. Erinnern Sie mich später, daß wir darüber sprechen. Sie unterschätzen mich. Genau das war nämlich meine Absicht: Mallory durch Erschrecken zum Reden zu bringen, und das haben Sie mir nun verdorben.« Er lächelte noch, sein Ton klang leicht, beinah scherzend, doch Mallory machte sich keine Illusionen. Er verdankte sein Leben diesem jungen Oberleutnant vom Jägerbataillon – wie leicht könnte man einen Menschen wie Turzig hochachten, sich mit ihm anfreunden, wenn dieser verfluchte, wahnsinnige Krieg nicht wäre...!

Skoda stand wieder vor ihm, er hatte seinen Revolver auf dem Tisch liegen lassen.

»Aber genug jetzt mit diesen Faxen, nicht wahr, Hauptmann Mallory?« Skodas Zähne gleißten förmlich im grellen Licht der nackten Birnen an der Decke. »Wir haben ja nicht die ganze Nacht Zeit, das sehen Sie wohl ein.«

Mallory sah ihn an, dann wandte er schweigend den Blick ab. In dem kleinen Wachlokal war es gewiß warm, fast stickig, und doch verspürte er jäh eine namenlose Kälte. Er erkannte in dieser Sekunde – ohne sagen zu können, wie das kam –, daß der kleine Mann vor ihm einen abgrundschlechten Charakter hatte.

»Na, na, na«, sagte Skoda, »wir sind ja auf einmal gar nicht mehr so redselig, mein Freund. Oder doch?« Er summte ein paar Töne vor sich hin, dann blickte er wieder hoch und sagte, noch breiter lächelnd: »Wo sind die Sprengstoffe, Hauptmann Mallory?«

»Sprengstoffe?« Mallory hob fragend eine Augenbraue. »Ich weiß nicht, wovon Sie reden.«

»Sie können sich also nicht erinnern?«

»Ich weiß nicht, wovon Sie reden.«

»So.« Skoda summte wieder und stellte sich vor Miller auf. »Und wie ist's mit Ihnen, Verehrtester?«

»Natürlich kann ich mich erinnern«, sagte Miller leichthin. »Der Captain wirft alles durcheinander.«

»Ein vernünftiger Mann!« schnurrte Skoda, aber Mallory hätte schwören können, daß in seinem Ton eine gewisse Enttäuschung mitklang. »Dann mal los, mein Freund.«

»Captain Mallory hat keinen Blick für Einzelheiten«, fuhr Miller gedehnt fort. »Ich war an dem Tag bei ihm. Er verleumdet einen edlen Vogel. Es war kein Bussard, sondern ein Geier.«

Eine Sekunde nur verlor Skoda sein Lächeln, dann war es wieder da, so starr und unlebendig wie auf einer Maske.

»Sehr, sehr witzige Leute, finden Sie nicht, Turzig? Die Briten nennen das Tingeltangelkomiker. Laß die lachen, solange sie Lust haben, bis der Henker ihnen die Schlinge zuzieht.« Er blickte Casey Brown an. »Vielleicht wissen Sie –?«

»Ach, gehen Sie los und springen Sie sich selbst ins Gesicht«, knurrte Brown.

»Diese Ausdrucksweise ist mir fremd, aber ein Kompliment soll's wohl nicht sein.« Skoda nahm sich eine Zigarette aus einem dünnen Etui und klopfte sie nachdenklich auf dem Fingernagel ab. »Hm-m. Mitteilsam sind die Herren nicht gerade, Oberleutnant Turzig.«

»Diese Männer werden Sie nicht zum Reden bringen, Herr Hauptmann«, sagte Turzig ruhig, aber entschieden.

»Vielleicht nicht, vielleicht nicht.« Skoda war ganz gleichmütig. »Trotzdem werde ich die Auskünfte bekommen, die ich haben will, und zwar innerhalb von fünf Minuten.« Ohne Eile schritt er an seinen Tisch, drückte auf einen Knopf, drehte seine Zigarette in die Nephritspitze und lehnte sich gegen den Tisch, arrogant und verächtlich jede Bewegung betonend, sogar das gemütliche Kreuzen seiner Füße in den blitzblanken Stiefeln.

Plötzlich flog eine Seitentür auf, und zwei Männer stolperten, von Gewehrläufen gestoßen, in den Raum. Mallory hielt den Atem an und fühlte, wie seine Fingernägel sich heftig in die Handflächen gruben. Louki und Panayis! Louki und Panayis, gefesselt und blutend, Louki aus einem Riß über dem

Auge, Panayis aus einer Kopfwunde. Also hatten sie auch die gefangen, und trotz seiner Warnungen!

Beide Männer waren in Hemdsärmeln, Louki, dem seine prächtig verbrämte Jacke, seine rote Schärpe und das kleine Arsenal von Waffen fehlten, die er sonst in ihr versteckt trug, wirkte armselig und kümmerlich. Sonderbar, weil er vor Zorn ganz rot war und sein Schnurrbart sich noch heftiger sträubte als sonst, wenn er sich ärgerte. Mallory sah ihn völlig ausdruckslos an, wie einen ganz Fremden.

»Aber, aber, Hauptmann Mallory«, sagte Skoda vorwurfsvoll, »haben Sie kein Wort zur Begrüßung von zwei alten Freunden? Nein? Oder sind Sie noch ganz überwältigt vor Staunen? Hatten nicht erwartet, sie schon so bald wiederzusehen, was, Hauptmann Mallory?«

»Was ist das für ein billiger Trick?« fragte Mallory geringschätzig. »Ich habe diese Männer im Leben noch nicht gesehen.« Er fing einen Blick von Panayis auf, den er unwillkürlich festhielt: er sah den finsteren Haß, der ihn aus diesen Augen anstarrte, die unbeherrschte Bosheit – fast grauenerregend.

»Selbstverständlich nicht.« Skoda seufzte gelangweilt. »Oh, selbstverständlich nicht. Das menschliche Gedächtnis ist ja so kurz, nicht wahr, Hauptmann Mallory?« Sein Seufzer war reines Theater, denn dieses Spiel, wie Katze und Maus, machte Skoda enorme Freude. »Immerhin, wir werden's noch mal versuchen.« Er drehte sich um, ging zu der Bank, auf der Stevens lag, zog ihm die Decke vom Körper und, ehe einer ahnte, was er beabsichtigte, hatte er mit der Kante seiner rechten Hand auf Stevens' gebrochenes Bein geschlagen, dicht unter dem Knie. Wie in einem Krampfanfall bäumte sich der ganze Körper des Verwundeten auf, doch nicht das leiseste Stöhnen entfuhr seinem Munde. Er war noch bei vollem Bewußtsein und lächelte Skoda an, während ihm Blut vom Kinn tropfte, da er sich die Unterlippe aufgebissen hatte.

»Das hätten Sie nicht tun dürfen, Hauptmann Skoda«, sagte Mallory. Er flüsterte beinah, und doch klang seine Stimme unnatürlich laut in der absoluten Stille im Raum. »Dafür werden Sie sterben, Hauptmann Skoda.«

»So? Ich werde sterben, meinen Sie?« Und noch einmal schlug er gegen das gebrochene Bein, und wieder ertrug Stevens es lautlos. »Dann kann ich jetzt gleich zweimal sterben, wie, Hauptman Mallory? Dieser junge Mann ist sehr, sehr zähe, aber die Briten haben doch so weiche Herzen, nicht wahr, mein lieber Hauptmann?« Sanft ließ er die Hand an Stevens' Bein hinabgleiten und schloß die Finger um den bestrumpften Knöchel. »Sie haben genau fünf Sekunden, mir die Wahrheit zu sagen, Hauptmann Mallory, dann werde ich mich leider gezwungen sehen, dieses Bein anders einzuschienen – Gott im Himmel, was ist denn mit dem dicken Tolpatsch los?«

Andrea war zwei Schritte vorgetreten und stand, auf den Füßen schwankend, nur einen Meter von ihm entfernt. »Hinaus will ich! Laßt mich hinaus!« Er atmete kurz und keuchend, senkte den Kopf, eine Hand an seiner Kehle, die andere über dem Leib. »Ich kann das nicht aushalten!« schrie er. »Luft, Luft! Ich muß Luft haben!«

»Ach nein, mein werter Papagos, Sie bleiben hier und freuen sich mit. Unteroffizier! Rasch!« Er hatte gesehen, wie Andreas Augen sich so verdrehten, daß nur noch das Weiße zu sehen war. »Dieser Dämlack wird ohnmächtig. Schaffen Sie ihn weg, bevor er auf uns fällt.«

Mallory nahm flüchtig wahr, daß die zwei Wachen vorstürzten, er sah in Loukis Gesicht die Verachtung über das ihm Unfaßliche, streifte mit seinem Blick Miller und Brown und sah, wie der Amerikaner als Antwort lässig ein Auge zukniff und Brown ganz, ganz wenig den Kopf neigte. Und als die zwei Soldaten von hinten neben Andrea traten und sich seine schlaffen Arme über die Schultern legten, sah er mit einem schnellen Blick nach halblinks, daß der nächste Posten jetzt nur gut einen Meter von ihm stand, ganz vertieft in das theatralische Bild von dem wankenden Riesen. Leicht wäre es, ganz leicht... der Mann trug sein Gewehr lose an der Seite: den hätte er niederwerfen können, bevor er merkte, was ihm geschah.

Wie gebannt beobachtete er Andrea, der jetzt seine Unterarme, als gehorchten sie ihm nicht, an den Schultern der ihn stützenden Soldaten so weit hinabgleiten ließ, daß seine

Handgelenke locker an ihren Hälsen lagen, die Handflächen nach innen. Und dann, als er sah, wie Andreas mächtige Schultermuskeln sich plötzlich mit einem Ruck spannten, warf er sich jäh wie ein Geschoß zur Seite und halb rückwärts, so daß seine Schulter den Posten mit tückischer Wucht gegen den Magen traf, dicht unter dem Brustbein. Nur ein »Uff!« entfuhr dem Mann bei diesem schmerzhaften Stoß, und als er gegen die hölzerne Wand krachte, wußte Mallory, daß er ihn, zumindest für eine Weile, kampfunfähig gemacht hatte.

Schon im Sprung hatte er das widerlich dumpfe Aneinanderknallen zweier Köpfe gehört und jetzt, als er sich auf die Seite drehte, konnte er gerade noch sehen, wie ein vierter Soldat, der sich schwach wehrte, unter dem vereinten Gewicht von Miller und Brown zu Boden stürzte, während Andrea die Maschinenpistole des Postens, der rechts neben ihm gestanden hatte, an sich riß und sie in seinen großen Fäusten auf Skodas Brust richtete, noch bevor der bewußtlose Soldat ganz zu Boden gesunken war und sich nicht mehr rührte.

Für eine oder zwei Sekunden hörte jede Bewegung im Raum auf, alle Geräusche verstummten wie mit einem Messer abgeschnitten, und diese jähe, vollkommene Stille wirkte unendlich viel eindringlicher als der Lärm, der eben zu Ende war. Keiner bewegte sich, keiner sprach, sie vergaßen sogar zu atmen, denn der Schrecken über das völlig unvorhersehbare Geschehen hielt sie alle in Bann.

Und dann wurde die Stille durch ein donnerndes Stakkato zerfetzt, das in der Enge des Raumes die Ohren betäubte: einmal, zweimal, dreimal, ohne ein Wort und mit aller Sorgfalt, schoß Andrea den Hauptmann Skoda durchs Herz. Die Wucht der Geschosse hob den kleinen Mann von den Füßen und schleuderte ihn gegen die Wand, wo er, unfaßlich, für eine Sekunde mit weit ausgestreckten Armen stand, wie ans Kreuz genagelt auf den rohen Brettern, ehe er zusammenbrach, schlaff niedersank, eine groteske, zerbrochene Puppe, deren Kopf unachtsam gegen die Kante der Bank schlug, um dann, das Gesicht nach oben, auf dem Fußboden liegenzubleiben. Die Augen waren noch weit offen, im Tode ebenso kalt, so dunkel und leer, wie sie im Leben gewesen waren.

Andrea hob, während er die Maschinenpistole in einem Halbkreis schwenkte, der Turzig und den Sergeanten einschloß, Skodas Dolchmesser auf und durchschnitt die Fesseln an Mallorys Handgelenken.

»Können Sie diese Waffe halten, Hauptmann?« fragte er ihn.

Mallory streckte ein paarmal seine steif gewordenen Hände, nickte und übernahm schweigend die MP. Mit drei Schritten war Andrea hinter der Tür, die zum Vorraum führte, drückte sich dicht an die Wand und gab Mallory einen Wink, sich so weit wie möglich außer Sicht von der Tür zu halten. Die wurde plötzlich aufgestoßen. Andrea konnte von seinem Platz gerade ein kleines Stück des in den Raum ragenden Gewehrlaufs sehen.

»Herr Oberleutnant, was ist los? Wer schoß...?« Die Stimme des Soldaten brach in ein hartes Ächzen um, als Andrea mit der Stiefelsohle gegen die Tür trat. Im Nu war er um die Türkante herumgesprungen, ergriff den Deutschen noch im Fallen, zog ihn aus dem Türrahmen und spähte in den Anbau. Ein kurzer Blick genügte: er schloß die Tür und verriegelte sie von innen. »Niemand weiter da, Hauptmann«, meldete er Mallory. »War anscheinend bloß dieser eine Gefängniswärter.«

»Fein! Schneide bitte die andern los, Andrea.« Er drehte sich rasch nach Louki um und mußte gleich lächeln, ein so komisches Gesicht zog der kleine Mann, als aus der starren Miene, die noch nicht ganz begriff, sein breites Grinsen wuchs, das von einem Ohr bis zum andern reichte.

»Wo schlafen die Leute, Louki? Die Soldaten, meine ich.«

»In einer Baracke mitten auf dem Hof, Herr Major. Dies ist das Offiziersquartier.«

»Hof? Sie meinen wohl –?«

»Stacheldraht«, sagte Louki. »Drei Meter hoch, ringsum.«

»Ausgänge?«

»Nur einer. Zwei Posten.«

»Gut. Andrea, alle in den Nebenraum. Nein, Sie nicht, Oberleutnant, Sie nehmen hier Platz.« Er deutete auf den Sessel hinter dem großen Tisch. »Es muß ja jemand kommen. Sagen Sie dem, Sie hätten einen von uns erschossen, der flüchten wollte. Dann lassen Sie die Wachtposten vom Tor herkommen.«

Einen Augenblick erwiderte Turzig nichts. Er beobachtete leeren Blicks, wie Andrea an ihm vorbeiging und die zwei bewußtlosen Soldaten am Kragen nachschleppte. Dann lächelte er ein ziemlich schiefes Lächeln.

»Tut mir leid, Sie enttäuschen zu müssen, Captain Mallory. Zuviel ist schon durch meine blinde Dummheit verlorengegangen. Ich werde das nicht tun.«

»Andrea!« rief Mallory gedämpft.

»Ja?« Andrea stand in der Tür vom Vorraum.

»Ich glaube, ich höre jemand kommen. Hat der Nebenraum einen Ausgang?«

Andrea nickte stumm.

»Draußen. An der Vordertür. Nimm dein Messer. Falls der Oberleutnant...« Aber er sprach für sich allein, Andrea war schon gegangen, lautlos wie ein Geist aus der Hintertür geglitten.

»Sie werden genau das tun, was ich anordne«, sagte Mallory leise. Er stellte sich so an die Tür zum Anbau, daß er durch die Vordertür, durch den Spalt am Pfosten, hinausblicken konnte. Seine Maschinenpistole war auf Turzig gerichtet. »Tun Sie das nicht«, fuhr er fort, »so wird Andrea den Mann da draußen töten. Dann werden wir Sie und die Wachen da drin erschießen und die Posten am Tor erstechen. Neun Tote – und alles umsonst, denn entkommen werden wir sowieso... Da kommt er schon.« Mallory hatte ganz leise gesprochen, seine Augen und sein Gesicht waren mitleidlos kalt. »Neun Tote, Oberleutnant – und das bloß, weil Sie stolz sein wollen?« Absichtlich hatte er den letzten Satz in fließendem Deutsch gesprochen, und um seinen Mund zuckte es ein wenig, als er wahrnahm, daß Turzig kaum merkbar die Schultern hängen ließ. Da wußte er, daß er gewonnen hatte: daß Turzigs letzter Schachzug auf seiner vermuteten Unkenntnis der deutschen Sprache beruht hatte und diese Hoffnung nun zuschanden war.

Die Tür wurde aufgedrückt, ein schwer atmender Soldat stand auf der Schwelle. Er war bewaffnet, aber trotz der Kälte nur mit Hose und Unterhemd bekleidet.

»Herr Oberleutnant, Herr Oberleutnant, wir haben Schüsse gehört –« Er sprach natürlich Deutsch.

»Hat nichts zu sagen, Sergeant.« Turzig neigte den Kopf über ein offenes Schubfach und tat, als suche er da etwas, gewissermaßen um dadurch zu erklären, weshalb er allein in dem Raum war. »Einer von unseren Gefángenen wollte ausreißen... wir haben ihn aufgehalten.«

»Soll ich den Sanitäter vom Dienst –?«

»Nein, leider haben wir ihn für immer aufgehalten.« Turzig lächelte matt. »Sie können morgen früh ein paar Mann zum Beerdigen abstellen. Jetzt könnten Sie noch den Posten am Tor sagen, daß sie mal einen Augenblick herkommen sollen. Und Sie selbst legen sich schlafen, sonst erkälten Sie sich noch zu Tode!«

»Soll ich eine Wache zur Ablösung einteilen?«

»Nein doch!« sagte Turzig nervös. »Es ist ja nur für eine Minute, und außerdem sind die Leute, um derentwillen wir die Posten aufstellen, ja schon hier drin.« Er preßte einen Moment die Lippen zusammen, als ihm bewußt wurde, welche Ironie in seinen Worten lag. »Also schnell jetzt, Mann, ich kann hier nicht die ganze Nacht zubringen.« Er wartete, bis die Schritte des Laufenden nicht mehr zu hören waren, dann fragte er Mallory: »Zufrieden?«

»Vollkommen. Und ich bitte Sie aufrichtig um Verzeihung«, sagte Mallory ruhig. »Mir ist es verhaßt, einen Menschen wie Sie so behandeln zu müssen.« Er drehte sich zur Tür um, da Andrea hereinkam. »Andrea, frag mal Louki und Panayis, ob es in diesem Lager eine Telefonzentrale gibt. Dann sollen sie die zertrümmern, auch alle einzelnen Anschlüsse, die sie finden können.« Er lächelte spöttisch. »Und komm du gleich wieder her, ich bin ohne dich als Empfangskomitee nicht viel wert, wenn unsere Besucher vom Tor erscheinen.«

Turzigs Augen folgten dem breiten Rücken Andreas, als der hinausging. »Hauptmann Skoda hat recht gehabt, ich muß noch viel lernen«, sagte er, ohne Bitterkeit und Haß. »Er hat mich vollständig hinters Licht geführt, der Dicke da.«

»Sie sind nicht der erste«, versicherte Mallory, »er hat schon mehr Leute zum Narren gehalten, als ich zählen kann... Sie sind nicht der erste«, wiederholte er, »aber ich kann Sie wohl zu den wenigen rechnen, die Glück dabei haben.«

»Weil ich noch am Leben bin?«

»Weil Sie noch am Leben sind«, gab Mallory zurück. Knapp zehn Minuten später fanden sich die beiden Posten vom Tor bei ihren Kameraden im hinteren Raum wieder, so schnell, so sachverständig und so geräuschlos gefangen, entwaffnet, gefesselt und geknebelt, daß Turzig als Soldat, und trotz seiner Verärgerung, das nur bewundern konnte. Er selbst lag, an Händen und Füßen stramm gebunden, aber ohne Mundknebel, in einer Ecke des Raumes.

»Ich glaube jetzt zu verstehen, weshalb Ihr Oberkommando Sie für diese Aufgabe ausgesucht hat, Captain Mallory«, sagte er. »Wenn es jemanden gab, der sie durchführen konnte, dann waren Sie das – und doch muß es Ihnen mißlingen. Das Unmögliche wird immer unmöglich bleiben. Jedenfalls haben Sie einen großartigen Haufen.«

»Es geht so«, sagte Mallory bescheiden. Nach einem letzten Rundblick im Raum blickte er lächelnd Stevens an. »Nun, sind Sie bereit, die Reise fortzusetzen, junger Mann, oder finden Sie es allmählich monoton?«

»Bin bereit, sobald Sie aufbrechen wollen, Sir.« Auf einer Bahre liegend, die Louki wie ein Zauberer besorgt hatte, seufzte er selig. »Diesmal geht's erster Klasse, wie sich's für einen Offizier gehört, ganz luxuriös. Soll mir egal sein, wie weit der Weg ist.«

»Sie haben gut reden!« knurrte Miller verdrießlich. Ihm war für die erste Strecke das vordere Ende der Bahre zugeteilt. Wer ihn kannte, sah aber an seinen sonderbar verzogenen Augenbrauen, daß er niemand kränken wollte.

»Also schön, dann brechen wir auf. Noch eine letzte Frage, Oberleutnant Turzig: Wo ist die Funkstelle des Lagers?«

»Damit Sie die zertrümmern können, wie? Wünschen Sie tatsächlich diese Auskunft von mir?«

»Sehr richtig.«

»Ich habe keine Ahnung.«

»Und wenn ich Ihnen eine Kugel durch den Kopf androhe?«

»Das werden Sie nicht tun.« Turzig lächelte, wenn auch ein wenig schief. »Unter bestimmten Verhältnissen würden Sie mich töten wie eine Fliege, aber wegen der Verweigerung solcher Auskünfte bringen Sie niemanden um.«

»Sie haben doch nicht mehr so viel zu lernen, wie Ihr verstorbener, aber nicht ›leider‹ verstorbener Hauptmann dachte«, gab Mallory zu. »So überaus wichtig ist mir das auch nicht... Ich bedauere, was wir hier tun müssen, und hoffe nur, wir begegnen uns nicht wieder, das heißt: solange der Krieg dauert. Wer weiß, vielleicht machen wir eines Tages gemeinsame Klettertouren.«

Er gab Louki das vereinbarte Zeichen, Turzig zu knebeln, und ging schnell hinaus. Nach zwei Minuten hatten sie das Barackenlager hinter sich und waren unsichtbar in die Dunkelheit der Olivenhaine südlich von Margaritha getaucht.

Als sie, nach längerer Zeit, aus dem waldigen Gebiet herauskamen, kündete sich schon der Morgen an. Die schwarze Silhouette des Kostos wurde bereits heller im flaumigen ersten Grau des neuen Tages. Der Wind, jetzt aus Süden, war warm, auf den Bergen begann der Schnee zu schmelzen.

11. KAPITEL

Mittwoch 14.00 bis 16.00 Uhr

Den ganzen Tag hielten sie sich zwischen den Johannisbrotbäumen verborgen, einem kleinen Gehölz von verkümmer-
ten knorrigen Bäumen, die mühsam im trügerischen Boden
des mit Geröll bedeckten Abhangs wurzelten, unter dem sich
des ›Teufels Spielplatz‹ dehnte – wie Louki das Gelände bezeichnete. Ein ärmlicher ›Schutz‹ und ein gemütlicher Ort,
der ihnen aber das bot, was sie sich gewünscht hatten: ein
Versteck, unmittelbar dahinter eine sehr gute Verteidigungsstellung, eine milde Brise, die von See über die von der Sonne
erhitzten Felsen heraufstrich, kühlenden Schatten unter den
Strahlen dieser Sonne, die den ganzen Tag über einen wolkenlosen Himmel wanderte, und – eine unvergleichlich
schöne Aussicht auf das lichtfunkelnde Ägäische Meer.

Zu ihrer Linken konnten sie, flimmernd in allen Schattie-
rungen von Blau und Violett, die Inselgruppe der Leraden sehen. Eine von ihnen, Maidos, lag so nahe, daß sie einzelne Fi-
scherhäuschen erkennen konnten, auf deren weißen Mauern
die Sonne glänzte. Durch den engen Wasserweg zwischen
Maidos und Navarone sollten in kaum mehr als vierundzwanzig Stunden die Kriegsschiffe der Royal Navy kommen.
Zur Rechten, weit entfernt und gestaltlos, schwang vor der
Kulisse der hohen Anatolischen Berge die Küste in weitem
Bogen von der Form eines Krummschwerts nach Nordwesten aus, und genau nach Westen stach wie ein Wurfspeer
das Kap Demirci, von Felsen umrandet, mit weißen Sand-
buchten dazwischen, in das milde Blau der Ägäis. Und nördlich des Kaps, im violetten Dunst der Ferne, lag die Insel Kheros wie träumend auf der Meeresoberfläche.

Ein bezauberndes Parorama von inniger Schönheit, dieser
weite Halbkreis auf der sonnenbestrahlten See. Doch Mallory hatte jetzt keinen Blick dafür, er hatte nur flüchtig hinge-
schaut, als er vor ungefähr anderthalb Stunden, kurz nach

2 Uhr, auf ihren Beobachtungsplatz trat. An einen Baumstamm gelehnt, hatte er minutenlang, bis die Augen ihn vor Anstrengung schmerzten, nach dem ausgeschaut, was er so lange schon zu sehen begehrte. Was er sehen wollte und zerstören sollte: die Kanonen der Festung Navarone.

Der Ort Navarone – ein Städtchen von vier- bis fünftausend Einwohnern, nach seiner Schätzung – lag breit gebaut um den tiefen Bogen des in vulkanischen Fels gebetteten Hafens, einem wohlgerundeten Bogen, der fast einen geschlossenen Kreis bildete, bis auf die enge, wie ein Flaschenhals geformte Durchfahrt im Nordwesten, einem zu beiden Seiten durch Batterien von Scheinwerfern, Mörsern und MGs beherrschtem Tor. Nordöstlich ihres Lagers zwischen den Johannisbrotbäumen konnte Mallory auf eine Entfernung von etwa fünf Kilometern alle Straßen, jedes Haus und im Hafen jede Kajike und Barkasse klar unterscheiden. Immer wieder studierte er die Einzelheiten und prägte sich das Bild fest ins Gedächtnis: wie westlich des Hafens das Gelände sanft zu den Olivenbäumen anstieg; die staubigen Straßen, die dort zum Wasser hinabführten; die im Süden auf etwas steilerem Gelände parallel zum Wasser nach der Altstadt führenden Straßen. Er sah an der Ostseite der Bucht die von den Bomben der Staffel Torrance punktierten, fünfundvierzig Meter hoch aus dem Wasser ragenden Klippen, die oberhalb des Hafens beängstigend überhingen. Und auf den Klippen den großen runden Buckel vulkanischen Gesteins, der von der Stadt aus unsichtbar sein mußte, da die hohe Festungsmauer das ganze Terrain auf der Klippe im Halbkreis abschloß. Er konnte erkennen und beurteilen, wie die zwei Reihen von Flakgeschützen, die großen Radarschirme und die Kasernen der Besatzung, niedrige Gebäude aus dicken Mauersteinblöcken, mit tief eingelassenen Türen und Fenstern, die ganze Umgebung beherrschten – daß sie auch den breiten, schwarzen Schlund in der Klippenwand, unter dem fantastischen natürlichen ›Dach‹ kraftvoll schützten...

Fast ohne es zu wissen, nickte er still für sich, da ihm nun die Zusammenhänge immer klarer wurden. Das also war die Festung, die den Alliierten anderthalb Jahre getrotzt, die, seitdem die Deutschen vom Festland nach den Inseln übergriffen, die ganze Seekriegsstrategie in den Sporaden bestimmt und in dem zweitausend Quadratmeilen großen Gebiet zwischen den Leraden und der türkischen Küste jede Seekriegsaktion blockiert hatte. Erst jetzt, da er die Festung sah, begriff er das Ganze. Uneinnehmbar durch Angriffe zu Land oder aus der Luft – denn daß die Aufgabe, die Torrance gehabt hatte: sich mit seinen Flugzeugen den gewaltigen, unter dem Klippendach verborgenen Kanonen und den Reihen starrender Flakgeschütze auszusetzen, fast Selbstmord gewesen war, war ihm nun mit einem Blick klar – und uneinnehmbar auch von See aus, denn dafür sorgten die auf Samos wartenden Staffeln der deutschen Luftwaffe. Jensen hatte die Lage richtig beurteilt: daß hier nur der Kleinkrieg mit Sabotage gewisse Erfolgsaussichten bot, eine ganz schwache Chance auf so gut wie verlorenem Posten, aber immerhin eine Möglichkeit. Und Mallory wußte, daß er mehr nicht verlangen durfte.

Nachdenklich senkte er den Feldstecher und rieb mit dem Handrücken über seine schmerzenden Augen. Endlich wußte er wirklich, wieviel seine Aufgabe verlangte, und war froh über diese Gelegenheit, sich vorher noch aus sicherem Abstand mit dem Gelände und den Eigenarten der Stadtanlage vertraut machen zu können. Vermutlich war diese Stelle die einzige auf der ganzen Insel, wo sie so sicher ihre Chance abwarten konnten. Und nicht er als Führer des Unternehmens, hatte das Verdienst, sie entdeckt zu haben, gestand er sich etwas mißvergnügt ein. Es war einzig und allein Loukis Idee gewesen.

Und dem kleinen Griechen mit den traurigen Augen schuldete er noch viel mehr. Von Louki stammte der Plan, zuerst von Margaritha aus talaufwärts zu gehen, um Andrea Zeit zu geben, die Sprengstoffe aus der Schäferhütte zurückzuholen und sich zu vergewissern, ob nicht schon eine Hetze und Verfolgung im Gange war – dann wären sie in einem Rückzugsgefecht durch die Olivenhaine bis in die Ausläufer des Kostos ausgewichen. Louki hatte sie dann auch, an Margaritha vorbei, zurückgeführt und sie außerhalb des Ortes warten lassen, während er und Panayis wie die Gespenster durch die graue Dämmerung schlüpften, um sich warmes

Zeug aus ihren Wohnungen zu holen. Und auf dem Rückweg war er in die Garage der Abteilung geschlichen, hatte die Zündkabel aus dem Wagen des deutschen Kommandeurs und dem LKW gerissen – dem einzigen Transportmittel der Truppe in Margaritha – und ›vorsichtshalber‹ auch die Verteiler zerschlagen. Louki war es, der sie durch einen eingesunkenen Graben bis zu den Wachtposten an der Straßensperre im Tal geleitet hatte – beinah lächerlich leicht hatten sie es gehabt, die Posten, von denen nur einer wach war, zu entwaffnen – und schließlich war es Louki gewesen, der darauf bestand, daß sie auf dem Talweg durch den schlammigen Teil in der Mitte gingen, bis sie an die beschotterte Straße kamen, etwa drei Kilometer vor der Stadt. Nach hundert Metern auf fester Straße waren sie links abgebogen und hatten, über ein langes, ansteigendes Lavafeld, auf dem keinerlei Spur hinterblieb, kurz vor Sonnenaufgang dieses Dickicht von Johannisbrotbäumen erreicht. Sie waren kurz vor ihrem Ziel.

Und alles hatte geklappt. Sämtliche sorgfältig ausgeklügelten Direktiven, Kennzeichen und Anhaltspunkte hatten sich in jeder Weise als richtig erwiesen.

Miller und Andrea hatten auf ihrer gemeinsamen Vormittagswache beobachtet, daß Patrouillen aus der Festung stundenlang in Navarone die Häuser einzeln durchsuchten. ›Daher werden wir gewiß morgen in der Stadt doppelt und dreifach sicher sein‹, sagte sich Mallory, denn daß eine so gründliche Razzia gleich wiederholt wurde, war nicht anzunehmen. Und wenn, dann bestimmt nicht sehr sorgfältig. Louki hatte wirklich gute Arbeit geleistet.

Mallory drehte den Kopf, um ihn zu betrachten. Der kleine Mann schlief noch, hinter ein paar Baumstämmen am Abhang eingekeilt. Er hatte sich seit fünf Stunden nicht gerührt. Obwohl Mallory selbst tief ermüdet war, seine wunden Füße schmerzten und die Augen ihm vor Übermüdung brannten, gönnte er Louki aufrichtig diese Ruhe. Die hatte er wahrhaftig verdient, denn er war noch die ganze vorige Nacht wachgeblieben. Panayis freilich auch, doch der wurde bereits wieder munter. Mallory sah, wie er sich das lange dunkle Haar aus der Stirn schob. Nein, dieser Mann ›erwachte‹ nicht wie normale Menschen: bei dem vollzog sich der Übergang aus dem Schlaf zum hellwachen Zustand so schnell und vollkommen wie bei einer Katze. Ein gefährlicher Mensch, ein Desperado, und als Feind gewiß sehr bösartig – doch Mallory wußte im Grunde von ihm gar nichts und bezweifelte, ob er diesen Mann jemals durchschauen, ihn jemals kennen würde.

Weiter oben am Hang, fast in der Mitte des Dickichts, hatte Andrea eine hohe Plattform errichtet, indem er zwei Stämme in etwa anderthalb Meter Abstand einrammte, sie mit Flechtwerk von Ästen und Reisig verband und den Winkel zwischen dieser Wand und dem Hang zuschüttete, bis eine fast genau waagrechte Plattform entstand. Und auf dieser lag Stevens, noch auf seiner Bahre und noch bewußtlos. Soviel Mallory sich erinnerte, hatte Stevens kein Auge geschlossen, seitdem Turzig sie aus dem Unterstand in den Bergen abgeführt hatte. Er schien sein Schlafbedürfnis überwunden zu haben oder hatte gewaltsam alle Müdigkeit unterdrückt. Der Gestank seines brandigen Beins war entsetzlich, zum Übelwerden, und vergiftete die Luft in seiner Umgebung. Mallory und Miller hatten nach ihrer Ankunft in dem Gehölz den Verband gelöst, das Bein untersucht und es wieder verbunden, indem sie sich zulächelten und Stevens versicherten, die Wunde heile bereits. Unterhalb des Knies war das Bein fast völlig schwarz...

Mallory hob sein Fernglas, um noch einmal die Stadt zu betrachten, ließ es jedoch gleich wieder sinken, da jemand hinter ihm rutschend den Hang herabkam und ihn am Arm berührte. Es war Panayis, der ganz aufgeregt, beinah wütend aussah und besorgt zur untergehenden Sonne wies.

»Die Zeit, Hauptmann Mallory?« Er sprach Griechisch, in eindringlichen Zischlauten, mit einer Stimme, die, wie Mallory fand, zu diesem hageren, geheimnisvoll düsteren Menschen unbedingt gehört. »Wie spät ist es?« wiederholte Panayis.

»Ungefähr halb drei.« Mallory furchte fragend die Stirn. »Worüber machen Sie sich Sorgen, Panayis?«

»Sie hätten mich wecken müssen, schon vor Stunden!« Er war tatsächlich böse. »Ich bin doch mit der Wache an der Reihe!«

»Aber Sie hatten die ganze Nacht nicht geschlafen«, erklärte Mallory vernünftig. »Es wäre mir einfach ungerecht vorgekommen –«

»Ich sage Ihnen doch, daß jetzt ich an der Reihe bin!« wiederholte Panayis stur.

»Na, also schön, wenn Sie unbedingt wollen.« Mallory kannte den hitzigen Stolz der Inselbewohner zu gut, um noch länger zu streiten. »Nur der Himmel weiß, was aus uns ohne Sie und Louki geworden wäre... Ich werde aber hierbleiben und Ihnen noch eine Weile Gesellschaft leisten.«

»Ach, deshalb haben Sie mich schlafen lassen!« Stimme und Blick verrieten deutlich, wie gekränkt der Mann war. »Sie trauen Panayis nicht –«

»Oh, um Himmels willen!« fing Mallory zornig an, beherrschte sich aber gleich und lächelte. »Natürlich trauen wir Ihnen. Es ist sowieso besser, wenn ich jetzt gehe und ein bißchen schlafe, und ich finde es sehr nett, daß Sie mir die Möglichkeit geben. Wollen Sie mich in zwei Stunden wachrütteln?«

»Gewiß, gewiß!« Panayis strahlte beinah. »Ich werde es nicht vergessen.«

Mallory kletterte zur Mitte des Dickichts hinauf und streckte sich lässig auf die Erdbank, die er sich am Hang abgegraben hatte. Ein Weilchen beobachtete er noch Panayis, der rastlos auf dem Platz vor den Bäumen hin und her schritt. Als er ihn schnell auf einen Baum klettern sah, wo er offenbar einen höheren Aussichtspunkt suchte, verlor er das Interesse und fand es am besten, seinem eigenen Rat zu folgen und zu schlafen, solange er dazu Gelegenheit hatte.

»Hauptmann Mallory! Hauptmann Mallory!« Eine schwere Hand rüttelte ihn nervös an der Schulter. »Aufwachen! Aufwachen!«

Mallory rührte sich, rollte auf den Rücken und öffnete, während er sich zum Sitzen aufrichtete, die Augen. Über ihn gebeugt stand Panayis, sein dunkles Gesicht zeigte höchste Besorgnis. Mallory schüttelte den Kopf, um die Nebel des Schlafes loszuwerden, dann war er mit einer schnellen, gewandten Bewegung auf den Beinen. »Was gibt's denn, Panayis?«

»Flugzeuge!« sagte Panayis schnell. »Eine ganze Staffel kommt auf uns zu!«

»Flugzeuge? Was für welche? Feindliche?«

»Das weiß ich nicht, Herr Hauptmann, sie sind noch weit ab, aber –«

»Aus welcher Richtung?« fragte Mallory schroff.

»Sie kommen von Norden.«

Zusammen liefen sie an den Rand des Gehölzes hinab. Panayis deutete nach Norden, und sofort entdeckte Mallory die Maschinen. Die Nachmittagssonne blitzte auf ihren scharf nach rückwärts gewinkelten Tragflächen. ›Stukas, tatsächlich!‹ dachte er erbittert. Sieben waren es, nein: acht! Kaum noch fünf Kilometer entfernt, flogen sie in zwei Ketten zu je vier Maschinen, sicher nicht höher als sieben- bis achthundert Meter... Er merkte, daß Panayis ihn unruhig am Ärmel zupfte.

»Kommen Sie, Hauptmann Mallory!« raunte er erregt. »Wir haben keine Zeit zu verlieren!« Er zog Mallory herum, wies nach den düsteren, zerklüfteten Klippen mit kreuz und quer einschneidenden Schluchten voll losen Gesteins, die irgendwo ins Innere der Insel führten oder, kaum beginnend, vor neuen Steilwänden endeten. »Des Teufels Spielplatz! Da müssen wir sofort hinein. Sofort, Hauptmann Mallory!«

»Warum denn bloß, zum Donnerwetter?« Mallory betrachtete ihn verwundert. »Es besteht kein Grund, anzunehmen, daß die hinter uns her sind. Wie sollten sie auch? Niemand weiß, daß wir hier sind.«

»Das ist mir egal!« Panayis ließ sich nicht beirren. »Ich weiß es! Fragen Sie mich nicht, wieso, denn das könnte ich nicht erklären. Louki wird's Ihnen sagen, daß Panayis solche Dinge kennt. Ich weiß es eben, Hauptmann Mallory, ich weiß es!!«

Noch eine Sekunde sah Mallory ihn verständnislos an. Kein Zweifel, daß Panayis ganz ernst und aufrichtig sprach, aber –. Das harte Tackern von Maschinengewehren, das jetzt an sein Ohr schlug, nahm die Entscheidung ab. Instinktiv, fast ohne es zu merken, jedenfalls ohne zu wissen, warum, lief er bergauf, glitt und stolperte durch das Geröll. Er fand die andern schon auf den Beinen. Gespannt, in ungewissen

Erwartungen, schulterten sie ihre Traglasten, die Schußwaffen bereits in den Fäusten.

»Alle bis an den oberen Rand des Dickichts«, schrie er. »Fix! Da oben in Deckung bleiben, wir müssen dann nach der Felsenlücke vorstoßen.« Er wies durch die Bäume nach einer zackigen Kluft in den Klippen, kaum vierzig Meter von seinem Platz, und segnete im stillen Loukis Weitsicht: ein Versteck mit einem so günstigen Fluchtweg gewählt zu haben. »Warten, bis ich Befehl gebe. Andrea!« Er drehte sich um, brauchte aber nichts mehr hinzuzufügen: Andrea hatte den sterbenden Stevens schon auf die Arme genommen, mit Bahre und Decken, wie er dalag, und beeilte sich, immerfort Bäumen ausweichend, mit seiner Last bergauf zu kommen.

»Was liegt denn an, Boß?« Miller eilte neben Mallory den Hang hinauf. »Ich sehe überhaupt nichts.«

»Aber hören können Sie etwas, wenn Sie mal einen Moment nicht reden«, erwiderte Mallory grimmig. »Oder schauen Sie einfach mal nach oben.«

Miller, der sich jetzt, ein paar Meter von der oberen Grenze des Wäldchens auf den Bauch gelegt hatte, verdrehte den Hals, um in den Himmel zu blicken. Sofort hatte er die Flugzeuge entdeckt. »Stukas«, sagte er ungläubig. »Eine ganze Staffel dieser verfluchten Stukas! Das kann doch nicht sein, Boß!«

»Es kann nicht nur: es ist«, entgegnete Mallory noch erbitterter. »Jensen hat mir erklärt, daß die Deutschen sie von der ganzen italienischen Front weggeholt haben, über zweihundert in den letzten paar Wochen.« Er schielte nach der nur noch etwa achthundert Meter entfernten Staffel. »Und diesen ganzen Verein haben sie in die Ägäis dirigiert.«

»Aber die suchen doch nicht uns?« protestierte Miller.

»Leider doch«, sagte Mallory hart. Die zwei Ketten hatten sich jetzt in Kiellinie formiert. »Ich fürchte, Panayis hat recht gehabt.«

»Aber – die fliegen ja an uns vorbei!«

»Tun sie nicht«, entgegnete Panayis entschieden. »Die sind unsertwegen hier. Achten Sie doch mal auf die führende Maschine.«

Gerade als er das sagte, kippte der Staffelkommandant

seine möwenflügelige Junkers 87 scharf nach Backbord, machte eine halbe Drehung, und dann fiel sie im kreischenden Sturzflug vom Himmel, in gerader Linie auf das Gehölz zustoßend.

»Achtung! Halt – nicht schießen!« rief Mallory. Die Stuka hielt, mit höchster Kraft bremsend, auf den Mittelpunkt des Dickichts zu. Nichts konnte sie jetzt aufhalten, doch ein einzelner Gewehrschuß hätte sie ihnen vielleicht direkt über die Köpfe gebracht. Schon stand es um ihre Chancen schlecht genug...

»Hände über den Kopf halten – Kopf tief wegstecken – ruhig bleiben!«

Er selbst befolgte den Befehl nicht, sein Blick folgte dem Bomber auf dem ganzen Wege. Hundertfünfzig, hundertzwanzig, hundert Meter – das Crescendo des schweren Motors verletzte ihm fast die Trommelfelle – die Maschine drehte jäh aus dem Sturzflug nach oben, ihre Bombe war gelöst –

Bombe? Mallory setzte sich mit einem Ruck hin und versuchte mit verkniffenen Augen in dem blauen Himmel mehr zu erkennen. Nicht eine Bombe nur, nein – Dutzende, in einem so dichten Klumpen, daß sie einander beiseite zu drängen schienen, als sie pfeilschnell in die Mitte des Dickichts fielen, wo sie Äste von den knorrigen kleinen Bäumen rissen und sich bis zu ihren Flügeln in das weiche kiesige Erdreich bohrten. Brandbomben! Mallory fand keine Zeit, daran zu denken, daß ihnen das Grauen einer Sprengbombe von zehn Zentnern erspart geblieben war – da wurden auch schon die Brandbomben lebendig: sie zischten, trieften Funken und Feuer und erleuchteten das Gehölz grellweiß wie Magnesiumlicht, so daß auch nicht der kleinste Schatten zwischen den Bäumen blieb. Nach Sekunden schon waren aus der blendenden Helligkeit übelriechende Wolken von beißendem schwarzen, harzig zähen Rauch gequollen, durchzuckt von Flammenzungen, die, anfangs noch klein, in Windungen immer höher griffen, bis ganze Bäume in dicke Flammenpelze gehüllt waren. Die Maschine war noch im Steigen nach dem Sturzflug und hatte ihre Flughöhe noch nicht wieder erreicht, da brannte das Gehölz in der Mitte, mit dem zundertrockenen Dickicht, schon hellauf. Es war eine einzige große Flamme.

Miller hatte sich auf den Bauch herumgedreht und stieß Mallory an, um sich im lauten Geprassel der Flammen verständlich zu machen. »Brandbomben, Boß«, verkündete er.

»Na, was haben Sie denn?« fragte Mallory kurz. »Glauben Sie, die kommen mit Streichhölzern? Ausräuchern wollen sie uns, ausbrennen, ins Freie treiben! Sprengbomben sind zwischen Bäumen nicht so wirksam, aber diese wirken in neunundneunzig von hundert Fällen.« Er hustete, da der scharfe Qualm seine Lungen reizte, und spähte mit tränenden Augen durch die Baumkronen. »Aber diesmal nicht. Nicht, wenn wir Glück haben. Nicht, wenn sie uns noch eine halbe Minute Zeit lassen. Sehen Sie bloß mal diesen Qualm!«

Miller blickte hin. Dick, wie zuammengewickelt, durchzuckt von Funken und Feuerstrahlen, hatte die Wolke sich schon ein Drittel des Weges zwischen dem Gehölz und der Klippe emporgewälzt, aufwärts getragen durch die von See kommende Brise. Es war ein geradezu vollkommener Rauchschirm.

Miller nickte. »Werden da 'n Durchbruch machen, ja, Boß?«

»Bleibt keine andere Wahl – entweder durch, oder wir bleiben hier und werden gebraten oder in kleine Fetzen gerissen, wahrscheinlich beides.« Er rief laut: »Kann einer erkennen, was über uns vorgeht?«

»Formieren sich zum neuen Angriff auf uns, Sir«, antwortete Brown melancholisch. »Der vorderste Bursche zieht immer noch Kreise.«

»Warten ab, ob wir aus der Deckung kommen. Sollen nicht lange zu warten haben, wir stoßen sofort durch.« Er wollte einen Blick bergauf werfen, doch der rollende Qualm war zu dicht, er fraß sich so in seine Augen, daß er durch einen Schleier von Tränen alles nur verschwommen sah. So konnten sie nicht wissen, wie weit die Wolke schon den Hang emporgekrochen war und durften auch nicht warten, bis sie das zu erkennen vermochten. Die Männer in den Stukas waren nicht ihrer Geduld wegen berühmt.

»Fertig, alle Mann!« schrie er. »Fünfzehn Meter hier an den

Bäumen entlang bis zur Geröllrinne, dann geradeaus in die Schlucht. Erst stehenbleiben, wenn wir mindestens hundert Meter weit drin sind. Andrea, übernimm die Führung. Los!« In den beizenden Qualm spähend, fragte er: »Wo steckt Panayis?«

Keine Antwort.

»Panayis!« rief er. »Panayis!«

»Ist vielleicht zurückgegangen, um noch was zu holen.« Miller war stehengeblieben. »Soll ich gehen und –?«

»Nach vorn sollen Sie gehen!« schrie Mallory wütend. »Und wenn dem jungen Stevens etwas passiert, sind Sie mir dafür...« Doch Miller war klugerweise schon weitergeeilt, neben ihm stolperte hustend Andrea nach vorn.

Einige Sekunden blieb Mallory unschlüssig stehen, dann stürmte er bergab zurück zur Mitte des Dickichts. Vielleicht hatte Panayis wirklich noch etwas holen wollen, und der Mann verstand doch kein Englisch. Kaum war er fünf Meter weitergekommen, da mußte er schon haltmachen und den Arm vors Gesicht schlagen, so scharf sengte die Hitze. Nein, da unten konnte Panayis nicht sein, in diesem Glutofen hielt es kein Mensch auch nur Sekunden aus. Nach Luft ringend – sein Haar roch schon versengt, seine Kleidung begann zu schwelen –, tastete er sich wieder den Abhang aufwärts, stieß gegen Bäume, rutschte, fiel hin, um sich torkelnd wieder hochzurappeln.

Er lief zum Ostrand des Gehölzes. Keiner da! Wieder zurück zum andern Ende, nach der Geröllrinne zu, beinah blind jetzt, während die überhitzte Luft ihm tückisch in Hals und Lungen schnitt, bis er zu ersticken meinte und nur noch schmerzhaft keuchend zu atmen vermochte. Weiteres Warten war sinnlos, er konnte doch nichts ausrichten, keiner konnte hier mehr tun, als sich selbst retten. In seinen Ohren lärmte es: das Brüllen der Flammen, das harte Pulsen seines eigenen Blutes – und das kreischende Gebrüll einer Stuka im Sturzflug. Verzweifelt warf er sich vorwärts über das unter den Füßen wegrutschende Geröll, stolperte und schlug lang auf den Boden der steinigen Rinne. Er verspürte starke Schmerzen.

War er verletzt oder nicht? Das galt ihm jetzt gleich. Laut

nach Atem schluckend, erhob er sich wieder und zwang die gequälten Beine, ihn weiter bergauf zu schleppen. Die Luft war erfüllt von Motorengedonner, er wußte, daß die ganze Staffel jetzt zur Attacke anflog, und kaum hatte er sich, ohne achtzugeben, wohin er fiel, niedergeworfen, als die erste Sprengbombe krachend Flammen und Rauch aufwarf – kaum vierzig Meter von ihm, links voraus, war sie detoniert! Vor ihm! Während er sich mühsam hochrichtete und wieder vorwärts und bergauf taumelte, verfluchte er sich in einem fort. ›Du Wahnwitziger!‹ dachte er ergrimmt und verwirrt, ›du verrückter, irrsinniger Kerl, schickst andere in den Tod.‹ Er hätte daran denken müssen – o Gott, hätte bedenken müssen, was schon ein fünfjähriges Kind überlegt hätte! Daß die Deutschen natürlich keine Sprengbomben ins Gehölz werfen würden. Sie hatten gesehen, was unvermeidlich kommen mußte – hatten es ebenso schnell erkannt wie jetzt er: sie bombardierten im Sturzflug die Rauchdecke zwischen Gehölz und Klippe! Es war ganz entsetzlich – unter seinen Füßen barst die Erde, eine Gigantenhand pflückte ihn vom Boden und schmetterte ihn wieder hin. Und über ihm schloß sich Finsternis...

12. KAPITEL

Mittwoch 16.00 bis 18.00 Uhr

Einmal, zweimal und immer wieder versuchte Mallory, sich aus den Tiefen seiner dunklen, fast hypnotischen Betäubung herauszukämpfen, doch nur für Augenblicke gewann er ganz schwach das Bewußtsein, um sofort wieder ins Nichts zu sinken. Jedesmal bemühte er sich verzweifelt, diese flüchtigen Momente des Erkennens festzuhalten, zu verlängern, doch er konnte nicht denken, alles war finster und leer, und schon, wenn er spürte, daß er wieder zurückgleiten würde, war alles wie ausgelöscht, und nur Leere empfing ihn. ›Ein Schreckenstraum‹, dachte er vage, als er ein wenig länger in halbem Bewußtsein verharrte, ›ich träume nur, wie es einem geht, wenn man einen Alpdruck hat und spürt, daß aller Schrecken verschwinden würde, wenn man die Augen aufmacht, die sich aber nicht öffnen wollen.‹ Und er versuchte sie jetzt auch zu öffnen, doch es ging nicht – er blieb in der Finsternis dieses bösen Traumes. Ein Traum mußte es doch sein, denn vorhin hatte hell die Sonne über ihm gestrahlt. Allmählich verzweifelnd, schüttelte er den Kopf.

»Aha! Man sehe! Endlich Lebenszeichen! Unser Medizinmann Miller feiert wieder Triumphe!« Wer konnte das schon sein, mit dieser gedehnten näselnden Sprache? Einen Moment trat Schweigen ein, in dem Mallory immer deutlicher das schwächer werdende Donnern der Flugzeugmotoren hörte und den scharfen, harzigen Qualm in Nase und Augen spürte. Dann schob sich ihm ein Arm unter die Achseln, und Millers freundlich zuredende Stimme drang ihm ans Ohr. »Probieren Sie doch mal hiervon, Boß. Ganz feiner alter Kognak, das Beste, was es gibt.«

Mallory spürte den kalten Flaschenhals, legte den Kopf zurück und tat einen kräftigen Zug. Fast im selben Augenblick schnellte sein Oberkörper hoch, er würgte, spuckte und rang nach Atem, als der herbe, scharfe Ouzo ihm die Schleimhäute in Mund und Hals beinah verbrannte. Er wollte etwas sagen, vermochte aber nur zu krächzen, nach Luft zu schnappen und die schattenhafte Gestalt, die neben ihm kniete, empört anzustarren. Miller jedoch betrachtete ihn mit unverhohlener Bewunderung. »Na, sehen Sie, Boß! Genau wie ich sagte: das beste, was es gibt.« Er schüttelte staunend den Kopf. »Mir noch nie vorgekommen, daß einer mit Schock und Gehirnerschütterung sich so schnell wieder erholt und gleich wieder trinken kann!«

»Was fummeln Sie hier eigentlich an mir rum, zum Donnerwetter?« fragte Mallory. Das Brennen in seiner Kehle hatte nachgelassen, er konnte wieder atmen. »Wollen Sie mich vergiften?« Ärgerlich schüttelte er den Kopf, denn er mußte dieses peinigende Klopfen loswerden und den Nebel, der ihm noch durchs Gehirn wirbelte. »Mann, Sie sind mir vielleicht ein Arzt! Schock, sagen Sie, und haben nichts Eiligeres zu tun als mir Schnaps einzuflößen –!«

»Bleibt Ihnen freigestellt«, unterbrach Miller ihn grob, »entweder das oder einen viel tolleren Schock in ungefähr einer Viertelstunde, wenn die Deutschen herkommen.«

»Aber die sind dort fort, und ich höre keine Stukas mehr.«

»Nee, diese kommen nicht aus der Luft, sondern aus der Stadt«, sagte Miller mürrisch. »Louki hat sie eben gemeldet. Halbes Dutzend Panzer-Spähwagen und zwei motorisierte Feldgeschütze mit Rohren wie Telegrafenstangen.«

»Ach so.« Mallory drehte sich auf die Seite und sah an einer Krümmung der Wand Licht schimmern. Eine Höhle – beinah ein Tunnel. Klein Zypern nannten die älteren Leute diese Gegend, wie Louki gesagt hatte. Einen Teufelsspielplatz, von Höhlen förmlich durchsiebt. Mallory lächelte schief bei der Erinnerung an seinen Schrecken, als er geglaubt hatte, er sei blind geworden. »Schon wieder Malheur, Dusty, nichts wie Kalamitäten«, sagte er zu Miller. »Schönen Dank – daß Sie mich wieder munter gemacht haben.«

»Mußte ich«, sagte Miller kurz. »Wahrscheinlich hätten wir Sie nicht weit tragen können, Boß.«

Mallory nickte. »Das Gelände ist ja auch nicht gerade bequem hier.«

»Das außerdem«, stimmte Miller zu. »Ich meinte eigentlich, daß kaum noch einer da ist, der Sie tragen könnte. Casey Brown und Panayis sind beide verwundet, Boß.«

»Was? Beide?« Mallory schloß die Augen und schüttelte, in langsam aufkommendem Zorn, den Kopf. »Mein Gott, Dusty, ich hatte ja gar nicht mehr an die Bombe – die Bomben – gedacht. Wie – wie schwer sind sie denn verwundet? Sie hatten doch nur noch so wenig Zeit und noch so viel vor sich... sie waren so jung...«

»Wie schwer?« Miller lockerte die Zigaretten in einem Päckchen und bot Mallory eine an. »Schwer überhaupt nicht – wenn wir sie in ein Krankenhaus bringen könnten. Aber höllisch schmerzhaft und hinderlich, wenn sie zu Fuß in diesen verflixten Schluchten rauf und runter kraxeln sollen. In meinem Leben sehe ich zum erstenmal Schluchten mit so steilem Boden.«

»Sie haben mir immer noch nicht gesagt, was für Verwundungen...«

»Verzeihung, Boß, Verzeihung. Splitterwunden, bei beiden, und genau an der gleichen Stelle. Linker Oberschenkel, dicht über dem Knie. Kein Knochen und keine Sehne verletzt. Eben gerade habe ich Brown das Bein verbunden – ein ziemlich übel aussehendes Loch, das wird er erst so richtig merken, wenn er anfängt zu marschieren.«

»Und Panayis?«

»Hat sich selber behandelt. Ein komischer Vogel. Ließ mich noch nicht mal seine Wunde anschauen, und verbinden schon gar nicht. Hätte mich vermutlich erstochen, wenn ich's versucht hätte.«

»Den lassen Sie sowieso lieber zufrieden«, riet ihm Mallory. »Manche von diesen Inselmenschen sind stur, wenn ihr Aberglaube mitspielt. Hauptsache, er lebt noch. Ist mir allerdings ein Rätsel, wie der es so noch fertiggebracht hat, bis hierher zu kommen.«

»War ja als erster losgegangen, zusammen mit Brown. Sie müssen ihn in dem Qualm verpaßt haben. Ihre Treffer kriegten die beiden beim Klettern vor der Klippe.«

»Und wie bin ich hierhergekommen?«

»Keine Preise für die erste richtige Antwort.« Miller wies mit dem Daumen über die Schulter auf die mächtige Gestalt, die beinah halb so breit war wie die Höhle. »Unser junger Kollege hier hat mal wieder den Sankt Bernhard gespielt. Ich wollte mit ihm gehen, aber darauf war er nicht scharf. Meinte, es würde ihm nachher denn doch zu schwer, uns beide den Berg raufzutragen. Hat mich beträchtlich gekränkt damit.« Miller seufzte. »Ich scheine eben zum Helden nicht geboren zu sein.«

Mallory lächelte. »Hab' dir wieder zu danken, Andrea.«

»Danken!« Miller schien empört. »Rettet Ihnen einer das Leben und kriegt nichts weiter als Dankeschön!«

»Nach den ersten zehnmal oder so fehlen einem allmählich die passenden Worte«, sagte Mallory trocken. »Wie geht's Stevens?«

»Atmet noch.«

Mallory fragte, indem er die Nase rümpfte und nach vorn blickte, wo das Licht einfiel: »Liegt wohl da hinter der Ecke, wie?«

»Ja, ziemlich toller Geruch«, bestätigte Miller. »Der Brand hat sich übers Knie hochgefressen.«

Noch halb betäubt, stand Mallory auf und nahm seinen Revolver. »Und wie steht's wirklich um ihn, Dusty?«

»Ist ein toter Mann, der aber absolut nicht sterben will. Bis zum Abend ist er hinüber. Der Herrgott mag wissen, wie er so lange noch durchhalten konnte.«

»Es mag anmaßend klingen, aber ich glaube das auch zu wissen«, murmelte Mallory.

»Infolge der erstklassigen ärztlichen Behandlung?« fragte Miller erwartungsvoll.

»Sieht ganz so aus, nicht wahr?« Mallory lächelte den noch knienden Amerikaner aus der Höhe an. »Aber das hatte ich eigentlich nicht gemeint. Los, meine Herren, wir haben noch etliche Geschäfte zu erledigen.«

»Ich bin zu weiter nichts zu gebrauchen als zum Brückensprengen oder Sand in Maschinen zu schmeißen«, offenbarte Miller. »Strategie und Taktik sind zu hoch für meinen einfältigen Kopf. Aber trotzdem bin ich der Meinung, daß die Herrschaften da unten in sehr dummer Weise Selbstmord begehen wollen. Die hätten's allesamt wahrhaftig leichter, wenn sie sich einfach erschießen würden.«

»Ich neige ganz zu Ihrer Ansicht.« Mallory setzte sich fester zurecht hinter den Felsblöcken am Eingang der Schlucht, unmittelbar oberhalb der verkohlten, qualmenden Überreste des Gehölzes und betrachtete wieder die Soldaten vom Alpenkorps, die in breiter Schützenlinie den steilen Hang hinaufkamen, der keinerlei Deckung bot. »Die sind ja auch keine Neulinge in solchen Sachen, und ich könnte wetten, daß ihnen dies nicht den geringsten Spaß macht.«

»Warum tun sie's dann, zum Donnerkeil?«

»Weil's vermutlich die einzige Möglichkeit ist. Schon allein, weil man diese Stelle anders als von vorn gar nicht angreifen kann.« Mallory lächelte zu dem kleinen Griechen hinüber, der zwischen ihm und Andrea lag. »Louki hat eine gute Wahl getroffen. Wenn die uns von hinten angreifen wollten, müßten sie einen weiten Umweg machen – um durch diesen Schrotthaufen des Teufels hinter uns ranzukommen, würden sie eine Woche brauchen. Zweitens geht in etwa zwei Stunden die Sonne unter, und die wissen, daß sie uns im Dunkeln bestimmt nicht finden. Und schließlich – was mir wichtiger erscheint als die beiden anderen Gründe: wir könnten hundert zu eins wetten, daß das Oberkommando den Stadtkommandanten ganz energisch auf Schwung gebracht hat. Es steht zuviel auf dem Spiel, auch wenn wir nur eine winzige Chance haben, an die Kanonen ranzukommen. Die können sich nicht leisten, daß Kheros vor ihren Nasen evakuiert wird, und dürfen –«

»Wieso nicht?« fiel Miller ihm ins Wort, indem er die Arme ausbreitete. »So einen nutzlosen Haufen Felsen –«

»Dürfen es nicht so weit kommen lassen, daß sie bei den Türken ihr Ansehen verlieren«, fuhr Mallory geduldig fort. »Die strategische Bedeutung dieser Sporaden ist sehr gering, ihre politische Bedeutung aber ungeheuer. Hitler braucht dringend noch einen Verbündeten in dieser Gegend, deshalb hat er Soldaten vom Alpenkorps tausendweise herfliegen lassen und Hunderte von Stukas zusammengezogen, seine besten Kräfte – und die hätte er an der italienischen Front dringend nötig. Aber wer einen Verbündeten gewinnen will, muß ihn erst überzeugen, daß er diverse Garantien zu bieten hat, sonst kriegt er den nicht dazu, seinen schönen sicheren Platz am Zaun zu verlassen und zu ihm rüberzuspringen.«

»Sehr interessant«, bemerkte Miller. »Und was geschieht weiter?«

»Deshalb machen sich die Deutschen kein Gewissen daraus, wenn hier dreißig oder vierzig Mann von ihren besten Truppen in Stücke gehauen werden. Das ist überhaupt keine Aufregung wert für die Leute, die tausend Meilen von hier hinter dem Schreibtisch sitzen... Laßt sie erst noch ungefähr hundert Meter näher kommen. Louki und ich feuern auf die Mitte und von da nach außen, Sie und Andrea fangen bei den Flügeln an.«

»Mir gefällt das nicht, Boß«, klagte Miller.

»Denken Sie vielleicht, mir?« gab Mallory ruhig zurück. »Männer niederzumetzeln, die gezwungen sind, sich in den Selbstmord zu stürzen – das betrachte ich nicht mal im Kriege als Spaß. Aber wenn wir die nicht kriegen, kriegen sie uns.« Er deutete über das gleißende Meer nach Kheros, das friedlich am dunstigen Horizont lag, beleuchtet von den goldenen Strahlen der schon tiefstehenden Sonne. »Was würden die wohl von uns jetzt erwarten, Dusty?«

»Ich weiß, ich weiß, Boß.« Miller bewegte sich unbehaglich. »Brauchen's mir nicht so dick zu geben.« Er zog seine wollene Mütze tief in die Stirn und stierte trostlos den Hang hinab. »Wann soll die Massenhinrichtung beginnen?«

»Noch hundert Meter, hatte ich gesagt.« Mallory blickte ins Tal bis nach der Küstenstraße und lächelte plötzlich, froh, ein anderes Thema gefunden zu haben. »Hab' noch nie ›Telegrafenstangen‹ so zusammenschrumpfen sehen wie die da, Dusty.«

Miller studierte die auf der Straße hinter den beiden LKWs aufgefahrenen Geschütze und räusperte sich.

»Ich hab' nur weitergegeben, was mir Louki berichtet hat«, sagte er zu seiner Entschuldigung.

»Was Louki Ihnen berichtet hat?« Der kleine Grieche war ganz empört. »Bei Gott, Herr Major, dieser Amerikaner steckt voll von Lügen!«

»Na ja, schön, kann mich geirrt haben«, sagte Miller großmütig. Er schielte wieder nach den Geschützen, indem er erstaunt die Stirn furchte. »Das vordere ist, glaube ich, ein Mörser, aber was das andere unheimliche Dings sein mag –?«

»Ebenfalls ein Mörser«, erklärte Mallory. »Ausführung mit fünf Rohren, ganz übles Ding. Nebelwerfer nennen sie die oder Stöhnende Minna. Heult wie alle verlorenen Seelen in der Hölle. Macht einem garantiert die Knie butterweich, besonders im Dunkeln – und trotzdem müßten Sie die andere Kanone mehr beachten: eine Fünfzehnzentimeter, die höchstwahrscheinlich Sprenggranaten schießt – da kann man nachher mit Besen und Schaufel die Brocken auffegen.«

»So ist's recht, heitert uns alle schön auf«, knurrte Miller und war doch im Grunde dem Neuseeländer dankbar, daß er ihre Gedanken von den nächsten bitteren Minuten abzulenken versuchte. »Warum schießen sie denn nicht mit den Dingern, was ist denn los?«

»Werden sie«, versicherte ihm Mallory, »sobald wir feuern und sie erkennen, wo wir sind.«

»Gott stehe uns bei«, murmelte Miller. »Sprenggranaten, sagten Sie.« Er versank in düsteres Schweigen.

»Jede Sekunde kann's jetzt losgehen«, sagte Mallory leise. »Ich hoffe nur, daß unser Freund Turzig nicht zwischen denen ist.« Er griff nach seinem Feldstecher, hielt jedoch erstaunt inne, da Andrea ihn, über Louki gebeugt, beim Handgelenk faßte, ehe er das Glas heben konnte. »Was ist los, Andrea?« fragte er und beugte sich zu ihm hinüber.

»Ich würde das Ding nicht benutzen, es hat uns schon einmal verraten. Ich habe nachgedacht – es kann nichts anderes gewesen sein. Von den Gläsern reflektiert die Sonne...«

Mallory starrte ihn an, ließ langsam den Feldstecher los und nickte mehrmals. »Aber natürlich, klar! Ich hatte schon überlegt, daß einer unvorsichtig gewesen sein muß, und anders war das ja nicht möglich. Das braucht nur einmal aufzublitzen, dann wissen die Bescheid.« Er dachte noch einen Augenblick nach, dann lächelte er betreten. »Ich kann's auch selbst gewesen sein. Der ganze Betrieb drüben ging ja los, nachdem ich die Wache gehabt hatte – und Panayis hatte den Feldstecher nicht.« Ganz entsetzt schüttelte er den Kopf. »Ich muß es sogar gewesen sein, Andrea.«

»Glaube ich kaum«, sagte Andrea entschieden, »solche Fehler unterlaufen Ihnen nicht, Hauptmann.«

»Doch, ich fürchte, es war so. Aber darüber können wir uns später noch die Köpfe zerbrechen.«

Jetzt waren die in der Mitte der unregelmäßigen Reihe vorrückenden Soldaten, die auf dem tückischen Geröll häufig rutschten und stolperten, schon fast an der unteren Grenze des verbrannten Wäldchens. »Sie sind weit genug vor jetzt. Ich nehme den mit dem weißen Helm in der Mitte, Louki.« Und schon vernahm er das leise Kratzen, als die drei Kameraden die Läufe ihrer Maschinenpistolen über und zwischen die geschützten Felsen schoben. Ein Grauen vor dem, was geschehen sollte, durchrann ihn, doch seine Stimme klang ganz ruhig, frei von Erregung und beinah gleichgültig, als er sagte: »Los, gebt's ihnen jetzt.«

Seine letzten Silben hingen bereits im Krachen der rasend schnellen Feuerstöße unter. Mit ihren vier automatischen Waffen – zwei Bren und zwei 9-mm-Schmeißer – war es, wie er gesagt hatte, kein Krieg, sondern ein gnadenloses Massaker, in dem die schutzlosen Gestalten unten am Hang, die noch stur vorgingen, ohne zu begreifen, was geschah, wie Marionetten in den Händen eines irrsinnigen Puppenspielers jäh aufzuckten oder sich im Kreise drehten und niederbrachen. Einige blieben liegen, wo sie stürzten, andere rollten den steilen Hang hinab, wobei ihre Arme und Beine in Todeszuckungen grotesk verrenkt um sich droschen. Nur zwei standen still aufrecht, wo die Kugeln sie trafen – in ihren schon toten Gesichtern spiegelten sich Staunen und Ratlosigkeit, ehe sie schlaff in den steinigen Boden sanken. Fast drei Sekunden waren vergangen, bis die wenigen Überlebenden – zu beiden Seiten nicht weit vom Ende der Kette, wo die konvergierenden Feuerstöße sich noch nicht trafen – begriffen hatten, was geschehen war und sich verzweifelt niederwarfen, nach Deckung spähend, die es nicht gab.

Das frenetische Geknatter aller Maschinenpistolen verstummte jäh im gleichen Moment, wie von einer Guillotine abgehackt. Das plötzliche Schweigen war seltsam bedrückend, es schien lauter und aufdringlicher als das Lärmen vorher. Die kiesige Erde unter seinem Ellbogen kratzte hart, als

Mallory sich etwas anders hinsetzte und die beiden Männer zu seiner Rechten anblickte. Andrea mit dem jetzt völlig ausdruckslosen Gesicht, und Louki, dessen Augen von Tränen naß glänzten. Dann drehte er sich wieder nach links, weil er da ein Gemurmel vernahm. Mit wütend verzerrtem Munde fluchte der Amerikaner leise, aber pausenlos, ohne den Schmerz zu spüren, als er mit der Faust immerfort in den Kies vor sich hieb.

»Nur noch einen, Gott.« Es klang fast wie ein Gebet. »Mehr erbitte ich nicht. Nur noch einen.«

Mallory berührte seinen Arm. »Was haben Sie denn, Dusty?«

Miller blickte sich nach ihnen um, seine Augen waren kalt, starr, sie schienen ihn nicht zu kennen, dann blinzelten sie ein paarmal, und Miller griente, während er mit der von Schnitten und Schrammen bedeckten Hand mechanisch nach seinen Zigaretten griff.

»Bloß geträumt mit offenen Augen, Boß«, sagte er gemütlich. »Nur geträumt.« Er schüttelte die Zigaretten in der Packung, um sie zu lockern. »Eine gefällig?«

»Dieser unmenschliche Kerl, der die armen Teufel hier den Berg raufgejagt hat«, sagte Mallory ohne Leidenschaft, »wäre doch ein herrliches Bild, den im Visier zu haben, nicht wahr?«

Millers Lächeln erlosch sofort. Er nickte. »Das kann man wohl behaupten«, sagte er, spähte schnell um einen der Felsblöcke und ließ sich wieder zurückrutschen. »Acht von denen, vielleicht zehn, sind noch da unten, Boß«, meldete er. »Die armen Burschen sind wie die Strauße – versuchen sich hinter Steinen zu decken, die nicht größer sind als 'ne Apfelsine... Wollen wir die verschonen?«

»Wir wollen sie verschonen, ja«, gab Mallory mit Nachdruck zurück. Der Gedanke, noch mehr Menschen niederzumähen, machte ihn fast körperlich krank. »Die probieren's nicht zum zweitenmal.« Kaum hatte er das gesagt, da warf er sich flach auf den Boden, instinktiv: die Kugeln einer MP-Salve knallten gegen die Felswand über ihren Köpfen und pfiffen als Abpraller tückisch durch die Schlucht.

»Probieren's nicht noch mal, wie?« Miller schob bereits

wieder seine MP vor sich um den Felsen, doch Mallory ergriff blitzschnell seinen Ärmel und zog ihn zurück.

»Sind's die? Horch!« Wieder ein Feuerstoß, und noch einer, und jetzt konnten sie das wütende Geknatter eines MGs hören, rhythmisch unterbrochen von unheimlichen Lauten, die wie Seufzer klangen, wenn der Gurt durch den Verschluß schwirrte. Mallory fühlte, wie ihm die Haare im Nacken prikkelten.

»Ein Spandau – schweres MG«, sagte er. »Wer das mal gehört hat, vergißt es nie. Nicht dahin zielen, es ist wahrscheinlich hinten auf einer der LKWs montiert und kann uns hier nichts tun... Mehr Sorge machen mir die verdammten Mörser da unten.«

»Mir nicht«, gab Miller prompt zurück, »die feuern ja nicht auf uns.«

»Eben deshalb... Was hältst du davon, Andrea?«

»Dasselbe wie Sie, Hauptmann. Die warten ab. Dieser Teufelsspielplatz, wie Louki ihn nennt, ist wie ein Irrgarten, da könnten sie nur blindlings hineinfeuern –«

»Viel länger werden sie aber nicht warten«, unterbrach Mallory ihn grimmig, indem er nach Norden zeigte. »Da kommen ihre Augen.«

Anfangs nur Pünktchen über dem Vorgebirge von Kap Demirci, waren die Maschinen schon sehr bald deutlich zu unterscheiden, als sie in sechshundert Meter Höhe in ruhigem Flug über die Ägäis herankamen. Mallory staunte, als er die Typen erkannte, und fragte Andrea: »Sehe ich denn Gespenster?« Er wies auf das vordere der beiden Flugzeuge, einen kleinen Eindecker mit hochgesetzten Tragflächen. »Das kann doch nicht eine PZL sein?«

»Es ist sogar bestimmt eine«, murmelte Andrea. »Die alte polnische Maschine, die wir vor dem Krieg auch hatten«, erklärte Miller. »Und die andere ist eine alte belgische, Breguet hieß sie bei uns.« Andrea beschattete seine Augen, um die Flugzeuge, die nun schon fast über ihnen waren, noch einmal zu betrachten. »Ich dachte, die wären alle bei der Invasion kaputtgegangen.«

»Dachte ich auch«, sagte Mallory. »Müssen welche aus Resten zusammengeflickt haben. Aha, jetzt haben sie uns gesichtet, sie fangen an zu kreisen! Aber, zum Donnerwetter, weshalb mögen sie mit diesen veralteten Luftsärgen –?«

»Ich weiß das nicht, und es ist mir auch egal«, sagte Miller hastig. Er hatte soeben um den Felsen gespäht, der ihn deckte. »Die verdammten Kanonen da unten richten sich gerade auf uns ein, und mit der Mündung nach hier sehen sie beträchtlich wuchtiger aus als Telegrafenstangen! Sprenggranaten, sagten Sie doch. Kommen Sie, Boß, wollen schleunigst von hier verduften!«

So waren für den Rest des kurzen Novembernachmittags die Figuren gesetzt zum tödlichen Schachspiel und zum Lauf ums Leben in den Schluchten und versprengten Felsen des Teufelsspielplatzes. Den Schlüssel zu dem Spiel hielten die Flugzeuge, die, hoch über ihnen kreuzend, jede Bewegung der Verfolgten beobachteten und ihre Meldungen an die Geschütze auf der Küstenstraße und an die Kompanie vom Alpenkorps gaben, die durch die Schlucht oberhalb des Gehölzes vorzudringen begann, sobald die Flugzeuge meldeten, daß die Stellung dort aufgegeben war. Die zwei alten Maschinen wurden bald ersetzt durch moderne Heinkels – Andrea behauptete, die PZL könne sowieso nicht länger als eine Stunde in der Luft bleiben. Hoffentlich stimmte das. Mallory befand sich zwischen Scylla und Charybdis. So ungenau die Mörser schossen, hatten doch mehrere der gefährlichen Sprenggranaten ihren Weg in die tiefen Felsspalten gefunden, wo sie kurz vorher noch in Deckung gegangen waren. In dem engen Raum zwischen den steilen Wänden hatten die streuenden Splitter vernichtende Gewalt. Manchmal lagen die Einschläge so nahe, daß Mallory mit seinen Männern in einer der tiefen Höhlen, von denen es in den Wänden der Schluchten viele gab, Zuflucht suchen mußte. In den Höhlen waren sie vor Treffern sicher, doch die Sicherheit war illusorisch, denn längeres Verweilen konnte zu ihrer Niederlage und in die Gefangenschaft führen, weil in den Feuerpausen der Artillerie die Alpenjäger, die sie während des Nachmittags in mehreren kurzen Rückzugsgefechten noch abgewehrt hatten, alsbald weit genug in die Schlucht vordringen konnten, um ihnen alle Auswege abzuschneiden. Immer wieder sahen Mallory und seine Männer sich gezwungen, weiter zu flüchten, um den Abstand zu ihren Verfolgern zu vergrößern. Sie folgten dem unverwüstlichen Louki, wohin er sie auch führen mochte, und riskierten immer wieder ihr Leben – so gering auch ihre Aussicht war, den Sprenggranaten der Mörser zu entgehen. In einer nach dem Innern der Insel führenden Schlucht bohrte sich knapp zwanzig Meter vor ihnen eine Granate in den Kiesgrund. So nahe war ihnen der Tod an diesem Nachmittag noch nicht gekommen, aber, was vielleicht einmal in tausend Fällen geschieht: die Granate krepierte nicht! Sie umgingen sie in möglichst großem Bogen und wagten kaum zu atmen, bis sie weit an ihr vorbei waren.

Etwa eine halbe Stunde vor Sonnenuntergang erstiegen sie mühsam die letzten paar Meter des steilen, mit Felsblöcken übersäten Bodens einer Schlucht, blieben dicht hinter der Deckung bietenden, vorspringenden Wand stehen, von wo die Schlucht steil abwärts führte, um dann scharf abzubiegen in nördlicher Richtung. Seit dem Blindgänger waren keine Aufschläge von Mörsergeschossen mehr zu hören gewesen. Diese Fünfzehnzentimeter und die unheimlich heulenden Nebelwerfer hatten, wie Mallory wußte, keine große Reichweite, und die Arbeit der Flugzeuge, die noch über ihnen Kreise zogen, war nun wirkungslos: die Sonne neigte sich schon zum Horizont, in den Schluchten lagen bereits dichte Schatten, so daß auf ihrem Grunde aus der Luft nichts zu erkennen war. Aber die harten, zähen und gewandten Alpenjäger, die jetzt gewiß nur an Rache für ihre hingemetzelten Kameraden dachten, waren ihnen dicht auf den Fersen. Mallory verglich: dort die in bester Form befindlichen, ausgeruhten und elastischen Gebirgssoldaten, die bisher kaum Kräfte verbraucht hatten – und hier seine kleine Schar, ausgepumpt und abgezehrt nach strapazenreichen, aufregenden Tagen und schlaflosen Nächten... was sollte nun werden...

Er ließ sich nahe der winkeligen Biegung der Schlucht so nieder, daß er nach rückwärts Ausschau halten konnte, und betrachtete seine Begleiter mit vorgetäuschter Gleichgültigkeit, an der sie doch spürten, welche unfrohen Gedanken er bei dieser flüchtigen Musterung hatte. Eine Kampftruppe in sehr schlechter Verfassung.

Panayis und Brown, dessen Gesicht grau war vor Schmerzen, zählten nur halb. Zum erstenmal seit dem Aufbruch von Alexandria war Brown ganz apathisch, träge und teilnahmslos, was Mallory als sehr schlechtes Zeichen ansah. Und mit dem schweren Funkgerät, das er noch auf dem Rücken trug, konnte ihm nicht besser werden. Seinen kategorischen Befehl, das Gerät stehenzulassen, hatte Brown in offenem Trotz abgelehnt, kein Zureden hatte geholfen.

Louki war unverkennbar erschöpft, denn, wie Mallory erst jetzt recht erkannte, hatte ihn das ewige, ansteckende Lächeln dieses Mannes und der Federbusch seines großartigen hochgebürsteten Schnurrbarts, der einen so merkwürdigen Gegensatz zu den traurigen müden Augen bildete, über seine körperliche Schwäche hinweggetäuscht.

Miller war abgespannt, nicht weniger als er selbst, aber der konnte noch lange in diesem Zustand durchhalten.

Stevens war noch bei Bewußtsein, doch sogar im Halbdunkel hier unten waren Mallory die Blässe seines seltsam transparenten Gesichts und die weißen, blutleeren Fingernägel, Lippen und Augenlider aufgefallen.

Und Andrea, der Stevens über die Wege in den Schluchten – falls sie das Wege nennen konnten – bergauf und bergab getragen hatte, zwei fast endlose Stunden ohne Pause, sah aus wie immer: unverändert, unzerstörbar.

Mallory holte kopfschüttelnd eine Zigarette hervor. Als er gerade das Zündholz anreißen wollte, fiel ihm ein, daß die Flugzeuge noch über ihnen kreuzten. So warf er es weg. Sein Blick wanderte lässig nach Norden, in der Schlucht entlang. Auf einmal spannt sich sein Körper, die Zigarette krümelte zerdrückt zwischen seinen Fingern. Diese Schlucht bot doch ein ganz anderes Bild als die übrigen, die sie schon passiert hatten? Sie war breiter, mindestens drei mal so lang und verlief schnurgerade. Und, soweit er das in dem Zwielicht erkennen konnte, war sie am Ende durch eine beinahe senkrechte Wand in sich abgeschlossen.

»Louki!« Mallory war wieder auf den Beinen, seine Müdigkeit wie weggeblasen. »Wissen Sie, wo wir sind? Kennen Sie sich hier aus?«

»Aber natürlich, Herr Major!« Louki war gekränkt. »Habe

ich Ihnen nicht erzählt, daß Panayis und ich in unserer Jugend –?«

»Aber hier sind wir jetzt in einer Sackgasse, an einem toten Punkt!« protestierte Mallory. »Sitzen wie in einer Kiste, richtig in der Falle!«

Louki grinste frech und zwirbelte eine Ecke seines Schnurrbarts, als mache ihm das Spaß.

»So! Der Herr Major hat zu Louki kein Vertrauen mehr, nicht wahr?« Er grinste noch einen Augenblick, dann klopfte er an die Wand neben sich. »Panayis und ich, wir haben den ganzen Nachmittag diesen Weg ausgeknobelt. In dieser Wand sind viele Höhlen, und durch eine kommt man in ein anderes Tal, das sich bis zur Küstenstraße hinabzieht.«

»Ach so, ach so.« Erleichtert ließ Mallory sich wieder zum Sitzen nieder. »Und wo endet dieses andere Tal?«

»Genau gegenüber der Wasserstraße von Maidos.«

»Wie weit ab von der Stadt?«

»Etwa acht bis neun Kilometer, Herr Major, mehr nicht.«

»Fein, fein! Und Sie wissen bestimmt, daß Sie die richtige Höhle hier finden?«

»Nach hundert Jahren noch und mit dem Kopf in einem Ziegenledersack!« rühmte sich Louki.

»Na, das genügt.« Im selben Moment warf Mallory sich heftig zur Seite, verdrehte den Körper, um nicht auf Stevens zu fallen und krachte mit Wucht zwischen Andrea und Miller gegen die Wand. Ohne achtzugeben hatte er in der Schlucht einen Augenblick so gestanden, daß er vom unteren Ende aus beobachtet werden konnte. Die Salve eines Maschinengewehrs von dort – auf höchstens hundertfünfzig Meter Entfernung – hätte ihm fast den Kopf abgerissen. An der linken Schulter war seine Jacke zerfetzt, eine Kugel hatte seine Schulter gestreift. Miller kniete schon neben ihm, berührte die Fleischwunde und tastete ihm sanft den Rücken ab.

»So ein Leichtsinn von mir«, murmelte Mallory, »aber ich glaube nicht, daß sie so dicht hinter uns sind.« So ruhig wie er sprach, war ihm gerade nicht zumute. Hätte die Mündung des MGs nur zwei Millimeter mehr nach rechts gelegen, dann wäre er seinen Kopf losgeworden.

»Nichts weiter abgekriegt, Boß?« Miller war verblüfft. »Haben die etwa –?«

»Miserable Schützen«, beruhigte ihn Mallory in heiterem Ton, »die würden nicht mal eine Scheune treffen.« Er blickte auf seine Schulter. »Ich mag nicht heroisch reden, aber das hier ist wirklich nur ein Kratzer...« Er erhob sich mühsam und ergriff seinen Revolver. »Muß sehr bedauern, meine Herren, doch es wird Zeit, daß wir weiterkommen. Wie weit ist's bis zu der Höhle, Louki?«

Louki rieb sein Stoppelkinn – sein Lächeln war verschwunden. Er blickte Mallory schnell an, dann schaute er zu Boden.

»Louki!«

»Ja, ja, Herr Major, die Höhle.« Wieder rieb er sein Kinn. »Die ist noch ein ganzes Stück entfernt von hier. Genau gesagt, am Ende«, ergänzte er betreten.

»Etwa ganz am Ende?« fragte Mallory ruhig.

Louki nickte bedrückt und blickte zu Boden. Sogar die Spitzen seines Schnurrbarts schienen herabzuhängen.

»Das ist ja reizend«, sagte Mallory ernst. »Oh, ganz reizend!« Er setzte sich wieder. »Wirklich äußerst vorteilhaft für uns.«

Nachdenklich neigte er den Kopf und hob ihn auch nicht, als Andrea seine MP um die Felskante vorschob und einen Feuerstoß bergab jagte, mehr zur Abschreckung des Gegners als in der Hoffnung auf Treffer. Noch zehn Sekunden vergingen, dann sprach Louki wieder, kaum hörbar.

»Ich muß sehr um Entschuldigung bitten. Es ist eine furchtbare Gegend. Bei Gott, Herr Major, ich hätte das nicht getan, aber ich glaubte doch, die wären noch viel weiter hinter uns.«

»Ist nicht Ihre Schuld, Louki.« Mallory war ganz gerührt über den sichtlicher Kummer des Kleinen. Er faßte an das Loch in der Schulter seiner Jacke. »Ich habe das auch geglaubt.«

»Bitte.« Stevens legte eine Hand auf Mallorys Arm. »Was ist denn geschehen? Ich verstehe es nicht.«

»Alle andern haben es leider schon verstanden, Andy. Es ist ganz einfach: wir müssen ungefähr achthundert Meter durch diese offene Schlucht bergauf – ohne die geringste Deckung. Und die Alpenjäger sind schon zweihundert Meter vor der anderen Schlucht, die wir eben verlassen haben.« Er schwieg, weil Andrea noch einen kurzen Feuerstoß nach unten jagte, dann sprach er weiter. »Die werden weiter das tun, was sie jetzt machen: abtasten, ob wir noch da sind. Und sobald sie merken, daß wir hier von der Ecke verschwunden sind, werden sie im Nu hier sein und uns festnageln, ehe wir die Hälfte oder nur ein Viertel des Weges bis zur Höhle geschafft haben. Die wissen ja, daß wir nicht schnell vorwärtskommen können. Und sie haben zwei schwere MGs – mit denen schießen sie uns alle zusammen zu Brei.« Hilflos zuckte Mallory mit den Schultern.

»Verstehe«, murmelte Stevens. »Haben das sehr einleuchtend erklärt.«

»Tut mir leid, Andy, aber so sieht's aus.«

»Aber könnten Sie nicht zwei Mann als Rückendeckung hier lassen und die übrigen –?«

»Und wie wird's den zwei Mann ergehen?« unterbrach Mallory ihn sachlich.

»Ja, ich verstehe, daran habe ich nicht gedacht«, entgegnete Stevens leise.

»Aber die zwei Mann würden daran denken! Ein ziemliches Problem, was?«

»Gar kein Problem«, meldete sich Louki. »Der Herr Major ist so freundlich, aber schuld bin ich allein. Ich werde –«

»Das kommt gar nicht in Frage, zum Donnerkeil!« sagte Miller ergrimmt, indem er Louki die MP aus den Händen riß und sie auf die Erde legte. »Sie haben gehört, was der Boß gesagt hat: daß es nicht Ihre Schuld war.«

Einen Moment musterte Louki ihn zornig, dann wandte er sich deprimiert ab. Es sah aus, als wollte er zu weinen anfangen. Und Mallory starrte den Amerikaner an, erstaunt über den jähen Zorn, den er bei ihm gar nicht kannte. Nun fiel ihm auch nachträglich auf, daß Dusty schon seit ungefähr einer Stunde merkwürdig schweigsam und in sich gekehrt gewesen war und die ganze Zeit kein Wort gesprochen hatte. Doch jetzt war nicht der Augenblick, sich darüber Sorgen zu machen...

Brown stellte sein verletztes Bein etwas bequemer und blickte Mallory hoffnungsvoll an. »Könnten wir nicht hierbleiben, bis es dunkel ist – richtig dunkel, und dann –?«

»Hat keinen Zweck. Wir haben fast Vollmond heute nacht, und der Himmel ist wolkenlos. Da würden sie uns fassen. Und was noch wichtiger ist: wir müssen zwischen Sonnenuntergang und Zapfenstreich bis in die Stadt gekommen sein. Unsere letzte Chance. Tut mir leid, Casey, aber das geht nicht.«

Eine halbe Minute verging in Schweigen, dann erschraken sie alle, da plötzlich Stevens sprach.

»Was Louki wollte, war richtig«, sagte er gemütlich. Seine Stimme war schwach und klang doch so gelassen und fest, daß alle ihn unwillkürlich anschauten. Er hatte sich auf einen Ellbogen gestützt und hielt Loukis MP in den Händen. So konzentriert hatten sie alle über die schwierige Situation nachgedacht, daß es keinem aufgefallen war, wie er die Waffe an sich nahm. »Es ist doch ganz einfach«, fuhr er ruhig fort, »wir müssen nur richtig überlegen... Der Wundbrand geht doch schon bis übers Knie, nicht wahr, Sir?«

Mallory schwieg, er wußte keine Antwort, die ganz unerwartete Frage von Stevens hatte ihn aus der Fassung gebracht. Nur schwach nahm er wahr, daß Miller ihn ansah und seine Augen ihn stumm baten, ›nein‹ zu sagen.

»Stimmt das oder nicht?« Stevens' Frage bewies so viel Geduld und Verständnis für ihre Lage, daß Mallory auf einmal die Antwort wußte.

»Ja«, nickte er, »es stimmt.« Miller warf ihm einen entsetzten Blick zu.

»Danke, Sir.« Stevens lächelte befriedigt. »Bin Ihnen wirklich sehr dankbar. Wie viele Vorteile es bringt, wenn ich hierbleibe, brauche ich wohl nicht auszuführen.« In seiner Stimme lag eine Sicherheit, wie sie es bei ihm noch nicht erlebt hatten. Er sprach wie ein Mann, der die Situation in jeder Weise beherrscht. »Wird sowieso Zeit, daß ich was Nützliches tue. Kein zärtliches Abschiednehmen, bitte. Nur laßt mir ein paar Schachteln Patronen hier und zwei oder drei Handgranaten, und dann ab mit euch!«

»Den Teufel werden wir tun!« Miller war hochgesprungen und wollte auf ihn losgehen, doch die auf seine Brust gerichtete Maschinenpistole zwang ihn, jäh stehenzubleiben. »Einen Schritt noch, dann lege ich Sie um«, sagte Stevens ganz kühl. Miller maß ihn schweigend mit einem langen Blick, dann setzte er sich wieder auf die Erde.

»Ich hätte es wirklich getan«, versicherte Stevens ihm noch. »Also dann, lebt wohl, meine Herren. Und seid alle bedankt, daß ihr so viel für mich getan habt.«

Zwanzig, dreißig Sekunden vergingen, eine ganze Minute in einem merkwürdigen, wie traumhaften Schweigen, dann erhob sich Miller wieder vom Boden und stand groß und schlaksig in seinem zerrissenen Zeug vor Stevens. Sein Gesicht wirkte im Dämmerlicht sonderbar verhärmt.

»Bis bald, mein Junge. Ich glaube – well, ich bin doch wohl nicht so klug, wie ich mir einbilde.« Er bückte sich, ergriff Stevens' Hand, blickte lange in das abgezehrte Gesicht und wollte offenbar noch mehr sagen. Aber er brachte nur die zwei Worte ›Auf Wiedersehen‹ heraus, drehte sich herum und ging schweren Schrittes um die Ecke zum talwärts führenden Weg. Einer nach dem andern folgten sie ihm stumm, außer Andrea, der sich noch niederbeugte und Stevens etwas ins Ohr flüsterte, worauf der junge Mensch lächelnd nickte, als gäbe es nun keinerlei Mißverständnis mehr. Dann war nur noch Mallory bei ihm. Stevens blickte mit frohem Gesicht zu ihm empor.

»Ich danke Ihnen, Sir, daß Sie mir meinen Wunsch nicht versagt haben. Sie und Andrea – Sie verstehen mich. Haben mich immer verstanden.«

»Sie werden – Sie werden klarkommen, nicht wahr, Andy?« (›O Gott‹, dachte Mallory, ›so etwas Dummes und Albernes jetzt zu sagen!‹)

»Ganz ehrlich, Sir, mir geht's gut.« Stevens lächelte zufrieden. »Keine Schmerzen mehr – spüre überhaupt nichts. Es ist wunderbar!«

»Andy, ich –«

»Es wird Zeit, daß Sie gehen, Sir, die andern warten schon auf Sie. Wenn Sie mir nur noch einen letzten Glimmstengel ins Gesicht stecken und noch ein paar Schüsse da nach unten feuern . . .«

In fünf Minuten hatte Mallory die Kameraden eingeholt, und nach einer Viertelstunde befanden sich alle in der bis zur Küste durchlaufenden Höhle. Einen Augenblick blieben sie im Eingang stehen und lauschten auf das unregelmäßige Schießen weit hinter sich, ehe sie sich stumm abwandten und eilig in der Höhle untertauchten.

Andy Stevens lag, wo sie ihn verlassen hatten, auf dem Bauch und spähte in die nun fast stockdunkle Schlucht hinab. Er spürte keinen körperlichen Schmerz mehr. Tief sog er den Rauch aus der mit der Hand verdeckten Zigarette ein und lächelte, als er einen neuen Streifen Patronen ins Magazin der MP schob. Zum erstenmal im Leben war Andy Stevens so glücklich und zufrieden, daß er es selbst kaum begriff. Ein Mann mit vollkommen innerem Frieden. Und ohne jede Furcht...

13. KAPITEL

Mittwoch 18.00 bis 19.15 Uhr

Genau vierzig Minuten später waren sie im Herzen des Städtchens Navarone und nur fünfzig Meter vom großen Doppeltor der Festung entfernt.

Mallory, der aus dem Fensterloch das starke Tor und den noch mächtigeren Steinbogen betrachtete, der es umgab, schüttelte zum zehntenmal den Kopf, denn er war noch immer so erstaunt und vermochte kaum zu glauben, daß sie endlich doch ihr Ziel erreicht hatten – jedenfalls so gut wie erreicht. Einmal mußten sie doch auch Glück haben, überlegte er, denn soviel Pech, wie sie seit dem Betreten der Insel immerfort gehabt hatten, konnte sie doch nicht ewig verfolgen! Es stand ihnen zu, daß dies geglückt war, das war ihnen das Schicksal unbedingt schuldig gewesen. Und dennoch hatte sich der Übergang aus der dunklen Talschlucht, wie sie Andy Stevens dem Tod überließen, bis in dieses baufällig alte Haus an der Ostseite des Marktplatzes von Navarone so schnell und störungslos vollzogen, daß er es immer noch nicht ganz faßte und nicht gedankenlos hinnehmen konnte.

Die erste Viertelstunde freilich war nicht gerade leicht gewesen. Panayis war mit seinem verwundeten Bein zusammengebrochen, kaum daß sie die Höhle betreten hatten. Mallory hatte gemeint, er müsse in der offenen, nur grob verbundenen Beinwunde starke Schmerzen gehabt haben, doch feststellen konnte er das bei der Düsternis nicht in dem verbitterten, steinernen Gesicht dieses Mannes. Panayis hatte Mallory gebeten, am Eingang zur Höhle bleiben zu dürfen, um die Alpenjäger abzuwehren, wenn sie Stevens überwältigt hatten und das Ende der Schlucht erreichten, doch Mallory hatte das schroff abgelehnt. Ganz brutal hatte er Panayis erklärt, er sei viel zu wertvoll, um hier zurückgelassen zu werden, und es sei kaum damit zu rechnen, daß die Jäger unter den vielen Höhlen an dieser Strecke gleich die richtige herausfinden würden. Er gab sehr ungern so rücksichtslose Anordnungen, doch für Schmus und Schmeicheleien war keine Zeit, und Panayis hatte wohl auch eingesehen, worauf es ankam, denn er hatte weder protestiert noch sich gesträubt, als Miller und Andrea ihn hochhoben und ihn auf dem Weg durch die Höhle stützten. Mallory war es aufgefallen, daß er dabei nicht mehr so stark hinkte wie vorher. Gewiß, weil er gestützt wurde. Oder vielleicht, weil er es jetzt, nachdem ihm nun die Gelegenheit, noch ein paar Deutsche zu töten, verbaut war, für zwecklos hielt, die Schwere seiner Verwundung zu übertreiben?

Kaum hatten sie die Höhle am anderen Ende verlassen und den Weg durch das Tal zur Küste hinunter eingeschlagen – die schimmernde Meeresfläche war auch im Abenddämmern noch gut sichtbar –, da hatte Louki, der etwas hörte, sie durch eine Handbewegung zum Schweigen veranlaßt. Und fast sofort nach ihm hatte auch Mallory es gehört: eine weiche, kehlige Stimme, hin und wieder übertönt durch das Knirschen näher kommender Schritte im Kies. Als er sah, daß sie zum Glück durch einige verkümmerte Bäume gut abgeschirmt waren, hatte er Halt befohlen und dann jähzornig in sich hineingeschimpft, weil hinter ihnen einer mit einem kaum gedämpften Schrei zu Boden gestürzt war. Er war zurückgegangen, um nachzusehen und hatte Panayis bewußtlos auf dem Boden liegend gefunden. Miller, der den Griechen gestützt hatte, erklärte, er sei bei dem plötzlichen Haltmachen gegen Panayis gestolpert, dessen Bein sofort einknickte, so daß er schwerfällig umfiel und im Sturz noch mit dem Kopf gegen einen Stein schlug. Mallory hatte sich sofort nach ihm gebückt – Panayis war ein Gewaltmensch, der geborene ›killer‹, und durchaus fähig, einen Unfall zu simulieren, wenn er meinte, dadurch noch ein paar Feinde mehr ins Visier nehmen zu können. Aber es sah nicht nach Täuschung aus: die klaffende blutige Wunde über der Schläfe sprach für sich . . .

Der deutsche Spähtrupp, der von ihrer Nähe nichts ahnte und geräuschvoll weiter bergauf stieg, kam bald außer Hörweite. Louki hatte schon geglaubt, der Festungskommandant habe in seiner Ratlosigkeit sämtliche Ausgänge der Höhlen am Teufelsspielplatz abriegeln lassen, was Mallory unwahrscheinlich fand, ohne jedoch weiter darüber zu diskutieren. Jedenfalls waren sie fünf Minuten später am Fuß des Tals, und nach weiteren fünf hatten sie nicht nur die Küstenstraße erreicht, sondern auch zwei Posten geknebelt und gefesselt – vermutlich die Fahrer –, die einen LKW und ein Stabsauto an der Straße bewachten. Hatten ihnen die Drillichanzüge und Stahlhelme abgenommen und die Entkleideten im Gebüsch versteckt.

In den Ort hineinzukommen war lächerlich einfach gewesen, doch daß sie nicht auf Widerstand stießen, erklärte sich nur aus der Geschwindigkeit, mit der sie handelten. Neben Mallory auf der Fahrerbank sitzend und, wie er, in der den Deutschen abgenommenen Kleidung, hatte Louki den schweren Wagen gefahren, und zwar so großartig gefahren, wie Mallory es dem Bewohner einer abgelegenen ägäischen Insel niemals zugetraut hätte. Er war völlig verdutzt darüber, bis Louki ihn daran erinnerte, daß er viele Jahre im Konsulat als Privatchauffeur von Eugene Vlachos fungiert hatte. Die Fahrt in die Stadt hatte nicht ganz zwölf Minuten gedauert, denn der kleine Mann steuerte nicht nur vorzüglich den Wagen, sondern kannte auch den Weg so genau, daß er das Äußerste aus der starken Maschine herausholen konnte, obwohl er fast die ganze Zeit ohne Beleuchtung fuhr.

Die Fahrt verlief glatt, ohne jeden Zwischenfall. In Abständen hatten sie mehrere an der Straße parkende LKWs passiert und etwa drei Kilometer vor der Stadt einen Trupp von ungefähr zwanzig Soldaten getroffen, die ihnen in zwei Gliedern entgegenmarschierten. Louki hatte das Tempo gemäßigt – mit schnellem Fahren hätte er sich sehr verdächtig gemacht, weil er die marschierende Truppe gefährdete –, aber sofort die starken Scheinwerfer angestellt, um sie zu blenden, und hatte kräftig gehupt, während Mallory sich aus dem Fenster an der rechten Seite beugte und die Soldaten in einwandfreiem Deutsch beschimpfte, sie sollten gefälligst mehr Platz zu machen. Der junge Offizier, der die Truppe führte, stand schneidig stramm und warf zum korrekten militärischen Gruß die Hand an den Stahlhelm.

Kurz danach waren sie durch ein Gebiet mit stufenförmig angelegten, von hohen Mauern umgebenen Gemüsegärten gefahren, dann zwischen einer halbzerfallenen byzantinischen Kirche und einem weißgetünchten orthodoxen Kloster hindurch, die sich seltsamerweise gegenüberstanden, und nach wenigen Augenblicken waren sie im unteren, alten Teil der Stadt. Mallory bekam einen flüchtigen Eindruck von engen, gewundenen, nur schwach beleuchteten Gassen, kaum breiter als ihr Wagen und mit riesigen Steinen gepflastert. Dann hatte Louki den Wagen in eine steile, stark gewölbte Straße gelenkt, wo er ganz plötzlich anhielt. Mallory hatte, seinen Blicken folgend, festgestellt, daß sie ganz menschenleer war, obwohl das Ausgangsverbot erst in einer Stunde begann.

Am Haus neben dem Wagen sah er eine weiße Steintreppe ohne Geländer, die an der Wand empor bis zu einem durch ein reichverziertes Gitterwerk geschützten Vorplatz führte. Der noch halb betäubte Panayis war ihnen auf dieser Treppe vorausgegangen, durch ein Haus – er wußte hier genau Bescheid –, über ein flaches Dach, wieder ein paar Stufen abwärts und durch einen dunklen Hof bis in das uralte Haus, in dem sie sich jetzt befanden. Louki war mit dem Wagen schon wieder fort, ehe sie die erste Treppe erstiegen hatten, und dann erst war es Mallory eingefallen, daß der Kleine es gar nicht für nötig gehalten hatte, ihm zu sagen, was er mit dem Wagen machen wollte.

Jetzt, da er noch aus dem fensterlosen Wandloch auf das Festungstor blickte, ward ihm bewußt, wie sehr er hoffte, daß dem kleinen Griechen mit den traurigen Augen nichts passieren möge. Nicht allein, weil Louki mit seiner nie versagenden Findigkeit und seinen Ortskenntnissen unschätzbar wertvoll für sie war und gewiß noch sein würde, sondern weil er ihn wirklich sehr gern hatte wegen seiner unveränderlich guten Laune und der Begeisterung, mit der er zu helfen und alles recht zu machen suchte, ohne im geringsten an sein eigenes Wohlbefinden oder seine Sicherheit zu denken. Ein durchaus liebenswerter kleiner Mann, für den sich sein Herz erwärmte. ›Das ist mehr, als ich von Panayis sagen kann‹, dachte er säuerlich, bereute aber sofort den Gedanken, denn Panayis war ja nicht durch eigene Schuld so geworden und hatte in seiner düsteren und unfreundlichen Art ebensoviel für sie getan wie Louki. Immerhin fehlte es ihm leider ganz an den menschlich sympathischen Zügen, die Louki so auszeichneten.

Ihm fehlte auch Loukis schnelle kluge Auffassungsgabe, das wohlberechnete Ausnutzen passender Gelegenheiten, das oft ans Geniale grenzte. So war es doch eine glänzende Idee von Louki gewesen, ihnen gerade dieses verlassene Haus zu verschaffen, obwohl es im Grunde nicht schwierig war, leere Häuser zu finden, denn seitdem die Deutschen im alten Schloß saßen, waren die Einwohner in Scharen aus der Stadt nach Margaritha und anderen Dörfern der Insel übergesiedelt und am schnellsten die am Marktplatz ansässigen. Die Nähe der Festungsmauer, an der Nordseite des Platzes, war vielen an die Nerven gegangen, wenn sie ständig sehen mußten, wie die Eroberer durch das Tor aus und ein gingen und die Wachtposten hin und her marschierten, als ständige Mahnung, daß ihre Freiheit verloren war. So viele waren fortgezogen, daß über die Hälfte der Häuser an der Westseite des Platzes, auch die der Festung am nächsten liegenden, leer geworden und jetzt von deutschen Offizieren belegt waren. Und Mallory war nichts willkommener als gerade diese Möglichkeit, den Betrieb in und bei der Festung aus der Nähe beobachten zu können. Wenn die Zeit für ihren Coup kam, hatten sie nur wenige Meter zurückzulegen. Und wenn auch jeder tüchtige Festungskommandant sich stets gegen Überraschungen sicherte, hielt Mallory es für unwahrscheinlich, daß normale Menschen mit einem Sabotagetrupp rechneten, der so selbstmordfreudig war, daß er sich einen ganzen Tag buchstäblich nur einen Steinwurf weit von der Festungsmauer aufhielt.

Das Haus an sich bot keine besonderen Annehmlichkeiten. Als Wohnung gesehen war es denkbar ungemütlich, so vernachlässigt, daß sein Einsturz gewiß nicht mehr lange auf sich warten ließ. Die Westseite des Platzes – also die gefährlich nahe am Klippenrand liegende, und die Südseite hatten verhältnismäßig neue Häuser aus gekalktem Naturstein oder parischem Granit. Sie waren, wie in diesen Inselstädtchen üblich, dicht aneinandergebaut und hatten flache Dächer, um vom Regen im Winter möglichst viel aufzufangen. An der

Seite jedoch, wo sie sich befanden, gab es nur altmodische, mit Gras abgedeckte Holzhäuser, wie man sie sonst vorwiegend in den einsamen Bergdörfern fand.

Die festgestampfte Erde unter Mallorys Füßen war höckerig und uneben, und den bisherigen Bewohnern hatte offenbar nur ein Winkel für alle möglichen Zwecke gedient, auch als Müllablage. Die Decke bestand aus grob zugehauenen geschwärzten Balken, unvollständig abgedeckt mit Planken, auf denen auch eine dicke Schicht festgetretener Erde lag. Mallory wußte aus früherer Erfahrung mit ähnlichen Häusern in den Weißen Bergen, daß das Dach bei Regen wie ein Sieb lecken würde. An einer Wand des Raumes war ein etwa dreiviertel Meter hoher Sims, der, ähnlich wie im Iglu der Eskimos, wechselweise als Bett, Tisch oder Sitzbank diente. Möbel gab es in dem Raum überhaupt nicht.

Mallory drehte sich erschrocken um, als ihn jemand an der Schulter berührte. Hinter ihm stand Miller, seelenruhig kauend, eine Flasche mit einem Rest Wein in der Hand.

»Futtern Sie lieber erst mal ein bißchen, Boß«, empfahl er ihm, »ich werde ab und zu durch das Loch linsen.«

»Guter Gedanke, Dusty. Schönen Dank.« Vorsichtig – denn es war fast stockdunkel im Haus, und Licht wagten sie nicht anzumachen – begab sich Mallory in den Hintergrund des Raumes und tastete an den Wandvorsprung. Der unermüdliche Andrea hatte ihren Proviant sortiert und eine Art Mahlzeit zubereitet, aus getrockneten Feigen, Honig, Käse, Knoblauchwürsten und zerkleinerten Maronen. Mallory fand die Mischung schauderhaft, aber besser verstand Andrea dergleichen nicht, und er war so hungrig, geradezu gierig vor Hunger, daß er auf besondere Geschmacksfeinheiten verzichten konnte. Und als er das Essen mit einer Portion des von Louki und Panayis tags vorher besorgten Inselweins hinuntergespült hatte, betäubte die harzige Süße des Getränks sowieso jedes andere Geschmacksempfinden.

Vorsichtig das Streichholz mit der Hand abschirmend, zündete er sich eine Zigarette an und begann zum erstenmal seinen Plan für das Eindringen in die Festung zu erklären. Er brauchte nicht seine Stimme zu dämpfen, denn im Nebenhaus, einem der wenigen an dieser Seite des Platzes noch bewohnten, klapperten zwei Webstühle den ganzen Abend. ›Wahrscheinlich hat das der schlaue Louki veranlaßt‹, dachte er, obgleich er nicht wußte, wann und wie der sich mit den Nachbarn verständigt haben sollte. Jedenfalls war er mit dieser Situation zufrieden und konzentrierte sich darauf, den Kameraden unmißverständlich klare Instruktionen zu geben.

Anscheinend begriffen sie alles gut, denn es wurden nur wenige Fragen gestellt. Ein paar Minuten unterhielten sie sich über andere Dinge, wobei der sonst so schweigsame Brown sich bitterlich über das Essen und Trinken, über sein verletztes Bein und die Härte der Bank beklagte, auf der er die ganze Nacht kein Auge schließen könne. Mallory lächelte innerlich, sagte aber nichts. Wenn Brown schimpfte, war das ein sicheres Zeichen, daß es ihm wieder besser ging.

»Ich denke, wir haben genug geredet, meine Herren.« Er glitt von der Bank und reckte sich. O je, war er müde! »Unsere erste und letzte Gelegenheit, eine Nacht richtig zu schlafen. Gewacht wird abwechselnd alle zwei Stunden, ich übernehme die erste Wache.«

»Ganz allein?« Miller rief leise. »Sollten wir nicht lieber zu zweien wachen, Boß, einer vorn und einer an der Rückseite? Schließlich sind Sie ja auch ganz schön auf dem Hund. Einer allein könnte leicht einschlafen.«

»Kommt gar nicht in Betracht, Dusty. Jeder hält seine Wache hier an diesem Fensterloch, und sollte er einschlafen, wird er verdammt fix aufwachen, wenn er zu Boden stürzt. Und gerade weil wir alle so ausgepumpt sind, können wir nicht zulassen, daß einer unnötig Schlaf verliert. Zuerst also ich, dann Sie, dann Panayis, Casey, und zuletzt Andrea.«

»Ja-a, so wird's wohl am besten sein«, gab Miller ungnädig zu.

Er drückte Mallory etwas Hartes, Kaltes in die Hand: seinen wertvollsten Besitz, die Pistole mit Schalldämpfer. »Damit Sie zudringliche Besucher durchlöchern können, ohne die ganze Stadt aufzuwecken.« Er schlenderte wieder zur anderen Wand, zündete sich eine Zigarette an, rauchte still ein paar Minuten, dann schwang er die Beine auf die Bank.

Innerhalb von fünf Minuten schliefen sie alle fest, außer dem schweigenden Mann am Beobachtungsfenster.

Zwei bis drei Minuten später horchte Mallory, unbeweglich stehenbleibend, scharf auf: er hatte draußen schleichende Schritte gehört, wahrscheinlich von der Rückseite des Hauses. Das Klappern der Webstühle nebenan hatte aufgehört, es war sehr still. Wieder vernahm er das Geräusch, diesmal unmißverständlich: es klopfte jemand sacht an die Tür, am Ende des Korridors, der von der Rückseite des Raumes ausging.

»Bleiben Sie da, Hauptmann.« Es war Andreas leises Gemurmel, und zum hundertstenmal staunte Mallory über dessen Fähigkeit, sich beim kleinsten ungewohnten Geräusch aus dem tiefsten Schlaf zu reißen, während er im schwersten Gewitter ruhig weiterschlief. »Ich werde nachsehen, was dieses Klopfen bedeutet. Es muß Louki sein.«

Und es war Louki. Der kleine Mensch keuchte, ganz erschöpft, aber äußerst zufrieden mit sich selbst. Dankbar trank er von dem Wein, den Andrea ihm in einen Becher goß.

»Wie bin ich froh, daß Sie wieder da sind!« sagte Mallory aufrichtig. »Wie ging es denn? Hat Sie jemand verfolgt?«

Er glaubte sogar in der Dunkelheit zu bemerken, daß der Kleine sich zu seiner ganzen ›Größe‹ aufrichtete.

»Als ob einer von den tapsigen Kerlen, selbst bei Mondschein, Louki entdecken könnte, geschweige denn ihn fassen!« sagte er entrüstet. Nach einigen tiefen Atemzügen fuhr er fort: »Nein, nein, Herr Major, ich wußte schon, daß Sie sich um mich Sorgen machten, deshalb bin ich den ganzen Weg gerannt. Das heißt: beinah den ganzen«, berichtigte er. »Bin ja nicht mehr der Jüngste, Herr Major.«

»Den ganzen Weg – von wo?« fragte Mallory. Er war froh, daß die Dunkelheit sein Lächeln verbarg.

»Von Vygos. Das ist ein altes Schloß, vor vielen Generationen von den Franken erbaut. Es liegt drei bis vier Kilometer von hier, an der Küstenstraße nach unten.« Er trank wieder einen Schluck Wein. »Ein bißchen weiter noch ist's wohl, aber langsam gegangen bin ich nur zweimal, ungefähr eine Minute, auf dem Rückweg.« Mallory kam es bei dieser Ergänzung vor, als hätte Louki sein Eingeständnis der Schwäche –

daß er nicht mehr jung war – schon bedauert und es schnell wieder ausgleichen wollen.

»Und was haben Sie dort gemacht?« fragte er.

»Als ich Sie verließ, habe ich erst mal nachgedacht«, antwortete Louki auf Umwegen. »Ich denke eigentlich immer nach, das bin ich so gewöhnt. Ich überlegte mir folgendes: wenn die Soldaten, die auf dem Teufelsspielplatz nach uns fahnden, merken, daß das Auto fort ist, werden sie wissen, daß wir nicht mehr in diesem verflixten Irrgarten sind.«

»Ja«, sagte Mallory behutsam, »ja, das werden sie daraus schließen.«

»Und dann werden sie sich sagen: ›Ha, den verdammten Engländern bleibt ja nur noch wenig Zeit!‹ Sie werden erkennen, daß wir wissen, wie wenig Aussicht sie haben, uns auf der Insel zu fangen – Panayis und ich kennen ja jeden Felsen, jeden Pfad und jede Höhle. Also können sie nichts weiter tun als aufpassen, daß wir nicht in die Stadt kommen. Sie werden alle in die Stadt führenden Wege abriegeln und meinen, daß heute nacht unsere letzte Chance ist, hineinzugelangen. – Sie können mir doch folgen?« fragte er.

»Ich gebe mir die größte Mühe.«

»Aber zuerst« – Louki spreizte dramatisch die Finger – »aber zuerst werden sie sich überzeugen, daß wir nicht schon in der Stadt sind! Sie wären ja blöde, draußen die Straßen zu sperren, wenn wir drin sind. Sie müssen unbedingt erst feststellen, daß wir nicht in der Stadt sind. Und daher – die Hausdurchsuchungen. Die gründliche Durchsuchung. Mit – wie sagen Sie noch? – mit dem ganz feinen Kamm!«

Mallory nickte, ihm ging allmählich ein Licht auf. »Ich befürchte, er hat recht, Andrea.«

»Fürchte ich auch«, sagte Andrea bedrückt. »Daran hätten wir denken müssen. Aber vielleicht können wir uns anderswo verstecken, vielleicht auf den Dächern oder –«

»Mit dem ganz feinen Kamm, hatte ich gesagt«, unterbrach ihn Louki ungeduldig. »Aber es ist alles in Ordnung. Louki hat sich alles ausgedacht. Ich kann Regen riechen. Bald wird der Mond von Wolken bedeckt sein, dann können wir uns ohne Gefahr bewegen... Sie wollen gar nicht wis-

sen, was ich mit dem Auto gemacht habe, Herr Major?«
Louki amüsierte sich königlich.

»Hatte ich ganz vergessen«, gestand Mallory. »Ja, was haben Sie damit gemacht?«

»Ich habe es im Hof von Schloß Vygos gelassen. Dann habe ich das ganze Benzin aus dem Tank darübergegossen und ein Streichholz angesteckt.«

»Was?« Mallory glaubte, nicht recht zu hören.

»Ein Streichholz angesteckt. Dabei muß ich wohl etwas zu dicht an dem Wagen gestanden haben, denn von meinen Augenbrauen scheint nichts übriggeblieben zu sein.« Louki seufzte. »Sehr schade – es war ein so prächtiger Wagen!« Dann strahlte sein Gesicht. »Aber bei Gott, Herr Major, er hat fabelhaft gebrannt.«

Mallory starrte ihn an. »Zum Donnerwetter, weshalb –?«

»Ganz einfach«, erklärte Louki geduldig. »Inzwischen müssen ja die Leute draußen auf dem Teufelsspielplatz gemerkt haben, daß ihr Wagen gestohlen ist. Sie sehen das Feuer, sie kommen schleunigst zurück, um – wie nennen Sie das?«

»Nachzuforschen?«

»Ach so. Nachzuforschen. Sie warten, bis das Feuer erloschen ist, dann forschen sie weiter. Keine Leiche, keine Knochen in dem Auto. Also durchsuchen sie das Schloß. Und was finden sie?«

Schweigen herrschte im Raum.

»Nichts!« ergänzte Louki. »Sie finden nichts. Und dann durchsuchen sie die Umgebung ein paar hundert Meter im Umkreis. Und was finden sie da? Wieder nichts. Dann also wissen sie, daß sie auf einen Schwindel reingefallen sind und wir uns in der Stadt befinden und werden nun kommen und die Stadt absuchen.«

»Mit dem feinen Kamm«, murmelte Mallory.

»Ja. Und was finden sie?« Louki machte eine Pause, sprach aber auf einmal hastig weiter, als könnte ihm einer die Pointe wegnehmen. »Wieder einmal werden sie nichts finden«, sagte er triumphierend. »Und weshalb? Inzwischen wird es nämlich geregnet haben, der Mond wird verschwunden sein, die Sprengstoffe werden versteckt – und wir fort sein!«

»Wohin denn?« Mallory kam sich vor wie vernagelt.

»Nach Schloß Vygos, wohin denn sonst, Herr Major? So sicher wie die Nacht dem Tag folgt, werden sie nicht darauf kommen, uns nachher gerade dort zu suchen!«

Mallory blickte ihn sekundenlang stumm an, dann wandte er sich zu Andrea. »Kapitän Jensen hat bis jetzt nur einen einzigen Fehler gemacht: er hat als Führer dieses Unternehmens den falschen Mann ausgesucht«, murmelte er. »Aber das ist nicht mehr so wichtig, da wir Louki zur Seite haben, werden wir's schon schaffen.«

Langsam setzte Mallory seinen Rucksack auf dem Erddach ab, richtete sich hoch und spähte in die Dunkelheit, indem er mit beiden Händen die Augen vor dem ersten feinen Regenschauer schützte. Sogar von seinem Platz aus – auf dem wackligen Dach des der Festung am nächsten gelegenen Hauses an der Westseite des Marktes – ragte die Mauer noch fünf bis sechs Meter über ihre Köpfe. Die bösartig nach außen und unten gebogenen Eisenspitzen am Rand waren jetzt in der Finsternis nicht mehr sichtbar.

»Das ist also die Mauer, Dusty«, sagte Mallory leise. »Kleinigkeit.«

»Kleinigkeit?« Miller war entsetzt. »Muß ich – muß ich etwa da hinauf?«

»Hindurchzugehen würde Ihnen wohl verdammt schwerfallen«, erwiderte Mallory kurz. Er lächelte, klopfte Miller auf den Rücken und tippte mit der Fußspitze an den vor ihm liegenden Rucksack. »Wir schmeißen dieses Seil rauf, der Haken setzt sich fest, und Sie klettern schneidig nach oben –«

»Und verblute an den sechs Reihen Stacheldraht«, fiel Miller ein. »Louki sagt, so große Stacheln wie da hätte er noch nie gesehen.«

»Wir werden das Zelt zum Auspolstern nehmen«, sagte Mallory beruhigend.

»Ich habe sehr zarte Haut, Boß«, klagte Miller, »da hilft höchstens eine Sprungfedermatratze.«

»Na, dann bleibt Ihnen nur noch eine Stunde, um eine aufzutreiben«, sagte Mallory geduldig. Louki hatte geschätzt, daß es mindestens eine Stunde dauern würde, bis das Suchkommando mit dem Nordteil des Städtchens fertig war, so daß er und Andrea Gelegenheit zu einem Ablenkungsmanöver hatten. »Kommen Sie, wir wollen die Sachen gut verstecken, und dann raus hier. Die Rücksäcke da in die Ecke und Erde darüber. Nehmen Sie aber erst das Seil heraus, denn wenn wir zurückkommen, werden wir zum Auspacken keine Zeit haben.«

Miller kniete nieder, er löste einige Riemen, dann rief er plötzlich voll Zorn: »Das kann nicht der richtige Rucksack sein!« Und sogleich fuhr er ruhiger fort: »Doch. Eine Minute mal.«

»Was ist denn los, Dusty?«

Miller antwortete nicht gleich. Ein paar Sekunden tastete er in dem Rucksack, dann richtete er sich auf. »Der Zeitzünder, Boß.« Seine Stimme war ganz rauh vor Zorn, so voll Wut, daß Mallory staunte. »Der ist weg.«

»Was?« Mallory bückte sich und durchsuchte auch den Rucksack. »Das kann nicht sein, Dusty. Ist ja gar nicht möglich, Mann! Zum Donnerkiel, Sie haben doch alles selbst eingepackt!«

»Klar habe ich das, Boß«, sagte Miller krächzend. »Und dann muß ein schleichender Schweinehund sie hinter meinem Rücken ausgepackt haben.«

»Unmöglich«, widersprach Mallory. »Ganz und gar unmöglich, Dusty. Sie selbst haben den Rucksack heute früh in dem Gehölz zugeschnürt – das habe ich doch gesehen – und seitdem hat Louki ihn die ganze Zeit gehabt. Und für Louki würde ich die Hand ins Feuer legen.«

»Würde ich auch, Boß.«

»Vielleicht irren wir uns beide«, fuhr Mallory ruhig fort. »Vielleicht haben Sie das Ding beim Einpacken vergessen. Wir waren höllisch müde, Dusty.«

Miller blickte ihn sonderbar an, schwieg einen Moment, dann begann er wieder zu fluchen. »Ist meine eigene Schuld, Boß, meine eigene Schuld, zum Teufel noch mal.«

»Was meinen Sie – Ihre eigene Schuld? Himmel, Mann, ich war doch dabei, als...« Mallory hielt inne, sprang schnell auf und spähte in die Finsternis an der Südseite des Platzes. Dort war ein einzelner Schuß gefallen, dem peitschenden Knall des Karabiners folgte das Jaulen einer abprallenden Kugel, dann war es still.

Mallory stand, die geballten Fäuste an den Seiten, unbeweglich. Über zehn Minuten waren vergangen, seit er und Miller Panayis verlassen hatten, der Andrea und Brown zum Schloß Vygos führen sollte –. Die müßten also jetzt schon ziemlich weit vom Marktplatz entfernt sein. Und Louki war dort doch bestimmt nicht! Ihm hatte er ganz genaue Aufträge gegeben: die übrigen Stangen Dynamit im Dach zu verbergen und dann da zu warten, um ihn und Miller in den Schloßturm zu führen. Aber es konnte etwas schiefgegangen sein – mißglücken konnte jederzeit etwas! Oder war der Schuß eine Falle, eine Kriegslist? Aber zu welchem Zweck?

Das plötzliche unregelmäßige Stottern eines schweren MGs riß diese Gedanken ab, und er war nur noch Auge und Ohr. Und dann fielen Schüsse aus einem leichteren MG, für wenige Sekunden. So jäh wie sie eingesetzt hatten, verstummten beide Waffen gleichzeitig.

Nun wartete Mallory nicht länger. »Die Sachen wieder zusammenpacken«, raunte er Miller eindringlich zu, »wir nehmen sie mit. Es ist etwas schiefgelaufen.«

In einer halben Minute hatten sie die Seile und Sprengstoffe wieder in den Rucksäcken verstaut, hatten sie auf den Rücken geschnallt und waren unterwegs.

Weit vornübergebeugt und sorgsam jedes Geräusch vermeidend, eilten sie über die Dächer bis nach dem alten Haus, in dem sie sich vorher schon verborgen hatten. Jetzt waren sie mit Louki dort verabredet. Noch im Laufen, schon ganz nahe bei dem Hause, sahen sie schattenhaft eine Gestalt sich erheben, die jedoch, wie Mallory sofort merkte, viel größer war als Louki. Ohne im Eilschritt innezuhalten, warf er sein ganzes Gewicht von achtzig Kilo in vollem Schwung fast waagerecht, wie ein Rugbyspieler gegen den Unbekannten. Seine Schulter traf ihn dicht unter dem Brustbein, die Wucht des Aufpralls preßte dem Getroffenen mit einem dumpfen Geräusch, fast einem Knall, restlos die Luft aus den Lungen. Eine Sekunde später krallten sich Millers sehnige Hände um den Hals des Mannes und drückten ihm langsam die Kehle zu.

Und er hätte ihn vielleicht erwürgt, denn er wie Mallory gingen von jetzt ab aufs Ganze – hätte nicht Mallory, der sich in einer flüchtigen Eingebung über das verzerrte Gesicht mit den starr hervorquellenden Augen neigte, einen Schreckensschrei unterdrückend heiser geflüstert: »Dusty, halt, um Gottes willen! Loslassen, es ist Panayis!«

Miller hörte ihn nicht. Sein Gesicht war wie versteinert, der Kopf sank tiefer zwischen die Schultern, während er immer fester zudrückte und den Griechen in unheimlichem Schweigen strangulierte.

»Panayis ist es, Sie Idiot, Panayis!« Mallory hatte den Mund dicht am Ohr des Amerikaners und packte ihn an den Handgelenken, um sie vom Halse des Gewürgten loszureißen. Er konnte das dumpfe Trommeln von Panayis' Hacken auf dem Grasboden des Daches hören und zerrte mit aller Kraft an Millers Händen. Zweimal im Leben hatte er dieses Klopfen gehört, als Männer unter Andreas riesigen Fäusten gestorben waren, und er fühlte mit aller Gewißheit, daß Panayis denselben Weg gehen würde, und zwar schnell, wenn er sich Miller nicht verständlich machen konnte. Aber plötzlich hatte Miller verstanden, er entspannte schwerfällig seinen Griff, richtete sich auf und ließ, noch kniend, die Hände schlaff hängen. Tief atmend stierte er stumm den am Boden liegenden Mann an.

»Was haben Sie denn, Mensch?« fragte Mallory leise. »Sind Sie taub oder blind, oder beides?«

»So was kann ja mal passieren.« Miller rieb sich mit dem Handrücken über die Stirn, sein Gesicht wirkte ganz leer. »Entschuldigen Sie, Boß, tut mir leid.«

»Weshalb entschuldigen Sie sich bei mir, zum Donnerwetter?« Mallory betrachtete Panayis. Der Grieche hatte sich hingesetzt, massierte seinen geschwollenen, verschrammten Hals und sog in langen Zügen keuchend die Luft ein. »Aber Panayis würde vielleicht zu schätzen wissen, wenn Sie –«

»Diese Entschuldigung hat Zeit«, unterbrach ihn Miller schroff. »Fragen Sie ihn, was mit Louki passiert ist.«

Mallory blickte ihn einen Moment forschend an, wollte ihm antworten, unterließ es jedoch und übersetzte die Frage ins Griechische. Er lauschte auf Panayis' zögernde Antwort –

offenbar machte dem jeder Sprechversuch Schmerzen –, dann wurde sein Mund zu einem harten, bitteren Strich. Miller, der bemerkte, wie Mallorys Schultern sich ein wenig krümmten, konnte nicht länger an sich halten.

»Nun, was ist, Boß? Louki ist doch etwas passiert, ja?«

»Ja«, sagte Mallory tonlos. »Sie waren nur bis an die kleine Gasse hinter dem Haus gekommen, wo ihnen eine kleine deutsche Patrouille den Weg verstellte. Louki versuchte, sie abzulenken, da schoß ihn einer mit der MP durch die Brust. Andrea hat den Schützen umgelegt und Louki weggeführt. Panayis sagt, er wird bestimmt sterben.«

14. KAPITEL

Mittwoch abend 19.15 bis 20.00 Uhr

Die drei Mann kamen ohne Schwierigkeit aus der Stadt, vermieden die Hauptstraße und gingen querfeldein nach Schloß Vygos. Ein schwerer Dauerregen hatte eingesetzt, der den Boden so verschlammte, daß einige gepflügte Felder, die sie überquerten, fast unpassierbar wurden. Eben hatten sie mühsam eins hinter sich gebracht und konnten gerade in Umrissen den Hauptturm des Gebäudes erkennen – das längst nicht so weit, wie Louki geschätzt hatte, sondern in Luftlinie knapp anderthalb Kilometer von der Stadt lag –, als sie an einer verlassenen Erdhütte vorbeikamen, wo Miller zum erstenmal seit dem Aufbruch vom Marktplatz in Navarone wieder seinen Mund auftat.

»Ich bin vollkommen fertig, Boß«, sagte er. Der Kopf hing ihm auf die Brust, er atmete nur mühsam. »Mit dem alten Miller geht's abwärts, glaube ich. Ich spüre meine Beine nicht mehr. Könnten wir uns nicht da drin für ein paar Minuten hinsetzen, Boß, und ein bißchen rauchen?«

Mallory sah ihn verdutzt an, dachte an seine eigenen, entsetzlich müden Beine und nickte, wenn auch widerstrebend. Miller war nicht der Mann, der geklagt hätte, wenn er nicht wirklich erschöpft war.

»Okay, Dusty, einige Minuten werden wohl nicht schaden.« Er übersetzte das schnell ins Griechische und ging voran, Miller, der weiter über sein zunehmendes Alter jammerte, dicht hinter ihm. Im Innern ertastete sich Mallory den Weg zu der in solchen Hütten stets vorhandenen hölzernen Bettstatt, setzte sich dankbar hin, rauchte eine Zigarette an, dann blickte er erstaunt hoch. Miller war noch auf den Beinen: er ging rundum und klopfte an die Wände.

»Warum setzen Sie sich nicht?« fragte Mallory ihn ärgerlich. »Deshalb sind wir doch wohl hier reingekommen?«

»Nein, Boß, eigentlich nicht.« Miller sprach wieder sehr

gedehnt. »War nur ein gemeiner Trick von mir, um uns hier reinzukriegen, denn ich will Ihnen zwei, drei ganz spezielle Sachen zeigen.«

»Ganz spezielle? Was sollte das wohl sein, Donnerkiel!«

»Haben Sie Geduld mit mir, Captain Mallory«, bat Miller ganz formell. »Nur wenige Minuten Geduld, ich werde nicht Ihre Zeit verschwenden. Mein Wort darauf, Captain.«

»Also gut.« Mallory stand vor einem Rätsel, doch sein Vertrauen zu Miller blieb unerschüttert. »Wie Sie wünschen, nur darf es nicht zu lange dauern, Dusty.«

»Danke, Boß.« Diese weniger formelle Ausdrucksweise war Miller denn doch lieber. »Lange wird's nicht dauern. Es wird ja eine Lampe oder eine Kerze hier sein – Sie sagten doch, daß diese Insulaner in jedem aufgegebenen Haus etwas zum Beleuchten hinterlassen?«

»Ja, ein Aberglaube, der uns schon sehr nützlich geworden ist.« Mallory leuchtete mit seiner Taschenlampe unter das Bett. »Hier sind zwei oder drei Kerzen«, sagte er, sich wieder aufrichtend.

»Ich brauche nämlich Licht, Boß. Fenster sind hier nicht, das habe ich gleich festgestellt, okay?«

»Zünden Sie eine an, ich gehe raus und sehe nach, ob kein Lichtschein zu bemerken ist.«

Er hatte keine Ahnung, was der Amerikaner beabsichtigte, spürte aber, daß Miller, der betonte Gelassenheit zur Schau trug, jetzt keine Fragen von ihm hören wollte. In kaum einer Minute war er wieder im Raum. »Nicht der kleinste Ritz ist zu sehen.«

»Das ist angenehm. Danke schön, Boß.« Miller zündete eine zweite Kerze an, streifte die Tragriemen von seinen Schultern, legte den Rucksack auf das Bett und blieb einen Moment schweigend stehen.

Nach einem Blick auf seine Uhr forderte Mallory ihn auf: »Sie wollten mir doch etwas zeigen?«

»Ja-a, ganz recht. Dreierlei, sagte ich.« Er griff in den Rucksack und holte ein Kästchen heraus, das nicht größer war als eine Streichholzschachtel. »Objekt A, Boß.«

Neugierig betrachtete Mallory das Kästchen. »Und das ist?«

»Zeitzünder.« Miller schraubte das Bodenbrettchen ab. »Hasse die verfluchten Dinger. Komme mir damit immer vor wie die Anarchistentypen mit einem dunklen Mantel und einem Schnurrbart wie Louki, die so schwarze Dinger wie Kanonenkugeln, mit einer knisternden Lunte, durch die Gegend tragen. Aber diese Dinger funktionieren.« Er hatte die untere Seite des Kästchens abgenommen und prüfte mit seiner Taschenlampe den Mechanismus. »Nur dieser hier funktioniert nicht. Nicht mehr«, setzte er leise hinzu. »Uhrwerk ist in Ordnung, aber der Kontakthebel ist ganz abgebogen. Also könnte das Ding bis in alle Ewigkeit ticken und würde nicht mal einen Feuerwerkskörper zum Zünden bringen.«

»Aber wie kommt –?«

»Objekt B.« Miller schien ihn gar nicht zu hören. Er öffnete das Kästchen mit den Schnellzündern, hob behutsam einen aus der Unterlage von Watte und Filz, untersuchte ihn genau mit der Taschenlampe und blickte Mallory wieder an. »Knallquecksilber, Boß. Nur siebenundsiebzig Gran im Gewicht, aber genug, um einem die Finger wegzupusten. Verteufelt empfindlich – wenn man ihn bloß antippt, geht er los.« Er ließ den Zünder zu Boden fallen, und Mallory wich, innerlich zusammenzuckend, unwillkürlich zurück, als der Amerikaner mit dem Hacken seines derben Stiefels kräftig drauftrat. Doch es gab keine Explosion, gar nichts.

»Funktioniert auch nicht besonders gut, nicht wahr, Boß? Wette hundert zu eins, daß die andern ebenso versagen.« Miller zog ein Päckchen Zigaretten aus der Tasche, zündete sich eine an und beobachtete, wie der Rauch um die Kerzenflammen schwebte. Das Päckchen schob er wieder in die Tasche.

»Da war doch noch etwas, das Sie mir zeigen wollten«, sagte Mallory ruhig.

»Ja-a, noch etwas wollte ich Ihnen zeigen – Objekt C.« Seine Stimme klang sehr sanft, Mallory lief es plötzlich kalt über den Rücken. »Zeigen wollte ich Ihnen einen Spitzel, einen Verräter, den übelsten, heimtückischsten Mordbuben, Betrüger und Schweinehund, der mir je vorgekommen ist.«

Der Amerikaner hatte jetzt seine Hand wieder aus der Tasche gezogen: die Pistole mit Schalldämpfer lag, fest von den

Fingern umschlossen, in seiner Hand, die Mündung war auf Panayis, etwas über Brusthöhe, gerichtet. Er sprach weiter, in noch weicherem Ton. »Judas Ischariot war nicht schlimmer als der junge Mann hier, Boß... Jacke ausziehen, Panayis.«

»Was haben Sie denn vor? Sind Sie verrückt geworden, zum Donnerwetter? So ein Irrsinn, der Mann versteht doch kein Englisch!« Mallory wollte, verblüfft und zornig, auf ihn losgehen, prallte aber gegen Millers starr wie eine Eisenstange ausgestreckten freien Arm.

»Versteht kein Englisch, meinen Sie? Wie kam es denn, daß er blitzschnell aus dem Unterstand wetzte, als Casey Brown uns ganz ruhig sagte, er hätte draußen Geräusche gehört... und warum hat er heute nachmittag als erster das Gehölz verlassen, wenn er Ihre Befehle nicht verstehen konnte? Die Jacke ausziehen, Judas, sonst schieße ich Sie durch den Arm. Gebe Ihnen noch zwei Sekunden.«

Mallory, der die Arme um Miller legen und ihn zu Boden werfen wollte, hielt mitten in der Bewegung inne, als er das Gesicht von Panayis sah: die gefletschten Zähne und den Mörderblick der kohlschwarzen Augen. Noch nie hatte er ein so bösartiges Menschenantlitz gesehen, doch diese schreckliche Miene verwandelte sich im selben Moment schon in eine von Schmerz und Unglauben gezeichnete, als die 8-mm-Kugel dicht unter der Schulter in seinen rechten Oberarm schlug.

»Zwei Sekunden, dann kommt der andere Arm«, sagte Miller ungerührt, doch Panayis riß sich bereits die Jacke herunter, ohne seinen lauernden Raubtierblick von Miller zu lassen. Mallory fröstelte es unwillkürlich, aber wenn er das Gesicht des Amerikaners hätte beschreiben sollen, war nur ein Wort dafür passend: Gleichgültigkeit. Er begriff nicht, warum ihm beim Anblick von Millers Gesicht noch kälter ums Herz wurde.

»Kehrtmachen!« Die Pistole in Millers Hand bewegte sich kein bißchen.

Langsam drehte Panayis sich um. Miller trat vor, packte sein schwarzes Hemd am Kragen und fetzte es ihm mit einem Ruck vom Rücken.

»Wäll, wä-äll, wer hätte das bloß gedacht!« näselte er breit.
»Überraschung, man sehe und staune! Erinnern Sie sich,
Boß: das sollte doch der Knabe sein, der angeblich von den
Deutschen auf Kreta öffentlich ausgepeitscht wurde, bis man
seine Rippenknochen weiß durchkommen sah? Sein Rücken
sieht ja auch fürchterlich aus, nicht wahr?«

Mallory schaute hin, sagte jedoch kein Wort. Er war völlig
aus dem Gleichgewicht gebracht, in seinem Kopf wirbelten
die Gedanken wie die Glasstückchen in einem Kaleidoskop.
Sie mußten sich erst klären, so jäh und unerwartet waren gewisse Illusionen in ihm gestorben.

»Hat eben 'ne besonders gute Heilhaut«, murmelte Miller.
»Nur so ein häßlich denkender, heimtückischer Mensch wie
ich würde glauben, daß er mal Spion für die Deutschen auf
Kreta gewesen ist, daß die Alliierten ihn als Mitglied der
Fünften Kolonne kannten, er dann den Deutschen nichts
mehr wert war und nachts mit einer schnellen Motorbarkasse
nach Navarone zurückverfrachtet wurde. Von wegen Aus-
peitschung und im Ruderboot von Insel zu Insel heimgekehrt
– alles ganz elender Schwindel!«

Miller machte eine Pause, dann fragte er mit grimmig verzerrtem Mund: »Wie viele Silberlinge mag er sich auf Kreta
verdient haben, bis die Deutschen ihn durchschauten?«

»Aber um Himmels willen, Mann, Sie werden doch einen
Menschen nicht verdammen, bloß weil er mal groß angege-
ben hat!« protestierte Mallory, fühlte sich aber merkwürdigerweise nicht so zornig wie seine Stimme klang. »Wie viele
wären bei den Alliierten am Leben geblieben, wenn –?«

»Noch nicht überzeugt, wie?« Miller winkte Panayis lässig
mit dem Revolver. »Das linke Hosenbein aufkrempeln,
Ischariot. Zwei Sekunden wieder.«

Panayis gehorchte. Seine dunklen, giftigen Augen ließen
Miller nicht los. Er rollte den schwarzen Stoff seiner Hose bis
zum Knie hoch.

»Noch weiter! Ja, so ist's brav«, spornte Miller ihn an.
»Und nun den Verband ab. Ganz ab!« Ein paar Sekunden
vergingen, dann sagte Miller mit traurigem Kopfschütteln:
»Eine schreckliche Verletzung, Boß, eine ganz schlimme
Wunde!«

»Jetzt beginne ich zu verstehen«, sagte Mallory. Das dunkle sehnige Bein hatte keinen einzigen Kratzer, nicht die kleinste Schramme war zu sehen. »Aber wieso –?«

»Einfache Sache. Mindestens vier Gründe. Unser Junior ist ein hinterlistiger, schleimiger Hund – keine Klapperschlange würde sich dem nur bis auf eine Meile nähern! –, aber er ist auch ein gerissener Hund. Hat mit dem Bein markiert, weil er in der Höhle auf dem Teufelsspielplatz zurückbleiben wollte, während wir vier zurückgingen, um die Alpenjäger abzuwehren, daß sie nicht den Abhang unter dem kleinen Gehölz raufkamen.«

»Weshalb? Hatte er Angst, eine Kugel zu kriegen?«

Ungeduldig schüttelte Miller den Kopf. »Unser Junior hat vor nichts Angst. Er blieb zurück, um etwas aufzuschreiben. Später hat er seine angebliche Beinwunde benutzt, um ein Stück hinter uns zu bleiben und das Papier so hinzulegen, daß es entdeckt werden konnte. Das muß schon ziemlich am Anfang gewesen sein. Seine Notiz besagte wahrscheinlich, daß wir an der und der Stelle herauskommen würden und die Deutschen uns freundlichst eine Delegation zur Begrüßung schicken möchten. Und die schickten sie auch: es war ja ihr LKW, den wir dann klauten, um zur Stadt zu kommen... Da habe ich zum erstenmal ernstlich Verdacht geschöpft, daß mit unserem Freund was nicht stimmte, denn nachdem er zurückgeblieben war, holte er uns, wenn man seine schwere Beinwunde bedenkt, auffallend schnell ein. Aber erst, als ich heute abend in dem Haus am Marktplatz den Rucksack aufmachte, wußte ich richtig Bescheid.«

»Sie haben nur zwei Gründe genannt«, erinnerte ihn Mallory.

»Komme noch auf die andern. Drittens: Er konnte, wenn die Deutschen vor uns das Feuer eröffneten, im Hintergrund bleiben, denn Ischariot wollte sich doch nicht abknallen lassen, sondern erst mal sein Honorar einkassieren. Und viertens: Denken Sie doch mal an die geradezu rührende Szene, als er Sie bat, am Ende der Höhle bleiben zu dürfen, die in das Tal führte, wo wir herkamen. Er wollte den ›Horatius auf der Brücke‹ spielen.«

»Sie meinen, daß er dem Feind die richtige Höhle zeigen wollte?«

»Getroffen. Und als Sie ihm seinen Wunsch abschlugen, war er zum Schlimmsten entschlossen. Sicher war ich meiner Sache noch nicht, Boß, aber schon mächtig mißtrauisch geworden. Wußte nicht, was er als nächstes versuchen würde. Deshalb gab ich ihm, als die letzte Patrouille den Abhang raufkam, ordentlich eins über den Schädel.«

»Ach so«, sagte Mallory, »jetzt bin ich im Bilde.« Er blickte Miller scharf an. »Sie hätten mir das aber sagen müssen. Hatten kein Recht –«

»Wollte ich ja auch, Boß, aber ich hatte keine Gelegenheit – unser Junior blieb nur dauernd in meiner Nähe. Vor einer halben Stunde wollte ich's Ihnen berichten, da fingen gerade drüben die MGs an.«

Mallory nickte verständnisvoll. »Wodurch wurden Sie denn aber zuerst mißtrauisch?«

»Wacholder«, gab Miller kurz zurück. »Sie wissen doch, was Turzig sagte, wodurch er uns gefunden hat? Er roch den Wacholder vom Lagerfeuer.«

»Stimmt, wir hatten tatsächlich Wacholder verbrannt.«

»Klar hatten wir das. Aber er sagte, er hätte den auf dem Kostos gerochen, und dabei wehte der Wind doch vom Kostos zu Tal!«

»Mein Gott!« flüsterte Mallory. »Natürlich, natürlich! Und das war mir völlig entgangen.«

»Aber die Deutschen wußten, daß wir da waren. Wodurch? Na, hellsehen können die ebensowenig wie ich. Also mußten sie einen Tip gekriegt haben – und zwar von unserem Geliebten hier. Wissen Sie nicht, daß ich Ihnen sagte, er hätte in Margaritha mit ein paar Genossen gesprochen, als wir da hingingen, um den Proviant zu holen?« Miller spie angewidert auf den Boden. »Genossen? Ich wußte nicht, wie richtig der Ausdruck war. Klar waren das seine Genossen – seine deutschen! Und die Lebensmittel, die er angeblich aus der Kommandantenküche geklaut hat – gekriegt hat er die da auch, jawohl. Er wird wohl darum gebeten haben – und Vater Skoda gab ihm noch seinen eigenen Koffer mit, um sie zu verstauen.«

»Aber der Deutsche, den er auf dem Rückweg vom Dorf getötet hat? Sie wollen doch nicht behaupten –?«

»Den hat Panayis tatsächlich getötet.« Millers Stimme klang müde, aber entschieden. »Was ist schon ein Toter mehr für unser Sonnenscheinchen! Ist wahrscheinlich im Dunkeln beinah über den armen Kerl gefallen und mußte einfach. Um das Milieu echt zu gestalten. Bedenken Sie, daß Louki dabei war, und den durfte er nicht mißtrauisch machen. Er hätte das später sowieso Louki in die Schuhe geschoben, denn er kennt keine menschlichen Gefühle . . . Sie wissen ja auch noch, wie er in Margaritha mit Louki zusammen in das Zimmer von Skoda gestoßen wurde und das Blut ihm aus einer Kopfwunde lief?«

Mallory nickte.

»Feinste Tomatensoße. Wahrscheinlich auch aus der Kommandantenküche«, sagte Miller bitter. »Wenn Skoda mit seinen Methoden nicht weitergekommen wäre, hatte er noch unseren Freund zum Verpfeifen bei der Hand! Warum er eigentlich Louki nicht nach den Sprengstoffen gefragt hat, ist mir unklar geblieben.«

»Offenbar wußte er nicht, daß Louki es wußte.«

»Kann sein. Aber auf eins verstand sich dieser Schweinehund hier: mit einem Spiegel zu arbeiten! Er muß von dem Gehölz aus der Festungstruppe durch Morsen mit dem Spiegel unseren Aufenthalt gemeldet haben. Und heute morgen muß er irgendwann an meinen Rucksack herangekommen sein, hat alle Verzögerungszünder, Zeitzünder und Momentzünder unbrauchbar gemacht. Hätte ihm bloß bei der Fummelei das Knallquecksilber die Hände abgerissen! Nur der liebe Gott weiß, wo der gelernt hat, mit den verflixten Dingern umzugehen.«

»Kreta«, sagte Mallory bestimmt. »Dafür haben die Deutschen schon gesorgt. Auf Spione, die nicht als Saboteure auftreten können, legen die gar keinen Wert.«

»Und der war für sie sehr gut«, sagte Miller leise. »Sehr, sehr gut. Die werden ihren kleinen Kameraden vermissen. Ischariot war ein ganz gerissener Fuchs.«

»War er. Bis auf heute abend. Er hätte wohl so schlau sein müssen, daran zu denken, daß wenigstens einer von uns mißtrauisch sein würde.«

»Ist er wahrscheinlich auch gewesen«, fiel Miller ein, »aber er war falsch informiert. Ich glaube, Louki ist gar nicht verwundet. Nehme an, dieser Bursche hier hat ihn überredet, eine Weile in seiner Wohnung zu bleiben – Louki hatte ja immer etwas Angst vor ihm –, ist dann zu seinen Genossen am Tor gegangen und hat ihnen geraten, einen stark bewaffneten Trupp nach Vygos zu schicken, um die andern aufzugreifen, wobei sie ein bißchen knallen sollen – er gibt nämlich viel auf echtes Lokalkolorit, unser treuer kleiner Genosse –, und dann ist er wieder über den Platz spaziert, hat sich aufs Dach geschwungen und gewartet, um seinen Leuten signalisieren zu können, sobald wir durch die Hintertür kamen. Aber Louki hatte ausgerechnet vergessen, ihm zu erzählen, daß wir uns auf dem Dach, und nicht im Hause, versammeln würden. Also hat sich unser Freund vorsichtig beiseite geschlichen und wollte still abwarten, bis die Zeit für sein Signal kam. Wette zehn zu eins, daß er eine Taschenlampe bei sich hat.«

Mallory nahm Panayis' Jacke zur Hand und durchsuchte sie kurz. »Hat er.«

»Na, also.« Miller zündete sich wieder eine Zigarette an, sah zu, wie das Streichholz zwischen seinen Fingern langsam abbrannte, dann blickte er Panayis an. »Na, was für ein Gefühl ist das, wenn man weiß, daß es ans Sterben geht, Panayis? Wie bei allen den armen Kerlen, kurz vor ihrem Tode – allen den Männern auf Kreta, den Fliegern und den Fallschirmjägern, die auf Navarone starben, weil sie glaubten, Sie wären auf ihrer Seite? Nun, was ist das für ein Gefühl, Panayis?«

Panayis schwieg. Er hielt mit der linken Hand seinen zerschossenen rechten Arm fest und versuchte das Blut zu stillen. Starr stand er da, das böse Gesicht voller Haß, die Lippen noch zurückgezogen, mit den entblößten Zähnen kaum menschenähnlich. Er hatte nicht die geringste Furcht, und Mallory paßte scharf auf, weil er bestimmt damit rechnete, daß Panayis noch einen letzten verzweifelten Versuch machen würde, sein Leben zu retten. Doch als er Miller ansah, wußte er, daß es dazu nicht kommen würde.

»Der Gefangene hat nichts zu sagen.« Millers Stimme

klang müde. »Dann müßte ich eigentlich reden, eine lange Erklärung geben, daß ich hier Richter, Geschworener und Henker in einer Person bin, aber die Mühe will ich mir sparen. Tote sind schlechte Zeugen... Vielleicht ist es gar nicht Ihre Schuld, Panayis, vielleicht sind Sie aus ganz begreiflichen Gründen so geworden: Das weiß nur Gott, ich weiß es nicht und mich kümmert es nicht. Aber es sind zu viele gestorben. Ich werde Sie töten, Panayis, und zwar gleich.« Miller ließ seine Zigarette fallen und trat die Glut aus. »Kein Wort mehr zu sagen?«

Und er hatte kein Wort mehr zu sagen: der Haß in seinen schwarzen Augen sagte alles, und Miller nickte, nur einmal, als verständen sie sich insgeheim. Sorgfältig zielend schoß er Panayis genau durchs Herz, zwei Schüsse. Blies die Kerzen aus, drehte sich um und war schon halb bis zum Ausgang gekommen, als der Tote zu Boden stürzte.

»Ich kann es leider nicht, Andrea.« Louki setzte sich ermattet zurück und schüttelte zerknirscht den Kopf. »Tut mir sehr leid, Andrea, die Knoten sind zu fest.«

»Macht nichts.« Andrea rollte sich aus dem Liegen in sitzende Stellung und versuchte seine eng gefesselten Beine und Handgelenke zu lockern. »Raffinierte Burschen, diese Deutschen. Naßgemachte Stricke lassen sich nur durch Schneiden lösen.« Es war für Andrea typisch, gar nicht zu erwähnen, daß er erst wenige Minuten vorher im Liegen, und selbst noch gefesselt, die Fesseln an Loukis Händen mit wenigen Griffen seiner stahlharten Finger aufgeknotet hatte. »Werden mal überlegen, wie das zu machen ist.«

Er hielt Umschau in dem Raum, den die an der vergitterten Tür stehende, blakende Öllampe nur schwach erhellte. Es war ein gelbliches, mattes Licht, bei dem er Brown, der an Händen und Füßen zusammengebunden und, wie er selbst, noch durch ein Seil locker an die eisernen Haken in den Dachbalken gefesselt war, nur als dunkleren Fleck auf den Steinplatten in der gegenüberliegenden Ecke sehen konnte. Andrea lächelte bitter. Wieder gefangengenommen, das zweitemal an diesem Tage – und wieder ebenso überraschend und mühelos gefangen, daß zum Widerstand gar keine Gelegenheit war. Ohne etwas zu ahnen oder zu merken, waren sie in einem der oberen Räume überrumpelt worden, wenige Sekunden, nachdem Brown seine Funkverbindung mit Kairo abgebrochen hatte. Die deutsche Patrouille hatte genau gewußt, wo sie zu finden waren. Und daß dieser Schlag für die Deutschen ein Erfolg war, ließ sich leicht einsehen, nachdem der Truppführer, der so sicher auftrat, als sei nun alles geschafft, ihnen noch triumphierend erklärt hatte, wie weit Panayis bei dieser Überraschung beteiligt war. Und es war nicht schwer, ihm zu glauben, daß auch Mallory und Miller keine Aussicht hätten, zu entkommen. Doch Andrea kam es gar nicht in den Sinn, sich endgültig geschlagen zu geben.

Seine Augen wanderten von Casey Brown durch den Raum, er studierte genau, was er zu sehen vermochte: die Wände und den Fußboden aus Stein, die Haken, die Entlüftungskanäle, die schwere Gittertür. Ein Kerker, eine Folterkammer, hätte man meinen können, doch Andrea kannte schon ähnliche Gebäude. Dieses sollte ein ›Schloß‹ sein, war aber eigentlich nur ein altes Burgverlies, um dessen Türme mit den Schießscharten ein schloßähnliches Haus gebaut worden war. Und die längst vermoderten fränkischen Adelsherren, die diese Gefängnistürme errichten ließen, hatten gut zu leben verstanden. Andrea kam zu dem Schluß, daß er sich nicht in einem Kerker, sondern in der Speisekammer befand, wo man damals das Fleisch von Schlachttieren und Wild aufhängte und Fenster und Licht nicht haben wollte, weil ohne sie...

»Das Licht!« Andrea drehte sich so weit, daß er die qualmende Öllampe sehen konnte, die er nachdenklich betrachtete. »Louki«, rief er leise. Der kleine Grieche wandte den Kopf nach ihm. »Können Sie die Lampe anfassen?«

»Ich glaube... Ja, es geht.«

»Nehmen Sie den Zylinder ab, aber mit einem Tuch – er wird heiß sein. Dann wickeln Sie ihn in das Tuch und zerschlagen Sie ihn, nicht zu stark, auf dem Fußboden. Das Glas ist kräftig genug, um meine Fesseln in wenigen Minuten durchzuschneiden.«

Louki nickte, nachdem er ihn zuerst verwundert angestiert

hatte. Er schlurfte nach der Lampe – seine Beine waren noch gefesselt –, wollte zugreifen, doch seine Hand hielt wie von selbst ein paar Zentimeter vor dem Glaszylinder still. Das metallische, befehlende Geräusch war ganz in der Nähe gewesen! Langsam hob er den Kopf, um nachzusehen, was es sein mochte. Die Gitterstangen...

Er hätte mit ausgestreckter Hand den Lauf des Mausergewehrs berühren können, das sich drohend durchs Türgitter schob. Wieder schlug der Posten ärgerlich mit dem Lauf an die Stangen, daß es rasselte und brüllte Worte, die Louki nicht verstand.

»Nicht anfassen jetzt, Louki«, sagte Andrea gelassen. Seiner Stimme war keine Enttäuschung anzumerken. »Kommen Sie wieder zurück, unser Freund da draußen scheint etwas übelzunehmen.« Gehorsam bewegte Louki sich zurück, hörte wieder die kehlige Stimme, die diesmal schnell und erregt sprach, und hörte das Klappern, als der Posten sein Gewehr aus dem Eisengitter riß und das hastige Klopfen seiner Stiefel auf den Steinplatten im Korridor.

»Was fehlt denn unserem guten Freund?« fragte Brown melancholisch. »Scheint ja ganz aufgeregt zu sein.«

»Ist er auch.« Andrea lächelte. »Hat eben bemerkt, daß Loukis Hände nicht mehr gefesselt sind.«

»Na, weshalb fesselt er sie nicht einfach wieder?«

»Vielleicht schwer von Begriff, aber jedenfalls kein Dummkopf«, erklärte Andrea. »Er könnte ja hier in eine Falle geraten, deshalb holt er lieber noch Verstärkung.«

Fast unmittelbar darauf hörten sie einen dumpfen Krach, als werde weit von ihnen eine Tür zugeschlagen, dann das Geräusch mehrerer Paar Stiefel im Korridor, das Geklimper von Schlüsseln an einem Ring, ein scharfes Klirren, das Quietschen rostiger Angeln, und schon standen zwei Soldaten im Raum, dunkel und drohend in ihren langen Stiefeln und mit den Gewehren im Anschlag. Mehrere Sekunden vergingen, während sie Umschau hielten und ihre Augen an das Halbdunkel gewöhnten, dann sprach der am nächsten bei der Tür Stehende in scharfem Ton.

»Einfach schrecklich, Boß, höchst beklagenswert. Kaum läßt man sie zwei Minuten allein, und was passiert da? Die ganze Bande sauber gefesselt, wie's Houdini nicht besser machen kann.«

Kurzes verblüfftes Schweigen, dann saßen die drei wie auf ein Kommando kerzengerade und glotzten die Soldaten an. Brown hatte sich zuerst gefaßt.

»Wurde auch höchste Zeit«, sagte er vorwurfsvoll. »Dachte schon, Sie würden überhaupt nicht mehr kommen.«

»Er meint, er hat gedacht, daß wir Sie nicht mehr wiedersehen«, sagte Andrea gelassen. »Und das dachte ich auch schon. Aber nun sind Sie ja hier, gesund und munter.«

»Ja.« Mallory nickte. »Das verdanken wir Dusty und seinem häßlichen Mißtrauen, das sich auf Panayis konzentriert hatte, während wir alle schlummerten.«

»Wo ist er?« fragte Louki.

»Panayis?« Miller machte eine nachlässige Handbewegung. »Den haben wir zurückgelassen – ein Unglücksfall ist ihm zugestoßen.« Er war schon durch den Raum gegangen, schnitt vorsichtig Brown die Fesseln von dem verwundeten Bein und pfiff unmelodisch vor sich hin, während er mit seinem Dolchmesser an den Stricken säbelte. Mallory schnitt indessen Andrea die Fesseln ab. Er erklärte ganz schnell, wie es ihnen ergangen war und bekam von Andrea einen ebenso knappen, klaren Bericht über das, was er mit Brown und Louki erlebt hatte. Und schon stand der riesige Grieche auf den Füßen, massierte seine abgestorbenen Hände und sagte, mit einem Blick auf Miller:

»Diese Pfeiferei, mein Hauptmann, die klingt ja furchtbar, aber noch schlimmer ist, daß er so laut pfeift. Die Wachen –«

»Keine Sorge«, fiel Mallory grimmig ein, »die hatten nicht erwartet, Dusty und mich noch mal wiederzusehen... sie haben schlecht aufgepaßt.« Er wandte sich unvermittelt an Brown, der ein paar Schritte hinkte:

»Wie geht's Ihrem Bein, Casey?«

»Gut, Sir«, sagte Brown, als sei das ganz nebensächlich. »Habe heute abend Kairo gekriegt. Folgendes wäre zu melden –«

»Später, Casey, wir müssen schleunigst hier raus. Was ist Ihnen, Louki?«

»Mir bricht das Herz, Herr Major. Daß ein Landsmann von mir, einer, dem ich vertraut habe –«

»Auch das später. Los jetzt.«

»Sie haben's ja mächtig eilig«, protestierte Andrea sanft, während sie schon im Korridor waren und über den Zellenwärter hinwegtraten, der dort gekrümmt auf dem Boden lag. »Wenn sie natürlich alle so versorgt sind wie dieser Knabe hier –«

»Von der Seite droht keine Gefahr«, unterbrach ihn Mallory ungeduldig. »Die Soldaten in der Stadt – die werden jetzt wissen, daß wir entweder Panayis nicht getroffen oder ihn erledigt haben. Auf jeden Fall werden sie sich sagen, daß wir von hier schnell türmen. Also könnt ihr euch denken, daß sie schon auf halbem Wege nach hier sind, und wenn sie kommen . . .« Er blickte erstaunt auf den zerschlagenen Generator und die Reste von Browns Funkgerät, die in einer Ecke des Vorraumes lagen. »Haben hier ja ganze Arbeit gemacht, was?« sagte er erbittert. »Gott sei Dank«, sagte Miller bieder. »Um so weniger mitzuschleppen, darf ich bemerken. Wenn Sie wüßten, wie mein Rücken aussieht von dem verdammten Generator –!«

»Sir!« Brown hatte Mallory am Arm gepackt, was zu seiner sonst dienstlich so formellen Art so wenig paßte, daß Mallory überrascht stehenblieb. »Sir, es ist furchtbar wichtig – die Meldungen, meine ich. Sie müssen erst zuhören, Sir.«

Es kam so todernst heraus, daß Mallory sofort aufhorchte, ihm zulächelte und in ruhigem Ton sagte: »Okay, Brown, raus damit. Schlimmer als jetzt kann die Lage ja kaum werden.«

»Doch, kann sie, Sir.« Browns Stimme klang so müde und verzagt, daß es ihnen allen in der riesigen steinernen Diele plötzlich kalt vorkam. »Leider, Sir. Habe also Kairo erreicht, der Empfang war tadellos. Kapitän Jensen selbst am Apparat, er tobte förmlich. Hätten den ganzen Tag gewartet, daß wir uns melden. Fragte, wie's aussähe, und ich erklärte ihm, Sie wären gerade dicht bei der Festung angelangt und hofften, in ungefähr einer Stunde in der Munitionskammer zu sein.«

»Weiter.«

»Er meinte, das sei bisher die erfreulichste Nachricht. Er habe falsche Informationen gehabt und sei getäuscht worden. Die Invasionsflotte würde sich nicht über Nacht in den Zykladen verstecken, sie sei unter der schwersten Bedeckkung durch Flugzeuge und Schnellboote, die man bisher im Mittelmeer erlebt hat, durchgekommen und würde morgen kurz vor Tagesanbruch Kheros anlaufen! Unsere Zerstörer hätten den ganzen Tag im Süden gewartet, seien in der Dämmerung näher gekommen und warteten jetzt nur auf seinen Befehl, ob sie durch die Straße von Maidos laufen sollen. Ich habe ihm erklärt, es könnte ja hier etwas mißglücken, doch er meinte, das käme nicht in Frage, wenn Sie und Miller schon in der Festung wären, und außerdem wolle und könne er nicht das Leben der zwölfhundert Mann auf Kheros gefährden, bloß weil vielleicht, aber sehr wahrscheinlich doch nicht, etwas schiefginge.« Brown schwieg plötzlich und blickte tief bekümmert auf seine Füße. Keiner hatte sich bewegt und keiner einen Laut von sich gegeben.

»Weiter«, sagte Mallory wieder, flüsternd. Er war sehr bleich geworden.

»Das ist alles, Sir, absolut alles. Die Zerstörer werden um Mitternacht die Durchfahrt passieren.« Brown blickte aufs Leuchtzifferblatt seiner Uhr. »Mitternacht. Nur noch vier Stunden.«

»O Gott, Mitternacht!« Mallory war tief betroffen, seine Augen sahen einen Moment leer aus, er ballte vor Enttäuschung und Verzweiflung die Fäuste, daß die Knöchel weiß wurden. »Um Mitternacht wollen sie durchbrechen? Gott stehe ihnen bei! Gott stehe uns allen bei...!«

15. KAPITEL

Mittwoch abend 20.00 bis 21.15 Uhr

Seine Uhr zeigte 8 Uhr 30. Noch genau eine halbe Stunde bis zum Zapfenstreich. Mallory legte sich lang auf das Dach und schob sich so dicht wie möglich an die niedrige Randmauer, die in geringem Abstand unterhalb der steilen, glatten Klippenwand der Festung lag. Leise fluchte er vor sich hin. Es brauchte nur ein einziger Mann da oben mit einer Taschenlampe über die Kante dieser Felsmauer zu leuchten, dann war es aus mit ihnen allen... Im wandernden Strahl einer elektrischen Lampe konnte man sie unmöglich übersehen. Er und Miller – der Amerikaner lag hinter ihm ausgestreckt und hielt die schwere Batterie aus einem LKW in den Armen – mußten jedem ins Auge fallen, der zufällig herunterblickte. Vielleicht hätten sie zwei Dächer weiter bei ihren Kameraden bleiben sollen, bei Brown und Louki, die beide beschäftigt waren: der eine machte in ein Seil Knoten in gleichmäßigen Abständen, während der andere einen Haken aus Draht an ein langes Bambusrohr spleißte, das sie aus einer Hecke vor der Stadt gerissen hatten, wo sie sich eiligst verbargen, als eine Kolonne von drei Lastwagen in der Richtung nach Schloß Vygos an ihnen vorbeigedonnert war.

8 Uhr 32. Nervös und leise fluchend fragte sich Mallory, was Andrea da unten noch machte, aber sogleich bedauerte er diesen Zorn auf ihn. Andrea vergeudete bestimmt keine Sekunde. Geschwindigkeit war jetzt das Wichtigste, aber Hast konnte verhängnisvoll werden. Wahrscheinlich hielt sich zur Stunde kein Offizier im Hause auf – soweit sie es beurteilen konnten, war praktisch die halbe Festungstruppe unterwegs, um die Stadt und die Umgebung, nach Vygos zu, durchzukämmen –, falls aber einer im Hause war und Alarm schlug, war ihr Ende besiegelt.

Mallory betrachtete die verbrannte Stelle auf seinem Handrücken und lächelte etwas schief, als er daran dachte, wie sie den LKW in Brand gesteckt hatten. Das war bisher eigentlich sein ganzer Anteil an dieser Nachtvorstellung, alles Sonstige kam auf Andreas oder Millers Konto. Andrea war es, der erkannt hatte, daß gerade dieses und kein anderes Haus an der Westseite des Platzes – eins von mehreren benachbarten, die als Offiziersquartiere dienten – die mögliche Lösung ihres Problems bot. Miller, dem nun alle Zeitzünder und Verzögerungszünder, der Generator und jede andere Quelle für elektrischen Strom fehlte, hatte plötzlich erklärt, er müsse eine Batterie haben, und dann war es wieder Andrea gewesen, der, als er aus der Ferne einen LKW kommen hörte, sofort handelte. Er hatte am Anfang der langen Auffahrt zum Schloß die Straße mit großen Steinblöcken von den Pfeilern zu beiden Seiten gesperrt, die Soldaten gezwungen, den Wagen zu verlassen und ihn dann selbst nach ›ihrem‹ Hause in der Seitenstraße hinaufgefahren. Den Fahrer und seinen Beifahrer zu überwältigen und sie bewußtlos in einen Graben zu werfen, hatte bei ihm nur Sekunden gedauert, indes Miller ebenso schnell die Klemmen an der schweren Batterie abschraubte, unter dem hinteren Schott den üblichen Benzinkanister entdeckte und den Inhalt über den ganzen Wagen ausgoß, der in einem knatternden Flammenmeer rasch ausbrannte. Wie Louki vor einigen Stunden erwähnt hatte, war es gar nicht ungefährlich, Fahrzeuge mit Benzin anzuzünden – das bestätigte ihm die schmerzhafte Brandwunde auf seiner Hand –, aber auch dieser Wagen hatte, wie Louki von dem ersten behauptete, ›wunderbar‹ gebrannt. Eigentlich ein Jammer, denn damit hatten sie früher als nötig verraten, daß sie entkommen waren, doch entscheidend war gewesen, den Beweis, daß eine Batterie fehlte, aus der Welt zu schaffen. Mallory hatte zu viele Erfahrungen mit Deutschen und zu großen Respekt vor ihnen, um sie zu unterschätzen: die verstanden sehr gut, zwei und zwei zusammenzuzählen!

Er spürte, daß Miller an seinem Fußknöchel zerrte. Rasch drehte er sich um. Da der Amerikaner an ihm vorbeiwies, drehte er sich zurück und sah, daß Andrea ihnen unter der geöffneten Dachklappe an der anderen Seite des Hauses zuwinkte. Er war so in Gedanken vertieft gewesen, und der gewaltige Grieche bewegte sich so katzenhaft leise, daß er von seinem Erscheinen gar nichts bemerkt hatte. Ärgerlich den Kopf schüttelnd, weil er so unaufmerksam gewesen war, nahm er Miller die Batterie ab, flüsterte ihm zu, er solle die andern holen und schlich so geräuschlos wie möglich über das Dach. Die Batterie kam ihm unglaublich schwer vor, er meinte, ein paar Zentner zu tragen, doch Andrea nahm sie ihm aus den Händen, hob sie auf die Bodenklappe, nahm sie unter den Arm und stieg hastig die Treppe in den kleinen Vorflur hinab, als hätte die Batterie gar kein Gewicht.

Durch die offene Tür schlich er auf den überdachten Balkon, von dem man Aussicht hatte auf den dreißig Meter senkrecht unter ihnen liegenden dunklen Hafen. Mallory, der dicht hinter ihm ging, berührte ihn an der Schulter, als er sanft die Batterie absetzte. »Etwas nicht in Ordnung?« fragte er leise, »irgend etwas nicht in Ordnung?«

»Nein, alles klar, Keith.« Andrea richtete sich auf. »Das Haus ist leer. Ich war so erstaunt, daß ich es zweimal durchsucht habe, um ganz sicherzugehen.«

»Fein! Prächtig! Vermutlich grast der ganze Verein die Umgebung nach uns ab. Wäre interessant zu hören, was die sagen würden, wenn einer sie aufmerksam machte, daß wir sozusagen in ihrem Vorzimmer sitzen.«

»Das würden sie einfach nicht glauben«, sagte Andrea ohne Zögern. »Hier würden sie zuallerletzt nach uns suchen.«

»Noch nie habe ich so wie jetzt gehofft, du mögest recht haben«, murmelte Mallory wie ein Gebet. Er ging an das Balkongitter. Als er nach unten in die Finsternis blickte, schauderte es ihn. Was für eine Tiefe! Und wie kalt es war. Dieser wie aus Schleusen fallende, senkrechte Regen durchkältete einen bis auf die Knochen... Er trat etwas zurück und schüttelte das Geländer. »Meinst du, daß dies Ding stark genug ist?« flüsterte er.

»Keine Ahnung, Keith, kann's wirklich nicht sagen, aber ich hoffe«, erwiderte Andrea achselzuckend.

»Ich hoffe es auch, und ändern läßt sich sowieso nichts – es muß hier sein.« Mallory beugte sich wieder weit über das Geländer und drehte den Kopf nach rechts oben. In dem vom Regen erfüllten nächtlichen Dunkel konnte er als noch dunklere Fläche den Schlund der Höhle erkennen, in der die zwei großen Kanonen standen, im schrägen Winkel etwa zwölf Meter von seinem Platz, zu der senkrechten Klippenwand gemessen mindestens noch neun Meter über dem Balkon. Wer sich zutraut, da hinaufzuklettern, konnte ebensogut auf den Mond oder auf den Mars steigen.

Er trat zurück und drehte sich um, da er Brown auf den Balkon hinken hörte. »Gehen Sie bitte vorn ins Haus und bleiben Sie da, Casey«, sagte er. »Stellen Sie sich ans Fenster, die Vordertür nicht abschließen. Falls Besucher kommen, sie hereinlassen.«

»Sie mit einem Knüppel oder Messer umlegen, aber nicht schießen«, murmelte Brown. »Stimmt doch, Sir?«

»Ganz recht, Casey.«

»Überlassen Sie diese Kleinigkeit nur mir«, sagte Brown verbissen, während er durch die Tür ins Haus humpelte.

Mallory wandte sich an Andrea. »Nach meiner Uhr noch 23 Minuten.«

»Nach meiner auch: 23 vor 9.«

»Mach's gut«, murmelte Mallory. Er lächelte Miller zu. »Kommen Sie, Dusty, die Vorstellung beginnt...«

Fünf Minuten später saß er mit Miller in einer Taverne ganz in der Nähe der Südseite des Marktplatzes. Trotz der grellblauen Farbe, mit der der Wirt alles Sichtbare bemalt hatte: Wände, Tisch, Stühle, Borte, alles in demselben abscheulich krassen Farbton – Blau und Rot für die Weinkneipen und Grün für die Süßwarenläden waren auf den Inseln sonst allgemein üblich –, war das Lokal düster, bei der schlechten Beleuchtung fast so düster wie die strengen, ehrbaren, mit gewaltigen Schnurrbärten verzierten Gesichter der Helden des Unabhängigkeitskrieges, deren dunkle Augen sie aus einem halben Dutzend verblaßter, in Mannshöhe an den Wänden hängender Drucke anstarrten. Zwischen je zwei dieser Porträts hing ein knallig buntes Reklameplakat für das Bier der Brauerei Fix. Die Gesamtwirkung dieser ›Verschönerungen‹ war unbeschreiblich häßlich, und Mallory dachte mit Schaudern daran, wie das Lokal wohl aussehen würde, wenn der Wirt stärkere Leuchtkörper besäße als die beiden blakenden Petroleumlampen, die vor ihm auf der Theke standen.

In ihrer Situation aber gefiel ihm das Halbdunkel durchaus. Mit ihrer dunklen Kleidung, den bestickten Jacken, den Schärpen und Schaftstiefeln sahen sie ganz echt aus, und die Turbane mit dem schwarzen Besatz, die Louki auf mysteriöse Weise für sie beschafft hatte, paßten ebenfalls im Stil in eine Taverne, wo sämtliche anwesenden Insulaner – acht waren es wohl – dieselbe Kopfbedeckung trugen. Der Wirt hielt sie zweifellos für echte Griechen, und außerdem war vom Wirt einer kleinen Weinkneipe nicht zu erwarten, daß er sämtliche fünftausend Einwohner des Städtchens persönlich kannte. Und als patriotischer Grieche (was er nach Loukis Erklärung war) hätte der Mann, solange deutsche Soldaten in seinem Lokal waren, ihnen niemals das geringste Mißtrauen gezeigt. Es waren nämlich Deutsche anwesend, vier Mann, an einem Tisch dicht bei der Theke. Deshalb war Mallory auch froh über das Halbdunkel in dem Raum. Angst vor einem Handgemenge mit denen brauchten er und Dusty Miller bestimmt nicht zu haben, denn die Soldaten, die hier zu verkehren pflegten, waren, wie Louki ihnen schon vorher gesagt hatte, schlappe Kerle – Schreibstubenbullen, schätzte Mallory –, aber den Kopf vorzeitig in die Schlinge stecken wäre unsinnig gewesen.

Miller zündete sich eine der beizenden, übelriechenden einheimischen Zigaretten an und rümpfte angewidert die Nase. »Stinkt verdammt komisch in diesem Laden, Boß«, sagte er.

»Dann machen Sie doch Ihre Zigarette aus«, schlug Mallory vor.

»Sie werden's nicht glauben, aber was ich rieche, ist noch viel schlimmer.«

»Haschisch«, sagte Mallory kurz. »Der Fluch in diesen Inselhäfen.« Er wies mit dem Kopf in eine der dunklen Ecken. »Die Dorfjünglinge da drüben werden ihr ganzes Leben so zubringen wie jetzt. Mit Haschisch. Mehr verlangen die nicht vom Dasein.«

»Aber warum müssen sie so einen verdammten Spektakel dabei machen?« fragte Miller verdrießlich. »Die Musik dieser Brüder müßte Toscanini mal hören.«

Mallory blickte nach der kleinen Gruppe. Ein junger Mann spielte da auf einer bouzouko – einer Mandoline mit langem Hals –, während ein paar andere, die sich um ihn drängten, die sehnsuchtsvoll wehleidigen rembetikas sangen, die Lieder der Haschischraucher vom Piräus. Mochte die Musik mit den melancholischen Melodien ihren eigenen Reiz haben, Lieder von Lotosblumen und Liebe – jetzt fiel sie Mallory auf die Nerven. Um sie zu würdigen, mußte der Mensch wohl in träumerischer Stimmung und sorgenfrei sein, und er hatte noch nie im Leben so schwere Sorgen gehabt wie jetzt.

»Ja, mir ist es auch zuviel«, gab er zu, »aber bei dem Lärm können wir uns wenigstens unterhalten, was kaum möglich wäre, wenn die jetzt einpackten und weggingen.«

»Von mir aus können sie sich zum Teufel scheren«, sagte Miller mürrisch, »dann will ich gern die Klappe halten.« Er stocherte widerwillig in dem Essen, das auf einem Teller vor ihm stand: eine Mischung von gehackten Oliven, Leber, Käse und Äpfeln. Als guter Amerikaner und langjähriger Whiskytrinker mißbilligte er sehr die griechische Sitte, beim Trinken jedesmal auch zu essen. Plötzlich blickte er hoch, zerdrückte seine Zigarette unter der Tischplatte und sagte: »Himmel Herrgott noch mal, Boß, wie lange denn nun noch?«

Mallory sah ihn kurz an, dann senkte er den Blick. Er wußte genau, wie es Dusty Miller zumute war, denn ihm ging es nicht anders, auch ihn quälte diese gepreßte Erregung, in der jeder Nerv bis zum Reißen gespannt ist. Von den nächsten paar Minuten hing ja soviel ab! Ob alle ihre Mühen und Leiden einen Sinn gehabt hatten; ob die Männer auf Kheros leben oder sterben würden, und ob Andy Stevens umsonst gelebt hatte und gestorben war. Er betrachtete Miller wieder, die nervösen Hände, die tiefer gekerbten Falten an den Augen, den fest zusammengekniffenen Mund, der in den Winkeln weiß aussah – alles Zeichen der äußersten Spannung, die er gut zu beurteilen wußte. Andrea als einzigen ausgenommen, war ihm für diese Nacht kein Begleiter lieber als dieser hagere, oft mürrische Amerikaner. Vielleicht sogar noch lieber als Andrea. ›Der beste Saboteur von Südeuropa‹ hatte Kapitän Jensen ihn in Alexandria genannt. Miller hatte von Alexandria einen weiten Weg zurücklegen müssen, nur für die eine Aufgabe, die jetzt vor ihm lag. Diese Nacht war Millers Nacht.

Mallory blickte auf die Uhr. »Zapfenstreich in 15 Minuten«, sagte er ruhig. »Der Ballon geht in 12 Minuten hoch, und uns bleiben hier noch 4.«

Miller nickte schweigend. Er füllte sein Glas aus dem Becher, der auf dem Tisch stand und steckte sich eine neue Zigarette an. Mallory bemerkte, daß über seiner Schläfe ein Nerv zuckte und fragte sich ganz sachlich, wie viele zuckende Nerven wohl Miller bei ihm sehen mochte. Und wie mochte es Brown mit seiner Verletzung in dem Hause gehen, wo sie ihn eben verlassen hatten? In mancher Hinsicht hatte Brown jetzt die größte Verantwortung – er mußte in dem kritischen Moment, wenn er wieder auf den Balkon ging, die Haustür ohne Bewachung lassen. Wenn da der kleinste Fehler vorkam... Er fing einen sonderbaren Blick Millers auf und lächelte verzerrt. Es mußte klappen, mußte unbedingt gelingen! Beim Gedanken an das, was sonst unweigerlich passierte, überlief ihn ein Schauder. Nein, es war nicht gut, darüber nachzudenken, und schon gar nicht jetzt...

Ob die beiden andern auf ihrem Posten noch unbehelligt waren? Müßten sie eigentlich, denn das Suchkommando war mit dem oberen Stadtteil schon längst fertig. Aber man konnte ja nicht wissen, was verkehrt ging. Vielerlei konnte mißglücken, aus dem kleinsten Anlaß...

Wieder schaute Mallory auf seine Uhr. Noch nie hatte er einen Sekundenzeiger so langsam gehen sehen. Er rauchte eine letzte Zigarette an, schenkte sich noch ein Glas Wein ein und lauschte dabei, ohne mit dem Ohr etwas aufzunehmen, dem ergreifenden Gesang in der Ecke. Als das Lied der Haschischsänger klagend verklang, waren auch ihre Gläser leer, und Mallory stand auf.

»Alles zu seiner Zeit«, murmelte er. »Wir müssen wieder ans Werk.«

Gemächlich spazierte er zum Ausgang und rief dem Wirt gute Nacht zu. Aber dicht an der Tür blieb er stehen und begann ungeduldig in seinen Taschen zu kramen, als müsse er etwas verloren haben. Es war eine windstille Nacht mit Regen, einem schweren Regen, den er wie dünne Lanzen ins Pflaster stechen sah, von dem die Tropfen hoch aufsprangen. Die Straße war, so weit er nach beiden Seiten blicken konnte, menschenleer. Von dem Ausblick befriedigt, machte Mallory im selben Moment mit einem Fluch kehrt, furchte ärgerlich die Stirn und tat, als wolle er an den Tisch zurückgehen, den er schon verlassen hatte. Seine rechte Hand tauchte in eine geräumige Innentasche seiner Jacke. Er sah, anscheinend ohne davon Notiz zu nehmen, daß Dusty Miller seinen Stuhl zurückschob und aufstand. Und jetzt blieb er auch stehen, sein Gesicht glättete sich und seine Hand suchte nicht mehr. Er war genau einen Meter vor dem Tisch, an dem die vier Deutschen saßen.

»Ganz still sitzen!« sagte er auf deutsch, mit gedämpfter Stimme, die aber ebenso drohend klang wie die 11,5-mm-Marinepistole aussah, die er in der Rechten hielt. »Wir nehmen keine Rücksicht. Wer sich rührt, wird niedergeknallt.«

Volle drei Sekunden blieben die Soldaten bewegungsunfähig sitzen, mit ausdruckslosen Gesichtern. Nur ihre Augen hatten sich vor Schreck geweitet. Dann blinzelte der am nächsten an der Theke sitzende, machte eine Schulterbewegung – und schon stieß er einen gepreßten Schmerzensschrei aus, als eine 8-mm-Kugel in seinen Oberarm schlug. Der weiche Knall von Millers Revolver war bis draußen bestimmt nicht zu hören.

»Verzeihung, Boß«, entschuldigte sich Miller. »Vielleicht leidet der Mann ja bloß an Veitstanz.« Er betrachtete interessiert das vor Schmerz entstellte Gesicht des Soldaten und das Blut, das zwischen seinen Fingern hervorsickerte. »Jedenfalls scheint er mir jetzt kuriert.«

»Das ist er«, sagte Mallory grimmig. Er wandte sich an den Wirt, einen großen melancholischen Menschen mit hagerem Gesicht und einem Mandarinschnurrbart, der wie hilflos über die Mundwinkel hing, und fragte ihn in dem schnellen Griechisch, das vom einfachen Volk auf diesen Inseln gesprochen wurde: »Verstehen die Leute Griechisch?«

Der Gastwirt schüttelte den Kopf. Er war gänzlich unerschüttert und gleichgültig, als seien bewaffnete Überfälle in seiner Taverne an der Tagesordnung.

»Die? Nein«, erwiderte er geringschätzig. »Ein bißchen Englisch, glaube ich, kann's aber nicht genau sagen. Unsere Sprache verstehen die nicht, soviel weiß ich.«

»Gut. Ich bin Offizier bei der britischen Abwehr. Haben Sie einen Platz, wo ich die Soldaten verstecken kann?«

»Sie hätten das nicht tun dürfen«, wagte der Wirt vorsichtig zu protestieren, »das wird mich bestimmt das Leben kosten.«

»O nein, wird es nicht.« Mallory hatte sich über die Theke gleiten lassen, sein Pistolenknauf drückte dem Mann gegen das Zwerchfell. Jeder mußte überzeugt sein, daß der Wirt von ihm bedroht war, sehr bedroht sogar – das heißt: jeder, der nicht sah, wie deutlich Mallory dem Wirt zuzwinkerte, mußte das glauben. »Ich werde auch Sie mit in Fesseln legen. Klar?«

»Verstehe. Hier am Ende der Theke ist eine Falltür, die Treppe geht in den Keller.«

»Sehr schön. Ich werde sie wie durch Zufall entdecken.« Mallory gab ihm einen tüchtigen Schubs, der sehr einen Wutanfall markierte. Der Wirt taumelte zurück, während Mallory sich über die Theke schwang und schnell zu den Haschischsängern im Hintergrund des Raumes ging.

»Geht nach Hause«, sagte er schnell zu ihnen, »die Ausgangssperre fängt sowieso gleich an. Zur Hintertür raus und – vergeßt ja nicht: ihr habt nichts gesehen! Keiner von euch, verstanden?«

»Wir verstehen.« Der junge Bouzouko-Spieler hatte geantwortet. Er wies mit dem Daumen auf seine Begleiter und sagte: »Schlechte Menschen, aber gute Griechen. Können wir Ihnen helfen?«

»Nein!« sagte Mallory energisch. »Denkt doch an eure Familien – diese Soldaten haben euch erkannt. Sie müssen euch genau kennen, denn ihr seid doch wohl fast jeden Abend hier, nicht wahr?«

Der Jüngling nickte.

»Also dann verschwindet. Vielen Dank für eure gute Absicht.«

Eine Minute später, in dem durch eine Kerze matt beleuchteten Keller, stieß Miller den neben ihm stehenden Soldaten an – der von den vieren ihm in Größe und Figur am ähnlichsten war. »Ziehen Sie Ihr Zeug aus«, befahl er ihm.

»Englisches Schwein!« zischte der Deutsche.

»Nicht englisch«, protestierte Mallory. »Dreißig Sekunden Zeit, Rock und Hosen auszuziehen.«

Der Soldat beschimpfte ihn weiter mit gemeinen Ausdrükken, machte aber keine Miene, zu gehorchen. Miller seufzte. Der Deutsche hatte Courage, aber es verging zu viel Zeit. Er zielte sorgfältig und drückte ab. Wieder dieses weiche ›Flupp‹, und schon stierte der Soldat blöde auf ein Schußloch in seiner linken Handwurzel.

»Dürfen doch die hübschen Uniformen nicht besudeln, nicht wahr?« fragte Miller in gemütlichem Ton, hob aber dabei den Revolver so hoch, daß der Soldat direkt in die Mündung blickte. »Der nächste geht zwischen die Augen.« An Millers Ernst war auch bei der phlegmatischen Breite, mit der er das sagte, nicht zu zweifeln. »Ich könnte dich, glaube ich, ziemlich fix ausziehen, Jungchen.« Doch jetzt hatte der Soldat schon begonnen, sich die Uniform abzustreifen, wobei er vor Wut und Schmerzen schluchzte.

Nach knapp weiteren fünf Minuten schloß Mallory, wie Miller in deutscher Uniform, die Vordertür der Taverne auf und blickte vorsichtig hinaus. Der Regen schien noch stärker geworden zu sein, kein Mensch war in Sicht. Er winkte Miller, ihm zu folgen, und schloß hinter ihm die Tür ab. Nebeneinander gingen sie die Mitte der Straße hinauf, ohne nach Schatten oder sonstigem Schutz zu suchen. Schon nach fünfzig Metern hatten sie den Marktplatz erreicht, wandten sich an der Südseite nach rechts, gingen dann, links abbiegend, die Ostseite hinauf und blieben auch nicht stehen, als sie an dem alten Haus, ihrem früheren Versteck vorbeikamen und aus einer nur wenig geöffneten Tür geheimnisvoll Loukis Hand erschien, an der zwei deutsche Militärrucksäcke hingen, schwer gefüllt mit Seilen, Zündern, Drähten und Sprengstoff. Ein paar Meter weiter machten sie halt, krochen hinter zwei riesige Weinfässer vor einem Friseurladen und betrachteten, während sie sich die Rucksäcke anschnallten und auf ihr ›Stichwort‹ warteten, aufmerksam die zwei bewaffneten Posten, die, kaum dreißig Meter von ihnen, im Bogen des Tores standen.

Nur Momente brauchten sie zu warten – es war alles fast auf Sekunden berechnet. Mallory war noch mit seinem Rucksackriemen beschäftigt, als mehrere Explosionen das Zentrum des Städtchens erschütterten, gefolgt vom bösartigen Rattern eines Maschinengewehrs und weiteren Explosionen. Andrea machte seine Sache großartig mit den Handgranaten und den selbst hergestellten Bomben.

Plötzlich wichen beide Männer unwillkürlich zurück, da von einer Plattform hoch über dem Festungstor der breite weiße Strahl eines Scheinwerfers parallel zum Mauerrand nach Osten schoß, so daß jede einzelne der gebogenen Eisenspitzen und alle Stacheldrahtstränge deutlich wie bei Sonnenschein zu sehen waren. Mallory und Miller wechselten mit harten Gesichtern einen flüchtigen Blick. Panayis hatte nichts vergessen: sie wären in diesem Stacheldraht wie die Fliegen an der Leimtüte hängengeblieben, von den MGs in Fetzen geschossen.

Mallory wartete noch eine halbe Minute, dann tippte er Miller auf den Arm, erhob sich und begann, den langen Bambusstab mit dem Haken dicht an die Seite gepreßt, wie ein Wilder über den Platz zu rennen, der Amerikaner ebenso schnell hinter ihm. In wenigen Sekunden waren sie am Festungstor, wo ihnen die erschrockenen Posten die letzten paar Schritte entgegenliefen.

»Alle Mann zur ›Straße der Stufen‹!« schrie Mallory. »Die verfluchten englischen Saboteure sitzen dort in einem Haus wie in der Falle! Wir müssen ein paar Mörser haben! Los, Mann, schnell, beim Teufel!«

»Aber das Tor!« protestierte der eine Posten. »Wir dürfen das Tor nicht verlassen!« Er hatte nicht den geringsten Argwohn. Unter diesen Umständen – im Dunkeln, bei dem strömenden Regen und der unverkennbaren Tatsache, daß in der Nähe ein Feuergefecht im Gang war und dieser Soldat in deutscher Uniform einwandfreies Deutsch sprach – wären Zweifel merkwürdig gewesen.

»Idiot!« kreischte Mallory ihn an. »Dummkopf, was gibt's

denn hier zu bewachen! Die englischen Schweinekerle sind
doch in der Straße der Stufen! Die müssen vernichtet werden. Um Himmels willen, macht schnell! Wenn die wieder
entwischen, kommen wir alle an die Ostfront!«

Er hatte dem einen die Hand auf die Schulter gelegt, um
ihn durch einen Schubs auf den Weg zu bringen, doch es war
nicht nötig, seine Hand fiel herunter, beide Posten waren
schon unterwegs, sie rannten blindlings über den Platz und
waren sogleich in Regen und Finsternis unsichtbar.

Überall herrschte zunächst heillose Verwirrung – eine ge-
schäftige Verwirrung, in der alles nach Ordnung und Klar-
heit strebte, wie bei den fronterfahrenen Alpenjägern nicht
anders zu erwarten –, doch im ersten Durcheinander ging
viel Zeit verloren, überall wurden Kommandos gebrüllt,
Pfiffe ertönten, Motoren wurden angeworfen, indes die Un-
teroffiziere hin und her liefen, um ihre Männer in Marschord-
nung zu bringen oder an den wartenden Transportwagen zu
sammeln. Auch Mallory und Miller liefen da umher, zweimal
mitten durch eine Gruppe von Deutschen, die sich hinter einem Wagen drängten, um aufzusteigen. Nicht daß sie es
selbst eilig gehabt hätten, jedoch: nichts wäre mehr aufgefallen und verdächtiger gewesen, als wenn zwei Mann inmitten
dieser hastenden Tätigkeit in ruhigem Schritt gegangen wären. Also liefen sie, die Köpfe gesenkt oder abgewandt, wenn
sie durch eine beleuchtete Stelle mußten, wobei Miller über
die ungewohnte ›Gymnastik‹ kräftig und oft schimpfte.

Rechts kamen sie an zwei Karren vorbei, dann links am
Kraftwerk, wieder rechts am Waffenarsenal und links an der
›Abteilungsgarage‹. Dann ging es bergan, doch Mallory
wußte auch in der Dunkelheit genau, wo sie waren: er hatte
sich die präzisen Beschreibungen, die Vlachos und später Panayis ihm gegeben hatten, so gründlich eingeprägt, daß er
sich zugetraut hätte, sogar in vollkommener Finsternis den
Weg mit Sicherheit zu finden.

»Was ist das da, Boß?« Miller faßte ihm beim Arm und wies
auf einen großen rechtwinkligen, ganz glatten Bau, der düster gen Himmel ragte. »Das dazugehörige Kittchen?«

»Wassertank«, erklärte Mallory kurz. »Panayis schätzte

den Inhalt auf über zweitausend Kubikmeter – zum Fluten der Munitionskammern, im Notfall. Die liegen direkt darunter.« Er zeigte auf ein kastenartiges Viereck aus Beton. »Der einzige Zugang zum Magazin.«

Sie näherten sich jetzt dem Quartier der Stabsoffiziere – der Kommandant hatte eine eigene Wohnung im ersten Stock, von der aus er den massiven, aus Eisenbeton gebauten Feuerleitturm für die beiden riesigen Kanonen übersehen konnte.

Mallory bückte sich, ergriff eine Handvoll Erde, die er sich ins Gesicht schmierte, und befahl Miller, dasselbe zu tun. »Tarnung«, erklärte er. »Ein Fachmann würde das ja als primitiv bezeichnen, aber es muß so genügen. Da im Hause wird es nämlich etwas heller sein.«

Er rannte wie ein Wilder die Stufen zum Offiziersquartier empor und stieß die Schwingtür mit solcher Gewalt nach innen, daß sie fast aus den Angeln geflogen wäre. Der Posten vor dem Schlüsselbrett blickte verwundert hoch, der Lauf seiner Maschinenpistole richtete sich auf die Brust des Neuseeländers.

»Leg das Ding hin, verdammter Idiot!« schnauzte Mallory ihn empört an. »Wo ist der Kommandant? Schnell, du Hornochse, es geht um Leben oder Tod!«

»Herr – Herr Kommandant?« stotterte der Posten. »Der ist weg – sind alle rausgegangen, vor einer Minute.«

»Was? Alle weg?« Mallory fixierte ihn mit drohend verkniffenen Augen. »Hast du gesagt ›alle weg‹? fragte er gedämpfter.

»Ja, soviel ich weiß – sie müssen . . .« Er unterbrach sich jäh, weil Mallory über ihn hinweg in den Hintergrund spähte.

»Und was ist das da, zum Donnerwetter?« fragte Mallory ergrimmt.

Der Posten wäre kein Mensch gewesen, hätte er sich jetzt nicht täuschen lassen. In dem Moment, da er sich umdrehte, um nachzusehen, traf ihn der im Judo bekannte harte Schlag mit der Handkante dicht unter dem linken Ohr. Mallory zerhieb die Glasscheibe vor dem Schlüsselbort, schon ehe der unselige Posten bewußtlos zu Boden gesunken war, riß sämtliche Schlüssel, etwa ein Dutzend, von den Haken und steckte sie in die Tasche. In zwanzig Sekunden hatten sie dem Mann den Mund zugebunden, seine Hände gefesselt und ihn in einen Schrank gesperrt, der zum Glück dicht neben seinem Platz stand, und schon eilten sie weiter.

›Noch ein Hindernis ist zu überwinden‹, dachte Mallory, als sie im Dunkeln vorwärts hasteten, ›das letzte der drei.‹ Er wußte nicht, wieviel Mann die verschlossene Tür der Munitionskammer bewachten, doch das machte ihm jetzt, in dem erhebenden Gefühl, schon soviel erreicht zu haben, kaum noch Sorge. Und bestimmt auch Miller nicht. Jetzt kannte er keine Beklemmung mehr, nicht diese unheimliche Nervenspannung oder die unnennbaren Angstgefühle. Und was er vielleicht als letzter zugegeben oder überhaupt selbst geglaubt hätte: gerade für solche Situationen waren Leute wie Miller und er geboren!

Sie hatten inzwischen ihre Stablampen aus den Taschen gezogen und ließen im Laufen die starken Lichtstrahlen über die vielen Geschütze der Flakbatterien hin und her tanzen. Wer da irgendwo im dunklen Hintergrund ihr Näherkommen beobachtete, konnte gar nicht mißtrauisch werden, denn sie bewegten sich wie Leute, die nichts zu verheimlichen hatten. Der eine rief immerfort dem andern auf deutsch etwas zu, und ihre Taschenlampen schwenkten sie unbekümmert nach allen Seiten. Aber diese Stablampen hatten sie geschickt abgeblendet, und nur einem sehr scharfen Beobachter hätte es auffallen können, daß ihre Strahlen, wenn sie gesenkt wurden, nie auf oder hinter die Füße der Laufenden fielen.

Mallory sah plötzlich, wie sich zwei Schatten vom dunklen Hintergrund des Munitionskammereingangs lösten. Einen Moment ließ er den Strahl seiner Stablampe auf ihnen ruhen und lief dann langsamer.

»Recht so!« sagte er leise zu Miller. »Da kommen sie – nur zwei. Jeder einen, aber erst so dicht wie möglich heran. Schnell und ohne Lärm – ein Schrei oder ein Schuß, dann sind wir erledigt. Und benutzen Sie bloß nicht Ihre Lampe als Keule: im Munitionsraum brennt sicher kein Licht, und ich will da um keinen Preis mit Streichhölzern rumkrabbeln!« Er nahm die Taschenlampe in die Linke, zog seine Marinepistole aus der Tasche, packte sie am Lauf und blieb dicht vor den auf sie zueilenden Posten stehen.

»Alles in Ordnung bei euch?« stieß er keuchend hervor. »Schon einer hier aufgetaucht? Schnell, Mann, rede doch!«

»Ja, hier ist alles klar.« Der Soldat merkte nichts, er war ganz verstört. »Was ist denn das bloß für ein Lärm unten, um Himmels w –?«

»Die verdammten englischen Saboteure!« schimpfte Mallory erbost. »Haben die Wachen umgebracht und sind in der Festung! Wißt ihr bestimmt, daß hier keiner gewesen ist? Komm, ich will selbst nachsehen.« Er schob sich an dem Mann vorbei, ließ den Strahl seiner Taschenlampe über das massive Vorhängeschloß gleiten, dann richtete er sich auf.

»Gott sei Dank, das ist wenigstens in Ordnung!« sagte er, drehte sich um, hielt dem Soldaten die grelle Lampe dicht vor die Augen, murmelte eine Entschuldigung, knipste sie aus, und das scharfe Knacken des Knipsers blieb unhörbar, da im selben Moment sein Colt mit einem dumpfen Krach den Mann unter dem Stahlhelmrand hinters Ohr traf. Während der Getroffene zusammensackte, taumelte Mallory rückwärts, denn der zweite Posten hatte sich gegen ihn geworfen. Er fing sich jedoch schnell, schlug auch ihn mit dem Kolben über den Kopf und stand plötzlich erschrocken still, als er das tückische, zischende »Flupp« von Millers Revolver vernahm, zweimal schnell hintereinander.

»Zum Donnerkeil, Mensch –«

»Schlaue Vögel, Boß«, murmelte Miller. »Wirklich sehr schlaue. Da neben Ihnen im Schatten kroch noch so ’ne Type. Anders war der nicht zum Schweigen zu bringen.« Den entsicherten Revolver noch schußbereit, beugte er sich einen Augenblick über den Liegenden. »Wird wohl leider für immer schweigen, Boß«, ergänzte er. »Die andern fesseln!«

Mallory hörte das nur halb, er machte sich schon an der Tür zum Munitionsraum zu schaffen, indem er mehrere Schlüssel probierte. Der dritte paßte, das Schloß sprang auf, die schwere Stahltür gab seinem Druck leicht nach. Schnell warf er noch einen Blick in die Runde – niemand war zu bemerken und nichts zu hören außer dem Brummen eines Motors, als der letzte LKW aus dem Festungstor fuhr und fernes Rattern von Maschinengewehren. Andrea leistete Großartiges – wenn er es nur nicht zu weit trieb und nachher nicht mehr entkommen konnte...! Rasch drehte Mallory sich um, knipste seine Lampe wieder an und trat ein. Er wußte, daß Miller sofort nachkommen würde, wenn er die zwei Mann gefesselt hatte.

Eine stählerne, im Felsengestein verankerte Leiter führte in das Gewölbe hinab. Beiderseits der Leiter sah er Aufzugsschächte ohne Seitenwände, in deren Mitte geölte Drahtseile glänzten, und an jeder Kante glattgescheuerte Metallschienen als Führung für die gefederten Transporträder des Aufzugs. Eine ganz simple, aber praktische Einrichtung, ihr Zweck unverkennbar: die Munitionsaufzüge für die Granaten der großen Kanonen.

Mallory ließ, sobald er unten auf festem Boden stand, den Strahl seiner Lampe in einem Halbkreis wandern. Er befand sich hier am äußeren Ende des riesigen Gewölbes, unter dem Standort der großen Kanonen, die, vom Felsendach geschützt, den ganzen Hafen beherrschten. Es war nicht das ›natürliche‹ Ende, wie er auf einen Blick erkannte, sondern von Menschen gemacht: Der vulkanische Fels war hier ausgesprengt und abgebohrt. Zu sehen war hier nichts außer den beiden Schächten, die in die schwarze Finsternis führten, und eine stählerne Leiter nach unten. ›Das Magazin hat noch Zeit‹, sagte sich Mallory. Zunächst hieß es, feststellen, ob hier unten noch Posten waren, und zweitens: wie sie im Notfall wieder herauskommen konnten – das waren die beiden wichtigsten Fragen.

Rasch lief er durch den Tunnel, indem er die Lampe wiederholt an- und ausknipste. Die Deutschen verstanden sich meisterhaft auf das Anbringen getarnter Sprengkörper, wenn sie wichtige Einrichtungen zu schützen hatten, aber in diesem Tunnel brauchte er damit wohl kaum zu rechnen, denn hier lagerten ja viele Tonnen hochexplosiver Sprengstoffe.

Der Tunnel, mit tropfenden Wänden und einem mit Planken belegten Fußboden, war ungefähr zwei Meter hoch und etwas breiter, doch der freie Durchgang in der

Mitte sehr schmal, da zu beiden Seiten Transportbänder für die schweren Granaten und Kartuschen liefen.

Plötzlich sah er diese Transportbänder scharf nach links und rechts abbiegen, steil stiegen die Tunnelwände empor bis zu dem nicht ganz so dunklen gewölbten Felsdach, und dicht vor ihm fing sich ein Glänzen polierten Stahls im Schein seiner Lampe: zwei in den Fels gebettete Schienenstränge, die in sechs Meter Abstand parallel in den weiten Schlund der Geschützhöhle liefen. Und kurz bevor er die Lampe abschaltete – vom Suchkommando auf dem Teufelsspielplatz zurückkehrende Soldaten hätten vielleicht diesen kleinen Lichtpunkt in der Finsternis entdecken können –, sah er noch flüchtig die Drehscheiben am Ende der flimmernden Schienen, und über ihnen, geduckt wie Raubtiere aus der Urwelt, die Silhouetten der mächtigen, drohenden zwei Riesenkanonen von Navarone...

Stablampe und Revolver lose in den Händen, ging Mallory, der in den Fingerspitzen ein merkwürdiges Kitzeln spürte, langsam weiter. Langsam, doch nicht schleichend wie einer, der in höchster Spannung jeden Moment ein Malheur erwartet – denn er war fast überzeugt, daß sich in dem Gewölbe kein Posten aufhielt –, und doch bewegte er sich so sonderbar langsam wie ein Mensch im Traum, der noch nicht ganz glauben kann, daß er erreicht hat, was er vorher nie für möglich gehalten hätte und sich endlich dem gefürchteten, aber lange gesuchten Feind von Angesicht zu Angesicht gegenüber sieht.

›Endlich bin ich hier‹, sprach er sich im stillen wieder vor, ›endlich. Ich habe es geschafft, und dort sind die Kanonen, die zu zerstören ich herkam: die großen Kanonen von Navarone, und ich bin wirklich jetzt hier.‹ Und noch immer vermochte er es nicht ganz zu begreifen...

Langsam näherte er sich den Kanonen, schritt halb um die Drehscheibe bei dem Geschütz zu seiner Linken und untersuchte es, so gut das in der Düsternis möglich war. Allein die Größe, der ungeheure Umfang und die Länge des weit ins Nachtdunkel reichenden Rohres machten ihn stutzig. Die Experten hatten doch erklärt, die Geschütze hätten höchstens 23 Zentimeter Kaliber. Vielleicht schienen sie ihm in der

Enge des Gewölbes übertrieben groß? Aber nein – er täuschte sich nicht: 30 Zentimeter hatte diese Kanone mindestens – die größte, die er bisher gesehen hatte. Du lieber Himmel – eine gigantische Waffe! Die Narren, die blinden, wahnsinnigen Toren, die den Zerstörer *Sybaris* gegen diese Kanonen gehetzt hatten...

Seine Gedanken rissen jäh ab. Er stand ganz still. Eine Hand an der mächtigen Lafette, versuchte er, sich zu erinnern, was für ein Geräusch ihn eben im Grübeln gestört hatte. Er schloß die Augen, um schärfer zu hören, doch das Geräusch kam nicht wieder, und ihm wurde bewußt, daß kein Geräusch, sondern gerade die lautlose Stille in dieser Höhle ihn aufgeschreckt und zur Wachsamkeit ermahnt hatte. Denn die Nacht war auf einmal in Schweigen gehüllt, sehr still: unten in der Stadt fiel kein Schuß mehr.

Leise schimpfte er vor sich hin. Zu lange schon hatte er mit offenen Augen geträumt, und die Zeit war so knapp. Sie mußte knapp werden – da Andrea den Rückzug angetreten hatte, mußten die Deutschen sehr bald merken, daß sie getäuscht worden waren. Und dann erschienen sie bestimmt in größter Eile – und wo sie erschienen, war nicht zweifelhaft...

Rasch ließ Mallory seinen Rucksack von den Schultern gleiten und zog das dreißig Meter lange, mit Draht verstärkte Seil hervor. Es mußte ihren Fluchtweg sichern, das war erstes Gebot.

Das Seilbündel um den Arm gelegt, schritt er vorsichtig weiter, um einen Gegenstand zu finden, an dem er es sicher befestigen konnte. Kaum hatte er drei Schritte getan, als er mit der Kniescheibe gegen etwas Hartes stieß. Er tastete das Hindernis mit der freien Hand ab und spürte gleich, was es war: ein hüfthohes eisernes Geländer. Es lief über die ganze Breite der Höhlenmündung. Natürlich! Selbstverständlich brauchten sie hier eine Schranke, damit keiner in den Abgrund stürzen konnte, besonders bei Nacht. Ein Jammer, daß er nachmittags den Feldstecher aus dem Gehölz nicht mitgenommen hatte – der war in der Dunkelheit unbemerkt liegengeblieben. Den hätte er nicht vergessen dürfen.

Rasch tastete er sich nach links weiter, bis ans Ende des Geländers, band das Seil an den Fuß des Geländerpfostens vor der Seitenwand und fierte es ab, während er behutsam so weit vortrat wie möglich. Unter seinen Füßen lag jetzt die sechsunddreißig Meter hohe Felswand, die steil in die runde Bucht des Hafens abfiel.

Rechts, weit draußen auf dem Meer, entdeckte er einen formlosen Schatten, es konnte Kap Demirci sein. Und genau vor sich, jenseits der Straße von Maidos, deren Wasser wie dunkler Samt schimmerte, sah er in der Ferne Lichter funkeln – ein Maßstab dafür, wie sicher der Feind sich in diesem Gebiet fühlte, sonst hätte er kein Licht geduldet. Doch das war wohl damit zu erklären, daß er die erhellten Fenster der Fischerhäuser nachts als feste Richtpunkte für die großen Geschütze benutzen konnte. Zu seiner Linken, überraschend nahe, in der Waagerechten kaum zehn Meter entfernt, aber weit unter seinem Standplatz, konnte Mallory die Endkante der äußeren Festungsmauer ausmachen, die am Seitenrand der Klippe aufhörte. Dahinter lagen die Häuser am Westrand des Marktplatzes und hinter ihnen die Stadt, die sich scharf nach unten und außen zog, zuerst südlich, dann in westlicher Richtung, eng an die Krümmung der Hafenbucht geschmiegt. Und über sich? Nein, über sich sah er nichts! Das fantastische Felsdach verdeckte beinah den halben Himmel, doch auch unter ihnen war die Dunkelheit undurchdringlich, die Wasserfläche des Hafens tintenschwarz. Er wußte, daß in der Bucht verschiedene Schiffe lagen: griechische Kajiken und deutsche Barkassen, doch die blieben für ihn so unsichtbar, als wären sie tausend Meilen entfernt.

Sein kurzer Rundblick hatte kaum zehn Sekunden gedauert, aber jetzt wartete er nicht mehr. Schnell bückte er sich, knotete eine Doppelschlinge in das Ende des Seils, die er dicht an die Felskante legte. Wenn es nötig werden sollte, konnten sie die mit einem Tritt in die Dunkelheit befördern. Sie hing dann, nach seiner Schätzung, noch zehn Meter über dem Wasser, so daß sie mit Barkassen oder anderen Booten, die sich im Hafen bewegen mochten, nicht in Berührung kam. Dieses letzte Stück konnten sie sich fallen lassen. Vielleicht gab es dabei Knochenbrüche, wenn sie auf ein Schiff stürzten, doch das mußte riskiert werden. Noch einmal blickte er schaudernd in die höllische Finsternis. Er betete im stillen, mit Miller nicht diesen Fluchtweg nehmen zu müssen.

Dusty Miller kniete auf den Planken am Kopfende der in den Munitionsraum führenden Leiter, eifrig beschäftigt mit Drähten, Zündern, Sprengkapseln und verschiedenen Sprengstoffen. Als Mallory durch den Tunnel zurückgelaufen kam, richtete er sich auf und sagte: »Mit diesen Sachen ist für die Herrschaften bestens gesorgt, Boß.« Er stellte die Zeiger des Uhrwerks am Zeitzünder ein, lauschte wohlgefällig auf das kaum vernehmbare Summen, dann ließ er sich vorsichtig die Leiter hinab. »Hier unten auf die beiden obersten Reihen Granaten, hatte ich gedacht.«

»Wie Sie's für richtig halten«, stimmte Mallory ihm zu, »nur daß es nicht gleich ins Auge fällt oder zu schwer zu finden ist. Hoffentlich haben die nicht schon den Verdacht, daß wir wußten, daß die Zünder unbrauchbar gemacht waren?«

»Ausgeschlossen«, sagte Miller zuversichtlich. »Wenn sie diesen Apparat hier finden, hauen sie sich Löcher in den Rücken vor Freude über solchen Dusel – und dann suchen sie bestimmt nicht weiter.«

»Das leuchtet mir ein.« Mallory war befriedigt. »Haben Sie auch oben die Tür abgeschlossen? Das dürfen wir nicht vergessen.«

»Aber klar!« Miller sah ihn vorwurfsvoll an. »Boß, manchmal denke ich...«

Doch Mallory hörte nicht mehr, was er dachte. Ein metallisches Dröhnen, das in hohlem Echo durch Gewölbe und Munitionskammer hallte, verschlang Millers Worte, und draußen hörten sie es über dem Hafen verklingen. Aber schon kam es wieder, indes die beiden Männer sich enttäuscht anblickten, und noch ein paarmal, ehe eine kurze Pause eintrat.

»Gesellschaft«, murmelte Mallory. »Mit schweren Hämmern ausgerüstet. Lieber Gott, ich hoffe nur, daß die Tür standhält!« Er begann schon durch den Gang nach den Geschützen zu laufen, Miller ihm dicht auf den Fersen.

»Wie konnten die bloß so früh schon hier erscheinen?« fragte Miller, der im Laufen verwundert den Kopf schüttelte.

»Unser erst kürzlich verstorbener netter Genosse«, sagte Mallory grimmig. »Und wir waren so dämlich, zu glauben, er hätte die ganze Wahrheit gesagt! Gesagt hat er aber nicht, daß beim Öffnen der Tür da oben die Alarmglocke in der Wachstube anschlägt.«

16. KAPITEL

Mittwoch abend 21.15 bis 23.45 Uhr

Geschickt und ohne Geräusch steckte Miller das am Geländer doppelt gesicherte Seil aus, als Mallory unter ihm in die Dunkelheit sank. Sechzehn Meter nach seiner Schätzung, siebzehn, und jetzt – bei achtzehn – kam der erwartete doppelte Ruck an der um sein Handgelenk geschlungenen Signalleine. Sofort hielt er das Seil an, bückte sich und belegte es fest am Fuß der Geländerstütze.

Er richtete sich wieder auf, band sich mit dem Endstück des Seils am Geländer fest, bog sich weiter über die Felskante, packte so tief unten wie möglich das Seil mit beiden Händen und begann, zuerst ganz wenig, dann allmählich stärker, das Seil, an dem Mallory hing, wie ein Pendel hin und her zu schwingen. Als das Pendel weit ausholte, begann das Seil sich in seinen Händen zu verdrehen und kleine Sprünge zu machen, doch er wußte, wodurch das kam: Wenn Mallory gegen Felsvorsprünge taumelte und sich wieder abstieß, war ein Drehen des Seils nicht zu vermeiden. Aber er wußte auch, daß er keine Pause machen durfte, denn die Schläge der schweren Hämmer hinter ihm dröhnten jetzt fast ununterbrochen. Er beugte sich noch mehr über den Rand, um das Seil noch etwas tiefer zu fassen. Mit der ganzen Kraft seiner sehnigen Arme und Schultern suchte er Mallory immer näher an das andere Seil heranzuschwingen, das Brown inzwischen am Balkon des Hauses, in dem sie ihn zurückgelassen hatten, ausgehängt haben mußte.

Tief unten, auf halbem Wege zwischen der Höhlenöffnung und dem unsichtbaren Wasser des Hafens, schwang Mallory durch den nachtdunklen Regenschleier, in einem Zwölfmeterbogen, bei dem er sich die Füße an der Klippenwand zerschrammte. Gleich zu Anfang war er mit dem Kopf schwer an einen Felsvorsprung geschlagen und hätte, für Sekunden halb bewußtlos, beinah das Seil losgelassen. Doch jetzt wußte er, wo er diesen Vorsprung zu erwarten hatte, und stieß sich rechtzeitig ab, wenn er in seine Nähe kam, obwohl er dabei am Seil jedesmal eine volle Drehung machte. Bei dem Schlag gegen den Kopf war die Wunde wieder aufgeplatzt, die er Turzig verdankte, und der obere Teil seines Gesichts war mit Blut verschmiert, das ihm die Augen ganz zuklebte. Nur gut, daß es dunkel war, sagte er sich. Und ein Glück, daß er auch, ohne sehen zu können, das zu tun vermochte, was er hier wollte.

Die Wunde und das Blut in den Augen machten ihm keine Sorge, nur das andere Seil. Darauf kam es an. War das Seil da? War Brown etwas passiert? Hatten sie ihn gefaßt, bevor er das Seil über den Balkon bringen konnte? Wenn das geschehen war, gab es keine Hoffnung mehr, denn sie hatten keine andere Möglichkeit, die zwölf Meter leeren Raumes zwischen dem Haus und der Geschützstellung zu überbrücken. Das Seil mußte da sein, es mußte! Aber warum fand er es nicht? Dreimal schon hatte er, am äußersten Ende seines Pendelbogens, die Bambusstange weit ausgestreckt, aber der Haken kratzte nur am nackten Gestein und fand keinen anderen Anhaltspunkt.

Und dann, beim viertenmal, als er sich die Arme beinah ausreckte, spürte er, daß der Haken faßte! Im Nu riß er die Bambusstange zu sich, ergriff das Seil noch, bevor er wieder zurückpendelte, zerrte heftig an der Signalleine und brachte sich im Rückschwung allmählich wieder ins Gleichgewicht. Zwei Minuten später, zum Umfallen erschöpft, nachdem er die achtzehn Meter an dem nassen, schlüpfrigen Seil emporgeklettert war, kroch er wie ein Blinder über den Klippenrand und warf sich, schwer nach Atem ringend, am Geländer zu Boden.

Rasch und ohne zu sprechen, bückte sich Miller, zog Mallory die doppelte Sicherungsschlinge über die Beine vom Körper, löste den Knoten, band das Ende an Browns Seil, riß mit einem kurzen Ruck daran und beobachtete, wie die verbundenen Seile in die Dunkelheit verschwanden. In zwei Minuten hatten sie die von Brown sachkundig befestigte schwere Batterie heraufgezogen, und nach weiteren zwei Minuten, diesmal, mit der größten Vorsicht, auch den Leinenbeutel, der das Dynamit, die Zünder und Sprengkapseln enthielt. Er lag nun auf dem steinernen Boden neben der Batterie.

Aller Lärm hatte aufgehört, auch das Hämmern gegen die Stahltür über dem Tunnel. Diese Stille war unheimlicher als der Lärm, sie schien Schlimmes zu verkünden. War die Tür schon aufgeschlagen, das Schloß zerschmettert, und lauerten die Deutschen bereits auf sie in dem finstern Tunnel, die Maschinenpistolen im Anschlag, um sie zu zerfetzen? Doch jetzt war keine Zeit, darüber nachzudenken, keine Zeit zum Abwägen dieser oder jener Chancen. Die Zeit, Vorsicht zu üben, war abgelaufen, und es galt nicht mehr die Frage, ob sie am Leben bleiben oder sterben würden...

Seinen schweren Colt in Hüfthöhe haltend, kletterte Mallory über das Geländer, tappte geräuschlos an den großen Kanonen vorbei und durch den Gang. Ungefähr in der Mitte des Tunnels knipste er seine Stablampe an. Kein Mensch zu sehen, die Obertür am Ende noch geschlossen. Rasch kletterte er die Leiter hinauf und horchte oben. Er glaubte gedämpfte Stimmen zu hören und leises Zischen an der Außenseite der dicken Stahltür, doch das konnte eine Täuschung sein. Dicht unter die Tür gebückt, um genauer zu hören, legte er die Handfläche seiner Linken gegen die Stahlplatte, zog sie aber sofort mit einem gepreßten Schmerzensschrei zurück, denn die Tür war heiß, dicht oberhalb des Schlosses beinah rotglühend. Gerade war er wieder am Fuß der Leiter angekommen, als Miller torkelnd mit der Batterie dort erschien.

»Die Tür ist heiß wie die Hölle. Wahrscheinlich brennen die...«

»Etwas gehört?« fuhr ihm Miller ins Wort.

»Ein zischendes Geräusch.«

»Schweißbrenner«, sagte Miller kurz. »Sie werden das Schloß herausschneiden, doch das dauert eine Weile, die Tür ist aus Panzerstahl.«

»Wäre doch viel einfacher, sie aufzusprengen, mit Gelignit – oder was nimmt man dazu?«

»Quatsch!« sagte Miller. »So was darf man nicht mal denken, Boß! Sympathische Detonation ist eine komische Sache, dabei kann leicht der ganze Laden hochgehen. Fassen Sie doch bitte hier mal mit an, Boß.«

In Sekunden war Dusty Miller wieder ganz in seinem alten Element, er vergaß alle Gefahr von außen und den Rückweg an der steilen Klippe, der ihm noch drohte. Seine Aufgabe beanspruchte ihn vier Minuten. Während Mallory die Batterie unter den mit Planken abgedeckten Boden des Munitionsaufzugs schob, quetschte Miller sich zwischen die glänzenden Laufschienen, untersuchte die eine im Hintergrund mit der Taschenlampe und erkannte am Übergang vom glattgeschliffenen zum dunkleren Metall genau, wo das gefederte Führungsrad des Aufzugs zum Stillstand kam. Davon befriedigt, holte er eine Rolle schwarzes Isolierband aus der Tasche, wickelte es an der dunklen Kante zehn- bis zwölfmal um die Schiene, und trat vor den Aufzug, um sein Werk zu betrachten. Die Wicklung war unsichtbar.

Schnell befestigte er mit Klebeband die Enden von zwei Drähten in Gummilitze an dem isolierten Streifen, einen an jeder Seite, und zwar so, daß nur ganz an der Spitze der nackte Stahlkern freiblieb, verband diese Enden mit zwei zehn Zentimeter langen Streifen ungeschützten Drahts, die er ebenfalls, unten und oben, an dem isolierten Stück der Schiene befestigte, senkrecht und ungefähr einen Zentimeter voneinander. Aus dem Leinenbeutel nahm er das Dynamit, verband es durch einen Zünddraht mit dem hochempfindlichen, nach seinen eigenen Angaben gearbeiteten Brückenzünder von Knallquecksilber, schraubte einen der Drähte von der Umwicklung in einer Öse am Zünder fest, befestigte den zweiten von dort an der positiven Klemme der Batterie und verband durch einen dritten die negative Klemme mit dem Zünder. Wenn jetzt der Munitionsaufzug ins Magazin hinabsank – was sofort geschehen mußte, wenn die großen Kanonen feuern sollten –, mußte das Führungsrad die nackten Drähte kurzschließen und der Zünder im Stromkreis detonieren. Noch einmal prüfte Miller den Sitz der senkrecht angebrachten Drähte, dann lehnte er sich zufrieden zurück. Mallory war soeben die Leiter vom Tunnel heruntergekommen. Miller klopfte ihm ans Bein, um ihn aufmerksam zu machen, und wedelte lässig mit der Stahl-klinge seines Messers dicht vor den gefährlichen freien Dräh-ten.

»Sind Sie sich darüber klar, Boß«, sagte er in gemütlichem Ton, »daß, wenn ich jetzt die Klinge hier auf die beiden Klem-men halten würde, dieses ganze verdammte Gewölbe in kleine Scherben zerplatzt?« Nachdenklich schüttelte er den Kopf. »Wenn ich nur ein bißchen mit der Hand ausrutsche und ganz leise drankomme, sind Mallory und Miller bei den lieben Engelein im Himmel.«

»Nehmen Sie um Gottes willen das Ding weg!« fuhr ihn Mallory nervös an. »Und dann raus hier wie der Blitz, die ha-ben schon einen halben Kreis um das Türschloß ausgeschnit-ten!«

Fünf Minuten später war Miller in Sicherheit. Das im Win-kel von 45 Grad straff gespannte Seil bis zum Balkon, wo Brown wartete, hinabzugleiten, war leicht. Mallory warf ei-nen letzten Blick hinter sich in die Höhle der Kanonen. Um seinen Mund zuckte es. Er dachte daran, wie viele Soldaten wohl bei Gefechtsalarm die Geschütze und die Munitions-räume bemannten. ›Das einzige Gute ist‹, dachte er, ›daß sie gar nicht merken werden, wie schnell sie sterben.‹ Und als er dann, zum hundertstenmal, an die vielen Soldaten auf Khe-ros und an die Zerstörer dachte, preßte er die Lippen zusam-men und ließ sich, ohne noch einmal zurückzublicken, am Seil über die Klippenkante in die Nacht gleiten. Als er, fast am Ziel, vom tiefsten Punkt des Seilbogens auf den Balkon klettern wollte, hörte er direkt über sich das böse Stakkato von Maschinengewehrfeuer.

Miller half ihm über das Balkongeländer, ein sehr besorgt aussehender Miller, der oft über seine Schulter in die Rich-tung blickte, aus der das Schießen kam – und die meisten Schüsse kamen, wie Mallory plötzlich entsetzt merkte, aus ihrem ›eigenen‹ Gebiet, von der Westseite des Platzes, nur drei bis vier Häuser weit entfernt. Der Rückzugsweg war ih-nen abgeschnitten!

»Los, schnell, Boß«, drängte Miller, »wir müssen raus aus diesem Laden, die Gegend hier wird ganz ungesund!«

Mallory wies mit dem Kopf in die Richtung, aus der die Schüsse ertönten. »Wer ist denn da unten?« fragte er ruhig.

»Eine deutsche Patrouille.«

»Wie sollen wir denn wegkommen, zum Donnerwetter?« fragte Mallory. »Wo steckt Andrea?«

»Drüben, an der anderen Seite des Platzes, Boß. Gerade dahin schießen doch diese Vögel.«

»An der anderen Seite!« Mallory schaute auf die Uhr. »Du lieber Himmel, was hat er da denn zu suchen?« Er schritt schon durchs Haus und sprach über die Schulter. »Weshalb haben sie ihn dahin gehen lassen?«

»Habe ich doch gar nicht, Boß«, sagte Miller bedächtig. »Er war schon fort, als ich hier reinkam. Anscheinend hat Brown bemerkt, daß ein starkes Kommando wieder Haussuchung machte und sie drüben anfingen, immer zwei oder drei Häuser gleichzeitig. Und Andrea – der war ja inzwischen wiedergekommen – hat gedacht, sie würden rundum den Platz absuchen und in wenigen Minuten hier sein, deshalb ist er wie ein Wilder über die Dächer abgehauen.«

»Um die Deutschen abzulenken?« Mallory starrte neben Louki aus dem Fenster. »So was Verrücktes! Diesmal werden sie ihn niederknallen, diesmal bestimmt! Überall sind ja Soldaten. Außerdem fallen die nicht noch einmal auf diesen Trick rein. Einmal hat er sie den Berg hinaufgelockt, und die Deutschen –«

»Glaube ich nicht, Sir«, unterbrach ihn Brown erregt. »Andrea hat eben drüben den Scheinwerfer kaputtgeschossen. Nun werden die bestimmt glauben, daß wir über die Mauer ausbrechen wollen und – sehen Sie doch, Sir, sehen Sie – da laufen sie schon!« Brown tanzte beinah in seiner freudigen Erregung, er vergaß vollkommen die Schmerzen in dem verwundeten Bein. »Er hat's geschafft, Sir, er hat's geschafft!«

Tatsächlich! Mallory sah, daß die deutsche Patrouille ihre geschützte Position in dem Haus rechts von ihnen verlassen hatte und in breiter Kette über den Platz lief. Ihre schweren Stiefel klapperten hart auf den Kopfsteinen, sie stolperten und fielen auf dem glitschigen unebenen Pflaster. Und auf den Dächern der gegenüberliegenden Häuser sah Mallory die Strahlen von Taschenlampen hin und her huschen, und undeutliche Gestalten, die sich tief gebückt nach der Stelle vorpirschten, wo Andrea gewesen war, als er das große Zyklopenauge des Scheinwerfers zerschoß.

»Die rücken von allen Seiten auf ihn los«, sagte Mallory ganz ruhig, doch er hatte die Fäuste geballt, daß ihm die Nägel in die Handflächen schnitten. Ein paar Sekunden stand er wie angewurzelt, dann bückte er sich und nahm eine Maschinenpistole vom Boden. »Er hat gar keine Chance, ich werde ihm helfen.« Jäh machte er kehrt und mußte ebenso schnell wieder stehenbleiben: Miller verbaute ihm den Weg aus der Tür.

»Andrea hat ausdrücklich gesagt, wir sollten ihn allein lassen, er würde sich schon durchschlagen.« Miller sprach ganz gelassen und sehr respektvoll. »Keiner sollte ihm zu Hilfe kommen, unter gar keinen Umständen.«

»Versuchen Sie nicht, mich zurückzuhalten, Dusty«, sagte Mallory betont ruhig, fast mechanisch. Er nahm kaum wahr, daß Miller vor ihm stand, denn er wußte nur eins: daß er sofort zu Andrea eilen mußte, um ihm zu helfen, so gut er konnte. Sie waren ja zu lange Kameraden gewesen, er schuldete dem lächelnden Riesen zu viel, um ihn so leicht in den Tod gehen zu lassen. Wie oft schon war Andrea ihm zu Hilfe gekommen, und mehr als einmal, wenn alle Hoffnung verloren schien... Er stemmte die Hand gegen Millers Brust.

»Sie würden ihm nur im Wege sein, Boß«, sagte Miller eindringlich. »Und das hatten Sie doch selbst gesagt, als –«

Mallory stieß ihn zur Seite, schritt zur Tür und erhob die Faust, als sich zwei Hände um seinen Oberarm schlossen. Im rechten Augenblick besann er sich noch: Er blickte in Loukis tiefbesorgtes Gesicht.

»Der Amerikaner hat recht«, sagte Louki energisch, »Sie dürfen nicht hineingehen. Andrea hat gesagt, Sie würden uns in den Hafen führen.«

»Geht allein dahin«, entgegnete Mallory schroff. »Ihr kennt ja den Weg und den weiteren Plan.«

»Sie wollen also einfach uns alle –?«

»Die ganze Welt lasse ich zum Teufel gehen, wenn ich ihm nur helfen kann!« Mallory meinte das ernst. »Andrea würde mich nie im Stich lassen.«

»Aber Sie ihn«, sagte Louki ruhig. »Ist es nicht so, Major Mallory?«

»Was soll das heißen?«

»Indem Sie nicht das tun, was er wünscht. Er kann verwundet werden, auch getötet, und wenn Sie ihm beistehen wollen und auch erschossen werden, dann wäre alles umsonst. Er würde vergeblich sterben. Möchten Sie so Ihrem Freund seine Kameradschaft vergelten?«

»All right, all right, ich sehe es ein«, sagte Mallory gereizt.

»So hätte Andrea es sich gewünscht«, murmelte Louki. »Jedes andere Verhalten wäre –«

»Sparen Sie sich die Belehrungen! Gut, meine Herren, wir wollen aufbrechen.« Er hatte sein Gleichgewicht wieder, seine leichte ruhige Art, nachdem er den urmenschlichen Trieb, loszustürzen, und dem Freund zu helfen, überwunden hatte. »Wir nehmen die Höhenstraße: über die Dächer. Jeder greift mal in den Küchenherd da und schmiert sich Asche über Gesicht und Hände, aber so, daß nichts Weißes mehr am Körper zu sehen ist. Und: es wird nicht gesprochen!«

Der fünf Minuten dauernde Weg bis zur Hafenmauer hinab – den sie auf ganz leisen Sohlen machten, während Mallory auch den kleinsten Flüsterversuch streng unterband – wurde ohne Zwischenfall geschafft. Sie sahen nicht nur keinen Soldaten, sondern überhaupt niemanden. Die Einwohner von Navarone richteten sich klugerweise nach dem Ausgehverbot, die Straßen waren menschenleer. Andrea hatte die Verfolger mehr als erfolgreich abgezogen. Mallory begann zu fürchten, daß die Deutschen ihn gefangen haben könnten, doch gerade, als sie am Hafen ankamen, hörte er wieder schießen, diesmal erheblich weiter entfernt, im äußersten Nordwesten der Stadt, im Rücken der Festung!

Er stand auf der niedrigen Hafenmauer und betrachtete, nach einem Blick auf seine Begleiter, die ölig dunkle Wasserfläche. Durch den dichten Regen konnte er, rechts und links, als verschwommene Flecke ein paar mit dem Heck an der Mauer festgemachte Kajiken unterscheiden, doch über sie hinaus gar nichts.

»Na, ich glaube, viel nasser als wir schon sind, können wir

nicht werden«, sagte er, und fragte Louki, der ihm eben etwas über Andrea sagen wollte: »Können Sie sie auch bestimmt bei dieser Dunkelheit finden?« ›Sie‹ war die Barkasse des Kommandanten, ein elf Meter langes Zehntonnenboot, das ständig an einer Boje etwa dreißig Meter vom Ufer fahrbereit lag. Der Maschinist, der es auch zu bewachen hatte, schlief, nach Loukis Auskunft, an Bord.

»Bin sogar schon da«, rühmte sich der kleine Mann. »Auch wenn Sie mir die Augen zubinden, kann ich –«

»Schon gut, schon gut«, sagte Mallory hastig, »mir genügt Ihr Wort. Leihen Sie mir bitte Ihre Mütze, Casey.« Er zwängte seine Pistole in Browns Mütze, zog sie fest über den Kopf, ließ sich sacht ins Wasser gleiten und schwamm neben Louki hinaus.

»Der Maschinist«, flüsterte ihm Louki zu, »ich glaube, der ist wach, Herr Major.«

»Das glaube ich auch«, gab Mallory gepreßt zurück. Wieder hörten sie das kurze Geknatter leichter Maschinenpistolen, und den stärkeren peitschenden Knall einer Mauser. »Alle Leute in Navarone werden wach sein, soweit sie nicht taub oder tot sind. Bleiben Sie hinter mir, sobald wir das Boot in Sicht haben, und kommen Sie nach, wenn ich rufe.«

Zehn, fünfzehn Sekunden vergingen, dann berührte Louki Mallory am Arm.

»Ich sehe sie«, flüsterte Mallory. Die unklare Silhouette des Schiffes lag kaum noch fünfzehn Meter vor ihnen. Leise, unhörbar mit den Beinen und Armen das Wasser teilend, näherte er sich, bis er schattenhaft auf dem Achterdeck, dicht hinter dem Luk zum Maschinenraum, einen Mann stehen sah, der unbeweglich nach der Festung und der Oberstadt blickte. Er umschwamm das Heck der Barkasse und kam an der anderen Seite, im Rücken des Soldaten, höher aus dem Wasser. Zog vorsichtig seine Mütze ab, nahm die Pistole heraus und hielt sich mit der Linken an dem niederen Dollbord fest. Er wußte, daß er auf zwei Meter sein Ziel nicht verfehlen konnte, durfte aber den Mann nicht niederschießen – jetzt noch nicht. Die Reling, auf diesem Schiff nur eine Verzierung, war knapp einen Meter hoch, doch das Aufklatschen eines über Bord fallenden Körpers hätte fast mit Gewißheit die Wachen alarmiert.

»Wenn Sie sich bewegen, lege ich Sie um«, sagte er halblaut auf deutsch. Der Mann erstarrte. Er hatte einen Karabiner in den Händen.

»Gewehr ablegen! Nicht umdrehen.« Der Soldat gehorchte. In Sekunden war Mallory aus dem Wasser und an Deck, Augen und Pistole auf den Rücken des Deutschen geheftet. Leise trat er einen Schritt vor, drehte den Revolver um, schlug zu, fing den Getroffenen auf und legte ihn, ehe er über Bord fallen konnte, möglichst geräuschlos auf die Planken. Drei Minuten später waren auch Brown und Miller sicher an Bord.

Mallory folgte dem hinkenden Brown in den Maschinenraum, sah zu, wie er seine abgeblendete Stablampe anknipste und den großen, ölglänzenden Dieselmotor mit den sechs Zylindern in einer Reihe fachmännisch studierte.

»Das nenne ich eine Maschine!« sagte Brown fast ehrfürchtig. »So etwas Schönes. Läuft mit jeder beliebigen Zahl von Zylindern. Ich kenne diesen Typ, Sir.«

»Habe ich nie bezweifelt. Können Sie sie auch starten, Casey?«

»Moment, muß mich nur eben einmal genau umschauen, Sir.« Brown besaß die ganze gemächliche Ruhe des geborenen Maschinisten. Langsam und systematisch suchte er mit der Lampe den tadellos sauberen Maschinenraum ab, stellte die Benzinleitung an und sagte zu Mallory: »Hat Doppelbesteuerung. Können auch von oben anlassen.«

Ebenso pedantisch genau untersuchte er die Ruderanlage, während Mallory ungeduldig wartete. Der Regen ließ jetzt nach, nicht viel, aber genug, um die Landspitzen beiderseits der Hafeneinfahrt einigermaßen erkennen zu können. Zum zehnten Male fragte sich Mallory, ob die Wachen dort schon alarmiert sein mochten, um einen Ausbruchsversuch zu Wasser zu verhindern. Wahrscheinlich nicht, denn bei dem Spektakel, den Andrea in der Stadt entfesselte, mußten die Deutschen wohl annehmen, daß ihnen eine Flucht von der Insel überhaupt nicht möglich sei... Er beugte sich vor und berührte Brown an der Schulter.

»Zwanzig nach elf, Casey«, murmelte er. »Wenn die Zerstörer zu früh durchkommen, kann's uns passieren, daß wir tausend Tonnen Felsbrocken auf die Schädel kriegen.«

»Bin schon klar, Sir«, verkündete Brown. Er zeigte auf das reich bestückte Armaturenbrett. »Eigentlich ganz einfach.«

»Freut mich, das zu hören«, murmelte Mallory. »Bringen Sie den Kahn in Gang, ja, bitte? Aber langsam und ohne Lärm.«

Brown hustete entschuldigend. »Wir sind noch an der Boje fest. Und es wäre vielleicht gut, Sir, wenn wir uns erst überzeugten, was wir an stationären Waffen, Scheinwerfern, Signallampen, Rettungswesten oder Rettungsringen an Bord haben. Es ist nützlich, zu wissen, wo diese Sachen liegen«, schloß er in einem Ton, als sei das nicht sehr wichtig.

Mallory klopfte ihm, leise lachend, auf die Schulter. »Sie würden einen großartigen Diplomaten abgeben, Chief. Also machen wir das.« Als reine »Landratte« war Mallory sich durchaus bewußt, daß er hier im Vergleich zu einem Mann wie Brown keine Rolle spielte, und scheute sich nicht, das zuzugeben. »Wollen Sie uns dann bitte aus dem Hafen steuern, Casey?«

»Jawohl, Sir. Würde Sie Louki bitten, hierherzukommen – ich glaube zwar, es ist tief genug zu beiden Seiten, aber es mag ja Hindernisse unter Wasser geben, oder Riffe. Das weiß man nie.«

Nach drei Minuten hatte die Barkasse schon den halben Weg bis zur Durchfahrt hinter sich, sie surrte auf zwei Zylindern leise dahin. Mallory und Miller, noch in den deutschen Uniformen, standen vor dem Ruderhaus, Louki hatte sich innen tief gebückt verkrochen. Plötzlich begann, ungefähr sechzig Meter von ihnen, eine Signallampe zu blitzen, das eilige Klappern ihres Verschlusses durchdrang deutlich die nächtliche Stille.

»Nun wird euch ein alter amerikanischer Grenzer mal zeigen, wie's gemacht wird«, knurrte Miller. Er schob sich näher an das am Bug an der Steuerbordseite montierte MG. »Mit meiner kleinen Kanone werde ich…«

Er hielt jäh inne, seine Stimme verlor sich in dem plötzlichen Klappern im Ruderhaus hinter ihm, dem ungleichmäßigen, blechernen Klappern einer von geübten Fingern betätigten Morselampenblende. Brown hatte Louki das Ruder überlassen und morste eine Antwort für die Deutschen an der Durchfahrt. Drüben hatte das Blinken aufgehört, jetzt setzte es wieder ein.

»Herrjeh, die haben sich ja 'ne Menge zu sagen«, bemerkte Miller voll Bewunderung. »Wie lange dauert denn dieser Austausch von Höflichkeiten, Boß?«

»Ich denke, sie werden gleich fertig sein.« Mallory ging schnell wieder zum Ruderhaus. Sie befanden sich weniger als dreißig Meter vor der Durchfahrt. Brown hatte den Feind verwirrt und dadurch kostbare Sekunden gewonnen, mehr Zeit als Mallory für möglich gehalten hätte. Aber so günstig konnte die Lage nicht bleiben. Er berührte Brown am Arm.

»Sobald die etwas merken, Vollgas und alles rausholen aus der Maschine!« Und sogleich stand er wieder im Bug, die MP schußbereit in den Händen.

»Ihre große Chance, alter Grenzer«, sagte er zu Miller. »Aufpassen jetzt, daß die Scheinwerfer uns gar nicht erst fassen – sonst sind wir unweigerlich geblendet.«

Schon während er das sagte, war die Morselampe drüben erloschen. Zwei breite weiße Strahlen, jeder von einer Seite der Durchfahrt, stachen grell in die Dunkelheit und überschwemmten den ganzen Hafen mit ihrem scharfen Licht – einem Licht, das nur eine Sekunde währte, von doppelter, rabenschwarzer Finsternis gefolgt, denn zwei kurze Feuerstöße des Maschinengewehrs im Bug hatten die Scheinwerfer zerschmettert, unfehlbare Ziele bei der kurzen Entfernung.

»Alle hinlegen!« rief Mallory. »Flach an Deck.«

Das Echo der Schüsse war eben an der gewaltigen Seemauer der Festung verhallt, als Brown alle sechs Zylinder des Motors anspringen ließ und die Drosselklappe weit öffnete. Das aufbrandende Donnern der starken Dieselmaschine verschlang alle anderen Geräusche der Nacht. Fünf Sekunden, zehn – sie liefen schon in der Durchfahrt – fünfzehn, zwanzig, und noch fiel kein Schuß – eine halbe Minute, sie waren draußen! Hoch schob sich der Bug über die Wasserfläche, das unter dem Schraubendruck tief wegtauchende Heck hinterließ ein langes, weiß leuchtendes Kielwasserband, während die Maschine im Crescendo ihre höchste Kraft entwickelte, bis Brown das Ruder hart nach Steuerbord legte, um das Boot in den Schutz der steilen Klippen zu bringen.

»Ein Kampf ums Ganze, Boß, aber die Besseren haben gewonnen.« Miller war wieder aufgestanden, er hielt sich, als das Boot weit überlegte, an dem MG fest. »Davon werden noch meine Enkel hören.«

»Sämtliche Wachen suchen jetzt gewiß die Stadt ab. Vielleicht waren hinter den Scheinwerfern jedoch ein paar arme Teufel. Oder wir haben sie an allen Stellen ganz in Verwirrung gebracht.« Mallory schüttelte den Kopf. »Jedenfalls lassen Sie es sich gesagt sein: Wir haben trotzdem verdammten Dusel gehabt.«

Er ging ins Ruderhaus. Brown steuerte, und Louki krähte beinah vor Begeisterung.

»Fabelhaft, Casey«, sagte Mallory aufrichtig. »Ganz erstklassig gemacht. Drosseln Sie den Motor, wenn wir ans Ende der Klippen kommen. Unsere Aufgabe ist gelöst. Ich gehe an Land.«

»Das brauchen Sie doch gar nicht, Herr Major, und das dürfen Sie auch nicht.«

Mallory drehte sich nach Louki um. »Wie meinten Sie?«

»Sie brauchen nicht an Land zu gehen, das wollte ich Ihnen unterwegs schon dauernd sagen, aber Sie hatten mir ja das Sprechen verboten.« Louki schien schwer gekränkt. »Langsamer bitte«, sagte er zu Brown. »Noch zuletzt hat mir Andrea gesagt, daß wir in diese Richtung fahren sollten, Herr Major. Wie können Sie denn annehmen, daß er vor den Klippen im Norden in die Falle geht, wenn er sich bloß etwas weiter ins Binnenland zurückziehen braucht, wo er sich leicht verstecken kann?«

»Ist das wahr, Casey?«

»Fragen Sie mich nicht, Sir, diese beiden – die sprechen ja immer nur griechisch zusammen.«

»Natürlich, natürlich.« Mallory blickte nach den niedrigen Klippen an Steuerbord, während das Boot mit abgestelltem Motor kaum noch Fahrt machte. Er fragte Louki: »Sind Sie auch ganz sicher...?«

Mitten im Satz brach er ab und sprang aus dem Ruderhaus. Dieses Klatschen – ein unverkennbares Geräusch – hatte er doch dicht vor dem Bug gehört? Miller stand neben ihm, beide spähten sie in die Dunkelheit. Und sahen, kaum sechs Meter vor der Barkasse, einen dunklen Kopf aus dem Wasser tauchen. Weit über Bord gebeugt, streckten sie die Arme aus, als das Boot langsam an ihm vorbeiglitt. Wenige Sekunden später stand Andrea an Deck, mächtig tropfend, aber mit einem strahlenden Lächeln, das sein ganzes Mondgesicht verklärte. Mallory führte ihn sofort ins Ruderhaus und knipste über der Seekarte die kleine Lampe an.

»Mein Gott, Andrea, es gibt doch noch Wunder!« sagte er. »Ich dachte schon, wir würden uns nie wiedersehen! Wie ging denn alles?«

»Das werde ich dir bald berichten«, antwortete Andrea lachend. »Gleich, sobald ich –«

»Sie sind ja verwundet!« unterbrach ihn Miller. »Ihre Schulter scheint ziemlich durchlöchert zu sein.« Er wies auf den roten Fleck, der sich auf der durchnäßten Jacke nach unten vergrößerte.

»Nanu? Ja, tatsächlich.« Andrea spielte den höchst Erstaunten. »Bloß ein Kratzer, mein Freund.«

»Oh, selbstverständlich, klar, bloß ein Kratzer! Würden Sie auch sagen, wenn ein Arm abgerissen wäre. Kommen Sie runter in die Kajüte – für einen Mann mit meinen chirurgischen Künsten ist das ein Kinderspiel.«

»Aber der Hauptmann –«

»Wird warten müssen. Ihr Bericht auch. Der alte Medizinmann Miller duldet keine Störung seiner Patienten. Kommen Sie mit.«

»Also schön, also gut«, sagte Andrea gefügig, schüttelte in gespielter Ergebenheit den Kopf und folgte Miller.

Brown gab wieder Vollgas, steuerte die Barkasse nach Norden bis fast zum Kap Demirci, um auch das geringste Risiko, von den Hafenbatterien beschossen zu werden, unbedingt zu vermeiden. Dann nahm er ein paar Meilen östlichen Kurs, um schließlich nach Süden in die Straße von Maidos einzuschwenken. Mallory stand im Ruderhaus neben ihm und blickte über das dunkle stille Wasser. Plötzlich bemerkte er in der Ferne ein kleines weißes Schimmern. Er berührte Brown am Arm und zeigte nach vorn. »Brandung voraus; glaube ich, Casey. Vielleicht Riffe?«

Brown blickte lange schweigend in die Ferne, dann schüttelte er den Kopf. »Bugwelle«, sagte er gleichmütig. »Unsere Zerstörer kommen aus der Durchfahrt...«

17. KAPITEL

Mittwoch – Mitternacht

Kapitänleutnant Vincent Ryan, Kommandant der *Sirdar*, einer der neuesten britischen Zerstörer der S-Klasse, hielt Umschau in dem überfüllten Kartenraum und zupfte nachdenklich an seinem prächtigen Piratenbart. Ein Verein so ruppiger, so schurkenhaft, so zerfleddert und abgekämpft aussehender, hartgesottener Burschen war ihm noch nie zu Gesicht gekommen, vielleicht mit Ausnahme der Mannschaft einer Seeräuberschunke aus der Biasbucht, bei deren Fang er als sehr junger Offizier auf der Flottenstation in China mitgewirkt hatte. Er sah sie sich jetzt genauer an, wobei er weiter an seinem Bart zupfte. Es steckte doch mehr hinter ihrem ruppigen Äußeren. Er hätte keinen Wert darauf gelegt, etwa mit der Aufgabe betraut zu werden, diese Burschen in freier Wildbahn gefangenzunehmen. »Gefährliche, äußerst gefährliche Leute«, simulierte er. Und dabei ließ sich kaum erklären, inwiefern sie gefährlich waren. Sie standen da so ruhig, aber trotz ihrer Gelassenheit so ungeheuer wachsam, daß es ihm etwas ungemütlich wurde. Jensen hatte sie als seine ›Henkersknechte‹ bezeichnet, und Kapitän Jensen verstand, seine Leute auszuwählen...

»Falls einer von den Herren unter Deck gehen will«, schlug er vor, »heißes Wasser ist massenhaft da, auch trockenes Zeug und – warme Kojen, die wir heute nacht sowieso nicht benutzen. Wir müssen mit jeder freien Minute geizen.«

»Verbindlichsten Dank, Sir«, sagte Mallory, und setzte zögernd hinzu: »Wir möchten gern noch den Abschluß sehen.«

»Schön, dann bleiben Sie also auf der Brücke«, erwiderte Ryan heiter. Die *Sirdar* nahm wieder mehr Fahrt auf, das Deck klopfte unter ihren Füßen. »Natürlich auf Ihre eigene Gefahr.«

»Wir sind untötbar«, sagte Miller breit, »uns stößt nichts zu.«

Es regnete nicht mehr, sie konnten jetzt zwischen dem aufreißenden Gewölk die Sterne kühl funkeln sehen. Mallory blickte nach allen Seiten, er sah Maidos breit an Backbord liegen und den massigen Felsklotz Navarone an Steuerbord vorbeigleiten. Achteraus, in etwa dreihundert Meter Entfernung, sah er, noch unklar, zwei weitere Schiffe, hoch auflaufende Bugwellen weißlich vor den noch düsteren Silhouetten.

»Keine Transporter, Sir?« fragte er.

»Nein, keine.« Ryan empfand es ebenso peinlich wie angenehm, daß dieser Mann ihn mit ›Sir‹ anredete. »Nur Zerstörer. Bei diesem Unternehmen heißt es zack, ran und runter von der Insel, da können wir heute nacht keine Trödler gebrauchen. Wir sind sowieso schon verspätet.«

»Wie lange wird die Übernahme der Truppen dauern?«

»Eine halbe Stunde.«

»Was? Zwölfhundert Mann?« Das konnte Mallory nicht glauben.

»Mehr noch«, seufzte Ryan. »Die halbe Einwohnerschaft möchte auch mit uns abhauen. Aber so würden wir es in einer halben Stunde schaffen, aber wahrscheinlich dauert's doch etwas länger, weil wir von der Ausrüstung soviel wie möglich mitnehmen wollen.«

Mallory nickte. Er betrachtete den schlanken Leib des Zerstörers. »Wo wollen Sie die bloß alle unterbringen, Sir?«

»Begreifliche Frage«, gab Ryan zu. »Die Londoner Untergrundbahn um fünf Uhr nachmittags wird äußerst gemütlich sein im Vergleich zu uns. Aber irgendwie verstauen wir schon alles.«

Wieder nickte Mallory, der über das dunkle Meer nach Navarone blickte. Zwei Minuten noch, höchstens drei, dann mußte hinter dem Vorgebirge der Schlund der Felsenfestung in Sicht kommen. Er fühlte eine Hand auf seinem Arm, drehte sich um und lächelte, denn neben ihm stand der kleine Grieche mit den traurigen Augen.

»Nicht mehr lange, Louki«, sagte er gelassen.

»Aber die Leute, Herr Major? Die Leute in der Stadt – wird denen nichts passieren?«

»Nein, denen geschieht nichts. Miller hat mir erklärt, daß

das Felsendach über der Höhle senkrecht in die Luft fliegen wird und fast die ganze Bescherung ins Hafenbecken fällt.«

»Ja, aber die Boote?«

»Hören Sie auf mit Ihren Sorgen! Es ist doch kein Mensch irgendwo an Bord – Sie wissen doch, daß nach Zapfenstreich jeder aus dem Hafen verschwinden muß.« Er drehte sich um, da ihn wieder jemand am Arm berührte.

»Hauptmann Mallory, hier ist Oberleutnant Beeston, mein Artillerieoffizier.« Ryan sprach so kühl, daß Mallory den Eindruck hatte, er sei dem Artillerieoffizier nicht besonders gewogen. »Oberleutnant Beeston macht sich Sorgen.«

»Allerdings macht er das!« Beeston sprach kalt, unpersönlich und ein wenig arrogant. »Wie ich höre, haben Sie dem Kommandanten geraten, bei Beschuß kein Gegenfeuer zu geben? Ich bin der Ansicht, daß dieser Vorschlag nicht besonders günstig ist.«

»Sie sprechen ja wie der Nachrichtenansager im Rundfunk«, sagte Mallory, »aber Sie haben recht gehört. Ich habe das gesagt. Sie könnten nämlich die Kanonen nur mit dem Scheinwerfer entdecken, und das wäre verhängnisvoll. Dasselbe gilt für Geschützfeuer.«

»Muß bedauern, aber das verstehe ich nicht.« Man konnte fast im Dunkeln erkennen, daß Beeston indigniert die Brauen hochzog.

»Sie würden Ihre Position verraten«, sagte Mallory geduldig, »und schon die erste Salve von denen würde sitzen. Geben Sie ihnen zwei Minuten, dann kriegen Sie sowieso Treffer. Ich habe allen Grund zu der Annahme, daß die Bedienung dieser Kanonen unheimlich genau zu schießen versteht.«

»Die Marine nicht minder«, warf Ryan gelassen ein. »Auf der *Sybaris* hatten sie mit dem dritten Schuß zufällig eine Munitionskammer getroffen.« – »Haben Sie eine Ahnung, warum die so genau schießen, Hauptmann Mallory?« Beeston war noch keineswegs überzeugt.

»Nach Radar«, erklärte Mallory kurz. »Haben zwei riesige Radarschirme über der Festung.«

»Wir haben auf der *Sirdar* seit einem Monat auch Radar«, sagte Beeston steif. »Bilde mir ein, daß wir auch ein paar Treffer anbringen könnten, wenn...«

»Vorbeischießen könnten Sie kaum«, bemerkte Miller breit. Sein trockener Ton war aufreizend. »Insel ist verdammt groß, junger Mann.«

»Wer – wer sind Sie?« Beeston war erschüttert. »Was soll das heißen, zum Donnerwetter!«

»Unteroffizier Miller.« Der Amerikaner blieb seelenruhig. »Muß aber schon ein sehr feines Gerät sein, wenn es eine Höhle in ein paar hundert Quadratmeilen Felsen herauspeilen kann.«

Einen Augenblick blieb es still, dann murmelte Beeston etwas und entfernte sich.

»Sie haben meinen A.O. gekränkt, Korporal«, sagte Ryan leise. »Der ist ganz scharf darauf, ordentlich reinzuballern, aber wir werden nicht gleich Feuer eröffnen ... Wie lange, bis wir von dem Kap da freikommen, Hauptmann?«

»Kann's nicht genau sagen.« Er drehte sich um. »Was meinen Sie, Casey?«

»In einer Minute, Sir, länger dauert's nicht.«

Ryan nickte stumm. Auf der Brücke trat eine Stille ein, die durch das leise an den Bordwänden entlangrauschende Wasser und das einsame Pingen des Peilgeräts noch fühlbarer wurde. Der Himmel klarte weiter auf, der blaß leuchtende Mond mühte sich, aus einem allmählich aufreißenden Wolkenfeld ganz hervorzukommen. Keiner sprach, keiner bewegte sich. Mallory merkte, ohne hinzusehen, daß der gewaltige Andrea neben ihm stand und Miller, Brown und Louki sich hinter ihnen hielten. Inmitten der Berge Neuseelands geboren und an den Abhängen der Südalpen aufgewachsen, hatte Mallory, von Natur und in seinem ganzen bisherigen Leben ein Landmensch, sich noch nie so ›zu Hause‹ und so am rechten Platz gefühlt wie hier. Er war mehr als glücklich – er war zufrieden. Mit Andrea und seinen neuen Freunden um sich, nach bester Erfüllung einer für unmöglich gehaltenen Aufgabe – mußte da der Mensch nicht zufrieden sein? Freilich kamen sie nicht alle heim – Andy Stevens kam nicht mit ihnen zurück – doch seltsamerweise vermochte er darüber nicht zu trauern, nur eine leise Melancholie befiel ihn ... Und, als hätte er in seinen Gedanken gelesen, beugte sich Andrea jetzt näher zu ihm, ragte riesig in der

Dunkelheit über ihn und murmelte: »Er müßte jetzt hier sein. Andy Stevens müßte bei uns sein. Daran denkst du doch jetzt, nicht wahr?«

Mallory nickte lächelnd, ohne zu antworten.

»Und eigentlich ist das kaum von Bedeutung, nicht wahr, Keith?« Nichts Unruhiges, kein Zweifel lag in Andreas Worten, er stellte nur die Tatsache fest.

»Es ist durchaus nicht von Bedeutung.« Mitten in diesem Satz blickte Mallory jäh hoch. Dünn wie eine Lanze, grell rotgelb, stieß ein Flammenstrahl oben aus der Klippenwand der Festung. Sie hatten das Vorland schon umrundet, ohne darauf zu achten. Ein gewaltiges, mit schrillem Pfeifen gemischtes Donnern direkt über ihnen – Mallory verglich es im Geist mit einem Schnellzug, der brausend aus einem Tunnel kam – und dicht hinter dem Zerstörer schlug die mächtige Granate ins Wasser.

Mallory kniff den Mund zusammen und ballte unbewußt die Fäuste. Leicht ließ sich jetzt beurteilen, wie sie die *Sybaris* vernichtet hatten.

Er hörte, daß der Artillerieoffizier mit dem Kommandanten sprach, faßte aber kein Wort auf. Sie blickten ihn beide an, und er erwiderte ihren Blick, ohne sie zu sehen. Seine Gedanken schienen ganz von der Umgebung losgelöst. Was kam jetzt? Die zweite Granate? Oder erst, über das Meer weithin schallend, das Krachen des Abschusses der ersten? Oder vielleicht...? Er sah sich wieder in der dunklen, in den Fels gehauenen Munitionskammer, aber jetzt sah er dort unten Menschen, ahnungslos der Vernichtung geweihte Menschen, sah, wie die Flaschenzüge die großen Granaten und Kartuschen zum Aufzugsschacht bugsierten, sah den Aufzug mit seiner Last langsam höhersteigen, sah, wie die nackten Drähte dicht nebeneinander lauerten, sah das blanke Führungsrad auf der glatten Schiene fast geräuschlos weiterrollen, und glaubte, den sanften Stoß zu hören, als der Aufzug...

Eine weißliche Flammensäule steilte hundert Meter oder höher in den Nachthimmel, als die ungeheure Detonation der mächtigen Festung Navarone das Herz aus dem Leibe riß. Kein nachzüngelndes Feuer, keine dunkle wallende

Rauchwolke – nur der eine, blendend grelle Feuerstrahl, der für den Bruchteil einer Sekunde die ganze Stadt in Licht tauchte, fast bis in die Wolken zu stoßen schien und verschwand, als sei er nie gewesen... Und dann schlugen allmählich, wie harte Böen, die Schallwellen an ihre Ohren, und der eine, einzige Donnerschlag der Explosion – sogar bei der weiten Entfernung noch gewaltig – gefolgt von einem tieftonigen Rummeln, als Tausende von Tonnen zersprengten Gesteins majestätisch in den Hafen stürzten, eine ungeheure Masse von Steinbrocken und – die zwei großen Kanonen von Navarone...

Sie hatten das Donnergepolter des steinernen Sturzbachs noch in den Ohren, als die Wolken sich teilten und der Mond hervorkam, ein voller Mond, der die dunkel an Steuerbord sich kräuselnden Wellen versilberte und das brodelnde Kielwasser der *Sirdar* mit einem feinen silbrigen Gespinst umspielte. Und genau über dem Bug, weit vorn sahen sie, in weißen Mondschein gebadet, geheimnisvoll und fern die Insel Kheros wie schlafend auf den Meeresfläche liegen. –

Geheimkommando Zenica

Für Lewis und Caroline

1. KAPITEL

Vorspiel: Donnerstag

00.00–06.00

Commander Vincent Ryan, Angehöriger der Royal Navy, Captain und kommandierender Offizier des neuesten Zerstörers der S-Klasse Seiner Majestät des Königs, stützte seine Ellenbogen bequem auf dem Geländer der Kommandobrücke auf, hob sein Nachtfernglas an die Augen und starrte nachdenklich über das ruhige und mondlichtübergossene Wasser der Ägäis.

Zuerst schaute er nach Norden über die riesige, schaumige und weißlich phosphoreszierende Welle, die der messerscharfe Bug seines schnellen Zerstörers aufwarf: In vier Meilen Entfernung, unter einem indigoblauen Himmel und glitzernden Sterndiamanten, lag die drohende Masse einer von zerklüfteten Felsen umgebenen Insel: Kheros, entlegener und monatelang belagerter Außenposten von zweitausend britischen Truppen, die erwartet hatten, in jener Nacht zu sterben, und die nun am Leben bleiben würden.

Ryan schwenkte sein Fernglas um 180 Grad nach Süden und nickte wohlwollend. So sollte es sein: Die vier Zerstörer lagen achteraus in einer so geraden Linie, dass das Leitschiff die Rümpfe der drei anderen Schiffe völlig verbarg. Ryan richtete sein Fernglas nach Osten. Es ist seltsam, dachte er, wie wenig eindrucksvoll, ja sogar enttäuschend, die Nachwirkungen einer natürlichen oder von Menschen verursachten Katastrophe sein können. Wären nicht der Feuerschein und die Rauchfetzen gewesen, die aus dem oberen Teil der Klippen hervorquollen und der Szene eine fast dantesche Aura von uranfänglicher Bedrohung und Vorbedeutung gaben, so hätte die steil abfallende Hafenmauer in der Ferne ausgesehen, wie sie zu Zeiten Homers ausgesehen haben mag. Das große Felsenriff, das auf Entfernung so zerklüftet aussah, hätte von Wind und Wetter von Millionen Jahren geformt sein können, genauso gut aber hätte es auch vor fünf Jahrtausenden von den alten Griechen bearbeitet worden sein können, die auf der Suche nach Marmor für ihre ionischen Tempel waren: Was fast unfassbar war, was beinahe menschliches Begreifen überstieg, war die Tatsache, dass das Felsenriff vor zehn Minuten noch gar nicht existiert hatte, dass an seiner Stelle zehntausend Tonnen Gestein gewesen waren, die uneinnehmbarste Festung der Deutschen in der Ägäis, und vor allem die zwei riesigen Kanonen von Navarone, dass das alles nun hundert Meter unter dem Meer begraben lag. Mit einem bedächtigen Kopfschütteln senkte Commander Ryan das Fernglas und sah zu den Männern hinüber, die dafür verantwortlich waren, dass Menschen in fünf Minuten mehr erreicht hatten, als die Natur in fünf Millionen Jahren hätte erreichen können.

Captain Mallory und Corporal Miller. Das war alles, was er von ihnen wusste, das und die Tatsache, dass sie von einem seiner alten Freunde diesen Auftrag bekommen hatten, einem Marine-Captain namens Jensen, der, wie er erst vor vierundzwanzig Stunden zu seiner großen Überraschung erfahren hatte, der Leiter des Alliierten Nachrichtendienstes im Mittelmeerraum war. Aber das war auch alles, was er über sie erfahren hatte, und vielleicht stimmte nicht einmal das. Vielleicht hießen sie gar nicht Mallory und Miller. Vielleicht waren sie nicht einmal Captain und Corporal. Sie sahen nicht im Entferntesten wie die Captains oder Corporals aus, die er bisher gesehen hatte. Genau genommen sahen sie überhaupt nicht aus wie die Soldaten, die er im Laufe seines Lebens kennen gelernt hatte. In ihren salzwassergetränkten und blutbedeckten Uniformen, verkommen, unrasiert, ruhig, wachsam und gelassen, machten sie es Ryan unmöglich, sie in irgendeine Kategorie von Männern einzuordnen. Das Einzige, was er wirklich sicher wusste, als er die trüben blutunterlaufenen Augen und die hageren, zerfurchten, mit Bartstoppeln bedeckten Gesichter der zwei Männer betrachtete, die ihre Jugend hinter sich gelassen hatten, war, dass er niemals zuvor Menschen gesehen hatte, die so erschöpft waren.

»Na, das wär's dann wohl«, sagte Ryan. »Die Truppen auf Kheros warten auf ihren Abmarsch, unsere Flotte ist auf dem Weg nach Norden, um sie abzuholen, und die Kanonen von Navarone haben keine Möglichkeit mehr, sie aufzuhalten. Zufrieden, Captain Mallory?«

»Das war ja auch der Zweck der Übung«, erinnerte ihn Mallory.

Ryan hob wieder das Glas an die Augen. Diesmal stellte er es auf ein Gummiboot ein, das gerade noch im Bereich seines Glases vor der felsigen Küste westlich vom Navarone-Hafen auf den Wellen schaukelte. Die beiden Gestalten in dem Boot waren nur Schemen, nicht mehr. Ryan senkte das Fernglas und sagte nachdenklich: »Ihr großer Freund und die Dame, die bei ihm ist, halten wohl nicht viel vom Herumsitzen. Sie haben mich – äh – ihnen nicht vorgestellt, Captain Mallory.«

»Ich hatte keine Möglichkeit dazu. Maria und Andrea. Andrea ist Colonel in der griechischen Armee: 19. Motorisierte Division.«

»Andrea *war* ein Colonel in der griechischen Armee«, berichtigte Miller. »Ich glaube, er hat sich gerade zurückgezogen.«

»Ich bin ziemlich sicher, dass er das getan hat. Sie mussten sich beeilen, Commander, denn sie sind beide patriotische Griechen, sie sind beide von der Insel, und für sie gibt es viel zu tun in Navarone. Außerdem, glaube ich, haben sie einige dringende persönliche Dinge zu erledigen.«

»Aha.« Ryan fragte nicht weiter, sondern schaute wieder hinüber zu den rauchenden Überresten der zerstörten Festung. »Na, das wär's dann wohl. Fertig für heute Abend, Gentlemen?«

Mallory lächelte schwach: »Ich glaube schon.«

»Dann würde ich vorschlagen, Sie beide schlafen ein bisschen.«

»Was für ein wunderbarer Vorschlag.« Miller stieß sich mühsam von dem Geländer ab und stand leicht schwankend da, während er einen Arm hob und ihn über die schmerzenden Augen legte. »Wecken Sie mich in Alexandrien.«

»Alexandrien?« Ryan schaute ihn amüsiert an. »Das sind mindestens noch dreißig Stunden Fahrt.«

»Eben!«

Aber Miller bekam seine dreißig Stunden nicht. Er hatte gerade etwas länger als dreißig Minuten geschlafen, als ihn die allmähliche Erkenntnis weckte, dass ihm etwas in die Augen stach: Nachdem er gestöhnt und schwach protestiert hatte, brachte er es nach einiger Zeit fertig, ein Auge zu öffnen, und sah, dass das Etwas ein helles Deckenlicht in der Kabine war, die er mit Mallory teilte. Miller stützte sich auf einen wackligen Ellenbogen, konzentrierte sich darauf, sein zweites Auge zu justieren, und schaute böse zu den beiden Männern hinüber, die für die Unterbrechung seines Schlafes verantwortlich waren: Mallory saß am Tisch und schrieb irgendetwas, während Commander Ryan in der offenen Tür stand.

»Das ist eine Sauerei«, sagte Miller verbittert. »Ich habe die ganze Nacht kein Auge zugetan.«

»Sie haben fünfunddreißig Minuten fest geschlafen«, korrigierte Ryan. »Tut mir Leid. Aber Kairo sagte, diese Botschaft für Captain Mallory sei von größter Dringlichkeit.«

»Ach nein, tatsächlich«, knurrte Miller misstrauisch. Sein Gesicht hellte sich auf. »Wahrscheinlich geht es um Beförderungen und Orden und Abreise und so weiter.« Er schaute Mallory hoffnungsvoll an, der die Nachricht entschlüsselt hatte. »Habe ich Recht?«

»Nicht direkt. Es geht ganz viel versprechend los, wärmste Glückwünsche, und was du sonst noch willst, aber danach wird der Ton leider ein wenig dienstlicher.«

Mallory las die Nachricht vor:

SIGNAL EMPFANGEN GROSSARTIGE LEISTUNG IHR VERDAMMTEN NARREN WARUM HABT IHR ANDREA GEHEN LASSEN? SOFORTIGER KONTAKT MIT

IHM ABSOLUT ERFORDERLICH WERDEN EVAKUIE-
RUNG VOR SONNENUNTERGANG VORNEHMEN UN-
TER ABLENKUNGSANGRIFF EINER DIVISION AUF BE-
HELFSFLUGPLATZ EINE MEILE SÜDÖSTLICH VON
MANDRAKOS. SENDET CE VIA SIRDAR! DRINGEND 3
WIEDERHOLE DRINGEND 3. VIEL GLÜCK. JENSEN.

Miller nahm die Nachricht aus Mallorys ausgestreckter
Hand und rückte das Stück Papier so lange hin und her, bis
er seine verschleierten Augen so weit hatte, dass er etwas
sehen konnte, las die Botschaft in unheilvollem Schweigen,
gab sie an Mallory zurück und streckte sich lang auf seiner
Pritsche aus. »Oh, mein Gott«, stöhnte er und lag reglos da,
als befände er sich in einem schweren Schockzustand.

»Treffend kommentiert«, sagte Mallory trocken. Er
schüttelte müde den Kopf und wandte sich an Ryan. »Es
tut mir Leid, Sir, aber wir müssen Sie um drei Dinge bitten:
ein Gummiboot, ein tragbares Funkgerät und umgehende
Rückkehr nach Navarone. Bitte stellen Sie Ihr Funkgerät
auf eine Sonderfrequenz ein, damit es ständig von Ihrem
Funkraum aus überwacht werden kann. Wenn Sie ein CE-
Signal empfangen, funken Sie es nach Kairo.«

»CE?«, fragte Ryan.

»Mm. Genau.«

»Und das ist alles?«

»Wir könnten eine Flasche Brandy gebrauchen«, meldete sich Miller. »Etwas – irgendetwas, womit wir die Unbilden der langen Nacht, die uns bevorsteht, überstehen.«

Ryan zog eine Augenbraue hoch. »Eine Flasche ›Fünf
Sterne‹, Corporal?«

»Würden Sie«, fragte Miller mürrisch, »einem Mann,
der seinem Tod entgegengeht, etwa eine Flasche ›Drei Sterne‹ andrehen?«

Wie sich herausstellte, waren Millers düstere Erwartungen
eines verfrühten Dahinscheidens grundlos – zumindest in
jener Nacht, und die erwarteten schrecklichen Unbilden
der langen Nacht, die vor ihnen lag, beschränkten sich auf
körperliche Unbehaglichkeit.

Zu der Zeit, als die Sirdar sie zurück nach Navarone und so nah wie irgendmöglich ans Ufer gebracht hatte, war der Himmel wolkenbedeckt, es regnete, und ein heftiger Südwestwind kam auf, und weder Mallory noch Miller wunderte es, dass sie sich, als sie mit ihrem Boot in Ufernähe waren, in einer ausgesprochen feuchten und miserablen Verfassung befanden. Und es war sogar noch weniger verwunderlich, dass sie, als sie den felsbrockenübersäten Strand endlich erreicht hatten, nass bis auf die Haut waren, denn ein Brecher hatte ihr Boot gegen einen ebenso schön geformten wie harten Felsen geschleudert, wobei es umkippte und sie beide ins Meer stürzten. Aber das war kaum von Bedeutung: Ihre Schmeisser Maschinenpistolen, ihr Funkgerät und ihre Taschenlampen waren sicher in wasserdichten Beuteln verpackt, und es war die Hauptsache, dass sie diese unbeschädigt bergen konnten. Alles in allem war es eine perfekte Landung, überlegte Mallory, verglichen mit dem letzten Mal, als sie mit einem Boot nach Navarone gekommen waren: Damals waren ihre griechischen Nussschalen in die Fänge eines Sturms geraten und an dem senkrechten und allem Anschein nach nicht zu erkletternden Südkliff von Navarone zerschmettert worden.

Schlitternd, stolpernd und mit ätzenden Kommentaren, kämpften sie sich über den nassen Kiesstrand und die riesigen runden Felsbrocken vorwärts, bis sie plötzlich vor einem jäh in die Nacht ansteigenden Felsen ankamen. Mallory holte eine bleistiftdünne Taschenlampe heraus und begann, Stückchen für Stückchen des Abhangs mit ihrem schmalen konzentrierten Strahl abzuleuchten. Miller berührte seinen Arm. »Wollen wir es versuchen? Das Ding da raufzuklettern, meine ich.«

»Auf keinen Fall«, sagte Mallory. »Heute Abend ist bestimmt an der ganzen Küste kein einziger Soldat auf Wachtposten. Sie werden alle in der Stadt sein, um das Feuer einzudämmen. Außerdem gibt es für sie doch keinen ersichtlichen Grund mehr, Wache zu halten. Wir sind die Vögel, und die Vögel sind nach getaner Arbeit abgeflogen. Nur ein Irrer würde auf diese Insel zurückkommen.«

»Ich weiß, was wir sind«, sagte Miller gefühlvoll, »das brauchst du mir nicht zu sagen.«

Mallory lächelte in der Dunkelheit und fuhr mit der Untersuchung fort. Innerhalb einer Minute hatte er entdeckt, was er zu finden gehofft hatte – eine Rinne im Gestein. Er und Miller kletterten, so schnell es der trügerische Halt und ihr Gepäck erlaubten, zu der mit Tonschiefer und Felsbrocken übersäten Rinne hinauf: Nach fünfzehn Minuten hatten sie das Plateau darüber erreicht und hielten an, um Luft zu holen. Miller griff verstohlen in seinen Anorak. Gleich darauf hörte man ein leises Glucksen.

»Was machst du denn da?«, fragte Mallory.

»Ich dachte, ich hätte meine Zähne klappern gehört. Was soll eigentlich dieses blöde ›dringend 3 wiederhole dringend 3‹ in der Nachricht heißen?«

»Ich habe es noch nie gesehen. Aber ich weiß, was es bedeutet. Irgendjemand ist irgendwo in Lebensgefahr.«

»Ich kann dir gleich zwei davon nennen. Und was ist, wenn Andrea nicht kommen will? Er ist schließlich kein Angehöriger der Armee. Er muss nicht kommen. Und außerdem hatte er gesagt, er werde sofort heiraten.«

Mallory sagte mit Bestimmtheit: »Er wird kommen.«

»Warum bist du dessen so sicher?«

»Andrea ist der verantwortungsbewussteste Mann, den ich jemals kennen gelernt habe. Er hat ein großes Verantwortungsgefühl – erstens für andere, zweitens für sich selbst. Deshalb kam er zurück nach Navarone – weil er wusste, dass die Leute ihn brauchten. Und deshalb wird er Navarone verlassen, wenn er das ›dringend 3‹-Signal sieht, weil er dann weiß, dass ihn irgendwo anders irgendjemand noch nötiger braucht.«

Miller bekam die Brandyflasche von Mallory zurück und versenkte sie wieder in seinem Anorak. »So viel kann ich dir versprechen: Die zukünftige Mrs. Stavros wird bestimmt nicht besonders glücklich darüber sein.«

»Andrea Stavros auch nicht, und ich freue mich ganz und gar nicht darauf, ihm die Sache zu erzählen«, gestand Mallory. Er warf seinen Blick auf das Leuchtzifferblatt seiner Armbanduhr und sprang auf die Füße: »Bis Mandrakos haben wir noch eine halbe Stunde.«

Genau dreißig Minuten später huschten Mallory und Miller, die Schmeisser Maschinenpistolen schussbereit in der Hand, lautlos von Schatten zu Schatten durch die Johannisbrotbaumplantagen am Rande des Dorfes Mandrakos. Plötzlich hörten sie genau vor sich das Klirren von Gläsern und Flaschenhälsen. Für die beiden Männer war eine möglicherweise gefährliche Situation wie diese so alltäglich, dass sie einander nicht einmal anschauten. Schweigend ließen sie sich auf Knie und Hände nieder und krochen vorwärts, während Miller mit jedem Meter, den sie weiter vordrangen, die Luft genießerischer einzog: Der griechische harzige Schnaps Ouzu hat eine außerordentliche Fähigkeit, die Atmosphäre in einem beachtlichen Umkreis mit seinem Duft zu tränken. Mallory und Miller kamen bei einer Buschgruppe an, ließen sich flach auf den Boden fallen und spähten geradeaus.

Nach den reich verzierten Westen, Kummerbünden und den prunkvollen Kopfbedeckungen zu urteilen, waren die beiden Gestalten, die an dem Stamm eines Baumes gelehnt auf der Lichtung saßen, offensichtlich Einheimische: Die Gewehre auf ihren Knien ließen darauf schließen, dass sie als Wachen fungierten; aus der Art zu schließen, wie sie die Ouzu-Flasche fast auf den Kopf stellen mussten, um das bisschen, das noch darin war, herauszubekommen, nahmen sie ihre Pflichten nicht allzu ernst und hatten dies auch seit geraumer Zeit nicht getan. Mallory und Miller zogen sich etwas weniger vorsichtig zurück, als sie sich angeschlichen hatten, standen auf und schauten einander an. Ein Kommentar erübrigte sich. Mallory zuckte mit den Schultern, wandte sich nach rechts und ging weiter. Auf ihrem Weg ins Zentrum von Mandrakos, während sie durch die Johannisbrotwäldchen von einem Baum zum anderen huschten, stießen sie auf einige Posten, die sie aber leicht umgehen konnten, da sie damit beschäftigt waren, ihren Wachdienst angenehm zu gestalten. Miller zog Mallory in einen Hauseingang.

»Unsere Freunde da hinten«, sagte er, »was feiern die bloß?«

»Würdest du vielleicht nicht feiern? Navarone ist jetzt für die Deutschen nutzlos geworden. In einer Woche werden sie alle verschwunden sein.«

»Gut. Aber warum halten sie dann Wache?« Miller machte eine Kopfbewegung in Richtung auf eine kleine, weiß getünchte griechisch-orthodoxe Kirche, die in der Mitte des Dorfplatzes stand. Aus ihrem Inneren kam lautes Gemurmel. Außerdem drang durch die nur notdürftig verhängten Fenster ein heller Lichtschein. »Könnte es vielleicht etwas mit den Vorgängen da drin zu tun haben?«

»Es gibt einen Weg, das herauszufinden«, sagte Mallory.

Leise bewegten sie sich vorwärts, indem sie jede Deckungsmöglichkeit ausnutzten, bis sie endlich in den Schutz der zwei Strebepfeiler gelangten, die die Mauer der alten Kirche stützten. Zwischen den Pfeilern befand sich eins der sorgfältiger verhängten Fenster, durch das nur am unteren Rand ein schwacher Schimmer nach außen drang. Die beiden Männer blieben stehen und spähten durch die kleine Öffnung.

Das Innere der Kirche sah noch älter aus als die Außenmauer. Die hohen ungestrichenen Holzbänke waren aus dem Eichenholz längst vergangener Jahrhunderte zurechtgezimmert worden. Ungezählte Generationen von Kirchgängern hatten sie abgeschabt. Das Holz glänzte dunkel. Die getünchten Wände sahen aus, als brauchten sie innen ebenso dringend Stützpfeiler wie außen, sie waren so bröckelig, dass sie ihren Zweck wohl nicht mehr lang erfüllen würden, und das Dach machte den Eindruck, als ob es jeden Moment einstürzen könnte.

Das jetzt noch lautere Summen kam von Inselbewohnern fast jeden Alters und beiderlei Geschlechts, viele in feierlicher Kleidung, die nahezu alle Bänke in der Kirche besetzten. Das Licht kam von Hunderten von flackernden Kerzen, von denen viele alt und verbogen und verziert waren und die offensichtlich für diese besondere Gelegenheit angezündet worden waren. Sie standen auf dem Altar, entlang der Wände und im Mittelschiff. Vor dem Altar stand ein Priester, der geduldig auf irgendetwas wartete. Mallory und Miller schauten einander fragend an und wollten sich gerade aufrichten, als eine sehr tiefe und sehr ruhige Stimme hinter ihnen ertönte.

»Hände hinter den Kopf«, sagte sie liebenswürdig. »Und sehr langsam aufrichten. Ich habe eine Schmeisser Maschinenpistole in der Hand.«

Langsam und vorsichtig, wie es die Stimme verlangt hatte, taten Mallory und Miller wie befohlen.

»Umdrehen. Vorsichtig.«

Sie drehten sich um – vorsichtig. Miller schaute die mächtige dunkle Gestalt an, die tatsächlich eine Maschinenpistole in der Hand hatte, und sagte irritiert: »Würde es Ihnen etwas ausmachen, mit dem verdammten Ding woanders hinzuzielen?«

Die dunkle Gestalt stieß einen erschreckten Laut aus, senkte die Waffe und beugte sich vor. Das dunkle zerfurchte Gesicht drückte lediglich einen Moment lang so etwas wie leichte Überraschung aus. Andrea Stavros hielt nicht viel von unnötigen Gefühlsausbrüchen, und sein Gesicht wurde sofort wieder ausdruckslos. »Die deutschen Uniformen«, erklärte er entschuldigend. »Sie haben mich zum Narren gehalten.«

»Du hättest mich auch zum Narren halten können«, sagte Miller. Er schaute ungläubig auf Andreas Kleidung, die lächerlich bauschigen schwarzen Hosen, die schwarzen Wasserstiefel, die kunstvoll bestickte Weste und den grellroten Kummerbund, schauderte und schloss angewidert die Augen: »Hast du dem Leihhaus von Mandrakos einen Besuch abgestattet?«

»Das ist die Tracht meiner Vorfahren«, sagte Andrea nachsichtig lächelnd. »Seid ihr über Bord gefallen?«

»Nicht absichtlich«, sagte Mallory. »Wir sind zurückgekommen, um dich zu sehen.«

»Ihr hättet euch auch einen besseren Zeitpunkt dafür aussuchen können.« Er zögerte, blickte zu einem kleinen erleuchteten Gebäude auf der anderen Straßenseite hinüber und nahm sie an den Armen. »Hier können wir reden.«

Er schob sie hinein und schloss die Tür hinter sich. Nach den Bänken und der spartanischen Einrichtung zu urteilen, war der Raum offensichtlich eine Art Versammlungsort: Beleuchtet wurde er von drei stark rauchenden Öllampen, deren Licht freundlich von Dutzenden von Schnaps-, Wein- und Bierflaschen und Gläsern reflektiert wurde, die fast jeden Zentimeter der Fläche von zwei langen, auf Böcken liegenden Tischplatten bedeckten. Die willkürliche und lieblose Anordnung der Erfrischungen sprach dafür, dass hier eine sehr überstürzte und hastig improvisierte Feier vorbereitet worden war. Die langen Reihen von Flaschen legten beredtes Zeugnis davon ab, dass die nicht vorhandene Qualität durch Quantität ausgeglichen werden sollte.

Andrea ging zu einem Tisch hinüber, nahm drei Gläser und eine Flasche Ouzu in die Hand und goss ein. Miller fischte seinen Brandy heraus und bot ihn an, aber Andrea war zu beschäftigt, um es zu bemerken. Er gab ihnen die Gläser. »Auf euer Wohl.« Andrea leerte sein Glas in einem Zug und fuhr nachdenklich fort: »Ihr seid bestimmt nicht ohne einen guten Grund zurückgekommen, mein lieber Keith.«

Schweigend nahm Mallory die Nachricht aus Kairo aus seiner wasserdichten Brieftasche und reichte sie Andrea, der sie halb widerwillig entgegennahm und las. Sein Gesicht verfinsterte sich.

Er fragte: »Heißt ›dringend 3‹ das, was ich glaube?«

Wieder schwieg Mallory. Er nickte nur und schaute Andrea unverwandt an.

»Das kommt mir sehr ungelegen.« Sein Ausdruck wurde noch finsterer. »Ausgesprochen ungelegen. Es gibt viel für mich zu tun in Navarone. Die Leute werden mich vermissen.«

»Mir kommt es auch ungelegen«, warf Miller ein. »Es gibt auch Dinge, die ich im West End von London tun könnte. Sie vermissen mich auch. Fragt die Barmädchen. Aber darauf kommt es wohl kaum an.«

Andrea betrachtete ihn einen Moment lang ruhig und wandte sich dann an Mallory. »Und du sagst gar nichts?«

»Ich habe nichts zu sagen.«

Langsam erhellte sich Andreas Gesicht, obwohl das Stirnrunzeln blieb. Er zögerte und griff dann wieder nach der Flasche Ouzu. Miller schauderte zimperlich.

»Bitte.« Er hielt ihm die Flasche Brandy hin.

Andrea lächelte, kurz und zum ersten Mal, goss etwas von Millers Five-Star in ihre Gläser, las die Nachricht noch einmal und gab sie an Mallory zurück. »Ich muss darüber nachdenken. Vorher muss ich auf jeden Fall noch etwas erledigen.«

Mallory schaute ihn forschend an: »Etwas erledigen?«

»Ich muss zu einer Hochzeit.«

»Zu einer Hochzeit?«, fragte Miller höflich interessiert.

»Müsst ihr beide alles wiederholen, was ich sage? Ja, zu einer Hochzeit.«

»Aber wen kennst du denn schon?«, fragte Miller. »Und noch dazu mitten in der Nacht.«

»Für manche Leute in Navarone ist die Nacht die einzig sichere Zeit«, entgegnete Andrea trocken. Er wandte sich ab, ging zur Tür, öffnete sie und zögerte.

Mallory fragte neugierig: »Wer heiratet denn?«

Andrea antwortete nicht. Stattdessen trat er an den Tisch, der ihm am nächsten stand, goss sich einen Becher voll Brandy und stürzte ihn in einem Zug hinunter. Er fuhr sich mit einer Hand durch das dicke dunkle Haar, rückte seinen Kummerbund zurecht, richtete sich gerade auf und ging entschlossen auf die Tür zu, die hinter ihm zugefallen war; dann starrten sie einander an.

Fünfzehn Minuten später starrten sie einander immer noch an, diesmal mit einem Ausdruck, der zwischen höchster Verwirrung und leichter Verblüffung wechselte. Sie saßen ganz hinten in der griechisch-orthodoxen Kirche auf einer Bank – der einzigen Sitzgelegenheit in der ganzen Kirche, die die Inselbewohner nicht okkupierten. Der Altar war mindestens achtzehn Meter von ihnen entfernt, aber da sie beide große Männer waren und nahe am Mittelschiff saßen, konnten sie recht gut sehen, was da vorn vor sich ging.

Um genau zu sein, es ging dort vorn gar nichts mehr vor. Die Zeremonie war vorüber. Gewichtig sprach der Priester den Segen, und Andrea und Maria, das Mädchen, das ihnen den Weg in die Festung von Navarone gezeigt hatte, drehten sich mit angemessener Würde um und schritten das Kirchenschiff entlang. Andrea beugte sich zu Maria hinunter, sein Gesichtsausdruck und sein Benehmen waren sanft und fürsorglich, und flüsterte ihr etwas ins Ohr, aber offensichtlich hatten die Worte wenig mit seinem Benehmen gemeinsam, denn in der Mitte des Kirchenschiffs kam es zu einem heftigen Wortwechsel zwischen den frisch getrauten Eheleuten. Zwischen ist vielleicht nicht das richtige Wort: Es war weniger ein Wortwechsel als vielmehr ein Monolog. Maria, mit gerötetem Gesicht und blitzenden dunklen Augen, gestikulierte wie wild herum und beschimpfte Andrea in keineswegs verhülltem Zorn in der heftigsten Weise. Was Andrea betraf, so versuchte er, sie mit Tadeln und gutem Zureden zu besänftigen, aber er hatte dabei genauso viel Erfolg wie Canute, als er die Flut aufhalten wollte, und ängstlich schaute er sich um. Die Reaktionsskala der Gäste reichte von Unglauben über fassungsloses Staunen bis zu schlichtem Entsetzen. Offensichtlich war jedenfalls, dass alle das Schauspiel als eine höchst ungewöhnliche Nachwirkung einer Trauung betrachteten.

Als das Paar auf der Höhe der Bank angelangt war, auf der Mallory und Miller saßen, war der Streit – wenn man das, was sich da tat, als solchen bezeichnen konnte – auf seinem Höhepunkt angelangt. Als sie an der letzten Bank vorbeikamen, lehnte sich Andrea mit vorgehaltener Hand zu Mallory herüber.

»Dies«, sagte er sotto voce, »ist unser erster Ehekrach.«

Er hatte keine Zeit, noch etwas hinzuzufügen. Eine befehlende Hand ergriff seinen Arm und zerrte ihn buchstäblich aus der Kirche. Sogar nachdem sie die Kirche schon verlassen hatten, konnte man Marias Stimme noch laut und deutlich hören. Miller riss seinen Blick von der verlassenen Kirchentür los und schaute Mallory nachdenklich an.

»Ausgesprochen guter Laune, das Mädchen, was? Ich wünschte, ich könnte Griechisch. Was sie wohl gesagt hat?«

Mallorys Gesicht ließ keine Regung erkennen. »Vielleicht: Was ist mit meinen Flitterwochen?«, schlug er vor.

»Ah!« Millers Gesicht war ebenfalls ausdruckslos. »Sollten wir ihnen nicht besser nachgehen?«

»Warum?«

»Andrea wird mit den meisten Leuten fertig.« Das war eine von Millers üblichen Untertreibungen. »Aber diesmal hat er sich zu viel zugemutet.«

Mallory stand lächelnd auf und ging zur Tür, gefolgt von Miller, dem wiederum eine ungeduldig drängende Menge folgte, die verständlicherweise Wert darauf legte, sich den zweiten Akt dieser unvorhergesehenen Unterhaltung nicht entgehen zu lassen. Aber der Dorfplatz war menschenleer. Mallory zögerte keinen Augenblick. Mit dem Instinkt, den er im Laufe seiner langen Bekanntschaft mit Andrea entwickelt hatte, ging er geradewegs über den Platz auf die Versammlungshalle zu, in der Andrea die erste seiner beiden dramatischen Feststellungen getroffen hatte. Sein Instinkt hatte ihn nicht betrogen. Andrea stand mit einem großen Glas Brandy in der Hand in der Mitte des Raumes und fingerte verärgert an einem sich allmählich ausbreitenden roten Fleck auf seiner Wange herum. Er hob den Kopf, als Mallory und Miller eintraten.

Mürrisch sagte er: »Sie ist zu ihrer Mutter zurückgegangen.«

Miller warf einen Blick auf seine Uhr: »Eine Minute und fünfundzwanzig Sekunden«, sagte er bewundernd. »Ein absoluter Weltrekord.«

Andrea warf ihm einen drohenden Blick zu, und Mallory fuhr hastig dazwischen.

»Du kommst also mit.«

»Natürlich komme ich mit«, sagte Andrea irritiert. Ohne Begeisterung warf er einen Blick auf die Gäste, die jetzt he-

reinschwärmten und ganz unfeierlich an ihnen vorbei-
drängten, als sie sich, wie Kamele auf eine Oase, auf die
flaschenbeladenen Tische stürzten. »Einer muss doch auf
euch beide aufpassen.«

Mallory schaute auf die Uhr. »Noch dreieinhalb Stunden, bis das Flugzeug kommt. Wir schlafen schon im Stehen, Andrea. Wo können wir uns hinhauen – möglichst an
einem sicheren Platz. Eure Wachen sind stockbesoffen.«

»Das sind sie schon, seit die Festung in die Luft geflogen
ist«, sagte Andrea ungerührt. »Kommt mit.«

Miller warf einen Blick auf die Inselbewohner, die unter
fröhlichem Durcheinandergerede und Gelächter mit Flaschen und Gläsern beschäftigt waren. »Und was ist mit deinen Gästen?«

»Was soll mit ihnen sein?« Andrea schaute seine Begleiter schlecht gelaunt an. »Schaut euch den Haufen doch an.
Habt ihr schon mal eine Hochzeitsgesellschaft erlebt, die
sich um das Brautpaar gekümmert hat? Kommt jetzt.«

Sie machten sich auf den Weg, und Andrea führte sie
durch das Dorf und am Südende in das offene Land hinaus. Zweimal wurden sie von Wachen angesprochen,
zweimal runzelte Andrea die Stirn und brummte irgendetwas, und daraufhin beeilten sie sich, zu ihren Ouzu-Fla-
schen zurückzukommen. Es goss immer noch in Strömen,
aber Mallorys und Millers Kleider waren bereits so aufge-
weicht, dass ein bisschen mehr Regen kaum noch eine be-
deutende Verschlechterung in ihrer Verfassung herbeiführ-
ren konnte, während Andrea überhaupt keine Notiz von
dem Unwetter nahm. Er machte ein Gesicht wie ein Mann,
der wichtigere Dinge im Kopf hat.

Nach fünfzehn Minuten blieb Andrea vor den Schwingtüren einer halb verfallenen, offensichtlich unbenutzten
Scheune am Straßenrand stehen.

»In der Scheune ist Heu«, sagte er. »Hier seid ihr sicher.«

»Fein«, sagte Mallory. »Jetzt noch eine Botschaft an die
Sirdar, damit sie ihr CE nach Kairo funken können und …«

»CE?«, fragte Andrea. »Was ist das?«

»Um Kairo wissen zu lassen, dass wir mit dir Kontakt

aufgenommen haben und bereit sind, abgeholt zu werden … Und danach drei herrliche Stunden Schlaf.«

Andrea nickte. »Drei Stunden höchstens.«

»Drei lange Stunden«, sagte Mallory träumerisch. Ein flüchtiges Lächeln erhellte Andreas zerfurchtes Gesicht, als er Mallory auf die Schulter schlug.

»In drei langen Stunden«, sagte er, »kann ein Mann wie ich eine ganze Menge fertig bringen.«

Er drehte sich um und verschwand eilig in der regenverschleierten Nacht. Mallory und Miller schauten mit ausdruckslosen Gesichtern hinter ihm her, wandten sich dann einander zu und stießen die Schwingtüren des Schuppens auf.

Der Flugplatz von Mandrakos hätte von keiner zivilen Luftfahrtbehörde der Welt eine Lizenz bekommen. Die Rollbahn war nur etwas über eine halbe Meile lang, und an beiden Enden dieses angeblichen Flugfeldes erhoben sich steile Hügel. Es war nicht breiter als sechsunddreißig Meter und mit Löchern übersät, die die Garantie dafür lieferten, dass das Fahrgestell jedes wie auch immer gearteten Flugzeugs ruiniert wurde. Aber die RAF hatte den Flughafen schon vorher benutzt, und so lag es im Bereich des Möglichen, dass er wenigstens dieses eine Mal noch seinen Zweck erfüllen würde.

Auf der Südseite war der Behelfsflugplatz von Johannisbrotwäldchen begrenzt. Im kärglichen Schutz eines dieser Bäumchen saßen Mallory, Miller und Andrea und warteten. Wenigstens Mallory und Miller saßen, zusammengesunken und in ihren durchweichten Kleidern am ganzen Körper zitternd. Andrea jedoch hatte sich genießerisch ausgestreckt, die Hände hinter dem Kopf verschränkt, und schien die schweren Regentropfen nicht zu bemerken, die auf sein ungeschütztes Gesicht fielen. Er strahlte Zufriedenheit aus, ja fast sogar Behaglichkeit, wie er da lag und in die beginnende Morgendämmerung schaute, die die schwarzen Wolken über dem drohenden Massiv der türkischen Küste im Osten erhellte. »Sie kommen«, sagte er.

Mallory und Miller lauschten einige Sekunden lang angestrengt, dann hörten sie es auch – das entfernte Brummen näher kommender schwerer Flugzeuge. Die drei Männer standen auf und entfernten sich eilig vom Flugfeld. Eine Minute später überflog eine Schwadron von achtzehn Wellingtons, die man ebenso gut hörte, wie man sie in dem noch schwachen Tageslicht sah, nach ihrem Flug über die Berge rasch tiefer gehend, in einer Höhe von weniger als dreihundert Metern den Flugplatz und verschwand in Richtung Navarone. Zwei Minuten später hörten die drei Männer die Detonation und sahen den herrlichen orangefarbenen Pilz, der über der zerstörten Festung im Norden aufstieg, nachdem die Wellingtons ihre Bomben abgeworfen hatten. Vereinzelte leuchtende Blitze zeigten, wie schwach und wirkungslos die Bodenverteidigung sich wehrte. Sie war offensichtlich nur im Besitz von Handfeuerwaffen. Als die Festung in die Luft geflogen war, waren alle Abwehrwaffen gegen Luftangriffe mit zerstört worden. Der Angriff war kurz und heftig: Weniger als zwei Minuten, nachdem das Bombardement begonnen hatte, hörte es so unvermittelt auf, wie es angefangen hatte; dann hing nur noch das schwächer werdende und schließlich ganz ersterbende Geräusch der verschieden lauten Motoren in der Luft, als die Wellingtons sich immer weiter in Richtung Norden entfernten, nach Westen abdrehten und über dem dunklen Wasser der unbewegten Ägäis verschwanden.

Etwa eine Minute lang standen die drei Beobachter schweigend und regungslos am Rande des Flugplatzes. Schließlich fragte Miller verwundert: »Was macht uns bloß so wichtig?«

»Ich weiß es nicht«, meinte Mallory nachdenklich, »aber ich kann mir nicht vorstellen, dass es dir viel Freude machen wird, es herauszufinden.«

»Und das wird bald der Fall sein«, versetzte Andrea. Er wandte sich um und schaute nach Süden zu den Bergen hinüber. »Hört ihr das?«

Sie hörten zwar nicht das Geringste, aber sie zweifelten

keinen Augenblick daran, dass es tatsächlich etwas zu hören gab. Andreas Gehör war ebenso sensationell wie seine Sehschärfe. Und dann hörten sie es plötzlich auch. Ein einzelner Bomber – ebenfalls eine Wellington – kam von Süden heran, kreiste ein paarmal über dem Flugplatz, als Mallory mit seiner Taschenlampe Blinkzeichen gab, schwebte ein, setzte schwer auf und holperte krachend über die mit Löchern übersäte Rollbahn auf sie zu. Weniger als dreißig Meter von ihnen entfernt, kam er zum Stehen, und ein Licht begann auf der Kanzel aufzublinken.

Andrea sagte: »Also vergesst nicht: Ich habe versprochen, in einer Woche zurück zu sein.«

»Man sollte nie Versprechungen machen«, rügte ihn Miller streng. »Was ist, wenn wir nicht in einer Woche zurück sind? Was ist, wenn sie uns in den Pazifik schicken?«

»Dann lasse ich euch bei meiner Heimkehr den Vortritt, und ihr dürft die Erklärungen abgeben.«

Miller schüttelte den Kopf. »Ich weiß nicht, die Idee will mir nicht so recht gefallen.«

»Deine Feigheit können wir später diskutieren«, sagte Mallory. »Kommt schon. Los.«

Die drei Männer rannten auf die wartende Wellington zu.

Die Wellington war seit einer halben Stunde unterwegs zu ihrem Bestimmungsort, wo immer dieser auch sein mochte, und Andrea und Miller versuchten erfolglos, auf den ungleichmäßig gefüllten Strohsäcken, die im Rumpf des Flugzeugs auf dem Boden lagen, eine bequeme Stellung zu finden und den Kaffee in dem Becher, den sie in der Hand hielten, nicht zu verschütten, als Mallory aus der Kanzel zurückkam. Miller schaute ihn mit müder Resignation an, auf seinem Gesicht lag keine Spur von Begeisterung oder Abenteuergeist.

»Was hast du rausgekriegt?« Sein Tonfall ließ erkennen, dass er auf das Allerschlimmste gefasst war. »Wohin jetzt? Rhodos? Beirut? Zu den Fleischtöpfen von Kairo?«

»Termoli, sagte der Mann.«

„Termoli also. Wollte ich schon immer mal kennen lernen.« Miller machte eine Pause. »Wo, zum Teufel, liegt Termoli?«

»In Italien, glaube ich. Irgendwo an der südadriatischen Küste.«

»Oh, *nein!*« Miller rollte sich auf die Seite und zog sich die Decke über den Kopf. »Ich *hasse* Spaghetti.«

2. KAPITEL

Donnerstag

14.00–23.00

Die Landung auf dem Flugplatz von Termoli war genauso
holprig wie vorher der quälende Start über die Rollbahn
des Behelfsflugplatzes von Mandrakos. Der Militärflugha-
fen von Termoli wurde offiziell und optimistisch als neu
bezeichnet, aber in Wirklichkeit war er erst halb fertig, und
das merkte man deutlich bei der schmerzhaften Landung
und dem wilden Hasengehoppel bis zu dem aus Fertigtei-
len hergestellten Kontrollturm am Ostende des Feldes. Als
Mallory und Andrea sich aus dem Flugzeug schwangen
und endlich wieder feste Erde unter den Füßen hatten,
machten beide nicht gerade glückliche Gesichter. Miller,
der ziemlich unsicher hinter ihnen herstolperte und dafür
bekannt war, einen beinahe schon pathologischen Widerwillen und Abscheu gegen alle Arten von Transportmitteln
zu haben, sah sterbenskrank aus.

Aber es wurde ihm keine Zeit gegeben, Mitleid zu hei-
schen oder zu finden. Ein mit Tarnfarbe angestrichener Ar-
mee-Jeep hielt neben dem Flugzeug, und der Sergeant hinter dem Steuer bedeutete ihnen schweigend, nachdem er
sie flüchtig angesehen hatte, einzusteigen. Und dieses
Schweigen behielt er stur bei, während sie durch das Trüm-
merfeld der kriegszerrissenen Straßen von Termoli fuhren.

Mallory ließ sich von der Unfreundlichkeit nicht stören.
Offensichtlich hatte der Fahrer strikte Anweisungen, nicht
mit ihnen zu sprechen; eine Situation, die Mallory in der
Vergangenheit schon oft genug erlebt hatte. Es gab nicht
viele Gruppen von Unantastbaren, überlegte Mallory, aber
seine Gruppe war eine: Niemand, mit vielleicht zwei oder
drei Ausnahmen, hatte jemals die Erlaubnis gehabt, mit ihnen zu sprechen. Diese Maßnahme, das wusste Mallory,
war völlig verständlich und berechtigt, aber es war auch

eine Maßnahme, die mit den Jahren immer ermüdender wurde. Sie hatte zur Folge, dass man den Kontakt zu seinen Kameraden allmählich verlor.

Nach zwanzig Minuten hielt der Jeep außerhalb der Stadt am Fuße einer Freitreppe, die zu einem Haus hinaufführte. Der Jeepfahrer hob kurz die Hand, und ein bewaffneter Posten, der oben an der Treppe stand, erwiderte den Gruß mit einer ähnlich gleichgültigen Geste. Mallory nahm dies als Zeichen, dass sie ihr Ziel erreicht hatten, und stieg, da er dem Befehl des jungen Sergeants, absolutes Schweigen zu bewahren, nicht zuwiderhandeln wollte, ohne Aufforderung aus. Die anderen folgten ihm, und der Jeep setzte sich augenblicklich in Bewegung.

Das Haus – es sah eher aus wie ein bescheidener Palast – war ein prächtiges Beispiel für die Architektur der Renaissance – überall Säulengänge und Säulen und überall von Adern durchzogener Marmor –, aber Mallory interessierte sich mehr dafür, was sie im Haus erwartete als für die Außenansicht. Auf der obersten Treppenstufe verstellte ihnen der junge Corporal, bewaffnet mit einer Lee-Enfield 303, den Weg. Er sah aus, als sei er aus der Highschool ausgerissen.

»Name bitte.«

»Captain Mallory.«

»Personalpapiere? Soldbücher?«

»Oh, mein Gott«, stöhnte Miller, »und mir geht es sowieso schon so mies.«

»Wir haben keine«, sagte Mallory sanft. »Führen Sie uns hinein, bitte.«

»Ich habe Anweisung …«

»Ich weiß, ich weiß«, fiel ihm Andrea ins Wort. Er beugte sich hinüber, nahm dem Corporal mühelos das Gewehr aus den verzweifelt verkrampften Händen, entfernte das Magazin, steckte es in die Tasche und gab das Gewehr zurück. »Bitte.«

Das Gesicht des Jungen wurde dunkelrot vor Wut, er zögerte einen Moment, sah die drei Männer etwas vorsichtig an, wandte sich um, öffnete die Tür und bedeutete ihnen, ihm zu folgen.

Vor ihnen lag ein langer mit Marmor ausgelegter Korridor mit hohen spitz zulaufenden Fenstern auf der einen und Ölschinken zwischen ledergepolsterten Doppeltüren auf der anderen Seite. Als sie die Hälfte des Ganges hinter sich gebracht hatten, tippte Andrea dem Corporal auf die Schulter und gab ihm ohne ein Wort das Magazin zurück. Der Corporal nahm es mit einem unsicheren Lächeln und schob es in das Gewehr. Nach weiteren zwanzig Schritten blieb er vor der letzten Doppeltür stehen, klopfte, hörte eine gedämpfte Antwort und stieß die Flügel der Tür auf, während er zur Seite trat, um die drei Männer vorbeizulassen. Dann trat er wieder auf den Gang hinaus und zog die Tür hinter sich zu.

Es war offensichtlich das Hauptarbeitszimmer des Hauses bzw. Palastes, und es war in mittelalterlicher Pracht eingerichtet, alles in dunkler Eiche gehalten, brokatbestickte Seidenvorhänge, Lederpolsterung, in den Regalen, die die Wände bedeckten, ledergebundene Bücher, die zweifellos von alten Meistern stammten. Ein flauschiger Teppich in einem matten Bronzeton schimmernd, reichte von einer Wand bis zur anderen. Alles in allem hätte sogar ein Mitglied des italienischen Vorkriegsadels hier nicht die Nase gerümpft.

Den Raum erfüllte ein angenehmer Duft, dessen Ursprung nicht schwer zu finden war: Man hätte einen kapitalen Ochsen in dem riesigen knisternden Kamin am anderen Ende des Raumes rösten können. Dicht beim Feuer standen drei junge Männer, die aber nicht die geringste Ähnlichkeit mit dem ziemlich unbrauchbaren Jungen hatten, der ihnen vorhin den Eintritt verwehren wollte. Vor allem waren sie wesentlich älter, wenn auch nicht gerade alte Männer. Sie waren grobknochig, breitschultrig und strahlten zähes und verbissenes Pflichtgefühl aus. Sie trugen die Uniformen einer Elitetruppe, der Marine Commandos, und sie passten ausgezeichnet in diese Uniformen. Aber was die Aufmerksamkeit Mallorys und seiner beiden Begleiter fesselte, war weder die abgenutzte Pracht des Raumes und seines Mobiliars noch die völlig unerwartete Gegenwart der drei Commandos, sondern der vierte Mann, groß und Respekt gebietend, der lässig an einem Tisch in der Mitte des Zimmers lehnte. Das von tiefen Furchen durchzogene Gesicht, der autoritäre Ausdruck, der wundervolle graue Bart und die durchdringenden blauen Augen machten diesen Mann zum Prototyp eines klassischen englischen Kapitäns, der er, wie die untadelige Uniform, die er trug, bewies, auch war. Den drei Männern rutschte das Herz in die Hosen, und Mallory, Andrea und Miller starrten ohne die geringste Begeisterung zu der eindrucksvollen Piratengestalt von Captain Jensen hinüber. Er war Angehöriger der Royal Navy, Chef des Nachrichtendienstes der Alliierten im Mittelmeerraum und außerdem der Mann, der sie erst vor so kurzer Zeit mit dem selbstmörderischen Auftrag nach Navarone geschickt hatte, von dessen Erledigung sie gerade zurückgekehrt waren. Die drei Männer schauten einander an und schüttelten in stiller Verzweiflung die Köpfe.

Captain Jensen richtete sich auf, lächelte strahlend und kam mit ausgestreckter Hand auf sie zu, um sie zu begrüßen.

»Mallory! Andrea! Miller!« Zwischen den Worten machte er eine dramatische Fünf-Sekunden-Pause. »Ich weiß nicht, was ich sagen soll! Eine großartige Leistung, eine großartige …« Er brach ab und musterte sie nachdenklich. »Sie scheinen gar nicht überrascht zu sein, mich zu sehen, Captain Mallory?«

»Das bin ich auch nicht. Mit allem Respekt, Sir, wann immer und wo immer es nach schmutziger Arbeit riecht, kann man sicher sein …«

»Ja, ja, ja. Richtig, richtig. Und wie geht es Ihnen allen?«

»Müde«, sagte Miller energisch. »Schrecklich müde. Wir brauchen ein bisschen Ruhe. Ich jedenfalls.«

Jensen sagte ernst: »Und das ist genau das, was Sie bekommen werden, mein Junge. Ruhe. Und zwar *lange*, *sehr* lange.«

»*Sehr* lange?« Miller schaute ihn ungläubig an.

»Sie haben mein Wort.« Jensen strich sich in momentaner Unsicherheit den Bart. »Jedenfalls, sobald Sie aus Jugoslawien zurück sind.«

»Jugoslawien?« Miller starrte ihn an.

»Heute Nacht.«

»Heute Nacht!«

»Mit dem Fallschirm.«

»Mit dem *Fallschirm!*«

Jensen sagte beherrscht: »Ich bin mir durchaus bewusst, dass Sie eine höhere Schulbildung haben und außerdem gerade von den griechischen Inseln zurückgekommen sind. Aber wir kommen auch ohne diesen Griechischen Chor aus, wenn es Ihnen nichts ausmacht.«

Miller schaute Andrea überaus schlecht gelaunt an: »Adieu Flitterwochen.«

»Was war das?«, fragte Jensen scharf.

»Nur ein kleiner Scherz unter Freunden, Sir.«

Mallory wagte einen schüchternen Protest: »Sie vergessen, Sir, dass keiner von uns jemals mit einem Fallschirm abgesprungen ist.«

»Ich vergesse gar nichts. Man muss mit allem einmal anfangen. Was wissen Sie drei über den Krieg in Jugoslawien?«

»Über welchen Krieg?«, fragte Andrea vorsichtig.

»Genau!« In Jensens Stimme lag Befriedigung.

»Ich habe davon gehört«, ließ sich Miller vernehmen. »Da ist eine Gruppe von wie-heißen-sie-doch-gleich – ach ja, Partisanen – wenn ich nicht irre, die den deutschen Besatzungstruppen einen Untergrund-Widerstand entgegensetzt.«

»Es ist Ihr Glück, dass die Partisanen Sie nicht hören können«, sagte Jensen streng, »es ist ein ganz beträchtlicher ›Übergrund‹-Widerstand. Nach der letzten Zählung waren es 350 000, die achtundzwanzig deutsche und bulgarische Divisionen in Jugoslawien in Schach halten.« Er machte eine kurze Pause. »Das sind mehr, als die zusammengeschlossenen Armeen der Alliierten hier in Italien im Griff haben.«

»Das hätte mir doch jemand erzählen müssen«, beschwerte sich Miller. Dann erhellte sich seine Miene: »Wenn dort 350 000 von denen herumwimmeln, wozu sollten sie ausgerechnet *uns* noch brauchen?«

Jensen sagte ätzend: »Sie müssen lernen, Ihre Begeisterung zu zügeln, Corporal. Das Kämpfen dürfen Sie den Partisanen überlassen – und sie führen den grausamsten, härtesten und brutalsten Krieg, der augenblicklich in Europa geführt wird. Einen erbarmungslosen und gemeinen Krieg, in dem keiner der beiden Seiten auch nur um ein Jota nachgibt und eine Kapitulation nicht zur Debatte steht. Waffen, Munition, Nahrungsmittel, Kleidung brauchen die Partisanen dringend. Aber sie haben diese achtundzwanzig Divisionen festgenagelt.«

»Ich will nichts damit zu tun haben«, murmelte Miller.

»Was sollen wir tun, Sir?«, fragte Mallory hastig.

»Dies.« Jensen löste seinen eiskalten Blick von Miller. »Niemand weiß das bis jetzt zu schätzen, aber die Jugoslawen sind unsere wichtigsten Verbündeten in Südeuropa. Ihr Krieg ist unser Krieg. Und sie führen einen Krieg, in dem sie nicht die geringste Aussicht haben, zu gewinnen. Wenn nicht …«

Mallory nickte: »Die Werkzeuge, um den Auftrag zu Ende zu bringen.«

»Nicht sehr originell, aber wahr. Die Werkzeuge, um den Auftrag zu Ende zu bringen. Wir sind die *einzigen* Leute, die hier sind, um sie mit Gewehren, Maschinengewehren, Munition, Kleidung und Medikamenten zu versorgen. Die anderen kommen nicht durch.« Er brach ab, nahm einen Stock in die Hand, ging mit fast zornigen Schritten zu der großen Wandkarte hinüber, die zwischen einigen der alten Meister hing, und schlug mit der Spitze des Bambusstocks dagegen. »Bosnien-Herzegowina, meine Herren. West-Mittel-Jugoslawien. Wir haben in den letzten zwei Monaten vier britische Militärmissionen abgeschickt, die mit den Jugoslawen Verbindung aufnehmen sollten – mit den jugoslawischen Partisanen. Die Leiter aller vier Missionen verschwanden spurlos. Neunzig Prozent unseres via Luftbrücke abgeschickten Nachschubs sind in die Hände der Deutschen gefallen. Sie haben alle unsere Funkcodes entschlüsselt und hier in Süditalien ein Netz von Agenten eingerichtet, mit denen sie offensichtlich Verbindung aufnehmen können, wann sie wollen. Verblüffende Fragen, meine Herren. Lebenswichtige Fragen. Ich will die Antworten haben. Kolonne 10 wird mir die Antworten beschaffen.«

»Kolonne 10?«, fragte Mallory mit höflichem Interesse.

»Das ist die Codebezeichnung für Ihre Operation.«

»Warum gerade dieser Name?«, fragte Andrea.

»Warum nicht? Haben Sie jemals eine Codebezeichnung gehört, die irgendeinen Bezug zu der Operation hatte, die sie bezeichnete? Das ist schließlich der Sinn der Sache, Mann.«

»Es könnte nicht vielleicht«, sagte Mallory hölzern, »etwas zu tun haben mit dem Frontalangriff auf irgendetwas, dem Sturm auf einen lebenswichtigen Ort?« Er beobachtete die nicht erfolgende Reaktion Jensens und fuhr im gleichen Ton fort: »Auf der Beaufort-Liste heißt Kolonne 10 ›Sturmangriff‹.«

»Sturmangriff!« Es ist schwierig, einen Ausruf und ein angstvolles Stöhnen in einem einzigen Wort zu vereinen, aber Miller schaffte es ohne Schwierigkeiten. »Oh, mein Gott, und alles, was ich will, ist eine sichere Ruhestätte, für immer.«

»Meine Geduld hat Grenzen, Corporal Miller«, sagte Jensen. »Ich könnte – ich sagte, ich *könnte* – mir meine Befürwortung, die ich in Bezug auf Ihre Person heute Morgen aussprach, noch einmal überlegen.«

»Auf meine Person?«, fragte Miller wachsam.

»Ich habe Sie für die ›Distinguished Conduct Medal‹ vorgeschlagen.«

»Sie wird großartig auf dem Deckel meines Sarges aussehen«, murmelte Miller.

»Was haben Sie gesagt?«

»Corporal Miller hat nur versucht, seiner Freude Ausdruck zu verleihen.« Mallory trat näher an die Wandkarte heran und studierte sie kurz. »Bosnien-Herzegowina – ein ganz schön großes Gebiet, Sir.«

»Zugegeben. Aber wir können die fragliche Stelle – den Ort, an dem die Leute verschwanden – in einem Umkreis von zwanzig Meilen festlegen.«

Mallory wandte sich von der Karte ab und sagte langsam: »Für diese Sache sind ja beachtliche Vorbereitungen getroffen worden. Heute früh der Angriff auf Navarone. Die Wellington, die uns abholte. All das wurde – das schließe ich aus dem, was Sie uns gesagt haben – im Hinblick auf heute Nacht inszeniert. Ganz zu schweigen …«

»Wir haben an dieser Sache fast zwei Monate gearbeitet. Sie drei hätten an sich schon vor einigen Tagen hierher kommen sollen. Aber – äh – na, Sie wissen es ja.«

»Wir wissen es.« Die Androhung, seine DCM zurückzuhalten, hatte Miller erstarren lassen. »Ich möchte noch etwas anderes fragen. Warum gerade wir, Sir? Wir sind Saboteure, Sprengstoffexperten, Nahkampftruppen – und dies ist eine Arbeit für Untergrundspione, die Serbokroatisch oder was immer sprechen können.«

»Sie werden schon gestatten müssen, dass ich das selbst beurteile.«

Jensen schenkte ihnen ein gefährliches Lächeln. »Außerdem haben Sie immer Glück.«

»Das Glück verlässt müde Männer«, sagte Andrea, »und wir sind sehr müde.«

»Müde oder nicht, es gibt in Südeuropa kein Team, das Ihnen, was Findigkeit, Erfahrung und Geschicklichkeit betrifft, das Wasser reichen kann. Und was wichtig ist: Sie sind vom Glück begünstigt. Ich muss gemein sein, Andrea. Ich tue es nicht gern, aber ich muss. Aber ich habe Ihre Erschöpfung einkalkuliert und entsprechende Maßnahmen getroffen: Ich gebe Ihnen ein Team als Rückendeckung mit.«

Mallory schaute zu den drei jungen Soldaten hinüber, die am Kamin standen, dann kehrte sein Blick fragend zu Jensen zurück, und Jensen nickte.

»Sie sind jung, ausgeruht und ganz wild darauf, mitzugehen. Marine Commandos, Mitglieder der am schärfsten ausgebildeten Truppe, die wir im Augenblick haben. Und sie haben vielseitige Begabungen, das kann ich Ihnen versichern. Nehmen Sie zum Beispiel Reynolds.« Jensen nickte einem sehr großen, dunkelhaarigen Sergeant von Ende Zwanzig zu, einem Mann mit wind- und wettergegerbtem Gesicht. »Er kann alles, angefangen von Unterwassersabotage bis zum Steuern eines Flugzeugs. Und er wird heute Nacht ein Flugzeug steuern. Und, wie Sie unschwer selbst beurteilen können, ist er bestens geeignet, selbst Ihre schwersten Gepäckstücke zu tragen.«

Mallory sagte sanft: »Ich habe Andrea immer für einen ganz brauchbaren Träger gehalten, Sir.«

Jensen wandte sich an Reynolds: »Die Herren haben gewisse Zweifel. Geben Sie ihnen eine Kostprobe Ihres Könnens, damit sie sehen, dass Sie zu etwas nütze sind.«

Reynolds zögerte einen Moment, dann griff er nach einem schweren Feuerhaken aus Messing und begann, ihn allmählich mit bloßen Händen zusammenzubiegen. Offensichtlich war es nicht gerade ein leichtes Stück Arbeit, sein Gesicht lief rot an, die Adern auf seiner Stirn traten hervor und die Sehnen in seinem Nacken, und seine Arme zitterten vor Anstrengung, aber langsam und unerbittlich wurde der Feuerhaken zu einer U-Form zusammengebogen. Mit einem fast entschuldigenden Lächeln streckte Reynolds Andrea den Feuerhaken hin, der ihn widerwillig entgegennahm. Er wölbte die Schultern nach vorn, seine Fingerknöchel traten weiß hervor, aber der Feuerhaken blieb in seiner U-Form. Andrea sah nachdenklich zu Reynolds auf, dann legte er schweigend den Feuerhaken weg.

»Sehen Sie, was ich meine?«, sagte Jensen. »Sie sind müde. Oder nehmen Sie Sergeant Groves. Auf dem schnellsten Wege von London über den Mittleren Osten hierher gekommen. Ehemaliger Flugzeugnavigator, mit seinen Kenntnissen über Sabotage, Sprengstoffe und elektrische Finessen auf dem neusten Stand der Technik. Geradezu fantastisch für Todesfallen, Zeitbomben und verborgene Mikrofone, ein lebender Minendetektor. Und Sergeant Saunders ist ein Funker der Spitzenklasse.«

Miller sagte mürrisch zu Mallory: »Du bist ein zahnloser alter Löwe und schon längst aus dem Rennen.«

»Reden Sie keinen Unsinn, Corporal«, kam Jensens schneidende Stimme. »Sechs ist die ideale Zahl. Sie werden auf jedem Gebiet ein Double haben, und diese Männer können ihre Sache. Sie werden von unschätzbarem Wert sein. Falls das Ihrem Stolz gut tun sollte: Sie waren ursprünglich nicht vorgesehen, Sie zu begleiten, sie waren als Reserveteam ausgewählt worden, falls Sie drei – nun, äh –«

»Aha.« Von Überzeugung war in Millers Stimme nichts zu bemerken.

»Alles klar jetzt?«

»Nicht ganz«, sagte Mallory. »Wer hat das Kommando?«

Jensen war ehrlich erstaunt: »Sie natürlich.«

»So.« Mallory sprach ruhig und freundlich. »Ich weiß, dass das Schwergewicht der Ausbildung – besonders bei den Marine Commandos – heute auf Initiative, Selbstvertrauen und Unabhängigkeit in Gedanken und Taten liegt. Das ist ausgezeichnet – wenn sie allein gefangen genommen werden.« Er lächelte beinah missbilligend. »Andernfalls erwarte ich augenblickliche und nicht infrage gestellte Befolgung der Befehle. *Meiner* Befehle. Sofort und total.«

»Und wenn nicht?«, fragte Reynolds.

»Eine überflüssige Frage, Sergeant. Sie kennen die Strafe für Ungehorsam gegen einen Offizier im Feld.«

»Gilt das auch für Ihre Freunde?«

»Nein.«

Reynolds wandte sich an Jensen. »Ich glaube nicht, dass mir das gefällt, Sir.«

Mallory ließ sich erschöpft in einen Sessel sinken, zündete sich eine Zigarette an, nickte zu Reynolds hinüber und sagte: »Ersetzen.«

»*Was!*« Jensen starrte ihn ungläubig an.

»Ersetzen Sie ihn, habe ich gesagt. Wir sind noch nicht weg, und schon hat er mein Urteil angezweifelt. Was soll dann erst werden, wenn wir draußen sind? Er ist gefährlich. Ich würde lieber eine tickende Bombe mit mir herumtragen.«

»Nun hören Sie mal, Mallory ...«

»Ersetzen Sie *ihn* oder *mich*.«

»Und *mich*«, sagte Andrea ruhig.

»Und *mich*«, fügte Miller hinzu.

Für einen Moment herrschte ein feindseliges Schweigen, dann näherte sich Reynolds Mallorys Sessel.

»Sir.«

Mallory schaute ohne ein Zeichen der Ermutigung zu ihm auf.

»Es tut mir Leid«, fuhr Reynolds fort. »Ich bin über das Ziel hinausgeschossen. Ich werde diesen Fehler nicht noch einmal machen. Ich *möchte* mitmachen, Sir.«

Mallory warf Andrea und Miller einen schnellen Blick zu. Auf Millers Gesicht lag lediglich der Schock über Reynolds' unglaublich idiotische Begeisterung für den Kampf. Andrea, dessen Gesicht wie üblich keine Regung zeigte, nickte fast unmerklich. Mallory lächelte und meinte: »Wie Captain Jensen sagte, ich bin sicher, Sie werden ein großes Plus für uns sein.«

»Also, dann ist das erledigt.« Jensen tat, als würde er die fast greifbare Entschärfung der Spannung im Raum nicht bemerken. »Jetzt ist der Schlaf wichtig. Aber vorher möchte ich noch einen kurzen Bericht über Navarone.« Er schaute die drei Sergeants an. »Vertraulich!«

»Jawohl, Sir«, sagte Reynolds. »Sollen wir zum Flugplatz hinuntergehen und die Flugpläne, den Wetterbericht, die Fallschirme und die Versorgung überprüfen?«

Jensen nickte. Als die drei Sergeants die Flügeltür hinter sich geschlossen hatten, ging Jensen quer durch den Raum zu einer anderen Tür, öffnete sie und sagte: »Kommen Sie bitte herein, General.«

Der Mann, der jetzt ins Zimmer trat, war sehr groß und hager. Er war wahrscheinlich Mitte dreißig, sah aber viel älter aus. Sorgen, Erschöpfung, endlose Entbehrungen, die nicht zu trennen waren von zu vielen Jahren unaufhörlichen Kampfes um das nackte Leben, hatten das ursprünglich schwarze Haar fast weiß werden lassen, und körperliche und seelische Qualen hatten tiefe Furchen in das ledrige, sonnenverbrannte Gesicht gegraben. Die dunklen Augen leuchteten intensiv, es waren hypnotische Augen eines Mannes, der fanatisch auf ein bisher noch nicht realisiertes Ideal zuging. Er trug die Uniform eines britischen Offiziers, ohne Orden und Dienstgradabzeichen.

Jensen sagte: »Meine Herren, dies ist General Vukalovic. Der General ist stellvertretender Kommandeur der Partisanenstreitkräfte in Bosnien-Herzegowina. Die RAF hat ihn gestern herausgeflogen. Offiziell ist er als Arzt der Partisanen bei uns, der Medikamente holen will. General, das sind Ihre Männer.«

Vukalovic schaute sie prüfend der Reihe nach an, sein Gesicht war ausdruckslos. Er sagte: »Diese Männer sind müde, Captain Jensen. Es steht soviel auf dem Spiel ... zu müde, um das zu tun, was zu tun ist.«

»Er hat Recht«, sagte Miller ernst.

»Wahrscheinlich steckt ihnen die Reise noch in den Knochen«, sagte Jensen milde. »Es ist ein ganz schöner Schlauch von Navarone bis hierher. Also ...«

»Navarone?«, unterbrach ihn Vukalovic. »Das hier ... das hier sind die Männer ...«

»Man sieht es ihnen nicht an, da haben Sie Recht.«

»Vielleicht habe ich mich in ihnen getäuscht.«

»Nein, das haben Sie nicht, General«, sagte Miller. »Wir sind erschöpft. Wir sind völlig ...«

»Entschuldigen Sie«, fuhr Jensen scharf dazwischen. »Captain Mallory, mit zwei Ausnahmen wird der General der einzige Mensch in Bosnien sein, der weiß, wer Sie sind, und was Sie tun. Ob der General die Identität der anderen preisgibt, ist ganz allein seine Sache. General Vukalovic wird Sie nach Jugoslawien begleiten, aber nicht mit demselben Flugzeug.«

»Warum nicht?«, fragte Mallory.

»Weil sein Flugzeug zurückkommen wird. Ihres nicht.«

»Aha«, machte Mallory. Es herrschte ein kurzes Schweigen, während er, Andrea und Miller den Hintergrund von Jensens Worten zu erfassen versuchten. Zerstreut warf Andrea ein Holzscheit in das zusammengesunkene Feuer und sah sich nach einem Feuerhaken um, aber der einzige Feuerhaken im Zimmer war der, den Reynolds zu einem U zusammengebogen hatte. Andrea hob ihn auf. Geistesabwesend und ohne die geringste Anstrengung bog Andrea ihn wieder gerade, stocherte im Feuer herum, bis die Funken sprühten, und legte den Feuerhaken weg. Vukalovic hatte die Szene mit sehr nachdenklicher Miene beobachtet.

Jensen fuhr fort: »Ihre Maschine, Captain Mallory, wird nicht zurückkommen, weil Ihre Maschine geopfert werden muss, damit das Ganze glaubwürdig aussieht.«

»Wir auch?«, fragte Miller.

»Sie werden nicht viel erreichen, wenn Sie nicht tatsächlich mit beiden Beinen auf dem Boden stehen, Corporal Miller. Wo Sie hingehen, kann ein Flugzeug unter keinen Umständen landen! Deshalb springen Sie – und das Flugzeug wird zerschmettert.«

»Das hört sich äußerst glaubwürdig an«, stieß Miller hervor.

Jensen überhörte den Einwurf. »Die Realitäten des totalen Krieges sind hart. Deshalb habe ich die drei jungen Burschen hinausgeschickt – ich will ihren Enthusiasmus nicht dämpfen.«

»Ich kann meine Begeisterung kaum zügeln«, sagte Miller kummervoll.

»Oh, halten Sie schon endlich den Mund. Es wäre schön, wenn Sie herausfinden könnten, warum achtzig Prozent unserer abgeworfenen Güter in die Hände der Deutschen fallen, es wäre auch schön, wenn Sie herausfinden könnten, wo unsere gefangen genommenen Anführer sich aufhalten, und sie retten könnten. Aber das ist nicht wichtig. Dieser Nachschub und diese Agenten sind zu ersetzen. Was aber nicht zu ersetzen ist, das sind die siebentausend Männer unter dem Kommando von General Vukalovic, siebentausend Männer, die halb verhungert und fast ohne Munition dasitzen, siebentausend Männer ohne Hoffnung auf ein Morgen.«

»Und wir sollen ihnen helfen können?«, fragte Andrea besorgt. »Sechs Männer?«

Jensen entgegnete aufrichtig: »Ich weiß es nicht.«

· »Aber Sie haben einen Plan.«

»Noch nicht. Nicht durchdacht. Die Andeutung einer Idee. Mehr nicht.« Jensen fuhr sich müde über die Stirn. »Ich bin selbst erst vor sechs Stunden aus Alexandrien angekommen.«

Er zögerte, dann zuckte er die Achseln. »Und heute Abend? Wer weiß. Ein paar Stunden Schlaf heute Nachmittag werden uns alle wieder auf die Beine bringen. Aber vorher möchte ich noch einen Bericht über Navarone. Es wäre sinnlos, wenn die anderen drei Herren warten würden – am Ende des Ganges liegen einige Schlafzimmer. Ich bin der Ansicht, Captain Mallory kann mir alles erzählen, was ich wissen möchte.«

Mallory wartete, bis sich die Tür hinter Andrea, Miller und Vukalovic geschlossen hatte, und sagte: »Wo soll ich meinen Bericht beginnen, Sir?«

»Welchen Bericht?«

»Über Navarone natürlich.«

»Zur Hölle mit Navarone. Das ist aus und vorbei.« Er nahm seinen Zeigestock in die Hand, ging durch das Zimmer auf die Wand zu und zog zwei weitere Landkarten herunter. »Also.«

»Sie haben einen Plan«, sagte Mallory bedächtig.

»Natürlich habe ich einen Plan«, entgegnete Jensen ungerührt. Er klopfte auf die Karte. »Zehn Meilen nördlich von hier. Die Gustav-Linie. Über ganz Italien, entlang der Flussläufe des Sangro und Liri. Hier haben die Deutschen die uneinnehmbarsten Verteidigungspositionen in der Geschichte moderner Kriegführung aufgebaut. Monte Cassino hier – daran haben sich einige unserer besten alliierten Divisionen die Zähne ausgebissen, manche sind dabei draufgegangen. Und hier – der Anzio-Landekopf. Fünfzigtausend Amerikaner, die um ihr Leben kämpfen. Fünf Monate schlagen wir uns jetzt schon den Kopf ein an der Gustav-Linie und dem Anzio-Verteidigungsgürtel. Unsere Verluste an Männern und Maschinen – nicht auszudenken. Unser Gewinn – nicht ein einziger Zentimeter.«

Mallory sagte schüchtern: »Sie hatten etwas über Jugoslawien gesagt, Sir.«

»Darauf komme ich noch«, sagte Jensen widerwillig. »Nun, unsere einzige Hoffnung, die Gustav-Linie zu durchbrechen, liegt darin, die deutschen Verteidigungkräfte zu schwächen, und der einzige Weg, auf dem wir das schaffen, ist, sie dazu zu überreden, einige ihrer Divisionen zurückzuziehen. Also bedienen wir uns der Allenby-Technik.«

»Ich verstehe.«

»Sie verstehen überhaupt nichts. General Allenby, Palästina, 1918. Er hatte eine Ost-West-Linie vom Jordan zum Mittelmeer. Er plante einen Angriff von Westen – also überzeugte er die Türken, dass der Angriff von Osten kommen würde. Er erreichte dies, indem er im Osten eine riesige Zeltstadt aufbaute, die nur von ein paar Hundert Männern besetzt war, die jedes Mal, wenn sich ein Spähflugzeug näherte, aus ihren Unterkünften stürzten und so taten, als hätten sie alle Hände voll zu tun. Er erreichte dies, indem er den Aufklärern riesige Armee-Lastwagen-Konvois servierte, die den ganzen Tag auf das Lager zurollten. Was die Türken nicht wussten, war, dass die gleichen Lastwagen die ganze Nacht über auf dem Weg nach Westen waren. Er hatte sogar fünfzehntausend Pferde aus Segeltuch herstellen lassen. Nun, wir tun das Gleiche.«

»Fünfzehntausend Segeltuchpferde?«

»Wirklich, sehr, sehr komisch.« Jensen tippte wieder auf die Karte. »Jeder Flugplatz von hier bis Bari ist voll gestopft mit Bomber- und Segelflugzeug-Attrappen. Vor Foggia steht das größte Militärlager von ganz Italien – besetzt mit zweihundert Mann. In den Häfen von Bari und Taranto liegen massenweise drohende Landungssturmboote, alle aus Sperrholz. Den ganzen Tag über rollen endlose Reihen von Lastwagen und Panzern auf die adriatische Küste zu. Wenn Sie, Mallory, den Oberbefehl über die deutschen Truppen hätten, was würden Sie daraus schließen?«

»Ich würde einen Luftangriff und eine Invasion von See her auf Jugoslawien vermuten, aber ich wäre nicht sicher.«

»Genau die Reaktion der Deutschen«, sagte Jensen mit sichtlicher Befriedigung. »Sie machen sich ganz schöne

Sorgen, sie machen sich derartige Sorgen, dass sie schon zwei Divisionen aus Italien abgezogen und nach Jugoslawien geschickt haben, um der Bedrohung zu begegnen.«

»Aber sie sind nicht sicher?«

»Nicht ganz. Aber fast.« Jensen räusperte sich. »Wissen Sie, alle unsere gefangen genommenen Anführer trugen eindeutige Beweise für eine Invasion Zentraljugoslawiens Anfang Mai bei sich.«

»Sie trugen Beweise ...« Mallory brach ab, warf Jensen einen langen forschenden Blick zu und fuhr dann ruhig fort: »Und wie haben es die Deutschen *fertig gebracht*, alle gefangen zu nehmen?«

»Wir sagten ihnen, dass sie kommen würden.«

»Es war *Absicht!*«

»Es waren Freiwillige, alles Freiwillige«, sagte Jensen hastig. Es gab offensichtlich einige Dinge im totalen Krieg, die sogar ihm nicht besonders behagten. »Und es wird Ihre Aufgabe sein, mein Lieber, die Fast-Überzeugung zu einer absoluten Gewissheit zu machen.« Anscheinend nicht bemerkend, dass Mallory ihn ohne eine Spur von Begeisterung ansah, drehte er sich dramatisch um und bohrte seinen Zeigestock auf eine Stelle auf der in großem Maßstab gezeichneten Landkarte Zentraljugoslawiens.

»Das Tal von Neretva«, sagte Jensen. »Der lebenswichtige Abschnitt der Haupt-Nordsüdroute durch Jugoslawien. Wer immer dieses Tal unter Kontrolle hat, hat ganz Jugoslawien unter Kontrolle – und niemand weiß das besser als die Deutschen. Wenn ein Angriff kommt, dann wissen sie, dass er hier kommen muss. Sie sind sich durchaus bewusst, dass eine Invasion Jugoslawiens möglich und zu erwarten ist, sie haben eine Heidenangst vor einer Verbindung der Alliierten und der Russen, die aus dem Osten herankommen, und sie wissen, dass ein solcher Zusammenschluss nur entlang dieses Tales erfolgen kann. Sie haben schon zwei bewaffnete Divisionen entlang dem Neretva-Tal, zwei Divisionen, die im Falle einer Invasion in einer Nacht ausradiert werden könnten. Von Norden her – hier versuchen sie, sich den Weg nach Süden zum Neretva-Tal mit einem ganzen Armeekorps zu erzwingen – aber der einzige Weg führt durch den Zenica-Käfig. Und Vukalovic und seine siebentausend Mann blockieren den Weg.«

»Vukalovic weiß darüber Bescheid?«, fragte Mallory. »Über das, was Sie tatsächlich vorhaben, meine ich?«

»Ja, und der Führungsstab der Partisanen. Sie kennen die Risiken und die Schwierigkeiten, die diese Sache mit sich bringt. Und sie akzeptieren sie.«

»Fotografien?«, fragte Mallory.

»Hier.« Jensen zog einige Fotografien aus einer Schreibtischschublade, wählte eine aus, strich sie glatt und legte sie auf den Tisch. »Das hier ist der Zenica-Käfig. Ein guter Name dafür: Es ist ein perfekter Käfig, eine perfekte Falle. Im Norden und Westen unbezwingbare Berge. Im Osten der Neretva-Damm und die Neretva-Schlucht. Im Süden der Neretva-Fluss. Im Norden des Käfigs, bei der kleinen Lücke hier, versucht das Elfte Armeekorps der Deutschen durchzubrechen. Hier im Westen – sie nennen es die Westschlucht – versucht ein anderer Truppenteil der Elften das Gleiche. Und hier im Süden liegen auf der anderen Seite des Flusses und in den Bäumen versteckt zwei bewaffnete Divisionen unter General Zimmermann auf der Lauer.«

»Und das hier?« Mallory deutete auf einen schmalen schwarzen Strich, der sich etwas nördlich von den zwei bewaffneten Divisionen über den Fluss spannte.

»Das«, sagte Jensen nachdenklich, »ist die Brücke über die Neretva.«

In Wirklichkeit sah die Neretva-Brücke bei weitem imposanter aus als auf der vergrößerten Fotografie: Es war eine Auslegerkonstruktion aus massivem Stahl. Die Fahrbahn war mit einer schwarzen Asphaltschicht überzogen. Unter der Brücke schäumte die grünlichweiße Neretva. Die Schneeschmelze hatte den Fluss erheblich ansteigen lassen. Im Süden begrenzte ein schmaler Wiesenstreifen den Fluss, und am Südufer stand ein dunkler hoher Kiefernwald. Im sicheren Schutz der düsteren Tiefen des Waldes lagen die beiden Divisionen von General Zimmermann auf der Lauer.

Nahe am Waldrand stand der Funkwagen der Division, ein plumpes und sehr langes Vehikel, das sehr gut getarnt war.

General Zimmermann und sein Adjutant, Hauptmann Warburg, waren gerade im Wagen. Ihre Stimmung passte zu dem ständigen Zwielicht des Waldes. General Zimmermann hatte ein hageres, intelligentes Gesicht mit einer hohen Stirn und einer markanten Nase. Eines jener Gesichter, die sehr selten eine Gefühlsbewegung verraten, aber jetzt zeigte er seine Gefühle, seine Besorgnis und seine Ungeduld, als er sein Käppi zurückschob und sich mit den gespreizten Fingern durch die sich lichtenden Haare fuhr. Er sagte zu dem Funker, der hinter ihm am Empfangsgerät saß:

»Noch kein Wort? Nichts?«

»Nichts, Herr General.«

»Sie sind in ständiger Verbindung mit Hauptmann Neufelds Lager?«

»Jede Minute, Herr General.«

»Und sein Funker sitzt die ganze Zeit am Gerät?«

»Die ganze Zeit, Herr General. Nichts. Einfach nichts.«

Zimmermann drehte sich um und ging die Stufen hinunter, gefolgt von Warburg. Er ging schweigend mit gesenktem Kopf, bis er außer Hörweite des Funkwagens war, und sagte dann: »Verdammt! Verdammt! Gottverdammt noch mal!«

»Sie sind also ganz sicher, Herr General.« Warburg war ein hoch gewachsener gut aussehender Mann von dreißig Jahren mit flachsblonden Haaren. Sein Gesicht drückte im Moment eine Mischung von Besorgnis und Unglücklichsein aus. »Dass sie kommen, meine ich?«

»Es steckt mir in den Knochen, mein Junge. Auf dem einen oder anderen Weg kommt es, kommt es, um uns alle zu vernichten.«

»Aber Sie können doch nicht *sicher* sein, Herr General!«, protestierte Warburg.

»Da haben Sie Recht«, seufzte Zimmermann. »Ich kann nicht sicher sein. Aber eines weiß ich sicher: Wenn sie tatsächlich kommen, wenn die Gruppe von der Elften nicht im Norden durchbrechen kann, wenn wir diese verdammten Partisanen im Zenica-Käfig nicht ausradieren können …«

Warburg wartete darauf, dass er fortfuhr, aber Zimmermann schien sich in Träumereien verloren zu haben. Offensichtlich ohne jeden Bezug auf ihre Unterhaltung sagte Warburg: »Ich würde Deutschland gern wieder sehen. Nur noch einmal.«

»Würden wir das nicht alle gern, mein Junge, würden wir das nicht alle?« Zimmermann ging langsam auf den Waldrand zu und blieb dann unvermittelt stehen. Lange Zeit starrte er über die Brücke ins Neretva-Tal hinüber. Dann schüttelte er den Kopf, wandte sich um und war augenblicklich in den dunklen Tiefen des Waldes verschwunden.

Das Kiefernholzfeuer in dem großen Kamin des Arbeitszimmers in Termoli war fast heruntergebrannt. Jensen warf noch ein paar Scheite hinein, richtete sich auf, goss zwei Drinks ein und reichte einen Mallory.

Er sagte: »Nun?«

»Das ist der Plan?« Keine Andeutung seiner Ungläubigkeit und seiner nahen Verzweiflung war auf Mallorys Gesicht zu sehen. »Das ist der ganze Plan?«

»Ja.«

»Auf Ihre Gesundheit.« Mallory machte eine Pause. »Und auf meine.« Nach einer noch längeren Pause sagte er gedankenvoll: »Es dürfte ganz interessant sein, Dusty Millers Reaktion zu hören, wenn er heute Abend von dieser hübschen Geschichte erfährt.«

Wie Mallory vorausgesagt hatte, war Millers Reaktion interessant. Sechs Stunden später hörte Miller, der wie Mallory und Andrea jetzt die Uniform der britischen Armee trug, mit wachsendem Horror, wie sich Jensen ihren Arbeitsverlauf in den nächsten vierundzwanzig Stunden vorstellte. Als er zu Ende gesprochen hatte, wandte Jensen sich an Miller: »Na? Durchführbar?«

»Durchführbar?« Miller war entsetzt. »Das ist selbstmörderisch!«

»Andrea?«

Andrea zuckte die Achseln, hob seine Hände mit den
Handflächen nach oben und sagte gar nichts.

Jensen nickte: »Es tut mir Leid, aber ich habe keine
Wahl. Ich glaube, es ist besser, wir gehen jetzt. Die anderen
warten am Flugplatz.«

Andrea und Miller verließen den Raum und gingen den
langen Flur hinunter. Mallory zögerte in der Tür und blockierte den Durchgang vorübergehend, drehte sich dann
zu Jensen um, der ihn mit überrascht hochgezogenen Augenbrauen ansah.

»Lassen Sie es mich wenigstens Andrea sagen.«

Jensen schaute ihn einen Moment überlegend an, schüttelte dann kurz den Kopf und drängte sich an ihm vorbei
in den Flur hinaus.

Zwanzig Minuten später kamen die vier Männer, ohne
inzwischen auch nur ein einziges Wort gewechselt zu haben, auf dem Flughafen von Termoli an, wo Vukalovic und
zwei Sergeants auf sie warteten. Der dritte, Reynolds, saß
schon am Instrumentenpult seiner Wellington, die mit einer anderen am Ende der Rollbahn stand. Die Propeller ro-
tierten bereits. Wiederum zehn Minuten später waren die
Maschinen schon in der Luft, Vukalovic saß in der einen,
Mallory, Miller, Andrea und die drei Sergeants in der anderen, auf dem Weg zu ihren getrennten Zielen.

Jensen, der allein auf dem Flugfeld stand, beobachtete
die Flugzeuge, die höher und höher stiegen, seine übermüdeten Augen folgten ihnen, bis sie in der wolkenverhange-
nen Dunkelheit des mondlosen Himmels verschwanden.
Dann, genauso wie es General Zimmermann an diesem
Nachmittag getan hatte, schüttelte er sorgenvoll den Kopf,
wandte sich um und ging langsamen Schrittes davon.

3. KAPITEL

Freitag

00.30–02.00

Sergeant Reynolds wusste, wie man mit einem Flugzeug umgehen musste, und ganz besonders mit diesem hier, dachte Mallory. Er handhabe seine Instrumente präzis und wirkte dabei völlig ruhig und entspannt. Nur sein Augenausdruck verriet seine Wachsamkeit. Nicht weniger fähig war Groves: Das schlechte Licht und die zu Verkrampfung führende Einengung seines winzigen Koppeltisches schienen ihn nicht zu stören, und als Flugzeugnavigator war er offensichtlich ebenso erfahren wie tüchtig. Mallory spähte durch das Glas der Kanzel hinaus, sah die weißen Schaumkämme der Wellen der Adria kaum dreißig Meter unter dem Rumpf des Flugzeugs vorbeirollen und wandte sich an Groves.

»Lauten die Anordnungen, dass wir so niedrig fliegen müssen?«

»Ja. Die Deutschen haben Radarkontrollen installiert auf einer der Inseln vor der jugoslawischen Küste. Wir gehen höher, wenn wir Dalmatien erreichen.«

Mallory nickte dankend und drehte sich um, um Reynolds weiter zu beobachten. »Captain Jensen hatte Recht mit dem, was er über Sie sagte. Wie um alles in der Welt kommt ein Marine Commando dazu, eine von diesen Dingern zu kutschieren?«

»Ich habe genügend Übung«, sagte Reynolds. »Drei Jahre in der RAF, zwei davon als Sergeant-Pilot in einer Wellington-Bomber-Schwadron. Eines Tages in Ägypten flog ich eine Lysander ohne Erlaubnis. Alle taten das, aber die Kiste, die ich erwischte, hatte einen defekten Brennstoffmesser.«

»Wurden Sie heruntergeholt?«

»Allerdings.« Er grinste. »Es gab keine Schwierigkeiten,

als ich um Versetzung bat. Sie hatten irgendwie das Gefühl, dass ich nicht so ganz der richtige Mann für die RAF war.«

Mallory schaute Groves an: »Und Sie?«

Groves lächelte breit: »Ich war sein Navigator in der alten Kiste. Wir wurden am gleichen Tag gefeuert.«

Mallory sagte bedächtig: »Nun, ich glaube, das könnte ganz nützlich sein.«

»Was ist nützlich?«, fragte Reynolds.

»Die Tatsache, dass Sie mit dem Gefühl, in Ungnade zu fallen, vertraut sind. Es wird Sie dazu befähigen, Ihre Rolle umso besser zu spielen, wenn die Zeit kommt.«

Reynolds sagte vorsichtig: »Ich bin nicht ganz sicher …«

»Bevor wir springen, möchte ich, dass Sie – Sie alle – die Abzeichen und Rangkennzeichen auf Ihren Uniformen, die irgendeinen Aufschluss geben könnten, abreißen.« Er machte eine Handbewegung in Richtung auf Andrea und Miller, die hinten auf dem Flugdeck saßen, um zu zeigen, dass sie ebenfalls eingeschlossen waren, und dann wandte er sich an Reynolds. »Die Feldwebelstreifen, den ganzen Regimentspomp, die Ordensbänder – den ganzen Kram.«

»Warum, zum Teufel, sollte ich das wohl tun?«

Reynolds war nicht gerade fügsam, dachte Mallory.

»Ich habe mir die Streifen *verdient,* die Streifen und die Bänder und den ganzen Pomp. Ich sehe nicht ein …«

Mallory lächelte: »Ungehorsam gegen einen Offizier …«

»Seien Sie doch nicht so empfindlich«, sagte Reynolds.

»Seien Sie doch nicht so verdammt empfindlich, *Sir.*«

»Seien Sie doch nicht so verdammt empfindlich, *Sir*«, Reynolds grinste plötzlich. »Okay, wer hat die Schere?«

»Sehen Sie«, erklärte Mallory, »das Allerletzte, was wir uns wünschen, ist, den Feinden in die Hände zu fallen.«

»Amen«, sagte Miller.

»Aber wenn wir die Informationen, die wir brauchen, beschaffen wollen, müssen wir nahe an ihrer Front oder sogar hinter ihren Linien operieren. Wir könnten erwischt werden. Deshalb haben wir unsere schöne Deck-Geschichte.«

Groves sagte ruhig: »Ist es erlaubt, die Deck-Geschichte zu erfahren, Sir?«

»Aber sicher ist es das«, sagte Mallory ärgerlich. Ernst fuhr er fort: »Ist Ihnen nicht klar, dass bei einem Auftrag wie diesem das Überleben nur von einer einzigen Sache abhängt – von völligem und gegenseitigem Vertrauen? Sobald wir anfangen, Geheimnisse voreinander zu haben, sind wir erledigt.«

In dem düsteren Zwielicht im rückwärtigen Flugdeck schauten Andrea und Miller einander an und tauschten ein müde-zynisches Lächeln.

Als Mallory die Kanzel verließ, um nach hinten zu gehen, streifte seine Hand Millers Schulter. Nach etwa zwei Minuten gähnte Miller herzhaft, streckte sich und machte sich auf den Weg nach hinten. Mallory wartete am Ende des Rumpfes. Er hatte zwei zusammengefaltete Papierstücke in der Hand, von denen er eins auseinander faltete und Miller zeigte, während er gleichzeitig eine Taschenlampe aufblitzen ließ. Miller starrte für einen Moment darauf und hob dann fragend die Augenbraue.

»Und was soll das sein?«

»Das ist der Auslösemechanismus für eine 750-Pfund-Unterwasser-Mine. Lern es auswendig.« Miller schaute es ausdruckslos an und schielte dann nach dem anderen Blatt Papier, das Mallory in der Hand hielt.

»Und was hast du da?«

Mallory zeigte es ihm. Es war eine in großem Maßstab gezeichnete Karte, deren Mittelpunkt ein gewundener See war, dessen langer östlicher Ausläufer unvermittelt im rechten Winkel nach Süden abbog, wo er abrupt vor etwas endete, das wie ein Damm aussah. Unter dem Damm floss ein Fluss durch eine gewundene Schlucht.

»Für was hältst du das? Zeig die beiden Dinger Andrea und sag ihm, er soll sie vernichten.«

Mallory ließ Miller zurück, in seine Hausaufgaben vertieft, und ging wieder zum Cockpit nach vorn. Er beugte sich über Groves' Kartentisch.

»Immer noch auf Kurs?«

»Jawohl, Sir. Wir fliegen grade über die Südspitze der Insel Hvar. Sie können ein paar Lichter auf dem Festland da vorn erkennen.« Mallory folgte seinem ausgestreckten Zeigefinger, machte ein paar Lichtquellen aus und streckte dann eine Hand aus, um sich aufrecht zu halten, als die Wellington plötzlich steil hochstieg. Er warf Reynolds einen Blick zu.

»Wir steigen jetzt, Sir. Vor uns liegen ein paar ganz schön hohe Dinger. Wir sollten in etwa einer halben Stunde die Landelichter der Partisanen sehen.«

»Dreiunddreißig Minuten«, sagte Groves. »Einszwanzig, wir sind fast da.«

Fast eine halbe Stunde lang blieb Mallory auf einem der Absprungsitze auf dem Cockpit sitzen und starrte vor sich hin. Einige Minuten später verschwand Andrea und tauchte nicht wieder auf. Auch Miller kam nicht zurück. Jetzt fungierte Groves als Navigator, Reynolds steuerte die Maschine, Saunders presste das Ohr an das tragbare Funkgerät, ohne dass ein Wort fiel. Um ein Uhr fünfzehn stand Mallory auf, tippte Saunders auf die Schulter, sagte ihm, er solle seine Ausrüstung zusammenpacken, und ging nach hinten. Er fand Andrea und einen kreuzunglücklich aussehenden Miller, die die Schnappverschlüsse ihrer Fallschirme bereits an der Sprungleine befestigt hatten. Andrea hatte die Tür aufgeschoben und warf winzige Papierschnitzel hinaus, die im Luftschraubenstrahl davonwirbelten. Mallory schauderte unter der plötzlichen Kälte zusammen. Andrea grinste, bat ihn, den Ausstieg freizugeben, und deutete hinunter. Er schrie in Mallorys Ohr: »Ganz schön viel Schnee da unten!«

Es lag tatsächlich viel Schnee da unten. Mallory verstand nun Jensens absolute Ablehnung, in dieser Gegend ein Flugzeug landen zu lassen. Das Terrain unter ihnen war stark zerklüftet und bestand fast ausschließlich aus tiefen gewundenen Tälern und steil aufragenden Bergen. Vielleicht die Hälfte der Landschaft war mit Kiefernwäldern bedeckt. Und alles war verhüllt von einer dicken Schneedecke. Mallory zog sich in den dürftigen Schutz der Wellington zurück und schaute auf die Uhr.

»Ein Uhr sechzehn.« Wie Andrea vorher musste auch er schreien, um sich verständlich zu machen.

»Vielleicht geht deine Uhr etwas vor?«, schrie Miller unglücklich.

Mallory schüttelte den Kopf, und Miller zuckte hilflos mit den Schultern. Eine Klingel schrillte, und Mallory bahnte sich seinen Weg zum Cockpit, wobei er sich an Saunders vorbeidrängen musste, der ihm entgegenkam. Als Mallory kam, wandte Reynolds kurz den Kopf und deutete dann geradeaus. Mallory beugte sich über seine Schulter und spähte nach unten. Er nickte.

Die drei Lichter, in der Form eines verlängerten ›V‹, lagen immer noch einige Meilen vor ihnen, aber sie waren deutlich zu sehen. Mallory drehte sich um, tippte Groves auf die Schulter und deutete nach hinten. Groves stand auf und ging. Mallory sagte zu Reynolds: »Wo sind die roten und grünen Signallichter für den Absprung?«

Reynolds deutete darauf.

»Drücken Sie den roten Knopf. Wie lange?«

»Dreißig Sekunden etwa.«

Mallory schaute wieder nach vorn und sagte zu Reynolds:

»Autopilot. Öffnen Sie die Tanks.«

»Die … ich soll die … aber der ganze Brennstoff, der noch drin ist …«

»Öffnen Sie die verdammten Tanks! Und machen Sie, dass Sie nach hinten kommen. Fünf Sekunden.«

Reynolds tat wie befohlen. Mallory wartete, warf noch einen kurzen Blick auf die Landelichter, stand auf und ging rasch nach hinten. Als er die Tür, durch die er hinausspringen sollte, erreichte, war auch Reynolds, der letzte der fünf, verschwunden. Mallory befestigte die Schnappverschlüsse, packte den Türrahmen und stieß sich in die eisige bosnische Nacht hinaus.

Der unerwartet heftige Ruck, als der Fallschirm sich öffnete, ließ ihn nach oben schauen, aber der konkave Kreis des nun vollständig geöffneten Fallschirms wirkte beruhigend. Er blickte nach unten und sah erleichtert, dass sich die anderen fünf Fallschirme ebenfalls geöffnet hatten, zwei von ihnen schwankten ziemlich wild hin und her, wie sein eigener. Es gab eine Menge Dinge, dachte er, die er, Andrea und Miller noch lernen mussten. Unter anderem kontrollierte Fallschirmabsprünge.

Er schaute nach Osten, um zu sehen, ob er die Wellington ausmachen könnte, aber sie war nicht mehr zu sehen. Plötzlich – er lauschte angestrengt – hörte er, wie beide Motoren fast gleichzeitig aussetzten. Eine Ewigkeit schien zu vergehen, in der das Rauschen des Windes das einzige Geräusch in seinen Ohren war, dann hörte er eine Explosion, als der Bomber entweder am Boden – das konnte er nicht feststellen – oder an einer Bergwand zerschellte. Es waren keine Flammen zu sehen. Nur der Krach und dann Stille. Zum ersten Mal in jener Nacht brach der Mond durch.

Andrea landete auf einem unebenen Stück Boden, überschlug sich zweimal, kam unsicher auf die Füße, stellte fest, dass alle Knochen heil waren, drückte den Löseknopf seines Fallschirms und wirbelte dann instinktiv – Andrea hatte einen eingebauten Computer für Sicherung des Überlebens – einmal um die eigene Achse. Aber keine unmittelbare Gefahr drohte, wenigstens war nichts derartiges zu entdecken. Dann unterzog Andrea den Landeplatz einer eingehenderen Untersuchung.

Sie hatten, dachte er erleichtert, ausgesprochenes Glück gehabt. Wären sie hundert Meter weiter südlich aufgekommen, hätten sie den Rest der Nacht, und, wie er schätzte, den Rest des Krieges damit verbracht, sich an den Spitzen der unglaublichsten Kiefern, die er je gesehen hatte, was die Höhe anbetraf, festzuklammern. Aber das Glück war wieder einmal auf ihrer Seite gewesen und hatte sie auf einer schmalen Lichtung landen lassen, die an den felsigen Steilhang eines Berges grenzte.

Um exakt zu sein, hatten alle Glück gehabt, bis auf einen. Vielleicht fünfzig Meter von der Stelle, an der Andrea gelandet war, bahnte sich eine Spitze des Waldes in die Lichtung. Der äußerste Baum dieser Spitze hatte sich zwischen einen der Abspringer und die Erde gestellt. Andreas Augenbrauen hoben sich in fragendem Erstaunen, dann rannte er mit großen Schritten auf den Baum zu.

Der Fallschirmspringer, der Ärger mit dem Baum bekommen hatte, baumelte am untersten Ast. Er hatte seine Hände in den Fallschirm gekrallt, seine Beine angezogen, Knie und Knöchel nahe aneinander in der klassischen Landehaltung, und seine Füße befanden sich etwa sechzig Zentimeter über dem Boden. Seine Augen hatte er fest zugekniffen. Corporal Miller schien sich ausgesprochen unglücklich zu fühlen.

Andrea richtete sich auf und tippte ihm sanft auf die Schulter, Miller öffnete die Augen und schaute Andrea an, der nach unten deutete. Miller folgte seinem Blick und streckte die Beine aus, wonach er sich noch etwa acht Zentimeter über dem Boden befand. Andrea zog ein Messer hervor, schnitt den zerfetzten Fallschirm ab, und Miller beendete seine Reise. Er rückte seine Jacke zurecht und hob mit völlig ausdruckslosem Gesicht fragend einen Ellbogen. Andrea deutete mit ebenso ausdruckslosem Gesicht die Lichtung hinunter. Drei der anderen Fallschirmspringer waren bereits sicher gelandet: Der vierte, Mallory, kam gerade herunter.

Zwei Minuten später, als alle sechs Männer sich ein wenig abseits von dem östlichsten Landelicht trafen, kündigte ein Ausruf das Erscheinen eines jungen Soldaten an, der vom Waldrand her auf sie zurannte. Augenblicklich fuhren die Gewehre der Männer hoch, wurden aber sofort wieder gesenkt: Das hier war keine Situation für Gewehre. Der Soldat hatte das Gewehr am Lauf gepackt und schwenkte die freie Hand wild zum Gruß. Er trug so etwas Ähnliches wie eine Uniform, ausgebleicht und zerfetzt, die aus einer großen Auswahl von Armeen zusammengestohlen war, hatte lange Haare, eine Klappe über dem rechten Auge und einen wild wuchernden rotblonden Bart. Dass er sie willkommen hieß, stand außer Zweifel. Während er immer wieder unverständliche Begrüßungsworte wiederholte, schüttelte er ihnen allen die Hand, und ein breites Grinsen spiegelte seine Freude wider.

Innerhalb von dreißig Sekunden hatte sich mindestens ein Dutzend anderer zu ihm gesellt, alle bärtig, alle in unbeschreiblichen Uniformen, von denen nicht einmal zwei sich glichen, alle in der gleichen fast feiertäglichen Stimmung. Dann, wie auf ein Zeichen, verstummten sie plötzlich und wichen langsam zur Seite, als ein Mann, offensichtlich ihr Anführer, am Waldrand erschien und auf sie zukam. Er ähnelte seinen Männern kaum: Er war glatt rasiert, trug eine britische Uniform, die aus einem Stück geschneidert zu sein schien, und er lächelte keineswegs. Er sah wie ein Mann aus, der selten lächelt, wenn überhaupt jemals. Er war hoch gewachsen, hatte ein scharf geschnittenes Gesicht. In seinem Gürtel steckten vier gefährlich aussehende Bowie-Messer, eine übertriebene Bewaffnung, die bei jedem anderen Mann unpassend und komisch ausgesehen hätte, die aber bei diesem Mann keine Heiterkeit auslöste. Sein Gesicht war dunkel und düster, und als er sprach, tat er dies auf Englisch, langsam und gespreizt, aber deutlich.

»Guten Abend.« Er sah sich fragend um. »Ich bin Captain Droshny.«

Mallory trat einen Schritt vor: »Captain Mallory.«

»Willkommen in Jugoslawien, Captain Mallory – im Jugoslawien der Partisanen.«

Droshny nickte in Richtung auf die allmählich verlöschende Fackel, verzog sein Gesicht zu etwas, das ein Lächeln sein sollte, aber machte keine Anstalten, Mallory die Hand zu geben. »Wie Sie sehen, haben wir Sie erwartet.«

»Die Lichter waren eine große Hilfe«, sagte Mallory anerkennend.

»Danke.« Droshny schaute nach Osten, wandte sich dann wieder Mallory zu und schüttelte den Kopf: »Ein Jammer um das Flugzeug.«

»Der ganze Krieg ist ein Jammer.«

Droshny nickte. »Kommen Sie. Unser Hauptquartier ist ganz in der Nähe.«

Es wurde nichts mehr gesprochen. Droshny ging voraus und verschwand sofort im Schutz der Bäume. Mallory, der sich hinter ihm hielt, war verblüfft über die Fußspuren, die Droshny in dem tiefen Schnee deutlich sichtbar hinterließ. Sie waren äußerst seltsam, fand Mallory. Jede Sohle hinterließ drei V-förmige Eindrücke: Die rechte Seite des vordersten ›V‹ auf dem rechten Absatz hatte einen deutlich ausgeprägten Bruch. Ohne weiter darüber nachzudenken, notierte Mallory diese kleine Merkwürdigkeit. Es gab keinen Grund dafür als den, dass die Mallorys dieser Welt stets das Ungewöhnliche beobachten und festhalten. Es hilft ihnen, am Leben zu bleiben.

Die Böschung wurde steiler, der Schnee tiefer, und das Mondlicht schimmerte schwach durch die ausladenden schneebeladenen Zweige der Kiefern. Der leichte Wind kam von Osten. Die Kälte war durchdringend. Etwa zehn Minuten lang hörte man keinen Laut, dann wurde Droshnys Stimme hörbar, leise, aber deutlich und befehlend in seiner Dringlichkeit.

»Still!« Er deutete mit einer dramatischen Geste nach oben: »Still. Hören Sie!« Sie blieben stehen, schauten nach oben und lauschten angestrengt. Zumindest Mallory und Miller schauten nach oben und lauschten angestrengt. Die Jugoslawen hatten andere Dinge im Kopf: Schnell, geübt und gleichzeitig rammten sie die Läufe ihrer Maschinengewehre und Gewehre in die Seiten und Rücken der sechs Fallschirmspringer mit einer Kraft und kompromisslosen Autorität, die alle begleitenden Befehle überflüssig machten.

Die sechs Männer reagierten erwartungsgemäß. Reynolds, Groves und Saunders, die weniger an den Wechsel des Schicksals gewöhnt waren als ihre drei älteren Begleiter, zeigten eine Mischung aus Wut und fassungsloser Überraschung. Mallory sah nachdenklich aus. Miller hob fragend eine Augenbraue. Andrea zeigte überhaupt keine Reaktion, wie vorausgesehen: Er war zu sehr damit beschäftigt, seine Reaktion auf körperliche Gewaltanwendung zu zeigen.

Seine rechte Hand, die er sofort als scheinbare Geste des Ergebens halb in Schulterhöhe gehoben hatte, fiel auf den Lauf des Gewehrs der Wache zu seiner Rechten und zwang ihn damit von sich weg, während sich sein linker Ellenbogen zielsicher in den Solarplexus des Mannes bohrte, der vor Schmerz nach Luft schnappte und ein paar Schritte rückwärts taumelte. Andrea, dessen beide Hände nun auf dem Lauf der Waffe lagen, entwand diese der Wache mühelos, hob sie in die Luft und ließ den Lauf heruntersausen. Die Wache brach zusammen, als wäre eine Brücke über ihr zusammengefallen. Die linke Wache wand sich immer noch in Schmerzen, stöhnte gequält und versuchte, ihr Gewehr auf Andrea anzulegen, als dieser mit dem Kolben seiner Waffe zuschlug: Der Mann gab einen kurzen hustenden Laut von sich und fiel bewusstlos auf den Waldboden.

Die Jugoslawen brauchten die drei Sekunden, in denen sich dies alles abgespielt hatte, um sich aus ihrer Erstarrung zu lösen. Ein halbes Dutzend Soldaten stürzte sich auf Andrea und riss ihn zu Boden. In dem wilden Kampf, der folgte, schlug Andrea verzweifelt um sich, bis einer der Jugoslawen begann, seinen Kopf mit dem Knauf einer Pistole zu bearbeiten. Mit zwei Gewehrläufen im Rücken und vier Händen an jedem Arm wurde Andrea auf die Beine gezogen. Zwei seiner Angreifer sahen ziemlich angeschlagen aus.

Droshny bohrte seine kalten und verbitterten Augen in Andreas, als er auf ihn zutrat, eines seiner Messer aus der Scheide zog und die Spitze mit einer solchen Wucht auf Andreas Kehle setzte, dass sie die Haut ritzte und ein paar Tropfen Blut über die Schneide rannen. Einen Moment lang sah es so aus, als wolle Droshny das Messer bis zum Heft hineinstoßen, aber dann glitt sein Blick ab und zu den beiden Männern, die zusammengekrümmt im Schnee lagen. Er winkte den am nächsten stehenden Mann mit einem Kopfnicken heran.

»Wie geht es den beiden?«

Ein junger Jugoslawe ließ sich auf die Knie nieder, untersuchte zuerst den Mann, der den Lauf des Gewehrs ins

Gesicht bekommen hatte, berührte kurz seinen Kopf, untersuchte den zweiten Mann und stand auf. In dem schwachen Mondlicht war sein Gesicht unnatürlich blass.

»Josef ist tot. Ich glaube, das Genick ist gebrochen. Und sein Bruder ... atmet ... aber sein Kiefer scheint ...« Er brach ab.

Droshnys Blick kehrte zu Andrea zurück. Er zog die Lippen zurück, lächelte mit der Liebenswürdigkeit eines Wolfes und drückte das Messer ein wenig kräftiger gegen Andreas Kehle.

»Ich sollte Sie jetzt umbringen. Ich werde Sie später umbringen.« Er schob sein Messer zurück in die Scheide, hielt seine zu Klauen verkrampften Hände vor Andreas Gesicht und schrie: »Persönlich. Mit diesen Händen.«

»Mit diesen Händen!« Langsam und viel sagend glitt Andreas Blick über die acht Hände, die seine Arme lähmten, und blickte dann Droshny verächtlich an: »Ihr Mut beängstigt mich.«

Es folgte ein kurzes und ungläubiges Schweigen. Die drei jungen Sergeants starrten auf das Schauspiel, wobei ihre Gesichter verschiedene Grade von Bestürzung und Ungläubigkeit ausdrückten. Mallory und Miller beobachteten das Ganze ausdruckslos. Einen Moment lang sah Droshny aus, als glaube er, sich verhört zu haben, dann verzerrte sich sein Gesicht vor Zorn, und er schlug Andrea mit dem Handrücken mitten ins Gesicht. Blut sickerte aus Andreas rechtem Mundwinkel, aber er blieb regungslos.

Droshnys Augen verengten sich zu schmalen Schlitzen. Andrea lächelte kurz. Droshny schlug wieder zu, diesmal mit der anderen Hand. Der Effekt war der gleiche wie vorher, nur dass diesmal Blut aus dem linken Mundwinkel sickerte. Andrea lächelte wieder, aber ein Blick in seine Augen ließ einen erschauern. Droshny drehte sich abrupt um, ging ein paar Schritte, hielt an und näherte sich Mallory.

»Sie *sind* doch der Anführer dieser Männer, Captain Mallory?«

»Das bin ich.«

»Sie sind ein sehr *schweigsamer* Anführer, Captain!«

»Was soll ich zu einem Mann sagen, der seine Waffen gegen seine Freunde und Verbündeten richtet?« Mallory schaute ihn leidenschaftslos an. »Ich werde mit Ihrem kommandieren Offizier sprechen, nicht mit einem Irren.«

Droshnys Gesicht verdunkelte sich. Er machte einen Schritt auf Mallory zu, die Hand zum Schlag erhoben. Sehr schnell, aber so weich und gelassen, dass die Bewegung nicht hastig schien, und ohne sich um die beiden Gewehrläufe zu kümmern, die sich in seine Seite bohrten, hob Mallory seine Luger und richtete den Lauf auf Droshnys Gesicht. Das Klicken, mit dem er die Waffe entsicherte dröhnte wie ein Hammerschlag in der plötzlich unnatürlichen Stille.

Abgesehen von einer kleinen Bewegung, die so langsam war, dass man sie fast nicht wahrnehmen konnte, waren sowohl Partisanen als auch Fallschirmspringer zu einem Bild erstarrt, das einem Fries an einem ionischen Tempel alle Ehre gemacht hätte. Auf den Gesichtern der drei Sergeants wie auch auf den meisten der Partisanen standen Verblüffung und Ungläubigkeit. Die beiden Männer, die Mallory in Schach hielten, sahen Droshny fragend an. Droshny schaute Mallory an, als sei er übergeschnappt. Andrea schaute niemanden an, während Miller eine Miene von wehleidiger Teilnahmslosigkeit an den Tag legte, wie nur er sie fertig brachte. Aber es war Miller, der die eine kleine Bewegung machte, eine Bewegung, die damit endete, dass sein Daumen auf dem Sicherungshebel seiner Schmeisser lag. Nach einem kurzen Augenblick nahm er seinen Daumen wieder weg: Es würde eine Zeit für Schmeissers kommen.

Droshny ließ seine Hand mit einer unendlich langsamen Bewegung sinken und trat zwei Schritte zurück. Sein Gesicht war immer noch rot vor Wut, die dunklen Augen grausam und unerbittlich, aber er bekam sich wieder in die Hand. Er sagte: »Wissen Sie nicht, dass wir Vorsichtsmaßnahmen treffen müssen? Bis wir sicher wissen, wer Sie sind?«

»Woher soll ich das wissen?« Mallory nickte zu Andrea

hinüber. »Wenn Sie das nächste Mal Vorsichtsmaßnahmen für richtig halten, meinen Freund betreffend, sollten Sie Ihren Männern vielleicht raten, ein bisschen Abstand zu halten. Er reagiert auf die einzige Weise, die er kennt. Und ich weiß warum.«

»Das können Sie später erklären. Geben Sie Ihre Waffen ab.«

»Nein.« Mallory schob die Luger zurück ins Halfter.

»Sind Sie verrückt? Ich kann Sie Ihnen abnehmen lassen.«

»Das stimmt«, sagte Mallory ruhig. »Aber dazu müssten Sie uns erst umbringen. Ich glaube nicht, dass Sie dann noch sehr lange Captain wären, mein Freund.«

Ein nachdenklicher Ausdruck löste die Wut in Droshnys Augen ab. Er gab einen scharfen Befehl auf serbo-kroatisch, und wieder richteten die Soldaten ihre Gewehre auf Mallory und seine fünf Kameraden. Aber sie machten keinen Versuch, den Gefangenen die Waffen abzunehmen. Droshny drehte sich um, machte eine Handbewegung und begann, den steil ansteigenden Weg weiterzugehen. Droshny war ein Mann, den man nicht unterschätzen sollte, dachte Mallory.

Ungefähr zwanzig Minuten lang kletterten sie stolpernd den rutschigen Abhang hinauf. Eine Stimme ertönte aus der Dunkelheit vor ihnen, und Droshny antwortete, ohne stehen zu bleiben. Sie passierten zwei mit Maschinenkarabinern bewaffnete Wachtposten und waren eine Minute später in Droshnys Hauptquartier.

Es war ein bescheiden großes Militärlager – wenn ein weiter Kreis von roh behauenen und mit einem Querbeil gezimmerten Holzhütten als Lager bezeichnet werden konnte –, das in einer der tiefen Mulden im Waldboden aufgeschlagen worden war, die Mallory allmählich charakteristisch für Bosniens Landschaft schienen. Vom Grund dieser Mulde erhoben sich zwei konzentrische Kreise von Kiefern, die bei weitem höher und dicker waren als alle Bäume, die man in Westeuropa findet, massive Kiefern, deren massive Äste vierundzwanzig bis dreißig Meter über dem Boden ineinander griffen und eine schneebedeckte Kuppel bildeten, die so dicht war, dass nicht einmal eine dünne Schneeschicht auf der festgetretenen Erde des Lagers lag. Auf die gleiche Weise verhinderte die Kuppel, dass Licht nach oben durchdrang. Aus einigen Hüttenfenstern schimmerte Licht nach draußen, man machte keinen Versuch, sie zu verdunkeln. Man hatte sogar einige Öllampen im Freien aufgehängt, um das ganze Lagergelände zu beleuchten. Droshny blieb stehen und sagte zu Mallory: »Kommen Sie mit. Die übrigen bleiben draußen.«

Er führte Mallory zu der Tür der größten Hütte des Lagers. Andrea nahm unaufgefordert seinen Sack von den Schultern und setzte sich darauf, und die anderen taten nach anfänglichem Zögern das Gleiche. Die Wachen überprüften sie zögernd, zogen sich dann zurück und bildeten einen Halbkreis um sie. Reynolds wandte sich an Andrea, sein Gesicht drückte das absolute Gegenteil von Bewunderung oder Freundlichkeit aus.

»Sie sind verrückt.« Reynolds Stimme war ein gedämpftes zorniges Flüstern. »Ein Vollidiot. Sie hätten umgebracht werden können. Ihretwegen hätten wir alle umgebracht werden können. Haben Sie eine Kriegsneurose?«

Andrea antwortete nicht. Er zündete sich eine seiner widerlichen Zigarren an und betrachtete Reynolds mit milder Nachdenklichkeit, jedenfalls so mild, wie es ihm irgendmöglich war.

»Verrückt ist gar kein Ausdruck!« Groves war, wenn das überhaupt möglich war, noch hitziger als Reynolds. »Oder *wussten* Sie vielleicht nicht, dass es ein Partisan war, den Sie umgebracht haben? *Wissen* Sie nicht, was das bedeutet? *Wissen* Sie vielleicht nicht, dass Leute wie diese immer Maßnahmen ergreifen müssen?«

Ob er es wusste oder nicht, verriet Andrea nicht. Er paffte seine Zigarre und ließ seinen friedvollen Blick von Reynolds zu Groves hinüberwandern.

Miller sagte besänftigend: »Na, na. Seien Sie doch nicht so. Vielleicht war Andrea ein bisschen voreilig, aber …«

»Gott helfe uns allen«, sagte Reynolds wütend. Er warf

seinen Kameraden einen verzweifelten Blick zu. »Tausend Meilen von zu Hause und jeder Hilfe entfernt, und dann auch noch mit diesem Haufen von schießwütigen Größen von gestern am Hals.« Er wandte sich an Miller: »Seien Sie doch nicht so.«

Miller setzte sein wehleidiges Gesicht auf und schaute weg.

Der Raum war groß, kahl und ohne jeden Komfort. Die einzige Konzession an Behaglichkeit war ein knisterndes Kiefernholzfeuer in einer primitiven Feuerstelle. Das Mobiliar bestand lediglich aus einem kurz vor dem Zusammenbrechen stehenden Holzbohlentisch, zwei Stühlen und einer Bank. Aber diese Dinge nahm Mallory nur oberflächlich wahr. Er hörte kaum, dass Droshny sagte: »Captain Mallory. Dies ist mein kommandierender Offizier.« Er war zu sehr damit beschäftigt, den Mann anzustarren, der hinter dem Tisch saß.

Der Mann war klein, gedrungen und etwa Mitte dreißig. Die tiefen Linien um die Augen und den Mund konnten vom Wetter oder von Humor stammen oder von beidem. Gerade jetzt lächelte er leicht. Er trug die Uniform eines Hauptmanns der deutschen Armee und ein Eisernes Kreuz.

4. KAPITEL

Freitag

02.00–03.30

Der deutsche Hauptmann lehnte sich in seinem Stuhl zurück und legte die Fingerspitzen aneinander. Er sah aus wie ein Mann, der den Augenblick genoss.

»Hauptmann Neufeld, Captain Mallory.« Er schaute auf die Stellen an Mallorys Uniform, an denen die Abzeichen hätten sein sollen. »Wenigstens vermute ich das. Sie sind überrascht, mich zu sehen?«

»Ich bin *entzückt*, Sie kennen zu lernen, Hauptmann Neufeld.« Auf Mallorys Gesicht hatte ein Lächeln die Überraschung abgelöst, und nun seufzte er in tiefer Erleichterung auf. »Sie können sich nicht vorstellen, *wie* entzückt.« Immer noch lächelnd drehte er sich zu Droshny um, und das Lächeln machte Bestürzung Platz: »Aber wer sind *Sie*? Wer ist dieser Mann, Hauptmann Neufeld? Wer in Dreiteufelsnamen sind diese Männer da draußen? Sie müssen … sie müssen …«

Droshny unterbrach ihn heftig: »Einer seiner Männer hat heute Nacht einen meiner Männer umgebracht.«

»Was!« Das Lächeln auf Neufelds Gesicht erlosch schlagartig, und er stand mit einem Ruck auf. Der Stuhl krachte zu Boden. Mallory ignorierte ihn und sah wieder Droshny an: »Wer *sind* Sie? Um Gottes willen, sagen Sie es mir!«

Droshny sagte langsam: »Man nennt uns Cetniks.«

»Cetniks? Cetniks? Was in aller Welt sind Cetniks?«

»Sie werden mir verzeihen, wenn ich lächle.« Neufeld hatte sich wieder gefangen, und auf seinem Gesicht lag eine seltsame Ausdruckslosigkeit, eine Ausdruckslosigkeit, in die nur seine Augen nicht eingeschlossen waren: Dinge, sehr unangenehme Dinge konnten Leuten passieren, die den Fehler machten, Hauptmann Neufeld zu unterschätzen.

»Sie? Der Anführer der Männer, die in diesem speziellen Auftrag in dieses Land geschickt wurden, Sie wollen mir erzählen, dass Sie nicht gut genug informiert wurden, um zu wissen, dass die Cetniks unsere jugoslawischen Verbündeten sind?«

»Verbündete? Ah!« Mallorys Gesicht klärte sich verstehend auf. »Verräter? Jugoslawische Kollaborateure? Ist das richtig?«

Aus Droshnys Kehle kam ein Stöhnen, und er bewegte sich auf Mallory zu, während sich seine rechte Hand um den Griff seines Messers schloss. Neufeld stoppte ihn mit einem scharfen Befehl und einer knappen abwinkenden Handbewegung.

»Und was meinen Sie mit speziellem Auftrag?«, erkundigte sich Mallory. Er schaute die Männer nacheinander an und lächelte dann, als begriffe er endlich, worauf Neufeld hinauswollte. »Oh, wir sind in speziellem Auftrag hier, das stimmt, aber nicht so, wie Sie denken. Wenigstens nicht so, wie ich denke, dass Sie denken.«

»Nein?« Neufelds Technik, eine Augenbraue zu heben, war fast so gut wie die von Miller, dachte Mallory. »Warum haben Sie dann angenommen, dass wir Sie erwarteten?«

»Das weiß Gott«, sagte Mallory offen. »Wir dachten, die Partisanen würden uns erwarten. Deshalb musste Droshnys Mann sterben, fürchte ich.«

»Deshalb musste Droshnys Mann …« Neufeld betrachtete Mallory mit müdem Blick, hob seinen Stuhl auf und setzte sich nachdenklich hin. »Ich glaube, es wäre besser, wenn Sie mir reinen Wein einschenkten.«

Wie es sich für einen wohlerzogenen Mann gehörte, der im West End von London zu Hause ist, benutzte Miller eine Serviette zum Essen, und das tat er auch jetzt. Er hatte sie oben in seinen Anorak gesteckt, saß auf seinem Rucksack mitten in Neufelds Lager und genoss vornehm ein undefinierbares Gulasch aus einer Blechbüchse. Die drei Sergeants, die ganz in seiner Nähe saßen, betrachteten das Bild in fassungslosem Staunen und nahmen dann ihre leise

Unterhaltung wieder auf. Andrea, eine seiner unvermeidlichen stinkenden Zigarren im Mund, strolchte durch das Lager, wobei er das halbe Dutzend der wachsamen und verständlicherweise unruhigen Posten einfach ignorierte, und verpestete die Luft, wohin er auch kam. Durch die klirrend kalte Nachtluft kam der Klang einer tiefen Stimme, die zu einer Gitarre sang. Als Andrea seinen Rundgang durch das Lager beendet hatte, schaute Miller auf und nickte in Richtung der Musik.

»Wer ist der Solist?«

Andrea zuckte die Achseln: »Radio, vielleicht.«

»Sie sollten ein neues Radio kaufen. Mein geschultes Ohr …«

»Hören Sie.« Reynolds' geflüsterte Unterbrechung war scharf und eindringlich. »Wir haben uns unterhalten.«

Miller machte ein bisschen Theater mit seiner Serviette und sagte liebenswürdig: »Tun Sie's nicht. Denken Sie an die gramgebeugten Mütter und Freundinnen, die Sie zurücklassen würden.«

»Was meinen Sie damit?«

»Ich spreche von dem Ausbruch, den Sie planen«, sagte Miller. »Ein anderes Mal, vielleicht?«

»Warum nicht jetzt?«, fragte Groves kriegerisch. »Sie halten nicht Wache …«

»Soso.« Miller seufzte. »Schauen Sie noch mal genauer hin. Sie glauben doch nicht, dass Andrea Leibesübungen *liebt?*«

Die drei Sergeants schauten sich noch einmal um, vorsichtig und verstohlen, dann sahen sie fragend Andrea an.

»Fünf dunkle Fenster«, sagte Andrea. »Dahinter fünf dunkle Männer mit fünf dunklen Maschinengewehren.«

Reynolds sah zu Boden.

»Also.« Neufeld, fiel Mallory auf, hatte einen großen Hang dazu, die Fingerspitzen gegeneinander zu pressen. Mallory hatte einmal einen Scharfrichter mit genau der gleichen Neigung gekannt. »Das *ist* eine bemerkenswert seltsame Geschichte, die Sie uns da erzählen, Captain Mallory.«

»Da haben Sie Recht«, stimmte Mallory zu. »Aber vergessen Sie nicht, die bemerkenswert seltsame Situation in Betracht zu ziehen, in der wir uns in diesem Moment befinden.«

»Sicher, sicher, das ist ein Punkt.« Langsam und nachdenklich zählte Neufeld weitere Punkte an seinen Fingern auf. »Sie haben, so behaupten Sie jedenfalls, einige Monate lang einen Penicillin und Rauschgiftring in Süditalien geleitet. Als ein verbündeter Offizier der Alliierten hatten Sie angeblich keine Schwierigkeiten, Nachschub von der amerikanischen Armee und den Luftwaffenstützpunkten zu bekommen.«

„Es gab ein paar kleinere Schwierigkeiten gegen Ende«, gab Mallory zu.

»Darauf komme ich noch. Dieser Nachschub, behaupten Sie, wurde durch die Wehrmacht geschleust.«

»Ich wünschte Sie hörten auf, das Wort behaupten in diesem Tonfall zu gebrauchen«, sagte Mallory irritiert. »Prüfen Sie nach, was ich Ihnen erzählt habe. Fragen Sie Feldmarschall Kesselring, den Chef des Militärischen Nachrichtendienstes in Padua.«

»Mit Vergnügen.« Neufeld nahm den Hörer ab, gab eine kurze Anordnung durch und legte wieder auf.

Mallory sagte überrascht: »Sie haben direkte Verbindung zur Außenwelt? Von *hier* aus?«

»Ich habe direkte Verbindung zu einer Hütte, fünfzig Meter entfernt, wo wir ein Funkgerät mit starker Kapazität haben. Fahren wir fort. Sie behaupten weiter, Sie seien gefangen genommen und angeklagt worden und hätten auf die Verkündung Ihres Todesurteils gewartet. Habe ich das richtig verstanden?«

»Wenn Ihr Spionagesystem so gut ist, wie es immer heißt, dann wissen Sie morgen darüber Bescheid«, sagte Mallory trocken.

»Möglich, möglich. Sie sind dann ausgebrochen, haben die Wachen getötet und in einem Zimmer gehört, wie drei Agenten über einen Auftrag in Bosnien aufgeklärt wurden.« Wieder presste er die Fingerspitzen gegeneinander.

»Sie könnten die Wahrheit gesagt haben. Was für einen Auftrag erhielten die drei Agenten, sagten Sie?«

»Ich habe nichts gesagt. Ich habe wirklich nicht aufgepasst. Es hatte etwas mit der Suche nach vermissten britischen Anführern und der Zerstörung Ihres Spionagenetzes zu tun. Ich bin aber nicht sicher. Wir hatten wichtigere Dinge im Kopf.«

»Das glaube ich Ihnen«, sagte Neufeld ironisch. »Zum Beispiel Ihre Haut. Was ist mit Ihren Epauletten passiert, Captain? Wo sind die Ordensbänder und die Knöpfe?«

»Sie haben offensichtlich noch nie einer englischen Gerichtsverhandlung beigewohnt, Hauptmann Neufeld.«

Neufeld sagte milde: »Sie hätten Sie ja selbst abreißen können.«

»Und dann drei viertel des Benzins, das in den Tanks war, ausleeren, bevor wir das Flugzeug stahlen?«

»Ihre Tanks waren nur viertel voll?«

Mallory nickte.

»Und die Maschine ist abgestürzt, ohne Feuer zu fangen?«

»Wir hatten nicht vor, abzustürzen«, sagte Mallory müde. »Wir hatten vor zu landen. Aber wir hatten keinen Brennstoff mehr – und, wie wir jetzt wissen, kamen wir auch noch am falschen Platz an.«

Neufeld sagte geistesabwesend: »Jedes Mal wenn die Partisanen Landefackeln setzen, machen wir es auch – *und* wir wussten, dass Sie – oder irgendjemand – kommen würden. Kein Brennstoff, was?« Wieder sagte Neufeld kurz etwas ins Telefon und wandte sich dann wieder an Mallory. »Das ist alles sehr befriedigend – wenn es wahr ist. Jetzt bleibt nur noch der Tod von Hauptmann Droshnys Mann zu klären.«

»Die Sache tut mir Leid. Es war ein schreckliches Missverständnis. Aber sicher können Sie es verstehen. Das allerletzte, was wir wollten, war, bei Ihnen zu landen und direkten Kontakt mit Ihnen aufzunehmen. Wir haben davon gehört, was mit britischen Fallschirmspringern passiert, die über deutschem Gebiet abspringen.«

Neufeld presste wieder seine Fingerspitzen aneinander. »Wir befinden uns im Krieg. Fahren Sie fort.«

»Unsere Absicht war es, im Gebiet der Partisanen zu landen, uns über die Linien zu schleichen und uns zu ergeben. Als Droshny seine Gewehre auf uns richten ließ, dachten wir, es wären Partisanen, die erfahren hatten, dass wir das Flugzeug gestohlen haben. Und das konnte für uns nur eines bedeuten.«

»Warten Sie draußen. Hauptmann Droshny und ich werden in einer Minute nachkommen.«

Mallory verließ den Raum. Andrea, Miller und die drei Sergeants saßen geduldig auf ihren Rucksäcken. Aus der Ferne wehte immer noch die Musik herüber. Einen Moment lang hob Mallory den Kopf, um zuzuhören, und ging dann hinüber zu den anderen. Miller tupfte sich geziert die Lippen mit der Serviette ab und schaute zu Mallory auf.

»Nette Unterhaltung gehabt?«

»Ich habe ihm ein bisschen Seemannsgarn vorgesponnen. Die Geschichte, über die wir im Flugzeug gesprochen hatten.« Er sah die drei Sergeants an. »Spricht einer von Ihnen Deutsch?«

Alle drei schüttelten die Köpfe.

»Großartig. Vergessen Sie auch, dass Sie Englisch sprechen. Wenn Sie gefragt werden, wissen Sie gar nichts.«

»Wenn ich nicht gefragt werde«, sagte Reynolds bitter, »weiß ich deswegen auch nichts.«

»Umso besser«, sagte Mallory ermutigend. »Dann können Sie auch nichts sagen.«

Er brach ab und drehte sich um, als Neufeld und Droshny im Türrahmen erschienen. Neufeld kam auf ihn zu und sagte: »Wie wäre es mit einem Schluck Wein und etwas zu essen, während wir auf die Bestätigung warten?« Wie vorher hob Mallory den Kopf und hörte dem Singen zu. »Zu allererst müssen Sie unseren fahrenden Sänger kennen lernen.«

»Wir begnügen uns mit Wein und Essen«, sagte Andrea.

»Ihre Vorurteile sind unberechtigt. Sie werden sehen. Kommen Sie.«

Der Speisesaal, wenn man ihn mit einer so hochtrabenden Bezeichnung ehren wollte, lag etwa vierzig Meter entfernt. Neufeld öffnete die Tür, und man sah eine primitive
Behelfshütte mit zwei wackligen Tischen und vier Bänken,
die auf der nackten Erde standen. Am Ende des Raums
brannte das unvermeidliche Kiefernholzfeuer in der unvermeidlichen steinernen Feuerstelle. Nahe am Feuer, an
einem der entfernteren Tische, saßen drei Männer – nach
den Wintermänteln und den Gewehren, die an ihrer Seite
herunterhingen, zu urteilen, konnte es sich nur um zeitweise beurlaubte Wachen handeln – und tranken Kaffee und
lauschten dem Gesang eines Mannes, der vor dem Feuer
auf dem Boden saß.

Der Sänger trug eine zerfetzte anorak-ähnliche Jacke,
eine, wenn das möglich war, noch zerfetztere Hose und ein
paar kniehohe Stiefel, die an jeder nur möglichen Naht auf-
klafften. Von seinem Gesicht war nicht viel zu sehen, außer
einer Masse dunklen Haares und einer großen Brille mit
dunklen Gläsern.

Neben ihm saß, offensichtlich schlafend, den Kopf an
seine Schulter gelehnt, ein Mädchen. Sie trug einen Mantel
der britischen Armee mit hohem Kragen, der sich in einem
fortgeschrittenen Zustand der Auflösung befand. Er war so
lang, dass er ihre angezogenen Beine völlig bedeckte. Die
ungekämmten platinblonden Haare, die über ihre Schulter
herunterfielen, hätten auf eine Skandinavierin schließen
lassen, aber die hohen Backenknochen, die dunklen Augenbrauen und die langen dunklen Wimpern waren eindeutig slawisch.

Neufeld ging quer durch den Raum und blieb neben
dem Feuer stehen. Er beugte sich über den Sänger und sagte: »Petar, ich möchte dir ein paar Freunde vorstellen.«

Petar ließ seine Gitarre sinken, blickte auf, drehte sich
um und berührte das Mädchen zart am Arm. Augenblicklich hob das Mädchen den Kopf, und ihre Augen, große
tiefschwarze Augen, öffneten sich weit. Sie hatte einen Augenausdruck wie ein gehetztes Tier. Sie schaute wild um
sich, sprang auf die Füße, winzig in dem riesigen Mantel,

der ihr fast bis zu den Knöcheln reichte, und hielt dem Gitarristen die Hand hin, um ihm aufzuhelfen. Als er aufgestanden war, stolperte er: Offensichtlich war er blind.

»Das ist Maria«, sagte Neufeld. »Maria, das ist Captain Mallory.«

»Captain Mallory.« Ihre Stimme war sanft und ein wenig heiser. Sie sprach ein beinahe akzentfreies Englisch. »Sind Sie Engländer, Captain Mallory?«

Es war jetzt wohl kaum der Moment und der Ort, seine Vorfahren aus Neuseeland zu verkünden, überlegte er. Er lächelte. »Nun, so etwas Ähnliches.«

Maria lächelte zurück. »Ich habe mir immer gewünscht, einmal einen Engländer kennen zu lernen.« Sie machte einen Schritt auf ihn zu, schob seine ausgestreckte Hand beiseite und schlug ihn mit der offenen Hand und mit aller Kraft ins Gesicht.

»Maria!« Neufeld starrte sie an. »Er ist auf unserer Seite.«

„Ein Engländer und ein Verräter!« Sie hob wieder die Hand, aber ihr Arm wurde in der Bewegung von Andreas festem Griff aufgehalten. Sie versuchte einen Moment, sich loszumachen, aber als sie sah, dass es vergeblich war, gab sie auf, ihre dunklen Augen glänzten in dem zornigen Gesicht. Andrea hob seine freie Hand und rieb sich die eigene Wange in zärtlicher Erinnerung.

Er sagte bewundernd: »Teufel, sie erinnert mich an meine Maria.« Er grinste Mallory an. »Ganz schön geschickt mit ihren Händen, diese Jugoslawen.«

Mallory rieb sich kummervoll die Wange und wandte sich an Neufeld: »Vielleicht Petar ... das war doch sein Name ...«

»Nein.« Neufeld schüttelte den Kopf. »Später. Essen wir jetzt.«

Er ging voraus zu dem Tisch am anderen Ende des Raumes, bedeutete den anderen mit einer Handbewegung, sich zu setzen, setzte sich selbst und fuhr fort: »Es tut mir Leid. Das war meine Schuld. Ich hätte es besser wissen sollen.«

Miller sagte vorsichtig: »Ist sie ... ist sie in Ordnung?«

»Sie halten sie für ein wildes Tier?«

»Sie wäre wohl ein ziemlich gefährliches Haustier, meinen Sie nicht auch?«

»Sie hat an der Universität von Belgrad studiert. Sprachen. Mit ›cum laude‹ abgeschlossen, wurde mir erzählt. Einige Zeit nach Beendigung ihres Studiums kehrte sie in ihr Zuhause in den bosnischen Bergen zurück. Sie fand ihre Eltern und zwei kleine Brüder niedergemetzelt. Sie … nun … seitdem ist sie so.«

Mallory drehte sich auf seinem Stuhl um und schaute das Mädchen an. Ihre dunklen Augen waren unverwandt auf ihn gerichtet, und der Ausdruck darin war alles andere als ermutigend. Mallory drehte sich wieder zu Neufeld um.

»Wer hat das getan? Mit ihren Eltern, meine ich.«

»Die Partisanen«, sagte Droshny wild. »Ihre schwarzen Seelen sollen verdammt sein. Die Partisanen. Marias Leute waren unsere Leute. Cetniks.«

»Und der Sänger?«, fragte Mallory.

»Ihr älterer Bruder.« Neufeld schüttelte den Kopf. »Blind von Geburt an. Wo sie auch hingehen, sie führt ihn an der Hand. Sie sieht für ihn, sie ist sein Leben.«

Sie saßen schweigend da, bis Wein und Essen gebracht wurden. Wenn eine Armee auf ihrem Magen marschieren müsste, würde diese nicht sehr weit kommen, dachte Mallory: Er hatte gehört, dass die Nahrungsmittelsituation bei den Partisanen verzweifelt war, aber wenn das hier ein repräsentatives Beispiel war, ging es den Cetniks und Deutschen nicht viel besser. Ohne jede Begeisterung nahm er ein bisschen von dem grauen Stew auf den Löffel – es wäre unmöglich gewesen, eine Gabel zu benutzen –, einem Stew, in dem kleine merkwürdige Stückchen nicht zu definierenden Fleisches verloren in einer schmierigen Bratensoße dunkler Herkunft herumschwammen. Er schaute hinüber zu Andrea und wunderte sich über die Gleichgültigkeit seiner Geschmacksnerven: Andreas Teller war schon fast leer. Miller wandte sich mit Grausen von seinem Teller ab und trank vorsichtig den schweren Rotwein.

Die drei Sergeants hatten bisher ihr Essen noch nicht eines Blickes gewürdigt. Sie waren ausschließlich damit beschäftigt, das Mädchen neben dem Feuer anzuschauen. Neufeld bemerkte ihr Interesse und lächelte.

»Ich bin auch der Meinung, dass ich noch nie so ein schönes Mädchen gesehen habe, und der Himmel weiß, wie sie erst aussähe, wenn sie gewaschen wäre. Aber sie ist nicht für Sie, meine Herren. Sie ist für keinen Mann bestimmt. Sie ist schon verheiratet.« Er blickte in die fragenden Gesichter und schüttelte den Kopf: »Nein, nicht mit einem Mann. Mit einer Idee, wenn Sie den Tod eine Idee nennen wollen. Den Tod der Partisanen.«

»Bezaubernd«, murmelte Miller. Kein anderer Kommentar wurde laut. Was hätte man auch sagen sollen? Sie aßen in einem Schweigen, das nur von dem leisen Gesang neben dem Feuer unterbrochen wurde. Die Stimme war melodisch, aber die Gitarre war jämmerlich verstimmt. Andrea stieß seinen leeren Teller zurück, schaute den blinden Musiker irritiert an und wandte sich an Neufeld.

»Was singt er da?«

»Ein altes bosnisches Liebeslied, habe ich mir sagen lassen. Sehr alt und sehr traurig. In Englisch gibt es das Lied auch.« Er schnalzte mit den Fingern. »Ja, das ist es. ›The girl I left behind me.‹«

»Sagen Sie ihm, er soll etwas anderes singen«, stieß Andrea hervor. Neufeld schaute ihn verwirrt an und wandte sich dann ab, als ein deutscher Feldwebel hereinkam und sich zu ihm herunterbeugte, um ihm etwas ins Ohr zu flüstern. Neufeld nickte, und der Feldwebel verließ die Hütte.

»So.« Neufeld blickte nachdenklich vor sich hin. »Eine Funknachricht von der Patrouille, die Ihr Flugzeug gefunden hat. Die Tanks waren tatsächlich leer. Ich glaube kaum, dass wir noch auf die Bestätigung aus Padua zu warten brauchen, was meinen Sie, Captain Mallory?«

»Ich verstehe nicht.«

»Macht nichts. Sagen Sie, haben Sie je von einem General Vukalovic gehört?«

»General wie?«

»Vukalovic.«

»Der ist nicht auf unserer Seite«, sagte Miller überzeugt. »Nicht mit so einem Namen.«

»Sie müssen die einzigen Menschen in Jugoslawien sein, die ihn *nicht* kennen. Jeder sonst kennt ihn. Partisanen, Cetniks, Deutsche, Bulgaren, alle. Er ist einer ihrer so genannten Nationalhelden.«

»Reichen Sie den Wein 'rüber.«

»Sie sollten lieber zuhören«, sagte Neufeld scharf. »Vukalovic befehligt fast eine Division von Partisanen-Infanteristen, die in einer Schlinge des Neretva-Flusses seit fast drei Monaten in der Falle sitzen. Wie die Männer, die er anführt, ist auch Vukalovic verrückt. Sie haben nicht den geringsten Schutz. Sie haben kaum Waffen, fast keine Munition mehr, und außerdem sind sie kurz vor dem Verhungern. Ihre Armee ist in Fetzen gekleidet. Sie sind erledigt.«

»Warum fliehen sie dann nicht?«, fragte Mallory.

»Eine Flucht ist unmöglich. Der reißende Fluss schneidet ihnen den Weg im Osten ab. Im Norden und Westen sind unüberwindliche Berge. Der einzig denkbare Weg wäre die Brücke im Süden, die Brücke über die Neretva. Und dort warten zwei bewaffnete Divisionen von uns.«

»Keine Schluchten?«, fragte Mallory. »Keine Durchgangsmöglichkeiten durch die Berge?«

»Zwei. Blockiert von unseren besten Kampftruppen.«

»Warum geben sie dann nicht auf?«, fragte Miller vernünftig. »Hat ihnen niemand die Kriegsregeln beigebracht?«

»Sie sind verrückt, sage ich Ihnen. Komplett verrückt.«

Genau im gleichen Augenblick bewiesen Vukalovic und seine Partisanen einigen anderen Deutschen, wie hochgradig verrückt sie waren.

Die Westschlucht war eine schmale, gewundene, mit Felsbrocken übersäte und von Steilwänden begrenzte Schlucht, die den einzigen Durchgang durch die unüberwindlichen Berge bildete, die den Zenica-Käfig nach Osten abschlossen. Drei Monate lang hatten deutsche Infanterie-

Einheiten – Einheiten, die seit kurzem eine steigende Anzahl von erfahrenen alpinen Truppen bei sich hatten – versucht, den Durchgang zu erzwingen: Drei Monate waren
sie unter Blutvergießen zurückgetrieben worden. Aber die
Deutschen gaben nicht auf, und in dieser klirrend kalten
Nacht, in der der Mond immer wieder zwischen den Wolken hervorkam und zwischendurch sanfter Schnee fiel,
versuchten sie es wieder. Die Deutschen führten ihren Angriff mit der kalten berufsmäßigen Geschicklichkeit durch,
die das Ergebnis langer und harter Erfahrung war. Sie
drangen durch die Schlucht in drei ziemlich gleichmäßigen
und klug angeordneten Linien vor. Die Kombination aus
weißen Schneeanzügen, dem Ausnutzen jeder noch so kleinen Deckung und die Tatsache, dass sie den Zeitpunkt für
ihr kurzes Vorwärtshuschen so wählten, dass in diesen Momenten gerade der Mond zeitweise verdunkelt war, machte es fast unmöglich, sie zu sehen. Dennoch war es nicht
schwierig, sie auszumachen, sie hatten offensichtlich reichlich Munition für Maschinenpistolen und Gewehre, und
das Mündungsfeuer blitzte ununterbrochen. Fast genauso
ununterbrochen, aber in einiger Entfernung vor ihnen
konnte man durch das scharfe flache Krachen gesprengter
Felsbrocken den jeweiligen Standort der sich langsam vorwärts schiebenden Artilleriebarriere feststellen, die den
Deutschen durch den mit Felsbrocken übersäten Engpass
voranging.

Die jugoslawischen Partisanen warteten an der Spitze
der Schlucht, verschanzt hinter einer Felsbarriere aus hastig aufgetürmten Steinen und zersplitterten Baumstämmen, die vom deutschen Artilleriefeuer zerstört worden
waren. Obwohl der Schnee tief und der Wind aus dem
Osten schneidend war, trugen nur einige der Partisanen
Wintermäntel. Sie waren in außerordentlich verschiedene
Uniformen gekleidet. Uniformen, die in der Vergangenheit
Mitgliedern der englischen, deutschen, italienischen, bulgarischen und jugoslawischen Armee gehört hatten: Das
einzige Erkennungszeichen, das sie alle gemeinsam hatten,
war ein roter Stern, der auf die rechte Seite ihrer Feldmüt-

zen genäht war. Die Uniformen waren fadenscheinig und zerfetzt und boten wenig Schutz gegen die durchdringende Kälte, sodass die Männer am ganzen Körper zitterten. Ein großer Teil von ihnen schien verwundet zu sein: Überall sah man geschiente Beine, Arme in Schlingen und verbundene Köpfe. Aber eines war ihnen gemeinsam: Ihre verkniffenen und abgemagerten Gesichter, Gesichter, in denen die Zeichen der Entbehrungen übertroffen wurden von der ruhigen und absoluten Entschlossenheit von Männern, die nichts mehr zu verlieren haben.

In der Mitte der Gruppe der Partisanen standen zwei Männer im Schutz des dicken Stammes einer der Kiefern, die noch stehen geblieben waren. Das von weißen Fäden durchzogene Haar und das zerfurchte – und jetzt sogar noch erschöpftere – Gesicht von General Vukalovic waren unverkennbar. Aber die dunklen Augen leuchteten strahlend wie immer, als er sich vorbeugte und von dem Mann, der mit ihm in Deckung stand, eine Zigarette entgegennahm und sich Feuer geben ließ. Es war ein Offizier mit dunkler Haut und einer Hakennase, dessen schwarzes Haar zur Hälfte unter einem blutdurchtränkten Verband verschwand. Vukalovic lächelte.

»Natürlich bin ich verrückt, mein lieber Stephan. Sie sind verrückt – oder Sie hätten diese Position vor Wochen aufgegeben. Wir sind alle verrückt, wussten Sie das nicht?«

»Ich weiß nur eins.« Major Stephan rieb sich mit einem Handrücken über den wochenalten Bart. »Ihre Fallschirmlandung vor einer Stunde. Das war verrückt. Warum Sie ...« Er brach ab, als ein Gewehr nur ein paar Meter von ihnen entfernt krachte, ging zu einer Stelle hinüber, an der ein magerer Junge, nicht älter als siebzehn, in die weiße Düsternis der Schlucht über das Visier einer Lee-Enfield nach unten spähte. »Haben Sie ihn erwischt?«

Der Junge drehte sich herum und schaute auf. Ein Kind, dachte Vukalovic verzweifelt, ein richtiges Kind. Er hätte noch in die Schule gehen sollen. Der Junge sagte: »Ich weiß es nicht sicher, Sir.«

»Wie viele Patronen haben Sie noch? Zählen Sie sie.«

»Das ist nicht nötig. Sieben.«

»Schießen Sie nicht, bevor Sie ganz sicher sind.« Stephan wandte sich wieder Vukalovic zu: »Gott im Himmel, General, Sie wären den Deutschen fast in die Hände geflattert.«

»Ohne Fallschirm wäre ich noch schlimmer dran gewesen«, sagte Vukalovic milde.

»Es ist nur so wenig Zeit.« Stephan schlug sich mit der Faust in die Handfläche … »Nur noch so wenig Zeit. Es war verrückt von Ihnen, zurückzukommen. Sie brauchen Sie soviel nötiger als …« Er blieb abrupt stehen, horchte für den Bruchteil einer Sekunde, warf sich auf Vukalovic und riss ihn mit sich zu Boden, als eine winselnde Granate zwischen einigen lockeren Felsbrocken nur ein paar Meter entfernt niederging und beim Auftreffen explodierte. Ganz in der Nähe schrie ein Mann tödlich verwundet auf. Noch eine Granate landete, dann eine dritte und vierte, alle nur zehn Meter voneinander entfernt.

»Jetzt haben sie sich eingeschossen. Der Teufel soll sie holen.« Stephan stand auf und schaute die Schlucht hinunter. Einige Sekunden lang konnte er überhaupt nichts sehen, denn eine schwarze Wolkenbank hatte sich vor den Mond geschoben. Dann brach der Mond wieder durch, und er konnte den Feind deutlicher sehen, als ihm lieb war. Nach einem sicherlich vorher vereinbarten Signal versuchten sie gar nicht mehr, Deckung zu finden: Sie trampelten mit der höchstmöglichen Geschwindigkeit die gewundene Schlucht heran, Maschinenpistolen und Gewehre schussbereit in den Händen – und im gleichen Moment, in dem der Mond durchbrach, zogen sie die Auslöser ihrer Waffen durch. Stephan warf sich hinter einen Felsbrocken.

»Jetzt!«, schrie er. »Jetzt!«

Die erste Salve aus den Waffen der zerlumpten Partisanen dauerte nur ein paar Sekunden, dann fiel ein schwarzer Schatten über das Tal. Das Feuer wurde eingestellt. »Feuert weiter!«, schrie Vukalovic. »Nicht aufhören! Sie schließen uns ein!« Er ließ eine Salve aus seiner eigenen

Maschinenpistole los und sagte zu Stephan: »Sie wissen, was ihnen blüht, unsere Freunde da unten.«

»Das sollen sie auch.« Stephan machte eine Stabgranate scharf und schleuderte sie den Hügel hinunter. »Sehen Sie sich an, wie viel sie von uns gelernt haben.«

Wieder kam der Mond zum Vorschein. Die vordersten Männer der deutschen Infanterie waren nicht mehr als acht Meter entfernt. Auf beiden Seiten wurden Handgranaten geworfen, auf Kernschussweite abgefeuert. Einige deutsche Soldaten fielen, aber die meisten kamen durch und warfen sich auf die Verschanzung. Einen Moment herrschte ein wüstes Durcheinander. Hier und dort entwickelten sich Kämpfe von Mann zu Mann. Männer schrien einander an, fluchten einander an, brachten einander um. Aber die Barriere hielt stand. Plötzlich schoben sich wieder dicke schwarze Wolken vor den Mond, Dunkelheit legte sich über die Schlucht, und langsam wurde es still. In weiter Entfernung wurde das Donnern des Artilleriefeuers und der Granatwerfer zu einem gedämpften Rollen und verstummte schließlich ganz.

»Eine Falle?«, fragte Vukalovic Stephan leise. »Glauben Sie, dass sie wiederkommen?«

»Nicht heute Nacht.« Stephan war ganz sicher. »Sie sind tapfer, aber ...«

»Aber nicht verrückt.«

»Aber nicht verrückt«.

Blut strömte über Stephans Gesicht. Eine Wunde hatte sich geöffnet, aber er lächelte. Er richtete sich mühsam auf und drehte sich um, als ein stämmiger Sergeant herankam und flüchtig salutierte.

»Sie sind weg, Major. Wir haben diesmal sieben Mann verloren. Vierzehn sind verwundet.«

»Stellen Sie zweihundert Meter weiter unten Wachtposten auf«, sagte Stephan. Er wandte sich an Vukalovic. »Haben Sie das gehört, Sir? Sieben Tote. Vierzehn Verwundete.«

»Bleiben wie viele?«

»Zweihundert. Vielleicht zweihundertfünf.«

»Von vierhundert.« Vukalovics Mund verzerrte sich. »Mein Gott, von vierhundert.«

»Und sechzig von ihnen sind verwundet.«

»Wenigstens können Sie sie jetzt zum Verbandsplatz hinunterschaffen.«

»Es gibt keinen Verbandsplatz«, sagte Stephan heftig. »Ich hatte keine Zeit, es Ihnen zu sagen. Er wurde heute früh zerbombt. Beide Ärzte sind tot. Alle Medikamente und ärztlichen Einrichtungen ... puff. Einfach so.«

»Weg? Alles weg?« Vukalovic schwieg lange. »Ich lasse etwas vom Hauptquartier schicken. Die Männer, die gehen können, können selbst zum Hauptquartier laufen.«

»Die Verwundeten wollen nicht gehen, Sir. Nicht mehr.« Vukalovic nickte verstehend und fuhr fort: »Wie viel Munition?«

»Für zwei Tage. Drei, wenn wir sorgfältig damit umgehen.«

»Sechzig Verwundete.« Vukalovic schüttelte langsam, ungläubig den Kopf. »Keine ärztliche oder sonstige Hilfe für sie. Munition fast am Ende. Keine Nahrung. Kein Schutz. Und sie wollen nicht weg. Sie sind auch verrückt?«

»Ja, Sir.«

»Ich gehe zum Fluss hinunter«, sagte Vukalovic. »Um Colonel Lazlo im Hauptquartier aufzusuchen.«

»Ja, Sir«, Stephan lächelte schwach. »Ich zweifle, ob Sie sein geistiges Gleichgewicht in einem besseren Zustand vorfinden werden als meins.«

»Ich glaube nicht, dass ich damit rechnen kann«, sagte Vukalovic.

Stephan salutierte und wandte sich ab, wischte Blut von seinem Gesicht, ging ein paar schwankende Schritte und kniete sich dann hin, um einem schwer verwundeten Mann zu helfen. Vukalovic schaute ihm mit verschlossenem Gesicht nach und schüttelte den Kopf. Dann ging auch er.

Mallory beendete seine Mahlzeit und zündete sich eine Zigarette an. Er sagte: »Was wird also mit den Partisanen geschehen, die im Zenica-Käfig, wie Sie ihn nennen, sitzen?«

»Sie werden ausbrechen«, sagte Neufeld. »Zumindest werden sie es versuchen.«

»Aber Sie haben doch selbst gesagt, dass das unmöglich ist.«

»Nichts ist für diese verrückten Partisanen so unmöglich, dass sie es nicht doch versuchen. Ich wünschte bei Gott«, sagte Neufeld bitter, »wir kämpften gegen normale Menschen wie Engländer oder Amerikaner. Jedenfalls haben wir die Information – eine verlässliche Information – erhalten, dass ein Ausbruchversuch droht. Dumm ist nur, dass es diese zwei Durchgänge gibt – vielleicht gehen sie sogar so weit, sich den Weg über die Neretva-Brücke zu erzwingen –, und wir wissen nicht, an welcher Stelle der Ausbruch erfolgen wird.«

»Das ist sehr interessant.« Andrea schaute säuerlich zu dem Blinden hinüber, der immer noch das gleiche alte bosnische Liebeslied sang. »Können wir jetzt vielleicht etwas schlafen?«

„Nicht heute Nacht, fürchte ich.« Neufeld wechselte ein Lächeln mit Droshny. »Sie werden nämlich für uns herausfinden, an welcher Stelle der Ausbruch stattfinden soll.«

»Werden wir das?« Miller leerte sein Glas und griff nach der Flasche. »Ziemlich ansteckende Krankheit, dieser Wahnsinn.«

Neufeld überging den Einwurf. »Das Hauptquartier der Partisanen befindet sich etwa zehn Kilometer von hier. Sie werden dort Bericht erstatten als vertrauenswürdige Engländer, die sich verlaufen haben. Dann, sobald Sie ihre Pläne herausgefunden haben, sagen Sie ihnen, dass Sie zu Ihrem Hauptquartier in Dravar gehen, was Sie natürlich nicht tun. Sie kommen stattdessen hierher zurück. Was könnte einfacher sein?«

»Miller hat Recht«, sagte Mallory mit Überzeugung. »Sie *sind* verrückt.«

»Langsam glaube ich, dass viel zu viel über diese Verrücktheit geredet wird.« Neufeld lächelte. »Wäre es Ihnen vielleicht lieber, wenn Hauptmann Droshny Sie seinen Leuten übergäbe? Ich kann Ihnen versichern, sie sind sehr

aufgebracht über den – äh – plötzlichen Tod ihres Kameraden.«

»Das können Sie nicht von uns verlangen!« Mallorys Gesicht war verzerrt vor Wut. »Die Partisanen bekommen früher oder später eine Funknachricht über uns. Und dann ...
na, Sie wissen ja, was dann. Sie können das einfach nicht
von uns verlangen.«

»Ich *kann* und ich *werde*.« Neufeld sah Mallory und seine fünf Kameraden ohne Begeisterung an. »Ich habe nämlich zufällig nicht besonders viel für Rauschgiftschmugg-
ler und Drogenhändler übrig.«

»Ich glaube nicht, dass in gewissen Kreisen Ihre Meinung viel Gewicht haben dürfte«, sagte Mallory.

»Was soll das heißen?«

»Kesselrings Leiter des Militärischen Nachrichtendienstes wird das gar nicht gefallen.«

»Wenn Sie nicht zurückkommen, werden sie nie etwas
erfahren. *Wenn* Sie wiederkommen« – Neufeld lächelte
und berührte den Orden an seinem Hals – »werden sie mir
wahrscheinlich hierzu noch Eichenlaub verehren.«

»Reizender Mensch, nicht wahr?«, sagte Miller zu niemand bestimmtem.

»Kommen Sie also.« Neufeld stand vom Tisch auf. »Petar?«

Der blinde Sänger nickte, warf sich die Gitarre über die
Schulter und stand auf, seine Schwester ebenfalls.

»Was soll das?«, fragte Mallory.

»Führer.«

»Die beiden?«

»Nun«, sagte Neufeld vernünftig, »Sie können wohl
nicht gut allein hinfinden, oder? Petar und seine Schwester ... nun seine Schwester ... kennen Bosnien besser als die
Füchse.«

»Aber werden die Partisanen nicht ...«, begann Mallory,
als Neufeld ihn unterbrach.

»Sie kennen Bosnien nicht. Diese beiden gehen hin, wo
immer sie wollen, und niemand wird sie von seiner Tür
wegjagen. Die Bosnier glauben, und weiß Gott mit genü-

gend Grund, dass sie verflucht sind und das Auge des Bösen auf ihnen ruht. Dies ist ein Land des Aberglaubens,
Captain Mallory.«

»Aber ... aber wie wollen sie wissen, wohin sie uns bringen sollen?«

»Das werden sie schon wissen.« Neufeld nickte Droshny
zu, der in schnellem Serbokroatisch auf Maria einredete.
Sie wiederum sprach mit Petar, der einige merkwürdige
Töne von sich gab.

»Das ist eine seltsame Sprache«, bemerkte Miller.

»Er hat einen Sprachfehler«, sagte Neufeld kurz. »Er
wurde damit geboren. Er kann singen, aber nicht sprechen
– warum, hat man noch nicht herausgefunden. Wundern
Sie sich, dass die Leute glauben, verflucht zu sein?« Er
wandte sich an Mallory: »Warten Sie mit Ihren Männern
draußen.«

Mallory nickte und bedeutete den anderen, vorauszugehen. Neufeld hatte sich sofort in eine kurze, leise
Diskussion mit Droshny vertieft, der nickte, einen seiner
Cetniks zu sich beorderte und ihn mit einem Auftrag weg-
schickte. Als er draußen war, zog Mallory Andrea beiseite
und flüsterte ihm etwas ins Ohr, unhörbar für alle außer
Andrea, dessen genickte Zustimmung kaum zu bemerken
war.

Neufeld und Droshny schoben sich aus der Hütte, gefolgt von Maria, die Petar an der Hand führte. Als sie sich
Mallorys Gruppe näherte, ging Andrea wie zufällig auf sie
zu, die unvermeidliche stinkende Zigarre im Mund. Er
pflanzte sich vor einem sehr verwirrten Neufeld auf und
blies ihm hochmütig den Rauch ins Gesicht.

»Ich glaube, ich mag Sie nicht besonders, Hauptmann
Neufeld«, verkündete er. Er warf einen Blick auf Droshny
hinüber: »Und diesen Stahlwarenhändler auch nicht.«

Neufelds Gesicht verfinsterte sich augenblicklich und
verzerrte sich vor Wut. Aber er hatte sich schnell wieder in
der Hand und sagte beherrscht: »Ihre Meinung über mich
interessiert mich nicht.« Er nickte Droshny zu. »Aber laufen Sie nicht Hauptmann Droshny über den Weg, mein

Freund. Er ist ein Bosnier, und ein stolzer noch dazu – und er versteht es, mit einem Messer umzugehen wie kein anderer im ganzen Balkan.«

»Wie kein anderer ...« Andrea brach in schallendes Gelächter aus und blies Droshny Rauch ins Gesicht. »Ein Messerschleifer in einer komischen Oper.«

Droshnys Fassungslosigkeit war vollkommen, aber von kurzer Dauer. Er fletschte die Zähne, dass es jedem bosnischen Wolf zur Ehre gereicht hätte, riss ein gebogenes Messer aus seinem Gürtel und warf sich auf Andrea, die Schneide schnellte nach oben, aber Andrea, dessen Klugheit nur noch von der außerordentlichen Schnelligkeit übertroffen wurde, mit der er seinen riesigen Körper beherrschte, war nicht mehr an der Stelle, als das Messer ankam. Aber seine Hand war da. Sie erfasste das Gelenk der Hand, die das Messer hielt, als sie hinauf zuckte, und augenblicklich stürzten die beiden großen Männer zu Boden und rollten im Schnee herum, während sie um das Messer kämpften.

So unerwartet, so völlig unglaublich war die Geschwindigkeit, in der sich der Kampf von einem Augenblick zum anderen entwickelte, dass sich einige Sekunden lang niemand rührte. Die drei jungen Sergeants, Neufeld und die Cetniks zeigten nichts als fassungsloses Staunen. Mallory, der nahe neben dem Mädchen mit den großen Augen stand, rieb sich nachdenklich das Kinn, während Miller sorgsam die Asche von seiner Zigarette abstreifte und die Szene mit leicht gelangweilter Miene betrachtete.

Fast gleichzeitig warfen sich Reynolds, Groves und zwei Cetniks auf das ringende Paar auf dem Boden und versuchten, sie auseinanderzuziehen. Droshny und Andrea wurden auf die Beine gezogen, der Erstere mit verzerrtem Gesicht und hasserfüllten Augen. Andrea nahm wieder seine Zigarre zur Hand, die er irgendwo wieder gefunden hatte, nachdem sie getrennt worden waren.

»Sie Wahnsinniger!«, schleuderte Reynolds Andrea wild ins Gesicht. »Sie geisteskranker Idiot! Sie ... Sie sind ein verdammter Psychopath. Sie werden es noch schaffen, dass man uns alle umbringt!«

»Das würde mich nicht im Geringsten überraschen«, sagte Neufeld nachdenklich. »Kommen Sie. Schluss mit diesen Narrheiten.«

Er führte sie vom Lagergelände, und auf ihrem Weg gesellte sich ein halbes Dutzend Cetniks zu ihnen, deren Anführer offensichtlich der junge Bursche mit dem roten Bart und der Augenklappe war, der Mann, der sie als Erster begrüßt hatte, als sie gelandet waren.

»Wer sind diese Leute, und wozu sind sie hier?«, fragte Mallory Neufeld. »Sie kommen nicht mit uns.«

»Eskorte«, erklärte Neufeld. »Nur für die ersten sieben Kilometer.«

»Eskorte? Was sollen wir mit einer Eskorte? Uns droht keine Gefahr von Ihrer Seite, und auch von der Seite der Partisanen ist nichts zu befürchten, wenn man Ihren Worten Glauben schenken kann.«

»Wir machen uns keine Sorgen um Sie«, sagte Neufeld trocken. »Wir machen uns Sorgen um den Wagen, der Sie den größten Teil der Strecke transportieren wird. Fahrzeuge sind sehr selten und sehr wertvoll in diesem Teil Bosniens – und es wimmelt nur so von Partisanenpatrouillen.«

Zwanzig Minuten später erreichten sie in einer nun endgültig mondfinsteren Nacht, und während es schneite, eine Straße – eine Straße, die nicht viel mehr war als ein gewundener Pfad, der sich durch das Tal schlängelte. Dort erwartete sie eines der seltsamsten vierrädrigen Gefährte, die Mallory und seine Kameraden jemals gesehen hatten, ein unglaublich alter und zerbeulter Lastwagen. Schwarze Rauchwolken quollen aus dem Inneren hervor, sodass er auf den ersten Blick zu brennen schien. In Wirklichkeit aber war es einer der lange vor dem Krieg gebauten Lastwagen, die von einem Holzfeuer vorangetrieben wurden, ein Gefährt, das auf dem Balkan einmal sehr gebräuchlich gewesen war.

Miller betrachtete das rauchumhüllte Vehikel und wandte sich an Neufeld: »Das nennen Sie ein Fahrzeug?«

»Nennen Sie es, wie Sie wollen. Wenn Sie lieber zu Fuß gehen möchten?«

»Zehn Kilometer? Ich werde mich der Erstickungsgefahr aussetzen.« Miller kletterte hinein, gefolgt von den anderen, bis nur noch Neufeld und Droshny draußen standen.

»Ich erwarte Sie noch vor Mittag zurück.«

»Wenn wir überhaupt zurückkommen«, sagte Mallory. »Wenn die Funknachricht durchgekommen ist ...«

»Sie können kein Omelett machen, ohne Eier zu zerschlagen«, sagte Neufeld ungerührt.

Mit Geratter und Geschüttel, Rauch ausstoßend und Dampf spuckend kam der Lastwagen in Bewegung, begleitet von dem Husten der rotäugigen Männer unter der Plane auf der Ladefläche, und bewegte sich langsam vorwärts, während Neufeld und Droshny ihm nachstarrten. Neufeld schüttelte seinen Kopf: »Solche gerissenen kleinen Kerle.«

»Solche *außerordentlich* gerissenen kleinen Kerle«, stimmte Droshny zu. »Aber ich will den Großen, Hauptmann.«

Neufeld schlug ihm auf die Schulter. »Sie werden ihn bekommen, mein Freund. Nun, sie sind außer Sicht. Es wird Zeit für Sie, zu gehen.«

Droshny nickte, stieß einen schrillen Pfiff durch die Finger aus. Augenblicklich erklang das entfernte Surren eines gestarteten Motors, und kurz darauf kam ein ältlicher Fiat hinter einer Baumgruppe hervor und näherte sich auf der festgefahrenen Schneedecke der Straße, während die Schneeketten laut klirrten, und hielt neben den beiden Männern. Droshny kletterte auf den Beifahrersitz, und der Fiat fuhr in der Spur des Lastwagens davon.

5. KAPITEL

Freitag

03.30–05.00

Für die vierzehn Personen, die auf den schmalen Seitenbänken unter der Plane auf dem Lastwagen zusammengepfercht saßen, konnte die Fahrt nicht gerade als angenehm bezeichnet werden. Es gab kein Polster auf den Sitzen, das Fahrzeug schien überhaupt nicht gefedert zu sein, und die zerrissene Plane ließ zu gleichen Teilen jede Menge eisige Nachtluft und in den Augen brennenden Rauch herein. Wenigstens, dachte Mallory, half ihnen das, nicht einzuschlafen.

Andrea saß ihm gegenüber und schien die erstickende Luft im Lastwagen gar nicht zu bemerken, eine Tatsache, die nicht im Mindesten überraschend war, wenn man die beißende Rauchwolke in Betracht zog, die von dem schwarzen Stumpen herüberwehte, den Andrea zwischen den Zähnen hatte. Andrea schaute scheinbar träge zu Mallory hinüber, und ihre Blicke trafen sich. Mallory nickte einmal, eine Kopfbewegung von wenigen Millimetern, die nicht einmal der misstrauischste Beobachter bemerkt hätte. Andrea senkte den Blick, bis seine Augen auf Mallorys rechter Hand lagen, die locker auf seinem Knie lag. Mallory lehnte sich zurück und seufzte, und dabei glitt seine rechte Hand herab, bis sein Daumen senkrecht nach unten zeigte. Andrea stieß eine beißende Rauchwolke aus wie ein Vulkan und blickte gleichgültig zur Seite.

Einige Kilometer lang klapperte und quietschte der Lastwagen über den Talboden, drehte dann nach links auf einen noch schmaleren Pfad ab und begann, eine Anhöhe hinaufzukeuchen. Weniger als zwei Minuten später nahm der Fiat, in dem ein ausdrucksloser Droshny saß, die gleiche Kurve.

Der Hang war jetzt so steil, und die Räder verloren so

sehr den Halt auf der gefrorenen Oberfläche des Weges, dass der alte holzfeuerbetriebene Lastwagen nur noch in Schrittgeschwindigkeit vorwärts kam. Im Innern des Lasters waren Mallory und Andrea wachsam wie immer, aber Miller und die drei Sergeants schienen zu dösen, ob vor Erschöpfung oder wegen beginnender Bewusstlosigkeit, war schwer zu sagen. Maria und Petar, die Hand in Hand dasaßen, schienen zu schlafen. Die Cetniks jedoch hätten nicht wacher sein können und bewiesen plötzlich, dass die Schlitze und Löcher in der Plane nicht zufällig da waren: Droshnys sechs Männer knieten auf den Bänken und hatten die Läufe ihrer Maschinenpistolen durch die Löcher der Plane geschoben. Es war klar, dass der Lastwagen jetzt in das Gebiet der Partisanen kam, oder zumindest in ein Gebiet, das als Niemandsland in diesem wilden und zerklüfteten Gebiet galt.

Der Cetnik, der ganz vorn im Laster saß, zog seinen Kopf plötzlich von einem Loch in der Plane zurück und donnerte mit dem Kolben seiner Waffe gegen das Fenster, das zum Führerhaus ging. Der Lastwagen kam mit einem Kreischen zum Stehen, der rotbärtige Cetnik sprang vom Wagen, sah sich schnell nach einem möglichen Hinterhalt um und bedeutete dann den anderen, ebenfalls auszusteigen, wobei die drängenden Handbewegungen zeigten, dass er ganz und gar nicht scharf darauf war, an diesem Ort auch nur einen Moment länger zu bleiben als unbedingt nötig war. Einer nach dem anderen sprangen Mallory und seine Kameraden auf den gefrorenen Schnee hinunter. Reynolds half dem blinden Sänger vom Wagen und streckte dann die Hand aus, um Maria ebenfalls zu helfen, die mühsam über die Ladeklappe kletterte. Wortlos schlug sie seine Hand beiseite und sprang behände zu Boden. Reynolds starrte sie in verletztem Staunen an.

Mallory bemerkte, dass der Lastwagen neben einer kleinen Lichtung angehalten hatte. Hin und her rangierend und noch dickere Qualmwolken als vorher ausstoßend, wendete er in erstaunlich kurzer Zeit und klirrte mit bedeutend höherer Geschwindigkeit den Pfad hinunter, als

er heraufgekommen war. Die Cetniks starrten ausdruckslos von der Ladefläche aus zurück.

Maria nahm Petars Hand, schaute Mallory eisig an, warf
ihren Kopf zurück und betrat einen winzigen Fußpfad, der
im rechten Winkel von der ›Straße‹ abbog.

Mallory zuckte die Achseln und ging ebenfalls los, gefolgt von den drei Sergeants. Einige Sekunden blieben Andrea und Miller, wo sie waren, und starrten nachdenklich
auf die Kurve, um die der Laster gerade verschwunden
war. Dann machten auch sie sich auf den Weg und sprachen leise miteinander.

Der alte holzfeuerbetriebene Lastwagen behielt seine hohe
Geschwindigkeit nicht lange bei. Weniger als vierhundert
Meter hinter der Kurve, die ihn außer Sichtweite von Mallory und seinen Kameraden brachte, kam er zum Stehen.
Zwei Cetniks, der rotbärtige Anführer der Eskorte und ein
anderer Mann mit schwarzem Bart, sprangen über die Ladeklappe und verschwanden in der schützenden Deckung
des Waldes. Der Lastwagen ratterte davon, der Qualm hing
schwer in der eisigen Nachtluft.

Einen Kilometer weiter unten auf der Straße spielte sich
eine fast identische Szene ab. Der Fiat kam schlitternd zum
Stehen, Droshny kletterte vom Beifahrersitz und verschwand zwischen den Kiefern. Der Fiat wendete und fuhr
ebenfalls den Weg zurück, den er gekommen war.

Der Pfad, der den dicht bewaldeten Abhang hinaufführte, war sehr schmal und sehr gewunden. Der Schnee war
nicht festgetreten, sondern sehr weich und tief und machte
das Vorwärtskommen schwierig. Der Mond war jetzt endgültig verschwunden; der Schnee, den ihnen der Ostwind
ins Gesicht blies, wurde ständig dichter, und die Kälte war
durchdringend. Der Pfad gabelte sich immer wieder, aber
Maria, die mit ihrem Bruder voranging, zögerte nicht ein
einziges Mal, sie wusste oder schien genau zu wissen, wohin sie ging. Einige Male rutschte sie im tiefen Schnee aus,
das letzte Mal so heftig, dass sie ihren Bruder mit sich zu

Boden riss. Als es wieder passierte, ging Reynolds zu ihr und nahm sie am Arm, um ihr zu helfen. Sie schlug wild mit der Hand nach ihm und riss ihren Arm weg. Reynolds starrte sie erstaunt an und wandte sich dann an Mallory.

»Was, zum Teufel, ist denn los mit ... ich meine, ich habe doch nur versucht, ihr zu helfen ...«

»Lassen Sie sie in Ruhe«, sagte Mallory. »Sie sind einer von ihnen.«

»Ich bin einer von ...«

»Sie tragen eine englische Uniform. Das ist alles, was das arme Kind versteht. Lassen Sie sie.«

Reynolds schüttelte verständnislos den Kopf. Er rückte seinen Rucksack zurecht, schaute den Weg zurück, wollte weitergehen und schaute wieder zurück. Er erwischte Mallory am Arm und deutete hinunter.

Andrea war bereits dreißig Meter zurückgefallen. Niedergedrückt vom Gewicht seines Rucksacks, seiner Schmeisser und der Last der Jahre, hatte er offensichtlich Mühe, den Aufstieg zu schaffen, und blieb jede Sekunde weiter zurück. Auf eine Handbewegung von Mallory machte der ganze Trupp Halt, spähte durch das Schneetreiben hinunter und wartete darauf, dass Andrea aufholte. In diesem Moment begann Andrea wie ein Betrunkener zu stolpern und fasste sich an die rechte Seite, als hätte er Schmerzen. Reynolds schaute Groves an, dann schauten die beiden Saunders an: Alle drei schüttelten langsam den Kopf. Als Andrea bei ihnen ankam, war sein Gesicht vor Schmerz verzerrt.

»Es tut mir Leid.« Seine Stimme kam abgerissen und heiser. »Es geht schon wieder.«

Saunders zögerte und trat dann auf Andrea zu. Er lächelte entschuldigend und streckte die Hand aus, um nach dem Rucksack und der Schmeisser zu greifen.

»Komm, Väterchen, gib das Zeug her.«

Für den Bruchteil einer Sekunde zuckte ein drohender Ausdruck über Andreas Gesicht, mehr geahnt als zu sehen, dann nahm er den Rucksack von den Schultern und reichte ihn müde an Saunders weiter. Saunders nahm ihn entgegen und versuchte, die Schmeisser ebenfalls an sich zu nehmen.

»Danke.« Andrea lächelte schwach. »Aber ohne sie käme ich mir verloren vor.«

Unsicher kletterten sie weiter und schauten sich immer wieder um, ob ihnen Andrea folgte. Ihre Zweifel waren begründet. Nach dreißig Sekunden blieb Andrea stehen, verdrehte die Augen und krümmte sich vor Schmerzen. Er sagte keuchend: »Ich muss mich ausruhen … Geht weiter. Ich komme nach.«

Miller sagte besorgt: »Ich bleibe bei dir.«

»Ich brauche niemanden«, sagte Andrea unfreundlich. »Ich kann mich um mich selber kümmern.«

Miller sagte nichts. Er schaute Mallory an und wandte sich dann abrupt ab, sodass er den Abhang hinaufschaute. Mallory nickte einmal kurz und machte dem Mädchen ein Zeichen. Widerwillig setzten sie sich in Bewegung und ließen Andrea und Miller zurück. Zweimal sah Reynolds über die Schulter zurück, sein Gesicht drückte eine seltsame Mischung von Besorgnis und Ärger aus. Dann zuckte er die Achseln und wandte sich dem Berg zu.

Andrea, mit finsterem Gesicht und immer noch seine Rippen umkrampfend, blieb zusammengekrümmt, bis der letzte des Trupps hinter der nächsten Kurve des aufwärts führenden Weges verschwunden war, dann richtete er sich mühelos auf, prüfte die Windrichtung mit einem angefeuchteten Zeigefinger, stellte fest, dass der Wind den Weg hinauf blies, holte eine Zigarre hervor, zündete sie an und rauchte in tiefen Zügen und mit offensichtlicher Zufriedenheit. Die unvermittelte Besserung seines Zustands war überraschend, aber Miller schien nicht überrascht. Er schaute grinsend den Berg hinunter und nickte. Andrea grinste zurück und ließ Miller mit einer eleganten Geste den Vortritt.

Dreißig Meter weiter unten, an der Stelle, von der aus sie fast hundert Meter des Weges übersehen konnten, verschwanden sie hinter dem mächtigen Stamm einer Kiefer. Etwa zwei Minuten lang standen sie regungslos und starrten den Hügel hinunter und horchten angestrengt, dann nickte Andrea plötzlich, bückte sich und legte seine Zigarre an einen geschützten trockenen Fleck hinter der Kiefer auf den Boden.

Sie wechselten kein Wort – es war nicht nötig. Miller kroch um den Kiefernstamm herum, bis er auf der talzugewandten Seite war, und legte sich dann sorgfältig ausgestreckt in den Schnee, die Arme ausgebreitet, das offensichtlich blinde Gesicht dem fallenden Schnee zugewandt. Hinter der Kiefer drehte Andrea seine Schmeisser um und hielt sie nun am Lauf, holte ein Messer aus einem geheimen Winkel seiner Kleidung und steckte es in seinen Gürtel. Beide Männer blieben so regungslos, als wären sie hier gestorben und im Laufe des langen und harten jugoslawischen Winters starrgefroren. Miller sah die zwei Cetniks viel eher als sie ihn, wahrscheinlich weil sein ausgebreiteter Körper so tief in den weichen Schnee eingesunken war, dass er ihn fast völlig verbarg. Zuerst waren sie nicht mehr als zwei verschwommene und geisterhafte Schemen, die allmählich Gestalt annahmen. Als sie näher kamen, erkannte er in ihnen den Leiter der Eskorte und einen seiner Männer.

Sie waren bis auf dreißig Meter herangekommen, als sie Miller entdeckten. Sie blieben abrupt stehen, starrten auf ihn hinunter, standen etwa fünf Sekunden regungslos da, sahen einander an, rissen sich die Maschinenpistolen von der Schulter und begannen, stolpernd den Hügel hinaufzurennen. Miller schloss die Augen. Er brauchte sie nicht mehr, seine Ohren gaben ihm alle Informationen, die er brauchte: Die näher kommenden knirschenden Schritte im Schnee, das abrupte Aufhören der Schritte und dann der schwere Atem, als ein Mann sich über ihn beugte.

Miller wartete, bis er den Atem des Mannes tatsächlich auf seinem Gesicht fühlte, dann öffnete er die Augen: Nicht einmal dreißig Zentimeter von seinen eigenen Augen entfernt waren die Augen des rotbärtigen Cetniks. Miller warf seine ausgebreiteten Arme nach oben und nach innen, seine sehnigen Finger gruben sich tief in die Kehle des erschrockenen Mannes über ihm.

Andrea hatte seine Schmeisser schon hoch in die Luft geschwungen, als er lautlos hinter dem Stamm der Kiefer hervorkam. Der schwarzbärtige Cetnik wollte seinem Freund gerade zu Hilfe kommen, als er Andrea entdeckte und beide Arme in die Luft warf, um sich zu schützen. Ein paar Strohhalme hätten ihm ebenso viel genutzt. Andrea schnitt eine Grimasse über den physischen Schock, den der Angriff verursacht hatte, ließ die Schmeisser fallen, zog sein Messer heraus und warf sich auf den 'anderen Cetnik, der immer noch verzweifelt in Millers Würgegriff zappelte. Miller stand auf, und er und Andrea starrten auf die beiden toten Männer hinunter. Miller schaute verwirrt den rotbärtigen Mann an, beugte sich plötzlich nieder, griff nach dem Bart und zog daran. Er blieb ihm in der Hand und enthüllte ein glatt rasiertes Gesicht und eine Narbe, die von einem Mundwinkel bis zum Kinn hinunter lief.

Andrea und Miller wechselten einen nachdenklichen Blick, aber keiner von beiden gab einen Kommentar. Sie zerrten die toten Männer vom Weg herunter in den Schutz des Unterholzes. Andrea hob einen dürren Ast auf, fegte die Schleifspuren im Schnee weg und am Fuß der Kiefer alle Spuren des Zusammentreffens. Innerhalb einer Stunde, das wusste er, würden die Spuren, die er mit dem Zweig hinterlassen hatte, unter einer neuen Schneeschicht verschwunden sein. Er hob seine Zigarre auf und warf den Ast weit in den Wald hinein. Ohne sich noch einmal umzusehen, gingen die beiden Männer mit schnellen Schritten den Hügel hinauf.

Und auch wenn sie zurückgeschaut hätten, wäre es ihnen unmöglich gewesen, das Gesicht zu sehen, das hinter dem Stamm eines Baumes weiter unten hervorspähte. Droshny war gerade im richtigen Moment an der Wegbiegung angekommen, um zu sehen, wie Andrea die Spuren verwischte und den Ast in den Wald warf. Was das bedeuten sollte, konnte er sich allerdings nicht vorstellen.

Er wartete, bis Andrea und Miller außer Sicht waren, wartete noch einmal zwei Minuten, um ganz sicher zu gehen, und lief dann schnell den Pfad hinauf, während sein dunkles Brigantengesicht eine Mischung aus Verwirrung und Misstrauen zeigte. Er erreichte die Kiefer, an der die beiden Cetniks in die Falle gegangen waren, sah sich kurz in allen vier Himmelsrichtungen um und folgte dann den Spuren, die Andrea mit seinem Ast hinterlassen hatte, in den Wald. Seine Verwirrung wich, dann wurde das Misstrauen durch völlige Gewissheit ersetzt.

Er teilte die Büsche und sah auf die beiden Cetniks hinunter, die halb begraben in einem Schneeloch lagen, in einer seltsamen zusammengesunkenen formlosen Haltung, die man nur im Tode hat. Nach einigen Augenblicken richtete er sich auf, drehte sich um und schaute den Hügel hinauf in die Richtung, in der Andrea und Miller verschwunden waren: Sein Gesichtsausdruck war alles andere als angenehm.

Andrea und Miller kamen gut voran. Als sie eine der ungezählten Biegungen des Weges erreichten, hörten sie vor sich leise Gitarrenmusik, seltsam gedämpft und sanft durch den fallenden Schnee. Andrea verlangsamte seinen Gang, warf seine Zigarre weg, beugte sich vor und krallte seine Hand in seine Rippen. Besorgt nahm Miller seinen Arm.

Der Haupttrupp befand sich, wie sie sahen, weniger als dreißig Meter vor ihnen. Auch sie kamen nur langsam voran. Die Tiefe des Schnees und das steilere Ansteigen des Hügels machten jede schnellere Bewegung unmöglich. Reynolds schaute zurück – Reynolds verbrachte eine ganze Menge Zeit damit, über seine Schulter nach rückwärts zu schauen, er schien reichlich nervös zu sein –, entdeckte Andrea und Miller und rief Mallory etwas zu, der den Trupp anhalten ließ und wartete, bis Andrea und Miller bei ihnen angelangt waren. Mallory schaute Andrea besorgt an.

»Wird es schlimmer?«

»Wie weit noch?«, fragte Andrea heiser.

»Kann nicht mehr als eine Meile sein.«

Andrea sagte nichts, er stand nur da, atmete schwer und trug den verzweifelten Gesichtsausdruck eines kranken Mannes zur Schau, der über die Aussicht nachdenkt, noch eine Meile durch hohen Schnee bergauf zu klettern. Saunders, der schon zwei Rucksäcke trug, näherte sich schüchtern Andrea. Er sagte: »Ich würde gern helfen, wissen Sie, wenn ...«

»Ich weiß.« Andrea lächelte schmerzlich, nahm die Schmeisser von der Schulter und reichte sie Saunders. »Danke, mein Sohn.«

Petar zupfte immer noch sanft an den Saiten seiner Gitarre, ein unbeschreiblich gespenstischer Klang in dem dunklen und geisterhaften Kiefernwald. Miller sah ihn an und fragte Mallory: »Was soll das Geklimper, während wir marschieren?«

»Ich könnte mir vorstellen, dass das die Parole ist.«

»Wie Neufeld sagte? Niemand rührt unseren singenden Cetnik an?«

»So was Ähnliches.«

Sie gingen weiter. Mallory ließ die anderen vorbei, bis er und Andrea am Schluss gingen. Mallory warf Andrea einen nicht sonderlich interessierten Blick zu, seine Miene drückte nur Anteilnahme an dem Zustand seines Freundes aus. Andrea fing seinen Blick auf und nickte kurz. Mallory schaute weg.

Fünfzehn Minuten später wurden sie von drei Männern, die alle mit Maschinenpistolen bewaffnet waren, angehalten. Die Männer schienen aus dem Nichts aufgetaucht zu sein. Die Überraschung war so vollkommen, dass nicht einmal Andrea etwas hätte tun können – nicht einmal wenn er sein Gewehr gehabt hätte. Reynolds sah Mallory drängend an, aber er bekam ein Lächeln und Kopfschütteln zur Antwort.

»Alles in Ordnung. Partisanen – sehen Sie sich den roten Stern auf ihren Feldmützen an. Nur ein paar Posten, die einen der Hauptwege bewachen.«

Und so war es auch. Maria sprach kurz mit einem der Soldaten, der zuhörte, nickte und den Weg hinauflief, wobei er dem Trupp mit einer Handbewegung bedeutete, ihm zu folgen. Die beiden anderen Partisanen blieben hinten und bekreuzigten sich, als Petar sanft über die Gitarrensaiten strich. Neufeld hatte nicht übertrieben, dachte Mallory, als er ihnen erzählt hatte, welch ehrfürchtiger Respekt und welche Furcht dem blinden Sänger und seiner Schwester entgegengebracht wurden.

Innerhalb von zehn Minuten erreichten sie das Hauptquartier der Partisanen, ein Hauptquartier, das in der Anlage und der Wahl des Ortes dem Lager von Neufeld seltsam ähnelte: Der gleiche Kreis von rohen Hütten, tief in die gleiche Hamba – Mulde – gebaut, mit ähnlichen riesigen Kiefern, die sich darüber auftürmten. Der Anführer sagte etwas zu Maria, und sie wandte sich an Mallory. Der Abscheu auf ihrem Gesicht machte deutlich, wie sehr es ihr gegen den Strich ging, überhaupt mit ihm zu sprechen.

»Wir sollen zur Gästehütte gehen. Sie müssen dem Kommandanten Bericht erstatten. Dieser Soldat wird Sie hinführen.«

Der Anführer nickte bestätigend. Mallory folgte ihm quer über das Gelände zu einer ziemlich großen, einigermaßen hell beleuchteten Hütte. Der Anführer klopfte, öffnete die Tür, winkte Mallory hinein und trat hinter ihm in den Raum.

Der Kommandant war ein hoch gewachsener hagerer Mann mit dem aristokratischen Adlergesicht, das man so oft in den bosnischen Bergen findet. Er ging mit ausgestreckter Hand auf Mallory zu und lächelte.

»Major Broznik, zu Ihren Diensten. Es ist sehr spät, aber wie Sie sehen, sind wir noch immer auf. Obwohl ich sagen muss, dass ich Sie früher erwartet hatte.«

»Ich weiß nicht, wovon Sie sprechen.«

»Sie wissen nicht … Sie *sind* doch Captain Mallory, oder nicht?«

»Ich habe den Namen noch nie gehört.« Mallory schaute Broznik unverwandt an, warf einen blitzschnellen Seitenblick auf den Anführer und schaute dann wieder Broznik an. Broznik runzelte einen Moment lang die Stirn, dann klärte sich sein Gesicht auf. Er sagte etwas zu dem Anführer, der darauf den Raum verließ. Mallory streckte die Hand aus.

»Captain Mallory, zu Ihren Diensten. Es tut mir Leid, Major Broznik, aber ich bestehe darauf, dass wir allein reden.«

»Sie vertrauen niemandem? Nicht einmal in meinem Lager?«

»Niemandem.«

»Nicht einmal Ihren eigenen Männern?«

»Ich traue ihnen zu, Fehler zu machen. Ich traue sogar mir zu, Fehler zu machen. Ich traue selbst Ihnen zu, Fehler zu machen.«

»Wie bitte?« Brozniks Stimme war so kalt wie seine Augen.

»Sind bei Ihnen jemals zwei Männer verschwunden, einer mit roten Haaren, der andere mit schwarzen, und der Rothaarige hatte eine Klappe über dem Auge und eine Narbe vom Mund bis zum Kinn?«

Broznik kam näher. »Was wissen Sie über diese beiden Männer?«

»Kannten Sie sie?«

Broznik nickte und sagte langsam: »Wir verloren sie in einem Gefecht. Letzten Monat.«

»Fanden Sie ihre Leichen?«

»Nein.«

»Es gab auch keine zu finden. Sie waren desertiert – übergelaufen zu den Cetniks.«

»Aber sie *waren* Cetniks – sie hatten sich auf unsere Seite geschlagen.«

»Sie wurden wieder umgedreht. Sie haben uns heute Nacht verfolgt. Auf Befehl von Captain Droshny. Ich habe sie töten lassen.«

»Sie ... haben ... sie ... töten ... lassen?«

»Verstehen Sie doch, Mann«, sagte Mallory müde. »Wenn sie hierher gekommen wären – was sie ganz sicher nach einer angemessenen Zeit nach unserer Ankunft beabsichtigten – hätten wir sie nicht erkannt, und Sie hätten sie als entflohene Gefangene willkommen geheißen. Sie hätten über jede unserer Bewegungen Bericht erstattet. Und sogar, wenn wir sie nach ihrer Ankunft hier erkannt und etwas unternommen hätten, wäre es immerhin möglich, dass Sie hier noch andere Cetniks haben, die ihren Anführern berichtet hätten, dass wir ihre Wachhunde beiseite geschafft haben. Also entledigten wir uns ihrer ohne Aufsehen an einem sehr abgelegenen Ort und versteckten sie.«

»Es stehen keine Cetniks unter meinem Befehl, Captain Mallory.«

Mallory sagte trocken: »Man muss ein sehr schlauer Bauer sein, Major, um aus zwei schlechten Äpfeln, die ganz oben auf dem Fass liegen, sicher zu schließen, dass es weiter unten keine gibt.«

Mallory lächelte, um seinen Worten die Schärfe zu nehmen, und fuhr munter fort: »Und nun, Major, brauche ich einige Informationen über Hauptmann Neufeld.«

Es wäre eine beträchtliche Untertreibung gewesen, zu sagen, dass die Gästehütte wohl kaum eine so freundliche Bezeichnung verdiente. Als Schutz für ein wenig beachtetes Haustier wäre sie kaum zumutbar gewesen. Als Unterkunft für Menschen fehlte es ihr an allem, was unsere moderne europäische Gesellschaft als das Minimum für ein zivilisiertes Leben betrachtet. Sogar die Spartaner des alten Griechenland hätten sie für unzumutbar gehalten. Ein wackliger Tisch, eine Bank, ein sterbendes Feuer und jede Menge festgetretenen Erdbodens. Es reichte nicht ganz, um sich so weit von der Heimat entfernt zu Hause zu fühlen.

Es waren sechs Leute in der Hütte, drei standen, einer saß, zwei hatten sich auf dem holprigen Boden ausgestreckt. Petar, zum ersten Mal allein ohne seine Schwester, saß auf dem Boden, die Gitarre mit beiden Händen umklammert, und starrte blicklos in die langsam verglühenden Holzscheite. Andrea, in offensichtlich genüsslicher Behaglichkeit in einem Schlafsack ausgestreckt, paffte friedlich etwas, das, nach den häufigen leidenden Blicken, die in seine Richtung geworfen wurden, zu urteilen, eine noch widerlichere Zigarre als gewöhnlich zu sein schien. Miller, der sich ebenfalls genießerisch zurückgelehnt hatte, las etwas, das aussah wie ein dünner Gedichtband. Reynolds und Groves, die keinen Schlaf finden konnten, standen untätig an dem einzigen Fenster der Hütte und starrten geistesabwesend auf das trübe beleuchtete Lager hinaus. Sie wandten sich um, als Saunders sein Funkgerät aus der Tasche nahm und damit zur Tür ging.

Mit leichter Bitterkeit in der Stimme sagte Saunders: »Schlafen Sie gut.«

»Schlafen Sie gut?« Reynolds hob fragend eine Augenbraue. »Und wo gehen Sie hin?«

»Zum Funkgerät. Nachricht nach Termoli. Sie müssen sich nicht Ihren Schönheitsschlaf verderben lassen, während ich funke.«

Saunders verließ die Hütte. Groves setzte sich an den Tisch und bettete seinen müden Kopf in die Hände. Reynolds blieb am Fenster, beobachtete, wie Saunders das Lagergelände überquerte und eine verdunkelte Hütte am anderen Ende des Platzes betrat. Bald schimmerte Licht nach draußen.

Reynolds' Augen blickten in die Richtung, aus der plötzlich ein rechteckiger Lichtschein auf den Lagerplatz fiel. Die Tür von Major Brozniks Hütte hatte sich geöffnet, und einen Moment lang stand Mallory dort wie ein Schattenriss, in der Hand etwas, das wie ein Blatt Papier aussah. Dann schloss sich die Tür, und Mallory ging in Richtung auf die Funkhütte davon.

Reynolds wurde plötzlich sehr wachsam, sehr still. Mallory hatte weniger als ein Dutzend Schritte gemacht, als eine dunkle Gestalt sich aus dem noch tieferen Schatten einer Hütte löste und sich ihm in den Weg stellte. Ganz automatisch glitt Reynolds' Hand zu der Luger an seinem Gürtel, zog sich dann aber wieder langsam zurück. Was immer diese Gegenüberstellung für Mallory bedeutete, jedenfalls keine Gefahr, denn Maria, das wusste Reynolds, trug keine Waffe. Und fraglos war es Maria, die sich nun in so offensichtlich intensiver Unterhaltung mit Mallory befand.

Reynolds presste verwirrt sein Gesicht gegen die Fensterscheibe. Fast zwei Minuten lang starrte er auf diesen erstaunlichen Anblick des Mädchens, das Mallory mit soviel Bösartigkeit geohrfeigt hatte, das keine Gelegenheit hatte verstreichen lassen, um ihre Abneigung, die schon an Hass grenzte, deutlich zu machen, und das sich jetzt nicht nur lebhaft, sondern auch offensichtlich sehr freundschaftlich mit ihm unterhielt. Reynolds' Verständnislosigkeit über diese unerklärliche Wendung war so vollkommen, dass er in einen tranceähnlichen Zustand verfiel, eine Verzauberung, die sich abrupt löste, als er sah, dass Mallory einen schützenden Arm um ihre Schultern legte und sie in einer Weise tätschelte, die sowohl tröstend als auch leidenschaftlich oder auch beides zugleich sein konnte. Auf jeden Fall rief diese Geste keine Abwehrreaktion bei dem Mädchen hervor. Es war immer noch unerklärlich, aber die einzige Möglichkeit, diesen Vorfall zu deuten, war eine reichlich Unheil verkündende. Reynolds wirbelte herum und nickte Groves schweigend und drängend zu, ans Fenster zu kommen. Groves stand schnell auf, ging ans Fenster und schaute hinaus, aber von Maria war nichts mehr zu sehen. Mallory war allein und ging über den Lagerplatz auf die Funkbude zu, das Blatt Papier immer noch in der Hand. Groves sah Reynolds fragend an.

»Sie waren zusammen«, flüsterte Reynolds. »Mallory und Maria. Ich habe sie gesehen. Sie haben sich unterhalten.«

»Was? Bist du sicher?«

»Ich schwöre es dir. Ich *habe* sie gesehen. Er hatte sogar seinen Arm um ihre ... weg vom Fenster, Maria kommt!«

Ohne Eile drehten sie sich um und setzten sich gleichgültig an den Tisch. Sekunden später trat Maria ein und ging, ohne irgendjemanden anzuschauen oder anzusprechen, zum Feuer hinüber, setzte sich neben Petar und nahm seine Hand. Etwa eine Minute später kam Mallory herein und setzte sich auf einen Strohsack neben Andrea, der seine Zigarre aus dem Mund nahm und ihn leicht fragend ansah. Mallory vergewisserte sich verstohlen, dass er nicht unter Beobachtung stand, und nickte dann. Andrea wandte sich wieder seiner Zigarre und damit seiner Behaglichkeit zu.

Reynolds warf Groves einen unsicheren Blick zu und sagte dann zu Mallory: »Sollten wir nicht eine Wache aufstellen, Sir?«

»Eine Wache?« Mallory lächelte amüsiert. »Wozu denn, um Himmels willen? Dies ist ein Partisanenlager, Sergeant. Wir sind hier bei Freunden, wissen Sie. Und, wie Sie wohl gesehen haben, haben sie ihr eigenes ausgezeichnetes Bewachungssystem.«

»Man weiß nie …«

»*Ich* weiß. Schlafen Sie doch ein bisschen.«

Reynolds fuhr hartnäckig fort: »Saunders ist ganz allein da drüben. Mir gefällt der …«

»Er verschlüsselt und funkt eine kurze Nachricht für mich. Es dauert nur ein paar Minuten.«

»Aber …«

»Maul halten«, sagte Andrea grob. »Haben Sie nicht gehört, was der Captain gesagt hat?«

Reynolds fühlte sich mittlerweile reichlich unbehaglich, so unbehaglich, dass man es aus seiner feindseligen Entrüstung sofort entnehmen konnte.

»Maul halten? Warum sollte ich mein Maul halten? Ich nehme keine Befehle von Ihnen entgegen. Und wenn wir schon gerade dabei sind, einander zu sagen, was wir tun sollen, dann würde ich vorschlagen, dass Sie endlich diese verdammte stinkende Zigarre ausmachen.«

Miller senkte müde seinen Gedichtband.

»Ich bin ganz Ihrer Meinung, was die Zigarre betrifft, junger Mann. Aber vergessen Sie nicht, dass Sie mit einem Colonel im Dienst der Armee sprechen.«

Miller kehrte zu seiner Lektüre zurück. Ein paar Sekunden starrten Reynolds und Groves einander mit offenem Mund an, dann stand Reynolds auf und sah Andrea an. »Es tut mir außerordentlich Leid, Sir. Ich … mir war nicht klar …«

Andrea brachte ihn mit einer Handbewegung zum Schweigen und vertiefte sich wieder in den Genuss seiner Zigarre. Die Minuten verstrichen in Schweigen. Maria saß vor dem Feuer, hatte ihren Kopf an Petars Schulter gelehnt und rührte sich nicht. Sie schien zu schlafen. Miller schüttelte seinen Kopf in hingerissener Bewunderung über etwas, das eine der esoterischen Enthüllungen der dichterischen Muse zu sein schien, schloss widerwillig das Buch und rutschte in seinem Schlafsack hinunter. Andrea drückte seine Zigarre aus und tat das Gleiche. Mallory schien bereits zu schlafen. Groves legte sich hin, und Reynolds, der sich über den Tisch lehnte, legte seinen Kopf auf die Arme. Fünf Minuten lang, vielleicht auch mehr, verharrte Reynolds in dieser Stellung, unbehaglich vor sich hin dösend, dann hob er den Kopf, setzte sich mit einem Ruck auf, schaute auf seine Uhr, ging zu Mallory hinüber und rüttelte ihn an der Schulter. Mallory fuhr hoch.

»Zwanzig Minuten«, sagte Reynolds drängend. »Zwanzig Minuten, und Saunders ist immer noch nicht zurück.«

»Gut, gut, dann sind es eben zwanzig Minuten«, sagte Mallory geduldig. »Er kann leicht so lange gebraucht haben, bis er Kontakt gekriegt hat, und funken soll er ja auch noch.«

»Jawohl, Sir. Darf ich es nachprüfen?«

Mallory nickte müde und schloss die Augen. Reynolds griff nach seiner Schmeisser, verließ die Hütte und zog die Tür leise hinter sich zu. Er entsicherte die Waffe und rannte quer über den Lagerplatz.

Das Licht in der Funkerhütte brannte noch. Reynolds versuchte, durch das Fenster zu spähen, aber der Frost der klirrend kalten Nacht hatte es völlig undurchsichtig gemacht. Reynolds glitt zur Tür. Er legte den Finger auf den Abzug und öffnete die Tür auf die Art, wie es allen Commandos beigebracht wurde – mit einem heftigen Tritt mit dem rechten Fuß.

Es war niemand in der Funkbude, wenigstens niemand, der ihm irgendwie schaden konnte. Langsam senkte Reynolds sein Gewehr und betrat die Hütte zögernd wie ein Schlafwandler, sein Gesicht war zu einer Maske des Schreckens erstarrt.

Saunders lehnte müde über dem Funkertisch, sein Kopf ruhte in einem unnatürlichen Winkel abgebogen darauf, beide Arme hingen seitlich schlaff bis auf den Boden herunter. Der Griff eines Messers ragte zwischen seinen Schulterblättern hervor. Fast unbewusst registrierte Reynolds, dass keine Blutspuren zu sehen waren – der Tod war unmittelbar eingetreten. Das Funkgerät lag auf dem Boden, eine verdrehte zerfetzte Masse von Metall, die offensichtlich unreparabel zerstört worden war. Versuchsweise, er wusste selbst nicht, warum, streckte er eine Hand aus und berührte den toten Mann an der Schulter. Saunders schien in Bewegung zu kommen, seine Wange glitt über die Tischplatte, er kippte nach einer Seite und stürzte schwer auf die zerschmetterten Überreste des Funkgeräts. Reynolds beugte sich über ihn. Graue Pergamenthaut hatte die Sonnenbräune abgelöst, blinde, gebrochene Augen bewachten ein Gehirn, das aufgehört hatte, zu arbeiten. Reynolds fluchte kurz und verbittert, richtete sich auf und rannte aus der Hütte.

Alle in der Gästehütte schliefen oder schienen zu schlafen. Reynolds trat zu Mallory, ließ sich auf ein Knie nieder und rüttelte ihn grob an der Schulter. Mallory kam in Bewegung, öffnete ein paar übermüdete Augen und stützte sich auf einen Ellbogen auf. Er warf Reynolds einen fragenden Blick zu, in dem keine Begeisterung lag.

»Bei Freunden, haben Sie gesagt.« Reynolds sprach leise, bösartig, fast zischend. »Sicher, haben Sie gesagt. Saunders geht es gut, haben Sie gesagt. Sie wüssten es, haben Sie gesagt. Sie haben es verdammt gewusst.«

Mallory sagte nichts. Er setzte sich abrupt auf seinem Strohsack auf, und im gleichen Moment waren seine Augen hellwach. Er sagte: »Saunders?«

Reynolds erwiderte: »Ich glaube, Sie kommen besser mit mir.«

Schweigend verließen die beiden Männer die Hütte, schweigend überquerten sie den verlassenen Lagerplatz, und schweigend betraten sie die Funkhütte. Mallory blieb in der Tür stehen. Vielleicht zehn Sekunden lang, die Reynolds jedoch unnötig lang erschienen, starrte Mallory auf den toten Mann und das zerstörte Funkgerät, ohne dass sich auf seinem Gesicht auch nur die geringste Gefühlsbewegung widerspiegelte. Reynolds missverstand den Ausdruck beziehungsweise den Mangel an Ausdruck und konnte seinen angestauten Zorn nicht länger zurückhalten.

»Jeder Hund hat das Anrecht darauf, einmal zu beißen«, sagte Mallory milde. »Aber ich möchte diesen Ton nicht mehr hören. Was soll ich zum Beispiel unternehmen?«

»Was tun?« Reynolds kämpfte sichtbar um seine Beherrschung. »Finden Sie den netten Herrn, der das hier auf dem Gewissen hat.«

»Ihn zu finden dürfte sehr schwierig sein«, gab Mallory zu bedenken. »Unmöglich, würde ich sogar sagen. Wenn der Mörder einer aus dem Lager ist, dann wird er sich hier im Lager verkrochen haben. Wenn er von draußen kam, ist er bis jetzt schon eine Meile von hier weg und entfernt sich in jeder Sekunde weiter von uns. Gehen Sie Andrea und Miller und Groves wecken, und sagen Sie ihnen, sie sollen herkommen. Und dann gehen Sie zu Major Broznik und erzählen ihm, was passiert ist.«

»Ich werde Ihnen schon sagen, was passiert ist«, sagte Reynolds bitter. »Und ich werde Ihnen auch sagen, dass es niemals passiert wäre, wenn Sie auf mich gehört hätten. Aber Sie wollten ja nicht hören, o nein, Sie wollten nicht hören.«

»Also hatten Sie Recht und ich Unrecht. Und jetzt tun Sie, was ich Ihnen gesagt habe.«

Reynolds zögerte, er war offensichtlich an der Schwelle zur offenen Revolte. Misstrauen und Herausforderung flackerten über sein zorniges Gesicht. Doch dann brachte etwas in Mallorys Gesichtsausdruck ihn dazu, wieder vernünftig zu denken und nachzugeben, und er nickte in mürrischer Feindseligkeit, drehte sich um und ging davon. Mallory wartete, bis er um die Ecke der Hütte verschwunden war, brachte seine Taschenlampe zum Vorschein und begann, ohne sich davon viel zu versprechen, den festgetretenen Schnee vor der Funkerhütte zu untersuchen. Aber fast sofort blieb er stehen, beugte sich nieder und brachte den Strahl seiner Taschenlampe ganz nahe an den Boden.

Es war wirklich nur eine Andeutung eines Fußabdrucks, nur die vordere Hälfte einer rechten Schuhsohle. Das Muster zeigte zwei V-förmige Zeichen, das vordere ›V‹ mit einer sauber ausgeschnittenen Unterbrechung. Mallory, der sich nun schneller bewegte, folgte der Richtung, die die Schuhspitze anzeigte, und entdeckte noch zwei ähnliche Einkerbungen, schwach, aber eindeutig, bevor der gefrorene Schnee in die gefrorene Erde des Lagergeländes überging, eine Erde, die zu hart war, um irgendwelche Fußspuren zu zeigen. Mallory verfolgte seine Schritte zurück und löschte sorgfältig alle drei Abdrücke mit seiner Schuhspitze aus. Er erreichte die Funkerhütte nur zwei Sekunden, bevor Reynolds, Andrea, Miller und Groves ankamen. Major Broznik und einige seiner Männer kamen wenig später nach.

Sie suchten im Inneren der Hütte nach Hinweisen auf die Person des Mörders, aber es gab keine Hinweise. Zentimeter für Zentimeter suchten sie den festgetretenen Schnee rings um die Hütte ab, ebenfalls ohne den geringsten Erfolg. Unterstützt von mittlerweile vielleicht sechzig oder siebzig verschlafenen Soldaten, durchsuchten sie gleichzeitig alle Gebäude und den Wald rund um das Lagergebiet: Aber weder das Lager noch der Wald lieferten irgendwelche Hinweise.

»Wir können die Sache genauso gut abblasen«, sagte Mallory schließlich. »Er ist spurlos verschwunden.«

»Es sieht so aus«, stimmte Major Broznik zu. Er war sehr bestürzt und bitterböse, dass so etwas in seinem Lager hatte geschehen können. »Wir verdoppeln lieber die Posten für den Rest der Nacht.«

»Das ist nicht nötig«, sagte Mallory. »Unser Freund kommt nicht zurück.«

»Das ist nicht nötig«, äffte Reynolds ihn wild nach. »Es war auch für den armen Saunders nicht nötig, haben Sie gesagt. Und wo ist Saunders jetzt? Schläft er gemütlich in seinem Bett? Zur Hölle! Es ist nicht …«

Andrea stieß einen warnenden Laut hervor und trat einen Schritt näher an Reynolds heran, aber Mallory machte eine kurze beschwichtigende Geste mit seiner rechten Hand. Er sagte: »Es liegt natürlich ganz in Ihrer Hand, Major. Es tut mir Leid, dass wir daran schuld sind, dass Sie und Ihre Männer eine schlaflose Nacht hatten. Bis morgen früh.« Er lächelte schief. »Das ist ja nicht mehr lang hin.« Er wandte sich zum Gehen und sah sich Groves gegenüber, der ihm den Weg verstellte, einem Groves, dessen gewöhnlich fröhliches Gesicht jetzt die erbitterte Feindseligkeit von Reynolds widerspiegelte.

»Er ist also spurlos verschwunden, was? Auf und davon. Und damit ist die Sache erledigt, wie?«

Mallory schaute ihn nachdenklich an. »Nicht ganz, nein. Das würde ich nicht sagen. Ein bisschen Zeit. Wir finden ihn.«

»Ein bisschen Zeit? Vielleicht sogar noch, bevor er an Altersschwäche stirbt?«

Andrea sah Mallory an. »Vierundzwanzig Stunden?«

»Weniger.«

Andrea nickte, und er und Mallory wandten sich um und gingen auf die Gästehütte zu. Reynolds und Groves sahen den beiden Männern nach, während Miller nahe hinter ihnen stand, und schauten dann einander an. Ihre Gesichter waren immer noch niedergedrückt und verbittert.

»Sind das nicht zwei nette warmherzige Burschen? Völlig gebrochen über den Tod des armen Saunders.« Groves schüttelte den Kopf. »Es macht ihnen nichts. Es macht ihnen einfach nichts.«

»Oh, das würde ich nicht sagen«, sagte Miller schüchtern. »Das sieht nur so aus. Und das ist nicht das Gleiche.«

»Gesichter wie geschnitzte Indianer«, stieß Reynolds hervor. »Sie haben nicht einmal gesagt, dass es ihnen Leid tut, dass Saunders umgebracht wurde.«

»Nun«, sagte Miller geduldig, »das ist zwar ein Klischee, aber verschiedene Leute reagieren verschieden. Zugegeben, Gram und Zorn sind die natürlichen Reaktionen in so einem Fall, aber wenn Mallory und Andrea ihre Zeit damit verbrächten, auf diese Weise auf alle Dinge zu reagieren, die ihnen in ihrem Leben schon passiert sind, hätten sie die letzten Jahre kaum überstanden. Deshalb reagieren sie nicht mehr so. Sie unternehmen etwas. So, wie sie gegen den Mörder Ihres Freundes etwas unternehmen werden. Vielleicht haben Sie es nicht mitbekommen, aber Sie haben soeben der Verkündigung eines Todesurteils beigewohnt.«

»Woher wissen *Sie* denn das?«, fragte Reynolds unsicher. Er nickte in Richtung auf Mallory und Andrea, die gerade die Gästehütte betraten. »Und woher wissen *sie* das? Ohne zu sprechen, meine ich.«

»Telepathie.«

»Was meinen Sie mit Telepathie.«

»Es würde zu lang dauern«, sagte Miller müde. »Fragen Sie mich morgen früh noch einmal.«

6. KAPITEL

Freitag

08.00–10.00

Die verzweigten, schneebeladenen Kronen der Kiefern bildeten eine fast undurchdringliche Kuppel, die wirkungsvoll Major Brozniks Lager, dessen Hütten eng beieinander auf dem Grund der Hamba standen, gegen fast jeglichen Lichtschimmer vom Himmel abschirmten. Sogar an einem Mittag im Hochsommer herrschte hier unten nicht mehr als zwielichtige Dämmerung. An einem Morgen wie diesem, eine Stunde nach Tagesanbruch, während vom wolkenbedeckten Himmel dichter Schnee fiel, konnte man die Lichtverhältnisse genauso gut für eine sternenhelle Nacht halten. Im Inneren der Speisehütte, in der Mallory und seine Begleiter mit Major Broznik frühstückten, war es außerordentlich düster, und die Dunkelheit wurde von den zwei rauchenden Öllampen, die die einzigen primitiven Beleuchtungsmöglichkeiten darstellten, eher verstärkt als gemildert.

Die düstere Atmosphäre wurde noch vertieft durch das Benehmen und die Mienen der Männer, die am Frühstückstisch saßen. Sie aßen in niedergedrücktem Schweigen, die Köpfe gesenkt, und sahen einander kaum an. Die Vorfälle der vergangenen Nacht hatten sie alle tief bestürzt, aber am schwersten hatten sie zweifellos Reynolds und Groves getroffen, deren Gesichter immer noch den Schock über Saunders' Ermordung widerspiegelten. Sie rührten ihr Essen nicht an und saßen bedrückt vor ihren Tellern.

Um die Atmosphäre stiller Verzweiflung vollkommen zu machen, war das Frühstück, das der Küchenchef der Partisanen am frühen Morgen servierte, kaum genießbar. Es wurde von zwei Partisankas – weiblichen Mitgliedern der Armee Marschall Titos – serviert und bestand aus Polenta, einem reichlich unappetitlichen Gericht, das aus

Mais hergestellt wird, und Raki, einem jugoslawischen Geist, der an Schärfe seinesgleichen sucht. Miller löffelte sein Frühstück mit betontem Widerwillen hinein.

»Nun«, sagte er an niemanden gewandt, »es ist wenigstens mal was anderes.«

»Das ist alles, was wir haben«, sagte Broznik entschuldigend. Er legte seinen Löffel weg und stieß den Teller zurück. »Und nicht einmal das kann ich essen. Nicht heute Morgen. Jeder Eingang zur Hamba ist bewacht, und trotzdem war ein Mörder heute Nacht in meinem Lager. Aber vielleicht kam er gar nicht an den Wachen vorbei. Vielleicht war er schon drin. Stellen Sie sich das vor – ein Verräter in meinem eigenen Lager. Und wenn das der Fall ist, kann ich ihn nicht einmal finden. Ich kann es nicht einmal glauben.«

Ein Kommentar war überflüssig, es gab nichts mehr zu sagen, was nicht schon gesagt worden war, und niemand schaute in Brozniks Richtung. Sein Unbehagen, seine Verwirrung und sein Zorn wurden aus seiner Stimme deutlich genug. Andrea, der seinen Teller bereits mit offensichtlichem Genuss leergegessen hatte, sah die zwei unberührten Teller an, die vor Reynolds und Groves standen, und sah dann fragend die beiden Männer an, die den Kopf schüttelten. Andrea streckte die Hand aus, stellte die beiden Teller vor sich und fuhr fort, mit großem Appetit zu essen. Reynolds und Groves blickten ihn in schockierender Fassungslosigkeit an, möglicherweise ehrfürchtig vor Andreas unverwöhnten Geschmacksnerven, aber wahrscheinlich eher überrascht über die Gefühllosigkeit eines Mannes, der so herzhaft essen konnte, nachdem erst ein paar Stunden vorher einer seiner Kameraden getötet worden war. Miller seinerseits sah Andrea entsetzt an, probierte noch eine winzige Löffelspitze von der Polenta und rümpfte die Nase in vornehmem Abscheu. Er legte seinen Löffel weg und schaute mürrisch zu Petar hinüber, der sich, mit der Gitarre über der Schulter, selbst auf eine seltsame Weise fütterte.

Miller fragte irritiert: »Schleppt er immer die verdammte Gitarre mit sich herum?«

»Unser Verlorener«, sagte Broznik leise. »So nennen wir ihn. Unser armer blinder Verlorener. Er trägt sie immer mit sich herum oder hat sie neben sich liegen. Sogar wenn er schläft – haben Sie das gestern Abend nicht bemerkt? Die Gitarre bedeutet für ihn soviel wie sein Leben. Vor ein paar Wochen hat einer meiner Männer sie aus Spaß wegnehmen wollen. Petar hat ihn fast umgebracht, obwohl er blind ist.«

»Er muss stocktaub sein«, sagte Miller nachdenklich. »Es ist das entsetzlichste Gitarrenspiel, das ich je gehört habe.«

Broznik lächelte schwach. »Zugegeben. Aber verstehen Sie denn nicht? Er kann sie fühlen. Er kann sie berühren. Sie gehört ihm. Es ist das Einzige, was ihm auf der Welt noch geblieben ist, in einer dunklen und einsamen und leeren Welt. Unser armer Verlorener.«

»Er könnte sie wenigstens stimmen«, stieß Miller hervor.

»Sie sind ein guter Kerl, mein Freund. Sie versuchen uns von dem abzulenken, was heute vor uns liegt. Aber das kann niemand schaffen.« Er wandte sich an Mallory. »Ebensowenig, wie Sie hoffen können, Ihren verrückten Plan auszuführen, Ihre gefangenen Agenten zu retten und das deutsche Spionagenetz hier zu zerstören. Das ist Irrsinn. Irrsinn!«

Mallory machte eine vage Handbewegung. »Das müssen ausgerechnet Sie mir sagen. Wie sitzen Sie denn hier? Ohne Nahrung. Ohne Geschütze. Ohne Transportmöglichkeiten. Fast ohne Gewehre – und praktisch ohne Munition für diese wenigen Gewehre. Ohne Medikamente. Ohne Panzer. Ohne Flugzeuge. Ohne Hoffnung – und doch kämpfen Sie weiter. Finden Sie das normal?«

»Touché.« Broznik lächelte, schob die Flasche Raki über den Tisch, wartete, bis Mallory sein Glas gefüllt hatte, und sagte dann: »Auf die Irren dieser Welt.«

»Ich habe vorhin oben an der Westschlucht mit Major Stephan gesprochen«, sagte General Vukalovic. »Er hält uns alle für verrückt. Sind Sie auch dieser Meinung, Colonel Lazlo?«

Der Mann, der ausgestreckt neben Vukalovic lag, senkte sein Fernglas. Er war ein stämmiger, sonnenverbrannter, untersetzter Mann in mittleren Jahren, dessen schwarzer Schnauzbart aussah, als wäre er gewachst. Nach einem Moment des Nachdenkens sagte er: »Ganz ohne Zweifel, Sir.«

»Sogar Sie?«, protestierte Vukalovic. »Mit einem tschechischen Vater?«

»Er kam aus der Hohen Tatra«, erklärte Lazlo, »da sind nur Verrückte.«

Vukalovic lächelte, stützte sich etwas bequemer auf seinem Ellenbogen auf, spähte zwischen zwei Felsen hindurch die Schlucht hinunter, hob sein Fernglas an die Augen und suchte die Gegend im Süden ab, wobei er das Glas langsam immer höher hob. Unmittelbar vor ihm fiel ein kahler felsiger Abhang ungefähr sechzig Meter weit sanft ab. Am Ende ging er allmählich in ein grasbewachsenes Plateau über, das an der breitesten Stelle nicht mehr als zweihundert Meter maß, das sich aber auf beiden Seiten in die Länge dehnte, soweit man sehen konnte. Auf der rechten Seite verlief das Plateau nach Westen, auf der linken Seite in einem Bogen nach Osten, dann nach Nordosten und schließlich nach Norden. Am Rande des Plateaus fiel das Land plötzlich steil ab und ging in das Ufer eines breiten und reißenden Flusses über, eines Gebirgsflusses, grün von dem schmelzenden Eis im Frühling und weiß an den Stellen, an denen er über die gezackten Felsen und kleinen Schwellen schäumte. Genau südlich von der Stelle, an der Vukalovic und Lazlo lagen, spannte sich eine grünweiß angestrichene stählerne Auslegerbrücke über den Fluss. Am anderen Flussufer erhob sich ein flacher grasbewachsener Hügel, der nach hundert Metern vor einem sich weit nach Süden erstreckenden Wald riesiger Kiefern endete. Verstreut zwischen den ersten Kiefern standen einige Metallungeheuer – Panzer. Jenseits des Flusses und des Waldes erhoben sich zerklüftete Berge, deren schneebedeckte Gipfel mit der Sonne, die sich weiter südöstlich durch die Schneewolken gekämpft hatte, um die Wette zu strahlen schienen.

Vukalovic senkte sein Fernglas und seufzte.

»Eine Ahnung, wie viele Panzer da drüben im Wald stehen?«

»Ich wünschte bei Gott, ich wüsste es.« Lazlo hob hilflos die Hände. »Vielleicht zehn. Vielleicht zweihundert. Wir haben keine Ahnung. Wir haben Späher hinübergeschickt, aber sie kamen nie zurück. Vielleicht wurden sie von der Strömung der Neretva weggeschwemmt.« Nachdenklich sah er Vukalovic an. »Durch die Zenica-Schlucht, durch die Westschlucht oder über die Brücke da – Sie haben nicht die geringste Ahnung, von wo der Angriff kommen wird, nicht wahr, Sir?«

Vukalovic schüttelte den Kopf.

»Aber Sie rechnen damit, dass er bald kommt?«

»Sehr bald.« Vukalovic schlug mit der geballten Faust auf den Boden. »Gibt es denn *keine* Möglichkeit, diese verdammte Brücke zu zerstören?«

»Fünfmal hat es die RAF versucht«, sagte Lazlo deprimiert. »An einem Tag siebenundzwanzig Flugzeuge verloren – entlang der Neretva lauern zweihundert AA-Gewehre, und der nächste Landeplatz für Messerschmitts ist nur zehn Flugminuten entfernt. Die Deutschen haben die britischen Bomber, die unser Ufer überqueren, auf den Radarschirmen – und die Messerschmitts warten bereits auf sie, wenn sie ankommen. Und vergessen Sie nicht, dass die Brücke auf beiden Seiten in den Felsen eingelassen ist.«

»Also ein direkter Schlag oder gar nichts?«

»Ein direkter Schlag auf ein Ziel, das sieben Meter breit und dreitausend Meter entfernt ist. Es ist unmöglich. Und noch dazu ist das Ziel so gut getarnt, dass man es kaum aus fünfhundert Metern Entfernung erkennen kann. Doppelt unmöglich.«

»Und unmöglich für uns«, sagte Vukalovic kalt.

»Unmöglich für uns. Wir haben unseren letzten Versuch zwei Nächte zuvor gemacht.«

»Sie haben … und ich habe Ihnen ausdrücklich befohlen, es nicht zu tun.«

»Sie haben uns *gebeten*, es nicht zu tun. Aber ich, Colo-

nel Lazlo, wusste es natürlich besser. Sie begannen Leuchtkugeln abzufeuern, als unsere Leute das Plateau zur Hälfte
überquert hatten. Weiß der Himmel, woher sie wussten,
dass wir kamen. Dann kamen die Suchscheinwerfer …«

»Und dann die Schrapnelle«, beendete Vukalovic den
Satz. »Und die Oerlikons. Verluste?«

»Ein halbes Bataillon.«

»Ein halbes Bataillon! Und nun sagen Sie mir, mein lieber Lazlo, was in dem völlig unwahrscheinlichen Fall passiert wäre, wenn ihre Leute die Brücke erreicht hätten?«

»Sie hatten Amatol-Sprengkapseln, Handgranaten …«

»Keine Knallfrösche?«, fragte Vukalovic mit beißendem
Spott. »Die hätten vielleicht etwas genutzt. Die Brücke ist
aus Stahl und im Felsen einbetoniert. Mann! Es war reiner
Wahnsinn, diesen Versuch zu machen!«

»Ja, Sir.« Lazlo senkte den Blick. »Vielleicht sollten Sie
mich entlassen.«

»Ich glaube, das sollte ich.« Vukalovic betrachtete aufmerksam das erschöpfte Gesicht seines Gegenübers. »Und
ich würde es auch tun. Wenn nicht …«

»Wenn nicht …?«

»Wenn nicht alle meine anderen Regimentskomman-
deure ebenso wahnsinnig wären wie Sie. Und wenn die
Deutschen angreifen – vielleicht sogar heute Nacht?«

»Wir stehen hier. Wir sind Jugoslawen, und wir wissen
nicht, wo wir sonst hin sollen. Was könnten wir anderes
tun?«

»Was Sie tun könnten? Zweitausend Männer, bewaffnet
mit Knallbüchsen! Die meisten dieser zweitausend Männer sind schwach, dem Verhungern nahe und haben kaum
noch Munition. Und Sie stehen hier. Sie könnten sich jederzeit ergeben, das wissen Sie doch.«

Lazlo lächelte. »Bei allem Respekt, General, jetzt ist
nicht der Augenblick für Witze.«

Vukalovic schlug ihm auf die Schulter. »Ich habe es auch
nicht witzig gemeint. Ich gehe zum Damm hinauf, zum
nordöstlichen Stützpunkt. Ich möchte nachsehen, ob Colonel Janzy genauso verrückt ist wie Sie. Und – Colonel?«

»Sir?«

»Wenn der Angriff kommt, werde ich vielleicht den Befehl zum Rückzug geben.«

»Rückzug?«

»Nicht Übergabe. Rückzug. Rückzug, damit wir hoffentlich siegen.«

»Ich bin sicher, der General weiß, was er sagt.«

»Das weiß der General nicht.« Vukalovic stand auf, um zu gehen. Die Möglichkeit, von einem Scharfschützen, der am anderen Neretva-Ufer lauerte, erschossen zu werden, schien ihn nicht zu beunruhigen. »Haben Sie jemals von einem Mann mit dem Namen Captain Mallory gehört? Keith Mallory, ein Neuseeländer?«

»Nein«, sagte Lazlo sofort. Er machte eine Pause und fuhr dann fort: »Warten Sie mal. Ein Bursche, der Berge hinaufkletterte?«

»Genau. Aber wie ich erfahren habe, hat er auch noch andere Fähigkeiten.« Vukalovic rieb sich sein Stoppelkinn. »Wenn alles, was ich über ihn gehört habe, stimmt, ist er ein ziemlich fähiger Mann.«

»Und was ist mit diesem ziemlich fähigen Mann?«, fragte Lazlo.

»Nur dies: Wenn alles verloren ist und es keine Hoffnung mehr gibt, dann gibt es immer, irgendwo auf der Welt, einen Mann, an den man sich wenden kann. Vielleicht gibt es nur diesen einen Mann. Meistens gibt es nur diesen einen Mann. Aber dieser eine Mann ist immer da.« Er schwieg nachdenklich. »So heißt es wenigstens.«

»Ja, Sir«, sagte Lazlo höflich. »Aber was diesen Keith Mallory betrifft ...«

»Bevor Sie heute Abend einschlafen, beten Sie für ihn. Ich werde es auch tun.«

»Ja, Sir. Und was ist mit uns? Soll ich für uns auch beten?«

»Das«, sagte Vukalovic, »wäre gar keine schlechte Idee.«

Die Hänge der Mulde, in der Major Broznik sein Lager aufgeschlagen hatte, waren sehr steil und rutschig, und die

Karawane von Männern und Ponys hatte Schwierigkeiten, hinaufzukommen. Das heißt, die meisten hatten Schwierigkeiten. Die Eskorte dunkelhäutiger und gedrungener bosnischer Partisanen, für die ein derartiges Terrain nichts Besonderes war, schien der Aufstieg nicht im mindesten anzustrengen. Und er machte auch Andrea nichts aus, der seine übliche stinkende Zigarre im Mund hatte und in regelmäßigen Abständen schwarze Rauchwolken ausstieß. Reynolds beobachtete ihn, und was er sah, verstärkte seine Zweifel und seine Verzweiflung.

Er sagte säuerlich: »Sie scheinen sich während dieser Nacht in Rekordzeit erholt zu haben, Colonel Stavros, Sir.«

»Andrea.« Die Zigarre wurde für einen Moment aus dem Mund genommen. »Ich habe einen Herzfehler. Es kommt und geht.« Die Zigarre wanderte wieder an ihren Platz.

»Den Eindruck habe ich auch«, stieß Reynolds hervor. Zum zwanzigsten Mal schaute er misstrauisch über seine Schulter. »Wo, zum Teufel, ist Mallory?«

»Wo, zum Teufel, ist Captain Mallory?«, tadelte Andrea.

»Wo also?«

»Der Leiter einer Expedition hat viele Pflichten«, sagte Andrea. »Er muss viele Dinge erledigen. Captain Mallory erledigt wahrscheinlich gerade eines dieser Dinge.«

»Was Sie nicht sagen«, murmelte Reynolds.

»Wie bitte?«

»Nichts.«

Captain Mallory erledigte tatsächlich genau in diesem Augenblick etwas. Wieder zurück in Brozniks Hütte, standen er und Broznik über eine Karte gebeugt, die auf dem Tisch ausgebreitet lag. Broznik deutete auf eine Stelle an der oberen Kante der Karte.

»Ich gebe Ihnen Recht. Dies ist der am nächsten gelegene Landestreifen für ein Flugzeug. Aber er liegt sehr hoch. Zu dieser Jahreszeit wird dort oben immer noch fast ein Meter Schnee liegen. Es gibt andere Stellen, bessere.«

»Daran zweifle ich nicht«, sagte Mallory. »Entferntere Felder sind immer grüner, vielleicht sogar entferntere Flugfelder. Aber ich habe keine Zeit.« Er bohrte seinen Zeige-finger in die Karte. »Ich will hier eine Landebahn, nur hier, und zwar bei Anbruch der Nacht. Ich wäre sehr dankbar, wenn Sie innerhalb einer Stunde einen Boten nach Konjic schicken und meine Bitte zu Ihrem Partisanenhauptquar-tier in Dvar funken ließen.«

Broznik sagte trocken: »Sie sind daran gewöhnt, dass Wunder sofort erledigt werden, nicht wahr, Captain Mallo-ry?«

»Dies fällt nicht in die Rubrik ›Wunder‹. Nur tausend Mann. Die Füße von tausend Mann. Ein kleiner Preis für siebentausend Leben, oder?«

Er reichte Broznik ein Blatt Papier. »Wellenlänge und Code. Veranlassen Sie, dass Konjic das so schnell wie mög-lich durchgibt.« Mallory warf einen Blick auf seine Uhr. »Sie sind mir schon zwanzig Minuten voraus. Ich beeile mich wohl besser.«

»Der Meinung bin ich auch«, stimmte Broznik eilig zu. Er zögerte, suchte nach Worten und begann dann unbehol-fen: »Captain Mallory, ich … ich …«

»Ich weiß. Machen Sie sich keine Sorgen. Die Mallorys dieser Welt werden ohnehin nicht alt. Wir leben zu gefähr-lich.«

»Tun wir das nicht alle?« Broznik drückte Mallorys Hand. »Heute Nacht werde ich für Sie beten.«

Mallory schwieg einen Moment und nickte dann.

»Suchen Sie sich ein langes Gebet aus.«

Die bosnischen Führer stiegen nun wie alle anderen Mit-glieder der Expedition auf ihre Ponys und ritten den ge-wundenen Weg voran durch das dicht bewaldete Tal, ge-folgt von Miller und Andrea, die nebeneinander ritten, wiederum gefolgt von Petar – die Zügel seines Ponys hielt seine Schwester. Reynolds und Groves waren entweder zufällig oder absichtlich ein wenig zurückgefallen und un-terhielten sich leise.

Groves sagte nachdenklich: »Ich möchte wissen, was Mallory und der Major so Wichtiges zu besprechen haben.«

Reynolds kniff die Lippen zusammen: »Wahrscheinlich ist es ganz gut, dass wir es nicht wissen.«

»Da kannst du Recht haben. Ich weiß nicht.« Groves machte eine Pause und fuhr dann fast bittend fort: »Broznik ist kein Verräter. Ich bin ganz sicher. Es kann nicht sein.«

»Vielleicht. Und Mallory, hm?«

»Er ist bestimmt auch keiner.«

»Bestimmt?« Reynolds wurde wütend. »Menschenskind, Mann, ich habe ihn selbst gesehen.« Er blickte zu Maria, die etwa zwanzig Meter vor ihnen ritt, und sein Gesicht drückte Grausamkeit und Härte aus. »Das Mädchen hat ihn geschlagen – und *wie* sie ihn geschlagen hat – in Neufelds Lager hat sie ihn geschlagen, und das Nächste, was ich sehe, ist, dass die beiden einen gemütlichen Plausch vor Brozniks Hütte halten. Seltsam, nicht wahr? Kurz darauf wurde Saunders ermordet. Reiner Zufall, nicht wahr? Ich sage dir, Groves, Mallory kann es selber getan haben. Das Mädchen hätte *Zeit* gehabt, es zu tun, bevor sie Mallory traf – aber das ist ausgeschlossen, da sie nie die Kraft hätte, ein fünfzehn Zentimeter langes Messer bis zum Heft in Saunders' Rücken zu stoßen. Aber Mallory könnte es durchaus getan haben. Er hatte Zeit und Gelegenheit genug, als er diese verdammte Botschaft zur Funkerhütte hinüberbrachte.«

Groves widersprach heftig: »Aber warum, um Gottes willen, hätte er es tun sollen?«

»Weil Broznik ihm irgendeine dringende Information gegeben hat. Mallory *musste* soviel Theater darum machen, dass diese Botschaft nach Italien durchgegeben wurde. Aber vielleicht war das Allerletzte, was er wollte, dass diese Botschaft hinausging. Vielleicht verhinderte er es auf diese Weise und zertrümmerte das Funkgerät, um sicher zu sein, dass kein anderer eine Nachricht durchgeben konnte. Vielleicht hielt er mich deshalb davon ab, eine Wache aufzustellen oder nach Saunders zu schauen, um zu verhindern, dass ich entdeckte, dass Saunders bereits tot war. Denn hätte ich es entdeckt, wäre wegen des Zeitfaktors der Verdacht ganz automatisch auf ihn gefallen.«

»Du siehst Gespenster.« Trotz seines Unbehagens war Groves wider Willen beeindruckt von Reynolds' Argumenten.

»Bist du sicher? Und was war mit dem Messer in Saunders' Rücken?«

Innerhalb einer halben Stunde hatte Mallory die anderen eingeholt. Er schaukelte auf seinem Pony an Reynolds und Groves vorbei, die ihn ignorierten, an Maria und Petar vorbei, die das Gleiche taten, und blieb hinter Andrea und Miller. Fast eine ganze Stunde lang ritten sie in dieser Reihenfolge durch die dicht bewaldeten bosnischen Täler dahin. Gelegentlich kamen sie zu Lichtungen, auf denen einmal kleine Dörfer gestanden und Menschen gewohnt hatten. Aber jetzt gab es hier keine Menschen und keine Häuser, denn die Dörfer existierten nicht mehr. Die Lichtungen sahen alle gleich aus, erschreckend gleich. Wo die hart arbeitenden, aber glücklichen Bosnier einst in ihren primitiven Hütten gelebt hatten, waren jetzt nur noch verkohlte Überreste von dem, was einmal blühende Gemeinschaften gewesen waren. In der Luft hing noch der beißende Geruch alten Rauches, der widerliche süß-saure Gestank von Fäulnis und Tod, Zeugen der Grausamkeit und Unerbittlichkeit dieses Krieges. Ab und zu fanden sie eines oder mehrere kleine Steinhäuser, bei denen man sich nicht die Mühe gemacht hatte, Bomben, Granaten, Mörser oder Benzin zu verschwenden. Aber kaum eines der größeren Gebäude war der totalen Zerstörung entgangen. Kirchen und Schulen waren anscheinend die beliebtesten Ziele gewesen. Einmal, das erkannten sie an einigen Metallgegenständen, die nur in einem Operationssaal zu finden sind, kamen sie an einem kleinen Dorfkrankenhaus vorbei, das so gründlich zerstört worden war, dass kein Teil der Ruine mehr als acht Zentimeter hoch war. Mallory fragte sich, was mit den Patienten passiert war, die sich zur Zeit der Zerstörung in dem Krankenhaus aufgehalten hatten. Aber er wollte nicht länger über die Hunderttausende von Jugoslawen nachdenken – 350 000 war die von Captain Jensen geschätzte

Zahl gewesen; wenn man die Frauen und Kinder dazu-
rechnete, musste die Zahl mindestens eine Million sein –,
die sich unter dem Banner von Marschall Tito gesammelt
hatten. Beseelt von ihrem Patriotismus und dem brennenden Wunsch nach Befreiung und Rache, gab es für sie keine Möglichkeit, irgendwo anders hinzugehen. Sie waren
ein Volk, dachte Mallory, dem buchstäblich nichts geblieben war, das nichts zu verlieren hatte als das Leben, das
aber alles zu gewinnen hatte, wenn es den Feind vernichte-
te. Wenn er ein deutscher Soldat wäre, überlegte Mallory,
wäre er sicherlich nicht besonders glücklich darüber, nach
Jugoslawien geschickt zu werden. Es war ein Krieg, den
die deutsche Wehrmacht nicht gewinnen konnte, den die
Soldaten keines westeuropäischen Landes gewinnen konnten, denn die Völker, die in den hohen Bergen zu Hause
sind, sind nicht zu besiegen. Mallory beobachtete, dass die
bosnischen Führer weder nach links noch nach rechts sahen, als sie durch die leblosen, zerstörten Dörfer ihrer
Landsleute kamen, von denen die meisten mit Sicherheit
tot waren. Sie *brauchten* gar nicht hinzusehen, sie hatten
ihre Erinnerungen, und sogar die Erinnerungen waren
schon zu viel für sie. Wenn es möglich war, mit einem
Feind Mitleid zu haben, dann hatte Mallory in diesem Moment Mitleid mit den Deutschen.

Ganz allmählich kamen sie von dem gewundenen Berg-
pfad auf eine schmale, aber vergleichsweise breite Straße,
jedenfalls breit genug für Fahrzeugverkehr in einer Richtung. Der bosnische Führer, der an der Spitze ritt, hob die
Hand und hielt sein Pony an.

»Anscheinend inoffizielles Niemandsland«, sagte Mallory. »Ich glaube, das ist die Stelle, an der sie uns heute
Morgen aus dem Lastwagen geschmissen haben.«

Mallorys Vermutung erwies sich als richtig. Die Partisanen wendeten ihre Pferde, lächelten breit, winkten, riefen
einige unverständliche Abschiedsworte und ritten den
Weg zurück, den sie gekommen waren.

Mit Mallory und Andrea an der Spitze und den beiden
Sergeants am Schluss des Zuges ritten die sieben Männer

die Straße entlang. Es hatte aufgehört zu schneien, die Wolken hatten sich verzogen, und das Sonnenlicht brach durch den sich allmählich lichtenden Kiefernwald. Plötzlich griff Andrea, der andauernd nach links gespäht hatte, nach Mallorys Arm. Mallorys Blick folgte der ausgestreckten Hand Andreas. Etwa hundert Meter vor ihnen hörte der Wald auf, und zwischen den Bäumen sah man in einiger Entfernung etwas leuchtend Grünes schimmern. Mallory drehte sich in seinem Sattel um.

»Da hinunter. Ich möchte mir das genauer ansehen. Keiner wagt sich aus dem Wald, verstanden?«

Die Ponys gingen, ohne zu strauchln, den steilen und rutschigen Abhang hinunter. Etwa zehn Meter, bevor sie zum Waldrand kamen, stiegen die Männer auf ein Zeichen von Mallory ab und gingen vorsichtig weiter, wobei sie von einem Baum zum anderen huschten. Die letzten Meter krochen sie auf Händen und Knien und legten sich schließlich auf den Bauch, verdeckt von den Stämmen der letzten Fichten. Mallory griff nach seinem Fernglas, wischte die beschlagenen Linsen ab und hob es an die Augen.

Mallory und seine Leute befanden sich etwa drei- oder vierhundert Meter oberhalb der Schneegrenze, die in einen Streifen nackten, mit Felsbrocken übersäten Erdreichs überging, an den sich ein spärlicher Grasgürtel anschloss. Längs des Grasgürtels sah er eine geteerte Straße, die für dieses Gebiet in bemerkenswert gutem Zustand war, fast parallel zu der Straße lief in einer Entfernung von etwa hundert Metern ein einzelner Schienenstrang mit außerordentlich schmaler Spurweite – ein von Gras überwucherter und verrosteter Schienenstrang, der aussah, als sei er seit vielen Jahren nicht mehr benutzt worden. Unmittelbar hinter den Schienen fiel das Land über einer Klippe steil zu einem schmalen gewundenen See ab, der von hohen Steilhängen begrenzt war, die nahezu senkrecht in zerklüftete schneebedeckte Berge übergingen.

Von der Stelle aus, an der er lag, überschaute Mallory eine rechtwinklige Biegung des Sees, eines Sees von unglaublicher Schönheit. In dem strahlenden Sonnenlicht dieses Frühlingsmorgens schimmerte er wie ein Smaragd. Die ruhige Oberfläche wurde nur ab und zu von gelegentlichen Böen gekräuselt, die den Smaragd in einen durchsichtigen Aquamarin verwandelten. Der See war nirgends breiter als eine Viertelmeile, aber offensichtlich mehrere Meilen lang. Der rechte Ausläufer, der sich zwischen den Bergen hindurchschlängelte, reichte, so weit man sehen konnte, nach Osten. Der kurze südliche Arm, eingeengt von immer steileren Wänden, endete vor den festen Mauern eines Dammes. Hingerissen beobachteten die Männer, wie sich die fernen Berge in dem schimmernden Smaragd spiegelten.

»Wunderschön«, murmelte Miller. Andrea warf ihm einen ausdrucksvollen Blick zu, betrachtete dann wieder aufmerksam den See.

Groves' Interesse war für einen Moment größer als seine Abneigung.

»Was für ein See ist das, Sir?«

Mallory senkte sein Fernglas. »Nicht die leiseste Ahnung. Maria?« Sie antwortete nicht. »Maria? Was – für – ein – See – ist – das?«

»Das ist der Neretva-Stausee«, sagte sie mürrisch. »Der größte in Jugoslawien.«

»Dann ist er also wichtig?«

»Allerdings. Wer ihn unter Kontrolle hat, hat ganz Jugoslawien unter Kontrolle.«

»Und die Deutschen *haben* ihn unter Kontrolle, vermute ich.«

»Sie haben ihn unter Kontrolle. *Wir* haben ihn unter Kontrolle.«

Ein triumphierendes Lächeln lag auf ihrem Gesicht. »Wir – die Deutschen – haben ihn völlig abgeriegelt. Klippen auf beiden Seiten. Im Osten – da am oberen Ende – haben sie eine Brücke über eine Schlucht, die nur zehn Meter breit ist. Und auf dieser Brücke patrouillieren Tag und Nacht Posten. Ebenso auf dem Damm. Die einzige Möglichkeit, hineinzukommen, ist eine Treppe – besser gesagt eine Leiter –, die genau unter dem Damm an der Klippe befestigt ist.«

»Sehr interessant«, sagte Mallory trocken, »für eine Fall-
schirmspringerbrigade. Aber wir haben andere und dringendere Dinge zu tun. Kommt.« Er warf Miller einen Blick
zu, der nickte und begann den Abhang wieder hinaufzuklettern, gefolgt von den beiden Sergeants, Maria und Petar. Mallory und Andrea blieben noch einen Moment zurück.

»Ich bin neugierig, wie sie aussehen wird«, murmelte
Mallory.

»Wie was aussehen wird?«, fragte Andrea.

»Die andere Seite des Dammes.«

»Und die Leiter an der Klippe?«

»Und die Leiter an der Klippe.«

Von der Klippe am westlichen Rand der Neretva-
Schlucht, auf der er lag, konnte Vukalovic die in die Klippe
eingelassene Leiter genau übersehen. Aber nicht nur das,
auch die äußere Seite des Dammes und der Schlucht, die
am Fuße der Mauer begann und sich nach Süden fast eine
Meile lang erstreckte, bevor sie sich durch eine scharfe
Rechtsbiegung den Blicken entzog.

Der Damm selbst war sehr schmal, nicht viel breiter als
dreißig Meter, aber sehr hoch und verlief V-förmig zwischen überhängenden Klippen hindurch bis zum grünlich-
weißen Wasserwirbel, der aus den Rohren auf der anderen
Seite des Dammes hervorsprudelte. Am Ostende des Dammes, auf einer leichten Erhöhung, befanden sich die Kon-
trollstation und zwei kleine Hütten, von denen eine, nach
den deutlich sichtbar auf dem Damm patrouillierenden
Soldaten zu schließen, eine Wachhütte sein musste. Über
diesen Gebäuden ragten die Wände der Schlucht etwa
zehn Meter senkrecht in die Höhe und hingen dann in beängstigendem Maße über.

Vom Kontrollraum aus führte eine grün gestrichene Eisenleiter, die mit Klammern an der Felswand befestigt war,
im Zickzack hinunter auf den Grund der Schlucht. Am Fuß
der Leiter begann ein schmaler Pfad, der etwa hundert
Meter die Schlucht hinunterführte und unmittelbar vor einer Stelle endete, an der ein Erdrutsch eine große Narbe in

der Felswand hinterlassen hatte. Von hier aus war eine Brücke über den Fluss geschlagen worden, von der man am anderen Flussufer wieder auf einen Pfad gelangte.

Was die Brücke betraf, so sah sie nicht gerade Vertrauen erweckend aus. Es war eine Hängebrücke aus schiefen Latten, und sie machte den Eindruck, als würde allein ihr Eigengewicht schon ausreichen, um sie jeden Moment in den reißenden Fluss stürzen zu lassen. Noch schlimmer aber war die Tatsache, dass es schien, als hätte ein Wahnsinniger einen willkürlichen Ort für die Verankerung der Brücke ausgesucht: Sie lag direkt unter einem riesengroßen Felsbrocken, der so auf der Kippe stand, dass nur ein Irrer in Betracht gezogen hätte, die Brücke zu überqueren. Aber, wie sich auf den zweiten Blick herausstellte, war der Platz nicht willkürlich gewählt worden: Es gab keinen anderen.

Vom westlichen Ende der Brücke aus verlief der felsbrockenübersäte Pfad parallel zum Fluss, überquerte eine gefährlich aussehende Furt und verschwand dann gleichzeitig wie der Fluss aus dem Blickfeld. Vukalovic ließ sein Fernglas sinken, wandte sich an den Mann neben sich und lächelte.

»Alles ruhig an der Ostfront, eh, Colonel Janzy?«

»Alles ruhig an der Ostfront«, bestätigte Janzy. Er war ein kleiner, koboldhaft aussehender Mann mit einem Gesicht, dem man ansah, dass er Sinn für Humor hatte. Seine jugendlichen Gesichtszüge standen in krassem Widerspruch zu den schlohweißen Haaren. Er drehte sich um und schaute nach Norden. »Aber an der Nordfront ist es nicht ganz so ruhig, fürchte ich.«

Das Lächeln verschwand von Vukalovics Gesicht, als auch er sich umdrehte, sein Fernglas wieder an die Augen hob und ebenfalls nach Norden schaute. Weniger als drei Meilen entfernt und deutlich sichtbar, lag die dicht bewaldete Zenica-Schlucht – seit Wochen ein Territorium, um das sich Vukalovics nördliche Verteidigungskräfte unter dem Kommando von Colonel Janzy und Einheiten des 11. Armeekorps der Deutschen erbitterte Kämpfe lieferten. In

diesem Augenblick sah man kleine Rauchwolken aufsteigen, und auf der linken Seite erhob sich spiralenförmig
eine dicke Rauchsäule in den mittlerweile wolkenlosen
Himmel. Unaufhörlich ratterten die Handfeuerwaffen.
Nur ab und zu wurde dieses Geräusch von dem Krachen
schwerer Artilleriegeschütze übertönt. Vukalovic ließ sein
Glas sinken und schaute Janzy nachdenklich an.

»Ruhe vor dem Sturm?«

»Was sonst? Der letzte Angriff.«

»Wie viele Panzer?«

»Schwer zu sagen. Meine Leute schätzen hundertfünfzig.«

»Hundertfünfzig?«

»Das vermuten sie nur – und mindestens fünfzig davon
sind Tiger-Panzer.«

»Hoffen wir, dass Ihre Leute nicht zählen können.« Vukalovic rieb sich müde die blutunterlaufenen Augen. Er
hatte in der letzten Nacht kein Auge zugetan, in der Nacht
davor ebenfalls nicht. »Gehen wir und stellen wir fest, wie
viele *wir* zählen.«

Maria und Petar hatten nun die Führung übernommen.
Reynolds und Groves, denen nicht nach Gesellschaft zumute war, ritten etwa fünfzig Meter hinter ihnen am Ende
des Zuges. Mallory, Andrea und Miller ritten nebeneinander die schmale Straße entlang. Andreas Blick lag nachdenklich auf Mallorys Gesicht.

»Was sagst du zu Saunders' Tod? Irgendeine Vermutung?« Mallory schüttelte den Kopf. »Frag mich was anderes.«

»Die Botschaft, die du ihm zum Funken gegeben hast.
Was war das?«

»Nur ein Bericht über die sichere Ankunft in Brozniks
Lager.«

»Ein Irrer«, verkündete Miller. »Der reizende Mensch
mit dem Messer, meine ich. Nur ein Irrer würde aus so einem Grund töten.«

»Vielleicht hat er nicht aus diesem Grund getötet«, gab

Mallory zu bedenken. »Vielleicht dachte er, es stünde etwas anderes in der Nachricht.«

»Etwas anderes?« Miller hob in seiner unnachahmlichen Art eine Augenbraue. »Was sollte denn …« Seine Augen trafen Andrea, er brach ab und kam zu dem Schluss, dass es besser war, nichts mehr zu sagen. Er und Andrea schauten neugierig zu Mallory hinüber, der völlig in Gedanken versunken zu sein schien.

Was auch immer der Grund dafür gewesen sein mochte, die Versunkenheit dauerte nicht lange. Mit der Miene eines Mannes, der gerade zu einem Ergebnis gekommen ist, hob Mallory den Kopf, rief Maria zu, sie solle anhalten, und zügelte sein Pony. Gemeinsam warteten sie, bis Reynolds und Groves sie eingeholt hatten.

»Wir haben viele Möglichkeiten, zwischen denen wir wählen können«, sagte Mallory, »ich habe mich für folgende entschieden. Auf diese Weise kommen wir am schnellsten hier heraus. Ich habe mit Major Broznik gesprochen und herausgefunden, was ich wissen wollte. Er sagte mir …«

»Sie *haben* also die Information für Neufeld, nicht wahr?« Wenn Reynolds versucht hatte, seine Verachtung nicht merken zu lassen, so war ihm das kläglich misslungen.

»Zum Teufel mit Neufeld«, sagte Mallory leidenschaftslos. »Spione der Partisanen haben entdeckt, wo die vier gefangenen Agenten der Alliierten sich aufhalten.«

»Haben sie das?«, fragte Reynolds. »Und warum unternehmen die Partisanen dann nichts?«

»Aus gutem Grund. Die Männer wurden tief in deutsches Gebiet gebracht. In ein uneinnehmbares Blockhaus hoch oben in den Bergen.«

»Und was werden wir in Bezug auf die Agenten der Alliierten, die in diesem uneinnehmbaren Blockhaus festgehalten werden, unternehmen?«

»Das ist ganz einfach.« Mallory verbesserte sich. »Nun, wenigstens theoretisch ist es einfach. Wir holen sie dort heraus und brechen heute Nacht durch.«

Reynolds und Groves starrten Mallory an, dann starrten sie einander an, auf ihren Gesichtern stand fassungsloser Unglaube. Andrea und Miller vermieden es sorgsam, einander oder jemand anderen anzusehen.

»Sie sind verrückt!«, sagte Reynolds im Brustton der Überzeugung.

»Sie sind verrückt, Sir«, korrigierte Andrea tadelnd.

Reynolds sah Andrea verständnislos an und wandte sich dann wieder an Mallory.

»Sie müssen verrückt sein«, beharrte er. »Durchbrechen? Ja, wo wollen Sie denn hin?«

»Nach Hause. Nach Italien.«

»Italien!« Reynolds brauchte zehn Sekunden, um diese erschreckende Information zu verdauen. Dann fuhr er sarkastisch fort: »Wahrscheinlich werden wir dorthin fliegen, habe ich Recht?«

»Es wäre ein bisschen weit, über die Adria zu schwimmen, sogar für einen Jungen mit Ihrer Kondition. Also fliegen wir.«

»Fliegen?« Groves sah aus wie vom Donner gerührt.

»Fliegen. Nicht ganz zehn Kilometer von hier gibt es ein sehr hohes Bergplateau, das in der Hand der Partisanen ist – zum größten Teil jedenfalls. Dort wird uns ein Flugzeug erwarten. Heute Abend um neun.«

In der Art, wie Leute, die nicht ganz begriffen haben, was sie gehört haben, wiederholte Groves diese Feststellung in Form einer Frage: »Dort wird uns ein Flugzeug erwarten? Heute Abend um neun? Haben Sie das gerade arrangiert?«

»Wie hätte ich das wohl machen sollen? Wir haben kein Funkgerät.«

Reynolds' durch und durch misstrauisches Gesicht passte zu seinem skeptischen Tonfall: »Aber woher wollen Sie so genau wissen, dass um neun Uhr …«

»Weil – beginnend heute Abend um sechs – alle drei Stunden ein Wellington-Bomber über dem Flugfeld sein wird. Und das für die ganze nächste Woche, falls es nötig sein sollte.«

Mallory drückte seinem Pony die Knie in die Seiten, und der Zug setzte sich in Bewegung. Reynolds und Groves bildeten wieder die Nachhut. Lange Zeit, in der auf Reynolds' Gesicht Feindseligkeit und Nachdenklichkeit abwechselten, starrte er wie gebannt auf Mallorys Rücken. Dann wandte er sich an Groves.

»Na, das passt ja alles glänzend zusammen. Zufällig werden wir zu Brozniks Lager geschickt. Zufällig weiß er, wo die vier Agenten festgehalten werden. Zufällig wird ein Flugzeug über einem bestimmten Flugfeld sein, und zufällig auch noch zu einer bestimmten Zeit. Und ganz zufällig weiß ich ganz genau, dass es auf dem hohen Plateau keinen Flugplatz gibt. Glaubst du immer noch, dass alles in Ordnung ist?«

Es war in Groves' unglücklichem Gesicht zu lesen, dass er nichts dieser Art glaubte. Er sagte: »Was, um Himmels willen, sollen wir denn tun?«

»Auf unsere Rücken aufpassen.«

Fünfzig Meter vor ihnen räusperte sich Miller und sagte vorsichtig: »Reynolds scheint etwas von seinem – äh – Vertrauen zu Ihnen verloren zu haben, Sir.«

Mallory sagte trocken: »Das ist nicht verwunderlich. Er glaubt, ich habe Saunders ermordet.«

Diesmal war es an Andrea und Miller, einen Blick zu wechseln, und ihre Mienen drückten soviel Verwunderung aus, wie es bei diesen beiden pokergesichtigen Männern möglich war.

7. KAPITEL

Freitag

10.00–12.00

Eine halbe Meile vor Neufelds Lager wurden sie von Captain Droshny und einem halben Dutzend seiner Cetniks empfangen. In Droshnys Begrüßung lag nicht die geringste Herzlichkeit, aber er bemühte sich immerhin, neutral zu erscheinen.

»Sie sind also doch zurückgekommen?«

»Wie Sie sehen«, bestätigte Mallory.

Droshny warf einen fragenden Blick auf die Ponys. »Und Sie reisen sogar komfortabel.«

»Ein Geschenk von dem lieben Major Broznik.« Mallory grinste. »Er glaubt, wir sind für ihn unterwegs nach Konjic.«

Droshny schien nicht besonders daran interessiert zu sein, was Major Broznik glaubte. Er warf den Kopf zurück, wendete sein Pferd und ritt in schnellem Trab auf Neufelds Lager zu.

Als sie innerhalb des Lagergeländes von den Ponys gestiegen waren, führte Droshny Mallory sofort zu Neufelds Hütte. Auch Neufelds Begrüßung fiel nicht gerade begeistert aus, aber wenigstens gelang es ihm, ein wenig Wohlwollen in seine Neutralität zu legen. Auch ihm war eine leichte Überraschung anzumerken, was er sofort erklärte.

»Ehrlich gesagt, Captain, ich hatte nicht erwartet, Sie wieder zu sehen. Es gab so viele – äh – Imponderabilien. Und dennoch. Ich freue mich, Sie zu sehen – Sie wären nicht ohne die Informationen, die ich haben wollte, zurückgekehrt. Also, Captain Mallory, zum Geschäft.«

Mallory sah Neufeld ohne Begeisterung an. »Sie sind kein besonders guter Geschäftspartner, fürchte ich.«

»Bin ich das nicht?«, sagte Neufeld höflich. »In welcher Beziehung?«

»Geschäftspartner erzählen einander keine Lügenge-
schichten. Sie sagten, Vukalovics Truppen sammelten sich.
Das tun sie auch wirklich. Aber nicht, um auszubrechen,
sie sammeln sich, um sich gegen den letzten Angriff der
Deutschen zu verteidigen, den Angriff, der sie alle ein für
alle Mal vernichten soll. Und sie glauben, dass dieser Angriff bevorsteht.«

»Hören Sie mal, Sie haben doch sicherlich nicht von mir
erwartet, dass ich unsere militärischen Geheimnisse preis-
gebe – die Sie dann vielleicht – ich sage vielleicht – dem
Feind verraten hätten, bevor Sie sich als vertrauenswürdig
erwiesen hatten«, sagte Neufeld. »So naiv sind Sie doch
nicht. Aber was diese beabsichtigte Attacke betrifft – woher haben Sie die Information?«

»Von Major Broznik.« Mallory lächelte, als er sich erinnerte. »Er war sehr mitteilsam.«

Neufeld beugte sich vor, seine Spannung spiegelte sich
in seinem plötzlich reglos gewordenen Gesicht wider, in
den Augen, die, ohne zu blinzeln, Mallory fixierten. »Und
haben sie Ihnen gesagt, von welcher Seite sie den Angriff
erwarten?«

»Ich weiß nur den Namen. Die Neretva-Brücke.«

Neufeld sank in seinem Stuhl zurück, atmete tief und erleichtert aus und lächelte, um seinen nächsten Worten die
Schärfe zu nehmen: »Mein Freund, wenn Sie kein Engländer
wären, kein Deserteur, kein Abtrünniger und kein Rausch-
gifthändler, dann würden Sie für diese Leistung das Eiserne
Kreuz bekommen. Ach, übrigens«, er fuhr fort, als ob es ihm
gerade zufällig einfiele, »ich habe die Bestätigung aus Padua
bekommen. Die Neretva-Brücke? Sind Sie sicher?«

Mallory sagte irritiert: »Wenn Sie jedoch meine Worte
bezweifeln …«

»Natürlich nicht, natürlich nicht. Das ist nur so eine Redensart.« Neufeld machte eine Pause, dann sagte er leise:
»Die Neretva-Brücke.« In der Art, in der er sie aussprach,
klangen die Worte fast wie eine Litanei.

Droshny sagte leise: »Das passt zu allem, was wir vermutet haben.«

»Vergessen Sie, was Sie vermutet haben«, sagte Mallory grob. »Zu meinem Geschäft, wenn Sie nichts dagegen haben. Haben wir den Auftrag zufrieden stellend erledigt? Haben wir Ihre Bitte erfüllt? Haben Sie die Informationen, die Sie haben wollten?« Neufeld nickte. »Dann schaffen Sie uns schleunigst hier 'raus. Fliegen Sie .uns irgendwo in deutsches Gebiet. Nach Österreich oder Deutschland direkt, wenn Sie wollen – je weiter weg von hier, desto besser. Wissen Sie, was mit uns passiert, wenn wir in die Hände der Engländer oder Jugoslawen fallen?«

»Dazu braucht man nicht viel Fantasie«, sagte Neufeld fast fröhlich. »Aber Sie beurteilen uns falsch, mein Freund. Ihre Abreise zu einem sicheren Platz ist bereits arrangiert. Ein gewisser Chef des militärischen Nachrichtendienstes in Norditalien würde gern Ihre persönliche Bekanntschaft machen. Er hat Grund zu glauben, dass Sie ihm von großem Nutzen sein könnten.«

Mallory nickte verstehend.

General Vukalovic stellte sein Fernglas auf die Zenica-Schlucht ein, ein schmales und dicht bewaldetes Tal zwischen zwei hohen und steilen Bergen, die in Form und Höhe fast identisch waren.

Die Panzer des 11. Armeekorps der Deutschen waren nicht schwierig zu finden, denn die Deutschen hatten keinen Versuch gemacht, sie zu tarnen oder zu verstecken, was, so dachte Vukalovic grimmig, bewies, wie hundertprozentig die Deutschen von sich und dem Ausgang der Schlacht, die bevorstand, überzeugt waren. Deutlich konnte er die Soldaten sehen, die an einigen parkenden Fahrzeugen arbeiteten. Andere Panzer fuhren herum und brachten sich in Position, als ob sie sich bereitmachten, sich in Formation für den letzten Kampf aufzustellen. Das tiefe grollende Donnern der schweren Motoren der Tiger-Panzer war ununterbrochen zu hören.

Vukalovic senkte sein Fernglas, schrieb einige Zahlen auf ein Blatt Papier, das bereits mit Zahlen übersät war, führte einige Additionen durch, legte das Blatt und den

Bleistift mit einem Seufzer beiseite und wandte sich an Colonel Janzy, der mit ähnlichen Dingen beschäftigt war.

Vukalovic sagte mit einem gezwungenen Lächeln: »Bitte übermitteln Sie Ihren Leuten meine Entschuldigung. Sie können ebenso gut zählen wie ich.«

Diesmal war von Captain Jensens großtuerischem Piratengehabe und dem strahlenden, optimistischen Lächeln nicht viel zu bemerken, besser gesagt, es war überhaupt nicht vorhanden. Es wäre für ein so großzügig geschnittenes Gesicht wie Jensens unmöglich gewesen, tatsächlich einen verhärmten Eindruck zu machen, aber das gefasste, grimmige Gesicht zeigte eindeutige Anzeichen von Überanstrengung, Schlaflosigkeit und Besorgnis, als er im Hauptquartier der 5. Armee in Termoli in Italien auf und ab ging.

Er ging nicht allein auf und ab. Ein gedrungener, grauhaariger Offizier in der Uniform eines Generalleutnants der britischen Armee marschierte im Gleichschritt neben ihm hin und her. Das Gesicht des Offiziers trug den gleichen Ausdruck wie das Jensens. Als sie am Ende des Raumes ankamen, blieb der General stehen und warf dem Funker, der mit Kopfhörern vor dem RCA-Funkgerät saß, einen fragenden Blick zu. Der Sergeant schüttelte den Kopf. Die beiden Männer begannen wieder auf und ab zu gehen. Der General sagte unvermittelt: »Die Zeit wird knapp. Billigen Sie es, Jensen, dass man eine Großoffensive nicht mehr aufhalten kann, wenn man sie einmal in die Wege geleitet hat?«

»Ich billige es«, sagte Jensen ernst. »Wie sind die neuesten Aufklärungsberichte, Sir?«

»Berichte gibt es genug, aber der Himmel allein weiß, was man aus ihnen machen soll.« Die Stimme des Generals klang bitter. »Entlang der ganzen Gustav-Linie herrscht reges Treiben, an dem – soweit wir es uns zusammenreimen können – zwei Panzerdivisionen, eine deutsche Infanteriedivision, eine österreichische Infanteriedivision und zwei Jägerbataillone – ihre knallharten alpinen Truppen – beteiligt sind. Sie bereiten keine Offensive vor, das ist sicher, erstens, weil sie von dem Gebiet aus, in dem sie manövrieren, gar keine Offensive starten könnten, und zweitens, wenn sie eine Offensive planen würden, würden sie alles tun, um ihre Vorbereitungen geheim zu halten.«

»Was soll dann diese ganze Aktivität, wenn sie keinen Angriff planen?«

Der General seufzte. »Nach Meinung des Informanten treffen sie die Vorbereitungen für einen Blitzangriff. Nach Meinung des Informanten! Das Einzige, was mich interessiert, ist, dass alle diese versprengten Divisionen immer noch an der Gustav-Linie stehen. Jensen, was ist denn bloß schief gegangen?«

Jensen hob mit einer hilflosen Bewegung die Schultern. »Es war alles vorbereitet für einen Funkkontakt mit Abstand von zwei Stunden, beginnend mit vier Uhr früh ...«

»Aber es hat bisher keinerlei Kontakt bestanden.«

Jensen schwieg.

Der General sah ihn nachdenklich an. »Der beste in ganz Westeuropa, haben Sie gesagt.«

»Ja, das habe ich gesagt.«

Die unausgesprochenen Zweifel des Generals an den Qualitäten der Agenten, die Jensen für die Operation Kolonne 10 ausgesucht hatte, wären noch erheblich verstärkt worden, wenn er diese Agenten in diesem Augenblick in der Gästehütte von Hauptmann Neufelds Lager in Bosnien hätte sehen können. Sie zeigten nichts von Harmonie, Verständnis und unausgesprochenem gegenseitigem Vertrauen, wie man es bei einem Agententeam, das in seiner Branche zu den besten zählte, erwartet hätte. Stattdessen lag Spannung und Zorn in der Luft, die Atmosphäre des Misstrauens war fast greifbar. Reynolds konnte seine Wut nur mühsam unter Kontrolle halten.

»Ich will es jetzt wissen!« Reynolds schrie Mallory die Worte ins Gesicht.

»Etwas leiser, wenn ich bitten darf«, sagte Andrea scharf.

»Ich will es jetzt wissen!«, wiederholte Reynolds. Diesmal war seine Stimme kaum mehr als ein Flüstern, aber deswegen nicht weniger fordernd und beharrlich.

»Sie werden es schon erfahren, wenn die Zeit gekommen ist.« Wie immer war Mallorys Stimme ruhig und neutral, und er vermied sorgfältig jedes Zeichen von Erregung. »Aber nicht vorher. Was Sie nicht wissen, können Sie nicht ausplaudern.«

Reynolds ballte die Fäuste und trat einen Schritt vor. »Wollen Sie damit andeuten, dass …«

Mallory sagte beherrscht: »Ich deute gar nichts an. Ich hatte Recht mit dem, was ich in Termoli über Sie sagte: Sie sind genauso angenehm wie eine tickende Bombe.«

»Vielleicht.« Reynolds konnte sich nicht mehr zurückhalten. »Aber wenigstens ist etwas Ehrliches an einer Bombe.«

»Wiederholen Sie das«, sagte Andrea ruhig.

»Was?«

»Wiederholen Sie es.«

»Schauen Sie, Andrea …«

»Colonel Stavros, mein Bester.«

»Sir.«

»Wiederholen Sie es, und ich garantiere Ihnen mindestens fünf Jahre für Insubordination im Feld.«

»Jawohl, Sir.« Reynolds' physische Anstrengung, sich wieder unter Kontrolle zu bringen, war offensichtlich. »Aber warum kann er uns nicht seine Pläne für den heutigen *Nachmittag* erläutern, wenn er uns alle zur gleichen Zeit wissen lässt, dass wir heute *Abend* von diesem Ivenici-Dingsda abfliegen?«

»Weil unsere Pläne von den Deutschen durchkreuzt werden könnten«, erklärte Andrea geduldig. »Wenn sie dahinter kommen. Wenn einer von uns unter Druck etwas verriete. Aber gegen Ivenici können sie nichts tun – das ist in den Händen der Partisanen.«

Miller wechselte friedfertig das Thema: »Zweitausendeinhundert Meter hoch, sagst du. Der Schnee muss dort oben mehr als einen Meter hoch sein. Wie, um Himmels willen, kann jemand glauben, das alles wegräumen zu können?«

»Ich weiß nicht«, sagte Mallory unbestimmt. »Ich vermute, dass sich irgendjemand etwas einfallen lassen wird.«

Und zweitausendeinhundert Meter hoch, auf dem Ivenici-Plateau, hatte sich tatsächlich jemand etwas einfallen lassen.

Das Ivenici-Plateau war eine weiße Wildnis, eine öde und verlassene und – für viele Monate des Jahres – eine kalte und feindliche Wildnis, über die der Wind heulend dahinfegte. Es war für Menschen unmöglich, dort oben zu leben, und es war auch beinah unerträglich, sich auch nur kurz dort aufzuhalten. Im Westen wurde das Plateau von einer teilweise senkrechten, teilweise zerklüfteten, hundertfünfzig Meter hohen Klippe begrenzt. Die Wasserfälle, die in den wenigen warmen Monaten über die Felsen herunterstürzten, waren zu Eis erstarrt. Aus einigen schmalen Vorsprüngen versuchten einige kümmerliche Kiefern zu überleben. Ihre starr gefrorenen Äste hatten sich unter der Last des Schnees, der seit Monaten auf ihnen lastete, tief gesenkt. Im Osten endete das Plateau abrupt an einer Felswand, die senkrecht in das Tal abfiel.

Das Plateau wurde von einer unberührten Schneeschicht bedeckt, die zwei Meter dick war und in der Sonne glitzerte, dass die Augen schmerzten. Es war etwa eine halbe Meile lang und nirgends mehr als hundert Meter breit. Am Südende stieg das Plateau steil an und endete jäh in einer Felsnase. Auf diesem Vorsprung standen zwei weiße Zelte, ein kleines und ein großes. Vor dem kleinen Zelt standen zwei Männer und unterhielten sich. Der größere und ältere der beiden, der einen schweren Wintermantel und eine Brille mit getönten Gläsern trug, war Colonel Vis, der Kommandant einer Brigade von Partisanen, die in Sarajewo ihren Standort hatte. Der jüngere war sein Adjutant, Captain Vlanovic. Beide Männer schauten über das Plateau, das in seiner ganzen Länge vor ihnen lag.

Captain Vlanovic sagte unglücklich: »Es muss einen einfacheren Weg geben, dies zu tun, Sir.«

»Sie sagen es, Boris, und ich werde eben diesen einfacheren Weg wählen.« Sowohl in seiner Erscheinung als auch in seiner Stimme lag Ruhe und Verlässlichkeit. »Bulldozer würden helfen, Schneepflüge wären ebenfalls nicht zu verachten. Aber Sie werden mir wohl Recht geben, wenn ich sage, dass es eine gehörige Portion von Geschicklichkeit seitens der Fahrer erforderte, eben diese Fahrzeuge senkrechte Felswände hochzusteuern, um sie hierherzubringen.«

»Jawohl, Sir«, sagte Vlanovic gehorsam, aber mit offensichtlichen Zweifeln. Beide Männer schauten über die weiße Fläche des Plateaus nach Norden.

Nach Norden und darüber hinaus, über die Berge, von denen einige dunkel, zerklüftet und drohend, andere mit abgerundeten, schneebedeckten Kuppen in das wolkenlose Blau des Himmels ragten. Es war ein eindrucksvoller Anblick. Aber noch eindrucksvoller war das, was sich auf dem Plateau selbst abspielte. Eine Phalanx von tausend uniformierten Soldaten, vielleicht die Hälfte in den sandfarbenen Uniformen der Jugoslawen, die andere Hälfte in einem bunten Durcheinander von Uniformen, bewegte sich in einer Schlangenlinie über den Schnee.

Die Phalanx war fünfzig Mann breit, aber nur zwanzig Mann tief. Arm in Arm, Kopf und Schultern vorgebeugt, so stapften sie mühsam und aufreizend langsam durch den Schnee. Dass sie sich so langsam vorwärts bewegten, lag daran, dass die erste Reihe der Männer sich ihren Weg durch hüfthohen Schnee bahnen musste, und schon jetzt lagen auf ihren Gesichtern deutliche Zeichen von Anstrengung und Erschöpfung. Es war eine unglaublich harte Arbeit, eine Arbeit, die in dieser Höhe den Pulsschlag verdoppelte. Die Männer mussten um jeden Atemzug kämpfen, ihre Beine wurden schwer, und jeder Schritt bedeutete Schmerzen.

Aber nicht nur den Männern ging es so. Hinter der ersten Reihe von Soldaten gingen fast ebenso viele Frauen und Mädchen in der Phalanx mit. Allerdings waren sie so vermummt, um sich gegen den beißenden Wind zu schützen, der in dieser Höhe blies, dass es schwierig war, die

Frauen von den Männern zu unterscheiden. Die letzten beiden Reihen der Phalanx bildeten ausschließlich *Partisankas*, und auch sie versanken noch in knietiefem Schnee, es war mörderisch.

Der Anblick war fantastisch, aber keineswegs einzigartig in diesem Krieg in Jugoslawien. Die Flugplätze im Unterland waren ausschließlich in der Hand der bewaffneten Divisionen der deutschen Wehrmacht und deshalb für die Jugoslawen nicht zu benutzen. Aus diesem Grund legten die Partisanen viele ihrer Flugplätze in den Bergen an. In Schneefeldern dieser Art und in Gebieten, die absolut unzugänglich für mechanische Hilfsmittel waren, hatten sie keine andere Möglichkeit.

Colonel Vis wandte sich ab und sagte zu Captain Vlanovic:

»Nun, mein lieber Boris, glauben Sie, Sie sind zum Wintersport hier oben? Sorgen Sie dafür, dass die Küchenabteilung funktioniert. Wir werden eine ganze Wochenration von warmem Essen für diesen einen Tag aufbrauchen.«

»Jawohl, Sir.« Vlanovic hob den Kopf und nahm seine mit Ohrenschützern ausgestattete Pelzmütze ab, um die wieder beginnenden weit entfernten Explosionen im Norden besser hören zu können. »Was in aller Welt ist das?«

Vis sagte sinnend: »In der reinen Luft unserer jugoslawischen Berge wird jeder Ton weit getragen, nicht wahr?«

»Bitte, Sir?«

»Das, mein Lieber«, sagte Vis mit sichtlicher Befriedigung, »sind die Geräusche, die den Untergang des Standortes der Messerschmitts in Novo Derventa begleiten.«

»Sir?«

Vis stieß einen tiefen, leidenden Seufzer aus und sagte geduldig: »Eines Tages werde ich auch aus Ihnen einen Soldaten machen, mein Lieber. Messerschmitts, Boris, sind Kampfflugzeuge, die alle Arten von hässlichen Kanonen und Maschinengewehre an Bord haben. Was ist in diesem Moment das beste Ziel in Jugoslawien?«

»Was ist …« Vlanovic brach ab und schaute wieder zu der langsam voranschiebenden Phalanx hinüber. »Oh!«

»Allerdings ›oh!‹. Die englische Luftwaffe hat sechs ihrer besten Lancaster-Bomber-Geschwader von der italienischen Front abgezogen, damit sie sich um unsere Freunde in Novo Derventa kümmern.« Er nahm ebenfalls seine Kappe ab, um besser hören zu können. »Eifrigst bei der Arbeit. Wenn sie fertig sind, wird eine Woche lang keine einzige Messerschmitt diesen Flugplatz verlassen können. Das heißt, wenn überhaupt noch eine übrig geblieben ist, die wegfliegen könnte.«

»Wenn ich etwas sagen dürfte, Sir?«

»Sie dürfen, Captain Vlanovic.«

»Es gibt andere Kampffliegerbasen.«

»Stimmt.« Vis deutete nach oben. »Sehen Sie was?«

Vlanovic verrenkte sich den Hals, schirmte seine Augen mit der Hand gegen die strahlende Sonne ab, starrte in den leeren Himmel hinauf und schüttelte den Kopf.

»Ich auch nicht«, stimmte Vis zu. »Aber in siebentausend Metern Höhe patrouillieren bis zum Anbruch der Nacht Geschwader von Beau-Kampfflugzeugen, deren Besatzungen es sicherlich noch kälter ist als uns.«

»Wer ist er, Sir? Wer ist der Mann, der verlangen kann, dass alle unsere Soldaten hier schuften und dass Geschwader von Bombern und Kampfflugzeugen eingesetzt werden?«

»Ich glaube, er heißt Mallory. Ein Captain.«

»Ein Captain? Wie ich?«

»Ein Captain. Aber ich zweifle daran, Boris«, fuhr Vis liebenswürdig fort, »dass er, abgesehen von seinem Rang, viel Ähnlichkeit mit Ihnen hat. Und sein Rang ist auch ganz unwichtig. Der Name zählt. Mallory.«

»Nie von ihm gehört.«

»Das kommt noch, mein Lieber, das kommt noch.«

»Aber ... aber dieser Mallory, wofür will er das alles?«

»Fragen Sie ihn, wenn Sie ihn heute Abend sehen.«

»Wenn ich ... er kommt heute Abend hierher?«

»Heute Abend. Wenn«, fügte Vis düster hinzu, »er dann noch lebt.«

Neufeld betrat, gefolgt von Droshny, frisch und zuversichtlich seine Funkerhütte, die aus einem kahlen Raum bestand, dessen Einrichtung sich auf einen Tisch, zwei Stühle
und ein großes, tragbares Funkgerät beschränkte. Der
deutsche Unteroffizier, der vor dem Funkgerät saß, sah auf,
als die beiden Männer eintraten.

»Das Hauptquartier des 7. Bewaffneten Korps an der
Neretva-Brücke«, befahl Neufeld. Er schien ausgezeichne-
ter Laune zu sein. »Ich möchte General Zimmermann persönlich sprechen.«

Der Unteroffizier nickte, gab den Ruf durch und bekam
innerhalb von Sekunden Antwort. Er horchte kurz und
schaute zu Neufeld auf. »Der General wird geholt.«

Neufeld griff nach dem Kopfhörer und machte dem Unteroffizier ein Zeichen, auf das hin sich dieser erhob und
die Hütte verließ. Neufeld setzte sich auf den frei gewordenen Stuhl und rückte den Kopfhörer zurecht. Als er nach
ein paar Sekunden eine leicht verzerrte Stimme hörte,
nahm er unwillkürlich Haltung an.

»Hier ist Hauptmann Neufeld, General. Die Engländer
sind zurückgekommen. Ihrer Information zufolge erwartet
die Partisanendivision im Zenica-Käfig einen Großangriff
aus dem Süden über die Neretva-Brücke.«

»Soso.« General Zimmermann, der hinten in dem Funkwagen, der am Waldrand südlich der Neretva-Brücke
stand, bequem in einem Drehstuhl saß, machte keinen Versuch, die Befriedigung in seiner Stimme zu verbergen. Die
Plane, die gewöhnlich über die Ladefläche des Lastwagens
gespannt war, war zurückgerollt worden, und er nahm
sein spitzes Käppi ab, um mehr von dem blassen Sonnenschein dieses Frühlingstages zu haben. »Interessant, sehr
interessant. Sonst noch was?«

»Ja.« Neufelds Stimme kam blechern aus dem Lautsprecher. »Sie haben gebeten, aus der Gefahrenzone gebracht
zu werden. Weit in unser Gebiet, möglichst nach Deutschland direkt. Sie fühlen sich hier nicht – äh – sicher genug.«

»Na so was. Tatsächlich. Sie fühlen sich nicht sicher.«
Zimmermann machte eine Pause, überlegte und fuhr dann

fort: »Sie sind über die Situation völlig im Bilde, Hauptmann Neufeld? Sind Sie sich bewusst, dass ganz sorgfältig vorgegangen werden muss?«

»Ja, Herr General.«

»Ich muss einen Moment nachdenken. Warten Sie.«

Zimmermann drehte sich langsam in seinem Drehstuhl hin und her, während er versuchte, eine Entscheidung zu treffen. Nachdenklich, aber ohne tatsächlich etwas wahrzunehmen, schaute er nach Norden, über die Wiesen, die sich am Südufer der Neretva erstreckten, auf den Fluss, über den sich die Eisenbrücke spannte, dann zu den Wiesen hinüber, die steil zu dem felsigen Stützpunkt aufstiegen, der Colonel Lazlos Partisanen als vorderste Verteidigungslinie diente. Als er sich mit seinem Stuhl umdrehte, blickte er im Osten auf das grün-weiß schäumende Wasser der Neretva, auf die Wiesen an beiden Ufern, die immer schmaler wurden, bis sie schließlich nach einer Nordbiegung vor dem Eingang der steilwandigen Schlucht verschwanden, aus der die Neretva hervortrat. Nach einer weiteren Vierteldrehung fiel sein Blick auf den Kiefernwald im Süden, der auf den ersten Blick so harmlos und ohne jedes Leben schien – aber nur so lange, bis sich das Auge an das gedämpfte Licht gewöhnt hatte und Dutzende von großen rechteckigen Ungetümen wahrnahm, die durch tarnende Planen, Netze und riesige Haufen toter Äste sowohl gegen Beobachtung aus der Luft als auch vom Nordufer der Neretva her geschützt waren. Der Anblick seiner beiden getarnten Panzerdivisionen half Zimmermann, seine Entscheidung zu fällen. Er hob das Mikrofon an die Lippen.

»Hauptmann Neufeld? Ich habe mich entschlossen, zu handeln, und Sie werden so freundlich sein und meinen Anordnungen absolut Folge leisten …«

Droshny nahm das zweite Paar Kopfhörer ab, das er getragen hatte, und sagte zweifelnd zu Neufeld: »Der General verlangt ganz schön viel von uns.«

Neufeld schüttelte beruhigend den Kopf. »General Zimmermann weiß *immer*, was er tut. Auf seine psychologische

Beurteilung der Captain Mallorys dieser Welt kann man sich hundertprozentig verlassen.«

»Ich hoffe es.« Droshny war nicht überzeugt.

Neufeld sagte zu dem Funker: »Captain Mallory in mein Büro bitte und Feldwebel Baer!«, und ging hinaus.

Als Mallory eintrat, waren Neufeld, Droshny und Baer bereits da. Neufeld gab sich kurz und dienstlich.

»Wir haben uns entschlossen, Sie mit einem Kufenflugzeug herausfliegen zu lassen – das sind die einzigen Maschinen, die in diesen verdammten Bergen landen können. Sie haben noch Zeit, um ein paar Stunden zu schlafen – wir fliegen nicht vor vier. Irgendwelche Fragen?«

»Wo ist die Landebahn?«

»Auf einer Lichtung. Einen Kilometer von hier. Sonst noch was?«

»Nichts. Schaffen Sie uns hier raus, das ist alles.«

»Darum brauchen Sie sich keine Sorgen zu machen«, sagte Neufeld spontan. »Mein einziger Wunsch ist zu wissen, dass Sie auf dem Weg sind. Offen gestanden, Mallory, Sie machen mich nervös, und je eher Sie weg sind, umso besser.«

Mallory nickte und ging hinaus. Neufeld wandte sich an Baer: »Ich habe eine kleine Aufgabe für Sie, Feldwebel Baer. Klein, aber sehr wichtig. Hören Sie genau zu.«

Mit nachdenklichem Gesicht trat Mallory aus Neufelds Hütte und ging langsam quer über den Lagerplatz. Als er zur Gästehütte kam, trat Andrea heraus und ging wortlos an ihm vorüber. Seine finstere Miene war durch die Wolke von Zigarrenrauch kaum zu erkennen. Mallory betrat die Hütte. Petar spielte wieder einmal die jugoslawische Fassung des Liedes ›The girl I left behind me‹. Es schien sein Lieblingslied zu sein. Mallory schaute zu Maria, Reynolds und Groves hinüber, die schweigend dasaßen. Dann fiel sein Blick auf Miller, der sich in seinem Schlafsack bequem zurückgelegt hatte und seinen Gedichtband in der Hand hatte.

Mallory nickte zur Tür hin. »Irgendetwas hat unseren Freund geärgert.«

Miller grinste und nickte zu Petar hinüber. »Er spielt wieder Andreas Lied.«

Mallory lächelte und wandte sich an Maria. »Sag ihm, er soll aufhören zu spielen. Wir fliegen heute am Spätnachmittag, und wir brauchen jede Minute Schlaf.«

»Wir können im Flugzeug schlafen«, sagte Reynolds mürrisch. »Wir können schlafen, wenn wir unser Ziel erreicht haben – wo immer das auch sein mag.«

»Nein, schlafen Sie jetzt.«

»Warum jetzt?«

»Warum jetzt?« Mallorys Blick verlor sich in der Ferne. Leise sagte er: »Es ist vielleicht die einzige Zeit, die wir haben.«

Reynolds warf ihm einen seltsamen Blick zu. Zum ersten Mal an diesem Tag lag weder Feindschaft noch Misstrauen auf seinem Gesicht. Verwirrung und Nachdenklichkeit standen in seinen Augen, ein wenig Neugier und ein erstes Verstehen.

Auf dem Ivenici-Plateau bewegte sich die Phalanx immer noch vorwärts, aber die Bewegungen hatten nichts Menschliches mehr. In diesem fortgeschrittenen Stadium von Erschöpfung stolperten die Männer und Frauen wie Automaten dahin. Ihre Gesichter waren von Schmerz und unendlicher Müdigkeit verzerrt, ihre Glieder brannten, und ihr Verstand war vernebelt. Alle paar Sekunden stolperte und fiel einer hin, konnte nicht mehr aufstehen und musste an den Rand des primitiven Weges geschleppt werden, wo schon viele andere lagen, die zusammengebrochen waren. Die Partisankas taten ihr Bestes, um ihre erfrorenen Glieder und ausgelaugten Körper mit heißer Suppe und großzügig bemessenen Portionen von Raki wieder zu beleben.

Captain Vlanovic wandte sich an Colonel Vis. Auf seinem Gesicht lag Verzweiflung, seine Stimme kam leise und ernst.

»Das ist Irrsinn, Colonel, Irrsinn. Es ist – es ist unmöglich, das sehen Sie doch! Wir werden nie – sehen Sie, Sir, zweihundertfünfzig sind in den ersten zwei Stunden ausgefallen. Die Höhe, die Kälte, die völlige körperliche Erschöpfung. Es ist Irrsinn!«

»Der ganze Krieg ist Irrsinn«, sagte Vis gelassen. »Gehen Sie ans Funkgerät, wir brauchen noch fünfhundert Mann.«

8. KAPITEL

Freitag

15.00–21.15

Jetzt war es soweit, das wusste Mallory. Er sah Andrea und Miller, Reynolds und Groves an und wusste, dass auch sie es wussten. In ihren Gesichtern spiegelten sich seine Gedanken wider, die explosive Spannung, die intensive Wachsamkeit, die danach drängte, ihre Entladung in ebenso explosiver Aktion zu finden. Er kam immer, dieser Augenblick der Wahrheit, der Menschen so zeigte, wie sie wirklich waren. Mallory fragte sich, wie Reynolds und Groves sich verhalten würden. Er vermutete, dass sie ihre Schuldigkeit tun würden. Es kam ihm nicht in den Sinn, sich zu überlegen, wie sich Andrea und Miller verhalten würden, dazu kannte er sie zu gut: Miller wuchs in Momenten, in denen alles verloren schien, über sich selbst hinaus, während sich der gewöhnlich nicht besonders temperamentvolle, ja eher lethargische Andrea in ein völlig fremdes Wesen verwandelte, in eine Mischung aus eiskalt rechnendem Verstand und einer Kampfmaschine, die sich nicht im entferntesten mit irgendetwas vergleichen ließ, was Mallory bisher gekannt hatte. Als Mallory sprach, war seine Stimme so ruhig und unpersönlich wie immer.

»Wir wollen um vier abfliegen. Jetzt ist es drei. Wenn wir Glück haben, erwischen wir sie beim Mittagsschlaf. Alles klar?«

Reynolds sagte verwundert und ungläubig: »Sie meinen, wenn etwas schief geht, müssen wir uns den Weg freischießen?«

»Sie müssen schießen und müssen genau zielen. Das, Sergeant, ist ein Befehl.«

»Wahrhaftig«, sagte Reynolds, »ich habe nicht die geringste Ahnung, was eigentlich vorgeht.« Sein Gesichtsausdruck zeigte, dass er alle Versuche aufgegeben hatte, zu verstehen, was vorging.

Mallory und Andrea verließen die Hütte und schlenderten über den Lagerplatz auf Neufelds Hütte zu. »Wir stehen auf der Abschussliste«, sagte Mallory.

»Ich weiß. Wo sind Maria und Petar?«

»Vielleicht schlafen sie. Sie verließen die Hütte vor ein paar Stunden. Wir werden sie später suchen.«

»Später kann zu spät sein … sie sind in großer Gefahr, lieber Keith.«

»Was soll ich machen, Andrea? Während der letzten zehn Stunden habe ich über nichts anderes nachgedacht. Es ist ein großes Risiko, aber ich muss es auf mich nehmen. Sie sind zu ersetzen. Du weißt, was es bedeuten würde, wenn ich jetzt die Karten auf den Tisch legte.«

»Ich weiß, was es bedeuten würde«, sagte Andrea ernst. »Das Ende.«

Sie betraten Neufelds Hütte, ohne anzuklopfen. Neufeld, der hinter seinem Schreibtisch saß, schaute überrascht auf und sah auf seine Uhr. Droshny saß neben ihm.

Neufeld sagte kurz: »Vier Uhr, habe ich gesagt, nicht drei.«

»Unser Fehler«, entschuldigte sich Mallory. Er schloss die Tür. »Machen Sie bitte keine Dummheiten.«

Neufeld und Droshny machten keine Dummheiten. Sehr wenige Männer hätten versucht, Dummheiten zu machen, wenn sie sich gegenüber von zwei Luger-Pistolen mit perforierten Schalldämpfern gesehen hätten. Sie saßen einfach da, ohne eine Bewegung, nur sehr langsam verschwand der Schock aus ihren Gesichtern. Nach einer langen Pause sprach Neufeld. Die Worte kamen stockend.

»Ich habe den unverzeihlichen Fehler begangen, Sie zu unterschätzen …«

»Halten Sie den Mund. Brozniks Spione haben herausgefunden, wo sich die gefangenen Agenten der Alliierten ungefähr befinden. Sie wissen genau, wo sie sich befinden. Sie werden uns hinbringen, und zwar sofort.«

»Sind Sie verrückt?«, fragte Neufeld voller Überzeugung.

»Wir haben Sie nicht um Ihre Meinung gebeten.« Andrea trat hinter Neufeld und Droshny, nahm ihre Pistolen aus den Halftern, entfernte die Patronen und schob die Pistolen in die Halfter zurück. Dann ging er in eine Ecke der Hütte hinüber, nahm zwei Schmeisser-Maschinenpistolen, trat wieder vor den Schreibtisch und legte die Waffen auf die Platte, eine vor Neufeld, eine vor Droshny.

»Da sitzen Sie, meine Herren«, sagte Andrea gut gelaunt, »bewaffnet bis an die Zähne.«

Droshny sagte tückisch: »Und wenn wir nicht mitgehen?«

Andreas gute Laune verflog augenblicklich. Er ging gemächlich auf den Tisch zu und rammte den Schalldämpfer der Luger mit solcher Gewalt gegen Droshnys Zähne, dass er vor Schmerz nach Luft schnappte. »Bitte …«, Andreas Stimme war fast flehend, »bitte, reizen Sie mich nicht.«

Droshny reizte ihn nicht. Mallory ging zum Fenster hinüber und spähte auf den Lagerplatz hinaus: »Mindestens ein Dutzend Cetniks hielten sich in einer Entfernung von zehn Metern vor Neufelds Hütte auf. Alle waren bewaffnet. Am anderen Ende des Lagers sah er, dass die Tür zu den Ställen offen stand: Miller und die beiden Sergeants waren auf ihren Posten.

»Sie werden quer über den Lagerplatz zu den Ställen hinübergehen«, sagte Mallory. »Sie werden mit niemandem sprechen, Sie werden niemanden warnen und auch keine Zeichen geben. Wir werden drei Meter hinter Ihnen hergehen.«

»Drei Meter hinter uns. Soll uns das vielleicht davon abhalten, einen Ausbruch zu versuchen? Sie würden es nicht wagen, dort draußen eine Waffe auf uns zu richten.«

»Das stimmt«, gab Mallory ihm Recht. »Von dem Moment an, in dem Sie die Hütte verlassen, befinden Sie sich vor den Läufen von drei Schmeisser-Maschinenpistolen: Meine Männer sitzen drüben in den Ställen. Und wenn Sie irgendetwas – was auch immer – versuchen sollten, werden Sie durchsiebt. Deshalb halten wir uns in so großer

Entfernung hinter Ihnen – wir wollen nicht ebenfalls durchlöchert werden.«

Auf eine Handbewegung von Andrea nahmen Neufeld und Droshny, blass vor Wut, ihre leeren Waffen auf. Mallory schaute sie nachdenklich an und sagte: »Ich glaube, Sie sollten eine andere Miene aufsetzen. So, wie Sie jetzt aussehen, merkt jeder augenblicklich, dass etwas faul ist. Wenn Sie mit diesem Gesichtsausdruck hinausgehen, schießt Miller Sie über den Haufen, bevor Sie noch die unterste Stufe der Treppe erreicht haben. Bitte versuchen Sie, mir zu glauben.«

Sie glaubten ihm, und als Mallory die Tür öffnete, hatten sie ihre Gesichtsmuskeln so weit in der Gewalt, dass man ihnen nichts anmerkte. Sie gingen die Stufen hinunter und machten sich auf den Weg über den Lagerplatz. Als sie ihn halb überquert hatten, verließen Andrea und Mallory Neufelds Hütte und folgten ihnen. Ein oder zwei neugierige Blicke fielen auf sie, aber niemand hatte den Verdacht, dass etwas nicht stimmte. Sie erreichten die Ställe ohne Zwischenfall.

Und auch beim Verlassen des Lagers, zwei Minuten später, ereignete sich nichts. Neufeld und Droshny ritten, wie es sich gehörte und erwartet wurde, an der Spitze. Besonders Droshny sah mit seiner Schmeisser, der Pistole und den gefährlich gebogenen Messern im Gürtel sehr kriegerisch aus. Hinter ihnen ritt Andrea, der einige Schwierigkeiten mit der Handhabung seiner Schmeisser zu haben schien, denn er hielt sie in den Händen und untersuchte sie eingehend. Er vermied es sorgfältig, Neufeld oder Droshny anzusehen, und der Gedanke, dass der Lauf der Waffe, den Andrea wohlweislich auf den Boden gerichtet hielt, nur dreißig Zentimeter angehoben und der Abzug nur durchgezogen werden musste, um die beiden Männer zu durchsieben, war so abwegig, dass nicht einmal der Misstrauischste darauf gekommen wäre. Hinter Andrea ritten Mallory und Miller Seite an Seite. Wie Andrea schienen auch sie leicht gelangweilt. Reynolds und Groves bildeten den Schluss und brachten es fertig, beinah ebenso unbekümmert zu erscheinen wie die anderen drei. Nur ihre verkrampften Gesichter und ihre ruhelos umherschweifenden Augen verrieten den Druck, unter dem sie standen. Aber ihre Angst war unnötig, denn sie verließen das Lager nicht nur unbehelligt, sondern auch, ohne dass ihnen fragende Blicke folgten.

Über zweieinhalb Stunden ritten sie fast ununterbrochen aufwärts, und die Sonne ging gerade hinter den immer spärlicher wachsenden Kiefern unter, als sie zu einer Lichtung kamen und zum ersten Mal wieder ein Stück ebener Erde unter sich hatten. Neufeld und Droshny hielten ihre Ponies an und warteten, bis die anderen sie eingeholt hatten. Mallory zügelte sein Pferd und starrte zu dem Gebäude hinüber, das in der Mitte der Lichtung stand. Es war ein niedriges, solide gebautes Blockhaus mit schmalen verbarrikadierten Fenstern und zwei Schornsteinen. Aus einem stieg eine Rauchsäule in die klare Luft.

»Sind wir da?«, fragte Mallory.

»Überflüssige Frage.« Neufelds Stimme klang spröde, aber die mühsam unterdrückte Wut war durchaus zu erkennen. »Glauben Sie vielleicht, ich hätte diese ganze Zeit verschwendet, um Sie zu der falschen Stelle zu führen?«

»Es würde mich nicht überraschen«, sagte Mallory. Er musterte das Gebäude eingehender. »Es sieht ausgesprochen einladend aus.«

»Von jugoslawischen Armee-Munitionsdepots kann man nicht erwarten, dass sie wie Luxushotels aussehen.«

»Wahrscheinlich nicht«, stimmte Mallory ihm zu. Auf ein Zeichen von ihm lenkten sie ihre Ponies auf die Lichtung hinaus. Im gleichen Moment glitten zwei Metallplatten in der Vorderwand des Blockhauses zurück und gaben zwei Schießscharten frei, aus denen die Läufe von zwei Maschinenpistolen drohten. Ungedeckt wie sie waren, waren die sieben Männer auf ihren Pferden völlig in der Hand der Männer, die hinter den Gewehrläufen standen.

»Ihre Leute sind ausgesprochen wachsam«, sagte Mallory anerkennend zu Neufeld. »Um ein Haus wie dieses zu bewachen, brauchen Sie nicht viele Männer. Wie viele sind es?«

»Sechs«, kam widerwillig Neufelds Antwort.

»Wenn es sieben sind, sind Sie ein toter Mann«, warnte Andrea.

»Sechs.«

Als sie näher kamen, wurden die Waffen zurückgezogen, wahrscheinlich, weil die Männer Neufeld und Droshny erkannt hatten. Die Schießscharten wurden geschlossen, und die schwere metallene Eingangstür öffnete sich. Ein Feldwebel erschien im Türrahmen und salutierte respektvoll. Sein Gesicht zeigte Überraschung.

»Ein unerwartetes Vergnügen, Hauptmann Neufeld«, sagte er. »Wir haben keine Funknachricht bekommen, dass Sie uns besuchen.«

»Das Gerät ist im Moment außer Betrieb.« Neufeld bedeutete ihnen, in das Blockhaus zu gehen, doch Andrea bestand höflich, aber bestimmt darauf, dass der deutsche Offizier vorginge, und er gab seiner höflichen Geste Nachdruck durch einen heftigen Stoß mit der Schmeisser. Neufeld ging hinein, gefolgt von Droshny und den anderen fünf Männern.

Die Fenster waren so schmal, dass die brennenden Öllampen zweifellos notwendig waren. Die Helligkeit, die sie ausstrahlten, wurde beinahe verdoppelt durch das Holzfeuer, das in der Feuerstelle prasselte. Das alles konnte nicht über die Trostlosigkeit der vier kahlen Steinwände hinwegtäuschen, obwohl der Raum selbst überraschend gut möbliert war. Es gab einen Tisch, zwei Stühle, zwei Sessel und ein Sofa. Und auf dem Boden lag so etwas Ähnliches wie ein Teppich. Wenn man den Feldwebel mitrechnete, der sie begrüßt hatte, befanden sich drei bewaffnete Soldaten in dem Raum. Mallory warf Neufeld einen Blick zu. Der nickte. Sein Gesicht war verkrampft vor Zorn.

Neufeld sagte zu einer der Wachen: »Bringen Sie die Gefangenen heraus.«

Die Wache nickte, nahm einen schweren Schlüssel von der Wand und ging auf eine verbarrikadierte Tür zu. Der Feldwebel und die andere Wache schoben die metallenen Platten über den Schießscharten zurück. Andrea schlenderte auf die Wache zu, die ihm am nächsten stand. Mit einer plötzlichen Bewegung stieß er ihn gegen den Feldwebel. Beide Männer wurden gegen die Wache geschleudert, die gerade den Schlüssel ins Schloss geschoben hatte. Der dritte Mann ging krachend zu Boden. Die andern beiden taumelten wie betrunken hin und her, schafften es aber, das Gleichgewicht zu halten und auf den Beinen zu bleiben. Alle drei drehten sich um und starrten Andrea an. Wut und Fassungslosigkeit spiegelten sich auf ihren Gesichtern wider, aber alle drei waren klug genug, regungslos stehen zu bleiben. Wenn man auf drei Schritt Entfernung in die Mündung einer Schmeisser-Maschinenpistole schaut, ist das einzig Vernünftige, sich nicht zu rühren. Mallory sagte zu dem Feldwebel:

»Es müssen noch drei andere Männer da sein? Wo sind sie?«

Er bekam keine Antwort. Die Wache starrte ihn nur herausfordernd an. Mallory wiederholte die Frage, diesmal in fließendem Deutsch. Die Wache ignorierte ihn und sah fragend zu Neufeld hinüber, der mit steinernem Gesicht dastand und die Lippen zusammenpresste.

»Sind Sie verrückt?«, fragte Neufeld den Feldwebel. »Sehen Sie nicht, dass diese Männer Killer sind? Sagen Sie es ihm.«

»Es sind noch die Nachtwachen da. Aber die schlafen jetzt.« Der Feldwebel deutete auf eine Tür. »Da drin.«

»Machen Sie auf. Sagen Sie ihnen, sie sollen herauskommen. Rückwärts, mit im Nacken verschränkten Händen.«

»Tun Sie genau, was er sagt«, befahl Neufeld.

Der Sergeant tat genau, was ihm gesagt wurde, ebenso die drei Wachen, die in dem hinteren Zimmer geschlafen hatten. Sie kamen genauso heraus, wie es ihnen befohlen worden war, und offensichtlich hatten sie nicht die Absicht, Widerstand zu leisten. Mallory wandte sich an den Mann mit dem Schlüssel, der taumelnd vom Boden hochgekommen war, und nickte zu der verbarrikadierten Tür hinüber.

»Aufmachen.«

Der Mann schloss auf und stieß die Tür weit auf. Langsam und unsicher kamen vier englische Offiziere aus dem Zimmer in den großen Raum. Das lange Eingeschlossensein hatte ihre Haut fahl werden lassen, aber abgesehen von ihrer Blässe waren sie zwar ziemlich mager, doch offensichtlich gesund. Der Mann, der als Erster herauskam, trug die Rangabzeichen eines Majors und einen Sandhurst-Schnauzbart, und als er sprach, tat er das mit Sandhurst-Akzent. Er blieb abrupt stehen und starrte ungläubig auf Mallory und seine Männer.

»Gütiger Himmel! Was in aller Welt habt ihr Burschen ...«

»Bitte«, unterbrach ihn Mallory. »Tut mir Leid. Jetzt nicht. Nehmen Sie Ihre Mäntel und was Sie sonst noch an warmem Zeug haben und warten Sie draußen.«

»Aber ... aber, wohin bringen Sie uns?«

»Nach Hause. Nach Italien. Heute Abend. Bitte beeilen Sie sich.«

»Nach Italien! Sie sprechen ...«

»Beeilen Sie sich.« Mallory sah ungeduldig auf die Uhr. »Wir sind sowieso schon spät dran.«

So schnell es den verwirrten Männern möglich war, sammelten sie ihre warme Kleidung zusammen und gingen nach draußen, Mallory wandte sich wieder an den Feldwebel. »Sie müssen Ponys hier haben.«

»Hinter dem Blockhaus«, sagte der Feldwebel sofort. Er hatte sich offensichtlich blitzschnell der neuen Lage angepasst.

»Guter Junge«, lobte Mallory. Er sah Reynolds und Groves an. »Wir brauchen noch zwei Ponys. Bitte satteln Sie sie.«

Die beiden verließen das Haus. Während Mallory und Miller ihre Waffen auf sie gerichtet hielten, wurden die sechs Wachen von Andrea durchsucht. Die Suche verlief ergebnislos. Andrea scheuchte die Männer in das hintere Zimmer, schloss die Tür ab und hängte den Schlüssel an die Wand. Danach durchsuchte er ebenso sorgfältig Neufeld und Droshny. Als Andrea dessen Messer achtlos in eine Zimmerecke warf, war Droshny nahe daran, sich auf ihn zu stürzen.

Mallory sah die beiden Männer an und sagte: »Ich würde Sie erschießen, wenn es nötig wäre. Das ist es nicht. Vor morgen früh wird Sie niemand vermissen.«

»Möglicherweise werden Sie noch eine ganze Reihe von Tagen nicht vermisst«, ließ sich Miller vernehmen.

»Sie sind sowieso eine zu große Last«, sagte Mallory gleichgültig. Er lächelte. »Ich kann es mir nicht verkneifen, Ihnen eine kleine Nettigkeit zum Abschied zu sagen, Hauptmann Neufeld. Sie haben dann ein bisschen etwas zum Nachdenken, bis jemand kommt und Sie hier findet.« Er schaute Neufeld nachdenklich an. Als Neufeld schwieg, fuhr er fort: »Es geht um die Information, die ich Ihnen heute Vormittag gegeben habe.«

Neufeld sah ihn wachsam an: »Was ist damit?«

»Nur das: Ich fürchte, sie war nicht ganz richtig. Vukalovic erwartet den Angriff aus dem Norden, durch die Zenica-Schlucht, nicht über die Neretva-Brücke aus dem Süden. Wir wissen, dass in den Wäldern nördlich der Zenica-Schlucht an die zweihundert Panzer stehen – aber heute Nacht um zwei, wenn Ihr Angriff beginnen soll, wird das nicht mehr so sein. Nicht, nachdem ich zu unseren Lancaster-Geschwadern in Italien durchgekommen bin. Stellen Sie sich vor, was das für ein wundervolles Ziel ist! Zweihundert Panzer, zusammengepfercht in einer Falle, die hundertfünfzig Meter breit und nicht mehr als dreihundert Meter lang ist. Um 1.30 Uhr wird die RAF zur Stelle sein. Und um zwei Uhr heute Nacht wird kein einziger Panzer mehr vorhanden sein.«

Neufeld schaute ihn lange an, sein Gesicht war erstarrt. Schließlich sagte er langsam und leise: »Sie sollen verdammt sein! Sie sollen verdammt sein! Sie sollen verdammt sein!«

»Fluchen ist alles, was Ihnen noch bleibt«, sagte Mallory zustimmend. »Wenn Sie befreit werden – ich setze voraus, dass Sie befreit werden –, wird alles vorbei sein. Wiedersehen bis nach dem Krieg.«

Andrea sperrte die beiden Männer in ein Nebenzimmer und hängte den Schlüssel neben den anderen an die Wand.

Dann gingen sie hinaus, verschlossen die Eingangstür, hängten den Schlüssel an einen Nagel neben der Tür, bestiegen die Ponys – Groves und Reynolds hatten bereits zwei weitere Tiere gesattelt – und begannen wieder, bergauf zu reiten. Mallory hatte eine Karte in der Hand und studierte in der hereinbrechenden Dämmerung den Weg, den sie nehmen mussten.

Der Pfad führte am Rand eines Kiefernwaldes entlang. Sie waren gerade eine halbe Meile geritten, als Andrea sein Pony anhielt, abstieg, den rechten Vorderlauf des Tieres anhob und sorgfältig untersuchte. Er sah zu den anderen auf, die ebenfalls angehalten hatten. »Ein Stein hat sich unter den Huf geklemmt«, erklärte er. »Sieht schlecht aus – aber nicht zu schlecht. Ich werde ihn rausschneiden. Wartet nicht auf mich – ich komme in ein paar Minuten nach.«

Mallory nickte und gab das Zeichen zum Weiterreiten. Andrea zog ein Messer heraus, hob den Fuß des Ponys und machte sich gestenreich daran, den Stein herauszuschneiden. Nach einer Minute blickte er auf und sah, dass der Rest des Trupps hinter einer Wegbiegung verschwunden war. Andrea steckte sein Messer weg und führte das Pony, dem ganz offensichtlich nicht das Geringste fehlte, in den Schutz des Waldes. Dort band er es fest und ging zu Fuß ein Stück den Hügel in Richtung Blockhaus hinunter. Hinter einer Kiefer, die ihm Deckung gab, setzte er sich und holte sein Fernglas heraus.

Er musste nicht lange warten. Kopf und Schulter eines Mannes kamen hinter einem Baum am Rande der Lichtung zum Vorschein. Der Mann spähte vorsichtig um sich. Andrea lag jetzt flach im Schnee, die eisigen Ränder seines Fernglases presste er fest an seine Augen. Er hatte keine Schwierigkeiten, den Mann dort unten sofort zu identifizieren: Feldwebel Baer, mondgesichtig, kugelrund und etwa siebzig Pfund zu schwer für seine nicht gerade eindrucksvolle Größe, war körperlich gesehen eine so einmalige Gestalt, dass nur ein Schwachsinniger ihn vergessen hätte.

Baer zog sich in den Wald zurück und erschien kurz darauf wieder, eine Reihe von Ponys hinter sich herziehend, von denen eins einen zugedeckten, plumpen Gegenstand trug, der an einem Tragkorb festgebunden war. Zwei der nachfolgenden Ponys trugen Reiter, deren Hände an die Sattelknöpfe gefesselt waren. Ohne Zweifel handelte es sich um Petar und Maria. Hinter ihnen ritten vier Soldaten. Feldwebel Baer bedeutete ihnen, ihm über die Lichtung zu folgen, und innerhalb von Sekunden waren alle hinter dem Blockhaus verschwunden. Andrea starrte nachdenklich auf die nun menschenleere Lichtung hinunter, zündete sich eine Zigarre an und ging zu seinem Pony zurück.

Feldwebel Baer stieg ab, zog einen Schlüssel aus der Tasche, sah den Schlüssel, der neben der Tür an dem Nagel hing, steckte seinen wieder weg, nahm den anderen, schloss die Tür damit auf und ging hinein. Er schaute sich um, nahm einen der Schlüssel, die an der Wand hingen, und öffnete eine Seitentür damit. Hauptmann Neufeld trat heraus, warf einen Blick auf seine Uhr und lächelte.

»Sie sind sehr pünktlich, Feldwebel Baer. Haben Sie das Funkgerät?«

»Jawohl. Draußen.«

»Ausgezeichnet, ausgezeichnet.« Neufeld schaute Droshny an und lächelte wieder. »Ich glaube, es ist Zeit, dass wir zum Ivenici-Plateau hinausschauen.«

Feldwebel Baer sagte respektvoll: »Wie können Sie so sicher sein, dass es das Ivenici-Plateau ist, Hauptmann Neufeld?«

»Wie ich so sicher sein kann? Einfach, mein lieber Baer. Weil Maria – Sie haben sie doch dabei?«

»Aber natürlich, Hauptmann Neufeld.«

»Weil Maria es mir gesagt hat. Deshalb bin ich so sicher.«

Die Nacht war hereingebrochen, und das Ivenici-Plateau lag im Dunkel, aber die Phalanx der erschöpften Soldaten war immer noch damit beschäftigt, die Landebahn für das Flugzeug auszutreten. Zu dieser Zeit war die Arbeit nicht mehr so mörderisch, denn der Schnee war jetzt schon niedergetrampelt und hart gestampft. Aber obwohl fünfhundert neue Soldaten dazugekommen waren, war die Müdigkeit so allgemein, dass die Phalanx in keiner besseren Verfassung war als die anderen, die sich als Erste ihren Weg durch dieses Schneefeld gebahnt hatten.

Außerdem hatte die Phalanx ihre Form geändert. Anstatt fünfzig Mann breit und zwanzig tief, war sie jetzt zwanzig breit und fünfzig tief. Nachdem sie genügend Platz für die Tragflächen des Flugzeugs geschaffen hatten, waren sie nun damit beschäftigt, die Fläche, auf der die Räder der Maschine ausrollen würden, so hart wie möglich zu stampfen.

Der Dreiviertelmond stand weiß und leuchtend tief am Himmel, von Norden kamen schmale Wolkenstreifen, und als sie langsam vor dem Mond vorbeizogen, fielen schwarze Schatten auf das Plateau. Die Phalanx, in einem Moment in silbernes Mondlicht gehüllt, wurde im nächsten Moment von dichter Dunkelheit umgeben. Es war eine fantastische Szene, märchenhaft und unheimlich. Sie erinnerte, wie Colonel Vis, bar jeder romantischen Empfindung, gerade zu Captain Vlanovic geäußert hatte, an eine Szene aus Dantes Inferno, nur um einiges kälter. Allerdings um ein gutes Stück kälter, hatte Vis hinzugefügt, er sei nicht sicher, wie heiß es in der Hölle sei.

Es war dieser Anblick, der sich Mallory und seinen Männern bot, als sie um zwanzig vor neun auf dem Gipfel eines Hügels ankamen und ihre Ponys kurz vor dem Abgrund zügelten, der an die westliche Seite des Ivenici-Plateaus angrenzte. Mindestens zwei Minuten saßen sie da, auf ihren Ponys, regungslos, schweigend, hypnotisiert von dem unwirklichen Anblick von tausend Männern, die sich mit gesenkten Köpfen und vorgebeugten Schultern mit letzter Kraft über das Schneefeld dahinschleppten, hypnotisiert, weil sie alle wussten, dass sie Zeugen eines Schauspiels waren, das keiner von ihnen jemals vorher gesehen hatte oder jemals vergessen würde. Mallory befreite sich schließlich aus seinem Trancezustand, sah zu Andrea und Miller hinüber und schüttelte langsam den Kopf. Auf seinem Gesicht lag Fassungslosigkeit, Unglaube darüber, dass das, was seine Augen sahen, keine Fata Morgana war. Andrea und Miller beantworteten seinen Blick mit einem Kopfschütteln. Mallory lenkte sein Pony nach rechts und ritt die Felswand entlang bis zu der Stelle, an der sie in leicht ansteigenden Boden überging.

Zehn Minuten später wurden sie von Colonel Vis begrüßt.

»Ich hatte nicht erwartet, Sie zu sehen, Captain Mallory.« Vis schüttelte begeistert seine Hand. »Weiß Gott, ich habe nicht erwartet, Sie zu sehen. Sie und Ihre Männer müssen einen besonderen Schutzengel haben.«

»Sagen Sie das in ein paar Stunden noch einmal«, sagte Mallory trocken. »Wenn wir dann noch leben, will ich es glauben.«

»Aber es ist doch jetzt alles vorüber. Wir erwarten das Flugzeug ...«

Vis sah auf die Uhr. »... in genau acht Minuten. Wir haben eine Landebahn, und es wird keine Schwierigkeiten bei der Landung und dem Abflug geben, vorausgesetzt, dass es sich nicht zu lange hier aufhält. Sie haben alles erledigt, was Sie vorhatten, und Sie haben es ausgezeichnet erledigt. Das Glück war auf Ihrer Seite.«

»Sagen Sie das in ein paar Stunden noch einmal«, wiederholte Mallory.

»Verzeihen Sie.« Vis konnte seine Verwirrung nicht verbergen. »Erwarten Sie, dass mit dem Flugzeug etwas passiert?«

»Ich erwarte nicht, dass mit dem Flugzeug etwas passiert. Aber das, was jetzt vorbei ist, war nur das Vorspiel.«

»Das ... das Vorspiel?«

»Lassen Sie es mich erklären.«

Neufeld, Droshny und Baer banden ihre Ponys im Wald fest und gingen den leicht ansteigenden Pfad hinauf, der vor ihnen lag. Feldwebel Baer hatte Schwierigkeiten, sich durch den tiefen Schnee bergauf zu kämpfen, denn das große tragbare Funkgerät war auf seinen Rücken geschnallt. Kurz vor dem Gipfel ließen sie sich auf Hände und Knie nieder und krochen vorwärts, bis sie nur noch ein paar Meter von dem Rand des Felsvorsprungs entfernt waren, von dem aus man das Ivenici-Plateau überschauen konnte. Neufeld hob sein Fernglas und senkte es gleich darauf wieder: Der Mond war hinter einer Wolkenbank hervorgekrochen und beleuchtete die Szene. Der scharfe Kontrast von schwarzen Schatten und weißem Schnee, der so weiß glänzte, dass er fast zu phosphoreszieren schien, machte das Fernglas überflüssig.

Rechts lagen, deutlich sichtbar, Vis' Kommandozelte und gleich daneben einige hastig aufgebaute Suppenküchen. Vor dem kleinsten Zelt stand eine Gruppe von etwa zwölf Personen, die – das konnte man sogar auf diese Entfernung erkennen – in ein angeregtes Gespräch vertieft waren. Direkt unter der Stelle, an der sie lagen, konnten die drei Männer sehen, wie die Phalanx an dem Ende der Landebahn wendete und sich langsam, schrecklich langsam und zu Tode erschöpft, den schon ausgetretenen Weg zurückschleppte. Wie Mallory und seine Männer hielt das unheimliche und unwirkliche Bild auch Neufeld, Droshny und Baer momentan gefangen. Nur mit größter Willensanstrengung konnte sich Neufeld dazu bringen, den Blick abzuwenden und in die Wirklichkeit zurückzufinden.

»Wie ausgesprochen reizend von unseren jugoslawischen Freunden«, murmelte er, »dass sie so viel für uns tun.« Er wandte sich an Baer und deutete auf das Funkgerät. »Verbinden Sie mich mit dem General.«

Baer ließ das Gerät von den Schultern gleiten, stellte es in den Schnee, zog die Antenne aus, stellte die Frequenz ein und drehte an der Kurbel. Er hatte fast augenblicklich Kontakt, sagte ein paar Worte und reichte dann das Mikrofon und die Kopfhörer Neufeld hinüber, der sie aufsetzte und immer noch halb hypnotisiert auf die tausend Männer und Frauen hinunterstarrte, die wie Ameisen über die Ebene krochen. Plötzlich krachte es in seinen Kopfhörern, und der Bann war gebrochen.

»Herr General?«

»Ah, Hauptmann Neufeld.« Die Stimme des Generals kam schwach, aber sehr klar, völlig ohne Verzerrung oder statische Geräusche. »Na, was sagen Sie zu meinem psychologischen Urteil über den englischen Verstand?«

»Sie haben Ihren Beruf verfehlt, Herr General. Alles ist genauso eingetreten, wie Sie es vorausgesagt haben. Es wird Sie vielleicht interessieren, Sir, dass die Royal Air Force heute Nacht genau um 1.30 Uhr einen Bombenteppich über die Zenica-Schlucht legen wird.«

»Soso«, sagte Zimmermann nachdenklich. »Das ist wirklich interessant, aber kaum überraschend.«

»Nein, Herr General.« Neufeld sah auf, als Droshny ihm auf die Schulter tippte und nach Norden deutete. »Einen Moment, Herr General.«

Neufeld nahm die Kopfhörer ab und wendete den Kopf, um in die Richtung zu schauen, in die Droshnys ausgestreckter Arm zeigte. Er hob sein Fernglas, aber er konnte nichts sehen. Stattdessen konnte er etwas hören – das entfernte Brummen von Flugzeugmotoren, das näher kam. Neufeld setzte die Kopfhörer wieder auf.

»Wir müssen den Engländern eine Eins für Pünktlichkeit geben, Herr General. Das Flugzeug kommt.«

»Ausgezeichnet, ausgezeichnet. Halten Sie mich auf dem Laufenden.«

Neufeld nahm die Kopfhörer herunter und starrte nach Norden. Man konnte immer noch nichts sehen. Der Mond war hinter einer Wolke verschwunden. Das Motorengeräusch wurde lauter. Plötzlich ertönten irgendwo unten auf dem Plateau drei schrille Pfiffe. Augenblicklich löste sich die marschierende Phalanx auf, die Männer und Frauen stolperten von der Landebahn in den tiefen Schnee auf der Ostseite des Plateaus und ließen – wie es offensichtlich vorher abgesprochen worden war – etwa achtzig Männer zurück, die sich auf beiden Seiten der Landebahn verteilten.

»Gut organisiert, das muss man ihnen lassen«, sagte Neufeld bewundernd. Droshny sah so liebenswürdig aus wie ein Wolf, als er lächelte: »Umso besser für uns, was?«

»Alle scheinen ihr Bestes zu geben, um uns heute Nacht zu helfen«, stimmte Neufeld zu.

Am Himmel zog die schwarze Wolkenbank nach Süden ab, und das weiße Licht des Mondes beleuchtete das Plateau. Und in diesem Moment sah Neufeld das Flugzeug, weniger als eine halbe Meile entfernt, sein mit Tarnfarbe angestrichener Leib zeichnete sich deutlich in dem hellen Mondlicht ab.

Langsam glitt es auf die Landebahn zu. Noch ein scharfer Pfiff ertönte, und die Männer, die sich an den Seiten der Landebahn aufgestellt hatten, ließen Handlampen aufflammen, was allerdings in dieser fast taghellen Nacht überflüssig war, aber für den Fall, dass der Mond gerade hinter einer Wolke verschwinden würde, unerlässlich.

»Er kommt 'rein«, sagte Neufeld in das Mikrofon. »Es ist ein Wellington-Bomber.«

»Hoffen wir, dass er eine sichere Landung macht«, sagte Zimmermann.

»Allerdings, das wollen wir hoffen, Herr General.«

Der Wellington-Bomber machte eine sichere Landung, er machte eine perfekte Landung, wenn man die extremen Schwierigkeiten in Betracht zog. Die Motoren wurden gedrosselt, und mit gleichmäßiger Geschwindigkeit senkte sich die Maschine auf den Anfang der Landebahn herab.

Neufeld sagte ins Mikrofon: »Sicher gelandet, Herr General. Er rollt aus.«

»Warum bleibt er nicht stehen?«, fragte Droshny.

»Sie können ein Flugzeug auf Schnee nicht genauso beschleunigen wie auf einer normalen Rollbahn«, sagte Neufeld. »Sie werden jeden Meter der Bahn für den Start brauchen.«

Ganz offensichtlich war der Pilot der gleichen Meinung. Er war noch etwa fünfzig Meter vom Ende der Rollbahn entfernt, als zwei Gruppen von Leuten aus den Reihen am Rande der Bahn ausbrachen. Eine Gruppe lief auf die bereits offene Tür an der Seite des Bombers zu, die anderen rannten zur Schwanzflosse des Flugzeugs. Beide Gruppen erreichten die Maschine, als sie gerade ausrollte und ganz am Ende der Rollbahn zum Stehen kam. Ein Dutzend Männer klammerten sich an die Schwanzflosse und drehten das Flugzeug um 180 Grad. Droshny war tief beeindruckt. »Mein Gott, die verlieren wirklich keine Zeit, was?«

»Sie können es sich nicht leisten. Wenn das Flugzeug an einem Fleck stehen bleibt, sinkt es in den Schnee ein.« Neufeld hob sein Fernglas und sprach in das Mikrofon.

»Sie gehen an Bord, Herr General. Eins, zwei, drei … sieben, acht. Nein: neun.« Neufeld seufzte erleichtert, die Spannung wich. »Meine herzlichsten Glückwünsche, Herr General. Neun ist die Stichzahl.«

Die Schnauze des Flugzeugs zeigte bereits in die Richtung, aus der es gekommen war. Der Pilot stand auf der Bremse, die gedrosselten Motoren heulten, dann, zwanzig Sekunden, nachdem er zum Stehen gekommen war, war der Bomber bereits wieder auf dem Weg und beschleunigte rasch. Der Pilot wartete, bis er ganz am Ende der Rollbahn angekommen war, bevor er die Wellington hochzog, aber als er es schließlich tat, kam sie sauber vom Boden ab und stieg stetig zum Nachthimmel auf.

»Gut abgekommen, Herr General«, berichtete Neufeld. »Alles genau nach Plan.« Er bedeckte das Mikrofon mit der Hand, sah dem verschwindenden Flugzeug nach und lächelte Droshny zu.

»Ich glaube, wir sollten ihnen eine gute Reise wünschen, meinen Sie nicht?«

Mallory, einer der Leute, die am Rande der Landebahn standen, senkte sein Fernglas. »Und eine recht gute Reise ihnen allen.«

Colonel Vis schüttelte traurig den Kopf. »All diese Arbeit nur, um fünf Männer zu einem Ferienaufenthalt nach Italien zu schicken.«

»Ich wage zu behaupten, dass sie diesen Urlaub nötig hatten«, sagte Mallory.

»Zum Teufel mit ihnen. Was ist mit uns?«, fragte Reynolds. Entgegen seinen Worten zeigte sein Gesicht keine Wut, er sah nur leicht benommen und völlig verblüfft aus.

»Wir hätten an Bord der verdammten Maschine sein sollen.«

»Nun ja, ich habe mich anders entschlossen.«

»Von wegen – anders entschlossen«, sagte Reynolds bitter.

In der Wellington betrachtete der Major mit dem Schnauzbart seine drei Mitentflohenen und die fünf Partisanensoldaten, schüttelte ungläubig den Kopf und wandte sich an den Captain, der neben ihm saß.

»Eine merkwürdige Geschichte, was?«

»Sehr merkwürdig, Sir«, sagte der Captain. Er blickte neugierig auf die Papiere, die der Major in der Hand hielt. »Was haben Sie da?«

»Eine Landkarte und Papiere, die ich einem bärtigen Marinemenschen aushändigen soll, wenn wir in Italien gelandet sind. Ein komischer Kauz, dieser Mallory, was?«

»Sehr komisch«, stimmte der Captain zu.

Mallory und seine Männer, ebenso Vis und Vlanovic, hatten sich von der Menge gesondert und standen vor Vis' Kommandozelt.

»Haben Sie für Seile gesorgt?«, fragte Mallory Vis. »Wir müssen sofort weg.«

»Warum denn so schrecklich eilig, Sir?«, fragte Groves. Wie bei Reynolds war auch bei ihm der Widerstand einer hilflosen Verwirrung gewichen. »Warum auf einmal?«

»Wegen Maria und Petar«, sagte Mallory grimmig. »Sie drängen uns zur Eile.«

»Was ist mit Petar und Maria?«, fragte Reynolds misstrauisch. »Was haben die denn mit der Sache zu tun?«

»Sie werden in dem Blockhaus gefangen gehalten, das als Munitionsdepot dient. Und wenn Neufeld und Droshny dahin zurückkommen …«

»Dahin zurückkommen«, sagte Groves verwirrt. »Was meinen Sie mit ›dahin zurückkommen‹? Wir … Wir haben sie doch dort eingesperrt. Und woher, zum Teufel, wissen Sie, dass Petar und Maria in dem Blockhaus festgehalten werden? Wie ist das möglich? Ich meine, sie waren doch nicht dort, als wir weggingen – und das ist schließlich noch gar nicht lange her.«

»Als sich Andreas Pony auf dem Weg hierher einen Stein eingetreten hatte, hatte es sich keinen Stein eingetreten. Andrea hielt Wache.«

»Wissen Sie«, erklärte Miller, »Andrea traut niemandem.«

»Er sah Feldwebel Baer, der Petar und Maria zum Blockhaus brachte«, fuhr Mallory fort. »Gefesselt. Baer befreite Neufeld und Droshny, und Sie können getrost Ihren Kopf wetten, dass die beiden oben auf dem Felsvorsprung waren, um sich zu vergewissern, dass wir tatsächlich abflogen.«

»Sie sagen uns nicht gerade viel, nicht wahr, Sir?«, sagte Reynolds verbittert.

»Ich sage Ihnen so viel«, sagte Mallory bestimmt, »wenn wir nicht bald zu ihnen kommen, springen Maria und Petar über die Klinge. Neufeld und Droshny wissen es noch nicht, aber inzwischen müssen sie einigermaßen überzeugt davon sein, dass es Maria war, die mir verriet, wo die vier Agenten gefangen gehalten wurden. Sie haben von Anfang an gewusst, wer wir wirklich sind – Maria hat es ihnen gesagt. Jetzt wissen sie, wer Maria ist. Gerade, bevor Droshny Saunders umbrachte ...«

»Droshny?« Reynolds' Gesicht ließ erkennen, dass er kurz davor war, jeden Versuch, noch irgendetwas zu begreifen, endgültig aufzugeben. »Maria?«

»Ich hatte mich verrechnet.« Mallorys Stimme klang müde. »Wir hatten uns alle verrechnet, aber dieser eine Rechenfehler war besonders schlimm.« Er lächelte, aber das Lächeln erreichte seine Augen nicht. »Sie werden sich sicher daran erinnern, dass Sie sich über Andrea aufgeregt haben, als er sich vor der Kantine in Neufelds Lager mit Droshny in eine Schlägerei einließ.«

»Sicher erinnere ich mich. Es war einer der verrücktesten ...«

»Sie können sich später zu einer passenderen Zeit bei

Andrea entschuldigen«, unterbrach ihn Mallory. »Andrea provozierte Droshny in meinem Auftrag. Ich wusste, dass Neufeld und Droshny in der Kantine etwas ausbrüteten, nachdem wir hinausgegangen waren, und ich brauchte einen Moment Zeit, um Maria zu fragen, was sie besprochen hatten. Sie berichtete mir, dass sie uns ein paar Cetniks in Brozniks Lager nachschicken wollten – in passender Verkleidung, natürlich –, damit sie über uns Bericht erstatten konnten. Es waren zwei Männer, die uns in dem holzfeuerbetriebenen Lastwagen begleiteten. Andrea und Miller töteten sie.«

»Das sagen Sie uns *jetzt*«, sagte Groves tonlos. »Andrea und Miller töteten sie.«

»Was ich nicht wusste, war, dass Droshny uns ebenfalls folgte. Er sah Maria und mich zusammen.« Er sah Reynolds an. »Genau wie Sie. Zu der Zeit wusste ich noch nicht, dass er uns gesehen hatte, aber seit ein paar Stunden weiß ich es. Seit heute Morgen war Maria so gut wie zum Tode verurteilt. Aber ich konnte nichts dagegen tun, bis jetzt jedenfalls. Wenn ich die Karten auf den Tisch gelegt hätte, wären wir geliefert gewesen.«

Reynolds schüttelte den Kopf. »Aber Sie haben doch gerade gesagt, dass Maria uns verraten hat ...«

»Maria«, sagte Mallory, »ist eine englische Spitzenspionin. Vater Engländer, Mutter Jugoslawin. Sie war schon in diesem Land, bevor die Deutschen kamen. Als Studentin in Belgrad. Sie schloss sich den Partisanen an, die sie als Funker ausbildeten und dann ihren Übertritt zu den Cetniks arrangierten. Die Cetniks hatten einen Funker von einem der ersten englischen Einsätze gefangen genommen. Sie – die Deutschen – trainierten sie so lange darauf, die Eigenheiten des Funkers zu kopieren – jeder Funker hat seinen unverwechselbaren Stil –, bis ihre Arten zu funken nicht mehr zu unterscheiden waren. Und ihr Englisch war natürlich perfekt. Sie stand in direkter Verbindung mit dem Alliierten Nachrichtendienst in Nordafrika und Italien. Die Deutschen glaubten, sie hätten uns an der Nase herumgeführt. Tatsächlich war es aber genau umgekehrt.«

»Davon hast du mir auch nichts erzählt«, beschwerte sich Miller.

»Ich habe so viele Dinge im Kopf. Jedenfalls wurde sie auf direktem Weg von der Ankunft der letzten vier Agenten, die abspringen würden, in Kenntnis gesetzt. Selbstverständlich gab sie diese Information den Deutschen weiter. Und alle diese Agenten brachten Informationen, die die Deutschen in ihrer Meinung bestärkten, dass eine zweite Front – eine Invasion – drohte.«

Reynolds sagte bedächtig: »Sie wussten also auch, dass wir kamen?«

»Natürlich. Sie wussten genau über uns und unsere wahre Identität Bescheid. Was sie natürlich nicht wussten, war, dass wir wussten, dass sie wussten und dass das, was sie über uns wussten, zwar die Wahrheit, aber nur ein Teil davon war.«

Reynolds brauchte einige Zeit, um das Gehörte zu verdauen. Dann sagte er zögernd: »Sir?«

»Ja?«

»Ich glaube, ich habe Ihnen Unrecht getan, Sir.«

»Das kommt vor«, sagte Mallory mit einem flüchtigen Lächeln. »Von Zeit zu Zeit kommt es vor. Sie haben mir Unrecht getan, Sergeant, das stimmt, aber Sie taten es aus den besten Motiven. Der Fehler liegt bei mir. Nur bei mir. Aber mir waren die Hände gebunden.« Mallory legte ihm die Hand auf die Schulter. »Eines Tages werden Sie sich vielleicht dazu durchringen können, mir zu verzeihen.«

»Petar?«, fragte Groves. »Er ist nicht ihr Bruder?«

»Petar ist Petar. Nicht mehr. Ein Strohmann.«

»Da sind noch eine ganze Menge …«, begann Reynolds, aber Mallory unterbrach ihn.

»Das muss warten. Colonel Vis, die Karte bitte.« Captain Vlanovic holte sie aus dem Zelt, und Mallory richtete seine Taschenlampe darauf. »Sehen Sie. Hier. Der Neretva-Damm und der Zenica-Käfig. Ich habe Neufeld gesagt, dass Broznik mir gesagt hat, dass die Partisanen damit rechnen, dass der Angriff von Süden über die Neretva-Brücke erfolgt. Aber, wie ich gerade sagte, wusste Neufeld – er wusste es sogar schon, bevor wir ankamen –, wer und was wir wirklich sind. Deshalb war er überzeugt, dass ich log. Er war überzeugt, ich sei überzeugt, dass der Angriff von Norden durch die Zenica-Schlucht kommt. Immerhin hätte ich guten Grund gehabt, das zu glauben – schließlich stehen zweihundert deutsche Panzer da oben.«

Vis starrte ihn an. »Zweihundert!«

»Hundertneunzig davon sind aus Sperrholz. Also war die einzige Möglichkeit für Neufeld – und zweifellos auch für das deutsche Oberkommando –, wenn sie sicher sein wollten, dass diese außerordentlich wichtige Information nach Italien durchkommt, uns zu erlauben, diese Rettungskomödie zu spielen. Und sie taten das mit Vergnügen und halfen uns auf jede nur mögliche Weise, sie gingen sogar so weit in ihrer Begeisterung für ihre Zusammenarbeit mit uns, dass sie sich gefangen nehmen ließen. Sie wussten natürlich, dass wir keine andere Wahl hatten, als sie gefangen zu nehmen und sie zu zwingen, uns zu dem Blockhaus zu führen. Aber sie hatten eine Vorsorge getroffen und die einzige Person, die uns in dieser Sache hätte helfen können, versteckt: Maria. Und natürlich hatten sie – da sie ja alles vorher wussten – dafür gesorgt, dass Feldwebel Baer kam und sie befreite.«

»Ich verstehe.« Es war für alle offensichtlich, dass Colonel Vis gar nichts verstand. »Sie erwähnten einen Bombenangriff der RAF auf die Zenica-Schlucht. Der wird nun natürlich auf die Brücken gerichtet werden, nicht wahr?«

»Nein. Sie würden doch wohl nicht wollen, dass wir der Wehrmacht gegenüber wortbrüchig werden, oder? Wie versprochen findet der Angriff auf die Zenica-Schlucht statt. Als Ablenkung. Um sie, falls sie noch irgendwelche Zweifel haben sollten, davon zu überzeugen, dass wir genarrt worden sind. Außerdem wissen Sie so gut wie ich, dass die Brücke gegen einen Luftangriff aus großer Höhe immun ist. Sie muss auf andere Weise zerstört werden.«

»Auf welche Weise?«

»Es wird uns schon etwas einfallen. Die Nacht ist noch

jung. Noch zwei Dinge, Colonel. Um Mitternacht wird noch eine Wellington kommen, und eine andere um drei Uhr früh. Lassen Sie beide durch. Die nächste, um sechs Uhr früh, halten Sie zurück, bis wir ankommen. Bis wir vielleicht ankommen. Mit ein bisschen Glück fliegen wir vor Tagesanbruch ab.«

»Mit ein bisschen Glück«, sagte Vis düster.

»Und treten Sie in Funkkontakt mit General Vukalovic. Erzählen Sie ihm, was ich Ihnen erzählt habe, schildern Sie ihm die genaue Situation. Und sagen Sie ihm, er soll um ein Uhr nachts ein intensives Handwaffenfeuer starten.«

»Worauf sollen sie dann feuern?«

»Von mir aus auf den Mond.« Mallory schwang sich auf sein Pony. »Los, machen wir uns auf den Weg.«

»Der Mond«, stimmte General Vukalovic zu, »ist ein Ziel von ausreichender Größe. Nur ein bisschen weit weg. Aber wenn unser Freund das will, soll er es haben.« Vukalovic machte eine Pause, sah Colonel Janzy an, der neben ihm auf einem abgebrochenen Ast im Wald südlich der Zenica-Schlucht saß, und sprach dann wieder ins Mikrofon.

»Jedenfalls vielen Dank, Colonel Vis. Die Neretva-Brücke also. Und Sie glauben, es wäre ungesund für uns, wenn wir uns nach ein Uhr nachts in der unmittelbaren Nähe der Brücke aufhielten. Machen Sie sich keine Sorgen. Wir werden nicht dort sein.« Vukalovic nahm die Kopfhörer ab und wandte sich an Janzy.

»Wir werden uns ganz still zurückziehen um Mitternacht. Wir lassen ein paar Leute zurück, die dafür sorgen, dass genug Lärm gemacht wird.«

»Die Männer, die auf den Mond schießen werden?«

»Die Männer, die auf den Mond schießen werden. Rufen Sie Colonal Lazlo an der Neretva an. Sagen Sie ihm, wir werden vor dem Angriff bei ihm sein. Dann rufen Sie Major Stephan an. Sagen Sie ihm, er soll nur ein paar Leute zurücklassen, die die Stellung halten, aus der Zenica-Schlucht verschwinden und sich zu Colonel Lazlos Hauptquartier durchschlagen.« Vukalovic machte eine Pause und dachte nach. »Es scheinen uns ein paar interessante Stunden bevorzustehen.«

»Hat dieser Mallory überhaupt die geringste Chance?« Janzys Stimme ließ erkennen, dass er auf diese Frage keine Antwort erwartete.

»Nun, sehen Sie es mal so«, sagte Vukalovic erklärend, »natürlich hat er eine Chance. Er muss eine Chance haben. Es ist einfach eine Frage der verschiedenen Möglichkeiten, mein lieber Janzy, und wir haben keine andere Möglichkeit.«

Janzy antwortete nicht. Er nickte mehrmals langsam vor sich hin, als ob Vukalovic gerade etwas Unwiderlegbares gesagt hätte.

9. KAPITEL

Freitag 21.15 bis

Samstag 00.40

Der Ritt durch den dichten Wald vom Ivenici-Plateau zum Blockhaus hinunter kostete Mallory und seine Männer kaum ein Viertel der Zeit, die sie vorher für den mühevollen Aufstieg gebraucht hatten. Der Boden unter dem tiefen Schnee war im höchsten Grade trügerisch, der Zusammenstoß mit dem Stumpf einer Kiefer drohte jeden Moment, und keiner der fünf Reiter machte den Eindruck, sehr sattelfest zu sein, was zur Folge hatte, dass sie ebenso häufig wie schmerzhaft stolperten, rutschten und stürzten. Nicht einem der Männer blieb es erspart, unfreiwillig den Sattel zu verlassen und kopfüber in den tiefen Schnee zu fallen, aber ihre Rettung war, dass eben dieser Schnee ihren Aufprall dämpfte und dass die Ponys sich in ihren heimatlichen Bergen sicher bewegten. Was auch immer die Gründe dafür sein mochten, jedenfalls gab es trotz häufiger, gefährlich aussehender Stürze erstaunlicherweise keine gebrochenen Knochen.

Das Blockhaus kam in Sicht. Mallory hob warnend die Hand, sie verlangsamten ihr Tempo, bis sie noch etwa zweihundert Meter von ihrem Ziel entfernt waren. Dann zügelte er sein Pony, stieg ab und führte es zu einer Stelle, wo die Kiefern besonders dicht standen. Die anderen folgten ihm. Mallory band sein Pony an und befahl den anderen, das Gleiche zu tun.

Miller beschwerte sich: »Dieses verdammte Pony hängt mir zum Halse raus, aber noch mehr hängen mir diese Märsche durch den tiefen Schnee zum Hals raus. Warum reiten wir denn nicht einfach hinunter?«

»Weil die da unten auch Ponys haben, und die werden anfangen zu wiehern, wenn sie andere Ponys hören, sehen oder wittern.«

»Wahrscheinlich fangen sie sowieso an zu wiehern.«

»Und sie werden Wachen aufgestellt haben«, gab Andrea zu bedenken. »Ich glaube nicht, Corporal Miller, dass Sie sich auf dem Rücken eines Ponys besonders unauffällig anschleichen können.«

»Wachen? Wozu denn? Nach Ansicht von Neufeld und seinen Leuten sind wir schon halb über der Adria.«

»Andrea hat Recht«, sagte Mallory. »Was immer man auch gegen Neufeld sagen mag, er ist ein erstklassiger Offizier, der nichts riskiert. Es sind bestimmt Wachen da.« Er schaute zum Himmel hinauf, wo sich gerade eine dunkle Wolkenbank dem Mond näherte. »Siehst du das?«

»Ich sehe es«, sagte Miller unbehaglich.

»Dreißig Sekunden noch, würde ich sagen. Wir rennen zur Rückseite des Blockhauses – dort gibt es keine Schießscharten. Und, um Himmels willen, verhaltet euch ruhig, wenn wir dort sind. Wenn sie irgendetwas hören, wenn sie auch nur den Schimmer eines Verdachts schöpfen, dass wir draußen sind, werden sie die Türen verbarrikadieren und Petar und Maria als Geiseln benutzen. Dann müssen wir sie zurücklassen.«

»Das würden Sie tun, Sir?«, fragte Reynolds.

»Das würde ich tun. Ich würde mir lieber eine Hand abhacken, aber ich würde es tun. Ich habe keine Wahl, Sergeant.«

»Ja, Sir. Ich verstehe.«

Die schwarze Wolkenbank schob sich vor den Mond. Die fünf Männer brachen aus der Deckung der Kiefern hervor und rannten, so schnell das in dem hohen Schnee möglich war, auf die hintere Giebelwand des Blockhauses zu. Als sie noch dreißig Meter davon entfernt waren, verlangsamten sie ihren Lauf, damit die Geräusche ihrer knirschenden Schritte nicht von etwaigen Beobachtern, die an den Schießscharten Wache hielten, gehört werden konnten, und legten den Rest des Weges so schnell und so leise wie möglich zurück, wobei sie im Gänsemarsch gingen.

Unbemerkt erreichten sie die Giebelwand. Der Mond war immer noch von der Wolke verdeckt. Mallory nahm sich keine Zeit, sie oder die anderen zu beglückwünschen. Er ließ sich auf Hände und Knie nieder und kroch um die Ecke des Blockhauses, wobei er sich nahe an die Steinmauer presste.

Anderthalb Meter von der Ecke entfernt lag die erste Schießscharte. Mallory machte sich nicht die Mühe, sich tiefer in den Schnee zu ducken – die Schießscharten lagen so weit zurückgesetzt in den dicken Steinmauern, dass es für einen Beobachter nicht möglich war, irgendetwas zu sehen, das nicht mindestens zwei Meter von der Schießscharte entfernt war. Stattdessen konzentrierte er sich darauf, sich so leise wie nur irgendmöglich zu bewegen, und es gelang ihm auch, denn er kam an der Schießscharte vorbei, ohne dass Alarm gegeben wurde. Die anderen kamen ebenso gut durch, obwohl der Mond ausgerechnet in dem Moment wieder die Szene beleuchtete, als sich Groves, der den Schluss bildete, direkt unter der Schießscharte befand. Auch er blieb aber unbemerkt.

Mallory erreichte die Tür. Er bedeutete Miller, Reynolds und Groves, in Deckung zu bleiben. Er und Andrea richteten sich langsam auf und pressten die Ohren gegen die Tür.

Sofort vernahmen sie Droshnys Stimme, drohend und gepresst vor Hass. »Eine Verräterin! Das ist sie. Eine Verräterin an unserer Sache. Bringen Sie sie um.«

»Warum haben Sie das getan, Maria?« Im Gegensatz zu Droshny sprach Neufeld beherrscht, ruhig, fast sanft.

»Warum sie es getan hat?«, schnarrte Droshny. »Aus Geldgier. Darum hat sie es getan. Warum sonst?«

»Warum?«, beharrte Neufeld ruhig. »Hat Captain Mallory Ihnen gedroht, Ihren Bruder umzubringen?«

»Schlimmer als das.« Sie mussten sich sehr anstrengen, Marias leise Stimme verstehen zu können. »Er drohte, mich umzubringen. Und wer hätte sich dann um meinen blinden Bruder kümmern sollen?«

»Wir verschwenden nur Zeit«, sagte Droshny ungeduldig. »Lassen Sie mich die beiden mit nach draußen nehmen.«

»Nein.« Neufelds Stimme, obwohl immer noch ruhig,

duldete keinen Widerspruch. »Einen blinden Jungen? Ein zu Tode verängstigtes Mädchen. Was sind Sie für ein Mensch?«

»Ein Cetnik.«

»Und ich bin ein Offizier der deutschen Wehrmacht.«

Andrea flüsterte Mallory ins Ohr: »Gleich wird jemand unsere Fußspuren im Schnee entdecken.«

Mallory nickte, trat zur Seite und machte eine Handbewegung. Mallory hatte keine Minderwertigkeitskomplexe, was seine und Andreas Fähigkeiten anging, Türen und Räume aufzubrechen, in denen sich eine Menge bewaffneter Männer aufhielten. Andrea beherrschte diese Kunst unübertroffen – und machte sich daran, sein Können wieder einmal in seiner gewalttätigen und ziemlich unorthodoxen Weise unter Beweis zu stellen. Ein Druck auf die Türklinke, ein kräftiger Tritt mit dem Schuh, und Andrea stand im Raum. Die mit einem Ruck aufschwingende Tür war noch nicht ganz an der Wand angestoßen, als die Wände des Raumes auch schon das Stakkato der Schüsse zurückwarfen, die Andrea mit seiner Schmeisser abfeuerte. Mallory, der über Andreas Schulter spähte, sah durch die grauschwarzen Rauchschwaden zwei deutsche Soldaten, die ein Opfer ihrer überschnellen Reaktion geworden und zusammengesunken waren. Seine eigene Maschinenpistole im Anschlag, folgte Mallory Andrea ins Haus.

Es wurden keine Schmeisser mehr benötigt. Keiner der anderen Soldaten, die sich in dem Raum aufhielten, trug eine Waffe, und Neufeld und Droshny, deren Gesichter in Fassungslosigkeit erstarrt waren, waren wenigstens für den Augenblick nicht fähig, sich zu bewegen, und selbst wenn, wäre ihnen nicht der Gedanke gekommen, durch einen Widerstand ihr Leben aufs Spiel zu setzen.

Mallory sagte zu Neufeld: »Sie haben gerade Ihr Leben gerettet.« Er wandte sich an Maria, nickte zur Tür hinüber, wartete bis sie ihren Bruder hinausgeführt hatte, wandte sich dann wieder an Neufeld und sagte kurz: »Ihre Waffen.«

Neufeld brachte es irgendwie fertig zu sprechen, aber

seine Lippen bewegten sich seltsam mechanisch: »Was, um Himmels willen …«

Mallory war nicht nach einem Schwatz zumute. Er hob seine Schmeisser: »Ihre Waffen.«

Neufeld und Droshny bewegten sich wie in Trance, als sie ihre Pistolen herauszogen und auf den Boden fallen ließen.

»Die Schlüssel.« Droshny und Neufeld sahen ihn in schweigendem Nichtbegreifen an. »Die Schlüssel«, wiederholte Mallory. »Sofort. Andernfalls werden die Schlüssel nicht mehr nötig sein.«

Einige Sekunden lang war es totenstill im Raum, dann kam Bewegung in Neufeld. Er sah Droshny an und nickte. Droshny machte ein mürrisches Gesicht – soweit es einem Mann, dessen Miene fassungsloses Erstaunen und mörderische Wut zugleich ausdrückt, gelingt, ein mürrisches Gesicht zu machen –, griff in seine Tasche und zog die Schlüssel heraus. Miller nahm sie ihm ab, schloss die Zelle auf und stieß wortlos die Tür weit auf. Mit einer Bewegung seiner Maschinenpistole forderte er Neufeld, Droshny, Baer und die anderen Soldaten auf hineinzugehen, wartete, bis alle dem Befehl Folge geleistet hatten, schlug die Tür hinter ihnen zu, sperrte ab und steckte den Schlüssel ein. Wieder dröhnten die Schüsse durch den Raum, als Andrea das Funkgerät zerstörte. Fünf Sekunden später waren sie alle draußen. Mallory, der als letzter hinausging, schloss die Tür ab und schleuderte den Schlüssel weit von sich in den Schnee.

Plötzlich sah er einige Ponys, die vor dem Blockhaus angebunden waren. Sieben. Genau die richtige Anzahl. Er rannte zu der Schießscharte vor dem Zellenfenster und rief: »Unsere Ponys sind zweihundert Meter bergaufwärts von hier im Wald angebunden. Vergessen Sie es nicht.« Dann rannte er zurück und befahl den anderen sechs aufzusteigen. Reynolds sah ihn erstaunt an.

»Daran denken Sie? In so einem Moment?«

»Ich würde in jedem Moment an so etwas denken.« Mallory drehte sich zu Petar um, der gerade ungeschickt auf sein Pony kletterte, dann wandte er sich an Maria. »Sag ihm, er soll seine Brille abnehmen.«

Maria sah ihn überrascht an, nickte dann verstehend und sagte etwas zu ihrem Bruder, der sie verständnislos anschaute, dann gehorsam den Kopf senkte, die dunkle Brille abnahm und sie tief in seinem Mantel versenkte. Reynolds hatte die Szene erstaunt verfolgt und wandte sich nun an Mallory.

»Das verstehe ich nicht, Sir.«

Mallory wendete sein Pony und sagte kurz: »Das ist auch nicht nötig.«

»Verzeihung, Sir.«

Mallory wendete wieder sein Pony und sagte mit einem leisen Anflug von Müdigkeit: »Es ist schon elf, Junge, und schon fast zu spät für das, was wir zu tun haben.«

»Sir.« Reynolds war aus irgendeinem Grund tief beeindruckt, dass Mallory ihn ›Junge‹ genannt hatte. »Ich will es ja gar nicht wissen, Sir.«

»Sie haben gefragt. Wir werden alles aus den Ponys herausholen müssen, um möglichst schnell vorwärts zu kommen. Ein Blinder kann Hindernisse nicht sehen, kann sich nicht den Bodenverhältnissen angleichen, kann sich nicht im Voraus auf einen unerwarteten steilen Abfall des Geländes vorbereiten, kann sich nicht im Sattel in eine Kurve legen, die sein Pony kommen sieht. Kurz gesagt, ein Blinder ist hundertmal mehr gefährdet, bei einem Aufwärtsgalopp vom Pferd zu fallen, als wir. Es ist schlimm genug, sein Leben lang blind zu sein. Aber es wäre zu viel, wenn wir ihn der Gefahr aussetzen würden, mit seiner Brille schwer zu stürzen, ihn der Gefahr auszusetzen, nicht nur blind zu sein, sondern auch noch die Augen herausgeschnitten zu bekommen und den Rest seines Lebens mit unerträglichen Schmerzen zu verbringen.«

»Ich hatte nicht gedacht … entschuldigen Sie, Sir.«

»Hören Sie schon auf, sich zu entschuldigen, Junge. Es ist wirklich an mir, mich bei Ihnen zu entschuldigen. Passen Sie bitte auf ihn auf.«

Colonel Lazlo, das Fernglas an den Augen, starrte über den mondhellen felsigen Abhang unter sich zur Neretva-Brücke hinüber. Am Südufer des Flusses, auf den Wiesen zwischen dem Südufer und dem beginnenden Kiefernwald dahinter und – soweit Lazlo es erkennen konnte – auch in den Randbezirken des Kiefernwaldes selbst war es beunruhigend still. Nichts rührte sich. Lazlo dachte gerade über die Bedeutung dieser unnatürlichen und ungewohnten Stille nach, als eine Hand seine Schulter berührte. Er drehte sich um, schaute auf und erkannte Major Stephan, den Kommandeur der Westschlucht.

»Willkommen, willkommen. Der General hatte mir Ihre Ankunft angekündigt. Haben Sie Ihr Bataillon mitgebracht?«

»Was davon übrig geblieben ist.« Stephan lächelte freudlos. »Jeden Mann, der fähig war zu laufen. Und alle, die es nicht konnten.«

»Gott gebe, dass wir sie heute Nacht nicht alle brauchen. Hat der General mit Ihnen über diesen Mallory gesprochen?« Major Stephan nickte, und Lazlo fuhr fort: »Was wird aus uns, wenn er es nicht schafft? Wenn die Deutschen heute Nacht die Neretva überschreiten …«

»Na und?« Stephan zuckte mit den Achseln. »Wir müssen heute Nacht sowieso alle sterben.«

»Eine fabelhafte Einstellung«, lobte Lazlo. Er hob sein Fernglas und fuhr fort, die Neretva-Brücke zu beobachten.

Bis jetzt war unglaublicherweise weder Mallory noch einer der sechs anderen, die hinter ihm her galoppierten, vom Pferd gefallen. Nicht einmal Petar. Zugegeben, der Abhang war nicht so steil wie der Weg vom Ivenici-Plateau zum Blockhaus, aber Reynolds schob den Grund dafür, dass sie so sicher auf ihren Pferden saßen, auf die Tatsache, dass Mallory allmählich und fast unmerklich die Schnelligkeit ihres vorher gestreckten Galopps verlangsamte. Vielleicht, überlegte Reynolds, lag es daran, dass Mallory unbewusst versuchte, den blinden Sänger zu beschützen, der fast auf gleicher Höhe mit ihm ritt.

485

Er hatte die Zügel fallen lassen und klammerte sich verzweifelt am Sattelknopf fest. Die Gitarre hing über seiner Schulter. Ohne, dass er es wollte, kehrten Reynolds' Gedanken zu den Vorfällen im Blockhaus zurück. Sekunden später trieb er sein Pony an, bis er Mallory eingeholt hatte.

»Sir?«

»Was ist los?« Mallorys Stimme klang verärgert.

»Nur ein Wort, Sir. Es ist dringend. Wirklich.«

Mallory brachte den Trupp zum Stehen: »Aber schnell!«

»Neufeld und Droshny, Sir.« Reynolds stockte einen Moment lang unsicher, dann fuhr er fort: »Rechnen Sie damit, dass sie wissen, wohin Sie gehen?«

»Was soll diese Frage?«

»Bitte.«

»Ja, das tun sie, wenn sie nicht komplett schwachsinnig sind Und das sind sie nicht.«

»Es ist ein Jammer, Sir«, sagte Reynolds überlegend, »dass Sie sie nicht doch erschossen haben.«

»Kommen Sie zur Sache«, sagte Mallory ungeduldig.

»Ja, Sir. Sie glauben, dass Feldwebel Baer sie das erste Mal befreit hat?«

»Natürlich.« Mallory brauchte all seine Beherrschung. »Andrea sah ihn ankommen. Ich habe das alles doch schon erklärt. Sie – nämlich Neufeld und Droshny – waren zum Ivenici-Plateau hinaufgeritten, um sich davon zu überzeugen, dass wir wirklich abflogen.«

»Ich verstehe, Sir. Sie wussten also, dass Baer uns folgte. Wie ist er ins Blockhaus hineingekommen?«

Mallory verlor die Beherrschung. Er sagte zornig: »Weil ich beide Schlüssel draußen hängen ließ.«

»Ja, Sir, Sie erwarteten ihn. Aber Feldwebel Baer wusste nicht, dass Sie ihn erwarteten – und selbst wenn er es gewusst hätte, hätte er wohl nicht damit gerechnet, dass die Schlüssel so bequem zur Hand waren.«

»Um Himmels willen! Duplikate!« Wütend schlug Mallory mit einer Faust in die Handfläche der anderen. »Teuflisch, einfach teuflisch! Natürlich musste er eigene Schlüssel haben.«

»Und Droshny«, sagte Miller gedankenvoll, »kennt vielleicht eine Abkürzung.«

»Das ist noch nicht alles.« Mallory hatte sich wieder völlig in der Gewalt. Die entspannte Ruhe seiner Züge zeigte nicht, dass sein Verstand auf Hochtouren arbeitete. »Es kommt noch schlimmer. Wahrscheinlich marschiert er geradewegs zum Lager und damit zum Funkgerät und warnt Zimmermann, seine bewaffneten Divisionen von der Neretva zurückzuziehen. Heute Abend haben Sie gezeigt, was Sie wert sind, Reynolds. Danke, mein Junge. Wie weit ist es wohl bis zu Neufelds Lager, Andrea?«

»Eine Meile.« Die Worte kamen über seine Schulter, denn er war, wie immer in Situationen, die die Benutzung seiner spezialisierten Talente erforderten, bereits auf dem Weg.

Fünf Minuten später lagen sie auf Händen und Knien am Waldrand, weniger als zwanzig Meter vom Lager Neufelds entfernt. Eine ganze Reihe von Hütten waren erleuchtet, Musik drang aus der Kantine, und einige Cetnik-Soldaten bewegten sich auf dem Gelände.

Reynolds flüsterte Mallory zu: »Wie gehen wir vor, Sir?«

»Wir unternehmen gar nichts. Das überlassen wir Andrea.«

Groves sagte leise: »*Einem* Mann? Andrea? Wir überlassen das *einem* Mann?«

Mallory seufzte: »Erklären Sie es ihnen, Corporal Miller.«

»Lieber nicht. Na, ich muss wohl. Die Sache ist die«, fuhr Miller freundlich fort, »Andrea kennt sich mit solchen Dingen ziemlich gut aus.«

»Wir auch«, sagte Reynolds. »Wir sind Commandos. Wir sind für solche Dinge ausgebildet.«

»Und sehr gut ausgebildet, ohne Zweifel«, stimmte Miller zu. »Noch sechs Jahre Erfahrung und sechs von euch können es vielleicht mit ihm aufnehmen. Obwohl ich es bezweifle. Bevor die Nacht vorüber ist, werden Sie es wissen – ich will Sie wirklich nicht beleidigen, Sergeants – aber im Vergleich mit dem Wolf Andrea sind Sie nur harmlose

Lämmchen, wie jeder, der sich im Moment in der Funkhütte aufhält.«

»Wie jeder, der sich ...« Groves drehte sich um und sah hinter sich. »Andrea? Er ist weg. Ich habe es gar nicht gemerkt.«

»Das merkt nie einer«, sagte Miller. »Und die armen Teufel werden ihn auch nicht kommen sehen.« Er schaute zu Mallory hinüber. »Die Zeit wird knapp.«

Mallory warf einen Blick auf das Leuchtzifferblatt seiner Uhr. »Halb zwölf. Die Zeit wird wirklich knapp.«

Fast eine Minute lang hörte man nichts außer den Bewegungen der Ponys, die hinter ihnen im dichten Wald angebunden waren, dann stieß Groves einen unterdrückten Laut aus, als Andrea neben ihm auftauchte. Mallory schaute auf und fragte: »Wie viel?«

Andrea hob zwei Finger und verschwand ohne ein Wort in die Richtung, in der ihre Ponys standen. Die anderen erhoben sich und folgten ihm. Die Blicke, die Groves und Reynolds wechselten, zeigten klarer als Worte, dass sie der Meinung waren, Andrea noch mehr Unrecht getan zu haben als Mallory.

Im gleichen Moment, als Mallory und seine Männer in dem Wald, der an Neufelds Lager grenzte, auf die Ponys stiegen, senkte sich ein Wellington-Bomber einem gut erleuchteten Flugplatz entgegen – dem gleichen Flugplatz, von dem aus Mallory und seine Männer vor noch nicht vierundzwanzig Stunden ihre Reise angetreten hatten: Termoli, Italien. Er machte eine perfekte Landung, und als er ausrollte, kam ein Funkwagen der Armee auf ihn zu und fuhr dann die letzten hundert Meter neben ihm her. Auf dem linken Vordersitz und auf dem rechten Rücksitz des Wagens saßen zwei sofort erkennbare Personen: vorn die Piratengestalt des bärtigen Captain Jensen, hinter ihr der englische Generalleutnant, der Jensen vor kurzem bei seinen Wanderungen durch die Zentrale in Termoli begleitet hatte.

Flugzeug und Wagen kamen im gleichen Moment zum

Stehen. Jensen, der sich mit einer für seine stattliche Gestalt erstaunlichen Geschwindigkeit bewegte, sprang auf den Boden und ging schnell über die Rollbahn. Er kam bei der Wellington an, als die Tür gerade geöffnet wurde und als der erste der Passagiere, der Major mit dem Schnauzbart, heraussprang.

Jensen blickte auf die Papiere, die der Major fest in der Hand hatte, und sagte ohne Einleitung: »Für mich?« Der Major blinzelte unsicher, nickte dann steif, sichtlich verärgert über die Begrüßung, die seiner Ansicht nach etwas kärglich ausgefallen war, wenn man in Betracht zog, dass er gerade aus einem Gefängnis kam. Jensen nahm ohne ein weiteres Wort die Papiere, kehrte auf seinen Sitz in dem Jeep zurück, holte eine Taschenlampe hervor und überflog die Papiere. Er drehte sich in seinem Sitz um und sagte zu dem Funker, der neben dem General saß: »Flugplan wie vorgesehen. Ziel gleich geblieben. Los.« Der Funker drehte die Kurbel.

Etwa fünfzig Meilen südöstlich, in der Nähe von Foggia, vibrierten die Gebäude und Rollbahnen des Stützpunktes der schweren Bomber der RAF und warfen das Donnern von Dutzenden von Flugzeugmotoren zurück: Auf dem großen Gelände am Westende der Hauptrollbahn standen in einer Reihe einige Geschwader von schweren Lancaster-Bombern, bereit zum Abflug, offensichtlich auf das Startsignal wartend. Das Signal ließ nicht lange auf sich warten.

In der Mitte der Rollbahn stand genau der gleiche Jeep wie der, in dem Jensen in Termoli saß. Auf dem Rücksitz saß ein Funker über ein Funkgerät gebeugt. Er hatte Kopfhörer auf. Er lauschte konzentriert, dann sah er auf und sagte sachlich: »Anweisungen wie vorgesehen. Aufsteigen!«

»Anweisungen wie vorgesehen«, wiederholte ein Captain auf dem Vordersitz. »Aufsteigen.« Er griff nach einer Holzschachtel, entnahm ihr drei Very-Pistolen, zielte direkt über die Rollbahn und feuerte sie nacheinander ab. Die glänzenden Leuchtkugeln strahlten grün, rot und wieder grün, bevor sie in einem großen Bogen dem Boden entgegensanken. Das Donnern am anderen Ende des Flugplatzes steigerte sich zu einem ohrenbetäubenden Crescendo, und die erste Lancaster setzte sich in Bewegung. Innerhalb von Minuten hatte auch die letzte vom Boden abgehoben und stieg in den dunklen feindlichen Nachthimmel über die Adria.

»Ich habe gesagt, ich glaube«, bemerkte Jensen in leichtem Konversationston und zufrieden zu dem General auf dem Rücksitz, »dass es die besten Leute auf diesem Gebiet sind. Unsere Freunde aus Foggia sind auf dem Weg.«

»Die besten auf diesem Gebiet. Vielleicht. Ich weiß es nicht. Ich weiß aber, dass diese verdammten deutschen und österreichischen Divisionen immer noch an der Gustav-Linie stehen. Die Stunde Null für den Angriff auf die Gustav-Linie ist …«, er schaute auf die Uhr, »… in genau dreißig Stunden.«

»Zeit genug«, sagte Jensen zuversichtlich.

»Ich wünschte, ich könnte Ihre Zuversicht teilen.«

Jensen lächelte ihn gut gelaunt an, als der Jeep abfuhr, dann schaute er wieder geradeaus. Im gleichen Moment verschwand das Lächeln von seinem Gesicht, und seine Finger trommelten nervös auf den Sitz.

Der Mond war wieder durchgebrochen, als Neufeld, Droshny und ihre Männer in das Lager galoppierten und ihre Ponys anhielten, die mit ihren schweren dampfenden Flanken und dem verzweifelten Keuchen einen merkwürdig unwirklichen Anblick in dem bleichen Mondlicht boten. Neufeld schwang sich vom Pferd und wandte sich an Feldwebel Baer.

»Wie viele Ponys sind noch in den Ställen?«

»Etwa zwanzig.«

»Schnell. So viele Ponys wie Männer. Satteln.«

Neufeld winkte Droshny zu sich herüber, und gemeinsam rannten sie auf die Funkerhütte zu. Die Tür stand offen – eine bemerkenswerte Tatsache, wenn man die Eiseskälte, die in dieser Nacht herrschte, in Betracht zog. Sie waren immer noch drei Meter von der Tür entfernt, als

Neufeld rief: »Die Neretva-Brücke. Sagen Sie General Zimmermann …«

Er blieb unvermittelt in der Tür stehen, Droshny prallte gegen ihn und spähte über seine Schulter. Zum zweiten Mal an diesem Abend spiegelten die Gesichter der beiden Männer Fassungslosigkeit und erschrecktes Nichtbegreifen wider.

Nur eine kleine Lampe brannte in der Funkerhütte, aber diese eine Lampe genügte. Zwei Männer lagen in grotesker Stellung auf dem Boden, einer halb über dem anderen. Beide waren tot. Neben ihnen lagen die Überreste dessen, was einmal ein Funkgerät gewesen war. Die Vorderseite war abgerissen worden, und das Innere des Gerätes war völlig zerstört. Neufeld starrte einige Zeit auf das Bild, das sich ihm bot, dann schüttelte er heftig den Kopf, als wollte er den Schock abschütteln, und drehte sich zu Droshny um.

»Der Große«, sagte er leise, »das hat der Große getan.«

»Der Große«, stimmte Droshny zu. Die Andeutung eines Lächelns huschte über sein Gesicht. »Erinnern Sie sich an das, was Sie versprochen haben, Hauptmann Neufeld? Der Große gehört mir.«

»Sie sollen ihn haben. Kommen Sie. Sie können nur ein paar Minuten Vorsprung haben.« Beide Männer drehten sich um und rannten über den Lagerplatz zurück zu der Stelle, an der Feldwebel Baer und eine Gruppe Soldaten bereits die Ponys sattelten.

»Nur Maschinenpistolen«, rief Neufeld. »Keine Gewehre. Heute Nacht wird im Nahkampf gekämpft. Und Feldwebel Baer!«

»Hauptmann Neufeld?«

»Klären Sie die Leute darüber auf, dass wir keine Gefangenen machen werden.«

Wie die Ponys von Neufeld und seinen Leuten, waren auch die Tiere von Mallory und seinen sechs Kameraden beinah unsichtbar in den dichten Dampfwolken, die von ihren schweißüberströmten Körpern aufstiegen. Ihre schlürfende Gangart, die man nicht mehr als Trab bezeichnen konnte, machte es offensichtlich, dass sie kurz vor dem Zusammenbruch standen.

Mallory warf Andrea einen Blick zu, der nickte und sagte: »Ich bin der gleichen Ansicht. Wir kommen jetzt schneller zu Fuß vorwärts.«

»Ich fürchte, ich werde alt«, sagte Mallory, und einen Moment lang hörte er sich auch so an. »Ich werde alt, was?«

»Ich verstehe dich nicht.«

»Ponys! Neufeld und seine Männer werden frische Ponys aus den Ställen holen können. Wir hätten sie töten sollen – oder mindestens wegtreiben.«

»Alter ist nicht identisch mit zu wenig Schlaf. Ich bin auch nicht drauf gekommen. Ein Mann kann nicht an alles denken, mein Keith.«

Andrea brachte sein Pony zum Stehen und wollte gerade absteigen, als etwas auf dem Abhang unter ihnen seine Aufmerksamkeit erregte. Er deutete nach vorn.

Eine Minute später ritten sie an einer Eisenbahnlinie mit sehr schmaler Spur entlang, wie sie in Zentraljugoslawien üblich ist. In dieser Höhe gab es keinen Schnee mehr, und sie konnten sehen, dass die Schienen überwuchert und rostig, aber trotz allem offensichtlich noch zu benutzen waren. Zweifellos war es derselbe Schienenstrang, den sie gesehen hatten, als sie am Morgen auf dem Rückweg von Major Brozniks Lager angehalten hatten, um das grüne Wasser des Neretva-Stausees zu betrachten. Aber was sowohl Mallorys als auch Millers Aufmerksamkeit fesselte, war nicht der Schienenstrang selbst, sondern ein kleines Nebengleis, das zur Hauptschiene führte – und eine winzige holzfeuerbetriebene Lokomotive, die auf diesem Nebengleis stand. Die Lokomotive war praktisch ein fester Block aus Rost und sah aus, als wäre sie seit Beginn des Krieges nicht von der Stelle bewegt worden. Aller Wahrscheinlichkeit nach war es auch so.

Mallory zog eine im großen Maßstab gezeichnete Karte aus seinem Anorak und leuchtete mit seiner Stablampe darauf. Er sagte: »Kein Zweifel, das sind die Schienen, die wir heute früh gesehen haben. Sie laufen mindestens fünf Meilen an der Neretva entlang, bevor sie nach Süden abbiegen.«

Er machte eine Pause und fuhr dann nachdenklich fort: »Ich möchte wissen, ob wir das Ding in Bewegung bringen können.«

»Was?« Miller schaute ihn tödlich erschrocken an. »Es wird sich in seine Bestandteile auflösen, wenn du es anfasst – es ist einzig und allein der Rost, der das verdammte Ding zusammenhält. Und das Gefälle.« Er spähte entsetzt den Abhang hinunter. »Wie hoch, glaubst du, wird unsere Endgeschwindigkeit sein, wenn wir mit einer der riesigen Kiefern zusammenstoßen, die ein Stückchen weiter unten neben den Schienen stehen?«

»Die Ponys sind erschöpft«, sagte Mallory milde, »und du weißt, wie gern du zu Fuß gehst.«

Miller warf einen Abscheu erfüllten Blick auf die Lokomotive. »Es muss doch noch einen anderen Weg geben.«

»Pssst!« Andrea hob den Kopf. »Sie kommen. Ich höre sie kommen.«

»Bremsklötze weg von den Vorderrädern!«, schrie Miller. Er rannte los, und nach einigen kräftigen und gut gezielten Tritten, bei denen er sich nicht im Geringsten um den zukünftigen Zustand seiner Zehen kümmerte, gelang es ihm, den dreieckigen Block, der mit einer Kette vorn an der Lokomotive befestigt war, zu entfernen. Reynolds verfuhr auf ebenso energische Weise und ebenso erfolgreich mit dem anderen Bremsklotz.

Alle, sogar Petar und Maria, halfen, warfen sich mit ihrem ganzen Gewicht gegen die Rückseite der Lokomotive. Die Lokomotive blieb, wo sie war. Verzweifelt versuchten sie es noch einmal. Die Räder bewegten sich nicht den Bruchteil eines Zentimeters. Groves sagte mit einer seltsamen Mischung aus Drängen und Schüchternheit: »Sir, an einem Abhang wie diesem ist die Lokomotive sicherlich mit angezogenen Bremsen abgestellt worden.«

»Oh, mein Gott!«, sagte Mallory kummervoll. »Andrea, schnell! Löse den Bremshebel.«

Andrea schwang sich auf die Plattform. »Hier oben sind ein Dutzend von diesen verdammten Hebeln«, beschwerte er sich.

»Dann löse eben das ganze Dutzend verdammter Hebel.« Mallory warf einen besorgten Blick die Schienen entlang. Vielleicht hatte Andrea wirklich etwas gehört, vielleicht auch nicht. Jedenfalls war noch kein Mensch zu sehen. Aber er wusste, dass Neufeld und Droshny, die bereits Minuten, nachdem Mallory und seine Leute das Blockhaus verlassen hatte, befreit worden sein mussten und die die Wälder und Wege besser kannten als sie, inzwischen in der Nähe sein mussten.

Ein ohrenbetäubendes metallisches Kreischen erscholl aus dem Führerstand, begleitet von einer Flut von Schimpfworten, und nach etwa einer halben Minute sagte Andrea: »Das wär's.«

»Schieben!«, befahl Mallory.

Sie schoben, die Fersen in die Eisenbahnschwellen gestemmt, die Rücken gegen die Lokomotive gepresst, und diesmal setzte sich die Lokomotive so leicht in Bewegung, ungeachtet des gequälten Quietschens der eingerosteten Räder, dass die Männer, die ihre ganze Kraft eingesetzt hatten, um das Vehikel von der Stelle zu bekommen, überraschend den Halt verloren und zwischen den Schienen auf dem Rücken landeten. Augenblicke später waren sie wieder auf den Beinen und rannten hinter der Lokomotive her, die ihre Geschwindigkeit allmählich steigerte. Andrea half Maria und Petar ins Führerhaus und dann den anderen. Der letzte, Groves, streckte gerade die Hand nach der Plattform aus, als er bremste, herumwirbelte, zu den Ponys zurückrannte, die Kletterseile herunterriss, sie über die Schulter warf und wieder hinter der Lokomotive herrannte. Mallory reichte ihm eine Hand und half ihm auf die Plattform.

»Ich habe heute nicht gerade meinen besten Tag«, sagte Mallory betrübt. »Oder besser gesagt: Abend. Zuerst vergesse ich Baers Nachschlüssel, dann vergesse ich die Ponys. Dann die Bremsen und jetzt die Seile. Ich bin gespannt, was ich als Nächstes vergessen werde.«

»Vielleicht Neufeld und Droshny.« Reynolds achtete darauf, dass in seiner Stimme keinerlei Ausdruck mitschwang.

»Was gäbe es da zu vergessen?«

Reynolds deutete mit dem Lauf seiner Schmeisser auf das Schienenstück, das hinter ihnen lag. »Erlaubnis zu feuern, Sir?«

Mallory fuhr herum. Neufeld, Droshny und eine nicht zu erkennende Anzahl anderer berittener Soldaten waren gerade um eine Kurve erschienen und kaum mehr als hundert Meter entfernt.

»Erlaubnis zu feuern«, stimmte Mallory zu. »Die anderen auf den Boden.«

Er hatte gerade seine eigene Schmeisser von den Schultern genommen und in Anschlag gebracht, als Reynolds den Abzug betätigte. Vielleicht fünf Sekunden lang vibrierten die geschlossenen Metallwände der winzigen Kabine unter dem ohrenbetäubenden Hämmern der beiden Maschinenpistolen. Dann, auf einen Wink von Mallory, stellten die beiden Männer das Feuer ein. Es gab nichts mehr, worauf man hätte schießen können. Neufeld und seine Männer hatten ein paar Schüsse abgefeuert, aber unmittelbar darauf erkannt, dass die wild schwankenden Sättel ihrer Ponys im Vergleich zum Führerhaus einer Lokomotive nicht gerade ein ruhiger Platz zum Zielen waren, und hatten ihre Ponys auf beiden Seiten der Schienen in den Wald gelenkt. Aber nicht alle hatten sich rechtzeitig zurückgezogen: Zwei Männer lagen regungslos und mit dem Gesicht nach unten im Schnee.

Miller richtete sich auf, warf wortlos einen Blick auf die Szene hinter ihnen und tippte Mallory auf den Arm. »Ich habe eine kleine Frage, Sir. Wie bringen wir dieses Ding zum Halten?« Er starrte prüfend durch das Fenster des Führerhauses nach draußen. »Wir fahren bestimmt schon sechzig.«

»Na, mindestens zwanzig«, sagte Mallory liebenswürdig. »Aber schnell genug, um uns die Ponys vom Hals zu halten. Frag Andrea. Er hat die Bremse gelöst.«

»Er hat ein Dutzend Hebel bedient«, korrigierte Miller. »Jeder davon kann die Bremse gewesen sein.«

»Na, du sollst auch nicht bloß herumsitzen und nichts tun, nicht wahr?«, sagte Mallory tadelnd. »Finde heraus, wie man dieses verdammte Ding anhalten kann.«

Miller warf ihm einen eisigen Blick zu und machte sich daran herauszufinden, wie man das verdammte Ding anhalten konnte. Mallory drehte sich um, als Reynolds seinen Arm berührte. »Nun?«

Reynolds hatte einen Arm um Maria gelegt, um sie auf der nun schwankenden Plattform aufrecht zu halten. Er flüsterte: »Sie kriegen uns, Sir, sie kriegen uns todsicher. Warum halten wir nicht an und lassen die beiden zurück, Sir? Geben wir ihnen eine Chance, in die Wälder zu fliehen!«

»Danke für die Überlegung. Aber seien Sie nicht böse. Mit uns haben sie eine Chance, eine kleine, zugegeben, aber immerhin eine Chance. Wenn sie zurückbleiben, werden sie niedergemetzelt.«

Die Lokomotive fuhr nicht mehr die zwanzig Stundenkilometer, die Mallory angenommen hatte, aber wenn sie auch nicht eine so hohe Geschwindigkeit erreichte, wie Miller so besorgt vermutet hatte, so fuhr sie doch schnell genug, um einen durch das Krachen, Ächzen und Schlingern befürchten zu lassen, dass sie in Kürze auseinander brechen würde. Inzwischen hatte der Wald rechts von den Schienen aufgehört, das dunkle Wasser des Neretva-Stausees lag klar sichtbar im Westen, und die Schienen liefen jetzt sehr nah an etwas entlang, das wie der Rand eines sehr steilen Abgrunds aussah. Mit Ausnahme von Andrea lag auf allen Gesichtern ein Ausdruck böser Vorahnung. Mallory sagte: »Schon rausgefunden, wie man das verdammte Ding anhält?«

»Leicht.« Andrea deutete auf einen Hebel. »Der da.«

»Okay, Bremser. Ich möchte eine Demonstration.«

Zur großen Erleichterung der meisten Passagiere im Führerhaus legte sich Andrea mit voller Kraft auf den Bremshebel. Ein durchdringendes Kreischen ertönte, ein

Funkenregen sprühte an den Seitenwänden des Führerhauses vorbei, als die Räder blockierten, dann kam die Lokomotive langsam zum Stehen. Andrea, der seine Pflicht erfüllt hatte, lehnte sich auf seiner Seite aus dem Führerhaus, in seiner Haltung lag die gelangweilte Selbstsicherheit eines Super-Lokomotivführers. Man hatte das Gefühl, dass alles, was er wirklich vom Leben erwartete, in diesem Moment ein öliger Lumpen und eine Schnur waren, um die Zugpfeife in Betrieb zu setzen.

Mallory und Miller kletterten vom Führerhaus und rannten zum Rand der Klippe, die nicht ganz zwanzig Meter entfernt lag. Wenigstens Mallory tat das. Miller bewegte sich um einiges vorsichtiger, die letzten paar Meter kroch er sogar auf Händen und Knien vorwärts. Er warf einen vorsichtigen Blick über den Rand des Abgrunds, kniff beide Augen zu und kroch ebenso vorsichtig wieder von dem Klippenrand weg: Miller behauptete, er könne nicht einmal auf der untersten Sprosse einer Leiter stehen, ohne dem überwältigenden Drang widerstehen zu können, sich in den Abgrund zu werfen.

Mallory starrte nachdenklich in die Tiefe. Sie befanden sich, wie er sah, direkt über dem Damm, der in dem Zwielicht, das der Mond darauf warf, unendlich weit in der Tiefe zu liegen schien. Die Oberfläche der Dammmauer war durch Flutlicht erhellt, und mindestens ein halbes Dutzend deutscher Soldaten in Wasserstiefeln und Helmen patrouillierten hin und her. Hinter dem Damm, an der niedrigeren Seite, musste die Leiter sein, von der Maria gesprochen hatte, aber sie war nicht zu sehen. Nur die zerbrechlich aussehende Hängebrücke, immer noch bedroht von dem riesigen Felsbrocken auf der Geröllhalde am linken Ufer, und weiter unten das weiße Wasser dessen, was wahrscheinlich eine passierbare Furt war, waren deutlich zu erkennen. Gedankenverloren starrte Mallory einige Zeit auf das Bild, erinnerte sich dann daran, dass die Verfolger inzwischen wieder unangenehm nahe gekommen sein mussten, und beeilte sich, zu der Lokomotive zurückzukommen. Er sagte zu Andrea: »Ungefähr anderthalb Meilen, glaube ich, nicht mehr.« Er wandte sich an Maria. »Du weißt, dass unterhalb der Dammmauer eine Furt ist. Gibt es einen Weg dort hinunter?«

»Für eine Bergziege!«

»Beleidigen Sie ihn nicht«, sagte Miller missbilligend.

»Ich verstehe nicht.«

»Hören Sie gar nicht hin«, sagte Mallory. »Sagen Sie uns nur, wann wir dorthin kommen.«

Etwa fünf oder sechs Meilen unterhalb des Neretva-Dammes ging General Zimmermann am Rande des Kiefernwaldes auf und ab, der an die Wiese südlich der Neretva-Brücke grenzte. Neben ihm ging ein Oberst, einer seiner Divisionskommandeure. Südlich von ihnen konnte man nur undeutlich die Umrisse von Männern und Dutzenden von Panzern und anderen Fahrzeugen erkennen, deren schützende Tarnung jetzt entfernt war. Jeder Panzer und jedes Fahrzeug waren umringt von Männern, die letzte und wahrscheinlich völlig unnötige Handgriffe taten. Das Versteckspiel war zu Ende. Das Warten war zu Ende. Zimmermann sah auf die Uhr.

»Halb eins. Die ersten Infanteriebataillone gehen in etwa fünfzehn Minuten hinüber und verteilen sich am Nordufer. Die Panzer folgen um zwei.«

»Ja, Herr General.« Die Details waren viele Stunden vorher festgelegt worden, aber trotzdem fand man es nötig, die Instruktionen immer wieder zu wiederholen. Der Oberst blickte nach Norden. »Manchmal frage ich mich, ob überhaupt jemand dort drüben ist.«

»Der Norden macht mir keine Sorgen«, sagte Zimmermann düster. »Es ist der Westen.«

»Die Alliierten? Sie … Sie glauben, dass ihre Luft-Armadas bald kommen werden? Spüren Sie es immer noch in den Knochen, Herr General?«

»Immer noch in den Knochen. Es kommt bald. Für mich, für Sie, für uns alle.« Er schauderte zusammen.

10. KAPITEL

Samstag

00.40–01.20

»Wir sind gleich da«, sagte Maria. Ihr blondes Haar wehte im Wind, als sie aus dem Fenster des Führerhauses der klappernden, schwankenden Lokomotive spähte. Sie zog den Kopf zurück und wandte sich an Mallory: »Noch etwa dreihundert Meter.«

Mallory warf Andrea einen Blick zu: »Hast du gehört, Bremser?«

»Jawohl, Sir.« Andrea legte sich mit voller Kraft auf den Bremshebel. Das Resultat war wie zuvor ein wimmerndes Kreischen blockierter Räder auf rostigen Schienen und ein Funkenregen. Die Lokomotive kam stotternd zum Stehen. Als Andrea aus dem Fenster schaute, sah er genau gegenüber der Stelle, an der sie standen, einen V-förmigen Einschnitt am Rand der Klippe. »Maßarbeit, würde ich sagen.«

»Maßarbeit«, stimmte Mallory zu. »Falls du nach dem Krieg arbeitslos sein solltest, wirst du immer eine Stelle als Rangierer finden.« Er schwang sich von der Lokomotive, half Maria und Petar herunter, wartete, bis Miller, Reynolds und Groves heruntergesprungen waren, und sagte dann ungeduldig zu Andrea: »Los jetzt, wir müssen uns beeilen.«

»Komme schon«, sagte Andrea beschwichtigend. Er lockerte die Handbremse, sprang ab und gab der Lokomotive einen Stoß. Das alte Vehikel setzte sich augenblicklich in Bewegung und gewann schnell an Geschwindigkeit. »Man kann nie wissen«, sagte Andrea hoffnungsvoll, »vielleicht stößt sie irgendwo mit irgendjemandem zusammen.«

Sie rannten auf den Einschnitt in der Klippe zu, einen Einschnitt, der anscheinend von einem prähistorischen Erdrutsch herrührte, der in das Bett der Neretva hinuntergeglitten war. Tief unten wirbelte das schäumende Wasser, die reißenden Stromschnellen rührten von Dutzenden von Felsen her, die mit diesem Erdrutsch eines längst vergangenen Zeitalters in die Tiefe gestürzt waren. Mit einiger Fantasie hätte man diese Narbe in der Oberfläche der Klippe vielleicht für einen tief eingeschnittenen Wasserlauf halten können, aber es war eine fast senkrechte Geröllhalde mit Schiefergestein und kleinen Felsen, auf denen herumzuklettern höchst gefährlich war. Der ganze Abhang wurde nur durch einen kleinen Vorsprung ungefähr in der Hälfte der Wand unterbrochen. Miller riskierte einen kurzen Blick über die Klippe, trat hastig vom Rand zurück und starrte Mallory entsetzt und ungläubig an.

»Ich fürchte«, sagte Mallory.

»Aber das ist schrecklich! Sogar als ich die Südklippe in Navarone hinauf geklettert bin ...«

»Du bist die Südklippe in Navarone nicht hinaufgeklettert«, sagte Mallory unfreundlich, »Andrea und ich haben dich mit einem Seil hinaufgezogen.«

»Habt ihr das? Habe ich glatt vergessen. Aber dies ... dies ist der Albtraum eines Bergsteigers.«

»Wir müssen ja nicht hinaufsteigen. Wir müssen uns nur hinunterlassen. Du wirst es schon schaffen – solange du nicht anfängst zu rollen.«

»Ich werde es schaffen, solange ich nicht anfange zu rollen«, wiederholte Miller mechanisch. Er beobachtete Mallory, der zwei Seile zusammenknüpfte und sie um eine gedrungene Kiefer führte. »Was ist mit Petar und Maria?«

»Dass Petar nichts sieht, spielt keine Rolle. Alles, was er tun muss, ist, sich an diesem Seil hinunterzulassen – und Petar hat Kräfte wie ein Pferd. Einer muss vor ihm unten sein, um ihm zu helfen, seine Füße auf den Vorsprung zu setzen. Andrea wird sich um die junge Dame hier kümmern. Und jetzt los. Neufeld und seine Leute müssen jede Minute hier sein – und wenn sie uns an diesem Abgrund erwischen – dann gute Nacht. Andrea, nimm Maria, und dann nichts wie weg.«

Augenblicklich schwangen sich Andrea und das Mädchen über den Rand der Rinne und begannen, sich schnell an dem Seil hinunterzulassen. Groves beobachtete sie, zögerte und trat dann auf Mallory zu.

»Ich gehe als letzter, Sir, und nehme das Seil mit.«

Miller nahm ihn am Arm und führte ihn ein Stück weg. Er sagte freundlich: »Äußerst großzügig, mein Sohn, äußerst großzügig, aber es geht nicht. Nicht solange Dusty Millers Leben davon abhängt. In einer Situation wie dieser hängt unser aller Leben von dem letzten Mann ab. Und, das weiß ich sicher, der Captain ist der beste ›letzte Mann‹ der Welt.«

»Er ist *was*?«

»Es ist einer der ›Nichtzufälle‹, dass er sich entschlossen hat, diese Gruppe während dieses Auftrags anzuführen. Bosnien ist bekannt dafür, dass es überall Felsen und Klippen gibt. Mallory hat schon den Himalaja bestiegen, bevor Sie aus Ihrem Laufställchen geklettert sind, mein Kleiner. Sogar Sie sind nicht zu jung, um von ihm gehört zu haben.«

»*Keith* Mallory? Der Neuseeländer?«

»Genau. Er hat wohl früher mal Schafe durch die Gegend gescheucht, schätze ich. Kommen Sie, Sie sind dran.«

Die ersten fünf kamen gut hinunter. Sogar der vorletzte, Miller, brachte den Abstieg bis zu dem Felsvorsprung ohne Zwischenfall hinter sich, hauptsächlich dadurch, dass er seine beliebte Bergsteigertechnik anwandte, die Augen während der ganzen Zeit fest geschlossen zu halten. Als letzter kam Mallory. Er rollte das Seil immer weiter auf, während er sich schnell und sicher bewegte, fast nie einen Blick auf die Stelle werfend, an die er seinen Fuß setzte, und dennoch nicht den kleinsten Stein oder ein Stück Schiefer ins Rutschen brachte. Groves beobachtete seinen Abstieg mit beinah ehrfürchtigem Erstaunen.

Mallory spähte über den Rand des Vorsprungs. Die Schlucht über ihnen verlief in einer leichten Kurve, wodurch die Beleuchtung durch den Mond direkt unter der Stelle, an der sie standen, wie abgeschnitten endete, und während das phosphoreszierende Weiß des wirbelnden Wassers im Mondlicht glänzte, lag der untere Teil des Abhanges zu ihren Füßen im tiefen Dunkel. Während er angestrengt hinunterspähte, schob sich eine Wolke vor den Mond, und die ohnehin nur sehr undeutlich zu erkennenden Einzelheiten des Abhangs versanken völlig in der Dunkelheit. Mallory wusste, dass sie sich auf keinen Fall leisten konnten zu warten, bis der Mond wieder hervorkam, denn bis dahin konnten Neufeld und seine Männer längst da sein. Mallory schlang ein Seil um die Zacke eines Felsens und sagte zu Andrea und Maria: »Jetzt wird es wirklich gefährlich. Passt auf lockere Felsen auf.«

Andrea und Maria brauchten weit über eine Minute für ihren unsichtbaren Abstieg. Ein zweimaliges Ziehen am Seil zeigte an, dass sie sicher unten angekommen waren. Auf ihrem Weg hatten sie mehrere kleine Lawinen ausgelöst, aber Mallory hatte keine Angst, dass der Mann, der als Nächster folgen würde, der Andrea und Maria verletzen oder sogar töten würde, einen Steinschlag verursachen oder einen Felsen lösen konnte. Andrea hatte zu lange und zu gefährlich gelebt, um so unnötig und auf so dumme Art und Weise zu sterben – und er würde zweifellos den Nächsten, der unten ankam, vor der gleichen Gefahr warnen. Zum zehnten Mal schaute Mallory den Abhang hinauf, den sie gerade hinter sich gebracht hatten, aber wenn Neufeld, Droshny und seine Männer bereits angekommen waren, verhielten sie sich sehr ruhig und umsichtig. Und es war nicht schwierig, aus den Ereignissen der vergangenen Stunden den Schluss zu ziehen, dass Umsicht das letzte sein würde, was ihnen in den Sinn kam.

Als Mallory sich an den Abstieg machte, brach der Mond durch. Mallory verfluchte die Tatsache, die ihn zu einer großartigen Zielscheibe machte, falls plötzlich ein Feind oben auf der Klippe auftauchen sollte, wenn er auch wusste, dass Andrea sich dieser Gefahr genau bewusst war und ihn bewachte. Andrerseits gab ihm das Mondlicht die Möglichkeit, doppelt so schnell hinunterzusteigen, wie es vorher in der Dunkelheit möglich gewesen wäre. Die Beobachter unten verfolgten in atemloser Spannung jede Bewegung Mallorys, der ohne die Hilfe des Seils den gefährlichen Abstieg wagte. Aber er bewegte sich mit schlaf-wandlerischer Sicherheit. Er kam sicher an dem felsbro-ckenübersäten Ufer an und starrte über die reißenden Stromschnellen.

Er wandte sich an niemand speziell, als er sagte: »Wisst ihr, was passiert, wenn sie oben ankommen und uns hier auf halbem Weg gut sichtbar im Mondlicht entdecken?« Die folgende Stille ließ keinen Zweifel darüber aufkommen, dass alle sehr wohl wussten, was dann passieren würde. »Jetzt oder nie. Reynolds, glauben Sie, dass Sie es schaffen?« Reynolds nickte. »Dann lassen Sie Ihre Waffe hier.«

Mallory knotete ein Seil um Reynolds' Taille und prüfte die Belastungsfähigkeit des Seils für alle Fälle mit Andrea und Groves. Reynolds ließ sich in das reißende Wasser hi-nunter und strebte auf den ersten der abgerundeten Felsen zu, der einen so trügerischen Halt in dem brodelnden Schaum bot. Zweimal verlor er den Boden unter den Fü-ßen, zweimal fand er wieder Halt, erreichte den Felsen, aber unmittelbar dahinter wurde er von dem reißenden Wasser umgerissen und flussabwärts davongetrieben. Die Männer am Ufer zogen ihn zurück, während er hustete, spuckte und wie wild um sich schlug. Ohne ein Wort und ohne jemanden anzusehen, stürzte er sich wieder in die rei-ßenden Fluten, und diesmal ging er mit so wütender Ent-schlossenheit vor, dass er das andere Ufer erreichte, ohne auch nur einmal die Balance verloren zu haben.

Er zog sich auf den steinigen Strand hinauf, blieb kurze Zeit liegen, um sich von seiner Erschöpfung zu erholen, stand auf, ging zu einer gedrungenen Kiefer hinüber, die am Fuß der Klippe stand, die auf der anderen Seite in die Höhe ragte, löste das Seil von seiner Taille und befestigte es sicher am Stamm des Baumes. Am anderen Ufer ging Mallory mit dem Seil zweimal um einen großen Felsen he-rum, um es zu befestigen, und gab Andrea und dem Mäd-chen ein Zeichen.

Mallory warf wieder einen Blick in die Rinne hinauf. Von den Feinden war immer noch nichts zu sehen. Aber trotzdem hatte Mallory das Gefühl, dass sie keine Zeit verlieren durften, dass sie ihr Glück schon überbeansprucht hatten. Andrea und Maria waren kaum zur Hälfte drüben, als er Groves bat, Petar beim Überqueren der Stromschnellen zu helfen. Andrea und Maria kamen sicher am anderen Ufer an. Sie hatten gerade einen Fuß auf festen Boden gesetzt, als Mallory Miller losschickte, der die automatischen Waffen über der linken Schulter trug.

Auch Groves und Petar kamen ohne Zwischenfall drüben an. Mallory selbst musste warten, bis Miller angekommen war, denn er wusste, dass die Gefahr, von dem Fluss davongerissen zu werden, groß war, und wenn das passierte, würde Miller auch ins Wasser stürzen, und ihre Waffen wären nicht mehr zu gebrauchen.

Mallory wartete, bis er sah, dass Andrea Miller ins seichte Wasser half, dann war seine Zeit gekommen. Er band das Seil von dem Felsen los, wand es sich um die Taille und sprang ins Wasser. Genau an der gleichen Stelle, an der Reynolds bei seinem ersten Versuch von der Strömung weggerissen worden war, verlor auch er den Boden unter den Füßen und wurde schließlich von seinen Freunden ans Ufer gezogen. Er hatte zwar ziemlich viel Wasser geschluckt, aber sonst war ihm nichts passiert.

»Irgendwelche Verletzungen, gebrochene Knochen oder Schädeldecken?«, fragte Mallory. Er selbst fühlte sich, als hätte er den Niagara in einem Fass überquert. »Nein? Wunderbar.« Er sah Miller an. »Du bleibst hier bei mir. Andrea, nimm die anderen mit. Ihr wartet hinter der ersten Biegung auf uns.«

»Ich?«, widersprach Andrea sanft. Er nickte in Richtung auf die Felsenrinne. »Wir haben ein paar Freunde, die jede Minute da herunterkommen können.«

Mallory nahm ihn beiseite. »Wir haben auch ein paar Freunde«, sagte er ruhig, »die vielleicht flussabwärts von der Garnison, die am Damm stationiert ist, kommen können.« Er nickte zu den beiden Sergeants und Petar und Maria hinüber. »Was glaubst du, würde mit ihnen passieren, wenn sie einer Patrouille des Alpenkorps über den Weg liefen?«

»Ich warte hinter der Biegung.«

Andrea und die vier anderen machten sich auf den Weg den Fluss hinauf. Sie kamen nur langsam vorwärts, denn sie stolperten immer wieder und rutschten auf den nassen glitschigen Felsen aus. Mallory und Miller zogen sich in den Schutz von zwei riesigen Felsbrocken zurück und starrten nach oben.

Einige Minuten vergingen. Der Mond schien immer noch, und am oberen Rand der Rinne war noch immer kein Anzeichen für die Anwesenheit der Feinde zu sehen.

Miller sagte unbehaglich: »Was glaubst du, ist schief gegangen? Sie brauchen verdammt lange, um aufzutauchen.«

»Nein, ich glaube viel eher, dass sie verdammt lange brauchen, um umzukehren.«

»Umzukehren?«

»Sie wissen nicht, wo wir hingegangen sind.« Mallory zog seine Landkarte heraus und studierte sie im sorgfältig abgeschirmten Licht seiner Stablampe. »Etwa eine dreiviertel Meile die Schienen hinunter ist eine scharfe Linkskurve. Aller Wahrscheinlichkeit nach dürfte die Lokomotive dort entgleist sein. Als Neufeld und Droshny uns zuletzt sahen, waren wir in der Lokomotive, und das logischste, was sie tun konnten, war, den Schienen zu folgen bis zu der Stelle, an der wir ihrer Meinung nach die Lokomotive verlassen hatten, in der Erwartung, uns irgendwo in der Nähe zu finden. Wenn sie die demolierte Lokomotive gefunden haben, dürfte ihnen natürlich klar geworden sein, was los ist – aber dann sind sie ungefähr noch zusätzlich anderthalb Meilen geritten – und die Hälfte davon bergauf und noch dazu mit müden Ponys.«

»So muss es sein. Ich wünschte bei Gott«, fuhr Miller grollend fort, »dass sie sich beeilen würden.«

»Was hast du denn?«, fragte Mallory. »Dusty Miller sehnt sich nach Arbeit?«

»Nein, das nicht«, erklärte Miller entschieden. Er warf einen Blick auf seine Uhr. »Aber die Zeit wird knapp.«

»Die Zeit«, stimmte nüchtern Mallory zu, »wird tatsächlich ganz verteufelt knapp.«

Und dann kamen sie. Miller, der unverwandt nach oben starrte, sah ein flüchtiges metallisches Glitzern im Mondlicht, als ein Kopf sich vorsichtig über den Rand der Rinne schob und hinunterspähte. Er berührte Mallorys Arm.

»Ich sehe ihn«, murmelte Mallory. Gleichzeitig griffen beide Männer in ihre Anoraks, zogen ihre Luger-Pistolen hervor und entfernten die wasserdichten Schutzhüllen. Der Kopf mit dem Helm entwickelte sich langsam zu einer Gestalt, die sich im hellen Mondlicht als scharfer Schattenriss gegen den Horizont abhob. Er begann mit etwas, das offensichtlich ein vorsichtiger Abstieg sein sollte, aber dann warf er plötzlich beide Arme in die Luft und stürzte in die Tiefe. Falls er schrie, so konnten Mallory und Miller von der Stelle aus, an der sie sich befanden, es jedenfalls nicht hören – das rauschende Wasser übertönte jedes andere Geräusch. Der Körper schlug auf halbem Weg auf dem Felsenvorsprung auf, wurde hochgeschleudert, unglaublich weit hinausgetragen und landete dann mit weitausgebreiteten Armen an dem steinigen Flussufer, eine kleine Steinlawine nach sich ziehend.

Miller sagte grimmig philosophierend: »Nun, du hast ja gesagt, dass es gefährlich ist.«

Ein zweiter Mann erschien am Rand des Abgrunds, um als zweiter den Abstieg zu versuchen, und ihm folgten kurz nacheinander noch einige. Dann verschwand der Mond für einige Minuten hinter einer Wolke, während Mallory und Miller über den Fluss starrten, bis ihre Augen schmerzten und ebenso angestrengt wie vergeblich versuchten, die Dunkelheit, die auf dem Abhang gegenüber lag, zu durchdringen.

Der vorderste Kletterer befand sich genau unter dem Vorsprung, als der Mond wieder zum Vorschein kam. Vorsichtig untersuchte er den unteren Teil des Hanges. Mallory zielte sorgfältig mit seiner Luger, der Kletterer erstarrte mitten in der Bewegung, kippte hintenüber und verschwand in der Tiefe. Der folgende Soldat, der nicht bemerkt hatte, was mit seinem Kameraden geschehen war, begann die untere Hälfte des Abhangs herunterzuklettern.

Sowohl Mallory als auch Miller richteten ihre Luger-Pistolen auf das deutlich sichtbare Ziel, aber in diesem Moment wurde der Mond wieder von einer Wolke verdeckt, und sie mussten ihre Waffen senken. Als der Mond wieder erschien, hatten vier Männer bereits sicher das gegenüberliegende Ufer erreicht. Zwei von ihnen, die mit einem Seil miteinander verbunden waren, begannen gerade, die Furt zu überqueren. Mallory und Miller warteten, bis sie sicher drei Viertel ihres Weges zurückgelegt hatten. Sie bildeten ein nahes und leichtes Ziel, und auf diese Entfernung war es unmöglich, dass Mallory und Miller sie verfehlten. Und sie verfehlten sie nicht. Einen Moment lang sah man stürzende Körper, dann wurden die beiden, immer noch zusammengebunden, durch die Schlucht davongerissen. Ihre Körper wurden so oft von dem reißenden Wasser hochgeschleudert, ihre herumwirbelnden Arme und Beine durchbrachen so oft die Wasseroberfläche, dass es fast aussah, als ob die Männer immer noch verzweifelt um ihr Leben kämpften. Jedenfalls betrachteten die beiden Männer, die jetzt noch am Ufer standen, den Vorfall nicht als Anzeichen dafür, dass irgendetwas nicht stimmte. Sie standen da und schauten erstaunt den verschwindenden Körpern ihrer Kameraden nach, ohne jedoch zu begreifen, was passiert war. Zwei oder drei Sekunden später hätten sie beinah keine Gelegenheit mehr gehabt, irgendetwas zu begreifen, aber wieder einmal schob sich ein Wolkenfetzen vor den Mond, und so blieb ihnen eine kleine, ganz kleine Galgenfrist. Mallory und Miller senkten ihre Waffen.

Mallory schaute auf seine Uhr und sagte irritiert: »Warum, zum Teufel, fangen sie nicht an zu schießen? Es ist fünf nach eins.«

»Warum beginnt wer nicht zu schießen?«, fragte Miller irritiert.

»Das hast du doch gehört. Du warst dabei. Ich bat Vis, Vukalovic zu bitten, uns um eins geräuschmäßige Deckung zu geben. Oben bei der Zenica-Schlucht – weniger als eine Meile entfernt. Nun, wir können nicht länger warten. Es wird …« Er brach ab und lauschte auf das plötzlich ausbrechende Gewehrfeuer, das erschreckend laut und ziemlich nahe zu hören war, und lächelte. »Nun, was bedeuten schon fünf Minuten hin oder her. Komm. Ich habe das Gefühl, dass Andrea sich langsam Sorgen um uns macht.«

Das tat er allerdings. Lautlos tauchte er aus der Dunkelheit auf, als sie um die erste Flussbiegung kamen. Vorwurfsvoll sagte er: »Wo seid ihr beide denn gewesen? Ich hatte schon das Schlimmste befürchtet.«

»Ich erkläre es dir im Laufe der nächsten Stunde irgendwann – wenn wir im Laufe der nächsten Stunde am Leben bleiben«, setzte Mallory grimmig hinzu. »Unsere Freunde, die Banditen, sind nur zwei Minuten hinter uns. Ich glaube, sie werden ziemlich unternehmungslustig sein, obwohl sie bereits vier Männer verloren haben – sechs, wenn man die beiden mitzählt, die Reynolds von der Lokomotive aus erwischt hat. Du bleibst an der nächsten Biegung flussaufwärts und hältst sie auf. Du wirst es allein tun müssen. Glaubst du, dass du es schaffst?«

»Jetzt ist keine Zeit für Scherze«, sagte Andrea würdevoll. »Und dann?«

»Groves und Reynolds, Petar und Maria kommen mit uns flussaufwärts, Groves und Reynolds gehen so nah wie möglich an den Damm heran, Petar und Maria suchen sich irgendwo einen geschützten Platz, möglichst in der Nähe der Hängebrücke – aber weit genug entfernt, um nicht von dem verdammten Felsbrocken erschlagen zu werden, der darüberliegt.«

»Hängebrücke, Sir?«, fragte Reynolds. »Ein Felsbrocken?«

»Ich sah sie, als wir die Lokomotive verließen, um die Gegend etwas näher zu untersuchen.«

»Sie haben es gesehen. Andrea nicht.«

»Ich habe es ihm gegenüber erwähnt«, sagte Mallory ungeduldig. Er übersah den Unglauben im Gesicht des Sergeants und wandte sich an Andrea. »Dusty und ich können nicht mehr warten. Benutze deine Schmeisser, um sie zu stoppen.« Er deutete nach Nordwesten zur Zenica-Schlucht, wo das Knattern des Gewehrfeuers unaufhörlich hämmerte. »Bei dem ganzen Krach werden sie den Unterschied nicht erkennen.«

Andrea nickte, machte es sich hinter zwei großen Felsen bequem und schob den Lauf seiner Schmeisser in den V-förmigen Einschnitt. Die anderen Mitglieder der Truppe machten sich auf den Weg den Fluss hinauf, wobei sie unbeholfen über die glitschigen Felsen stolperten, die das rechte Ufer der Neretva bedeckten, bis sie zu einem nur in den Ansätzen vorhandenen Pfad kamen, den man zwischen den Steinen gebahnt hatte. Diesem Pfad folgten sie etwa hundert Meter weit, bis sie zu einer leichten Biegung der Schlucht kamen. Ohne dass ein entsprechender Befehl erfolgt wäre, blieben alle im gleichen Augenblick stehen und schauten nach oben.

Die sich hochtürmenden Wälle des Neretva-Dammes waren plötzlich in ihrer ganzen Größe in Sicht gekommen. Über dem Damm stiegen auf beiden Seiten steile Felswände in den Nachthimmel, zuerst senkrecht, dann wölbten sie sich und hingen schließlich so über, dass sich ihre Vorsprünge fast zu berühren schienen. Das allerdings war – wie Mallory gesehen hatte, als er das Bild von oben betrachtet hatte – eine optische Täuschung. Die Wachhütten und die Funkstation oben auf der Dammmauer waren deutlich zu sehen, ebenso die zwergenhaften Gestalten einiger deutscher Soldaten, die auf Patrouille waren. Vom Ende der Ostseite des Dammes, wo die Hütten standen, führte eine Eisenleiter, die mit Eisenhaken am Felsen befestigt war – Mallory wusste, sie war grün angestrichen, aber in dem Halbschatten, den die Dammauer warf, sah sie schwarz aus –, im Zickzack auf den Grund der Schlucht hinunter, nahe der Stelle, an der die weiß schäumenden Wasserstrahlen aus den Rohren am unteren Rand des Dammes sprudelten.

Mallory versuchte zu schätzen, wie viele Sprossen die Leiter wohl haben mochte. Zweihundert, vielleicht zweihundertfünfzig, und wenn man einmal angefangen hatte, zu klettern oder hinunterzusteigen, musste man immer weiter gehen, denn nirgends gab es eine Plattform oder eine Rückenstütze, auf der man einen Moment hätte ausruhen können. Außerdem war die Leiter an keiner einzigen Stelle vor den Blicken eventueller Beobachter, die sich auf der Brücke befanden, geschützt. Als Angriffsroute, überlegte Mallory, hätte er diesen Weg wohl kaum ausgewählt, er konnte sich keinen waghalsigeren denken.

Etwa in der Mitte zwischen der Stelle, an der sie standen, und dem Fuß der Leiter auf der anderen Seite, spannte sich eine Hängebrücke über das brodelnde Wasser, das durch die Schlucht schäumte. Nichts an ihrer alten, wackligen und windschiefen Erscheinung war dazu angetan, einem Vertrauen einzuflößen. Und was man sich an Vertrauen noch bewahrt haben mochte, wurde völlig weggewischt, wenn man den riesigen Felsen sah, der genau über dem östlichen Ende der Brücke lag und der jeden Moment aus seinem reichlich unsicheren Halt in der tiefen Rinne in der Felswand zu brechen drohte.

Reynolds nahm das Bild in sich auf und wandte sich dann an Mallory. Er sagte ruhig: »Wir sind sehr geduldig gewesen, Sir.«

»Sie sind sehr geduldig gewesen, Sergeant – und ich bin sehr dankbar dafür. Sie wissen natürlich, dass eine Division der Jugoslawen im Zenica-Käfig in der Falle sitzt – das ist direkt hinter den Bergen hier links von uns. Sie wissen auch, dass die Deutschen heute Nacht um zwei Uhr zwei bewaffnete Divisionen über die Neretva-Brücke schicken und, wenn diese beiden Divisionen die Brücke überschreiten – und es ist nichts da, um sie aufzuhalten –, die Jugoslawen mit ihren Kindergewehren und beinahe ohne Munition in Stücke geschnitten werden. Wissen Sie, dass die einzige Möglichkeit, sie aufzuhalten, die Zerstörung der Neretva-Brücke ist? Wissen Sie, dass dieser Gegenspionage- und Rettungsauftrag nur ein Deckmantel für die eigentliche Mission waren?«

Reynolds sagte bitter: »Ich weiß es – jetzt.« Er deutete die Schlucht hinunter. »Und ich weiß auch, dass die Brücke dort liegt.«

»Das tut sie allerdings. Ich weiß auch, dass wir diese

Brücke, selbst wenn wir an sie herankommen könnten – was ziemlich unmöglich sein dürfte –, nicht mit einer Wagenladung Sprengstoff in die Luft jagen können; Stahlgerüste, die in Beton verankert sind, kann man nur mit großem Aufwand zerstören.« Er wandte sich um und blickte auf den Damm. »Also machen wir es anders. Sehen Sie die Dammmauer da drüben – dahinter sind dreißig Millionen Tonnen Wasser, genug, um sogar die Sydney-Brücke davonzutragen, und erst recht, um die Brücke über die Neretva wegzuschwemmen.«

Groves sagte leise: »Sie sind verrückt«, und dann, nach kurzem Überlegen: »Sir.«

»Das kann sein. Wir werden die Brücke trotzdem in die Luft sprengen, Dusty und ich.«

»Aber der ganze Sprengstoff, den wir haben, besteht aus ein paar Handgranaten«, sagte Reynolds, der kurz davor war, endgültig zu verzweifeln. »In der Dammmauer da muss doch drei bis sechs Meter dicker Beton stecken. Sprengen? Wie?«

Mallory schüttelte den Kopf. »Tut mir Leid.«

»Warum, Sie ewig schweigender …«

»Halten Sie den Mund. Verdammt noch mal, werden Sie es denn nie begreifen? Bis zur letzten Minute besteht die Möglichkeit, dass Sie gefangen genommen und gezwungen werden zu reden – und was würde dann aus Vukalovics Divisionen, die im Zenica-Käfig sitzen? Was Sie nicht wissen, können Sie nicht ausplaudern.«

»Aber Sie wissen es.« Reynolds' Stimme war voller Groll. »Sie und Dusty und Andrea – Colonel Stavros. Sie wissen es. Groves und ich wussten die ganze Zeit, dass Sie es wussten, und Sie könnten auch zum Reden gezwungen werden.«

Mallory sagte beherrscht: »Andrea zum Reden bringen? Vielleicht – wenn man ihm androhte, ihm seine Zigarren wegzunehmen. Sicher, Dusty und ich könnten reden – aber irgendjemand musste schließlich Bescheid wissen.«

Groves sagte mit der Stimme eines Mannes, der widerwillig das Unvermeidliche akzeptiert: »Wie kommen Sie hinter den verdammten Dammwall? Sie können das Ding doch nicht von vorn sprengen, oder?«

»Nicht mit den Mitteln, die uns im Augenblick zur Verfügung stehen«, stimmte Mallory zu. »Wir kommen schon dahinter. Wir klettern dort hinauf.« Mallory deutete auf die senkrechte Klippe auf der anderen Seite.

»Wir klettern dort hinauf, wie?«, fragte Miller leichthin. Er sah völlig verdattert aus.

»Die Leiter hinauf. Aber nicht ganz. Wenn wir dreiviertel oben sind, verlassen wir die Leiter und klettern senkrecht die Klippe hinauf, bis wir etwa zwölf Meter über der Dammmauer sind, an der Stelle, an der die Klippe überzuhängen beginnt. Von dort, da ist ein Vorsprung – nun, eigentlich mehr ein Spalt, wirklich ...«

»Ein Spalt«, echote Miller heiser. In seinem Gesicht stand helles Entsetzen.

»Ein Spalt. Er erstreckt sich in einem ansteigenden Winkel von vielleicht zwanzig Grad etwa fünfundvierzig Meter lang über die Dammmauer. Diesen Weg nehmen wir.«

Reynolds sah Mallory leicht betäubt und fassungslos an. »Das ist Irrsinn.«

»Irrsinn«, bekräftigte Miller.

»Ich würde ihn mir nicht aussuchen«, gab Mallory zu. »Aber es ist die einzige Möglichkeit, hineinzukommen.«

»Sie werden todsicher gesehen«, protestierte Reynolds.

»Nicht todsicher.« Mallory wühlte in seinem Rucksack und brachte einen schwarzen Froschmannanzug aus Gummi zum Vorschein, während Miller widerwillig das Gleiche tat. Während beide Männer begannen, in die Anzüge zu schlüpfen, fuhr Mallory fort. »Wir werden wie schwarze Fliegen auf einer schwarzen Wand aussehen.«

»Das hofft er«, stieß Miller hervor.

»Außerdem werden sie, wenn wir ein bisschen Glück haben, in die andere Richtung schauen, wenn die RAF mit ihrem Feuerwerk beginnt. Und wenn wir in die Gefahr kommen sollten, entdeckt zu werden – nun, dann kommen Sie und Groves ins Spiel. Captain Jensen hatte Recht – wie sich die Dinge entwickelt haben, wären wir wirklich nicht ohne Sie zurechtgekommen.«

»Komplimente?«, sagte Groves zu Reynolds. »Komplimente vom Captain? Ich habe das Gefühl, jetzt kommt ein ganz dicker Hund.«

»Er kommt«, gab Mallory zu. Er hatte den Anzug und die Kapuze zurechtgerückt und befestigte in seinem Gürtel einige Kletterhaken und einen Hammer. All das hatte er aus seinem Rucksack geholt. »Wenn wir in Schwierigkeiten geraten, veranstalten Sie beide eine kleine Ablenkung.«

»Welche Art von Ablenkung?«, fragte Reynolds misstrauisch.

»Von irgendeiner Stelle in der Nähe des Fußes der Dammmauer aus fangen Sie an, auf die Wachen zu schießen, die oben patrouillieren.«

»Aber … aber, wir werden überhaupt keine Deckung haben.« Groves starrte zu der felsigen Geröllhalde hinüber, die das linke Flussufer am Fuße der Dammmauer und am Fuße der Leiter bildete. »Da ist nirgends auch nur eine Andeutung von Deckung. Was für eine Chance werden wir haben?«

Mallory schloss seinen Rucksack und hängte sich ein zusammengerolltes Seil über die Schulter. »Eine ganz kleine, fürchte ich.« Er schaute auf das Leuchtzifferblatt seiner Uhr. »Aber dann, für die nächsten fünfundvierzig Minuten, sind Sie und Groves entbehrlich. Dusty und ich hingegen nicht.«

»Einfach so?«, sagte Reynolds tonlos. »Entbehrlich?«

»Wollen Sie tauschen?«, fragte Miller hoffnungsvoll. Er bekam keine Antwort, denn Mallory war schon auf dem Weg. Miller warf einen letzten schreckerfüllten Blick auf die sich auftürmenden Felsmassen über sich, gab seinem Rucksack einen letzten Ruck und folgte Mallory. Reynolds wollte sich auch gerade in Bewegung setzen, als Groves ihn am Arm zurückhielt und Maria ein Zeichen machte, mit Petar vorauszugehen. Er sagte zu ihr: »Wir warten ein bisschen und kommen dann nach. Nur um sicher zu gehen.«

»Was ist los?«, fragte Reynolds leise.

»Folgendes. Unser Captain Mallory hat zugegeben, dass er heute Abend bereits vier Fehler gemacht hat. Ich glaube, er ist dabei, seinen fünften zu machen.«

»Ich verstehe nicht.«

»Er setzt alles auf eine Karte, und er hat ein paar Dinge übersehen. Zum Beispiel, was den Auftrag betrifft, dass wir beide am Fuß der Dammmauer bleiben sollen. Wenn wir ein Ablenkungsmanöver inszenieren sollen, wird eine Maschinengewehrgarbe, die einer oben auf der Mauer abfeuert, uns in Sekunden alle beide erwischen. Ein Mann kann genauso wirkungsvoll eine Ablenkung schaffen wie zwei – und wo ist der Sinn, wenn wir beide umgebracht werden? Außerdem, wenn einer von uns am Leben bleibt, bleibt die Chance, etwas zu tun, um Maria und ihren Bruder zu schützen. Ich beziehe am Fuß der Mauer Posten, während du …«

»Warum solltest du gehen? Warum nicht …«

»Warte, ich bin noch nicht fertig. Ich glaube auch, dass es reichlich optimistisch von Mallory ist anzunehmen, dass Andrea fähig ist, die ganze Bande, die hinter uns her ist, aufzuhalten. Es müssen mindestens zwanzig Mann sein, und sie sind nicht unterwegs, um sich einen netten Abend zu machen. Sie sind unterwegs, um uns zu töten. Was passiert also, wenn sie Andrea überwältigen und zu der Hängebrücke kommen, wo sie Maria und Petar finden, während wir beide damit beschäftigt sind, am Fuß der Mauer Zielscheiben zu spielen? Sie werden die beiden umbringen, bevor du einmal blinzeln kannst.«

»Oder vielleicht nicht umbringen«, stieß Reynolds hervor. »Was wäre, wenn Neufeld umgebracht würde, bevor sie die Hängebrücke erreichen? Was wäre, wenn Droshny das Kommando hätte – dann hätten Maria und Petar eine Galgenfrist.«

»Also bleibst du in der Nähe der Brücke und sorgst für Rückendeckung, während Maria und Petar irgendwo in der Nähe versteckt sind?«

»Du hast Recht, ich bin sicher, dass du Recht hast. Aber es gefällt mir nicht«, sagte Reynolds unbehaglich. »Er hat uns seine Befehle gegeben, und er ist kein Mann, der es mag, wenn seine Befehle missachtet werden.«

»Er wird es nie erfahren – sogar wenn er jemals zurückkommt, was ich ganz entschieden bezweifle, wird er es nie erfahren. Und außerdem hat er angefangen, Fehler zu machen.«

»Nicht diese Art Fehler.« Reynolds fühlte sich immer noch ausgesprochen unbehaglich.

»Habe ich Recht oder nicht?«, fragte Groves.

»Ich glaube nicht, dass das am Ende dieses Tages eine große Rolle spielen wird«, sagte Reynolds müde. »Okay, machen wir es so, wie du es vorgeschlagen hast.« Die beiden Sergeants eilten hinter Maria und Petar her.

Andrea lauschte auf die Tritte schwerer Stiefel, die über Steine scharrten, das gelegentliche metallische Klirren, wenn ein Gewehr gegen einen Felsen stieß, und er wartete, flach auf dem Bauch liegend. Der Lauf seiner Schmeisser ruhte in der Felsritze. Die Geräusche, die die verstohlene Annäherung entlang dem Flussufer ankündigten, waren nicht mehr als vierzig Meter entfernt, als Andrea sich etwas aufrichtete, den Lauf seiner Waffe nach unten drückte und den Abzug betätigte.

Die Reaktion erfolgte augenblicklich. Drei oder vier Waffen – wie Andrea erkannte, waren es alles Maschinenpistolen – ratterten im gleichen Moment los.

Andrea stellte das Feuer ein, ignorierte die Kugeln, die über seinen Kopf hinwegpfiffen und an den Felsen rechts und links von ihm abprallten, zielte sorgfältig auf das Mündungsfeuer einer der Maschinenpistolen und feuerte eine Ein-Sekunden-Garbe ab. Der Mann hinter der Maschinenpistole versteifte sich, sein hochgeworfener Arm schleuderte die Waffe weg, dann stolperte er wie betrunken zur Seite, stürzte in die Neretva und wurde von dem weiß schäumenden Wasser davongewirbelt. Andrea feuerte wieder, und ein weiterer Mann drehte sich um die eigene Achse und fiel zwischen die Felsen. Dann erklang plötzlich ein gebellter Befehl, und die Waffen verstummten. Der

Trupp bestand aus acht Männern, und jetzt löste sich einer von ihnen aus dem Schutz des Felsbrockens und kroch auf den zweiten Mann zu, den es erwischt hatte. Während er sich vorwärts bewegte, lag auf Droshnys Gesicht das wölfische Grinsen, aber es war klar, dass ihm absolut nicht nach Lächeln zumute war. Er beugte sich über die zusammengesunkene Gestalt, die auf den Steinen lag, und drehte sie auf den Rücken: Es war Neufeld. Blut strömte aus einer klaffenden Wunde an der Schläfe. Droshny richtete sich auf, sein Gesicht zeigte maßlose Wut. Er drehte sich um, als einer seiner Cetniks seinen Arm berührte.

»Ist er tot?«

»Nicht ganz. Aber es hat ihn schlimm erwischt. Er wird Stunden, vielleicht sogar Tage bewusstlos sein. Ich weiß es nicht, das kann nur ein Arzt beurteilen.« Droshny bat noch zwei andere Männer zu sich. »Ihr drei – bringt ihn über die Furt hinauf in Sicherheit. Zwei bleiben bei ihm, der andere kommt zurück. Und, um Himmels willen, sagt den anderen, sie sollen sich beeilen, herzukommen.«

Sein Gesicht war immer noch wutverzerrt, und er kümmerte sich nicht um die Gefahr, als er auf die Füße sprang und eine lange Maschinenpistolengarbe flussaufwärts feuerte, eine Handlung, die Andrea offensichtlich nicht im Mindesten beeindruckte, denn er blieb regungslos, wo er war – friedlich an den Felsen gelehnt, der ihm Deckung gewährte –, und beobachtete nicht sonderlich interessiert und noch viel weniger besorgt die Querschläger und abgesplitterten Felsstücke, die in alle Richtungen flogen. Das Krachen der Schüsse wurde bis zu den Wachen getragen, die oben auf dem Dammwall patrouillierten. Aber das Durcheinander der Schüsse in der Umgebung und die verschiedenen Echos, die von den Felswänden, die die Schlucht begrenzten, zurückgeworfen wurden, waren so verwirrend, dass es unmöglich war, den Ursprung des plötzlich einsetzenden Hämmerns der Maschinenpistolen festzustellen. Bedeutsam jedoch war, dass es sich um Maschinenpistolenfeuer handelte und dass bis zu diesem Moment nur Gewehrschüsse zu hören gewesen waren. Und es schien aus dem Süden zu kommen, aus der Schlucht unterhalb des Dammes. Eine der Wachen eilte besorgt zu dem Dienst habenden Hauptmann, sprach kurz mit ihm und lief dann zu einer kleinen Hütte auf der etwas höher gelegenen Betonplatte am Ostende des Dammwalles. In der Hütte, deren Vorderwand eine jetzt hochgerollte Zeltplane bildete, stand ein großes Funkgerät, vor dem ein Unteroffizier saß.

»Befehl des Hauptmanns«, sagte der Feldwebel, »Verbindung mit der Neretva-Brücke herstellen. Meldung an General Zimmermann, dass wir – das heißt, dass der Hauptmann besorgt ist. Sagen Sie ihm, dass um uns herum wie wild geschossen wird und dass ein Teil der Schützen sich anscheinend ein Stück flussabwärts aufhält.«

Der Feldwebel wartete ungeduldig, bis der Funker die Verbindung hergestellt hatte, und wurde noch ungeduldiger, als es zwei Minuten später in den Kopfhörern krachte und der Funker begann, die Botschaft niederzuschreiben. Nachdem die Durchsage beendet war, nahm er sie dem Funker aus der Hand und gab sie an den Hauptmann weiter, der sie laut vorlas.

»General Zimmermann sagt: ›Es besteht kein Grund zur Besorgnis, den Lärm veranstalten unsere jugoslawischen Freunde oben in der Zenica-Schlucht, die sich Mut machen wollen, weil sie jeden Moment einen Generalangriff durch Einheiten des 11. Armeekorps erwarten. Und es wird später noch viel lauter werden, wenn die RAF anfängt, ihre Bomben auf die falschen Plätze zu werfen. Aber sie werden sie nicht in Ihrer Nähe abwerfen, also machen Sie sich keine Sorgen.‹« Der Hauptmann senkte das Blatt Papier. »Das genügt mir. Wenn der General sagt, es besteht kein Grund zur Besorgnis, dann genügt mir das. Sie wissen, welchen Ruf der General hat, Feldwebel?«

»Ich weiß es, Herr Hauptmann.« In einiger Entfernung und in einer nicht feststellbaren Richtung hämmerte wieder eine Maschinenpistole. Der Feldwebel fuhr nervös hoch.

»Beunruhigt Sie immer noch etwas?«, fragte der Hauptmann.

»Jawohl, Herr Hauptmann. Ich weiß, welchen Ruf der General hat, natürlich, und ich vertraue ihm blind.« Er machte eine Pause und fuhr dann besorgt fort: »Ich könnte schwören, dass die letzte Maschinenpistolengarbe von dort unten aus der Schlucht kam.«

»Sie benehmen sich wie ein altes Weib, Feldwebel«, sagte der Hauptmann freundlich, »und Sie müssen sich bald bei dem Arzt unserer Division melden. Ihre Ohren bedürfen dringend einer Untersuchung.«

Der Feldwebel benahm sich nicht im Geringsten wie ein altes Weib, und sein Gehör war bedeutend besser als das des Offiziers, der ihn getadelt hatte. Das anhaltende Maschinenpistolenfeuer kam, wie er annahm, aus der Schlucht, wo Droshny und seine Männer, deren Anzahl sich inzwischen verdoppelt hatte, sich einzeln oder höchstens zu zweit, schnell, aber jeweils nur eine ganz kurze Strecke, vorwärts bewegten, während sie unaufhörlich schossen. Ihre Schüsse, die ziellos abgegeben wurden, da die Männer auf dem steinigen Boden ständig stolperten und ausrutschten, riefen bei Andrea keinerlei Reaktion hervor. Möglicherweise weil er sich nicht bedroht fühlte, wahrscheinlich aber, weil er die Munition sparen wollte. Die zweite Vermutung schien eher zuzutreffen, denn Andrea hatte seine Schmeisser über die Schulter gehängt und untersuchte nun sorgfältig eine Stabgranate, die er gerade aus seinem Gürtel gezogen hatte.

Ein Stück flussabwärts blickte Sergeant Reynolds, der am Ostende der wackligen Holzbrücke stand, die sich an der schmalsten Stelle über das reißende und schäumende Wasser spannte, das dem, der das Pech hatte, hineinzufallen, keine Überlebenschance bot, unglücklich die Schlucht hinunter in die Richtung, aus der das Maschinenpistolenfeuer kam. Zum zehnten Mal fragte er sich, ob er es wagen sollte, über die Brücke zurückzugehen und Andrea zu Hilfe zu kommen. Wenn er auch Andrea inzwischen in einem ganz anderen Licht sah als am Anfang, so schien es doch, wie Groves gesagt hatte, unmöglich, dass ein Mann über längere Zeit eine Horde von zwanzig Männern aufhalten konnte, die von dem Wunsch nach Rache beseelt waren. Andererseits hatte er Groves versprochen, hier zu bleiben und sich um Maria und Petar zu kümmern. Wieder hämmerte eine Maschinenpistole los. Reynolds fasste einen Entschluss. Er würde Maria sein Gewehr geben, um ihr und Petar einen gewissen Schutz zu bieten, und sie nur so lange allein lassen, wie es nötig war, um Andrea die Hilfe zu geben, die er brauchte.

Er drehte sich um, um es ihr zu sagen, aber Maria und Petar waren nicht mehr da. Reynolds blickte wild um sich. Seine erste Vermutung war, dass sie in den reißenden Fluss gestürzt waren, eine Vermutung, die er sofort als lächerlich verwarf. Instinktiv schaute er zum Ufer am Fuße des Dammes hinüber, und obwohl der Mond gerade wieder von einer großen Wolkenbank verdunkelt war, sah er sie sofort: Sie bewegten sich auf den Fuß der Leiter zu, wo Groves stand. Einen Augenblick fragte er sich verwirrt, wieso sie ohne Erlaubnis flussaufwärts gegangen waren, dann erinnerte er sich, dass sowohl Groves als auch er vergessen hatten, den beiden den Befehl zu geben, bei der Brücke zu bleiben. Kein Grund zur Besorgnis, dachte er, Groves wird sie bestimmt gleich zur Brücke zurückschicken, und sobald sie ankamen, würde er ihnen sagen, dass er sich entschlossen hatte, Andrea zu helfen. Er fühlte sich erleichtert, nicht weil er Angst hatte vor dem, was ihn vielleicht erwartete, wenn er zu Andrea zurückging und sich Droshny und seinen Männern entgegenstellen musste, sondern weil es die Notwendigkeit hinausschob, einer Entscheidung gemäß zu handeln, die vielleicht nur auf den ersten Blick berechtigt war.

Groves, der an den scheinbar endlosen, im Zickzack verlaufenden Sprossen der eisernen Leiter, die, wie es schien, so unsicher an der senkrechten Felswand befestigt war, hinaufgestarrt hatte, fuhr herum, als er leise Schritte auf dem Schiefergestein hörte, und starrte Maria und Petar an, die – wie immer Hand in Hand – auf ihn zukamen. Wütend sagte er: »Was in Dreiteufelsnamen macht *ihr* denn hier? Ihr habt kein Recht, hier zu sein. Könnt ihr nicht sehen, dass die Wachen nur mal herunterschauen müssen, damit ihr im nächsten Moment auch schon tot seid? Verschwindet, geht zurück zu Reynolds! Sofort!«

Maria sagte sanft: »Es ist lieb von Ihnen, dass Sie sich sorgen, Sergeant Groves. Aber wir wollen nicht gehen. Wir wollen hier bleiben.«

»Und wozu soll es, um Himmels willen, gut sein, wenn ihr hier herumsteht?«, fragte Groves grob. Er machte eine Pause und fuhr dann beinah freundlich fort: »Ich weiß jetzt, wer Sie sind, Maria. Ich weiß, was Sie geleistet haben und wie gut Sie Ihre Aufgaben erledigen. Aber dies ist nicht Ihre Aufgabe. Bitte.«

»Nein.« Sie schüttelte den Kopf. »Ich kann mit einem Gewehr umgehen.«

»Sie haben keins. Und welches Recht haben Sie, über Petar zu bestimmen? Weiß er, wo er ist?«

Maria redete in unverständlichem Serbokroatisch auf ihren Bruder ein. Er antwortete, indem er in seiner Kehle die üblichen seltsamen Geräusche machte. Als er schwieg, wandte sich Maria an Groves.

»Er sagt, er weiß, dass er heute Nacht sterben wird. Er hat das, was sie bei euch das Zweite Gesicht nennen, und er sagt, nach dieser Nacht gibt es keine Zukunft. Er sagt, er ist zu müde, um weiterzulaufen. Er sagt, er will hier warten, bis seine Zeit kommt.«

»Von allen sturen, dickköpfigen …«

»Bitte, Sergeant Groves.« Obwohl die Stimme immer noch leise war, schwang ein neuer, harter Unterton mit. »Er hat sich entschieden, und daran können auch Sie nichts ändern.«

Groves nickte. »Gut, aber vielleicht kann ich Sie umstimmen.«

»Wie meinen Sie das?«

»Petar kann uns sowieso nicht helfen. Kein Blinder könnte das. Aber Sie könnten es, wenn Sie wollten.«

»Sagen Sie mir, wie.«

»Andrea hält einen Haufen von mindestens zwanzig Cetniks und Deutschen in Schach.« Groves lächelte schief.

»Ich habe inzwischen Grund zu der Annahme, dass Andrea als Guerilla-Kämpfer einzigartig ist, aber *ein* Mann kann auf die Dauer nicht *zwanzig* Männer aufhalten. Wenn es ihn erwischt, dann ist nur noch Reynolds übrig, um die Brücke zu bewachen – und wenn es ihn erwischt, dann werden Droshny und seine Männer rechtzeitig genug durchkommen, um die Wachen zu warnen, genug um eine Funknachricht an General Zimmermann durchzugeben und ihm zu sagen, dass er seine Panzer zurückziehen soll. Ich bin der Ansicht, Maria, dass Reynolds Ihre Hilfe brauchen kann. Es steht fest, dass Sie hier nichts tun können – aber wenn Sie bei Reynolds bleiben, könnten Sie für Erfolg oder Misserfolg verantwortlich sein. Und Sie haben ja gesagt, Sie können mit einem Gewehr umgehen.«

»Aber wie Sie sehr richtig bemerken, *habe* ich keins.«

»Das war vorhin. Jetzt haben Sie eins.« Groves nahm seine Schmeisser von der Schulter und gab sie ihr und dazu Reservemunition.

»Aber …« Maria nahm die Waffe und die Munition widerwillig entgegen. »Aber jetzt haben *Sie* keine Waffe.«

»O doch, ich habe eine«, Groves zog seine Luger mit dem aufgesetzten Schalldämpfer aus seinem Anorak. »Das ist alles, was ich heute Nacht benutzen will. Ich kann es mir nicht leisten, Krach zu machen, nicht so nah am Damm.«

»Aber ich kann meinen Bruder nicht allein lassen.«

»Oh, ich glaube, das können Sie schon. Und Sie werden es auch. Niemand auf der Welt kann Ihrem Bruder noch helfen. Jetzt nicht mehr. Beeilen Sie sich bitte.«

»Also gut.« Widerwillig ging sie ein paar Schritte, dann blieb sie stehen und drehte sich um: »Ich nehme an, Sie halten sich für sehr geschickt, Sergeant Groves?«

»Ich weiß nicht, wovon Sie reden«, sagte Groves hölzern. Sie blickte ihm einige Sekunden fest in die Augen, dann wandte sie sich ab und machte sich auf den Rückweg. Groves lächelte in der Dunkelheit. Das Lächeln verschwand ebenso blitzschnell, wie die Schlucht plötzlich von Licht überflutet wurde, als eine schwarze Wolke mit zackigen Rändern den Mond freigab. Groves rief Maria leise und drängend zu: »Mit dem Gesicht nach unten auf die Felsen und ruhig verhalten.« Er sah, dass sie seinen Befehl augenblicklich befolgte, und blickte dann an der grünen Leiter hinauf. Auf seinem Gesicht spiegelten sich Anspannung und Angst.

Ungefähr im dritten Viertel der Leiter klammerten sich Mallory und Miller, von strahlendem Mondlicht übergossen, an einen der abgewinkelten Abschnitte. Sie hingen so regungslos dort, als wären sie selbst aus dem Felsen gehauen. Ihre bewegungslosen Augen in den bewegungslosen Gesichtern waren auf den gleichen Punkt im Raum fixiert. Der Punkt lag fünfzig Meter entfernt links über ihnen. Zwei Wachen standen dort auf dem Damm und lehnten sich besorgt über das Geländer. Sie starrten die Schlucht hinunter in die Richtung, aus der die Schüsse kamen. Sie brauchten nur nach unten zu schauen, um Groves und Maria zu entdecken. Sie brauchten nur nach links zu schauen, um Mallory und Miller zu entdecken. Und für alle wäre das der sichere Tod gewesen.

11. KAPITEL

Samstag

01.20–01.35

Wie Mallory und Miller hatte auch Groves die beiden Posten gesehen, die sich über das Geländer des Dammes lehnten und besorgt die Schlucht hinunterstarrten. Um einem das Gefühl völliger Nacktheit, totalen Ausgeliefertseins und Verwundbarkeit zu geben, war diese Situation wie geschaffen, dachte Groves. Und wenn schon Groves dieses Gefühl hatte, wie musste es dann erst Mallory und Miller zumute sein, die weniger als einen Steinwurf von den Wachen entfernt an der Leiter hingen? Groves wusste, dass beide Männer Luger-Pistolen mit Schalldämpfern bei sich hatten, aber die Waffen steckten in ihren Anoraks, und die Anoraks trugen sie unter ihren mit Reißverschlüssen verschlossenen Froschmänneranzügen, eine Tatsache, die die Waffen ziemlich unerreichbar machte. Jedenfalls waren sie unerreichbar, solange die Männer, die sich ja an der Leiter festhalten mussten, keine artistischen Verdrehungen veranstalteten, um an sie heranzukommen – und es war absolut sicher, dass auch die allerkleinste Bewegung ausgereicht hätte, um die Aufmerksamkeit der Wachen zu erregen und entdeckt zu werden. Wie es geschehen konnte, dass sie – auch ohne sich zu bewegen – noch nicht gesehen worden waren, war für Groves unverständlich. In dem Mondlicht, das den Damm und die Schlucht in so viel Helligkeit tauchte, wie es einem bedeckten Nachmittag entsprach, hätten sie von jedem Menschen mit normaler Sehschärfe sofort entdeckt werden müssen, und es war unwahrscheinlich, dass Angehörige irgendeiner Frontgruppe der Wehrmacht weniger als normale Sehschärfe hatten. Groves konnte es sich nur so erklären, dass die Intensität der Blicke der Wachen nicht unbedingt auch heißen musste, dass sie etwas suchten, es war durchaus möglich, dass sie sich im Moment völlig auf das Hören konzentrierten, um so den Ursprung des unregelmäßigen Maschinenpistolenfeuers in der Schlucht festzustellen. Mit unendlicher Vorsicht zog Groves seine Luger aus dem Anorak und zielte. Auf diese Entfernung war die Chance, dass er eine der Wachen erwischte, selbst wenn er die hohe Mündungsgeschwindigkeit seiner Waffen in Betracht zog, so gering, dass es sich gar nicht lohnte, auch nur darüber nachzudenken. Aber immerhin war es als Geste besser als gar nichts. In zwei Punkten hatte Groves Recht. Die beiden Wachen, die am Geländer lehnten, konzentrierten sich – ganz und gar nicht beruhigt von General Zimmermanns ermutigender Behauptung – tatsächlich darauf, dem Rattern der Maschinenpistolengarben zuzuhören, das immer heftiger wurde, nicht nur weil es näher zu kommen schien – was es sogar wirklich tat –, sondern auch, weil den Verteidigern der Partisanen in der Zenica-Schlucht langsam die Munition ausging und ihre Schüsse immer seltener wurden. Und Groves hatte auch Recht, als er annahm, dass weder Mallory noch Miller irgendeinen Versuch gemacht hatten, an ihre Luger-Pistolen heranzukommen. In den ersten paar Sekunden hatte Mallory wie Groves mit Sicherheit angenommen, dass jede derartige Bewegung dazu geführt hätte, sofort Aufmerksamkeit zu erregen, aber unmittelbar danach, und lange bevor Groves zu dieser Feststellung kam, hatte Mallory erkannt, dass die Männer sich in einem tranceartigen Zustand befanden, in dem sie sich völlig auf ihr Gehör konzentrierten, sodass man mit einer Hand vor ihren Gesichtern hätte herumfuchteln können, ohne dass sie es bemerkt hätten. Und jetzt, dessen war Mallory sicher, war es unnötig, überhaupt etwas zu tun, denn von seinem erhöhten Standpunkt aus konnte er etwas sehen, das für Groves am Fuße des Dammes nicht zu sehen war: Eine weitere Wolkenbank war auf dem Weg, über den Mond hinwegzuziehen.

Innerhalb von Sekunden verwandelte ein Schatten, der sich über das Wasser des Neretva-Stausees legte, seine Farbe von Dunkelgrün in das tiefste Indigo, bewegte sich schnell über den Damm, löschte die Leiter und die beiden Männer aus, die daran hingen, und tauchte dann die Schlucht in Dunkelheit. Groves seufzte erleichtert und senkte seine Luger. Maria stand auf und ging flussabwärts auf die Brücke zu. Petar starrte mit blicklosen Augen hilflos um sich, und über ihnen begannen Mallory und Miller augenblicklich weiterzuklettern. Oben an der Leiter angekommen, ließ Mallory eine Sprosse los und kletterte senkrecht an der Felswand hoch. Glücklicherweise war die Wand nicht völlig glatt, aber die Stellen, an denen Hände und Füße Halt finden konnten, waren äußerst selten, sodass der Aufstieg mühsam und mit technischen Schwierigkeiten verbunden war. Normalerweise, wenn Mallory seinen Hammer und die Kletterhaken benutzt hätte, die in seinem Gürtel steckten, hätte er die Klettertour höchstens durchschnittlich schwierig gefunden, aber der Gebrauch von Kletterhaken war unmöglich. Mallory befand sich direkt gegenüber der Oberfläche der Dammauer und nicht mehr als 35 Meter von der nächsten Wache entfernt. Ein kleines Klimpern eines Hammers, der auf Metall schlug, musste auch dem unaufmerksamsten Zuhörer auffallen – und, wie Mallory gerade beobachtet hatte, war unaufmerksames Zuhören das Letzte, was man den Wachen auf dem Damm hätte nachsagen können. Also musste Mallory sich mit seiner Begabung als Bergsteiger und der großen Erfahrung zufrieden geben, die er sich in vielen Jahren und an vielen Felswänden angeeignet hatte, und den Aufstieg auf diese Weise fortsetzen. Unter seinem Gummianzug rann ihm der Schweiß in Strömen herunter. Miller, der sich jetzt etwa zwölf Meter unter ihm befand, spähte zu ihm hinauf, und in seinem Gesicht stand so viel Spannung und Angst, dass Mallory vorübergehend seine eigene gefährliche Situation hoch oben auf einer der sehr schrägen Leitern vergaß, eine Lage, die ihn normalerweise in einen leicht hysterischen Zustand versetzt hätte. Auch Andrea starrte in diesem Moment auf etwas, das etwa fünfzehn Meter von ihm entfernt war, aber es hätte schon einer besonders ausgeprägten Fantasie bedurft, um in seinem dunklen zerfurchten Gesicht Anzeichen von Angst zu sehen. Wie die Wachen auf dem Damm es gerade getan hatten, lauschte auch Andrea intensiver, als er schaute. Von seinem Standort aus war alles, was er sehen konnte, ein dunkles und formloses Durcheinander von nassglänzenden Felsbrocken, an denen die Neretva entlangschäumte. Es war kein Lebenszeichen dort unten zu erkennen, aber das bedeutete nur, dass Droshny, Neufeld und seine Männer, nachdem ihnen auf sehr drastische Weise eine Lektion erteilt worden war, Zentimeter für Zentimeter auf Ellenbogen und Knien vorwärts krochen und sich nicht ein einziges Mal aus ihrer Deckung wagten, bis sie eine neue Deckungsmöglichkeit gefunden hatten. Andrea konnte nicht wissen, dass Neufeld verwundet war.

Eine Minute verging, dann hörte Andrea das Unvermeidliche: Ein kaum wahrnehmbares »Klick«, als zwei Steine aneinander stießen. Das Geräusch kam nach Andreas Schätzung etwa aus neun Meter Entfernung. Er nickte befriedigt, machte die Granate scharf, wartete zwei Sekunden und warf sie dann behutsam flussabwärts, während er sich im gleichen Moment hinter seinem schützenden Felsen flach auf den Boden fallen ließ. Gleich darauf hörte er das typische flache Knallen einer Granatenexplosion, begleitet von einem kurzen Lichtblitz, in dessen Schein er die Körper zweier Soldaten sehen konnte, die zur Seite geschleudert wurden.

Der Klang der Explosion erreichte auch Mallorys Ohr. Er bewegte sich nicht und drehte nur ganz langsam den Kopf, bis er auf den Damm hinunterschaute, der jetzt fast sechs Meter unter ihm lag. Die gleichen zwei Wachen, die vorher so angestrengt gelauscht hatten, unterbrachen ihren Patrouillengang ein zweites Mal, starrten wieder in die Schlucht hinunter, sahen einander unbehaglich an, zuckten unsicher die Achseln und nahmen ihren Gang wieder auf. Mallory kletterte weiter.

Er kam jetzt schneller voran. Die vorher nur seltenen Möglichkeiten sich anzuklammern waren von gelegentlichen Spalten im Gestein abgelöst worden, in die er den

Kletterhaken einhaken konnte, der ihm eine Hebelwirkung bot, die auf andere Weise nicht zu erreichen gewesen wäre. Als er das nächste Mal innehielt und nach oben schaute, war er nicht mehr als zwei Meter unter der länglichen Felsspalte, die er gesucht hatte – und, wie er vorher zu Miller gesagt hatte, war es tatsächlich nicht mehr als eine Spalte. Mallory wollte gerade weitersteigen, als er sich anders besann und zum Himmel hinaufschaute.

Zuerst kaum 'hörbar gegen das Rauschen des Wassers der Neretva und das gelegentliche Handwaffenfeuer aus der Richtung der Zenica-Schlucht, aber mit jeder Sekunde anschwellend, war ein leises und entferntes Donnern zu hören, ein Geräusch, das für alle, die es während des Krieges gehört hatten, eindeutig war, ein Geräusch, das die Annäherung von einem Geschwader schwerer Bomber ankündigte. Mallory lauschte auf das schnell näher kommende Brummen von Dutzenden von Flugzeugmotoren und lächelte. In dieser Nacht lächelten viele Männer, als sie aus dem Westen die Geschwader von Lancaster-Bombern näher kommen hörten. Miller, der immer noch auf der Leiter hockte wie auf einer Hühnerstange und immer noch seine ganze Willenskraft aufbot, um nicht nach unten zu schauen, brachte es fertig zu lächeln, ebenso wie Groves am Fuße der Leiter und Reynolds bei der Brücke. Am rechten Ufer der Neretva lächelte Andrea in sich hinein, überlegte, dass der Lärm der schnell nahenden Flugzeugmotoren eine glänzende Tarnung für jedes ungewöhnliche Geräusch sein würde – und zog eine weitere Handgranate aus dem Gürtel. Vor einem Küchenzelt hoch oben in der beißenden Kälte des Ivenici-Plateaus lächelten Colonel Vis und Captain Vlanovic einander erfreut an und schüttelten sich feierlich die Hände. Hinter den südlichen Stützpunkten des Zenica-Käfigs senkten General Vukalovic und seine drei ranghöchsten Offiziere, Colonel Janzy, Colonel Lazlo und Major Stephan, einen Moment ihre Ferngläser, durch die sie so lange die Neretva-Brücke und die drohenden Wälder dahinter beobachtet hatten, und lächelten einander unendlich erleichtert an. Und General Zimmermann, der schon in seinem Kommandowagen im Süden der Neretva-Brücke im Wald saß, lächelte am breitesten von allen.

Mallory begann wieder zu klettern. Er bewegte sich jetzt sogar noch schneller, erreichte den länglichen Spalt, arbeitete sich darüber hinweg, drückte einen Kletterhaken in einen geeigneten Riss im Felsen, zog den Hammer aus dem Gürtel und bereitete sich auf das Warten vor. Sogar jetzt war er nicht viel mehr als zwölf Meter über dem Damm, und den Kletterhaken, den er jetzt verankern wollte, würde er nicht mit einem Hammerschlag, sondern mit einem Dutzend Hammerschlägen befestigen, und noch dazu mit kräftigen. Der Gedanke, dass – sogar über das näher kommende Donnern der Lancaster-Motoren – das metallische Hämmern unbemerkt bleiben würde, war absurd. Das Geräusch der schweren Flugzeugmotoren vertiefte sich in diesem Moment. Mallory schaute direkt unter sich. Miller starrte zu ihm herauf, tippte auf seine Armbanduhr, so gut ein Mann das kann, wenn er beide Arme um die gleiche Leitersprosse geschlungen hat, und machte drängende Gesten. Mallory seinerseits schüttelte den Kopf und machte eine Bewegung mit seiner freien Hand, die bedeutete, dass er sich rückwärts zurückziehen sollte, Miller schüttelte resigniert den Kopf. Die Lancaster-Bomber waren jetzt genau über ihnen. Die erste Maschine flog in einem Bogen um den Damm, ging etwas höher, als sie zu den Bergen auf der anderen Seite kam, und dann bebte die Erde. Kleine Wellen kräuselten die Oberfläche des schwarzen Wassers des Neretva-Stausees, bevor die erste Explosion ihre Ohren erreichte, als die erste Ladung von 1000-Pfund-Bomben in der Zenica-Schlucht detonierte. Von diesem Moment an kamen die Explosionen der Bomben, die auf die Zenica-Schlucht herunterregneten, fast ununterbrochen. Die kurzen Pausen zwischen den einzelnen Detonationen wurden von den Echos überbrückt, die durch die Berge und Täler Zentralbosniens dröhnten.

Mallory brauchte sich jetzt keine Sorgen mehr über irgendwelche Geräusche zu machen. Er zweifelte sogar daran, dass er sich selbst hätte sprechen hören können, denn die meisten Bomben landeten auf einem sehr begrenzten Gebiet weniger als eine Meile von der Stelle entfernt, an der er an der Steilwand hing. Die Explosionen wurden von einem weißen blendenden Licht begleitet, das über den Bergen im Westen deutlich zu sehen war. Er schlug den Kletterhaken ein, wickelte ein Seil darum und ließ das Seil zu Miller hinunter, der es augenblicklich packte und zu klettern begann. Er sah einem dieser frühen christlichen Märtyrer verteufelt ähnlich, dachte Mallory. Miller war kein Bergsteiger, aber dennoch wusste er, wie man an einem Seil hochklettert. In bemerkenswert kurzer Zeit war er oben neben Mallory. Die Füße stemmte er fest in die längliche Felsspalte, mit beiden Händen klammerte er sich an dem Kletterhaken fest.

»Glaubst du, du kannst dich an diesen Haken hängen?«, fragte Mallory. Er musste beinahe schreien, um sich verständlich zu machen gegen den starken Donner der fallenden Bomben.

»Du brauchst bloß versuchen, mich wegzudrücken.«

»Das werde ich bleiben lassen«, grinste Mallory.

Er wickelte das Seil auf, das Miller für seinen Aufstieg benutzt hatte, schlang es sich über die Schulter und begann, schnell an dem länglichen Spalt entlangzubalancieren. »Ich nehme es mit über den Damm und befestige es an einem anderen Haken. Dann kannst du nachkommen. Okay?«

Miller blickte in die Tiefe und schauderte. »Wenn du glaubst, dass ich hier bleiben werde, bist du verrückt.«

Mallory grinste wieder und entfernte sich.

Südlich der Neretva-Brücke lauschte General Zimmermann, einen Adjutanten neben sich, immer noch auf die Geräusche des Luftangriffs auf die Zenica-Schlucht. Er warf einen Blick auf seine Uhr.

»Jetzt«, sagte er. »Erste Linie der Angriffstruppen in Position.«

Augenblicklich setzte sich schwer bewaffnete Infanterie in Bewegung, die tief gebückt ging, um unter der Höhe des

Geländers zu bleiben, und beeilte sich, über die Neretva-Brücke zu kommen. Auf der anderen Seite angelangt, verteilten sie sich nach Osten und Westen entlang dem Nordufer des Flusses, vor den Partisanen durch den Kamm eines Hügels verborgen, der zum Flussufer hin abfiel. Jedenfalls glaubten sie, verborgen zu sein. In Wirklichkeit jedoch lag ein Späher der Partisanen, ausgestattet mit einem Nachtfernglas und einem Feldtelefon, flach auf dem Bauch in einem schmalen, an einer selbstmörderischen Stelle gelegenen Graben, weniger als hundert Meter von der Brücke selbst entfernt, und gab ununterbrochen Berichte an Vukalovic durch.

Zimmermann blickte zum Himmel und sagte zu seinem Adjutanten: »Halten Sie sie noch zurück. Der Mond kommt wieder durch.« Wieder schaute er auf seine Uhr. »Lassen Sie die Motoren der Panzer in zwanzig Minuten anlaufen.«

»Sie haben also aufgehört, über die Brücke zu kommen?«, fragte Vukalovic.

»Ja, Sir.« Das war die Stimme seines vorgeschickten Kundschafters. »Ich glaube, sie machen nicht weiter, weil der Mond in ein oder zwei Minuten wieder durchbrechen wird.«

»Das glaube ich auch«, sagte Vukalovic. Grimmig fügte er hinzu: »Und ich schlage vor, dass Sie sich auf den Rückweg machen, bevor er wieder durchbricht, sonst werden Sie vielleicht keine Möglichkeit mehr haben, zurückzukommen.«

Auch Andrea betrachtete den Nachthimmel mit Interesse. Sein allmählicher Rückzug hatte ihn nun in eine besonders unbefriedigende Verteidigungsposition gebracht, und er war fast ohne alle Deckung. Eine ausgesprochen ungesunde Situation, überlegte er, als der Mond hinter den Wolken hervorkam. Er machte eine kurze nachdenkliche Pause, machte dann eine weitere Granate scharf und warf sie in die Richtung einer Ansammlung von undeutlich sichtbaren Felsbrocken, die etwa fünfzehn Meter entfernt lagen. Er wartete nicht, um die Wirkung zu sehen, sondern arbeitete sich schon mühsam flussaufwärts, bevor die Granate explodierte. Eine Wirkung hatte die Granate zweifellos: Sie stachelte Droshny und seine Männer zu dem wütenden Wunsch nach Vergeltung an. Mindestens ein halbes Dutzend Maschinenpistolen feuerten gleichzeitig auf die Stelle, die Andrea klugerweise kurz vorher verlassen hatte. Eine Kugel streifte den Ärmel seines Anoraks, sonst blieb er unbehelligt. Ohne Zwischenfälle erreichte er eine weitere Ansammlung von Felsbrocken und nahm dahinter eine neue Verteidigungsstellung ein. Sobald der Mond durchbrach, würden es Droshny und seine Männer sein, die sich der unangenehmen Aussicht gegenübersahen, eine Strecke ohne jede Deckung hinter sich zu bringen.

Reynolds, der – jetzt mit Maria neben sich – neben der Hängebrücke kauerte, hörte den flachen Knall der Granatenexplosion und schätzte, dass Andrea inzwischen nicht mehr als hundert Meter flussabwärts am anderen Ufer war. Und wie so viele Leute in genau diesem Moment, starrte auch Reynolds zu dem kleinen Stückchen Himmel hinauf, das er durch den schmalen Nord-Süd-Spalt zwischen den steilen Felswänden der Schlucht sehen konnte.

Reynolds hatte die Absicht gehabt, Andrea zu Hilfe zu kommen, sobald Groves Petar und Maria zu ihm zurückgeschickt hatte, aber drei Faktoren hatten ihn davon abgehalten, sofort zu handeln: Erstens war es Groves nicht gelungen, Petar zurückzuschicken, zweitens waren die ständigen Schüsse der Maschinenpistolen unten in der Schlucht, die immer näher kamen, Beweis genug dafür, dass Andrea sich geschickt zurückzog und immer noch in guter Kampfverfassung war, und drittens wusste Reynolds, dass er, falls Droshny und seine Männer Andrea erwischen sollten, die Feinde auf unbegrenzte Zeit daran hindern konnte, die Brücke zu überschreiten, wenn er hinter dem Felsen, der direkt über der Brücke hing, Stellung bezog.

Aber der Anblick eines großen Stückes sternenklaren Himmels, das hinter den dunklen Wolken, die den Mond bedeckten, hervorkam, ließ Reynolds seine taktischen

Überlegungen und die Gründe für den Entschluss, zu bleiben, wo er war, augenblicklich vergessen. Es lag nicht in Reynolds' Natur, andere Menschen für austauschbar zu halten, und er hatte den starken Verdacht, dass Droshny, wenn er eine genügend lange Zeit zur Verfügung hatte, in der der Mond schien, diese Zeit dazu benutzen würde, den letzten Ansturm zu starten, um Andrea zu überwältigen. Er berührte Maria an der Schulter.

»Sogar die Stavros' dieser Welt brauchen manchmal Hilfe. Bleiben Sie hier. Ich werde nicht lange weg sein.« Er drehte sich um und rannte über die schwankende Hängebrücke.

Verdammt, dachte Mallory verbittert, verdammt, verdammt, verdammt. Warum war der Himmel ausgerechnet in dieser Nacht nicht bedeckt? Warum konnte es nicht zum Beispiel regnen? Oder schneien? Warum hatten sie sich nicht eine mondlose Nacht für diesen Auftrag ausgesucht? Aber er wusste, dass alle diese Überlegungen sinnlos waren. Keiner hatte die Wahl, denn diese Nacht war die einzige, die sie zur Verfügung hatten. Oh, immer noch dieser verdammte Mond!

Mallory blickte nach Norden, wo der Nordwind Wolkenbänke über den Mond trieb und hinter ihnen ein großes Stück klaren Sternenhimmels freilegte. Bald würden der ganze Damm und die Schlucht für eine beträchtliche Zeit in Licht getaucht sein. Mallory dachte mit einem schiefen Lächeln, dass er sich für diesen Moment wahrhaftig eine bessere Position gewünscht hätte.

Zu diesem Zeitpunkt hatte er fast die Hälfte der länglichen Spalte hinter sich gebracht. Er warf einen Blick nach links und schätzte, dass er immer noch neun bis zwölf Meter zurücklegen musste, bis er die Dammmauer hinter sich gelassen hatte und über dem Stausee war. Er schaute nach rechts und sah, keineswegs überrascht, dass Miller immer noch an der Stelle war, wo er ihn verlassen hatte: Er klammerte sich mit beiden Händen an den Haken, als wäre er sein bester Freund auf Erden, was er in diesen Augenblicken wahrscheinlich auch war. Er blickte nach unten: Er befand sich jetzt direkt über dem Damm, etwa fünfzehn Meter darüber, zwölf Meter über dem Dach der Wachhütte. Wieder schaute er zum Himmel hinauf: Noch eine Minute, und der Mond würde frei sein. Was war es gewesen, was er an diesem Nachmittag zu Reynolds gesagt hatte? »Denn es ist vielleicht die einzige Zeit, die wir haben.« Ja, das war's. Er fing an, sich zu wünschen, er hätte es nicht gesagt. Er war Neuseeländer. Aber nur ein Neuseeländer in der zweiten Generation: Alle seine Vorfahren waren Schotten, und jeder wusste, wie die Schotten in solchen heidnischen Praktiken wie dem Zweiten Gesicht und Zukunftsvisionen schwelgten. Mallory beschäftigte sich kurz mit dem Verhältnis von Realität und ›Zweitem Gesicht‹ und setzte dann seinen Weg fort.

Am Fuß der Eisenleiter erkannte Groves, für den Mallory jetzt nicht mehr als ein halb sichtbarer, halb erahnter dunkler Schatten gegen die schwarze Felswand war, dass Mallory bald ganz aus seinem Gesichtsfeld verschwinden würde, und wenn das passierte, würde er nicht in der Lage sein, Mallory Deckung zu geben. Er berührte Petars Schulter und bedeutete ihm durch den Druck seiner Hand, dass er sich am Fuß der Leiter hinsetzen sollte. Petar starrte ihn aus blicklosen Augen verständnislos an, dann schien er plötzlich zu begreifen, was von ihm erwartet wurde, denn er nickte gehorsam und setzte sich hin. Groves schob die Luger mit dem aufgesteckten Schalldämpfer in seinen Anorak und begann zu klettern.

Eine Meile westlich bombardierten die Lancaster immer noch die Zenica-Schlucht. Eine Bombe nach der anderen erreichte mit überraschender Genauigkeit das winzige Zielgebiet. Bäume wurden entwurzelt, Erde und Steine flogen durch die Luft, überall entstanden Dutzende von kleinen Feuern, die bereits fast alle der deutschen Sperrholzpanzer in Brand gesetzt hatten. Sieben Meilen südlich lauschte Zimmermann immer noch interessiert auf das fortgesetzte Bombardement im Norden.

Er wandte sich an seinen Adjutanten neben sich.

»Sie werden zugeben müssen, dass wir der Royal Air Force gute Noten für Fleiß geben müssen, wenn schon für nichts anderes. Ich hoffe, unsere Truppen sind weit genug von dem Gebiet entfernt?«

»Es gibt keinen deutschen Soldat im Umkreis von zwei Meilen von der Zenica-Schlucht, Herr General.«

»Ausgezeichnet, ausgezeichnet.« Zimmermann schien seine früheren Weissagungen vergessen zu haben. »Nun, fünfzehn Minuten. Der Mond wird bald durchkommen, also halten wir unsere Infanterie zurück. Der nächste Trupp kann mit den Panzern hinübergehen.«

Reynolds, der sich auf seinem Weg entlang des rechten Ufers der Neretva nach der Lautstärke der Schüsse richtete, blieb plötzlich, als er schon in der Nähe des Schusswechsels war, wie angewurzelt stehen. Die meisten Männer reagieren auf die gleiche Weise, wenn sich der Lauf eines Gewehrs gegen ihren Hals drückt. Sehr vorsichtig, um nicht den anderen zum Schießen zu veranlassen, wandte Reynolds die Augen und seinen Kopf leicht nach rechts und erkannte erleichtert, dass dies einer der Momente war, in denen er keine Angst vor einer Kurzschlusshandlung zu haben brauchte.

»Sie haben Ihre Befehle«, sagte Andrea. »Was machen Sie hier?«

»Ich … ich dachte, Sie könnten vielleicht Hilfe gebrauchen. Ich kann mich natürlich auch getäuscht haben.«

»Kommen Sie. Es ist Zeit, dass wir zurückgehen und die Brücke überqueren.«

Für alle Fälle schleuderte Andrea schnell hintereinander noch ein paar Granaten flussabwärts und lief dann flussaufwärts, dicht gefolgt von Reynolds.

Der Mond brach durch. Zum zweiten Mal in dieser Nacht erstarrte Mallory zu völliger Regungslosigkeit. Seine Zehen hatte er in den länglichen Spalt gekrallt, mit den Händen klammerte er sich an den Kletterhaken, den er dreißig

Sekunden vorher in den Felsen getrieben und um den er das Seil geschlungen hatte. Weniger als drei Meter von ihm entfernt verharrte Miller unbeweglich, der mit Hilfe des Seils bereits den ersten Teil des Weges sicher hinter sich gebracht hatte. Beide Männer starrten auf den Damm hinunter.

Sechs Wachen waren zu sehen, zwei am hinteren oder westlichen Ende, zwei in der Mitte und die übrigen zwei fast genau unter Mallory und Miller. Wie viele sich vielleicht noch in der Wohnhütte aufhielten, das festzustellen, fehlte Mallory und Miller jegliche Möglichkeit. Alles, was sie sicher wussten, war, dass sie sich hier oben auf dem Präsentierteller befanden und dass ihre Lage verzweifelt war.

Auch Groves, der bis zu diesem Augenblick drei Viertel der Eisenleiter hinter sich gebracht hatte, erstarrte mitten in der Bewegung. Von seinem Standort aus konnte er Mallory, Miller und die beiden Wachen deutlich sehen. Mit plötzlicher Überzeugung wusste er, dass es diesmal keine Fluchtmöglichkeit geben würde, dass sie unmöglich wieder so viel Glück haben konnten. Mallory, Miller, Petar oder er selbst – wer würde zuerst entdeckt werden? Alles in allem war es wohl wahrscheinlich, dass er der Erste sein würde. Langsam schlang er seinen linken Arm um die Leiter, griff mit der rechten Hand in seinen Anorak, zog seine Luger hervor und legte sie auf seinen linken Unterarm.

Die beiden Wachen am östlichen Ende des Dammes waren erfüllt von Ruhelosigkeit, Besorgnis und Furcht. Wie vorher lehnten sie sich weit über das Geländer und starrten das Tal entlang. »Sie müssen mich sehen«, dachte Groves, »sie müssen mich sehen, mein Gott, ich bin fast direkt in ihrer Blickrichtung. Eine Entdeckung ist unvermeidlich.«

Das war sie auch, aber nicht für Groves. Irgendein seltsamer Instinkt ließ eine der Wachen nach links oben schauen, und seine Kinnlade fiel herunter, als er völlig überraschend zwei Männer in Gummianzügen sah, die wie Napfschnecken an der glatten Felswand hingen. Er brauchte einige Sekunden, bis er sich so weit erholt hatte, dass er blind nach hinten tastete und seinen Kameraden am Arm packte. Der Kamerad folgte der Blickrichtung der anderen Wache, und dann fiel auch sein Unterkiefer herunter, was ihm ein komisches Aussehen gab. Dann, im gleichen Augenblick, befreiten sich die beiden Männer aus ihrem Trancezustand, rissen ihre Waffen – eine Schmeisser und eine Pistole – hoch und richteten sie auf die beiden Männer, die hilflos an der Felswand klebten.

Groves legte seine Luger gegen seinen linken Arm und die Seite der Leiter, zielte ohne Hast entlang dem Lauf und zog den Abzug durch. Die Wache mit der Schmeisser ließ die Waffe fallen, schwankte einen Moment und drohte von der Staumauer zu stürzen. Fast drei Sekunden vergingen, bevor die andere Wache, im Moment erschreckt und fassungslos, die Hand ausstreckte, um den Kameraden zu packen, aber es war zu spät, er konnte ihn nicht einmal mehr berühren. Der Tote, dessen Bewegungen sich in Zeitlupe zu vollziehen schienen, taumelte über das Geländer und stürzte kopfüber in die Schlucht hinunter.

Die Wache mit der Pistole lehnte sich weit über das Geländer und starrte entsetzt hinter seinem Kameraden her. Er begriff zunächst nicht im Mindesten, was geschehen war, denn er hatte keinen Schuss gehört. Aber die Erkenntnis kam innerhalb einer Sekunde, als ein Stück Beton einige Zentimeter seines linken Ellenbogens wegriss und eine Kugel als Querschläger in den Nachthimmel davonheulte. Die Augen der Wache weiteten sich erschreckt, aber diesmal hatte der Schreck keinen hemmenden Einfluss auf die Schnelligkeit seiner Reaktion. Eher in blinder Hoffnung als in Erwartung auf Erfolg feuerte er zwei Schüsse ins Blaue ab und fletschte befriedigt die Zähne, als er Groves aufschreien hörte und sah, dass Groves mit seiner rechten Hand, deren Zeigefinger noch immer am Abzugshebel der Luger lag, die zerschmetterte Schulter umklammerte.

Groves war wie betäubt, sein Gesicht schmerzverzerrt, und über seinen Augen lag der Schleier unerträglichen Schmerzes, aber diejenigen, die dafür verantwortlich waren, dass Groves ein Commando-Sergeant wurde, hatten ihn nicht auf gut Glück ausgesucht, und Groves war noch nicht völlig erledigt. Er senkte seine Luger. Irgendetwas stimmte nicht mit seiner Sehschärfe, dachte er, und er hatte den Eindruck, dass die Wache am Geländer sich weit vorbeugte und die Pistole mit beiden Händen hielt, um ganz sicher zu sein, dass der Todesschuss im Ziel sitzen würde, aber er war sich dessen nicht sicher. Zweimal zog Groves den Abzug seiner Luger durch, und dann schloss er die Augen, denn der Schmerz war verschwunden, und er fühlte sich plötzlich sehr müde.

Der Wachtposten am Geländer taumelte, versuchte verzweifelt, sich am Geländer festzuhalten, aber um sich in Sicherheit zu bringen, hätte er sein Gleichgewicht zurückgewinnen müssen, aber dazu war er nicht mehr fähig. Seine Beine gaben nach, und er rutschte kraftlos über das Geländer, was bei einem Mann, dessen Lunge von zwei Kugeln durchschlagen worden war, nicht weiter erstaunlich war. Für einen Moment klammerten sich seine verkrampften Hände noch verzweifelt fest – dann öffneten sich seine Finger.

Groves schien bewusstlos zu sein. Sein Kopf hing auf seine Brust herunter, der linke Ärmel und die linke Seite seiner Uniform waren durchtränkt von dem Blut aus seiner schrecklichen Schulterwunde. Wäre nicht sein rechter Arm zwischen eine Leitersprosse und den Felsen eingeklemmt gewesen, wäre er mit Sicherheit abgestürzt. Langsam öffneten sich die Finger seiner rechten Hand, und die Luger entglitt ihm.

Petar, der am Fuße der Leiter saß, schrak auf, als die Luger weniger als dreißig Zentimeter von ihm entfernt aufschlug. Instinktiv sah er nach oben, dann stand er auf, vergewisserte sich, dass die unvermeidliche Gitarre fest auf seinen Rücken geschnallt war, tastete nach der Leiter und begann zu klettern.

Mallory starrte hinunter und beobachtete den blinden Sänger, der zu dem verwundeten und bewusstlosen Groves hinaufkletterte. Nach ein paar Sekunden blickte Mallory, wie auf ein telepathisches Signal, zu Miller hinüber, der seinen Blick erwiderte. Millers Gesicht war angestrengt, fast hager. Für einen Moment ließ er mit einer Hand das Seil los und machte eine verzweifelte Handbewegung in Richtung auf den verwundeten Sergeant, Mallory schüttelte den Kopf.

Miller sagte heiser: »Entbehrlich, was?«

»Entbehrlich.«

Wieder schauten beide Männer nach unten. Petar war nun bis auf drei Meter an Groves herangekommen, und Groves hatte, was Mallory und Miller nicht sehen konnten, seine Augen geschlossen, und sein linker Arm begann aus der Spalte zwischen der Leitersprosse und dem Felsen zu rutschen. Allmählich rutschte der Arm schneller, bis der Ellenbogen frei war und dann der ganze Arm, und langsam, ganz langsam begann er sich nach außen zu drehen. Aber Petar war schneller. Er stand eine Sprosse unter Groves und streckte seinen Arm aus, um ihn zu umfassen und ihn gegen die Leiter zu drücken. Petar hatte ihn gerade noch erreicht und hielt ihn fest. Aber das war alles, was er im Moment tun konnte.

Der Mond verschwand hinter einer Wolke.

Miller brachte die letzten drei Meter hinter sich, die ihn noch von Mallory trennten. Er sah Mallory an und sagte: »Sie werden alle beide draufgehen, weißt du das?«

»Ich weiß es.« Mallory hörte sich noch müder an, als er aussah. »Komm. Noch neun Meter, und wir sind am richtigen Platz.« Mallory ließ Miller, wo er war, und setzte seinen Weg entlang dem länglichen Felsspalt fort. Er bewegte sich jetzt sehr schnell und nahm Risiken auf sich, die selbst ein geübter Bergsteiger normalerweise nicht in Betracht gezogen hätte, aber er hatte keine Wahl, denn die Zeit wurde knapp. Innerhalb einer Minute hatte er eine Stelle erreicht, von der aus er feststellte, dass er weit genug gegangen war. Er schlug einen Kletterhaken in den Felsen und band das Seil darum, dann gab er Miller ein Zeichen, nachzukommen. Miller machte sich daran, den letzten Teil der Strecke zurückzulegen, und als er auf dem Weg war, nahm

Mallory ein zweites Seil von der Schulter, ein achtzehn Meter langes Bergsteigerseil, in das im Abstand von dreißig Zentimetern Knoten geknüpft waren. Ein Ende dieses Seils befestigte er an dem gleichen Haken, der auch das andere hielt, mit dessen Hilfe Miller zu ihm herüberkam. Das andere Ende ließ er an der Klippe herunterhängen. Miller kam wohlbehalten an. Mallory berührte ihn an der Schulter und deutete nach unten. Das dunkle Wasser des Neretva-Stausees lag direkt unter ihnen.

12. KAPITEL

Samstag

01.35–02.00

Andrea und Reynolds lagen zusammengekauert zwischen den Felsbrocken am Westende der altersschwachen Hängebrücke, die hier über die Schlucht führte. Andrea starrte die Brücke entlang, sein Blick schweifte über die steile Rinne dahinter und blieb schließlich an dem riesigen Felsen hängen, der gefährlich auf der Kante saß, an der der steile Abhang mit der senkrechten Klippe dahinter zusammentraf. Andrea rieb sich sein stoppliges Kinn, nickte nachdenklich und wandte sich an Reynolds.

»Sie gehen zuerst hinüber. Ich gebe Ihnen Deckung. Sie tun dasselbe für mich, wenn Sie auf der anderen Seite angekommen sind. Bleiben Sie nicht stehen. Schauen Sie sich nicht um. Los.«

Reynolds rannte gebückt auf die Brücke zu. Seine Schritte kamen ihm ungewöhnlich laut vor, als er die faulenden Planken der Brücke erreichte. Seine Handflächen glitten leicht über die Halteseile, die an beiden Seiten gespannt waren, er lief weiter, ohne sich umzusehen oder seine Geschwindigkeit zu verringern, wobei er Andreas Anweisung befolgte, nicht einmal einen kurzen Blick nach hinten zu riskieren. Er spürte ein seltsames Kribbeln zwischen seinen Schulterblättern. Zu seiner Überraschung erreichte er das andere Ende der Brücke, ohne dass ein Schuss abgefeuert worden war, und beeilte sich in den Schutz eines großen Felsblocks zu kommen, der ein Stück entfernt lag. Einen Moment lang war er erschrocken, als er Maria entdeckte, die sich hinter dem Felsen versteckt hatte, dann riss er seine Schmeisser von der Schulter.

Am anderen Ufer war nichts von Andrea zu sehen. Einen Augenblick fühlte Reynolds einen Anflug von Zorn, als er auf die Idee kam, Andrea habe diesen Trick benutzt, um ihn loszuwerden, dann lächelte er in sich hinein, als er ein Stück flussabwärts am anderen Ufer das flache Knallen von zwei Explosionen hörte. Reynolds erinnerte sich, dass Andrea noch zwei Granaten übrig gehabt hatte, und Andrea war nicht der Mann, der solche Dinge unbenutzt rosten ließ. Außerdem, dachte Reynolds, würde diese Maßnahme Andrea wertvolle zusätzliche Sekunden garantieren, um gut wegzukommen. Und so war es, denn in diesem Augenblick erschien Andrea am anderen Ufer und brachte die Brücke wie Reynolds ohne Zwischenfall hinter sich. Reynolds rief leise, und Andrea gesellte sich zu ihnen.

Reynolds fragte leise: »Was nun?«

»Das Wichtigste zuerst.« Aus einer wasserdichten Schachtel brachte Andrea eine Zigarre zum Vorschein, strich das Streichholz im Schutz seiner riesigen Hände an und machte unendlich befriedigt ein paar tiefe Züge. Als er die Zigarre aus dem Mund nahm, beobachtete Reynolds, dass er sie mit dem brennenden Ende nach unten in seiner gewölbten Hand hielt. »Was nun? Ich werde Ihnen sagen, was nun. Sie werden über die Brücke kommen, um uns Gesellschaft zu leisten. Und sie werden bald kommen, sehr bald. Sie haben die verrücktesten Sachen gemacht und kein Risiko gescheut, um mich zu kriegen, und sie haben dafür bezahlt – was beweist, dass sie ziemlich verzweifelt sind. Verrückte versäumen keine Zeit. Sie und Maria verziehen sich fünfzehn oder achtzehn Meter näher zum Damm hinüber und verbergen sich dort – und richten Sie Ihre Gewehre auf das andere Ende der Brücke.«

»Sie bleiben hier?«, fragte Reynolds.

Andrea stieß eine stinkende Wolke aus. »Für einen Augenblick, ja.«

»Dann bleibe ich auch.«

»Wenn Sie unbedingt umgebracht werden wollen, soll es mir recht sein«, sagte Andrea milde. »Aber diese wunderschöne junge Dame wird bestimmt nicht mehr so wunderschön sein, wenn ihr der Kopf abgerissen wird.«

Reynolds war betroffen über diese ungeschminkten Worte. Wütend sagte er: »Was, zum Teufel, meinen Sie damit?«

»Das.« Andreas Stimme war jetzt keineswegs mehr milde. »Dieser Felsen gibt Ihnen ausgezeichneten Schutz, von der Brücke aus gesehen. Aber Droshny und seine Männer können noch zehn oder zwölf Meter auf ihrer Seite hinaufgehen. Was für eine Deckung haben Sie dann?«

»Darauf wäre ich nie gekommen«, sagte Reynolds.

»Es wird ein Tag kommen, an dem Sie das einmal zu oft sagen«, sagte Andrea ironisch, »und dann wird es zu spät sein, noch jemals an irgendetwas zu denken.«

Eine Minute später waren sie auf ihren Plätzen, Reynolds war hinter einem riesigen Felsblock versteckt, der ihm ausgezeichnete Deckung vor dem Einblick vom anderen Ende der Brücke bot, und ebenso vom anderen Ufer bis hinauf zu der Stelle, an der es auslief. Nur auf der Seite, auf der der Damm lag, gewährte ihm der Felsen keinen Schutz. Reynolds schaute nach links, wo sich Maria noch weiter hinter Felsen verkroch. Sie lächelte ihn an, und Reynolds wusste, dass er nie ein tapfereres Mädchen gesehen hatte, denn die Hände, die die Schmeisser hielten, zitterten. Er beugte sich ein wenig vor und spähte flussabwärts, aber am westlichen Rand der Brücke schien sich nichts zu rühren. Die einzige Bewegung, die überhaupt zu sehen war, kam von Andrea, der oben in der Rinne in der Nähe der Brücke, völlig abgeschirmt gegen jeden Einblick, eifrig dabei war, den Untergrund von Geröll und Erde um den Fuß des Felsbrockens zu lockern.

Der Anschein trog, wie es meistens der Fall ist. Reynolds war zu dem Schluss gekommen, dass sich am anderen Ende der Brücke niemand aufhielt, aber dort hielt sich sogar eine ganze Menge Leute auf, wenn sie sich auch ruhig verhielten. Etwa sechs Meter von der Brücke entfernt lag Droshny, ein Sergeant der Cetniks und etwa ein Dutzend deutscher Soldaten im Schutz der Felsen.

Droshny hatte ein Fernglas an den Augen. Er suchte das Gebiet am anderen Ende der Hängebrücke ab, richtete sein Fernglas nach links oben hinter den Felsbrocken, hinter dem Reynolds und Maria lagen, bis er den Damm vor der Linse hatte. Er hob das Glas, folgte dem undeutlich sichtbaren Zickzack der Eisenleiter, prüfte sie, stellte die Schärfe so fein wie möglich ein und starrte dann wieder durch das Glas. Es gab keinen Zweifel: Da klammerten sich kurz unterhalb des Geländers zwei Männer an die Leiter.

»Großer Gott!« Droshny senkte sein Fernglas. Auf seinen hageren scharfen Zügen lag Entsetzen. Er wandte sich an den Cetnik-Feldwebel, der neben ihm lag: »Wissen Sie, was die vorhaben?«

»Der Damm!« Der Gedanke war dem Feldwebel bis zu diesem Augenblick nicht gekommen, aber Droshnys fassungsloses Gesicht ließ ihn sofort begreifen. »Sie werden den Damm in die Luft sprengen!« Keinem der beiden Männer kam es in den Sinn, sich zu fragen, wie Mallory den Damm in die Luft sprengen wollte: Ebenso wie andere Männer vor ihnen, begannen Droshny und der Feldwebel zu begreifen, dass Mallory und seine Handlungsweisen von einer Zielstrebigkeit waren, die aus entfernten Möglichkeiten Wahrscheinlichkeiten machten.

»General Zimmermann!« Droshnys ohnehin schon raue Stimme klang jetzt ausgesprochen heiser. »Er muss gewarnt werden! Wenn der Damm hochgeht, wenn seine Panzer und Truppen die Brücke …«

»Ihn warnen? Ihn warnen? Wie, um Gottes willen, sollen wir ihn warnen?«

»Auf dem Damm gibt es ein Funkgerät.«

Der Feldwebel starrte ihn an. Er sagte: »Genausogut könnte es auf dem Mond sein. Es wird eine Nachhut dort sein, sie *müssen* eine Nachhut dort gelassen haben. Einige von uns werden getötet werden, wenn sie die Brücke überqueren, Captain.«

»Glauben Sie?« Droshny starrte düster zum Damm hinauf. »Und was glauben Sie, wird mit uns *allen* passieren, wenn *das* da klappt?«

Langsam, lautlos und nur für ein geübtes Auge zu sehen, schwammen Mallory und Miller durch das dunkle Wasser des Neretva-Stausees nordwärts, weg vom Damm. Plötzlich stieß Miller, der ein Stückchen vorausschwamm, einen leisen Ruf aus und verharrte auf der Stelle.

»Was ist los?«, fragte Mallory.

»Das ist los.« Mit einiger Anstrengung hob Miller etwas hoch, das ein schweres Drahtseil zu sein schien. »Niemand hat es für nötig gehalten, diese Kleinigkeit zu erwähnen.«

»Niemand«, stimmte Mallory zu. Er tastete unter der Wasseroberfläche herum. »Und darunter ist ein Stahlnetz.«

»Ein Auffangnetz für Torpedos?«

»Genau.«

»Warum?« Miller deutete nach Norden, wo der Damm in einer Entfernung von weniger als zweihundert Metern in einer scharfen Rechtsbiegung zwischen den steilen Klippen verlief. »Es ist unmöglich, für jeden Torpedo-Bomber – für jeden Bomber – ein Torpedo auf den Damm loszulassen.«

»Jemand hätte das den Deutschen sagen sollen. Sie riskieren nichts – und uns erschwert es die ganze Sache außerordentlich.« Er warf einen Blick auf seine Uhr. »Wir sollten uns lieber beeilen. Wir sind spät dran.«

Sie schoben sich über das Drahtseil und begannen wieder zu schwimmen, diesmal bedeutend schneller. Einige Minuten später, nachdem sie gerade die Ecke des Dammes umrundet und den Damm aus dem Blickfeld verloren hatten, berührte Mallory Millers Schulter. Beide Männer traten Wasser, drehten sich um und schauten in die Richtung zurück, aus der sie gekommen waren. Im Süden, nicht mehr als zwei Meilen entfernt, wurde der Nachthimmel plötzlich von vielfarbigen Lichtern erhellt, als Dutzende von Leuchtfallschirmen, rot, grün, weiß und orange, langsam auf die Neretva herunterschwebten.

»Sehr hübsch, wirklich«, gab Miller zu. »Und wem soll das helfen?«

»*Uns* soll es helfen. Aus zwei Gründen. Erstens wird jeder, der das betrachtet – und jeder *wird* es betrachten –, mindestens zehn Minuten brauchen, um seine Augen wieder auf die Dunkelheit einzustellen, was bedeutet, dass alle merkwürdigen Vorgänge in diesem Teil des Stausees nur mit geringer Wahrscheinlichkeit beobachtet werden: Und wenn alle damit beschäftigt sind, in jene Richtung zu sehen, können sie nicht gleichzeitig in diese Richtung sehen.«

»Sehr logisch«, lobte Miller. »Unser Freund, Captain Jensen, lässt nicht viel aus, was?«

»Es geht das Gerücht, dass er immer an alles denkt.« Mallory drehte sich wieder um und schaute nach Osten. Er hatte den Kopf gehoben, um besser hören zu können. Er sagte: »Du musst es ihnen überlassen. Der Tod kommt ins Ziel, und er kommt pünktlich. Ich höre ihn kommen.«

Die Lancaster kam, nicht mehr als hundertfünfzig Meter über dem Damm, von Osten herein. Ihre Motoren waren fast auf Sackflug gedrosselt. Sie war immer noch zweihundert Meter von der Stelle entfernt, an der Mallory und Miller wassertraten, als unter ihr plötzlich riesige silberne Fallschirme aufblühten. Fast im gleichen Moment beschleunigte die Maschine und stieg steil hoch und drehte, um einen Zusammenstoß mit den Bergen auf der anderen Seite des Dammes zu vermeiden.

Miller starrte auf die langsam sinkenden Fallschirme, drehte sich um und schaute zu den Leuchtfallschirmen im Süden hinüber. »Am Himmel«, verkündete er, »ist ganz schöner Betrieb heute Nacht.«

Er und Mallory schwammen auf die Fallschirme zu.

Petar war der völligen Erschöpfung nahe. Seit endlosen Minuten hielt er nun schon Groves' leblosen Körper fest und presste ihn gegen die Eisenleiter, und seine schmerzenden Arme begannen vor Anstrengung zu zittern. Er hatte die Zähne zusammengebissen, sein Gesicht, über das Schweißbäche rannen, war verzerrt. Lange konnte er nicht mehr durchhalten, dachte Petar.

Erst durch das Licht, das von den Leuchtfallschirmen herkam, sah Reynolds, der immer noch mit Maria hinter dem großen Felsblock kauerte, die üble Lage von Petar und Groves. Er drehte sich um und schaute Maria an. Ein Blick in ihr entsetztes Gesicht sagte ihm, dass sie es auch gesehen hatte.

Reynolds sagte heiser: »Bleiben Sie hier. Ich muss ihnen helfen.«

»Nein.« Sie packte seinen Arm und bot alle ihre Willenskraft auf, um sich unter Kontrolle zu behalten: In ihren Augen stand, wie in dem Augenblick, als Reynolds sie zum ersten Mal gesehen hatte, der Ausdruck eines gehetzten Tieres.

»Bitte, Sergeant, tun Sie es nicht. Sie müssen hier bleiben.«

Reynolds sagte verzweifelt: »Ihr Bruder …«

»Es gibt wichtigere Dinge …«

»Für Sie nicht.« Reynolds wollte aufstehen, aber sie hängte sich mit überraschender Kraft an seinen Arm, sodass er sich nicht freimachen konnte, ohne ihr wehzutun. Beinahe sanft sagte er: »Komm, Mädchen, lass mich los.«

»Nein! Wenn Droshny und seine Männer herüberkommen …« Sie brach ab, als der Leuchtfallschirm erlosch und die Schlucht in – wie es durch den Gegensatz schien – totaler Finsternis versank. Maria fuhr schlicht fort: »Jetzt *müssen* Sie hier bleiben, nicht wahr?«

»Jetzt muss ich dableiben.«

Reynolds löste sich aus dem Schutz des Felsens und hob sein Nachtfernglas an die Augen. Auf der Hängebrücke und, soweit er das beurteilen konnte, auch am anderen Ufer schien nach wie vor niemand zu sein. Er ging ein Stück die Rinne hinauf und konnte die Umrisse von Andrea erkennen, der mit seinen Unterhöhlungen fertig war und sich hinter dem großen Felsen ausruhte. Mit einem ebenso unbestimmten wie tiefen Gefühl der Beunruhigung stellte Reynolds sein Glas wieder auf die Brücke ein. Plötzlich erstarrte er. Er senkte das Fernglas, wischte die Linsen sorgfältig ab, rieb sich die Augen und hob wieder das Glas.

Seine Augen, die durch die Leuchtfallschirme zeitweise geblendet worden waren, hatten sich jetzt beinahe wieder an die Dunkelheit gewöhnt, und es gab keinen Zweifel, dass das, was er sah, nicht seiner Fantasie entsprang: Sieben oder acht Männer, Droshny vornweg, schoben sich, flach auf dem Bauch liegend, Zentimeter für Zentimeter über die Holzplanken der Hängebrücke.

Reynolds senkte sein Fernglas, richtete sich auf, machte eine Granate scharf und warf sie, so weit er konnte, in Richtung der Brücke. Sie explodierte im gleichen Moment, in dem sie aufschlug, mindestens vierzig Meter vor der Brücke. Dass sie nichts zur Folge hatte als einen flachen Knall und das harmlose Splittern von Schiefer, war nicht wichtig, denn sie hatte die Brücke gar nicht erreichen sollen. Sie sollte ein Signal für Andrea sein, und Andrea verlor keine Zeit.

Er stemmte sich mit beiden Fußsohlen gegen den Felsen, presste seinen Rücken gegen die Klippe und schob. Der Felsbrocken bewegte sich um einen Bruchteil eines Zentimeters. Andrea ruhte sich einen Moment aus und ließ den Felsblock zurückrollen und wiederholte dann den Vorgang. Diesmal war die Vorwärtsbewegung des Felsens bereits durchaus wahrnehmbar. Wieder hielt Andrea inne, dann schob er zum dritten Mal. Unten auf der Brücke waren Droshny und seine Männer, die sich über die Bedeutung der explodierten Granate nicht schlüssig waren, zu Unbeweglichkeit erstarrt. Nur ihre Augen bewegten sich, sie schweiften verzweifelt von einer Seite zur anderen, um den Ursprung der Gefahr festzustellen, die so deutlich in der Luft lag, dass sie fast greifbar war.

Der Felsblock schwankte jetzt erheblich. Mit jedem weiteren Stoß, den Andrea ihm versetzte, rollte er einen weiteren Zentimeter vor und einen weiteren Zentimeter zurück. Andrea war immer weiter und weiter heruntergerutscht und lag jetzt fast flach auf dem Rücken. Er schnappte nach Luft, und der Schweiß rann ihm in Strömen über das Gesicht. Der Felsblock rollte zurück, und es schien, als würde er auf ihn rollen und ihn zerquetschen. Andrea holte tief Luft und versteifte Rücken und Beine zu einem letzten gigantischen Schub. Einen Moment lang schwankte der Felsen hin und her, dann kippte er über und stürzte hinunter.

Droshny konnte ganz sicher nichts gehört und in der dichten Dunkelheit auch nichts gesehen haben. Es konnte nur ein instinktives Erahnen des bevorstehenden Todes gewesen sein, das ihn in der plötzlichen Überzeugung, dass von dort die Gefahr drohte, nach oben schauen ließ. Der riesige Felsblock, der nur langsam rollte, als Droshnys entsetzte Augen ihn sahen, begann in diesem Moment immer schnellere Sprünge zu machen und sauste schließlich den Abhang herunter genau auf sie zu, wobei er eine kleine Steinlawine hinter sich herzog. Droshny schrie eine Warnung. Er und seine Männer sprangen verzweifelt auf, eine instinktive Reaktion, die nicht mehr als eine nutzlose Geste angesichts des auf sie zukommenden Todes war, denn für die meisten von ihnen war es schon zu spät, und sie konnten nirgends hin flüchten.

Mit einem letzten großen Sprung krachte der herabsausende Felsblock direkt in die Mitte der Brücke, zerschlug die schwache Konstruktion und riss sie auseinander. Zwei Männer, die direkt in der Linie des Felsbrockens gestanden hatten, waren sofort tot. Fünf andere wurden in den reißenden Fluss geschleudert und von der Strömung davongerissen. Auch sie kamen nicht mit dem Leben davon. Die beiden Hälften der Brücke, die immer noch durch die Halteseile an beiden Ufern gesichert waren, hingen in das brodelnde Wasser hinunter. Die untersten Teile schlugen wild gegen das felsige Ufer.

Es musste mindestens ein Dutzend Fallschirme an den drei dunklen zylindrischen Gegenständen befestigt gewesen sein, die jetzt mehr als zur Hälfte unter der Wasseroberfläche in dem ebenfalls dunklen Wasser des Neretva-Stausees trieben. Mallory und Miller schnitten die Fallschirme mit ihren Messern ab und banden die drei Zylinder aneinander, wozu sie kurze Drahtschnüre benutzten, die genau für diesen Zweck vorgesehen waren. Mallory untersuchte den vordersten Zylinder und schob behutsam einen Hebel zurück, der auf der Oberseite angebracht war. Ein gedämpftes Brummen ertönte, als Druckluft das Wasser hinter dem vordersten Zylinder aufwühlte und ihn vorwärts trieb, wobei er die beiden anderen Zylinder hinter sich herzog.

Mallory legte den Hebel wieder um und nickte zu den beiden anderen Zylindern hin.

»Diese Hebel auf der rechten Seite kontrollieren die Flutklappen. Öffne den da, bis das Ding nicht sinkt. Ich mache das Gleiche mit diesem hier.« Miller drehte vorsichtig an einer Absperrvorrichtung und nickte zu dem ersten Zylinder hin.

»Wozu ist der?«

»Hast *du* vielleicht Lust, anderthalb Tonnen Amatol-Sprengstoff zum Damm rüberzuziehen? Irgendeine Antriebseinheit. Sieht für mich wie der abgesägte Abschnitt einer Einundzwanzig-Inch-Torpedo-Röhre aus. Druckluft, die mit einem Druck von vielleicht tausend Pfund auf ein Quadratinch durch das Untersetzungsgetriebe läuft. Sollte genau das Richtige für diese Aufgabe sein.«

»Solange Miller es nicht zu tun braucht.« Miller schloss die Absperrvorrichtung. »Ungefähr so?«

»Ungefähr so.« Alle drei Zylinder schwammen jetzt knapp unter der Wasseroberfläche. Wieder legte Mallory den Drucklufthebel am vordersten Zylinder zurück. Es gab ein dumpfes Gurgeln, ein plötzliches Flirren von kleinen Wasserbläschen am hinteren Ende, und dann waren alle drei Zylinder auf dem Weg und schwammen auf die scharfe Biegung zu, während beide Männer an dem vordersten Zylinder hingen und ihn lenkten.

Als die Hängebrücke unter dem Felsbrocken zusammengebrochen war, wurden sieben Männer getötet, aber zwei lebten noch.

Droshny und sein Sergeant wurden von dem reißenden Wasser übel herumgestoßen, aber sie klammerten sich verzweifelt an das abgerissene Ende der Brücke. Zuerst konnten sie nichts anderes tun als sich festhalten, aber allmählich und nach einem erschöpfenden Kampf gelang es ihnen, sich aus der Reichweite der Wasserwirbel hochzuarbeiten, und dann hingen sie dort, Arme und Beine um die zerfetzten Überreste der Brücke geschlungen, und schnappten mühsam nach Luft. Droshny gab einigen für ihn nicht sichtbaren Männern auf der anderen Seite der Stromschnellen ein Zeichen und deutete dann nach oben, von wo der Felsbrocken gekommen war.

Zwischen den Felsen am anderen Ufer zusammengekauert, sahen drei Cetniks – die glücklichen drei, die noch nicht auf der Brücke gewesen waren, als der Felsblock herunterdonnerte – das Zeichen und verstanden. Etwa 21 Meter über der Stelle, an der sich Droshny – auf dieser Seite völlig von dem hohen Ufer gedeckt – immer noch verzweifelt an das klammerte, was von der Brücke übrig war, hatte Andrea, nun völlig ungedeckt, mit dem gefährlichen Abstieg von seinem vorherigen Versteck begonnen. Am anderen Ufer zielte einer der drei Cetniks und drückte ab. Zum Glück für Andrea ist das Bergauffeuern im Halbdunkel selbst für den besten Schützen eine kitzlige Sache. Zentimeter von Andreas linker Schulter entfernt schlugen die Kugeln in den Felsen. Wie durch ein Wunder ließen ihn die heulenden Querschläger unverletzt. Andrea wusste, dass die Männer das nächste Mal besser zielen würden. Er warf sich zur Seite, verlor das Gleichgewicht und das bisschen Halt, das er gehabt hatte, und rutschte und taumelte hilflos die Geröllhalde hinunter. Auf seinem Weg den Abhang hinunter schlugen viele Kugeln dicht neben ihm ein, denn die Cetniks, die jetzt überzeugt davon waren, dass Andrea der Einzige war, gegen den sie noch kämpfen mussten, waren aufgestanden, direkt an den Fluss herangetreten und konzentrierten ihr Feuer auf Andrea. Zum Glück für Andrea dauerte diese Konzentration nur einige Sekunden. Reynolds und Maria kamen aus dem Schutz des Felsblocks hervor und rannten das Ufer entlang. Immer wieder blieben sie für Augenblicke stehen, um auf die Cetniks am anderen Ufer zu feuern, die sofort Andrea vergaßen, weil sie sich gezwungen sahen, einer neuen und unerwarteten Bedrohung zu begegnen. In diesem Moment prallte Andrea, der in der Mitte einer kleinen Steinlawine immer noch wild, aber hoffnungslos darum kämpfte, seinen Fall zu bremsen, hart auf dem Ufer auf, schlug mit dem Kopf gegen einen großen Stein und brach zusammen. Kopf und

Schultern hingen über dem reißenden Strom, der unter ihm vorbeiwirbelte.

Reynolds warf sich flach auf das Schiefergestein am Flussufer, zwang sich, die Kugeln zu ignorieren, die rechts und links von ihm einschlugen und über ihn hinwegpfiffen, und zielte langsam und sorgfältig. Er feuerte, bis das Magazin seiner Schmeisser leer war. Die drei Cetniks brachen tot zusammen. Reynolds stand auf. Erstaunt bemerkte er, dass seine Hände zitterten. Er blickte zu Andrea hinüber, der bewusstlos und gefährlich nahe am Uferrand lag, machte ein paar Schritte in seine Richtung, schaute prüfend umher und drehte sich um, als er ein leises Stöhnen hinter sich hörte. Reynolds rannte los.

Halb sitzend, halb liegend kauerte Maria am steinigen Ufer. Mit beiden Händen umklammerte sie ihr Bein direkt über dem rechten Knie. Blut sickerte zwischen ihren Fingern hindurch. Ihr Gesicht, das immer sehr blass war, hatte jetzt eine aschgraue Tönung und war schmerzverzerrt. Reynolds fluchte bitter, aber lautlos, holte sein Messer hervor und begann, den Stoff um die Wunde herum abzuschneiden. Sanft zog er den Stoff weg, der die Wunde bedeckte, und lächelte dem Mädchen ermutigend zu. Sie hatte ihre Unterlippe zwischen die Zähne gezogen und blickte ihn unverwandt aus tränenverschleierten Augen an.

Es war eine scheußliche Fleischwunde, aber Reynolds sah sofort, dass sie nicht gefährlich war. Er griff nach seinem Verbandskasten, lächelte ihr ermutigend zu und vergaß im gleichen Augenblick, was er eigentlich hatte tun wollen: Marias Augen waren vor Entsetzen geweitet, sie schaute zu Andrea hinüber.

Reynolds fuhr herum. Droshny hatte sich gerade über den Uferrand heraufgezogen, war aufgestanden und ging jetzt zielbewusst auf Andrea zu. Reynolds nahm an, dass Droshny den bewusstlosen Mann in die Schlucht stürzen wollte. Reynolds nahm seine Schmeisser und zog den Abzug durch. Die einzige Folge war ein Klicken – er hatte vergessen, dass er das Magazin leer geschossen hatte. Der Panik nahe, blickte er sich nach Marias Gewehr um, konnte es nirgends entdecken, konnte aber auch nicht länger warten. Droshny war nur noch ein paar Schritte von Andrea entfernt. Reynolds packte sein Messer und rannte das Ufer entlang. Droshny sah ihn kommen, und er sah auch, dass Reynolds nur mit einem Messer bewaffnet war. Er lächelte böse, nahm eines seiner tückischen, gebogenen Messer aus seinem Gürtel und wartete.

Die beiden Männer gingen langsam aufeinander zu und umkreisten einander vorsichtig. Reynolds hatte noch nie in seinem Leben in der Wut ein Messer gehandhabt, und deshalb machte er sich keine Illusionen über seine Chancen. Hatte Neufeld nicht gesagt, dass Droshny der beste Messerkämpfer im ganzen Balkan sei? Jedenfalls sah er zweifellos so aus, dachte Reynolds. Sein Mund war völlig ausgetrocknet.

Dreißig Meter entfernt kroch Maria, schwindlig und schwach vor Schmerzen, ihr verwundetes Bein hinter sich herziehend, zu der Stelle an der sie ihrer Ansicht nach ihr Gewehr hatte fallen lassen, als sie getroffen worden war. Nach einer Ewigkeit – wenigstens kam es ihr so vor – fand sie es halb verborgen zwischen den Felsen. Halb ohnmächtig vor Schmerzen zwang sie sich, sich aufzusetzen, und hob das Gewehr an die Schulter. Dann senkte sie es wieder.

Sie erkannte, dass es in der augenblicklichen Situation unmöglich für sie war, Droshny zu treffen, ohne fast ebenso sicher Reynolds zu treffen. Sie hätte sogar Reynolds töten und Droshny überhaupt nicht treffen können. Denn beide Männer standen ganz dicht voreinander, und die linke Hand des einen umklammerte die Rechte des anderen, die das Messer hielt.

Die Augen, in denen noch vor einem Moment Schmerz und Schrecken und Furcht gestanden hatten, drückten jetzt nur noch eins aus – Verzweiflung.

Wie Reynolds kannte auch Maria Droshnys Ruf – aber im Gegensatz zu Reynolds hatte Maria Droshny mit diesem Messer töten sehen und wusste nur zu gut, wie tödlich die Kombination dieses Mannes und dieses Messers war.

Ein Wolf und ein Lamm, dachte sie, ein Wolf und ein Lamm. Wenn er Reynolds umgebracht hat – ihre Gedanken wirbelten durcheinander –, werde ich ihn umbringen. Aber erst würde Reynolds sterben, das konnte sie nicht verhindern. Und dann verschwand die Verzweiflung aus ihren Augen und machte einer verzweifelten Hoffnung Platz, denn sie wusste mit instinktiver Sicherheit, dass man, wenn man Andrea an seiner Seite hatte, die Hoffnung nie aufgeben musste.

Nicht dass Andrea bis jetzt an irgendjemandes Seite war. Er hatte sich mühsam auf Hände und Knie hochgerappelt und starrte verständnislos auf das weiße wirbelnde Wasser hinunter und schüttelte seinen Löwenkopf hin und her, um die Schleier vor seinen Augen zu verscheuchen. Und dann erhob er sich, immer noch den Kopf schüttelnd, und als er aufrecht dastand, schüttelte er nicht mehr den Kopf. Trotz ihrer Schmerzen lächelte Maria.

Langsam und unerbittlich drehte der riesige Cetnik Reynolds' Hand, die das Messer hielt, von sich weg und brachte gleichzeitig die scharfe Spitze seines eigenen Messers näher an Reynolds' Kehle. Reynolds' schweißnasses Gesicht spiegelte seine Verzweiflung und sein Erkennen der bevorstehenden Niederlage und des drohenden Todes wider. Er schrie vor Schmerz auf, als Droshny sein Handgelenk so weit umdrehte, dass es fast brach, und ihn damit zwang, die Hand zu öffnen und das Messer fallen zu lassen. Im gleichen Moment versetzte Droshny ihm einen tückischen Stoß mit dem Knie und befreite seine linke Hand, um Reynolds einen heftigen Stoß zu versetzen, der ihn mit dem Rücken auf die Steine krachen ließ. Er wand sich vor Schmerzen und schnappte krampfhaft nach Luft.

Droshny lächelte befriedigt sein Wolfslächeln. Obwohl er genau wusste, dass größtmögliche Eile geboten war, nahm er sich die Zeit, die Hinrichtung mit der entsprechenden Muße und mit Genuss zu vollziehen, jeden Moment voll auszukosten.

Um das Messer werfen zu können, wechselte er fast widerwillig den Griff und hob es langsam hoch. Das Grinsen war jetzt breiter denn je, ein Grinsen, das von seinem Gesicht wie weggewischt war, als er spürte, dass ihm ein Messer aus seinem eigenen Gürtel gezogen wurde. Er wirbelte herum. Andreas Gesicht war ausdruckslos, wie aus Stein gemeißelt. Droshny lächelte wieder. »Die Götter haben es gut mit mir gemeint.« Seine Stimme war leise, fast ehrerbietig, wie ein liebkosendes Flüstern. »Davon habe ich geträumt. Es ist besser, wenn Sie auf diese Weise sterben. Mein Freund, Sie …«

Droshny, der hoffte, Andrea unvorbereitet zu erwischen, brach mitten im Satz ab und sprang wie eine Katze vorwärts. Wieder verschwand das Lächeln augenblicklich, als er in fast komischer Fassungslosigkeit auf sein Handgelenk herunterschaute, das Andreas linke Hand umklammert hielt.

Innerhalb weniger Sekunden war das Bild wieder das Gleiche wie beim Beginn des vorhergehenden Kampfes: Das Gelenk der Hand des Gegners umklammert. Beide Männer verharrten regungslos. Andreas Gesicht war ausdruckslos, Droshny hatte seine weiß schimmernden Zähne gefletscht, aber diesmal lächelte er nicht. Er knurrte bösartig, und in diesem Knurren lagen Hass und rasende Wut und Verblüffung – denn diesmal musste Droshny fassungslos feststellen, dass er seinen Gegner nicht im Geringsten beeindrucken konnte. Diesmal war *er* der Schwächere.

Maria, die für den Moment den Schmerz in ihrem Bein fast vergaß, und Reynolds, der sich langsam wieder erholte, starrten fasziniert auf Andreas linke Hand, als diese ganz langsam Millimeter für Millimeter Droshnys rechtes Handgelenk so weit herumdrehte, dass das Messerblatt allmählich von ihm wegzeigte und die Hand des Cetniks sich zuerst fast unmerklich öffnete. Droshny, dessen Gesicht dunkel wurde und dessen Adern auf der Stirn und am Nacken hervortraten, legte seine ganze Kraft in seine rechte Hand. Andrea, der sehr richtig spürte, dass sich Droshnys ganze Kraft und sein ganzer Wille darauf konzentrierten, sich aus dem zermalmenden Griff zu befreien, riss seine rechte Hand weg, holte mit dem Messer aus und stieß von unten nach oben mit ungeheurer Kraft zu. Das Messer drang bis zum Heft unter dem Brustbein ein. Ein oder zwei Sekunden lang stand der Riese regungslos. Seine Lippen waren weit zurückgezogen, die Zähne immer noch gefletscht, das ganze Gesicht erstarrt zu einer ausdruckslosen lächelnden Grimasse. Dann, als Andrea zurücktrat, stürzte Droshny, das Messer immer noch in der Brust, wie in Zeitlupe über den Rand der Schlucht. Der Cetnik-Sergeant, der sich immer noch an die zertrümmerten Überreste der Brücke klammerte, starrte fassungslos auf Droshny, als dieser kopfüber, den Messergriff gut sichtbar in der Brust, in die brodelnden Stromschnellen stürzte und fortgerissen wurde.

Reynolds erhob sich mühsam und schwankend und lächelte Andrea an. Er sagte: »Anscheinend habe ich Sie immer noch unterschätzt. Danke, Colonel Stavros.«

Andrea zuckte die Achseln. »Ich habe mich nur revanchiert, mein Junge. Vielleicht habe ich Ihnen Unrecht getan.« Er warf einen Blick auf seine Uhr. »Zwei Uhr! *Zwei Uhr!* Wo sind die anderen?«

»Mein Gott, das hatte ich fast vergessen. Maria ist verletzt. Groves und Petar sind auf der Leiter. Ich bin nicht sicher, aber ich glaube, Groves ist ziemlich übel dran.«

»Sie brauchen sicher Hilfe. Versuchen Sie, sie herzuholen. Ich kümmere mich um das Mädchen.«

Am Südende der Neretva-Brücke stand General Zimmermann in seinem Kommandowagen und beobachtete den Sekundenzeiger seiner Uhr, bis er auf der Zwölf angekommen war.

»Zwei Uhr«, sagte Zimmermann im Konversationston. Er ließ seine rechte Hand wie ein Beil herabsausen. Ein Pfiff schrillte, und augenblicklich röhrten Panzermotoren auf, und feste Schritte dröhnten, als die vorderste Linie von Zimmermanns erster bewaffneter Division die Brücke über die Neretva zu überqueren begann.

13. KAPITEL

Samstag

02.00–02.15

»Maurer und Schmidt! Maurer und Schmidt!« Der Dienst habende Hauptmann der Dammwache kam aus der Wachhütte gerannt, blickte sich fassungslos um und packte seinen Feldwebel am Arm. »Wo, um Himmels willen, sind Maurer und Schmidt? Hat keiner sie gesehen? Holen Sie den Suchscheinwerfer.«

Petar, der den bewusstlosen Groves immer noch gegen die Leiter gepresst hielt, hörte zwar, dass etwas gerufen wurde, aber verstand es nicht. Petar, der beide Arme um Groves gelegt hatte, hatte seine Unterarme in einem fast unmöglichen Winkel zwischen die Seitenstangen der Leiter und die Felswand dahinter geklemmt. In dieser Stellung konnte er, solange seine Handgelenke und Unterarme nicht brachen, Groves ziemlich lange halten. Aber Petars schweißbedecktes, gequältes Gesicht lieferte den deutlichen Beweis für die fast unerträgliche Tortur, die er durchmachte.

Auch Mallory und Miller hörten die eindringlich gerufenen Befehle, aber wie Petar, war es auch ihnen unmöglich, die Worte zu verstehen. Es würde etwas sein, dachte Mallory vage, das vielleicht nichts Gutes für sie bedeutete, aber dann verscheuchte er den Gedanken. Es gab andere und dringendere Dinge, denen er seine Aufmerksamkeit widmen musste. Sie hatten die Grenze des Torpedonetzes erreicht, und er hatte das Stützkabel in einer Hand und ein Messer in der anderen, als Miller einen unterdrückten Schrei ausstieß und ihn am Arm packte.

»Um Himmels willen, nicht!« Die Eindringlichkeit von Millers Stimme ließ Mallory erstaunt zu ihm hinüberschauen. »Mein Gott, wofür habe ich bloß meinen Kopf! Das ist kein Draht.«

»Das ist kein …«

»Es ist ein isoliertes Starkstromkabel. Siehst du das nicht?«

Mallory sah es sich genau an. »Du hast Recht.«

»Ich wette, da sind mindestens zweitausend Volt drin.« Millers Stimme klang immer noch erschüttert. »Die Spannung, die sie für den Elektrischen Stuhl haben. Wir wären bei lebendigem Leibe geröstet worden. Und es hätte eine Alarmglocke ausgelöst.«

»Drüber mit ihnen«, sagte Mallory.

Strampelnd und stoßend, schiebend und ziehend, denn es waren nur dreißig Zentimeter Wasser zwischen dem Kabel und der Wasseroberfläche, schafften sie es, den Druckluftzylinder hinüberzuheben, und es war ihnen gerade geglückt, die Nase des ersten der Amatol-Zylinder zum Kabel hochzuhieven, als weniger als hundert Meter entfernt oben auf dem Damm ein Suchscheinwerfer mit zwölf Zentimeter Durchmesser aufflammte. Einen Moment lang blieb der Strahl horizontal, dann wurde er mit einem Ruck gesenkt und begann, nahe am Damm entlang über das Wasser zu gleiten.

»Das ist genau das, was wir noch brauchen«, sagte Mallory verbittert. Er stieß die Spitze des Amatol-Blocks von dem Kabel zurück, aber die Drahtschnur, die ihn mit dem Druckluftzylinder verband, hielt ihn in einer Position, in der er zwanzig Zentimeter aus dem Wasser ragte. »Lass ihn. Tauche. Hänge dich ans Netz.«

Als der Feldwebel oben auf dem Damm seine Suche mit dem Scheinwerfer fortsetzte, ließen sich die beiden Männer nach unten sinken. Der Lichtstrahl glitt über die Spitze des ersten Amatol-Zylinders, aber ein schwarz angestrichener Zylinder ist in dunklem Wasser kaum zu erkennen, und der Hauptmann sah ihn nicht. Das Licht wanderte weiter über das Wasser am Damm entlang, dann ging es aus. Diese Gefahr war an ihnen vorübergegangen.

Mallory und Miller tauchten vorsichtig auf und sahen sich rasch um. Für den Augenblick schien keine neue Gefahr zu drohen. Mallory schaute auf das Leuchtzifferblatt seiner Uhr. Er sagte: »Schnell! Um Gottes willen, schnell! Wir sind fast drei Minuten zu spät dran.«

Sie beeilten sich. In ihrer Verzweiflung schafften sie es, die beiden Amatol-Zylinder in zwanzig Sekunden über das Kabel zu hieven. Sie öffneten die Druckluft-Absperrvorrichtung des vordersten Zylinders und hatten innerhalb der nächsten zwanzig Sekunden die massive Mauer des Dammes erreicht. In diesem Augenblick teilten sich die Wolken und gaben den Mond wieder frei, der das dunkle Wasser des Stausees in silbernes Licht tauchte. Mallory und Miller waren jetzt völlig ungeschützt, aber es gab nichts, was sie dagegen tun konnten, und das wussten sie. Ihre Zeit war abgelaufen, und es blieb ihnen nichts anderes übrig, als die Amatol-Zylinder so schnell wie möglich anzubringen und zu schärfen. Ob sie entdeckt wurden oder nicht, konnte immer noch von großer Bedeutung sein, aber es gab nichts, was sie unternehmen konnten, um ein Entdecktwerden zu verhindern.

Miller sagte leise: »Zwölf Meter voneinander entfernt und zwölf Meter unter der Wasseroberfläche, sagen die Experten. Wir werden zu spät kommen.«

»Nein, es ist noch nicht zu spät. Der Plan ist, die Panzer hinüber zu lassen und die Brücke zu zerstören, bevor die Lastwagen und der Hauptteil der Infanteriebataillone sie überqueren.«

Oben auf dem Damm kam der Feldwebel mit dem Suchscheinwerfer vom westlichen Ende der Mauer zurück und berichtete dem Hauptmann.

»Nichts, Herr Hauptmann. Niemand zu sehen.«

»Ausgezeichnet.« Der Hauptmann nickte zur Schlucht hinüber. »Versuchen Sie Ihr Glück auf der anderen Seite. Vielleicht finden Sie dort jemanden.«

Also machte sich der Feldwebel daran, die andere Seite zu untersuchen, und er entdeckte mehr, als er gesucht hatte: Zehn Sekunden, nachdem er seine Suche begonnen hatte, fiel das Licht des Scheinwerfers auf den bewusstlosen Groves und den erschöpften Petar und auf Sergeant Reynolds, der in gleichmäßigem Tempo die Leiter hinaufkletterte. Alle drei saßen hilflos in der Falle und konnten nichts mehr unternehmen, um sich zu verteidigen. Reynolds hatte nicht einmal mehr eine Waffe. Auf dem Damm blickte ein Wehrmachtsoldat, der seine Maschinenpistole anlegte, erstaunt auf, als der Hauptmann den Lauf seiner Waffe herunterschlug.

»Idiot!«, fuhr ihn der Hauptmann an. »Ich will sie lebend. Sie beide holen Seile und schaffen sie hier herauf, damit ich sie verhören kann. Wir müssen auf jeden Fall herausfinden, was sie vorhatten.«

Die Worte erreichten die beiden Männer im Wasser klar und deutlich, denn genau in diesem Augenblick hörte das Bombardement auf, und das Handwaffenfeuer verstummte. Der Kontrast war fast unerträglich, die plötzliche Stille unheilvoll.

»Hast du das gehört?«, flüsterte Miller.

»Ich habe es gehört.« Mallory sah, dass sich wieder Wolken, spärliche Wolken, aber trotzdem Wolken, dem Mond näherten. »Befestige diese Schwimmsaugnäpfe an der Mauer, ich übernehme den anderen.« Er drehte sich um und schwamm, den zweiten Amatol-Zylinder hinter sich herziehend, langsam davon.

Als der Lichtstrahl des Suchscheinwerfers oben auf dem Damm aufleuchtete und dann nach unten gerichtet wurde, war Andrea darauf vorbereitet gewesen, augenblicklich entdeckt zu werden, aber die Entdeckung von Groves, Reynolds und Petar hatten Maria und ihn gerettet. Die Deutschen schienen der Meinung zu sein, alle erwischt zu haben, die es zu erwischen gab, und konzentrierten sich, anstatt den Rest der Schlucht mit den Scheinwerfern abzuleuchten, darauf, die drei Männer, die sie auf der Leiter gestellt hatten, auf den Damm zu bringen. Ein Bewusstloser – das muss Groves sein, dachte Andrea – wurde mit einem Seil heraufgezogen. Die beiden anderen hatten den restlichen Aufstieg aus eigener Kraft hinter sich gebracht, wobei einer dem anderen half. All das hatte Andrea gesehen, während er Marias verletztes Bein bandagierte, aber er hatte ihr nichts davon gesagt.

Andrea machte den Verband fest und lächelte sie an. »Besser?«

»Besser.« Sie versuchte, dankbar zu lächeln, aber es gelang ihr nicht.«

»Sehr gut. Höchste Zeit, dass wir abhauen.« Andrea sah auf die Uhr. »Wenn wir noch länger hier bleiben, werden wir sehr, sehr nass werden, fürchte ich.«

Er stand auf, und es war diese plötzliche Bewegung, die ihm das Leben rettete. Das Messer, das seinen Rücken treffen sollte, fuhr glatt durch seinen linken Oberarm. Einen Augenblick lang starrte Andrea fassungslos auf die Spitze des schmalen Messers, die aus seinem Arm herausschaute, dann drehte er sich, die mörderischen Schmerzen völlig außer Acht lassend, langsam um und wand mit dieser Bewegung dem Mann das Messer aus der Hand.

Der Cetnik-Feldwebel, der einzige Mann außer Droshny, der die Zerstörung der Hängebrücke überlebt hatte, starrte Andrea hilflos an, wahrscheinlich, weil er nicht verstehen konnte, warum es ihm nicht gelungen war, Andrea zu töten, und weil er nicht begreifen konnte, dass ein Mann eine solche Verwundung ohne einen Laut ertrug und auch noch fähig war, ihm das Messer zu entwinden. Andrea hatte jetzt keine Waffe mehr, aber er brauchte keine. Mit fast grotesker Langsamkeit hob er den rechten Arm, aber im nächsten Augenblick traf ein furchtbarer Handkantenschlag den Nacken des Cetnik-Feldwebels. Der Mann war tot, bevor er den Boden berührte.

Reynolds und Petar saßen mit dem Rücken zu der Wachhütte am Ostende des Dammes. Neben ihnen lag der immer noch bewusstlose Groves. Sein Atem rasselte, und sein aschgraues Gesicht war wächsern geworden. Von oben schien eine helle Lampe auf sie herunter, die auf dem Dach der Wachhütte angebracht war, während ganz in ihrer Nähe ein Posten stand, der seinen Karabiner auf sie gerichtet hatte. Der wachhabende Hauptmann der Wehrmacht stand über ihnen. Ein fast ehrfürchtiger Ausdruck lag auf seinem Gesicht.

Ungläubig sagte er: »Sie hatten gehofft, einen Damm wie diesen mit ein paar Stangen Dynamit in die Luft jagen zu können? Sie müssen verrückt sein!«

»Niemand hat uns gesagt, dass der Damm so groß ist«, sagte Reynolds mürrisch.

»Niemand hat Ihnen gesagt … großer Gott, dieses Geschwätz von verrückten Hunden und Engländern! Und wo ist dieses Dynamit?«

»Die Holzbrücke brach auseinander.« Reynolds ließ entmutigt die Schultern sinken. »Wir verloren das ganze Dynamit – und alle unsere Kameraden.«

»Man sollte es nicht für möglich halten, man sollte es wirklich nicht für möglich halten.« Der Hauptmann schüttelte den Kopf, wandte sich um und wollte davongehen, als Reynolds ihn ansprach. Er blieb stehen und drehte sich um: »Was ist los?«

»Mein Freund«, Reynolds deutete auf Groves, »ist sehr schwer verletzt. Er braucht ärztliche Hilfe.«

»Später.« Der Hauptmann wandte sich an den Soldaten, der in der offenen Funkerhütte saß. »Was gibt es Neues aus dem Süden?«

»Sie haben gerade begonnen, die Neretva-Brücke zu überschreiten, Sir.«

Die Worte erreichten Mallory, der in diesem Moment ziemlich weit entfernt von Miller war. Er war damit fertig geworden, sein Schwimmgestell an der Mauer zu befestigen, und wollte sich gerade auf den Weg zu Miller machen, als er am Rande seines Blickfeldes einen Lichtstrahl aufflammen sah. Mallory verharrte bewegungslos und schaute nach rechts oben.

Ein Posten ging nahe am Geländer den Damm entlang und lehnte sich weit hinaus, um mit einer Stablampe nach unten zu leuchten. Mallory erkannte, dass eine Entdeckung unvermeidlich war. Einer oder beide Zylinder mussten gesehen werden. Ohne Hast und indem er sich gegen die Mauer lehnte, um sich aufrecht zu halten, öffnete Mallory seinen Gummianzug, griff unter seinen Anorak, holte sei-

ne Luger heraus, wickelte sie aus der wasserdichten Um-
hüllung und entsicherte die Waffe.

Der Lichtstrahl wanderte über das Wasser, nahe am
Damm entlang. Deutlich zu erkennen lag im Zentrum des
Lichtkegels ein kleines torpedoförmiges Objekt, das mit
Saugnäpfen an der Dammmauer befestigt war, und direkt
daneben ein Mann mit einem Gummianzug und einer Waffe in der Hand. Die Waffe – der Posten erkannte sofort, dass
ein Schalldämpfer aufgeschraubt war – deutete auf ihn.
Die Wache öffnete den Mund, um einen Warnruf auszusto-
ßen, aber der Ruf kam nicht. Aus einem kleinen Loch in
seiner Stirn sickerte Blut, und er lehnte sich müde nach
vorn. Die obere Hälfte seines Körpers hing über das Geländer, seine Arme hingen kraftlos herunter. Die Stablampe
entglitt seiner leblosen Hand.

Die Stablampe schlug klatschend auf dem Wasser auf. In
der tiefen Stille musste es von den Leuten auf dem Damm
gehört werden, dachte Mallory. Er wartete gespannt, die
Luger schussbereit, aber als nach zwanzig Sekunden immer
noch nichts geschehen war, entschied Mallory, dass er nicht
länger warten konnte. Er warf Miller einen Blick zu, der den
Laut deutlich gehört hatte, denn er starrte Mallory und die
Waffe in Mallorys Hand mit einem verwirrten Stirnrunzeln
an. Mallory deutete nach oben auf die Wache, die über das
Geländer hing. Millers Züge klärten sich auf, und er nickte
verstehend. Der Mond verschwand hinter einer Wolke.

Andrea, dessen linker Ärmel blutdurchtränkt war, trug die
humpelnde Maria beinahe über das Schiefergestein zwischen den Felsen hindurch. Sie konnte den rechten Fuß
kaum auf den Boden aufsetzen. Am Fuße der Leiter angekommen, starrten beide nach oben auf den abschreckenden
Aufstieg, auf die anscheinend unendlichen Zickzack-
Sprossen der Eisenleiter, die in die Nacht hinaufragte. Mit
einem verletzten Mädchen und seinem eigenen verwundeten Arm waren die Aussichten nicht gerade viel versprechend, dachte Andrea. Und nur Gott wusste, wann der
Damm hochgehen würde. Andrea schaute auf die Uhr.

Wenn alles genau nach Zeitplan verlief, dann musste er jetzt in die Luft fliegen. Andrea betete, dass Mallory, dessen große Leidenschaft Pünktlichkeit war, dieses eine Mal ein bisschen zu spät dran war. Das Mädchen sah ihn an und verstand.

»Lassen Sie mich hier«, sagte sie. »Bitte.«

»Kommt nicht infrage«, sagte Andrea bestimmt. »Maria würde mir das nie verzeihen.«

»Maria?«

»Nicht Sie.« Andrea hob sie auf seinen Rücken und legte ihre Arme um seinen Hals.

»Meine Frau. Ich glaube, ich stehe schrecklich unter dem Pantoffel. Es wird sich noch herausstellen.«

Um besser sehen zu können, wie die letzten Vorbereitungen für den Angriff klappten, hatte General Zimmermann seinen Kommandowagen auf die Neretva-Brücke hinausfahren lassen und parkte nun genau in der Mitte an der rechten Seite. Nur ein paar Meter von ihm entfernt klirrte und klapperte und brummte eine endlose Reihe von Panzern, Geschützen und Selbstfahrlafetten und Lastwagen, die mit Angriffstruppen beladen waren, vorbei. Sobald Panzer, Geschütze und Lastwagen das nördliche Ende der Brücke erreicht hatten, schwärmten sie nach Osten und Westen aus und gingen hinter der steilen Böschung in Deckung, bis die Zeit für den geplanten letzten Angriff gekommen war.

Von Zeit zu Zeit hob Zimmermann sein Fernglas an die Augen und suchte den Himmel im Westen ab. Ein dutzend Mal bildete er sich ein, das entfernte Donnern von näher kommenden Luft-Armadas zu hören, ein dutzend Mal täuschte er sich. Immer wieder sagte er sich, dass er ein Narr war, ein Opfer nutzloser und angstvoller Einbildungen, die zu einem General der deutschen Wehrmacht nicht passten. Aber trotzdem blieb dieses Gefühl tiefen Unbehagens, trotzdem suchte er immer wieder den Himmel im Westen ab. Es kam ihm nicht einmal in den Sinn, denn er hatte keinen Grund dafür, dass er in die falsche Richtung schaute.

Weniger als eine halbe Meile weiter nördlich senkte General Vukalovic sein Fernglas und wandte sich an Colonel Janzy.

»Das wär's.« Vukalovics Stimme klang müde und unaussprechlich traurig.

»Sie sind drüben – jedenfalls beinahe. Noch fünf Minuten. Dann starten wir den Gegenangriff.«

»Dann starten wir den Gegenangriff«, wiederholte Janzy tonlos. »Wir werden in fünf Minuten tausend Mann verlieren.«

»Wir haben das Unmögliche verlangt«, sagte Vukalovic. »Wir bezahlen für unsere Fehler.«

Mallory, eine lange Abzugsleine hinter sich herziehend, kam bei Miller an. »Fertig?«

»Fertig.« Auch Miller hatte eine Abzugsleine in der Hand. »Wir ziehen an diesen Leinen, um die hydrostatischen chemischen Zünder zu betätigen, und verschwinden?«

»Wir haben drei Minuten Zeit. Weißt du, was mit uns passiert, wenn wir nach diesen drei Minuten noch im Wasser sind?«

»Sprich nicht davon«, bat Miller. Plötzlich hob er den Kopf und warf Mallory einen Blick zu. Auch Mallory hatte die eiligen Schritte auf dem Damm gehört. Er nickte Miller zu. Beide Männer sanken unter die Wasseroberfläche. Der wachhabende Hauptmann, der einen leichten Hang zum Dickwerden und sehr lobenswerte Ideen darüber hatte, wie ein Offizier der Wehrmacht sich benehmen sollte, ließ sich gewöhnlich nicht dazu hinreißen, zu rennen. Er war sehr schnell und reichlich nervös den Damm entlang gegangen, als er eine seiner Wachen in einer Haltung über dem Geländer lehnen sah, die er nur als unsoldatisch und nachlässig bezeichnen konnte. Aber dann kam es ihm in den Sinn, dass ein Mann, der sich über ein Geländer lehnt, für gewöhnlich seine Hände und Arme benutzt, um sich aufzustützen, und er konnte weder die Hände noch die Arme der Wache sehen. Er erinnerte sich daran, dass Maurer und Schmidt spurlos verschwunden waren, und rannte los.

Der Posten schien ihn nicht kommen zu hören. Der Hauptmann packte ihn grob an der Schulter und trat dann entsetzt einen Schritt zurück, als der Tote vom Geländer rutschte und mit dem Gesicht nach oben vor seinen Füßen liegen blieb. Die Stelle, die einmal seine Stirn gewesen war, sah nicht besonders angenehm aus. Wie gelähmt stand der Hauptmann da und starrte sekundenlang auf den Toten hinunter, dann zog er mit großer Willensanstrengung seine Stablampe und seine Pistole hervor. Er ließ die Lampe aufflammen, entsicherte die Waffe und riskierte einen kurzen Blick über das Geländer.

Es war nichts zu sehen. Besser gesagt, es war *niemand* zu sehen, weit und breit kein Zeichen des Feindes, der die Wache innerhalb der letzten Minute getötet haben musste. Aber es gab *etwas* zu sehen, einen zusätzlichen Beweis, wenn er unbedingt noch einen Beweis dafür brauchte, dass der Feind da gewesen war: ein torpedoförmiges Objekt – nein, *zwei* torpedoförmige Objekte waren genau auf der Höhe des Wasserspiegels an der Dammauer befestigt. Zuerst starrte der Hauptmann nicht begreifend auf die beiden Zylinder, dann traf ihn die Erkenntnis wie ein Schlag. Er richtete sich auf und rannte auf das Ostende des Dammes zu, während er »Funker! Funker!«, schrie.

Mallory und Miller tauchten auf. Die Schreie des Hauptmanns wurden über das stille Wasser des Stausees getragen. Mallory fluchte.

»Verdammt, verdammt und noch mal verdammt!« Mallorys Stimme klang grimmig vor Kummer und Enttäuschung. »Er kann Zimmermann sieben, vielleicht sogar acht Minuten vorher warnen. Zeit genug für ihn, seine Panzer in Sicherheit zu bringen.«

»Also, was nun?«

»Nun ziehen wir an diesen Abzugsleinen und machen, dass wir wegkommen.«

Der Hauptmann, der den Damm entlangraste, war bereits weniger als dreißig Meter von der Funkerhütte und der Stelle entfernt, an der Petar und Reynolds mit dem Rücken zur Wachhütte saßen.

»General Zimmermann!«, rief er. »Nehmen Sie Verbindung auf! Sagen Sie ihm, er soll seine Panzer in Sicherheit bringen! Die verfluchten Engländer haben den Damm vermint!«

Petar nahm seine dunkle Brille ab und rieb sich die Augen.

»Na endlich!«, seufzte er. »Alles hat einmal ein Ende.«

Reynolds sah ihn starr vor Staunen an.

Ohne es zu wollen, griff er nach der dunklen Brille, die Petar ihm reichte, automatisch folgte sein Blick Petars Hand, die sich zurückzog, und dann beobachtete er wie hypnotisiert den Daumen dieser Hand, der auf einen Verschluss auf einer Seite der Gitarre drückte. Die Rückseite des Instruments klappte herunter und der Abzug, das Magazin und der ölglänzende Mechanismus einer Maschinenpistole wurden sichtbar.

Petars Zeigefinger krümmte sich um den Abzug. Die Maschinenpistole, deren erstes Geschoss das Ende der Gitarre zerschlug, sprang und stotterte in Petars Hand. Die dunklen Augen waren zusammengekniffen, wachsam und kaltblütig. Petar hatte den Überraschungseffekt auf seiner Seite.

Der Soldat, der die drei Gefangenen bewachte, brach zusammen und starb, durchsiebt von der ersten Geschossgarbe. Zwei Sekunden später ereilte den Unteroffizier vor der Funkerhütte, während er noch verzweifelt versuchte, seine Schmeisser von der Schulter zu reißen, das gleiche Schicksal. Der Hauptmann, der auf sie zugerannt kam, feuerte mit seiner Pistole immer wieder auf Petar, aber noch war Petar in der besseren Position. Er ignorierte den Hauptmann, ignorierte eine Kugel, die ihn an der rechten Schulter erwischte, und leerte den Rest des Magazins in das Funkgerät. Dann stürzte er seitwärts zu Boden. Die zerfetzte Gitarre entfiel seinen leblosen Händen.

Der Hauptmann steckte seinen rauchenden Revolver in die Tasche und starrte auf den bewusstlosen Petar hinunter. Es lag kein Zorn auf seinem Gesicht, nur Traurigkeit, das düstere Akzeptieren der endgültigen Niederlage. Er hob den Blick, und seine Augen trafen Reynolds. In einem Augenblick seltenen Verstehens schüttelten beide Männer den Kopf.

Mallory und Miller, die an dem mit Knoten versehenen Seil hinaufkletterten, waren fast genau gegenüber dem Damm angekommen, als die letzten Echos der Schüsse über dem Stausee verwehten. Mallory schaute zu Miller hinunter. Miller zuckte die Achseln – so gut ein Mann, der an einem Seil hängt, die Achseln zucken kann – schüttelte wortlos den Kopf. Die beiden Männer kletterten weiter, jetzt noch schneller als vorher.

Auch Andrea hatte die Schüsse gehört, aber er hatte keine Ahnung, was sie bedeuteten. Und in diesem Moment war es ihm auch ziemlich gleichgültig. Sein linker Oberarm fühlte sich an, als brenne in ihm ein wildes Feuer, auf seinem schweißüberströmten Gesicht lagen Schmerz und Erschöpfung. Er wusste, dass er noch nicht einmal die Hälfte der Leiter hinter sich hatte. Er machte eine kurze Pause, als er merkte, dass sich der Griff des Mädchens um seinen Hals lockerte, schob sie vorsichtig auf die Leiter zu, legte seinen linken Arm um ihre Taille und setzte seinen schmerzhaften Aufstieg verbissen fort. Er konnte nicht mehr gut sehen, was er auf den hohen Blutverlust schob. Sein linker Arm wurde allmählich taub, und der Schmerz konzentrierte sich immer mehr auf seine rechte Schulter, auf der auch noch Marias Gewicht lastete.

»Lassen Sie mich zurück«, sagte Maria wieder. »Um Gottes willen, lassen Sie mich zurück! Allein haben Sie eine Chance.«

Andrea lächelte, oder jedenfalls versuchte er zu lächeln, und sagte freundlich: »Sie wissen nicht, was Sie reden. Außerdem, Maria würde mich ermorden!«

»Lassen Sie mich! Lassen Sie mich!« Sie strampelte wild und stieg einen unterdrückten Schmerzensschrei aus.

»Dann hören Sie auf, sich zu wehren«, sagte Andrea ruhig. Er nahm die nächste Sprosse in Angriff.

Mallory und Miller erreichten die längliche Felsspalte, die über den Damm lief, und schoben sich eilig an der Spalte und dem Seil entlang, bis sie sich direkt über den Bogenlampen befanden, die auf der Dachrinne der Wachhütte, die etwa fünfzehn Meter unter ihnen lag, angebracht waren. In der strahlenden Beleuchtung sahen die Männer, was sich abgespielt hatte. Die beiden Bewusstlosen, Groves und Petar, die beiden toten Deutschen, das zerstörte Funkgerät und vor allem die Maschinenpistole, die immer noch in der zerfetzten Gitarrenhülle lag, erzählten eine eindeutige Geschichte. Mallory schob sich noch weitere drei Meter an der Spalte entlang und spähte wieder nach unten: Andrea hatte nun fast zwei Drittel der Leiter hinter sich gebracht, wobei das Mädchen versuchte, ihm, so gut sie konnte, zu helfen, indem sie sich an den Sprossen hochzog, aber er kam nur schrecklich langsam vorwärts. Sie werden es niemals rechtzeitig schaffen, dachte Mallory verzweifelt, sie können es einfach nicht rechtzeitig schaffen. Für uns alle kommt einmal der Moment, dachte Mallory müde, eines Tages muss der Moment für uns alle kommen, aber dass er für den unverwüstlichen Andrea kommen sollte, das konnte man selbst, wenn man an Schicksal glaubte, nicht akzeptieren. So etwas war unfassbar, und das Unfassbare schien jetzt zu geschehen.

Mallory kehrte zu Miller zurück. Hastig band er das Seil los, das Miller für seinen Abstieg zum Neretva-Damm benutzt hatte, knotete es an das, das über der länglichen Felsspalte entlanglief und ließ es hinunter, bis es das Dach der Wachhütte berührte. Er nahm seine Luger in die Hand und wollte sich gerade hinunterlassen, als der Damm in die Luft flog.

Die beiden Explosionen erfolgten zwei Sekunden nacheinander. Die Detonation von eintausendfünfhundert Pfund Sprengstoff hätte normalerweise von ohrenbetäubendem Lärm begleitet sein müssen, aber wegen der Tiefe, in der sie erfolgte, klangen die Explosionen gedämpft und waren eher zu spüren als zu hören. Zwei große Wassersäulen stiegen hoch über die Dammauer auf, aber sonst schien sich für eine Ewigkeit, die jedoch höchstens fünf Sekunden dauerte, nichts zu ereignen. Dann stürzte das Mittelstück des Dammes, das mindestens vierundzwanzig Meter breit und ebenso hoch war, ganz langsam, beinahe widerwillig in die Schlucht hinunter. Der ganze Abschnitt schien immer noch aus einem Stück zu bestehen.

Andrea hielt inne. Er hatte kein Geräusch gehört, aber er spürte, dass die Leiter heftig vibrierte, und er wusste, was geschehen war und was nun kam. Er schlang beide Arme um Maria und die Seitenstangen der Leiter, presste das Mädchen gegen die Leiter und schaute über ihren Kopf hinweg. Zwei senkrechte Risse erschienen allmählich außen in der Dammauer, dann fiel der ganze Damm wie in Zeitlupe auf sie zu, beinahe, als würde er sich in einem Scharnier bewegen, und dann verschwand er plötzlich, als ungezählte Millionen Liter dunkelgrünen Wassers durch die zerstörte Dammauer brodelten. Das Krachen, das die tausend Tonnen Mauerwerk verursachten, als sie in die Schlucht stürzten, hätte man unter normalen Umständen meilenweit hören müssen, aber Andrea hörte nichts als das Donnern der Wassermassen, die alles andere übertönten. Er hatte nur einen Moment Zeit gehabt, um den Damm verschwinden zu sehen, und jetzt war da nur noch der mächtige reißende Strom, der am Anfang seltsam ruhig und glatt war, sich dann, als er in die Schlucht hinunterstürzte, in einen weiß schäumenden Mahlstrom verwandelte, bevor er über ihnen war. In einer Sekunde löste Andrea eine Hand von der Leiter, drehte den Kopf des entsetzten Mädchens zu sich um und drückte ihr Gesicht fest an seine Brust, denn er wusste, dass der Anprall des Wassers, das Sand und Steine und weiß Gott was noch alles mit sich brachte, die Haut von ihrem Gesicht reißen würde und dass sie – falls sie tatsächlich überleben würde – für immer verunstaltet wäre. Er duckte seinen Kopf gegen den kommenden Ansturm und verschränkte seine Hände hinter der Leiter.

Der Aufprall des Wassers presste ihm die Luft aus den

Lungen. Begraben unter einer fallenden, zerschmetternden grünen Mauer, kämpfte Andrea um sein Leben und um das des Mädchens. Die Belastung, der er, zerschlagen und fast zerschmettert von den Hammerschlägen dieses herabstürzenden Wasserfalls, der es darauf abgesehen zu haben schien, ihn augenblicklich zu töten, ausgesetzt war, war auch ohne das schreckliche Handikap seiner schweren Armverletzung kaum tragbar. Er hatte das Gefühl, als würden ihm jeden Moment die Arme ausgerissen, und er dachte einen Moment, dass es das Einfachste wäre, die Hände voneinander zu lösen und den Tod anstelle des unerträglichen Schmerzes hinzunehmen, der seine Glieder und Muskeln zu zerreißen schien. Aber Andrea ließ nicht los, und Andrea zerbrach nicht. Andere Dinge zerbrachen. Einige der Klammern, mit denen die Leiter an der Wand befestigt war, wurden abgerissen, und es schien, als müssten sowohl die Leiter als auch Andrea und das Mädchen unweigerlich weggeschwemmt werden. Die Leiter drehte sich, bog sich und lehnte sich weit von der Wand weg, sodass Andrea nun ebenso unter der Leiter lag wie er daran hing. Aber immer noch ließ Andrea nicht los, und immer noch hielten einige Klammern. Dann sank ganz allmählich und nach einer Zeit, die dem betäubten Andrea wie eine Ewigkeit erschien, der Wasserspiegel des Stausees, die Wucht des Wassers ließ nach, und Andrea begann wieder zu klettern. Immer wieder lockerte sich sein Griff, als er die Hände an den Sprossen wechselte, und immer wieder war er in Gefahr, fortgerissen zu werden. Er fletschte die Zähne in unvorstellbarer Anstrengung, die großen Hände packten fest zu und klammerten sich wieder fest. Nach einer Minute unbarmherzigen Kampfes kam er schließlich so weit aus dem Wasser, dass er wieder atmen konnte. Er schaute auf das Mädchen in seinen Armen hinunter. Das blonde Haar klebte auf den aschgrauen Wangen, die Augen waren geschlossen. Die Schlucht schien fast bis oben mit den weißen kochenden Wassermassen angefüllt zu sein, die alles vor sich hertrieben. Ihr Donnern klang, als sie sich mit höherer Geschwindigkeit als ein Eilzug die Schlucht hinunterwälzten, wie eine Serie von Explosionen, begleitet von einem schauerlichen Kreischen.

Nachdem der Damm in die Luft geflogen war, verstrichen fast dreißig Sekunden, bis Mallory sich wieder bewegen konnte. Er hatte keine Ahnung, warum er so lange regungslos verharrt hatte. Er konnte es sich nur so erklären, dass ihn das hypnotisierende Schauspiel des allmählich sinkenden Wasserspiegels und der Anblick der großen Schlucht, die fast bis oben mit weiß schäumendem Wasser gefüllt war, gefesselt hatte. Aber ohne es vor sich selbst zuzugeben, wusste er, dass der Hauptgrund ein anderer war, wusste er, dass er die Erkenntnis, dass Andrea und Maria den Tod gefunden hatten, nicht akzeptieren konnte. Was Mallory nicht wissen konnte, war, dass Andrea in diesem Augenblick, völlig ausgepumpt und nicht mehr wissend, was er tat, vergeblich versuchte, die letzten Sprossen der Leiter hinter sich zu bringen. Mallory packte das Seil und ließ sich, so schnell er konnte, daran herunter. Er spürte die Haut in seinen Handflächen brennen, aber er ignorierte es. In seinem Kopf war nur noch der unvernünftige Wunsch nach Mord – unvernünftig, da er selbst es gewesen war, der die Explosion ausgelöst hatte, die Andrea das Leben gekostet hatte.

Und dann, als seine Füße das Dach der Wachhütte berührten, sah er wie eine geisterhafte Erscheinung, die Köpfe von Andrea und der bewusstlosen Maria oben an der Leiter auftauchen. Mallory bemerkte, dass Andrea nicht mehr weiter konnte. Er klammerte sich mit einer Hand um die oberste Sprosse und machte krampfhafte Bewegungen, mit denen er sich hochziehen wollte, aber er kam nicht weiter. Mallory wusste, dass Andrea am Ende war.

Mallory war nicht der Einzige, der Andrea und das Mädchen gesehen hatte. Der Hauptmann der Wache und einer seiner Männer starrten verständnislos auf das schreckliche Bild der Zerstörung, aber eine zweite Wache war herumgewirbelt, hatte Andrea entdeckt und seine Maschinenpistole hochgerissen. Mallory, der immer noch an dem Seil hing, hatte nicht genug Zeit, um seine Luger in Anschlag zu bringen und zu entsichern, und Andrea hätte in diesem Augenblick sterben müssen. Aber Reynolds hatte sich in einem verzweifelten Sprung nach vorn geworfen und den Lauf der Waffe genau in dem Moment nach unten geschlagen, als der Schuss losging. Reynolds starb augenblicklich. Die Wache starb zwei Sekunden später. Mallory richtete die noch rauchende Mündung seiner Luger auf den Hauptmann und den Posten.

»Lassen Sie die Waffen fallen«, befahl er.

Sie ließen ihre Waffen fallen. Mallory und Miller schwangen sich vom Dach der Wachhütte, und während Miller die beiden Deutschen in Schach hielt, rannte Mallory zu der Leiter hinüber, streckte eine Hand aus und half dem schwankenden Andrea hinauf, der das bewusstlose Mädchen festhielt. Er sah auf Andreas erschöpftes blutiges Gesicht, die zerfetzte Haut der Handflächen, den blutdurchtränkten linken Ärmel und fragte streng: »Und wo, zum Teufel, bist du gewesen?«

»Wo ich gewesen bin?«, fragte Andrea vage. »Keine Ahnung.« Er stand da, auf zitternden Beinen, kaum noch bei Bewusstsein, fuhr sich mit seiner Hand über die Augen und versuchte zu lächeln. »Ich muss wohl stehen geblieben sein, um die Aussicht zu bewundern.«

General Zimmermann saß immer noch in seinem Kommandowagen, und der Wagen stand immer noch mitten auf der Brücke am rechten Rand. Wieder hatte Zimmermann das Fernglas an den Augen, aber diesmal schaute er weder nach Westen noch nach Norden. Stattdessen starrte er nach Osten, flussaufwärts zu der Öffnung der Neretva-Schlucht. Nach einiger Zeit wandte er sich an seinen Adjutanten. Zuerst drückte sein Gesicht Unbehagen aus, dann löste Begreifen das Unbehagen ab, und schließlich wich das Begreifen einem Ausdruck, der unverkennbar Angst war.

»Hören Sie das?«, fragte er.

»Ich höre es, Herr General.«

»Und spüren Sie es auch?«

»Ich spüre es auch.«

»Was, um Himmels willen, kann das sein?«, fragte Zimmermann. Er lauschte auf das Dröhnen, das ständig lauter wurde und die Luft um sie herum anfüllte. »Das ist kein Donner. Es ist viel zu laut für Donner. Und viel zu beständig. Und dazu noch dieser Wind – der muss aus der Schlucht kommen.« Das Dröhnen, das von Osten her auf sie zukam, war jetzt so ohrenbetäubend, dass er sich selbst nicht mehr hören konnte. »Es ist der Damm. Der Damm an der Neretva. Sie haben den Damm gesprengt! Weg von hier!«, schrie er dem Fahrer zu. »Um Gottes willen, bloß weg von hier.«

Der Kommandowagen fuhr mit einem Ruck an, aber es war zu spät für General Zimmermann – ebenso wie für seine massierten Panzerstaffeln und Tausende von Angriffstruppen, die sich an den Ufern der Neretva hinter der Böschung verborgen hatten –, der die siebentausend unglaublich starrsinnigen Verteidiger in der Zenica-Schlucht ausrotten sollte. Eine vierundzwanzig Meter hohe weiße Wand, hinter der der Druck von Millionen Tonnen von Wasser stand und die einen riesigen Rammbock aus Felsen und Bäumen vor sich herschob, brach aus der Öffnung der Schlucht hervor.

Gnädigerweise lagen zwischen der Erkenntnis des drohenden Todes und dem Tod selbst für die meisten Männer von Zimmermanns bewaffnetem Korps nur Sekunden. Die Neretva-Brücke und alle darauf befindlichen Fahrzeuge, Zimmermanns Kommandowagen eingeschlossen, wurden augenblicklich weggeschwemmt. Der gewaltige Wirbel ließ beide Flussufer unter einer sechs Meter hohen Flut versinken und schob Panzer, Waffen, bewaffnete Wagen, Tausende von Soldaten und alles andere, was ihm im Weg stand, vor sich her. Als die große Überschwemmung sich verlaufen hatte, gab es keine grasbewachsenen Ufer mehr an der Neretva. Ein- oder zweihundert Kampftruppen auf beiden Seiten des Flusses gelang es, sich weiter oben in Sicherheit zu bringen, jedoch nicht für lange, auch ihr Schicksal war besiegelt. Aber für fünfundneunzig Prozent von

Zimmermanns beiden bewaffneten Divisionen war die Vernichtung ebenso plötzlich wie vollkommen. In sechzig Sekunden war alles vorüber. Das bewaffnete Korps der Deutschen war vollständig vernichtet. Aber immer noch brodelte die mächtige Wand aus Wasser aus der Öffnung der Schlucht.

»Ich bete zu Gott, dass ich nie wieder etwas Derartiges sehen werde.« General Vukalovic senkte sein Fernglas und wandte sich an Colonel Janzy. Auf seinem Gesicht lag weder Begeisterung noch Befriedigung, nur Grauen, gemischt mit tiefem Mitleid. »Menschen sollten nicht auf diese Weise sterben, auch nicht unsere Feinde.« Er schwieg eine Zeit lang, dann fiel ihm etwas ein: »Ich schätze, dass sich ein- oder zweihundert Mann ihrer Infanterie auf dieser Seite in Sicherheit bringen konnten, Colonel. Werden Sie sich um sie kümmern?«

»Ich werde mich um sie kümmern«, sagte Janzy düster. »Dies ist eine Nacht, um Gefangene zu machen, nicht zum Töten, denn es wird keinen Kampf geben. Das ist genauso gut, General. Zum ersten Mal in meinem Leben freue ich mich nicht auf einen Kampf.«

»Ich verlasse Sie jetzt.« Vukalovic schlug Janzy auf die Schulter und lächelte ein sehr müdes Lächeln. »Ich habe eine Verabredung. Am Neretva-Damm, oder besser gesagt, an seinen Überresten.«

»Mit einem gewissen Captain Mallory?«

»Mit Captain Mallory. Wir fliegen noch heute Nacht nach Italien. Wissen Sie, Colonel, wir hätten den Mann auch überschätzen können.«

»Ich habe nie an ihm gezweifelt«, sagte Janzy bestimmt.

Vukalovic lächelte und wandte sich ab.

Neufeld, dessen Kopf mit einem blutbefleckten Verband umwickelt war, stand, gestützt von zwei Männern, schwankend oben an der Rinne, die zu der Furt hinunterführte. Entsetzen und Unglauben spiegelten sich auf seinem Gesicht wider, während er auf den weißen Mahlstrom hinunterstarrte, dessen schäumende Oberfläche nicht mehr als sechs Meter unter ihm lag und der fast alles ausfüllte, was einmal die Neretva-Schlucht gewesen war. Unendlich müde schüttelte er langsam den Kopf. Er hatte die endgültige Niederlage akzeptiert. Er wandte sich an einen Soldaten zu seiner Linken, einen Jungen, der ebenso fassungslos aussah, wie sich Neufeld fühlte.

»Nehmen Sie die beiden besten Ponys«, sagte Neufeld. »Reiten Sie zu dem nächsten Kommandoposten nördlich der Zenica-Schlucht. Sagen Sie ihnen, dass General Zimmermanns bewaffnete Divisionen ausradiert worden sind – wir *wissen* es zwar nicht, aber es kann nicht anders sein. Sagen Sie ihnen, dass das Neretva-Tal ein Todestal und niemand mehr übrig ist, um es zu verteidigen. Sagen Sie ihnen, dass die Alliierten ihre Luftlandedivisionen morgen herschicken können und dass nicht ein einziger Schuss abgegeben werden wird. Sagen Sie ihnen, sie sollen sofort Berlin benachrichtigen. Haben Sie verstanden, Lindemann?«

»Ich habe verstanden, Herr Hauptmann.« Nach Lindemanns Gesichtsausdruck zu schließen, hatte er nur sehr wenig von dem verstanden, was ihm gesagt worden war, dachte Neufeld. Aber er war unsagbar müde und hatte keine Lust, seine Instruktionen zu wiederholen.

Lindemann stieg auf ein Pony, schnappte sich die Zügel eines anderen und trieb sein Pony bergauf, an den Schienen entlang.

Neufeld sagte mehr zu sich selbst: »Kein Grund zur Eile, mein Junge.«

»Herr Hauptmann?« Der Soldat sah ihn fragend an.

»Jetzt ist es zu spät«, sagte Neufeld.

Mallory blickte auf das noch immer schäumende Wasser in der Schlucht hinunter, drehte sich um und schaute auf den Stausee hinab, dessen Wasserspiegel sich bereits um mindestens fünfzehn Meter gesenkt hatte. Wieder drehte er sich um und sah die anderen an. Er fühlte sich unaussprechlich müde.

Andrea, zerschunden, zerschlagen und blutend, demonstrierte wieder einmal seine beträchtlichen Fähigkeiten, was schnelle Erholung betraf. Wenn man ihn ansah, wäre man nicht auf die Idee gekommen, dass er erst zehn Minuten zuvor dem Zusammenbruch nahe gewesen war. Er hielt Maria wie ein Kind in den Armen. Sie kam langsam zu sich. Miller verarztete die Kopfwunde von Petar, der vor ihm saß und bereits wieder ganz munter war, dann ging er zu Groves hinüber und beugte sich über ihn. Nach ein paar Sekunden richtete er sich wieder auf und starrte auf den jungen Sergeant hinunter.

»Tot?«, fragte Mallory.

»Tot.«

»Tot.« Andrea lächelte traurig. »Tot – und wir sind am Leben. Weil dieser Junge tot ist.«

»Er war entbehrlich«, sagte Miller.

»Und der junge Reynolds?«, fragte Andrea müde. »Er war auch entbehrlich. Was war es doch, was du heute Nachmittag zu ihm gesagt hast, mein Keith – es ist vielleicht die einzige Zeit, die wir haben. Und so war es. Für Reynolds. Er hat mir heute Nacht das Leben gerettet – zweimal. Er rettete Marias Leben. Er rettete Petars Leben. Aber er war nicht clever genug, sein eigenes zu retten. *Wir* sind die Cleveren, die Klugen, die Erfahrenen. Die Alten sind am Leben, und die Jungen sind tot. So ist es immer. Wir haben uns über sie lustig gemacht, wir haben sie ausgelacht, wir haben ihnen misstraut, wir haben über ihre Jugend und ihre Dummheit und ihre Unwissenheit gestaunt.« Mit einer zärtlichen Geste strich er Maria das nasse blonde Haar aus dem Gesicht, und sie lächelte ihn an. »Und am Ende waren sie besser als wir …«

»Vielleicht in diesem Fall«, sagte Mallory. Er sah Petar traurig an und schüttelte den Kopf: »Wenn man sich vorstellt, dass alle drei tot sind, Saunders, Groves, Reynolds, und keiner von ihnen hatte eine Ahnung, dass Sie der Chef der britischen Spionage im Balkan sind.«

»Ahnungslos bis zum letzten Augenblick.« Miller wischte sich mit der Rückseite seines Ärmels zornig über die Augen. »Mancher lernt's nie. Mancher lernt's nie.«

576

EPILOG

Wieder einmal befanden sich Captain Jensen und der englische Generalleutnant in der Operationszentrale in Termoli, aber jetzt gingen sie nicht mehr nervös auf und ab. Diese Zeit war vorüber. Die beiden Männer sahen zwar immer noch sehr müde aus, und in ihren Gesichtern hatten sich ein paar Falten vertieft, aber die Gesichter waren nicht länger eingefallen, in den Augen lag keine Angst mehr, und wenn sie auf und ab gegangen wären, statt bequem in tiefen Sesseln zu sitzen, hätte man vielleicht bemerkt, dass ihre Schritte leichter waren. Jeder der beiden Männer hatte ein Glas in der Hand, ein großes Glas.

Jensen nippte an seinem Whisky und sagte lächelnd: »Ich dachte, der Platz eines Generals sei an der Spitze seiner Truppen?«

»Nicht heutzutage«, sagte der General bestimmt. »Im Jahre 1944 führt der kluge General seine Truppen an, indem er sich hinter ihnen hält – etwa zwanzig Meilen hinter ihnen. Außerdem marschieren die bewaffneten Divisionen in einem Tempo, dass es mir ganz unmöglich wäre, mit ihnen Schritt zu halten.«

»Marschieren sie tatsächlich so schnell?«

»Nicht ganz so schnell wie die deutschen und österreichischen Divisionen, die sich in der letzten Nacht von der Gustav-Linie zurückzogen und nun auf die jugoslawische Grenze zurennen. Aber sie sind auch nicht schlecht.« Der General nahm einen großen Schluck Whisky und gestattete sich ein äußerst befriedigtes Lächeln. »Täuschung gelungen, Durchbruch gelungen. Im Großen und Ganzen haben Ihre Männer ganz gute Arbeit geleistet.«

Beide Männer drehten sich in ihren Sesseln um, als ein respektvolles Klopfen ertönte und sich gleich darauf die schweren ledergepolsterten Türen öffneten. Mallory trat ein, gefolgt von Vukalovic, Andrea und Miller. Alle vier waren unrasiert, alle vier sahen aus, als hätten sie seit einer Woche nicht geschlafen. Andrea trug seinen Arm in einer Schlinge.

Jensen erhob sich, leerte sein Glas, stellte es auf einen Tisch, blickte Mallory gelassen an und sagte: »Das haben Sie aber gerade noch geschafft, was?«

Mallory, Andrea und Miller wechselten amüsierte Blicke. Nach einer ziemlich langen Pause sagte Mallory: »Manche Dinge dauern länger als andere.«

Petar und Maria lagen Hand in Hand nebeneinander in zwei Armeebetten im Militärkrankenhaus von Termoli, als Jensen, gefolgt von Mallory, Miller und Andrea, eintrat.

»Ausgezeichnete Berichte über euch beide. Freut mich, freut mich«, sagte Jensen forsch. »Ich habe nur ein paar – äh – Freunde mitgebracht, die sich verabschieden wollen.«

»Was ist denn das für ein Krankenhaus?«, sagte Miller streng. »Wie steht es denn mit der hohen Moral der Armee? Haben die denn hier keine getrennten Abteilungen für Männer und Frauen?«

»Die beiden sind seit beinahe zwei Jahren miteinander verheiratet«, sagte Mallory milde. »Habe ich vergessen, dir das zu erzählen?«

»Natürlich hast du es nicht vergessen«, entgegnete Miller angewidert, »du hast nur nicht daran gedacht.«

»Weil wir gerade von Ehe reden –« Andrea räusperte sich und fing noch einmal an. »Captain Jensen wird sich erinnern, dass er in Navarone …«

»Ja, ja.« Jensen hob beschwichtigend die Hand. »Ich erinnere mich, ganz bestimmt, ich erinnere mich. Aber ich dachte, dass vielleicht … also, die Sache ist die … Nun, es trifft sich zufällig, dass sich ein kleiner Auftrag … wirklich nur ein ganz winziger Auftrag … und da dachte ich, wo Sie nun schon mal hier sind …«

Andrea starrte Jensen an. Auf seinem Gesicht lag Entsetzen.

In der Reihe TIPP DES MONATS liegen auch als
Heyne -Taschenbücher vor:

HEYNE BÜCHER

James Cobb

Wer Tom Clancy mag, wird
James Cobb lieben.
Ein High-Tech-Marine-Thriller
der Extraklasse.

»Erstklassige militärische
Spannung.«
Berliner Morgenpost

USS-Cunningham –
Im Fadenkreuz
01/13161

Schlacht der Drachen –
USS Cunningham
01/13262

Mission Seafighter
01/13298

01/13262

HEYNE-TASCHENBÜCHER

HEYNE BÜCHER

Richard Bachman = Stephen King

»King ist gleich Horror.«

»Eine unwiderstehliche
Spezialmischung«
SÜDDEUTSCHE ZEITUNG

01/10454

HEYNE-TASCHENBÜCHER

Linda Davies

Linda Davies schreibt
Thriller in der Tradition von
John Grishams ›Die Firma‹.

»Ein furioses Debüt.«
BRIGITTE

Das Schlangennest
01/10095

Die Drachenhöhle
01/10636

01/10095

HEYNE-TASCHENBÜCHER

HEYNE BÜCHER

Tom Clancy

Kein anderer Autor spielt
so gekonnt mit politischen
Fiktionen wie Tom Clancy.

»Ein Autor, der
realistische Ausgangs-
situationen spannend
zum Roman verdichtet.«
Der Spiegel

01/13041

Der Kardinal im Kreml
01/13081

Operation Rainbow
01/13155
Auch im Heyne-Hörbuch
26/2 (5 CD)
26/1 (4 MC)

Tom Clancy
Steve Pieczenik
Tom Clancys OP-Center 6
Ausnahmezustand
01/13042

Tom Clancys OP-Center 7
Feindbilder
01/13130

Tom Clancys Net Force 1
Todesspiel
01/13219

Tom Clancys Net Force 3
Ehrenkodex
01/13043

Tom Clancy
Martin Greenberg
Tom Clancys Power Plays
Politika
01/10435

Tom Clancys Power Plays 3
Explosiv
01/13041

Tom Clancys Power Plays 4
Planspiele
01/13248

HEYNE-TASCHENBÜCHER